영화관의 타자들

조선영화의 출발에서 한국영화 황금기까지
영화 보기의 역사

영화관의 타자들

노지승 지음

앨피

고전영화 극장에서 마주친 그 시절 사람들

한국영상자료원이 상암동으로 이전하기 전 서초동에 있었을 때, 나는 고전영화 극장의 가장 젊은 단골이었다. 그 시절, 나는 그곳에서 인상 깊은 올드 팬들을 만났다. 그중에서 성함도 모르는 두 명의 관객을 언급하며 책의 서문을 시작하고자 한다.

한 분은 식민지 시절 학교 교사를 하셨던 신여성 출신의 어르신이었다. 아직도 영화에 대한 열정을 고스란히 간직한 그분은, 자료로만 보던 식민지 시기 여성 관객의 모습을 실제로 접하는 경험을 내게 안겨 주었다.

다른 분은 50세 정도의 여성이었는데, 늘 목욕 바구니를 들고 젖은 머리로 스크린의 맨 앞자리에 앉아 영화를 보곤 했다. 내가 극장에 갈 적마다 거의 매번 있었던 것으로 보아 매일 일정한 시간에 영화를 보았던 것이 틀림없다. 나도 그녀에게 질세라 맨 앞자리에, 늘 그녀의 옆 옆 자리쯤에 앉았다.

하루는 60년대 멜로영화를 보고 있는데, '목욕 바구니' 여성이 엉엉 울기 시작했다. 박종호 감독이 연출하고, 신영균과 고은아가 주연한 〈순애〉라는 제목의 영화였다. 물론 영화는 아주 슬펐다. 음악 감상실이 등장하는 변형된 청춘영화였는데, 남편이 엄마 없이 훌쩍 커 버린 아이를 안고 옛 추억에 잠긴다는 그런 영화였다. 나는 그녀가 왜 울었는지 알 수 있을 것 같았고, 거기에 대해 논문이라도 쓸 수 있을 것 같았다. 그녀의 목욕 바구니도 내게 많은 것을 이야기해 주는 듯싶었다.

그 밖에도 '어이구', '허허', '쳇', '허장강이로구나', '신필름이네' 등등 영화에 대한 반응을 수시로 스스럼없이 다른 관객에게 들리도록 남겼던 올드 팬들을 그 고전영화 극장에서 목격할 수 있었다. 그들이 영화에 대해 반응하는 방식은 지금의 관객과 사뭇 달랐다. 그들은 추임새를 통해 확실한 감상 포인트를 다른 관객들과 공유했다.

■ ■ ■

모든 문화적 생산물은 그것을 받아서 향유하는 소비자의 존재를 전제로 만들어진다. 일기를 쓰더라도 그것은 '나'라는 텍스트의 수신자를 가정하고 쓴 것이다. 그럼에도 불구하고 늘 생산자 중심의 역사에서 텍스트 소비자들은 생산자의 후광에 가려져 있었다. 오랫동안 소비자의 지지는 생산자의 명성을 확인하게 하는 하나의 보조적인 증거에 지나지 않았다. 심지어 많은 소비자들의 지지를 받은 텍스트는 그만큼 수준이 낮다는 억울한 폄훼의 시선을 받기조차 하였다. 이 점은 이미 많은 연구자들이 지적해 온 바이니 여기서 새삼 언급할 필요는 없을 것이다.

영화의 매혹적인 지점은 영화가 탄생되었을 때부터 바로 텍스트에 대한 권력을 생산자에게서 소비자에게로 끌어당겼다는 점이다. 작가주의적 관점으로 숭앙되는 '예술' 감독들이 있기는 하지만 그들조차도 소비자의 권력으로부터 자유롭지 못하다. 관객들은 영화에 대한 지지를 통해 의사를 표현한다. 관객들은 단지 입소문이나 언론의 홍보로만 동원되는 수동적인 존재가 아니며, 그들의 '관람'은 때로는 정치적인 맥락으로까지 확대 해석되기도 한다. 요사이 흔해진 '천만 관객'은 자본의 힘이 억지로 만들어 낸 것이 적지 않다는 점은 씁쓸하지만, 이처럼 자본이 관객의 표현력을 잠식하기 이전에 텍스트 소비자의 권력이 발휘되기 시작한 시점이 다름 아닌 대중들의 문맹률이 매우 높았던 식민지 시기였다는 사실은 매우 흥미롭다.

20세기 초 조선에서 영화 소비의 역사가 열리기 시작했을 때, 영화는 철저히 조선 관객들의 것이었다. 살아 움직이는 사진(活動寫眞)을 보는 데는 물론 관람료가 필요했지만, 심각한 이해 방식이 필요하지 않았고 그저 신기한 볼거리(스펙터클)를 구경할 의지만 있으면 충분했다. 개화기 이후 사회적으로 엄청난 상징자본이었던 신학문 습득 여부도 활동사진을 감상하는 데 그다지 결정적인 인자가 아니었다.

1920년대부터 식민지 조선에서 영화가 생산되기 시작했을 때 그 원재료로서 맨 먼저 선택된 것은 바로 고전소설들이었다. 고전소설이 선택된 이유에 대해서는 여러 해석이 있을 수 있지만, 무엇보다 '관객들'이 맨 처음 영화로 보고 싶어 한 텍스트였을 것이라는 점에는 이의를 달기 어렵다. 이후 '활동사진'이라는 다소 저급해 보이는 용어가 '영화'라는 단어로 거의 대체될 즈음, 저급한 취향과 고급한 취향이라는 취향의 위계가 설정되기 시작했다. 이러한 취향의 구별짓기와 함께 영화관을 출입하는 이들을 불량하게 간주하는 시선도 늘 존재했지만, '여전히' 그리고 '특히' 계몽의 논리로부터 자유롭지 못했던 문학에 비해 영화는 관객들의 것이었고 관객의 권력 하에 있었다.

■ ■ ■

영화는 자크 랑시에르가 말하는 것처럼 '몫이 없던 자들'이 제 몫을 챙기는 매체라고 할 수 있다. 물론 랑시에르는 글쓰기와 문학의 민주주의를 염두에 두고 언급한 것이지만, 20세기 조선과 한국의 영화 관람에도 분명 그러한 정치적인 전복이 존재하는 듯하다.

이러한 의미에서 나는 이 책의 제목을 '영화관의 타자들'이라고 붙였다. 현실 세계에서는 상징자본이나 경제자본을 소유한 주류가 아니더라도 영화관 안에서는 주체가 되는 반전의 드라마를 보여 주기 위해서이다. 타자들은 영화를 봄으로써 역설적으로 주체가 된다. 즉, 관객들은 현실 세계의 결핍을 영화를 통해 메운다.

지나치게 낭만적인 시각일지 모르지만 사회에서 주류로 사는 이들, 예컨대 지식인들처럼 나름 대접받고 사는 이들의 경우도 영화관 안에서는 타자와 주체 사이의 역동적인 위치 바꿈을 하는 역설적인 존재들이었다. 차라리 관람을 통해 이들이 주류라는 허구성이 드러난다고 할까. 혹은 더 나아가 결핍 그 자체가 이들을 영화관으로 이끈다고 할 수 있을지도 모른다.

이 책의 1부 2장에서 언급했다시피 비非서구인으로서 서구로부터 들어온 신학문을 공부하고 사회의 주류 위치에 있던 근대의 지식인들조차 식민지 조선에서는 그 내면의 열등감, 타자됨을 감출 수 없었다. 그들의 서구 영화 관람은 바로 이러한 결핍을 발견하고 동시에 메우는 순간이었다. 남성 지식인이 그러했으니, 당시의 여성 관객과 결여감에 시달리던 이른바 '하층민' 관객의 경우도 어렵지 않게 미루어 짐작할 수 있다.

이와 같은 시각에서 이 책은 초창기 조선 영화에서부터 1960년대 청춘영화까지 '관람'의 역사를 다루고자 했다. 그러자면 조선(한국) 영화의 관객을 찾아야 했는데, 이는 꽤 어려운 일이었다. 실제 그 당시 영화를 본 관객들은 영화관을 나와 뿔뿔이 흩어졌고, 무엇보다 식민지 시기 관객들의 대부분은 이미 이 세상에 존재하지 않는다는 이유 등으로 그들을 발견하기란 쉽지 않았다. 군이 찾자면 찾을 수도 있겠지만, 실제 관객을 대면하는 것보다는 더 중요했던 것은 관객과 관람이라는 연구의 시각을 발견하고 고안할 수 있는 방법론을 찾는 것이었다.

관객의 흔적을 어떻게 발견할 수 있을까? 관객 역시 텍스트의 일종이라면 그 텍스트를 발견할 수 있는 방법은 무엇인가?

이를 찾는 첫 단계로 관객에 대한 언급이 있는 당대의 자료들을 찾으려고 노력했다. 그러나 관객에 대한 언급은 정말 희박했다. 관객에 대한 양적인 기록들은 더러 존재하지만, 침묵하는 유령처럼 혹은 존재를 표현할 수 없는 서발턴Subaltern처럼 그들의 감상과 관람의 흔적을 찾는 것은 몹시 어려웠다. 나는 그래서 방법론이라 생각되는 방식을 고안하기 시작했다. 그 결과로서 이 책에서는 다음과 같은 방법론을 제시하고자 했다.

문학 텍스트를 토대로 제작된 영화가 어떻게 소설의 각색을 통해 대중들의 원망願望과 무의식을 반영하는가, 당대 관객들의 지지를 받은 영화의 반복적인 패턴 속에서 어떤 정치적 무의식을 발견할 수 있는 가, 문화 상품의 소비라는 거시적인 맥락 속에서 개별적인 영화 텍스트는 어떻게 소비되는가, 급격한 문화 변동과 정치적인 변동의 순간, 영화는 관객의 욕망을 어떻게 기민하게 텍스트 속에 기입하는가 등등. 이 나름의 방법론들을 모색하는 과정에서 '젠더gender'와 '계급class'이라는 키워드는 관객을 들여다보는 중요한 도구로 떠올랐다. 따라서 결과적으로 이 책은 그 성공 여부와는 관련 없이 젠더와 계층을 통해 포착되는 영화 보기의 역사를 다루고자 한 것이 되었다.

■ ■ ■

어릴 적 나는 70년대 초에 태어난 전형적인 텔레비전 키드였고, 덕분에 내 영화 보기는 자연스럽게 텔레비전을 통해 시작되었다. '주말의 명화'와 '명화극장'과 같은 텔레비전 영화 프로그램 그리고 BBC가 제작한 셰익스피어 드라마와 같은 문예영화들을 텔레비전에서 매우 몰입하며 보았다. 특히 80년대 초, 'TV 문학관'은 지금도 많은 장면들이 생생하게 기억날 정도이다. 나는 이후 소설을 쓰는 문학소녀가 되었다. 극장 개봉용 영화 혹은 TV용 영화까지 이들은 나에게 영화 그 자체가 아닌 문학을 가르쳐 준 중요한 교사였지만, 나는 그것들이 다름 아닌 '텔레비전'을 통해 매개되었다는 사실을 훨씬 이후에나 의식하게 되었다.

부모님을 따라 어릴 적 영화관에 〈킹콩〉이나 〈타워링〉을 보러 간 기억도 있지만, 나는 의식적인 영화 마니아는 아니었다. 더구나, 영화 자체는 좋아했지만 내가 10대 시절이던 80년대 지방 도시에서 영화관은 불량 청소년들의 소굴로 인식되었기 때문에 나 같은 '모범적인' 여학생에게 영화관은 엄두도 낼 수 없는 곳이었다. 여기서 특별히 '지방'임을 밝히는 것은 지방의 대중문화 소비가 젠더적으로 훨씬 더 경직되고 보수적이고 촌스러운 분위기였음을 강조하기 위해서다. 더 직설적으로 말하자면, 소설을 쓰는 '고상한' 문학소녀였던 나는 청년들의 하위문화에 매우 제한적인 경험만을 갖고 있다. 물론 이러한 경험적 제약은 영화 연구에 그다지 득이 되지 않는다. 지금 구상 중인 후속 연구, 70년대 이후의 영화 보기 연구로 이 경험의 협소함을 만회해 보고자 하는 개인적인 바람이 있다.

사실 2004년 박사논문을 쓴 이후로 나는 줄곧 영화 공부에 열중해 왔다. '원래' 근대문학을 전공했다가 퍽 늦게 영화 공부를 시작한 셈이다. 이 책은 이처럼 뒤늦게 영화 공부를 시작한 문학 전공자의, 영화에 대한 기묘한 열정의 결과이다. 늘 영화에 '관한' 논문을 쓰면서 그 논문이 마지막이라고 생각하면서 쓰지만, 어느새 또 다른 주제를 떠올리는 나 자신을 발견하곤 한다. 잠깐이라고 생각했던 영화 공부는 치명적으로 중독성이 강해서 나를 완전히 회복 불능으로 만든 것 같다.

지적 자극과 가르침을 준 분들은 많지만 이 책과 관련해서 연구의 계기를 제공해 주신 분들, 특히 세종대 김승구 선생님, 상명대 김외곤 선생님, 서울대 김종욱 선생님께 감사드린다. 당사자들은 동의하지 않으실지 모르지만, 내가 영화 연구에 빠지는 데 어떤 영향을 주신 분들이다.

내게 언제나 연구에 관한 영감과 연구자로서 살맛을 불어넣어 주시는 분들께도 감사드리고 싶다. 충북대 박진숙 선생님, 서울대 손유경, 서철원, 김미지 선생님, 포항공대 백지혜 선생님, 호주국립대ANU 루스 배라클로프Ruth Barraclough 선생님과의 대화는 나를 언제나 기쁨으로 설

레게 한다. 인천대 국문과의 훌륭한 동료 교수님들이신 송원용, 조현우, 채숙희, 전병준, 강용훈 선생님께도 지면을 빌어 감사드린다. 세미나 동지인 황병주, 김보현, 김원, 윤상현, 이현석, 이동헌, 이상록 선생님은 시야가 좁은 연구자에게 든든한 기댈 '언덕'이 되어 주셨다. 연구자로서 존경을 표하며, 감사드린다.

그리고 두 딸과 남편 그리고 부모님께 미처 다 표현하지 못한 사랑을 전하고자 한다. 나는 영화등급에 관계 없이 지나치게 폭력적이거나 야한 영화만 아니면 두 딸에게 되도록 많은 영화를 보여 주려고 노력한다. 아직 초등생인 딸들이 영화 마니아로 성장하길 바란다. 어린 시절 텔레비전을 통해 영화를 보았던, 10대 시절 영화관을 출입하지 못한 소심한 텔레비전 키드의 열등감 같은 것이다. 물론 딸들도 영화관에서가 아니라 대체로 집 안에서 모니터를 통해 영화를 본다. 로라 멀비도 DVD 등을 통해 영화 관람이 매우 개인적인 행위가 되었으며, 덕분에 새로운 관객성이 형성됨을 지적하지 않았던가. 영화 체험이 딸들의 삶에 중요한 의미를 제공할 수 있기를 소망한다.

2016년 2월

노지승

차례

머리말　고전영화 극장에서 마주친 그 시절 사람들

1부　문학과 관객, 조선영화의 동력들

1　고전소설의 영화화와 감성 공동체의 형성

실사에서 허구로, 조선영화의 출발과 〈춘향전〉◆19 ┃ 일본인 감독의 〈춘향전〉과 관객 동원의 감각◆24 ┃ 영화로 만들어진 고전소설들◆28 ┃ 고전소설의 매체 전환과 관객의 권력◆36 ┃ 공감과 비판, 관객 참여의 방식들◆46 ┃ 입소문, 대화형 소통 구조, 감성 공동체◆57

2　나운규 영화의 정치적 상상력과 일상적 축제로서의 영화 관람

'나운규표' 영화와 20년대 대중◆63 ┃ 나운규 영화의 서사 전략과 정치적 상상력 ◆70 ┃ 환상fantasy—타자의 언어◆76 ┃ 패배한 남성 영웅과 불행한 여성들◆ 80 ┃ 반근대성—'돈'에 대한 강한 혐오◆86 ┃ '고급' 취향의 득세와 무성영화 관 객의 타자화◆89 ┃ '고급 팬'에 의한 하층민 서사의 전유◆101 ┃ 식민지인들의 결여감과 판타지 공간◆110

3 식민지 시기의 영화적인 것과 문학적인 것

예술이냐 관객이냐―식민지 조선영화의 딜레마 ◆ 127 ｜ 무성영화 시대의 '문학적인 것'―계급적 갈등과 단순한 스토리 ◆ 137 ｜ 발성영화 시기의 '문학적인 것'―개인, 내면, 심리 ◆ 151

4 영화관의 위험한 여자들과 여성적 쾌락

필사적으로desperately 여성 관객을 찾아서 ◆ 162 ｜ 여성의 영화관 출입과 가부장제적 통제 ◆ 170 ｜ 여성 타자들과 조선영화의 전략 ◆ 176 ｜ 여성 관객의 판타지 체험―위안과 보상 ◆ 183 ｜ 소설과 영화, 여성을 타락하게 하는 것들 ◆ 193

5 근대성의 스펙터클과 트라우마
: 기생 서사는 어떻게 만들어지고 소비되었나

기생 표상의 생성과 유통 ◆ 200 ｜ 기생이라는 직업의 사회경제적 조건 ◆ 204 ｜ 기회로서의 자본주의와 변신의 스펙터클 ◆ 210 ｜ 자본주의의 폭력성과 희생양 서사 ◆ 219 ｜ 카츄샤, 춘희, 영채의 전성시대 ◆ 230 ｜ '기생'이 특별한 이유 ◆ 244

2부 한국 영화와 대중 욕망의 스펙트럼

1 전후戰後의 출발점, '춘향전' 소설들과 영화

해방 이전의 '춘향전'들 ◆ 249 | 전후의 패러디 춘향전들, 「나이론 춘향전」과 「탈선 춘향전」 ◆ 256 | 정절을 지키는 춘향과 50년대 여성 ◆ 264 | '춘향전', 전통의 확인과 분열의 봉합 ◆ 276

2 '자유부인'의 반란과 여성들의 문화 소비

유한마담들 혹은 중간 계층 여성들의 문화 소비 ◆ 289 | 지식인 남성들의 소설 「자유부인」 독법과 위기의식 ◆ 293 | 「자유부인」의 각색과 중간 계층 기혼 여성의 욕망 ◆ 302 | 중간 계층 여성의 남녀평등과 영화관 가기 ◆ 311 | 소비 주체로서의 여성, 개인, 주부: 차이를 찾는 여성들 ◆ 321

3 1950년대 시네마 천국, 수입 영화와 번안의 시대

'국제'라는 상상된 관객 혹은 거울 ◆ 334 | 서구 영화의 한국적 소비 양상 ◆ 341 | 섹슈얼리티sexuality 소비의 맥락과 특수성 ◆ 354 | 번역 혹은 번안으로서 50년대 한국영화 ◆ 367

4 한국영화는 할리우드를 어떻게 모방했는가
: 제국주의적 시선의 모방과 균열

식민지적 모방과 주체 ◆ 379 | 관광 혹은 제국주의적 시선과 현지인의 타자화 ◆ 384 | 거짓말과 오인의 플롯, 로컬리티와 생활 세계의 발견 ◆ 390 | 서구 인종주의의 영화적 재현과 〈모정〉 ◆ 398 | 정지된 '하안 가면' 놀이와 남성적 주권의식 ◆ 408

5 혁명의 시대와 영화,
도시 중간 계층의 욕망과 1960년대 초 한국영화

관객의 선택 혹은 시각적 표상의 사회적 승인 ◆418 | 혁명의 주체 혹은 배후로서
중간 계층의 형상화 ◆423 | 계몽의 부활과 계층 상승의 욕망 ◆430 | 강화되는 가
부장제와 보수화된 여성상 ◆437 | 계층 탈락의 무의식적 공포와 마조히즘 : 다르
면서 비슷한 영화 〈하녀〉◆448

6 한국적인 것과 반反 근대의 판타지 : 농촌의 시각화와 문예영화

1960년대 영화제작 환경과 '문예영화' ◆458 | 농촌의 발견과 표상의 고안 ◆465 |
문학─농촌 표상의 패턴들 ◆469 | 문예영화─농촌 표상의 패턴들 : 향수와 트라우
마 ◆477 | 향수 : 공동체 공간으로서의 농촌 ◆477 | 향수 : 한국적 여인상의 탄생
◆487 | 향수 : 한국적 섹슈얼리티와 '물레방아'라는 공간 ◆496 | 트라우마 : 훼손
된 여성들과 자본주의에의 저항 ◆503 | '반反'모더니티의 환상 ◆510

7 1960년대 청년들이 사는 법, 대학생과 건달 그리고 청춘영화

청년을 영화로 호명하기 ◆514 | 신성일과 청년 관객, 빌려 온 청춘 ◆521 | 계층
상승의 욕망과 폭력violence 길들이기 ◆535 | 위악偽惡과 자기기만, 여성에게 더욱
폭력적인 청춘영화 ◆545

에필로그   1970년대 이후를 준비하며

1부

문학과 관객,
조선영화의 동력들

1

고전소설의 영화화와 감성 공동체의 형성

실사에서 허구로, 조선영화의 출발과 〈춘향전〉

'조선영화령'[1]이 공포된 그 이듬해인 1941년, 임화는 조선영화사를
정리하는 몇 편의 중요한 글을 남겼다. 「조선영화발달소사朝鮮映畵發達小
史」(『삼천리三千里』, 1941년 6월), 「조선영화론朝鮮映畵論」(『춘추春秋』, 1941년
11월) 등이 그것이다. 그중 「조선영화발달소사」에서 임화는 영화 〈춘
향전〉 관람에 대해 다음과 같이 언급했다.

> 좀 더 완전이 독립한 영화가 되기는 大正 11年[2] 당시 黃金舘과 朝鮮
> 劇場을 경영하든 興行師 早川某가 東亞文化協會의 명의로 제작한 「春

---

1 '조선영화령'은 영화의 제작과 배급을 모두 허가제로 두고 영화업자가 '공익'에 위배되는 행동을 했을
때 업무를 중지시킬 수도 있는, 그야말로 조선총독부가 영화계의 모든 업무를 통제하는 악명 높은
법령이었다.
2 임화는 무성영화 〈춘향전〉을 서기력으로 1922년인 다이쇼(大正) 11년에 나온 것으로 기억하고 있으
나, 이는 임화의 기억상 오류이다. 무성영화 〈춘향전〉은 1923년에 제작되었다.

香傳」에서다. 이 영화에는 그때의 인기 있는 변사였든 金肇盛이 출연을 하고, 기생이 출연을 하야 관객의 환영을 받었다. 원작이 유명한 春香傳인 관계도 있었고, 또 처음으로 대중적 장소의 「스크린」에 빛이는 朝鮮의 인물과 풍경을 보는 친근미가 대단히 관객을 즐거히 했든 모양으로 흥행에는 성공했다 한다.[3]

임화는 무성영화 〈춘향전〉(1923)의 성공 요인으로 두 가지를 제시하고 있다. 첫 번째 요인은 유명한 소설을 원작으로 했다는 점, 다른 하나는 시각적으로 재현된 친근한 인물과 풍경을 보는 재미가 있었다는 점이다. 첫 번째 요인은 〈춘향전〉뿐만 아니라 유명 소설을 원작으로 하는 대부분의 영화에 적용될 수 있는 보편적인 성공 요인 중 하나이다. 서구의 초기 장편 극영화의 경우도 유명한 소설에서 스토리를 빌려 와 관객으로 하여금 영화를 주목하게 만든 사례들이 있었다. 두 번째 성공 요인은 20년대 초 조선이라는 특수한 여건에서 기인한 것이다. 즉, '조선'의 인물과 풍경을 스크린을 통해 볼 수 있다는 단순한 이유가 바로 그 시대 관객들로 하여금 〈춘향전〉을 보게 한 중요한 계기였던 것이다.

20년대 초반 영화관 안에서 스크린을 통해 조선인의 얼굴을 본다는 것은 매우 신기한 일이었다. 물론 1919년경부터 관객들은 '실사實寫'로 불리는 다큐멘터리들을 통해 조선의 풍경을 스크린에서 본 경험이 있기는 했다. 허구적인 세계를 가상으로 재현하는 것이 아닌, 실제 인

....

3　林和,「朝鮮映畵發達小史」,『삼천리』, 1941년 6월, 198쪽.

물과 공간 그리고 사건을 '박은(촬영한)' 것이라는 감각은 실사영화만이 가져다줄 수 있는 특별한 것이다. 이러한 감각을 부여하는 것은 영화가 처음 출현했을 때부터 가졌던 현실 모사적인 기능이기도 하다. 뤼미에르 형제가 만든 최초의 영화도 별다른 내러티브 없이 현실 세계를 그대도 모사한 것이었다. 즉, 최초의 영화들은 허구로서가 아닌 현실의 재현물로서 존재했으며 이러한 전통은 한동안 유지되었다.

당시 실경과 실물을 모사한, 그야말로 '사진寫眞'이라는 명칭에 걸맞는 실사영화는 구체적으로는 총독부 촬영반에서 만든 위생 계몽영화, 조선인을 대상으로 전국적으로 상영된 〈내지 사정內地事情〉, 일본인들에게 상영된 〈조선 사정朝鮮事情〉·〈조선여행朝鮮旅行〉 등의 식민 통치 선전물,[4] 신문사 촬영반의 뉴스릴, 그리고 1919년 단성사 박승필이 상업적 목적으로 제작한 〈경성전시의 경京城全市의 景〉·〈경성교외 전경京城郊外 全景〉 등이었다. 현실을 모사한 실사 필름은 이 밖에도 연극과 영화의 과도기적 혼종물인 연쇄극kino drama 내에 삽입되기도 했는데, 이때 삽입된 장면들은 극이라는 허구적인 세계와 다르게 '실물', '실경'으로 불렸다.[5]

신문사 소속 촬영반이나 영화관 촬영부(예컨대 단성사 촬영부)가 제작

----

4 복환모, 「1920년대 초 조선총독부 활동사진반의 역할에 관한 연구」, 『영화연구』 24호, 2004 참조.

5 연쇄극에 삽입된 활동사진들이 어떤 감각으로 관객에게 받아들여졌는지 혹은 연극 내부에 어떤 형태로 존재했는지에 관해서는 더 심도 있는 연구가 필요하다. 단순히 공간적 배경을 제시하기 위해 삽입되는 경우도 있었고, 활극적인 요소를 넣어 극적인 연출을 한 장면들도 있었기 때문에 단순히 사실 재현에만 그 기능이 국한되었다고는 할 수 없다. 다만, 연쇄극의 원조인 일본에서 '실경응용', '실물응용'이라는 말로 연쇄극이 표현되었다는 사실을 통해 연극 양식 내부에 삽입된 활동사진의 경험 형식이 모사적인 기능에 치중했음을 알 수 있다. 연쇄극에 관해서는 김수남, 「연쇄극의 영화사적 정리와 미학적 고찰」, (『영화연구』 20호, 2002)와 조희문, 「한국영화 : 역사, 작가, 장르, 산업 ; 연쇄극 연구」(『영화연구』 15호, 2000)을 참조하였다.

1926년 조선일보 주최 순종 인산因山 실사영화 상영회에 몰려든 관객들. 이 실사영화는 박승필 주도로 단성사에서 제작했다.
출처 : 『조선일보』, 1926년 6월 17일자.

한 뉴스 릴은 주로 신문사 주체의 '독자위안 활동사진 대회'라는 이름으로 상영되었는데, 이러한 상영회는 뉴스를 영상으로 제공함으로써 신문의 기능을 보강했다. 주요 일간지들은 국내 사건뿐만 아니라 먼 곳의 사건을 다룬 수입 필름까지, 활동사진 대회를 통해 다루었다. 구주歐洲전쟁(구라파 전쟁, 제1차 세계대전) 뉴스 릴부터,[6] 동경 대지진,[7] 평양 수해 대참사,[8] 순종 인산因山[9]까지 서구와 일본 그리고 조선 내부에서 일어난 주요 사건들이 이때 이미 시각화되어 조선인들에게 제공되었다.

그러나 1923년의 〈춘향전〉은 이러한 실사영화들과는 달랐다. 〈춘향전〉은 조선인들이 모두 아는 '이야기', 즉 허구였다. 임화도 지적했다시피, 영화 〈춘향전〉은 자신이 들어서 혹은 읽어서 기억하는 등장인물이 스크린 위 인물로 재현된다는 놀라움을 불러일으켰다. 20년대 초까지 조선인들이 본 영화는 모두 외래 영화들이었다. 기록으로 남아 있는

....

6 구주대전의 경우, 1918년에 종료된 전쟁 장면을 20년대 초반에 독자들에게 독자 위안 상영회 형식으로 제공했다. 1922년 2월 우미관에서는 미국 유니버설사에서 구주대전을 찍은 필름을 수입하여 '국군을 위하야'라는 제목으로 경성은 물론 지방 순회를 계획한 적이 있다. 「활동사진영사─국군을 위하야는 사진을 가지고」, 『조선일보』, 1922년 2월 5일자.

7 「일본 대진재 영화를 조선극장에서 상연」, 『동아일보』, 1923년 9월 9일자 ; 「연극과 활동」, 『조선일보』, 1923년 9월 11일자.

8 「평양수해활동사진」, 『매일신보』, 1923년 8월 13일자.

9 「본사 주최의 인산 활동사진 영사회」, 『조선일보』, 1926년 6월 17일자.

최초의 영화 감상 시기인 1903년을 기준으로 할 때, 조선인들은 약 20년 동안 다른 나라에서 제작된 영화만을 보았다. 조선영화가 만들어진 것은 1923년 이후이다. 이러한 상황에 대해 임화는 20세기 초부터 약 20년 동안 조선에는 '제작하지 않고 감상만 하는 역사'가 있었다는 조선영화 역사의 특수성으로 지적한 바가 있다.[10]

그런데 왜 하필 고전소설 「춘향전」이었을까. 임화는 이에 대해 특별한 문제의식을 갖지는 않았지만 특유의 통찰력으로 의미심장한 발언을 남긴다. "「春香傳」이란 소설이 무성, 유성을 물론하고 매양 朝鮮映畵의 출발점이 되었다는 것은 기이한 일이다."[11] 임화는 이러한 현상에 대해 '기이한 일'이라고 말함으로써 의문과 여운을 남기고 있다. 1923년 최초의 극영화 〈춘향전〉이 있었고 다시 1935년 조선 최초 '토키talkie(유성)영화'로서 〈춘향전〉이 있었던 상황, 그래서 〈춘향전〉이 무성·유성영화 모두에서 '최초'의 타이틀을 갖게 된 현상이 임화에게도 신기하게 보인 것이다. 임화는 또 다른 글인 「조선영화론」에서는 이에 대해 조금 다른 각도에서 설명하고 있다.

조선영화는 어느 나라의 영화와도 달리 자본의 원호를 못 받는 대신 자기 외의 다른 인접 문화와의 협동에서 방향을 걸었다. 연쇄극에서 주지와 같이 영화는 연극의 원조자로서 등장했으며, 그 다음에는 자기의 자립을 위하여 가장 많이 문학에 원조에 구하였다. 전통적인 고소설은 조선영화의 출발에 있어 무성 시대의 개시와 음화音畵로의 재출발에 있

....
10 임화, 「조선영화론」, 『춘추』, 1941년 11월 참조.
11 임화, 앞의 글, 203쪽.

어 그 고유한 형식을 암시했을 뿐만 아니라 풍요한 내용을 제공했다. 혹은 무성과 음화音畵의 두 시대를 통하여 근대화된 조선소설은 직접으로 그 형식과 내용을 통하여 중요한 것을 기여한 외에 간접으로도 이것에게 준 기여라는 것은 높게 평가해야 한다.[12]

임화는 자본의 힘으로 충분한 독자성을 갖추지 못하는 조선영화가 그 출발선에서 문학의 도움을 받지 않으면 안 되었고, 전통적인 고전소설과 근대소설이 모두 초기 영화에 일정한 기여를 하고 있음을 지적하고 있다. 임화는 '기이한' 일이라고 했지만, 「춘향전」·「심청전」·「장화홍련전」 등이 최초의 영화들로 선택된 '이유'는 자명해 보인다. 이 소설들이 가진 상업적 가치, 즉 고전소설이 당시에 관객을 가장 많이 소구할 수 있는 영화 소재였기 때문이다.

일본인 감독의 〈춘향전〉과 관객 동원의 감각

무성영화 〈춘향전〉은 1923년 전반기에 모든 촬영을 끝냈고, 1923년 10월경 영화 촬영지와 가까운 일본계 영화관 군산좌群山座에서 먼저 개봉했다.[13] 경성의 조선인들이 이 영화를 볼 수 있었던 것은, 감독인 하야가와 고슈早川孤舟가 조선극장을 인수하고 두 달 후인 1924년 9월이었다.[14]

....
12　林和, 「조선영화론」, 『춘추』, 1941년 11월, 94쪽.

13　「春香傳 上演」, 『조선일보』, 1923년 10월 19일자.

14　최초의 「춘향전」 영화인 이 영화는 원래 1923년 제작되었지만, 경성에서 개봉된 것은 1924년이다.

시내 됴선극당朝鮮劇場에서 다른 서양영
화와 석거 봉절상연하니 이것이 순조선
각본으로 촬영한 최초의 영화이엿섯다.[15]

1924년의 '조선극장'. 출처 : 『매일
신보』, 1924년 7월 12일자.

단성사 선전부장이었던 이구영은 1923
년작 〈춘향전〉이 1924년에 조선극장에서
봉절封切(개봉)될 당시 조선극장의 좌석
이 다 찼을 뿐만 아니라 관객들이 입견立
見을 마다하지 않을 정도로 대흥행이었던

것을 회고하면서, 당시 이 영화가 불러들인 관객 수를 1만여 명 정도로
추정하고 있다.[16] 이는 조선영화가 과연 '돈'이 될 수 있을 것인가 의심
쩍어 하던 극장주, 제작자들에게 확실한 흥행의 증거였다.

당시 영화계의 분위기는 우리의 영화, 즉 '조선'영화를 만들어야 한다
는 민족주의적 열정 외에 현실적으로 흥행 문제가 더 큰 관심사였다. 이
미 20년 가까이 서구 영화들을 보아 온 관객들의 눈높이를 의식해야 한
다는 것, 즉 조선영화가 서구 영화와 불평등한 경쟁 관계에 있었던 점도
조선영화계가 고려해야 할 사항이었다. 이런 상황에서 1923년의 〈춘향
전〉은 조선영화가 취할 수 있는 성공의 방향을 최초로 제시한 영화였다.

....

　이 영화가 1923년 10월 군산의 군산좌群山座와 황금좌黃金座 등 일본계 극장에서 상영되었다는 기
　사가 있는 것으로 보아 초기에는 일본인들을 상대로 상영된 것으로 보인다. 조선인들을 대상으로
　영화가 개봉된 것은 영화의 제작자이자 감독이었던 하야카와가 1924년 조선극장을 인수한 뒤이다.

15　「최초 映畵는 춘향전-조선영화계의 과거와 현재 2」, 『동아일보』, 1925년 11월 19일자.

16　이구영李龜永은 20년대에 영화감독, 시나리오 작가, 홍보 담당자, 비평가 등 전방위적으로 활동한
　영화인이다. 그의 기억에 의하면, 〈춘향전〉은 조선극장에서 8일 동안 만여 명의 관객을 끌어모았
　다. 김성춘·복혜숙·이구영 편, 『이영일의 한국영화사를 위한 증언록』, 소도, 2003, 203~207쪽.

일본인 홍행사 하야가와[早川]가 「춘향전」을 영화로 만든 것은, 한편으로는 주군[主君]에 대한 사무라이들의 충성을 소재로 한 〈주신구라[忠臣藏]〉처럼 가부키로 상연되었던 근세 이야기를 최초의 영화로 만든 일본의 사례에서 힌트를 얻은 것일 수 있다. 게다가 조선의 소설에 대해 하야가와가 갖고 있었을 것으로 추정되는 제국주의적 입장도 무관치 않은 것으로 보인다. 실제로 하야가와는 「춘향전」이 지닌 상품적 가치를 꿰뚫고 있었다. 그래서 영화를 선보일 장소와 대상으로 일본 제국극장과 당시 일본에 있던 영친왕을 선택했다. 이는 '조선의 것'이 갖는 의미를 정치적으로 의식한 결정이었다. 하야가와는 〈춘향전〉이 일본 제국극장에서 시사회를 가질 것이며, 이 자리에 영친왕이 참석하여 영화를 볼 것이라고 밝혔지만,[17] 그의 말대로 시사회가 열렸는지 그리고 영친왕이 시사회에 참석했는지는 확인되지 않는다.

다른 한편으로 하야가와는 이 영화가 조선인의 눈에 어떻게 비칠까도 의식하고 있었다. 그는 「춘향전」의 자세한 내용을 조사하기 위해 많은 노력과 금전을 들였다면서, 특히 전신주나, 벽돌집, 일본 가옥, 인력거, 머리를 깎은 사람, 구두나 경제화[經濟靴](초창기 운동화)를 신은 사람이 화면에 들어가지 않도록 노력했다고 말하고 있다.[18] 이러한 노력은 일본인인 하야가와가 조선의 풍속에 자신이 없었기 때문이기도 하지만, 이미 조선의 곳곳이 근대화되기 시작하여 순연한 조선적 사물과 배경을 프레임[frame] 안에 담기 어려웠다는 사실을 방증하고 있다. 남원

....
17 「映畵劇으로 化한 春香傳」, 『매일신보』, 1923년 8월 24일자.
18 『매일신보』, 위의 기사 참조.

에서 현지 촬영된 〈춘향전〉이라 할지라도 사정은 다르지 않았다. 즉, 1923년 현재의 조선이 아닌 근대화 이전의 조선을 시각적으로 구현하는 것은 많은 연출을 필요로 하는 일이었다.

제작 기간이 6개월이나 되었다는 영화 〈춘향전〉은 본래의 「춘향전」이 갖고 있는 로컬리티locality를 시각적으로 구현하기 위해 노력했다. 1923년 10월 〈춘향전〉이 군산좌에서 개봉될 당시의 기사[19]를 보면, 남원 현지 촬영은 물론이고 춘향 역에 실제 기생인 한명옥(韓明玉 혹은 韓龍)을 등장시키고, 수십 명의 등장인물을 모두 남원 사람들로 등장시킬 만큼 영화 〈춘향전〉은 원작이 지닌 로컬리티를 살려 내려고 했다.

근대화 이전의 모습을 〈춘향전〉에 담고자 했던 하야가와의 노력은 당시 조선 관객의 바람과 상통하는 측면이 있다. 그 바람은 대다수 조선인들이 아직 잊지 않고 있는, 과거의 기억을 〈춘향전〉이 시각적으로 복원시켜 주기를 바라는 관객들의 욕망일 수도 있다. 〈춘향전〉이 최초의 영화 이래 반복적으로 영화화되는 현상에 담긴 사회적 욕망은 레이 초우Rey Chow가 말하는 '기원에 대한 그리움'과도 비견될 수 있다.[20] 거기에는 이미 사라진, 부재하는 과거 조선의 것을 현전화시켜 주기를 바라는 욕망이 깃들어 있기 때문이다.

무성영화 〈춘향전〉이 만들어질 무렵, 20년대 초의 조선은 이미 원작이 배경으로 했던 과거의 풍경들을 대부분 잃어 가고 있었다. 이와 관련하여 「춘향전」의 영화화가 갖는 의미는, 실제로 조선이 균등하게

....

19 「春香傳 上演」, 『조선일보』, 1923년 10월 19일자.

20 레이 초우, 『원시적 열정―시각, 섹슈얼리티, 민족지, 현대중국영화』, 정재서 옮김, 이산, 2004, 40~45쪽.

근대화되고 있어서라기보다는, 그래서 전근대적 풍경이 하나도 남아 있지 않아서라기보다는, '잃어버렸다'는 상실감을 느끼게 '되었다'는 데 방점이 있다. 즉, 근대화 이전 조선의 모습을 '조선 고유의 것'으로 전유하는 차원에 영화 〈춘향전〉이 자리하고 있는 것이다. 이러한 전유의 맥락에는 근대화가 시작되면서 근대와 대비되는 조선적인 사물과 관습, 풍경 등이 근대의 시각 혹은 서구의 시각으로 타자화되기 시작했다는 사실이 깔려 있다. 그래서 그 당시 가장 첨단을 걷는 테크놀로지인 영화에 '전근대' 혹은 '조선 고유의 것'으로 재맥락화된 그 풍경을 담아내려는 사회적 욕망이 〈춘향전〉에 실려 있는 것은 아닐까.

실제로 모두가 아는 내용의 「춘향전」이 이후에도 1935년 최초의 토키영화, 1961년 최초의 컬러시네마스코프, 1970년 최초의 70mm 영화 등으로 반복되었지만 관객들이 싫증 내지 않았던 것을 보면 그 욕망이 오랫동안 지속되었음이 분명하다.

영화로 만들어진 고전소설들

비록 최초의 〈춘향전〉은 일본인 하야가와가 제작 · 연출한 첫 조선영화였지만,[21] 아직 조선인이 영화제작에 필요한 기술과 자본을 온전히 갖추지 못한 상황에서 〈춘향전〉이 일본인에 의해 연출되었다는 점

....

21 30년대 말 조선영화사가 정리될 때 1923년 〈춘향전〉이 완전한 형태를 갖춘 최초의 장편 극영화라는 사실은 합의된 견해였던 것으로 보인다. 물론 이전에 연쇄극이나 〈월하의 맹서〉 같은 홍보영화도 있었지만, 대중들을 상대로 봉절封切된 본격적인 상업영화로는 〈춘향전〉이 최초라 할 수 있다.

은 특별히 이상한 일은 아니다. 당시 영화제작 기술과 자본에서 일본인의 우위는 인정할 수밖에 없는 사실이었기 때문이다. 게다가 무성영화 시절이었으므로 대사를 한국어로 처리할 필요도 없었다. 그만큼 무성영화는 상대적으로 국적과 언어로부터 자유로운 형식이었다. 1926년 윤백남 프로덕션의 영화 〈장한몽〉에 다른 한국인 배우들과 함

1923년 제작된 〈춘향전〉. 출처 : 『매일신보』, 1923년 8월 24일자.

께 일본인 '주삼손朱三孫'(오오자와 야와라)이 출현할 수 있었던 것도 음성언어로 된 대사를 넣을 필요가 없었기 때문이다.

　그러나 일본인 감독이, 다른 이야기도 아닌 〈춘향전〉을 촬영했다는 사실은 필연적으로 민족적 감정을 불러일으키기에 충분했다. 특히 조선영화계 내부에서 강렬한 질투심과 각성이 촉발되었다. 앞서 하야가와의 〈춘향전〉에 대해 증언을 남긴 바 있는 이구영은, 하야가와의 〈춘향전〉이 조선의 풍속을 존중하여 영화를 찍으려는 노력은 하였지만 결과적으로 실패했다고 평한다. "연애소설인 춘향전을 우리의 고유한 동작動作, 표정表情이 없는 심적 정서로 얽힌 그 소설을 과연 영화극으로서 생명을 가질 수 있을까? 기분극氣分劇으로서야만 될 춘향전인데 어떠한 각색 하에 영화화시킬 것인가."[22]

　이구영의 이러한 평가가 냉정한 것이라고 보기는 어렵다. 다분히 민

....

22　이구영, 「조선영화의 인상」, 『매일신보』, 1925년 1월 1일자.

족적 감정이 실려 있는 이 언급에 이어 이구영은 다른 영화 〈해海의 비곡秘曲〉(1924), 〈비련悲戀의 곡曲〉(1924)에 대해서도 힐난조로 평가하고 있다. "청년 남녀들의 추악, 망측한 치정 기분을 조장시켜 흥행업자들의 돈지갑을 통통하게 만들어 주기 때문에 그것[통속물]을 본떠 놓으면 흥행 가치가 있는 명화 되기에 쉬운 줄로 알았는가?"(〈해의 비곡〉 평), "조선영화계에서 비난 많은 저속 취미를 전파시킴은 도저히 참기 어려운 일이다."(〈비련의 곡〉의 평)

이구영의 질타는 〈해의 비곡〉(高佐貫長 연출)과 〈비련의 곡〉(早川孤舟 연출)처럼 일본인이 감독한 영화에 집중되어 있다. 그러면서 이구영은 당시 조선의 대표 극장인 단성사에서 제작한 〈장화홍련전〉(1924)에 대해서는 "장화홍련전이 성공이었느냐 하면 꽤 성공이랄 수는 없어도 우리 첫 작품으로는 기분간氣分間의 성공이라 할 수 있다"면서 상대적으로 후한 점수를 준다. 또한 그는 더블 익스포저double exposer, 클로즈업close-up 등 카메라 워크에 문제가 있었다고 하면서도 이러한 시도 자체에 의의가 있다고 평가한다.

사실 이구영은 〈장화홍련전〉에 대해 결코 객관적인 입장에 설 수 없었다. 당시 이구영은 단성사에서 일하고 있었고, 〈장화홍련전〉의 각색에도 직접 참여한 바가 있기 때문이다. 무엇보다 그의 평가에는 조선의 영화인으로서 일본인 영화업자들을 경계하는 심리가 역시 포함되어 있다. 준비 기간만 봐도 〈춘향전〉은 6개월, 〈해의 비곡〉은 제주도 로케이션에 각본 집필과 검토에만 넉 달이 소요된 것에 비해,[23] 겨우 3주 만

....
23 안종화, 『한국영화측면비사』, 현대미학사, 1998, 60~68쪽.

에 제작이 완료된 〈장화홍련전〉[24]의 완성도가 다른 영화들에 비해 월등히 높았을 것으로 짐작되지 않기 때문이다.

1924년 개봉된 〈장화홍련전〉. 출처 : 『매일신보』 1924년 9월 5일자.

그러나 이러한 짧은 준비 기간에도 불구하고, 일본 나가쓰口活 영화사 직속 기사 출신의 박정현(단성사 지배인을 거쳐 박승필이 죽은 뒤 단성사의 사장이 됨)과 박정현의 제자로서 역시 일본에서 촬영술을 익힌 이필우 등 당시 조선

단성사를 가득 메운 〈장화홍련전〉의 관객들. 출처 : 『매일신보』, 1924년 9월 13일자.

최고의 영화기술자들의 기술이 집약된 영화로서 〈장화홍련전〉은 관객들에게 뜨거운 호응을 받았다. 이필우의 기술 덕분에 우수한 영화를 만들게 되었고 경험이 없는 중에 성공을 거둔 것이라는 평,[25] 촬영의 미숙함과 인형 같은 배우들의 표정, 장면 연출의 허술함을 들어 외국의 시각에서 보면 폄하될 우려가 있는 조선영화[26]라는 평들은 객관적인 시선을 유지하려 하지만, 적어도 조선인의 자본과 기술로 만든 영화라는 점에서 혹평은 삼가고 있다.

....
24 한국예술연구소 편, 「이필우 편」, 『이영일의 한국영화사를 위한 증언록』, 소도, 2003, 190쪽.
25 一記者, 「'장화홍련전' 단성사의 시사회를 보고—조선의 영화계」, 『매일신보』, 1924년 8월 31일~9월 2일자.
26 印鐵, 「조선영화제작소 당국자들에게」, 『동아일보』, 1925년 10월 10일자.

무엇보다 〈장화홍련전〉의 관객 동원은 실제로 "조선에 상설관이 생긴 이후로 처음 보는 대성황을 이루어 … 매일 밤 표를 사가지고도 입장치 못한 관객이 많았고 일부 愛活家〔영화 팬〕 중에서는 시기를 놓친 이도 적지 아니하여 유감이 없이 하여달라는 투기가 빗발치듯 들어올"[27] 정도였다. 〈춘향전〉도 흥행에 성공했지만, 일본인 감독과 일본인 자본으로 만든 탓에 조선영화로 인정하기에는 무언가 부족한 영화였다. 그러다 〈장화홍련전〉에 이르러 조선인들이 '온전한' 조선영화라 인정할 수 있는 영화를 갖게 되었고, 앞의 기사들은 이러한 정황을 암시하고 있다.

〈춘향전〉과 〈장화홍련전〉 이후 조선영화계에는 고전소설을 영화로 만드는 한 흐름이 존재하게 되었다. 식민지 시기 제작되었거나 제작이 시도된 고전소설 원작 영화들의 목록은 다음과 같다.

연도	제목	감독	제작사	주연배우	특징
1923	만고열녀 춘향전	早川孤舟	동아문화협회	김조성	일본인 감독
1924	장화홍련전	박정현	단성사		이필우 촬영
1925	운영전(寵姬의 戀)	윤백남	조선키네마주식회사	안종화, 이채전	
1925	토끼와 거북	早川孤舟	동아문화협회		조선극장 개봉
1925	심청전(江上蓮)	윤백남	윤백남 프로덕션	최덕선, 나운규	단성사와 촬영권 시비
1925	흥부놀부전(燕의 脚)	김조성	동아문화협회	문수일, 김조성	조선극장 개봉
1927	허생전		계명영화협회		미완
1928	숙영낭자전	이경손	이경손 프로덕션		
1930	춘향전	류봉렬	류봉렬 영화 프로덕션		미완
1930	어사 박문수전	이금룡	청구 키네마사	이금룡, 한창환	조선극장 개봉

....
27 「장화홍련전과 본지애독자 우대」, 『매일신보』, 1924년 9월 13일자.

1932	홍길동	나운규			단성사/연쇄극
1933	장화홍련전	나운규			단성사/연쇄극
1935	춘향전(발성)	이명우	조선영화주식회사	박제행, 임운학 문예봉	최초의 발성영화/ 단성사 개봉
1935	홍길동전(全篇)	김소봉, 이명우	경성촬영소		발성영화/ 조선극장 개봉
1935	심청전(발성)	양주남	조선키네마		미완
1936	홍길동전(後篇)	이명우	경성촬영소		발성영화
1936	장화홍련전(발성)	홍개명	경성촬성소	문예봉, 지경순	단성사
1937	심청(발성)	안석영	기신양행 영화부	김소영, 김신재, 전택이	
1939	춘향전(발성)[28]	무라야마 도모요시(村山知義)	조선영화주식회사		일본인 감독 미완

위의 표를 보면 식민지 시기에 고전소설 원작 영화로 〈춘향전〉, 〈장화홍련전〉, 〈심청전〉 이외에도 〈운영전〉과 〈흥부놀부전〉, 연쇄극 〈홍길동〉, 발성영화 〈홍길동전〉이 제작되었다. 식민지 시기에 연쇄극連鎖劇, 실사實寫영화, 극영화를 포함하여 시도되거나 제작이 완료된 영화 편수는 285편 정도인데,[29] 이 중 고전소설 원작 영화는 22편으로 전체의 10퍼센트 정도이다. 그런데 이 표에 나타난 고전소설 영화들의 제작 시기를 검토해 보면 식민지 시기에 모두 두 번의 붐이 있었음을 알 수 있다. 1차 붐은 1923년에서 1925년까지 무성영화 〈춘향전〉·〈심청전〉·〈장화홍련전〉 등의 제작을 낳았고, 2차 붐은 1935년부터 37년까지 제작된 발성영화 〈춘향전〉·〈심청전〉·〈장화홍련전〉 등으로 이

....

28 이 영화는 원래 1938년 장혁주張赫宙의 희곡을 일본 연출가 무라야마 도모요시村山知義가 연출을 맡아 일본 극단인 신협新協이 동경에서 상연한 연극을 토대로 제작될 예정이었다. 장혁주 각본의 연극 〈춘향전〉은 1938년 11월 조선의 경성 부민관에서 공연되기도 했다.

29 문헌학자인 김종욱은 『한국영화총서』(국학자료원, 2002)에서 1945년 8월까지 제작이 완료되었거나 미완에 그친 조선영화를 모두 285편으로 제시하고 있다.

1925년에 제작된 영화 〈흥부놀부전〉의 스틸 '박타는 흥부'.
출처 : 『동아일보』, 1925년 5월 19일자.

어졌다.

실제로 이 고전소설 원작 영화들의 '존재감'은 양적인 비중을 능가했다. 1925년 〈심청전〉 촬영권을 두고 단성사와 윤백남 프로덕션이 다툼을 벌인 것도 고전소설에 대한 초기 영화계의 기대감을 반영한다. 당시 단성사에서 이미 총독부의 촬영 허가를 받고 〈심청전〉 촬영을 준비 중이었는데, 윤백남 프로덕션에서 이경손을 감독으로 하여 먼저 촬영에 들어가는 바람에 다툼이 일어났다. 필름이 가假차압될지도 모른다는 우려 속에 급기야 윤백남이 〈심청전〉 복사본 필름을 들고 일본으로 사라지는 일까지 벌어졌다.[30]

이 고전소설 원작 영화들의 손익 여부는 자료가 남아 있지 않아 가늠하기에 어려운 점은 분명 있다. '입견立見'으로 불리는 서서 보기도 있었을 뿐만 아니라, 비상설 지방 순회공연 등으로 당시에는 정확한 통계를 낸다는 것은 불가능한 상황이었다. 다만, 고전소설 원작 영화는 제작자 입장에서 보면 일정 수 이상의 관객을 확보할 수 있는 방법이었을 것으로 추정된다. 경성과 같은 도시의 상설관뿐만 아니라 몇 개의 영화 프로그램을 가지고 지방을 순회하는 비非상설 극장 형식을 통해서도 관객을 동원할 수 있기 때문이다. 1925년 부산 동래의 한 학교에서 〈심청전〉을 상영하고, 1927년 대구 만경관에서 〈장화홍련전〉을 상

....

30 『매일신보』, 1925년 3월 24일자.

영한다는 다음의 기사는 이러
한 사정을 잘 보여 주고 있다.

1925년 영화 〈심청전〉의 한 장면. 배 위에서 최
후의 기도를 올리는 심청. 출처 : 『조선일보』,
1925년 4월 1일자.

　본사 동래 지국에서는 독자
제의의 성염盛炎의 피곤을 위
로하는 동시에 학생 제군에게
교육상 참고를 들이기 위하야
경성 단성사 지방순업부에 교섭하야 독자 위안 활동사진(심청전) 대회
를 거일일 하오 팔시부터 동래공립보통학교정에서 개최하고 본보 애독
자에게는 우대권을 진정하고 학생 제군에게는 입장료를 할인한 바, 관
중은 무려 수천에 달한 대성황을 정呈하엿다고.[31]

　경성 단성사 순회 활동 영사대는 14일 來邱하야 15일부터 삼일간 만
경관에서 '괴인의 정체'와 '장화홍련전' 조선영화를 상영하게 되었는데
최종일인즉 금17일은 본보 독자에게는 특히 아래와 갓치 우대하게 되엿
다더라.(대구)[32]

　고선소설을 원작으로 한 영화들의 인기는 해당 영화의 완성도나 흡
입력보다는 '고전소설' 자체의 힘이었다고 해도 무방하다. 머릿속의 이
야기가 시각화되고 살아 움직이는, 그야말로 '활동活動'하는 사진이 되

31 「독자위안 활사대회」,『동아일보』, 1925년 7월 5일자.
32 「만경관에 본보 독자 우대」,『동아일보』, 1927년 6월 17일자.

는 것 자체가 사람을 불러 모으는 힘이었다. 그랬으므로 고전소설을 영화의 원작으로 삼는 현상이 당대 지식인들의 눈에 '바람직한' 모습으로 비춰졌을 리 없다.

고전소설 원작 영화들이 제작될 당시, 조선은 이미 근대문학의 시대로 접어들어 「춘향전」 같은 고전소설들을 구시대의 것으로 치부하는 사회적 분위기가 나타났다. 고전소설 원작 영화은 생산자의 권력보다는 소비자(관객)의 권력을 극대화한다는 점에서 근대문학과 대극對極적인 위치에 있었다. 근대문학이 엘리트 지식인들의 것이라면, 고전소설은 그야말로 민중 혹은 대중의 것이었다. 고전소설 원작 영화를 감상하면서 민중 혹은 대중은 자기도 모르게 자신이 잘 아는 이야기가 얼마나 시각적으로 잘 표현되었는지를 읽어 내는 '비평가'의 지위에 올라섰기 때문이다.

고전소설의 매체 전환과 관객의 권력

고전소설은 신문학이 시작되기 전부터 많은 이들이 좋아하고 즐겨 읽었던 옛 소설을 가리킨다. 그러나 개항과 개화기 이후부터 그 가치를 폄하하는 근대 계몽주의자들이 등장하고, 근대문학자들은 계도해야 할 대중들의 독서 취향으로 보기도 했다. 특히 김동인金東仁은 신문학 이전의 고전문학에 대해 가장 오만한 태도를 취한 문학자 가운데한 사람이었다.

1930년대에 김동인은 지난 시기 신문학의 역할을 회고하면서 〈춘향

전〉·〈심청전〉·〈장화홍련전〉·〈숙영낭자전〉·〈임진록〉 등의 고전
소설들에 대해 다음과 같이 언급했다. "조선 민족이 文學을 사랑하고
文學에 대한 欲求心은 가지고 잇스나 …文學의 提供을 밧지 못한 이
民族의 새〔틈〕에는 正本도 알 수 업고 作者의 氏名도 알 수 업는 平民
文學이 흘너 다녓다."[33] 물론 김동인 이외의 다른 근대작가들도 고전소
설에 대한 이러한 폄하를 다소 희석되거나 완곡한 방식으로 표현하기
는 하지만, 그것은 기본적으로 근대주의자들의 엘리티즘elitism과 계몽주
의적 태도에서 크게 벗어나 있지 않다.

이러한 문인들의 평가와는 별개로 고전소설은 20세기 들어서도 대
중들에게 '여전히' 그리고 '가장' 광범위하게 읽히는 소설들이었다. 몇
개의 기록을 예로 들어 보자.

朝鮮에는 아직 출판계가 一目의 가치가 업다. 잇다는 것이 漢學을 除한
외에 외국의 偉人傳 外國語讀本 지리 역사 字典(그것도 것만 할타 노은
것)—등 그 따위가 잇슬 뿐이요 其外에는 春香傳이니 沈淸傳이니 劉忠
烈傳이니 무어니 무어니 독갑이 작란감 갓튼 울긋붉읏한 新舊小說이요
최근에 와서 일부 靑年文士의 창작 멧 편 譯文 멧 편이 잇을 뿐이다.[34]

팔리는 책으로는 서울서는 雜誌의 어린이, 新少年, 別乾坤, 東光, 單行
本의 사랑의 선물, 世界一週 童話集, 社會主義 가튼 것을 만히 찻고, 시골
注文에는 小說의 春香傳, 沈淸傳이 제일 만코(春香傳 1時間 4萬部 印刷하는

....
33 金東仁, 「春園研究」, 『삼천리』, 1934년 6월, 209쪽.
34 春坡, 「出版界로 觀한 京城」, 『개벽』, 1924년 6월, 92쪽.

것은 月前에 나도 目睹) 私塾 敎科用으로 四書三經이 若干 잇다한다.[35]

西洋의 유명하다는 傑作品 번역이나 現代的 名士의 훌륭한 著作이라도 단 이천권을 팔어 먹으랴면 진땀을 빼는데, 심청전, 춘향전이나 류충렬전, 조웅전 가튼 고대 소설은 한번에도 만여권씩 인쇄를 한다니 그도단단한 不可思議의 하나.[36]

오늘의 조선의 농민이 최근 30여 년 간 무수한 소설이 세상에 유포되고 잇음에 불구하고 의연히 옛일의 春香傳이다. 沈淸傳, 四溟堂, 九雲夢등의 고전을 애독하고 잇는 것은 이러한 고전이 今日의 무수한 현대소설보담도 도로혀 충실하고 심각하게 농민의 성격을 반영하고 농민의 생활을 소재로 하고 또 농민의 공감을 얻을 수 있기 때문이다.[37]

이 언급들은 모두 고전소설이 잘 팔리는 현상에 대해 다소 부정적인입장을 보이고 있다. 그러나 동시에 20세기 들어서도 식지 않는 고전소설 독서열을 잘 묘사하고 있다. 서양의 유명한 저작이나 신문학은 2천 부가 팔리기 어렵지만, 고전소설은 한 번에 1만 부를 인쇄하는 현상은 경성과 같은 도시에서보다는 지방의 농촌 지역에서 더욱 두드러졌다. 즉, '신문학新文學'으로 불리는 근대문학이 시대적 대세로서 혜게모니는 쥐고 있을지언정 소비의 양적인 측면에서는 열세였던 것이다. 이

35 石溪, 「大京城白晝暗行記」, 『별건곤』, 1926년 12월, 16쪽.
36 「朝鮮의 七大 不可思議!!」, 『별건곤』, 1927년 3월, 111쪽.
37 印貞植, 「朝鮮農民과 文學的 表現」, 『삼천리』, 1940년 7월, 103~104쪽.

러한 현상은 20년대에서 30년대 후반까지 내내 지속되었다.

높은 대중적 인지도는 확실히 고전소설을 원작으로 한 초기 조선영화 제작의 '동기'였다. 여기서 이 같은 물음을 던져 볼 수 있다. 고전소설을 영화로 만들었을 때 인지적 측면에서 관객에게는 어떤 효과가 발생할까? 즉, 문자로 혹은 구전 이야기로 이미 그 내용을 충분히 알고 있는 고전소설을 '영화'라는 근대적 시각 매체로 관람하는 것에는 어떤 파급효과가 있을까? 그리고 이러한 익숙한 이야기의 관람이 초래하는 효과는 무엇인가?

고전소설의 영화화는 분명 고전소설의 '근대적 매체media로의 전환'이라 부를 수 있다. 근대 매체는 텍스트를 일정한 형태로 고정시켜 유통시킴으로써 생산자와 소비자를 연결한다. '근대문학'이라는 말은 그 자체로 이러한 근대 매체 형태로 문학이 유통되는 상황을 지시한다. 근대문학의 생산과 유통 그리고 소비의 구조는, 작가로 지칭되는 인물이 원고를 쓰고 출판업자의 인쇄를 거쳐 상업적 유통망을 통해 독자에게 전달되는 방식을 취한다. 이에 비해, 고전소설의 재래적 유통 방식은 훨씬 더 복잡하다. 전통적으로 고전소설은 '책'이라는 한정된 문자 매체의 유통 방식을 뛰어넘는다. 판소리계 소설의 경우에는 '창唱'과 같은 연행performance 형식을 띠기도 하고, 여타 소설들도 전기수傳奇叟 같은 전문적인 책 읽어 주는 사람을 통한 구전口傳 방식을 취하는 등 그 유통 방식이 매우 다양하다.

또한 근대문학에서는 텍스트의 생산자와 지배자로서 작가의 위치와 역할이 매우 강화되어 있고 텍스트가 인쇄로써 고정되어 있는 반면, 고전문학에서는 울긋불긋한 표지를 한 '딱지본'처럼 근대적 문학

20세기 초 활판 인쇄기를 통해 제작·유통된 '딱지본' 고전소설들.

의 인쇄와 유통 방식을 차용한다 하더라도 텍스트의 생산자와 지배자로서의 작가가 부재할뿐더러 텍스트 역시 확정적이지 않다. 〈춘향전〉·〈심청전〉 등 가장 유명한 고소설의 경우, 근대 이후로도 내용이 서로 다른 여러 이본異本들이 계속 생산된 것[38]은 집중된 권한을 가진 유일한 작가가 없기 때문이다. 개화기 이후 근대적인 인쇄와 유통망을 통해 고전소설이 독자들에게 직접 전달되기 시작했지만, 근대문학처럼 이광수나 김동인 등 '저명한' 저자의 권위에 의존하여 유통되는 텍스트가 아니라는 점 때문에 다수의 저자에 의한 이본이 끊임없이 생산되었다. 이러한 고전문학의 상황을 가리켜 김동인은 '作者의 氏名도 알 수 업는 平民文學이 흘너 다녓다'며, 근대문학과는 다른 고전문학의 생산과 유통 방식을 폄하했던 것이다.

이러한 생산과 유통 방식은 곧 텍스트에 대한 작가의 지배력이 아예 존재하지 않거나 약했음을 의미한다. 비록 고전소설이 근대적인 출판 방식으로 유통되기 시작했다 할지라도, 그것은 근대적 유통 방식을 차

....

38 끊임없이 재생산되는 고소설 이본들에 대해서는, 대표적인 고소설인 「춘향전」의 사례를 보면 쉽게 이해할 수 있다. 조윤제 등과 더불어 경성제대 조선어문학부 출신이며 진단학회 회원으로서 초기 국문학 연구자 중 한 명인 이재욱李在郁은 『삼천리』 1937년 10월호에 구한말 이후 편집되거나 재창작된 '춘향전' 이본들을 정리하는 글을 남겼다. 이재욱에 의하면, 최창선崔昌善의 『언문 춘향전』, 여규형呂圭亨의 『한문 춘향전』, 운림초부雲林樵夫의 『광한루기廣寒樓記』, 유길준兪喆鑛의 『현토懸吐 춘향전』, 이능화李能和의 『춘향록春夢緣』, 심상태沈相泰의 『우리들전』(일명 別春香傳), 박건회朴健會의 『특별무쌍춘향전特別無雙春香傳』, 고유상高裕相의 『오산교烏散橋』, 홍순필洪淳泌의 『일선문춘향전日鮮文春香傳』 등 당시 유통되던 「춘향전」만 수십 종에 달했다. 李在郁, 「春香傳 原本」, 『삼천리』, 1937년 10월, 44~45쪽.

용한 것일 뿐 근대문학의 존재적 특성을 온전히 공유한 것이었다고 보기는 어렵다. 근대문학 작가들이 자신이 생산한 텍스트에 서명을 하고 저작권을 발동시키는 것과, 작가의 존재가 불분명한 고전소설 간에는 분명 상황의 차이가 있기 때문이다. 여러 버전의 고전소설 텍스트마다 '작가'의 지위를 갖는 이들이 있는 경우도 있지만, 이 작가들을 저작권copyright이라는 작가의 권력을 온전히 가진 저자author라고 보기는 어렵다. 무엇보다, '산간벽지에서도 춘향전의 경개梗槪를 모를 이가 없는'[39] 정도로 이미 독자들의 '기억' 속에 자리 잡은 고전소설 텍스트들에 근대문학이 내세우는 작가의 창조성과 독자성이 갖게 되는 권력이 있을 리 없다.

근대문학과 대비되는 고전소설의 이 같은 존재 방식은 이전부터 있어 온 것이지만, 분명 근대문학 작가들의 탄생 이후에 새로운 의미를 부여받게 되었다. 근대문학이 작가에게 부여한 '권위'는 인쇄 매체의 폐쇄성과 긴밀한 관련이 있다. 활자는 일단 조판·인쇄되고 나면 삭제나 삽입 등 변경이 불가능하다. 이러한 변경 불가능성 때문에 작가는 문자들을 최종적으로 선택하고 확정하고 책임지는 최종 심급이 되고, 이러한 인쇄 과정의 폐쇄성을 통해 작가는 해당 텍스트가 자신의 고유한 창작물이라는 근거를 얻게 된다.

월터 옹W. Ong의 잘 알려진 책 『구술문자와 문자문화』에 따르면, 인쇄된 텍스트는 저자의 말을 결정적으로 그리고 '최종적인' 형태로 나타냄으로써 폐쇄성, 완전성의 감각을 독자에게 강요하게 된다.[40] 이러한

....

39 위의 글, 45쪽.
40 월터 옹, 『구술문자와 문자문화』, 이기우·임명진 옮김, 문예출판사, 1997, 199~204쪽.

효과로 인쇄문화는 필사본과는 다르게 독자를 작가로부터 분리시키는 결과를 낳으며, 독자성과 창조성이라는 낭만적 개념을 산출하여 작가의 권위를 만든다. 그러나 근대 들어서도 1년에 1만 부 이상씩 팔린 「춘향전」, 「심청전」 등 고전소설의 판매 및 소비에는 이 같은 특정 저자에 대한 존경이나 경의, 무엇보다 저자의 권위가 수반되어 있지 않다.

이러한 20세기 이후 고전소설의 존재 양상은, 고전소설이 근대적 시각 매체인 영화로 전환되었을 때 갖게 되는 효과를 설명하는 근거가 된다. 독자들은 인쇄 매체로 접하기 전부터도 고전소설의 내용을 이미 알고 있다. 따라서 고전소설 원작 영화들을 볼 때 독자들이 품게 되는 질문은, 일반적인 근대문학이나 여타의 창작물들을 접할 때 갖는 질문과는 사뭇 다르다. 일반적으로 저자의 창조성이 강조되는 텍스트를 접할 때에는 '무슨 내용으로 어떻게 전개될 것인가'라는 질문을 갖는다고 한다면, 이미 잘 알려진 고전소설을 원작으로 한 영화의 경우에는 '(내가 아는) 그것이 얼마나 어떻게 그려지고 있는가'라는 질문을 갖고 영화를 볼 수밖에 없다. 무엇보다 이러한 질문을 품는 관객은 생산자의 권위에 위축되지 않는다. 그리고 생산자의 권위에 위축되지 않는 수용자는 훨씬 적극적으로 텍스트에 대해 품평과 비평을 할 수 있게 된다. 이점을 염두에 두고 토키영화 〈춘향전〉의 촬영을 지켜보던 한 인물의 감상을 살펴보자.

마츰 우리는 무대 뒤 각구야(樂屋)부터 보기 시작하엿는데 여기서는 춘향아씨로 扮裝한 文藝峯이란 열 아홉 나는 숫처녀가 鏡台 압헤 마조 안저 눈섭을 그리고 입설에 연지를 찍고 잇섯다. 파란 청초마에 자주빗 동정을 하여 단 노란저고리를 입고 안즌 양이 南原 廣寒樓에 안젓든 李道令이 아니라도 누구나 반할 것 갓다. 그 엽헤는 장차 御使道出道하는 대목에 나오려고 「금준미주는 만인고요...」하고 유명한 詩를 되푸리하며 외우고 잇는 新官使道 李夢龍인 韓一松君이 그 화려한 얼골을 반즘 숙이고 잇다. 저편으로 사모관대한 舊官使徒인 朴齊行君「얼널널상사뒤」를 부르는 모심는 農夫의 안해로 나오는 유명한 녀배우 金蓮實양의 얼골도 보이고 三大門 밧게서 네가 달춤추든 춘향모 역을 마튼 金英祚 孃도 또 익살 잘 부리고 입심 조흔 房子놈인 李鍾哲君이며 굽실굽실 허리를 잘굽히는 吏房役인 崔雲峯君 그 밧게 林雲鶴 申蘭彩 等 모다 얼골 조코 말잘하는 여러 배우들이 혹은 서서 사모관대를 고치기도 하고 혹은 八字수염을 거울에 가다듬기도 한다. 〔中略〕

　그리로 나와 무대정면을 바라보니 오늘은 第멧재 幕인지 南原府使 잔채날 光景이라 大廳正面에는 舊官使道 생일 大宴에 格이 맛게 어느 큰 大家집 잔치상가치 靑黃綠白의 온갖 果實을 괴여논 宴會床을 버젓하게 차려 노앗고 그 東軒大廳 너른 마당에는 朝鮮券番서 왓다는 열 칠팔 나는 어엽분 童妓 넷이 넷날식 울긋불긋한 彩衣를 입고 가운데 세운 大鼓 주위를 빙빙둘녀가며 입으로는

　「지화-자- 지화자- 지화자절시구-」를 부르면서 圓舞를 한다. 무지갯빗 五色彩色 자락이 빙긋오르는가 하면 어느새 북에 가 마저서

　「둥...」

　하고 멋진 북소래 울니면 그 엽헤 聲樂傳習所에서 왓는지 여섯 舊式樂

士가 三絃六角으로 필닐니 불면서 그를 바더 넘긴다. 꿈가튼 光景이다.[41]

토키 〈춘향전〉 촬영 현장을 감격스럽게 바라보고 있는 이 사람에게 춘향, 이몽룡, 춘향모, 방자 등은 이미 익숙한 인물들이다. 「춘향전」은 낯설지 않은 이야기를 넘어, 그 자체가 개인적 상상과 기억으로 혼합된 집적물이다. 그 이야기를 들었거나 무엇을 통해 읽은 순간에 상상된 것이 머릿속에 저장되어 있으며, 그 기억은 때때로 되살아나 수정 및 변형된다. 즉, 「춘향전」에 대한 기억과 상상을 구별하는 것은 의미가 없다. 위에서 살펴본 글의 화자 역시 '춘향으로 분장한 문예봉', '어사또의 대사를 외우고 있는 한일송', '사또의 생일잔치일에 차려 놓은 연회상' 등 기억과 상상으로 존재하던 인물들과 장면이 실제로 눈앞에 펼쳐졌을 때 터져나오는 감탄과 감격을 서술하고 있다. 여기서 그에게 중요한 것은 '자신이 알고 있는 그것이 어떻게 장면화되어 시각화되는가'이다. 이러한 감상 태도에서 해석의 준거가 되는 것은, 원래의 텍스트가 아니라 그 자신의 기억과 상상인 것이다.

이러한 감상 태도는 원原 텍스트와 저자의 권력으로부터의 자유를 뜻한다. 초기 영화는 고전소설 외에 근대소설을 원작으로 취하기도 했지만, 그럴 때마다 원작자들의 불만과 마주치곤 했다. 식민지 시기 몇 편의 근대소설들이 영화화되었는데 그럴 때마다 원작자들은 유감을 표했다. 자신의 소설을 제대로 표현하지 못했다는 이유에서다. 이광수는 자신의 소설을 원작으로 한 영화 〈개척자開拓者〉를 '왠지 보기 싫었

....

41 「映畵, 春香傳 박이는 光景 조선서는 처음인 토-키 활동사진」, 『삼천리』, 1935년 9월, 124쪽.

다'고 말하고 있고, 영화 〈약혼約婚〉의 원작자인 김팔봉도 배우들의 미숙한 연기와 졸렬한 장면에 대해 불만을 밝힌 바 있다. 영화 〈유랑流浪〉의 원 저자였던 이종명은 돈이 있으면 영화의 판권을 사서 불질러 버리고 싶다는 격한 반응을 보이기도 했다.[42]

작가들이 이렇게 자신의 소설을 원작으로 한 영화들에 대해 거침없이 불만을 표출한 것은 당시 영화의 기술적 수준과 연출 및 연기가 미숙했기 때문이기도 했지만, 이 시대 근대문학 작가들이 '문사文士'로서 누리던 문화 권력과도 무관하지 않다. 문학에 대한 전통 사회적 존경과 '신문학新文學'이라는 상징 자본이 주는 권력으로 인해 문인들이 전통적으로 문학보다 저급한 예술로 취급받던 공연예술에 대해 자신의 불만을 자신 있게 표명할 수 있었던 것이다.

이러한 상황과 비교해 볼 때 고전소설을 원작으로 한 영화는 분명 저자, 원原 텍스트의 권력으로부터 자유로울 수 있었다. 그리고 이러한 자유로움 혹은 자율성은 저자의 권력 대신에 관객과 수용자의 권력을 불러들였다. 관객들은 자신이 기억하고 상상하는 고전소설이 시각화된 것을 보면서 그 영화에 훨씬 더 적극적으로 몰입할 수도, 반대로 자신의 기억과 상상을 깨뜨리는 대목에 실망하기도 했다. 관객의 상상과 기억을 이미지를 통해 확인하는 것, 이는 저자의 권위가 약화된 고전소설 원작 영화에서 가장 극대화되는 쾌락이다. 이 쾌락의 메커니즘은 공감이든 비판이든 적극성 측면에서 동일한 수용자들의 참여를 불러

....

42 春園, 「開拓者의 映畵化와 '麻衣太子', '再生' 演出에 대하여—내 作品의 演劇 映畵化 所感」, 『삼천리』, 1933년 12월, 72쪽 ; 金八峰, 「'約婚' 作者의 辯—내 作品의 演劇 映畵化 所感」, 『삼천리』, 1933년 12월, 70쪽 ; 李鐘鳴, 「〈유랑〉의 원작자로서, 내 작품의 영화화 소감」, 『삼천리』, 1933년 10월, 75쪽.

일으킨다.

공감과 비판, 관객 참여의 방식들

「춘향전」처럼 모두가 알고 있는 고전소설을 시각화할 때, 그리고 이를 원작으로 한 영화가 이미 전에 제작된 적이 있을 때, 새로운 원작 영화는 이전과는 차별되는 방식으로 관객들의 요구를 만족시켜야 한다는 강박과 욕망을 느낄 수밖에 없다. 식민지 시기에 감독과 배우, 시나리오 작가 등 여러 방면에서 영화인으로 활약한 적이 있는 심훈沈熏은 경성촬영소에서 최초의 토키영화 〈춘향전〉이 촬영되고 있다는 소식을 듣고 다음과 같이 질투 섞인 언급을 하기도 했다.

모 촬영소에서 춘향전을 박는다는 신문의 광고를 보앗다. 또 다른 곳에서 발성영화를 조선서 처음으로 촬영한다는 소식이 들린지도 오래다. 그러나 어떠한 계획과 준비를 가지고 착수하려는지는 모르지만 나는 두 가지 다 망계妄計라고 생각한다. '춘향전'은 적어도 국보적 원작이니 그 제명이 좋다고 흥행가치를 위해서는 손을 대지 못할 것이다. 나는 수년전부터 이 작품〔춘향전〕을 각색해 보려고 고본 춘향전, 일설 춘향전, 지금도 해마다 사오만 부 팔린다는 옥중화, 옥중기연 등 육칠 종의 춘향전을 정독해 보았다. 읽은 뒤에 나는 몇 번이나 붓을 던졌다. 〔중략〕 그 스케일이 너무나 웅대하고 인물의 배치와 장면의 구성이 너무나 복잡해서 여간한 준비를 가지고는 실제로 제작할 엄두가 나지를 않기 때문이다. 〔중략〕 물건이 좋다고 빈손을 내미는 것은 원작이 다치기가 첩경捷徑 쉬운 것이다. 모 촬영소는 어떠한 정신상 물질상 준비로서 용감히 국보적 작품에 손을 대엇는지?[43]

심훈은 자신의 머릿속에 있는 「춘향전」을 실제 장면으로 시각화하기 어렵고, 그런 이유로 「춘향전」 영화를 찍지 못하고 있음을 변명처럼 말하고 있다. 그가 〈춘향전〉을 쉽게 만들지 못하는 것은, 다른 영화인들도 〈춘향전〉을 촬영하고 있거나 촬영하고 싶어 하는 상황에서 자신의 〈춘향전〉은 다른 〈춘향전〉과는 강하게 차별되어야 한다는 강박과 욕망 때문이기도 하다. 심훈은 본인이 소설을 쓰기도 했지만, 영화 제작에는 영화인의 창작물이 문예물보다 우선해야 하며 '활동사진'에 알맞은 스토리가 따로 있음을 강조했던 사람 중 하나이다. 그러나 이러한 인식을 가진 심훈조차도 고전소설 「춘향전」에 대한 경외심과 그 영화화에 대한 오랜 희망을 갖고 있었다. 심훈의 예가 보여 주듯, 콘텐츠로서 「춘향전」이 지닌 가치는 식민지 시기 많은 예술인들이 동의하는 바였다.[44]

그렇다면 생산자인 예술인들의 욕망과는 별개로, 당시 관객들은 고전소설 원작 영화들은 어떻게 보았을까? 다음은 무성영화 시기 영화 감독과 배우로 활약했던 안종화安鍾和의 언급이다. 그는 해방 이후까지

....

43 沈薰,「다시금 本質을 究明하고 영화의 常道에로」,『조선일보』, 1935년 7월 15일자.

44 당시 예술인들은 여러 고전소설 중에서도 특히 「춘향전」에 많은 애착을 표하면서, 이를 다른 매체로 변용하고자 했던 경우를 발견할 수 있다. 근대 문인들도 가장 좋아하는 소설 속 여주인공으로 '춘향'을 답하는 경우가 많았다.(「내가 조화하는 小說 中의 女性」,『삼천리』, 1931년 12월, 42~45쪽.)

생존하면서 초기 영화에 대한 중요한 증언을 남긴 바 있는데, 인용된 부분은 1923년 무성영화 〈춘향전〉과 1935년 토키(발성영화) 〈춘향전〉의 '관객'들에 대한 회고이다.

〈춘향전〉은 어느 한 사람의 작가의 손으로 만들어진 것이 아니며 거기에 담겨진 내용이 서민적이라는 점이다. 결국 〈춘향전〉의 작자는 한 사람이 아니요, 여러 사람의 입으로 옮겨가는 동안에 차츰 삭제되고 오늘날과 같은 스타일을 지니게 된 작품인 것이다. 따라서 〈춘향전〉은 누구나 즐길 수 있는 전형적인 한국 작품이라고 말할 수 있다. 관객들은 영화 춘향전을 보러가는 것이 아니라 이 도령의 장쾌한 성공과 춘향의 정절과 변학도에 대한 증오와 방자와 향단의 의리, 이런 것을 보러 가는 것이다. 그러므로 설령 연출자나 연기자가 잘못된 표현을 드러낸다고 하더라도 추호도 동요치 않는 것이다.

처음으로 만들어진 〈춘향전春香傳〉이 그러했다. 말이 영화였지 활동사진이나 다름없었다. 전신주가 나오는가 하면 벽돌 건물이 예사로 등장하는 등 미스 투성이였다. 그런데도 관중들은 그런 결함에는 개의치 않고 이 도령이 암행어사로 출두하는 장면이나 춘향의 옥중 고투에 울고 웃고 그리고 박수를 보냈든 것이다.

이필우·이명우가 만든 토키 〈춘향전〉 역시 미숙한 곳이 한 두군 데가 아니었다. 토키라고는 하지만 대사가 몇 마디 안 되었고 더욱이 음악 효과를 낸다고 사용한 것이 고전음악이 아닌 양악반洋樂盤이었으니 그야말로 갓 쓰고 자전거 타는 식의 초현대적인 영화였다. 그러나 이러한 결점을 지적한 것은 극소수의 평론가들이었고 대다수의 관객들은 축음기를 처

음 들었을 때 이상으로 그저 신기한 나머지 칭찬을 아끼지 않았다.[45]

안종화의 회고에서 주목할 만한 점은, 연기나 연출 그리고 세팅 등이 그 용어를 붙이기 어려울 정도로 수준이 낮고 미흡했지만 이러한 흠결들이 관객들의 몰입을 방해하지 않았다는 점이다. 물론 영화의 완성도에 대해서는 비판적인 입장이 강했다. 고전소설 원작 영화들은 일부 비평가 및 관객들에게는 허점투성이의 영화로 보였다. 사람들은 〈춘향전〉(1923) 속 춘향과 이 도령의 연기를 보고 "이 도령이 광한루에 보따리 걸치고 섰든 광경이 눈앞에 암암點黯하다. 인형 같은 춘향이의 안면이 안전眼前에 방황한다."[46]라고 서툰 연기를 지적하거나, 〈심청전〉(1924)에 등장하는 장 승상 부인이 격에 맞지 않게 첩지머리를 하고 누구나 알아볼 수 있는 청요릿집 만두 그릇을 앞에 두고 앉아 있는 장면의 우스꽝스러움을 지적하기도 하고,[47] 〈장화홍련전〉(1924)에서 장화가 낙태시켰다는 모함을 받는 장면을 두고 "아! 커다란 시뻘건 핏덩이, 군데군데 발린 이불 안을 들추는 장면! 주먹만한 고기덩이를 들고 이리저리 내젓든 장면! 생각만 해도 형용 못할 혐오와 야비한 감을 자아내지 않는가?"[48]라며 내용 자체에 대한 혐오를 드러내 보이기도 했다.

비평가들뿐만 아니라 영화를 비판적으로 읽어 낼 수 있는 정도의 미디어 리터러시media literacy를 가진 일반 관객의 눈에 확실히 당시 조선영

45 安鍾和, 『韓國映畵側面秘史』, 현대미학사, 1998, 227쪽.

46 李龜永, 「朝鮮映畵의 印象」, 『매일신보』, 1925년 1월 1일자.

47 三淸洞 사팔뜨기生, 「珍奇한 '沈淸傳' — 知識 없고 돈 없어서 완전히 실패하였다」, 『매일신보』, 1925년 4월 3일자.

48 印鐵, 「朝鮮映畵製作所 當局者들에게」, 『동아일보』, 1925년 10월 10일자.

발성영화 〈춘향전〉 소개 기사. 사진은 춘향 역을 맡은 여배우 문예봉. 출처 : 『동아일보』, 1935년 9월 1일자.

화는 미숙한 영화였다. 이러한 문제는 〈춘향전〉, 〈심청전〉 등이 발성영화로 리메이크되었을 때도 마찬가지로 제기되었다.

더웁기로 극장엘 갓드니 심청전이 왓다고 떠든다. 심봉사 환경행동과 심청이의 물에 빠진 모양, 연화蓮花 속에서 나오는 장면 등 비과학적이라도 유분수지요. 이래서야 감천感天의 효녀전도 어디 환영 밧겠습니까. 이 땅의 정서情緖를 영화화시키는 분들 좀더 힘써 주기 바라오.[49]

이 인용문에서 '김경자'라는 이름의 관객은 영화관을 자주 출입하는 영화팬으로 보인다. 애초에 그는 발성영화 〈심청전〉이 개봉되었다고 흥분하는 축은 아니었다. 다른 관객들이 〈심청전〉에 열광할 때 그는 이러한 현상을 다소 거리를 두고 바라보는 축이었고, 영화를 본 뒤에는 그 '비과학성'을 비판한다. 그가 말하는 '비과학성'이란 문맥상 「심청전」 원작에 등장하는 초현실적인 현상 그 자체에 대한 비판이라기보다는, 장면과 장면 사이의 논리적 연관이 없거나 내용을 형상화하는 과정에서 발견되는 기술상의 문제를 가리킨다고 볼 수 있다. 그러나 이 비판적 언급에서 주목할 만한 구절은 '이 땅의 정서情緖'라는 표현이다.

....

49 金炅子, 「映畵 沈淸傳을 보고」, 『동아일보』, 1937년 7월 4일자.

'이 땅의 정서를 영화화시키는 분들 좀더 힘써주기를 바라오'라는 구절에서 누구나 느끼고 공감하는 조선의 정서를 이 영화가 얼마나 잘 표현하고 있는지가 〈심청전〉을 보는 데 작동한 그의 판단 기준이었음을 알 수 있다. 즉, '조선의 정서'란 영화감독을 위시하여 영화의 생산자들만이 알고 있는 것이 아니라

발성영화 〈심청전〉의 한 장면. 출처 : 『동아일보』 1937년 8월 8일자.

일반인들, 즉 모든 수용자가 잘 알고 있는 그 어떤 것이다. 이 '어떤 것'이 무엇인지를 수용자들이 다 안다는 사실에서 수용자가 영화 생산자에게 무엇을 요구할 수 있는, 그럼으로써 생산자보다 어떤 측면에서는 우위를 점할 수 있는 당당함이 발생한다.

영화 내용에 대한 관객의 이러한 사전적 인지는 영화에 대한 강도 높은 비판을 낳기도 했지만, 대부분의 경우 영화에서 자신이 읽어 내고 싶은 것을 찾거나 때로는 영화보다 앞서 나가면서 영화를 즐기는 상황을 만들었다.

김 진사가 시를 쓰다가 운영의 손에 먹이 튀게 한 장면은 변사의 해설이 아니면 운영이가 먹을 갈다 묻었는지 어쩐지 모르게 되어 있다. 충복이 월장越牆하는 데와 지붕에서 뛰어 내리는 장면의 트릭의 졸렬함은 소인素人 팬에게도 그 밑천을 알렸다. 특(特)이와 김진사가 무녀의 집으로

말을 타고 갈 때 카메라맨의 실수로 관객의 웃음감이 되었다. 속회전速回轉으로 박을 곳을 지회전遲回轉으로 한 까닭이다. … 야연野宴에 조선무도朝鮮舞蹈를 집어넣은 것은 매우 영화를 밝게 하였다. 더구나 순 조선음악 '타령'을 저주低奏해서 한층 좋았다. 관객은 박수했다. 그리고 운영이가 손에 묻은 먹을 볼에 대고 비비는 데와 김진사와 북한산에서 노니는 러브씬이 좋았다.[50]

1925년 윤백남 연출의 〈총희寵姬의 연戀(운영전)〉 관람 분위기를 묘사한 어느 관객의 글이다. 이 글을 쓴 이는 영화의 카메라 기법을 읽어낼 줄 아는 정도의 영화팬으로 〈총희寵姬의 연戀〉에 나타난 기술상의 실수나 연출의 미흡함을 지적해 낸다. 김 진사가 시를 쓸 때 먹이 운영의 손등에 튀는 장면은 운영이 김 진사를 사랑하게 되는 매우 유명한 장면이지만, 변사의 해설이 아니면 무슨 장면인지 알 수 없게 찍힐 만큼 영화는 '허술했다.' 그가 묘사하는 바에 따르면, 관객들도 이러한 실수나 미흡함을 모르지 않았지만 날카롭게 반응하지 않고 이를 웃어넘겼다.

관객들이 이러한 태도를 가질 수 있었던 것은 영화의 허술함이 영화의 내용을 파악하고 감상하는 데 전혀 방해가 되지 않았기 때문이다. 관객들은 고전소설 「운영전」의 내용을 이미 알고 있기 때문에 영화가 어떤 장면을 묘사하려는지를 알아챌 수 있었고, 또한 변사들의 도움이 있어 그러한 이유로 실수나 허술함조차 여유를 갖고 즐길 수 있었

....

50 尹甲容, 「雲英傳」을 보고」, 『동아일보』, 1925년 1월 26일자.

던 것이다. 안종화의 표현대로 신랄한 평
가가 주를 이룬 것이 아니라, 원작의 내
용을 이미 '공유'하고 있는 관객들 사이의
공감이 표현되면서 영화기술의 미숙함마
저 즐기는 여유 있는 태도였다고 보는 것
이 더 타당하다. 앞서 '김경자'라는 이름
의 관객이 언급한 신랄한 평가 역시 이미
잘 알고 있는 텍스트에 대한 자신감의 표

1925년 무성영화 〈총희의 연(운
영전)〉. 출처: 정종화, 『자료로 본
한국영화사 1』, 열화당, 1997.

출로 본다면, 비판마저도 '공감'을 표출한 다음과 같은 관객들의 반응
과 동일한 감상 메커니즘에서 나왔다고 할 수 있다.

수일부터 장화홍련전을 상영하는 단성사에는 매일 만원인 성황 중에
도 남자보다 부인이 더 만앗다. 그리하고 항상 부인석에서 훗훗늣기
는 소리가 이 구석 저 구석에서 끄니지 아니하야 샤진 보기보다 눈물셋
기가 밧분 모양이드라고. 이것으로 보드라도 그 부인네의 감각이 예민
한 것도 물론이요, 또 장화홍련과 갓흔 경우에 잇는 이가 얼마나 만은 것
도 미루어 알 듯[51]

'이 구석, 저 구석에서 흐느끼는 소리가 들리는' 공감의 표출은 이미
영화의 내용을 인지하고 있었기 때문에 증폭될 수 있었다. 관객들은
자신을 이입시켜 이를 적극적으로 수용할 자세가 되어 있었던 것이다.

....

51 「붓방아」, 『매일신보』, 1924년 9월 10일자.

그렇다면 1935년 토키 〈춘향전〉은 어떠했을까. 물론 20년대 〈춘향전〉보다는 연출이나 연기가 훨씬 나아졌지만, 안종화의 언급에서도 알 수 있듯 여전히 결점들이 많았던 영화로 추측된다. 그러나 마찬가지로 낮은 완성도가 영화의 인기에 큰 영향을 주지 않았다. 오히려 조선영화에 비판적이던 지식인 관객들도 토키 〈춘향전〉을 매우 적극적으로 관람했음을 알 수 있다.

K씨 ─ 그는 우리의 유일한 엣세이스트로 알려져 있지만 영화와는 거이 딴 세계에서 생활하는 이다. 그러나 3년 전 어느 따뜻한 만추 일요일 오후 나는 D社로 「시몬느, 시몽」의 「처녀호處女湖」를 보러 갔다. 동시 개봉의 작품은 「춘향전」이었다. 간신히 자리를 어디앉어 얼마를 지나 주위를 살펴보니 바로 내 앞에 이 K씨가 앉어 있다. 나는 한편 놀내며 너무나 의외여서 혼자 미고소微苦笑하며 야유적 언사를 생각하고 있었다. 나는 그 이 옆에 가 어깨를 툭 치고

「아- 니 이게 윈일이요? 이런 델 다 오시구?」

「허! 하도 춘향전이 유명하다니깐!」

어색하면서도 함수含羞 띄인 음성이다. 나는 의외의 발견인 듯 영화의 선전 유혹이란 이렇게까지 효과적인가를 생각한다.[52]

단적인 예이긴 하지만, 영화에 관심이 없던 에세이스트 K로 하여금 조선영화를 보게 만드는 토키 〈춘향전〉의 영향력을 확인할 수 있다.

....

[52] 李軒求, 「映畵館에서 만난 이들」, 『삼천리』, 1938년 10월, 155쪽.

토키 〈춘향전〉의 인기는 문학비평가 김문집金文輯의 발언을 통해서도 확인된다. 김문집은 자신의 영화 사랑에 대해서, 일본 유학 시절 일주일에 4~5회 영화를 보고 영화에 대한 열정으로 영화학교에도 다닌 적이 있으며, 동경東京 무사시노 영화관 프로그램에 영화평을 기고할 정도라고 소개하면서 조선영화에 대해 간략한 인상평을 내놓은 바 있다. 전문가라고 자부하는 그는 조선영화에 대해 전반적으로 그다지 좋은 인상은 아니었다. 그러나 그러한 그조차도 토키 〈춘향전〉에 대해서는 '조선영화 중 제일'이라 호평했다.[53]

확실히 당시의 '지식인들'에게 조선영화가 그다지 인기가 있었다고 볼 수는 없다. 1,2년의 시간적 격차가 있지만 유명 서구 영화들을 조선의 영화관에서 볼 수 있는 상황에서, 여러 가지로 완성도가 떨어지는 조선영화는 문인들을 비롯한 지식인들에게 그다지 보고 싶은 영화는 아니었다. 또한, 당시 지식인들에게서는 조선영화에 대한 민족주의적 관심이나 애정도 그다지 발견되지 않는다. 임화, 심훈, 안석영 등 식민지 시기 문인이자 영화인이라는 이중의 타이틀을 가진 관계자들을 제외하면, 일반 문인들에게 '조선영화'는 관심 밖의 대상이었다. 앞에서 언급했다시피 자신들의 소설이 영화화되었을 때 보였던 문인들의 부정적 반응은 공연예술에 대한 문인들의 전통적인 우월감과 더불어 조선영화의 질에 대한 불신에서 오는 것이었다. 그러나 토키 〈춘향전〉은 조선영화에 대한 지식인들의 편견을 일부분 바꾸는 데 기여했다.

결론적으로 말하자면, 고전소설을 원작으로 한 식민지 시기의 영화

53 金文輯,「溺沒의 映畵回想記」,『여성』, 1936년 5월, 31쪽.

1935년 토키 〈춘향전〉 단성사 광고. 출처 : 『동아일보』, 1935년 10월 4일자.

들은 관객들의 적극적인 참여를 불러일으켰다. 그 '참여'란 단순히 영화 내용에 대한 공감이나 우호적인 감정만을 의미하지는 않는다. 중요한 것은, 영화에 대한 공감이든 비판이든 영화에 대해 뭔가 언급하고 비평하고 공감할 수 있는 토대가 형성되어 있었다는 점이다. 그래서 영화의 내용을 미리 인지하고 충분히 잘 알고 있는 고전소설 원작 영화의 경우, 이러한 토대 덕분에 다른 영화에 비해 풍부한 관객들의 참여를 일으킬 수 있었다. 그 참여는 앞서 인용한 글들처럼 공적인 형태의 담론이기도 하고 영화에 대한 입소문과 같은 구두 논평일 수도 있다. 물론 후자 형태의 참여는 문서로 되어 있지 않기 때문에 확인할 수 없다. 그러나 '춘향전이 유행한다는 말'을 듣고 영화를 보러 왔던 K의 언급 등을 고려할 때 〈춘향전〉을 비롯한 고전소설 원작 영화들이 입소문을 타고 있었음을 알 수 있다.

식민지 시기, 조선영화를 포함하여 수많은 외국 영화들이 개봉되어 관람되었다. 그렇지만 외국 영화들의 경우에는 상대적으로 '많은' 관객들의 입소문을 타기에는 무리가 있었다. 고전소설 원작 영화를 보고 공감했던 경우와 달리, 외국 영화들은 몇몇 영화를 제외하고는 관객들에게 낯선 내용이었고 그렇기 때문에 많은 관객들에게 '만만치' 않은 영화였다. 식민지 시기에 선보인 수많은 외국 영화 그리고 여타의 조선영화 가운데서 고전소설 원작 영화만큼 관객들의 풍부한 반응과 참여를 이끌어 낸 영화는 거의 없었다고 해도 과언이 아니다. 고전소설 원작 영화는 비록 그 영화적 완성도가 낮다 해도 수용자가 이미 잘 알고 있는 내용이었고, 수용자의 기억과 경험 속에 혼융되어 있던 스토리였기 때문에 이러한 참여가 적극적으로 일어날 수 있었다. 이러한 관객의 참여는 저자 및 원 텍스트의 권력으로부터 자유로운 고전소설 원작 영화의 특성이 초래한 결과였다.

입소문, 대화형 소통 구조, 감성 공동체

수용자들의 적극적인 참여는 당시 1급 문화로서 대접받던 인쇄문화의 소통 구조와는 다르다. 인쇄 매체가 저자 중심의 일방적인 소통 구조였다면, 관객의 참여가 일어난 초기영화의 경우에는 권력이 분산된 대화형 소통 구조를 갖고 있다고 볼 수 있다. 특히 고전소설 원작 영화는 이러한 소통 구조를 극대화시킬 수 있는 영화들이었고, 이 구조를 통해 관객들을 일시적으로나마 공통의 감각을 공유하는 공동체로 만들어 낼 수 있었다.

영화는 문학과 달리 그 수용 방식이 영화관이라는 공간 안에서의 집단적 방식이라는 점은 이론적으로 많이 언급되었지만, 과연 이 관객들을 '공동체'로 볼 수 있는가는 또 다른 문제이다. 영화관의 관객들은 영화를 보기 위해 잠시 한 공간에 머물지만, 영화가 종료된 후에는 이내 뿔뿔이 흩어진 개인이 되고 말기 때문이다. 그러나 미디어에는 비록 짧은 순간이지만 이 흩어진 개인들을 하나로 만드는 어떤 '순간'이 존재한다.

애초에 공통의 감각이라는 것은 '미디어'와 필연적으로 관련을 맺을 수밖에 없다. 공통의 감각은 어떤 미디어의 콘텐츠를 공유한 개개인들에게 공통감Gemeinsinn을 일깨우기 때문이다. 공통감은 내용적으로 타자와의 일치된 견해를 의미하는 것이 아니라 소통 가능성을 의미한다.[54] 오늘날 "너 어제 그거 봤어?"로 시작하는 텔레비전 프로그램에 대한 품평이 가능한 것도 미디어가 공통의 감각을 형성시키기 때문이다. 그래서 그 영화에 대해 공감하든 비판하든, 식민지 시기 조선인들은 고전소설 원작 영화를 통해 서로 소통 가능한 광범위한 감성의 공동체가 될 수 있었다.

이러한 광범위한 소통 가능성은 고전소설 원작 영화들이 처음 제작되었던 시기가 바로 조선이 한참 근대화되고 있던 식민지 시기라는 점을 상기해 보면 중요한 의미가 있다. 고전소설 원작 영화들이 최초로 상영되기 시작한 1920,30년대를 떠올려 보자. 근대화modernization 과정에 접어든 식민지 조선은 절대로 균질적인 공간이 아니었다. 경성과 지방 그리고 신교육을 받은 엘리트들과 그렇지 않은 다수의 군중들 사이에는 근대화의 정도에서 격차가 벌어져 있었고, 그 심리적 괴리감 역시 컸다. 이러한 격차는 광범위하게 소통 가능성을 훼손시킨다. 똑같은 시공간에 살고 있지만 '무엇을 가지고 이야기할 것인가' 하는 소통의 통로가 일치하지 않기 때문이다. 이러한 상황에서 신교육을 받은 엘리트들은 흔히 계몽적 입장으로 아직 근대화되지 않은 '우매한' 군중

....

54 칸트가 말하는 '공통감Gemeinsinn'이란 우리가 우리의 미적 판단에 대해서 모든 사람들의 동의를 구할 수 있는 공통의 근거이며, 보편적 의사소통 가능성을 미감을 통해서 확인하는 능력이다. 박영욱, 『매체, 매체예술 그리고 철학』, 향연, 2008, 40쪽.

을 훈계하곤 했는데, '책'은 바로 이러한 지식인들의 권위와 권력을 뒷받침하는 매체였다.

그러나 영화는 '책'과는 사뭇 달랐다. 영화 역시 지식인들의 권위와 권력으로부터 완전히 자유롭지 않았지만, 영화가 특히 '고전소설'을 다루는 한에서는 이에 대한 지식인의 권위와 권력이 현저히 약화되었다. 누구나 알고 있다고 생각되는, 그래서 특정한 사람에게 배타적으로 소유되지 않는 고전소설 영화의 경우, 누구나 그 영화에 대해서 '한마디' 언급할 수 있고 그 영화의 관람에 적극 참여할 수 있었기 때문이다. 이러한 현상은 소통의 가능성을 열고, 소위 '입소문'을 발생시켰다. 결정적으로, 고전소설의 영화화는 더 '많은' 관객들에게 영화관의 문턱을 낮추었고 그 덕에 소통이 가능해진 집단은 감성의 공동체로 거듭나게 되었다. 고전소설을 매개로 이 공동체 안에서 엘리트 지식인과 그렇지 않은 평범한 사람들은 서로 소통할 수 있으며, 그들의 지적 격차는 줄어들 수 있다.

고전소설 원작 영화 붐은 식민지 시기 이후 50년대 중반에 또다시 반복된다. 1955년 〈춘향전〉이 대히트하면서 50년대 후반의 한국영화 붐이 생겨나고, 나아가 60년대의 한국영화 황금기로 이어졌다는 사실은 잘 알려져 있다. 여기에 비록 고전소설은 아니지만 노래 〈춘향가〉나 〈심청가〉를 삽입한 1993년 영화 〈서편제〉를 변형된 〈심청전〉·〈춘향전〉으로 볼 수 있다면, 90년대 이후 한국영화의 도약과 성장에까지 고전소설이 기여했다고 할 수 있다.

물론 한국 사회가 텔레비전 등 미디어의 영향력이 사회를 장악하여 완전한 대중사회의 면모를 갖추기 시작한 이후로 고전소설 원작 영화

1993년 영화 〈서편제〉.

의 영향력이 현저히 줄어들었음은 인정하지 않을 수 없다. 1993년의 영화 〈서편제〉는 고전소설 원작 영화의 영향력이 마지막으로 불꽃을 태운 순간이 아니었을까 싶다. 이제는 고전소설 원작 영화가 아니더라도 대중이 소비할 수 있는 많은 공통의 소재가 생겨났고, 많은 사람들이 미디어 콘텐츠를 통해 '대중'이라는 이름으로 묶여 소통하는 시대가 되었다.

　이러한 상황에서 2000년대 이후에 제작된 고전소설 원작 영화들이 원 텍스트의 익숙한 줄거리를 포기하고 줄거리를 창의적으로 변형시키는 식으로 새로운 활로를 모색한다는 점은 의미심장하다. 원 텍스트의 줄거리를 그대로 반복하는 고전소설 원작 영화로는 더 이상 대중들의 관심을 얻기 어렵다는 판단에서다. 그리하여 〈장화, 홍련〉(2003), 〈전우치〉(2009), 〈방자전〉(2010), 〈마담 뻥덕〉(2014) 등 2000년대 이후에 제작된 고전소설 원작 영화들은 줄거리와 등장인물을 대폭 변형시켜 원 텍스트와의 관련성을 최소화하는 데에까지 이르렀다. 이러한 현대의 이본異本들은 원 텍스트의 흔적을 간직하고는 있지만 거의 새로운 창작물이라 할 수 있을 정도로 원작의 변형이 심하다. 이 새로운 창작물들의 탄생은 1920,30년대 혹은 1950,60년대 고전소설 원작 영화들이 제작될 당시의 사회적 상황과는 사뭇 달라진 현재적 상황을 반영하고 있다.

　식민지 시기 제작된 고전소설 원작 영화들의 한계는 분명하다. 무엇보다, 내러티브상 원작을 그대로 재현하는 데 치중했기 때문에 '현재 식민지 조선'이라는 당대의 문제의식을 담아낼 수 없었다. 익숙한 이야기를 다룸으로써 영화의 리터러시에 익숙하지 않은 관객들을 영화관으로 끌어 모으는 데에는 적절했지만 그 이상을 바라기는 어려웠다. 이러한 상황에서 현대물인 〈아리랑〉(1926)의 성공은 고전소설 원작 영화들이 거둔 성공과는 다른 방식의 성공이란 점에서 그 의미가 크다. 즉, 〈아리랑〉으로 대표되는 나운규 영화들은 관객들에게 강한 정치적 상상력을 일깨우는 영화로서 매우 중요한 의의를 갖는다.

그러나 고전소설 원작 영화들이 만들어지던 시기는 일본 자본과 기술로부터 독립된 조선영화의 장을 만들고자 노력했던 시기이기도 하다. 그래서 해방 이후 영화사 서술에서 이 시기가 마치 '독립운동'처럼 신비화되는 것이다. 한 무성영화 감독이 이로부터 40년 후 이 시기를 어떻게 기억하고 있는지를 살펴보자. 윤백남과 함께 일본인 다카사 간조우高佐貫長가 운영하던 조선키네마주식회사(1924년 〈海의 비곡〉 제작사)를 나와 윤백남 프로덕션을 만들면서 감독 이경손이 느낀 것은 어떤 민족주의적 신념이었다. 그는 이때 다카사高佐를 배반한다는 죄책감이 아니라 '우리' 영화를 만들겠다는 확고한 신념을 느꼈다고 밝혔다. 물론 기억에 의해 왜곡되었을 가능성은 충분히 있지만, 그의 회고는 이 시기 영화인들이 가졌던 의식의 한 대목을 말해 주고 있다.

그러나 나는 쾌히 승낙했던 것이다. 살얼음 위를 걷는 셈이었지만 나로서는 우리 영화의 제일막을 열겠다는 집념이 나로 하여금 그것을 응낙하게 했다. 고좌高佐의 도산倒産쯤이야 내가 알 바가 아니었다. 오히려

속시원한 일인지도 몰랐다. **결국 나의 이러한 집념과 윤백남의 곤경이
「우리영화」를 만들도록 했다.**[55] (강조ㅡ인용자)

물론 이러한 고백은 영화를 만들었던 영화인의 것이다. 실제 조선
관객들은 이보다 훨씬 소박하고 단순한 차원에서 조선인의 얼굴과 서
사를 보고 즐거워했을 것이고, 그럼으로써 외국 영화가 주는 불편함에
서 해방되었을 것이다. 여기에 '민족주의'라는 이념을 덧붙이는 것은
너무 거창하다. 관객의 출발은 일단 거창한 신념이나 이념보다는 익숙
한 것을 '보는' 즐거움에서 비롯되었던 것이다.

....

55 이경손, 「무성영화 시대의 자전」, 『신동아』, 1964년 12월, 330쪽.

2

나운규 영화의 정치적 상상력과
일상적 축제로서의 영화 관람

'나운규표' 영화와 20년대 대중

1926년 12월 최승일은 「라듸오 · 스폿트 · 키네마」라는 제목의, 당시 대중문화의 추이를 진단한 글에서 "사실상 영화는 소설을 정복하였다"라는 선언을 한 바 있다. 이 선언 자체는 조선에서는 약간은 섣부른 선언이기는 하였지만, 이 글이 나오기 두 달 전 단성사에서 개봉한 영화 〈아리랑〉이 있었기에 나올 수 있는 대범한 선언이었다. 영화 〈아리랑〉의 성공은 당시 상설관의 입장료가 10전까지 떨어진 덕에 영화 관객이 폭발적으로 늘어난 것에도 한 원인이 있었다. 최승일은 10전이라는 입장료가 영화제작비에 비해 터무니없다고 생각하면서도, 헐값의 입장료 덕에 몰려든 새로운 영화 팬의 존재를 반가워하고 있다.

내가 어렷슬 적에 돈 십전을 내이고 구경해 본 적이 잇지마는 요즈막 와서 상설관에서 십전밧는다는 것은 아마도 이 지구 우에 조선밧게 업스리라. 그러나 엇잿든 잘한 일이다. 다른 것—모든 예술보다도 가장 민중과 갓가울 의미를 가진 영화조차 일반 민중의게서 작고 멀어간다는 것은 좀 섭섭한 일이니까. 십전 바들제 몰키어드러온 새로운 팬! 그들이 정말 영화의 팬인 것을 짐작해야만 될 것이다. 〔중략〕 그러나 여기에 한 개의 획시대적 산물이 잇스니 그것은 아리랑-아리랑-이 그것이다.[1]

영화 〈아리랑〉의 성공은 분명 최승일의 언급대로 조선의 대중문화 성장사상 가장 상징적인 사건이지만, 이 영화가 최초로 상영된 1926년 이후 오랜 기간 신화로서 각색되어 전해진 측면도 없지 않다. 단성사 선전부장이었던 이구영의 증언을 다시 빌리자면, 〈아리랑〉의 광고지가 압수당했고 그 소식이 삽시간에 퍼져 극장 문이 부서지도록 관객이 쇄도했다는 그의 증언[2]은 비록 거짓은 아니겠지만 전단지를 직접 제작한 선전부장으로서 그 당시의 감격을 극적으로 윤색했을 가능성이 있어 보인다. 그 후로 〈아리랑〉은 나운규의 이름과 더불어 한국영화 혹은 민족영화의 기원으로서 한국영화사와 대중의 기억 속에 각인되었다. 여기에 〈아리랑〉의 필름이 전해지지 않는 상황은 〈아리랑〉의 전설 혹은 신화를 더욱 강화시켰다.

〈아리랑〉이 신화가 된 것은 그야말로 전설적인 관객 동원 때문이며, 이러한 관객 동원의 원인은 영화 〈아리랑〉의 완성도 외에도 이 영화의 감독 · 주연 · 각색을 담당했던 나운규라는 천재 영화인의 출현, 그리

....

1 승일, 「라듸어 · 스폿트 · 키네마」, 『별건곤』, 1926년 12월, 108쪽.
2 김성춘 · 복혜숙 · 이구영 편, 『한국영화사를 위한 증언록』, 소도, 2003, 279쪽.

고 일본 식민통치에 대한 민중적 저항에 있다고 볼 수 있다. 그런데 영화 〈아리랑〉을 눈으로 확인할 수 없는 지금 상황에서는 〈아리랑〉의 흥행 요인들이 다소 낭만적인 시각에서 윤색되어 온 것이 아닌

〈아리랑〉이 상영될 무렵의 단성사. 출처 : 『동아일보』, 1925년 4월 1일자.

가 하는 의구심이 드는 것도 사실이다. 물론 낭만적 시각 자체가 무의한 것은 아니다. 다만, 〈아리랑〉 신화의 배경에 당시 관객들이 극장으로 몰릴 수밖에 없었던 조건과 상황이 첨가되어야 한다는 의미다.

그 조건이란, 최승일도 지적했다시피 조선영화에 기꺼이 입장료를 지불할 수 있는 관객들의 양적 성장이다. 〈아리랑〉이 상영될 당시 '10전'이란 입장료는 20년대 중반 극장가에서는 최저의 입장료로, 10년대에 비해서 매우 저렴한 입장료였다. 당시 개봉관에서 특등석 기준 30원에서 20원, 10원의 차등적인 입장료를 받고 있었는데, 이는 1900년대와 10년대 입장료에 비해 물가상승률 대비 매우 저렴해진 것이었다. 1900년대 원각사·협률사·장안사 등의 입장료는 1원에서 15원으로 차별화되어 있었고, 10년대 경성고등연예관·대정관·우미관의 경우도 각 극장마다 편차가 있지만 대개 1원부터 20전까지 차등화되어 있었다.[3] 10전 정도의 입장료는 20년대 당시 임금노동자의 일당과 견주어 보았을 때 일당을 받고 일하는 노동자들도 능히 영화관을 출입할 수 있는

....

3 1900대~1910년대의 입장료 변화 추이에 대해서는 여선정, 「무성영화시대 식민도시 서울의 영화 관람성 연구」, 중앙대 석사학위논문, 1999, 9~11쪽을 참조하였다.

정도였다. 조선인 공장 노동자 남성은 1929년경 약 1원의 일당을, 여성
노동자는 약 59전의 임금을 받고 있었던 상황[4]에서 10전 정도의 입장료
는 자주는 아니어도 충분히 지출할 수 있는 수준이었기 때문이다.

　이 노동자들을 포함한 광범위한 도시 관객들의 존재가 20년대 중반
조선영화의 흥행을 가능하게 한 조건 중의 하나였다. 이러한 다수 조선
인 관객의 존재가 '조선영화'에 대한 요구를 불러일으켰다고 해도 과언
이 아니다. 영화제작은 무엇보다 자본의 회수를 요구하는 산업이니만
큼, 무엇보다 '조선영화'에 대한 수요가 예측되지 않는 상황에서는 최소
3천 원 이상의 제작비가 드는 무성영화 제작에 뛰어들 수 없다. 앞 장
에서 언급했다시피 〈춘향전〉과 〈장화홍련전〉을 위시한 고전소설 원작
영화들은 조선영화 관객의 존재와 확장 가능성을 확인해 주었고, 1926
년의 〈아리랑〉은 그 기반 위에서 일종의 신드롬을 일으킬 수 있었다.

　그런데 초기 조선영화의 관객, 특히 〈아리랑〉으로 대표되는 나운규
영화의 관객에 대해 30년대 후반 영화 비평가로 가장 날카로운 필봉을
휘둘렀던 오영진은 '고도의 기성 예술에 인연 없는 우매한 중생', 즉 새
로운 근대 문화에서 소외된 사람들이었다고 지적한 바 있다.[5] 오영진
은 특히 나운규 영화 중 〈개화당이문〉(1932) 이전의 영화들, 곧 30년대
이전에 만들어진 나운규 영화가 저급한 관객을 대상으로 했다는 점에
서 한계가 있다고 말하고 있는데, 오영진의 지적을 부르디외P. Bourdieu
의 용어로 바꾸어 말하자면 문화자본과 상징자본이 희박한 이들이 20

....

4　조기준 외, 『日帝下의 民族生活史』, 민중서관, 1971, 437쪽.

5　오영진, 「조선영화의 時相－朝鮮映畵論抄」, 『조광』, 1939년 2월, 209쪽.

년대 나운규 영화의 주요 관객이었다는 지적이다.

경성제대 출신의 엘리트 영화 비평가 오영진이 내린 30년대 이전의 나운규 영화에 대한 평가가 정당했는가 하는 문제는 일단 차지하고, 당시의 영화 관객이 중산층에서 도시의 하층계급lower class으로 이동하고 있다는 사실을 배경으로, 나운규의 영화가 이들의 정서를 적극 반영한 것이 성공의 주된 요인이었음을 알 수 있다. 이는 이구영의 언급에서도 확인되는데, 이구영은 20년대 중반까지 문화를 향유하던 이들은 주로 중산계급 사람들이었으나 20년대 중반 들어 그들의 세력이 퇴조하고 농민·노동자가 그 중심 세력으로 변화되고 있다고 말한 바 있다.[6] 이러한 언급들을 통해 20년대 중반부터 조선에서는 영화 소비자로서 하위 계급이 부각되고 있었음을 알 수 있다.

하위 계급이 관객으로 포함되었다는 것은 관객층이 그만큼 두터워졌음을 의미한다. 나운규의 〈아리랑〉이 이러한 시기에 때맞춰 등장했거나 아니면 역으로 관객층이 두터워지는 데 기여했을 수 있다. 중요한 것은, 이러한 선후先後 관계보다도 〈아리랑〉이 당시 식민지 조선 사회가 일부 식자층만이 문화를 향유하던 시대를 벗어나 말 그대로 대중적 문화 소비의 시대로 돌입하고 있었음을 상징적으로 보여 주었다는 데 있다. 「라듸오·스폿트·키네마」에서 최승일이 흥분조로 외친 선언은, 해석하자면 이러한 변화에 대한 감격을 표현한 것이다.

1926년 〈아리랑〉은 당시의 맥락에서 보면 식민지 조선의 '현재' 상황을 폭로한 충격적인 영화였다. 그만큼 〈아리랑〉에는 부당한 권력과 핍

....

6 李龜永, 「민중오락과 영화극」, 『신민』, 1926년 10월, 124쪽.

박 받는 민중들의 분노가 고스란히 전해지는, 말하자면 민중들의 정치적 상상력을 일깨우는 측면이 있었다. 이는 1923년경부터 제작되어 온 〈춘향전〉, 〈심청전〉 등의 고전소설 원작 영화들이 줄 수 없었던 충격이었다. 〈아리랑〉이라는, 현재 조선의 이야기에 열광한 관객들은 '나운규 영화'에 대한 팬덤fandom을 형성해 나갔고, 그 결과 나운규는 자신의 이름을 걸고 영화를 만드는 최초의 조선인이 되었다.

이 현상은 시기적으로 〈아리랑〉(1926)부터 1929년 '나운규 프로덕션'이 해체되기 이전, 조선 무성영화의 황금기이자 무성영화 관객의 전성기로 불리는 시절에 나타났다. 영화사적으로는 조선에서 '토키'의 물결이 본격적으로 일기 직전이며, 1930년을 전후로 영화관이 불황을 맞기 이전이다.

무성영화 황금기를 표상하는 '나운규'의 상징적 지위는 그리 오래가지 못했다. 20년대 말부터 나운규와 그의 영화는 궁지에 몰리기 시작했고, 나운규와 그 구성원들 간의 불화 끝에 나운규 프로덕션은 해체되었다. 이러한 곤궁에 대해 기생 출신으로 나운규 영화에 출현하기도 했던 나운규의 연인 유신방의 사치 때문이라는 주장도 있지만, 나운규의 몰락은 단순히 개인적 사생활 때문이라기보다는 영화계라는 전체적인 장의 문제에서 볼 때 무성영화의 관객 혹은 이들의 하층민적 취향이 주변화되는 현상과 관련되어 있다. 대중적 문화 소비는 취향의 다양화 혹은 분화 속에서 취향들 간의 헤게모니 문제를 동반하게 된다. 즉, 30년대 이후 이른바 영화의 미학화 · 예술화라는 당위 속에서 소위 '고급 팬'의 취향이 '일반적인' 표준으로 등장하게 된 시기에 나운규 영화가 힘을 잃게 되는 현상에 주목하지 않을 수 없는 것이다.

이른바 고급 팬들의 취향이 조선영화의 일반
적·보편적 기준이 되는 것은 30년대부터이다.
이 시기에 본격적으로 활성화된 영화 비평은
'조선영화'의 방향을 오락이 아닌 예술에 두었
고, 그 결과 하층민 취향의 요소들은 고급 팬들
의 취향으로 새롭게 전유되거나 혹은 사라질 처
지에 놓이게 되었다. 앞서 인용했던 나운규 영
화에 대한 오영진의 평가도 이러한 시대적 배경
속에서 나온 것이다. 더 광범위한 관객들, 즉 별
다르게 문화에 관한 상징자본이 없는 이들이 주
로 '조선영화'나 변사辯士의 연행performance을 통해
번역된 서구 영화를 보고 싶어 한 반면, 상대적
으로 세련되고 고급한 취향을 가진 지식인이나

본격적인 스타 시스템의
장을 연 나운규. 출처 :
『조광』, 1937년 10월.

학생들은 '조선영화'를 진지한 감상의 대상이 아닌 하나의 무관심한 '실
험'으로 그리고 변사의 연행을 수준 낮은 쇼로 여겼다.

이는 20년대 초반부터 후반까지 제작된 조선영화를 보고 글을 남긴
사람들이 대개 영화감독이나 제작자 등 조선 영화계 내부 인사들이라
는 점에서도 확인된다. 이들을 제외하고 조선영화 제작과 관련이 없는
여타의 지식층들은 조선영화를 보고 글을 남기려는 시도조차 거의 하
지 않았다. 당시 지식인들의 영화 체험 글은 곳곳에서 발견되지만, 거
의가 서구 영화에 대한 글이다. 조선영화와 서구 영화로 나누어진 이
러한 관객과 취향의 이원화는 식민지 시기를 지나 한국영화 황금기인
60년대까지 지속되었다.

나운규 영화의 서사 전략과 정치적 상상력

나운규의 유명세를 적극적으로 활용한 영화들은 20년대 후반에서 30년대 초에 주로 제작·상영되었다. 나운규는 조선에서 자신의 이름 자체를 상품화한 최초의 스타 시스템을 만들었다고 할 수 있다.

〈아리랑〉의 성공 이후 나운규는 일본인 요도淀虎 藏가 설립한 '조선키네마주식회사'에서 제작한 〈풍운아風雲兒〉(1926), 〈야서野鼠〉(1927), 〈금붕어〉(1927)에서 연출과 주연을 맡았다. 이어 자신의 이름을 내건 '나운규 프로덕션'에서 〈잘 있거라〉(1927), 〈옥녀〉(1928), 〈두만강 건너서(사랑을 찾아서)〉(1928), 〈사나이〉(1928), 〈벙어리 삼룡〉(1929) 등을 만들게 된다. 나운규가 연출과 주연을 맡은 영화들의 필모그라피는 다음 표와 같다.

이 목록은 김갑의 편저 『춘사 나운규 전집-그 생애와 예술』(집문당, 2001)과 김종욱 편저 『춘사 나운규 전작집』(국학자료원, 2002)을 토대로, 상세한 내용은 여러 신문 자료를 근거로 보충한 것이다. 나운규가 단역으로 등장한 영화와 연쇄극은 제외되었고, 제작하다 중단된 영화도 이 표에서는 제외되었다.(*표는 주연과 감독을 겸한 것이다.)

제목	개봉 시기	제작사	내용 및 장르	비고
아리랑*	1926.10	조선키네마주식회사 (일본인 출자 회사)	농촌 배경, 농민의 수난과 저항	희대의 흥행
풍운아*	1926.12	조선키네마주식회사	도시, 멜로, 활극	〈아리랑〉의 여세몰이
야서*	1927.4	조선키네마주식회사	도시, 활극	신일선, 주인규 출연
금붕어*	1927.7	조선키네마주식회사	도시, 중산층 부부, 멜로	김정숙 출연

잘 있거라*	1927. 10	나운규 프로덕션 1회	도시 빈민, 활극, 빈민 애화	이금룡, 전옥 출연
옥녀*	1928. 1	나운규 프로덕션	옥녀를 두고 다툰 형제의 치정극, 멜로	전옥, 주삼손 출연
두만강 건너서* (사랑을 찾아서)	1928. 4	나운규 프로덕션	국경을 넘는 빈민들, 활극, 암시적 민족주의	간도 로케이션, 요도 제작비 출자자
사나이*	1928. 11	나운규 프로덕션	영웅의 활약	유신방 데뷔, 혹평
벙어리 삼룡*	1929. 1	나운규 프로덕션	나도향 소설 원작	카프 평론가 맹비판
이후 나운규 프로덕션 해체(1929. 4), 임수호의 제안으로 나운규 지방 순회공연				
아리랑 후편*	1930. 2	원방각사 (박정현 출자회사)	출옥한 영진, 다시 살인 후 체포	'아리랑' 논쟁으로 비화
철인도*	1930. 4	원방각사	도시 빈민, 액션, 개심하게 된 깡패	서광제, 나운규 논쟁
금강한*	1931. 3	遠山滿 프로덕션 (일본인 회사)	순진한 청년과 그의 누이가 실연함으로써 일어나는 비극	
남편은 경비대로	1931. 5	遠山滿 프로덕션		조선총독부 경무국 후원, 전국무료상영
개화당 이문*	1932. 6	원방각사	갑신정변 소재, 활극	나운규, 재기 시도
임자 없는 나룻배	1932. 9	유신키네마사	뱃사공의 살인과 방화	홍행 대성공, 이규환 연출
종로	1933. 10	대구영화촬영소	사랑에 실패한 청년이 돈을 벌다 돈으로 망함	나운규 주연·각색·원작, 감독은 양철
7번통 사건*	1934. 11	현성완 프로덕션	활극, 아편 소굴 배경	
무화과*	1935. 6	조선키네마사 (현성완 설립)	예술가 청년들의 사랑	원작 라보엠
강 건너 마을	1935. 9	한양영화주식회사	농촌, 빈민, 착취	나운규 감독
그림자*	1935. 9	조선키네마사	계모에 대한 복수	대기괴 모험 복수편 (광고문고)
아리랑 제3편*	1936. 2	한양영화주식회사	미친 오빠 영진, 누이 영희, 영희를 못살게 구는 태준	토키
오몽녀	1937. 1	조선영화주식회사	이태준 소설 원작	최후의 역작으로 평가, 토키

나운규 영화들은 크게 나운규 프로덕션 시기와 그 이후 시기로 나눌 수 있다. 나운규 영화의 전성기는 나운규 프로덕션 시기라 할 수 있지만, 이 시절 영화들에 대한 평가는 홍행 성적에 비해 그다지 우호적인 것만은 아니었다. 특히 〈잘 있거라〉, 〈사나이〉와 〈벙어리 삼룡〉에 대

한 평가는 신랄했다. 〈사나이〉의 여주인공이 정조를 잃어버렸음을 비관하여 자살한 행동을 두고 '보수적이고 봉건적'라는 평가,[7] 〈벙어리 삼룡〉의 '삼룡'이 주인에게 반항하지 않음으로써 끝내 '자본가의 주구走狗'가 된 영화라는 평가[8] 등 특히 마르크스주의적 관점을 가진 카프 비평가 윤효봉(윤기정), 서광제 등이 나운규 영화를 혹평했다. 20년대 후반, 식민지 조선의 인텔리 집단에서 계급주의와 마르크스주의는 부정할 수 없는 지적 트렌드였고, 이들의 눈에 나운규 영화는 혹독한 비판의 대상이었다.

그렇다면 나운규 영화의 어떤 점들이 이 같은 혹평을 불러왔을까. 다음은 카프계 비평가는 아니지만 역시 계급주의적 입장을 공유하고 있던 당시 『조선일보』 사회부 부장 유광렬이 〈잘 있거라〉에 대해 쓴 평문의 일부이다.

전일 기생으로 부호의 첩 된 여자가 머리털 흰 영감에게 성욕의 불만을 느끼고 청직이와 서로 정을 통한 것이라든지 그러다가 다시 호협하고 감격에 끓는 청년에게 마음을 옮기어 누르스름하고 냄새나는 청직이를 박찬 것만 그럴 듯하다. 필경은 타락이 되어 가지고 다시는 일어서지 못한 것이 '잘 잇거라'를 묶은 세상의 일면인지 모르겠으나 그로 하여금 분연히 싸우는 길로 내세우며 그 자신의 입으로 '잘 잇거라'를 부르게 못

7 尹曉峰, 「朝鮮映畵는 發展하는가－'사나이'를 본 감상」, 『조선지광』, 1928년 11월, 12월 합병호, 89쪽.

8 S生, 「試寫室－故 滔香 羅彬氏의 原作 '벙어리 三龍이'를 보고서」, 『조선일보』, 1929년 1월 20일자 ; 徐光霽, 「朝鮮映畵小評－벙어리 삼룡」, 『조선일보』, 1929년 1월 29일자.

하엿던가?[9]

영화 〈잘 있거라〉 스틸. 출처 :
『조선일보』, 1927년 11월 11일자.

〈잘 있거라〉의 주요 등장인물들은 탐욕스러운 부호, 그의 첩, 가난한 청년들, 청년의 애인으로 부호의 노리개가 되는 처녀이다. 부호의 첩은 가난하지만 건강한 청년을 사랑하고, 돈을 가진 부호는 가난한 처녀를 괴롭힌다. 처녀와 순수한 사랑을 하던 또 다른 젊은이는 살인 누명을 쓰고 감옥에 갇혀 죽고, 처녀 대신 복수하려던 첩의 연인 역시 늙은 부호를 죽이고 자신도 죽음을 맞이한다. 분명 이 영화에는 부자와 빈자 사이의 계급적 갈등이 플롯에 주요한 동력을 부여한다. 그러나 사랑과 치정으로 얽혀 있는 인물 간의 관계들로 인해 인물들 간의 계급적 갈등이 계급적 각성으로 이어지지 않은 채 원한 관계에 의한 비극적 파국으로 치닫는다.

농촌 혹은 도시의 하층민이 등장하는 나운규의 영화는 부자와 빈자 사이의 계급적 갈등을 주된 테마로 삼았고, 이 점이 마르크스주의 비평가들의 주의를 끌게 된 것은 당연한 결과였다. 그러나 나운규 영화는 소재와 플롯 상에서 이들의 주의를 끌었지만, '그들의 입장에서 보면' 끝내 기대를 저버린 영화라고 할 수 있다. 마르크스주의 비평가들이 원하는 계급 갈등의 해결 방식을 보여 주지 않았을뿐더러, 나운규

....

9 柳光烈, 「〈잘 잇거라〉는 무엇을 보여 주었는가」, 『조선일보』, 1927년 11월 9일~11일자. 인용문은 11월 10일자.

영화가 기반으로 하고 있는 감성이란 애초에 자연발생적인 분노에 가까운 탓에 조직적이고 의식적인 계급투쟁으로 이어질 수 있는 성질이 아니었기 때문이다. 문학사의 관점에서 나운규의 영화들을 보면, 의식적인 계급문학이 아니라 가난한 농민들의 처절한 분노를 다룬 최서해崔曙海의 소설과 같은, 자연발생적인 신경향파 소설로 비유될 수 있다.

여기에 비평가들이 암묵적으로 영화를 '오락'이 아닌 '예술'로 전제하고 있었다는 사실도 간과될 수 없다. 그들의 전제대로 예술이 사회에 대한 작가의 의식을 녹여 낸 정신적 산물이라면, 나운규의 영화는 예술에 대한 지식과 사회에 대한 충분한 고민이 결여된 채 대중들의 감성에만 밀착해 만들어진 것이었다.

> 나운규 군과 나는 일면식도 없고 또 듣건대 나이 젊은 사람이라니 더 공부도 하고 싸우기 바란다.[10]

이러한 일갈에는 우매한 이들을 일깨워야 한다는 일종의 계몽주의적 오만함이 전제되어 있다. 그랬으니 그들의 눈에는 영화 생산자들뿐만 아니라 이러한 나운규 스타일의 영화를 즐겨 보는 관객들까지도 못땅하게 보인 것이 당연하다. 물론 마르크스주의적 관점이 당시 지식인들 사이에서 시대적 대세이기는 했지만, 이러한 마르크스주의적 관점에 모든 비평가가 동의한 것은 아니다. 꼭 나운규 영화를 지칭하지는 않았지만 당시의 영화 비평이 지나치게 소수 '인텔리겐차'의 기준에 맞

----

10 유광렬, 앞의 글, 인용문은 11월 11일자.

취져 있어 영화를 '숭고한 예술'로 본 나머지 '정작 영화를 향락하는 대중과는 거리가 있다'는 심훈의 지적은,[11] 이 비평가들의 입장에 당대인들이 모두 동의한 것은 아님을 짐작하게 한다.

예술이면서 오락이라는 영화의 이원적 정체성에서 보면, 나운규 영화는 확실히 오락물 혹은 볼거리spectacle에 더 가깝다. 연구자들은 나운규 영화가 당시의 대중들에게 어필할 수 있었던 요소들로 여러 요인을 든다. 한편으로는 동정심, 질투, 연민, 선망, 탐욕 등의 여러 이질적인 감정적 요소들을 버라이어티처럼 보여 주면서 이를 하나의 텍스트로 봉합했다는 점,[12] 다른 한편으로는 나운규가 스스로 강조했다시피 〈아리랑〉의 경우 조선에 수입된 활극영화에서나 볼 수 있었던 '빠른 템포와 스피드'라는 활극적인 요소를 혁신적으로 활용하고 있다는 점 등을 그 근거로 들고 있다. '빠른 템포와 스피드'라는 〈아리랑〉의 새로움은 나운규가 「'아리랑'을 만들 때─조선영화감독 고심담」(『조선영화』, 1936년 11월)에서 자평한 점이기도 하다.

그러나 〈아리랑〉은 이러한 활극(액션영화)적 요소로만 환원되지 않는 여러 이질적인 요소들을 통합한 다중적인 장르적 효과를 가지고 있다. 이를 가리켜 멜로드라마인 신파와 액션영화인 활극이 결합되어 있다고도 표현할 수 있을 것이다.[13] 즉, 짐작컨대 〈아리랑〉을 토대로 나

....

11 沈熏, 「映畵批評에 對하야」, 『별건곤』, 1928년 2월, 148쪽.

12 이러한 의미에서 벤 싱어Ben Singer가 제안한 '양식으로서의 멜로드라마'라는 개념으로 영화 〈아리랑〉을 분석한 주창규의 논문은, 〈아리랑〉에 등장하는 페이소스, 동정심, 질투, 연민, 선망, 탐욕, 원망, 정욕 등의 수많은 정서가 겹쳐짐으로써 벤 싱어의 다섯 가지 형상의 '클러스터'로서의 멜로드라마 개념에 부합된다고 주장하고 있다. 주창규, 「무성영화 〈아리랑〉의 탈식민성에 대한 접근」, 『정신문화연구』, 2007년 봄호, 200~203쪽.

13 〈아리랑〉의 장르적 요소에 대해서는 이정하, 「나운규의 〈아리랑〉(1926)의 재구성─〈아리랑〉의 활

운규 영화의 스타일을 짐작해 볼 때 일관성 있는 스타일이나 장르 효과보다는 많은 이질적인 것들을 하나의 텍스트로 봉합하고 버무림으로써 일관되지 않은 관객들의 취향을 동시에 고려했던 것으로 보인다.

나운규 영화가 갖는 이러한 스타일 상의 특징은 영화가 전해지지 않은 상황에서 입증되기 어려운 점들이 있지만, 적어도 '내러티브' 상의 특징들에 대해서는 분석이 가능하다. 나운규 영화가 하층민 감성에 호소할 수 있는 주요 내러티브 상의 전략으로는 환상phantasy, 남성 영웅, 반근대성을 들 수 있다. 이러한 전략들은 각각 독립되어 있다기보다는 서로 긴밀한 관련을 맺고 있는데, '환상'과 '영웅'의 등장은 나운규 영화의 '반反근대성'이라는 메시지로 수렴된다. 그리고 이러한 반근대성의 메시지는 나름의 한계는 있지만 자본주의에 대한 혐오와 거부의식이라는 정치적 상상력을 내포하고 있다.

환상fantasy – 타자의 언어

나운규를 스타덤에 오르게 한 출세작 〈아리랑〉은 잘 알려진 바대로, 철학을 공부하다 미치광이가 된 영진, 그의 친구 현구, 영진의 여동생 영희로 이루어진 선한 인물들과, 영희 부친의 빚을 미끼로 영희를 넘보는 악인인 마름 오기호의 대립 관계가 중심을 이루고 있다. 이 영화에서 가장 충격적인 사건은 광인인 영진이 영희를 겁탈하려는 오기호

극적 효과 혹은 효과의 생산」(『영화연구』, 26호, 2005년)을 참조하였다.

를 낫으로 찍어 죽인 후 제정신으로 돌아오는 것이다. 영진이 악인惡人 오기호를 볼 때마다 보게 되는 '환상'은 그의 과격한 행위에 강한 동기를 부여한다.

다음의 인용문은 영화소설 〈아리랑〉 중에서 광인 영진이 보는 환상을 묘사한 부분이다. 현재 무성영화 〈아리랑〉의 대본은 남아 있지 않다. 〈아리랑〉의 내용을 재

영화 〈아리랑〉 속 나운규. 출처 : 『매일신보』, 1926년 10월 10 일자.

구성한 가장 오래된 텍스트는 1929년 박문서관에서 발행된 영화소설 「아리랑」이다. 머리말에서 이 영화소설은 나운규가 아니라 문일文一이 썼고, 단성사 변사 서상필의 도움을 받아 영화 〈아리랑〉을 영화소설로 고쳤다고 말하고 있다. 다음에 인용되는 구절도 바로 박문서관에서 발행된 영화소설 「아리랑」의 일부이다.

T '이 약한 계집애야 네가 사랑하는 그 사나이에게도 가거라. 아니 가면 죽인다.'

영진이〔환상 속 나그네〕는 그리고 두 사람더러 끼어 안으라고 이상스러이 이르는 것이다. 두 사람은 어쩔 줄 모르다가 둘이 껴안으려 할 때 영진이는 또 현구를 가리키며 소리 지른다.

T '불쌍한 젊은이여, 그 계집애를 껴안아라. 그리고 네가 살아 있는 동안 놓지를 말아라' 현구는 어쩔 수 없이 영희를 껴안는다. 영진이는 또 명령을 한다.

T '그리고 너희들의 세상으로 가거라.'

미친 영진이는 이렇게 하여 놓고 웃으면서 저쪽 담으로 넘어갔다. 현구와 영희는 겨우 정신을 차렸다[14]

영진의 환상에는 '인디안 상인', '나그네' 그리고 '두 남녀'가 등장한다. 사막에서 물을 달라는 나그네에게 인디안 상인은 '악마처럼' 그를 발길로 차 버린다. 이어 등장하는 두 남녀 역시 인디안 상인에게 물을 달라고 애원하지만, 상인은 물을 미끼로 여자에게 '남자를 버리고 자신을 쫓아오라는' 제안을 한다. 여자는 인디안 상인의 제안에 응하고, 이 광경을 본 나그네는 분노하여 격투 끝에 인디안 상인을 살해한다.

〈아리랑〉의 이 환상fantasy 속에 등장하는 인물들―인디안 상인, 나그네, 두 남녀―은 현실에서 각각 오기호, 영진, 현구와 영희에 대응된다. 인디안 상인의 물은 오기호가 등에 업은 지주의 금력을 의미하며, 물을 가진 상인의 제안에 여자는 굴복하고 이에 분개한 나그네가 상인을 살해하게 되는 것이다. 이러한 환상이 주는 충격은 이 환상 자체의 삽입에 있지 않다. 환상으로 끝나지 않고 환상이 현실의 사건으로 재현된다는 것, 즉 실재/비실재의 경계를 허물어 버리는 데 환상 삽입의 효과가 있다. 환상을 본 광인 영진은 실제로 오기호를 낫으로 찍어 죽임으로써 제정신으로 돌아오고 일본 순사에게 잡혀가게 된다.

영진의 환상은 현실의 상황을 은유한 것으로 환각적인 것, 즉 비실재이지만 환상의 경계를 넘어서 현실(실재)에 강한 영향력을 행사한다. 즉, 영진의 환상은 내부에 잠재되어 있던 억압과 분노를 은유하면서

<hr>

14 김수남 편, 『조선시나리오 선집 1』, 집문당, 2003, 63쪽. 이 책에 실린 〈아리랑〉은 문일文一의 영화소설을 수록하고 있다.

현실 사건의 필연성이 되는 것이다. 이러한 환상은 사실적인 것(모방적인 것)으로는 표현될 수 없는 타자—이 영화에서는 억눌린 하층민—들의 언어를 생산해 내고, 이 언어를 통해 현실을 전복하고 있다는 점이 특징적이다.

영화 〈아리랑〉의 스틸, 영희 역에 신일선과 현구 역에 남궁운. 출처 : 『조선일보』, 1927년 10월 14일자.

로즈메리 잭슨Rosemary Jackson은 19세기 환상문학에 대한 토도로프의 언급을 인용하며, 환상성이 19세기 사실주의의 범주에 대한 부정으로서 '가능함'에 대한 '불가능함', '실재'에 대한 '비실재'로서 존재한다고 말하고 있다. 즉, 환상성은 실재적인 것의 부르주아적 범주라는 것을 공격하고 전도하는 데 그 의미가 있다.[15] 이러한 언급을 참조해 볼 때 〈아리랑〉의 환상 역시 현실 속에서 표현될 수 없는 불가능한 영역을 표현하고 있다 하겠다.

영진이 오기호를 살해한 후 제정신으로 돌아오고 순사에게 체포되어 가는 모습은 환상에 기반한 전복적인 행위가 현실의 공권력에 좌절당했음을 보여 준다. 그의 전복적인 행위는 오히려 그가 '광인'이었을 때 가능했던 것이고, 제정신으로 돌아왔을 때에는 이렇다 할 저항도 하지 못하는 범법자일 뿐이다. 이로써 영진은 관객에게 '눈물'을 호소하는 신파적 인물이 되어 버린다. 영진의 이러한 변화는 그 자체로 하층민들의 패배의식을 드러낸다고 할 수 있는데, 권력에 대한 영진의 저항(살인)

....

15 R. Jackson, 『환상성 – 전복의 문학』, 서강여성문학연구회 옮김, 문학동네, 2001, 40쪽.

영화 〈아리랑〉의 영진(나운규)과 영희(신일선).
출처 : 『동아일보』, 1926년 9월 19일자.

이 '순사'로 표상되는 공권력의 시선에서 보면 범법犯法으로 의미화되면서 그들의 무기력함이 다시 한 번 환기되기 때문이다.

그러나 하층민들의 패배의식이 확인되는 순간, 영진은 희생당한 영웅의 모습으로 변화되어 비장함마저 풍기게 된다. 이제는 '광인'이 아닌, 농민들을 이끌 수 있는 '지식인 최영진'이 되어 버린다. 비록 순사에게 끌려가는 처지이지만 "여러분이 우시는 것을 보면 나는 견딜 수가 없습니다. 내가 늘 불렀다는 노래를 부르면서 기쁘게 작별합시다"[16]라며 '아리랑'을 부르자고 권하는 영진은 지식인의 위치에서 관객의 감정을 이끌 수 있게 된다.

그러나 〈아리랑〉에서 하층민의 분노를 '시각적'으로 드러내었던 환상의 몽타쥬는 나운규의 다른 영화에서는 더 이상 발견되지 않으며, 이후 나운규 영화는 저항보다는 패배의식과 영웅성을 동시에 강조하는 서사에 주력하게 된다.

패배한 남성 영웅과 불행한 여성들

나운규의 영화들에서 많은 비중을 차지하는 영화는 도시 혹은 농촌

....
16 김수남 편, 앞의 책, 70쪽.

을 배경으로 한 활극活劇이다. 등장인물들의 갈등이 격투로 이어지고, 많은 경우 극적인 상황에서 살인이 일어나는 나운규의 영화에서 가장 두드러지는 캐릭터는 강한 정신력과 육체를 겸비한 '영웅'이다.

〈아리랑〉의 여세를 몰아 흥행에 성공한 〈풍운아〉에 이르러서는 배우 '나운규'의 스타성과 떼려야 뗄 수 없는 관련을 맺고 있는 영웅형 남성이 등장한다. 〈아리랑〉에서 영진 역을 맡은 나운규는, 상영 당시 선이 굵고 강경하여 '더글러스 패어뱅스Douglas Fairbanks'와 같은 인상을 준다는 평을 받은 바 있다.[17] 당시 할리우드에서 씩씩하고 원기 왕성한 남성스러움을 상징했던 패어뱅스의 이미지가 나운규에 겹쳐짐을 지적한 것인데, 이것은 결과적으로 나운규의 연기가 나아갈 방향성을 정확하게 예언한 것이 되었다.

무성영화 시기 할리우드 최고의 액션 배우였던 패어뱅스는, 1926년 이전에 〈쾌걸 조로〉(1920), 〈삼총사〉(1921), 〈로빈 후드〉(1922), 〈바그다드의 도적〉(1924) 등 주로 모험 서사극에 출현했고[18] 당시 조선에서도 큰 인기가 있던 배우였다. 1937년경 삼천리 사와 한 인터뷰에서, 나운규도 〈풍운아〉를 찍을 때 당시 조선에서 인기 있던 패어뱅스의 '뛰고 달음박질하는' 영화에서 힌트를 얻었다고 말하기도 했다.[19]

〈풍운아〉는 두 개의 삼각관계로 이루어져 〈아리랑〉보다 훨씬 복잡한 구조로 되어 있다. 안재덕─혜옥─창호와 안재덕─영자─니콜라이 박의 관계가 그것이다. 이 두 개의 삼각관계에서 타락한 부호인 안

....

17 김을한, 「'아리랑' 조선 키네마 作─영화평」, 『동아일보』, 1926년 10월 7일자.

18 Ed. by Geoffrey Nowell-Smith, 『옥스퍼드 세계 영화사』, 김경식 외 옮김, 열린책들, 2005, 90쪽.

19 「명 배우 나운규 씨, '아리랑' 등 자작 전부를 말함」, 『삼천리』, 1937년 1월, 138쪽.

1925년 조선극장에서 더글러
스 패어뱅크스 주연의 〈쾌걸 조로〉
를 상연한다는 알림 기사. 출처 :
『동아일보』, 1925년 5월 14일자.

재덕은 영자를 첩으로 거느리고 있으면서 창호의 연인인 기생 혜옥을 또다시 첩으로 들이려는 부도덕한 인물이다. 니콜라이 박은 혜옥의 가난한 연인인 창호를 돕고 안재덕의 첩 영자의 연모의 대상이 됨으로써 타락한 인물인 안재덕과 이중으로 대립하는 인물이다. 나운규가 맡은 '니콜라이 박'은 러시아와 독일 그리고 해삼위海蔘葳와 상해를 떠돌다 온 부랑자이다. 무일푼 신세로 조선에 들어와 비록 주린 배를 움켜쥐고 남의 집에 배달 온 우유를 훔쳐 먹으려고도 했지만 그는 평범한 부랑자가 아니다. 그는 세탁소를 차려 가난한 고학생들의 자활을 돕고 성적인 위기에 빠진 두 명의 여성─기생인 혜옥과 안재덕의 첩 영자를 구원할 정도로 강한 정신력과 육체를 소유하고 있는 인물이다. 〈풍운아〉에서 '니콜라이 박'은 이들이 얽혀 있는 문제를 두 층위에서 해결하고 있는데, 하나는 남성들 간의 관계에서이고 다른 하나는 남성과 여성 사이의 관계에서이다. 전자에서는 다른 남성과의 의리가, 후자에서는 보호자로서 여성에게 갖는 책무감이 강조된다.

'니콜라이 박'은 세탁소를 차려, 창호와 그의 고학생 친구들의 자활을 돕는 남성 공동체를 형성함은 물론, 혜옥과 창호의 사랑을 적극적으로 도우려는 인물이다. '니콜라이 박'의 이러한 행위는 한편으로는 창호에 대한 의리를, 한편으로는 부모의 빚에 팔려 기생이 된 혜옥에 대한 연민을 그 동기로 하고 있는데, 이들과의 관계에서 '니콜라이 박'은 부재

하는 아버지 자리를 메우는 가부장의
자리로 자리 매김된다.

〈아리랑〉의 '영진' 역시 광인이기는
하지만 친구인 '현구'와의 우정과 여
동생인 '영희'에 대한 본능적 책무감
으로 그가 '오기호'를 살해하는 동기
가 된 것과 '니콜라이 박'의 행위는 동

영화 〈삼총사〉의 더글러스 패어뱅스.

일하다. 〈아리랑〉의 '영희'는 아버지의 빚으로 인해 오기호에게 강간당
할 뻔했고, 〈풍운아〉의 혜옥 역시 어미의 빚 때문에 기생이 되고 재덕
의 첩으로 팔려 갈 위기에 놓여 있었던 것이다. 즉, '니콜라이 박'이나
〈아리랑〉의 '영진'은 둘 다 무능하고 그래서 때로는 악인이 되기까지
하는 부모를 대신해서 '누이' 혹은 '누이 같은 여성'을 보호하려는 책무
감을 갖게 된다는 점에서 동일하다. 이 '하층민' 남성들의 누이는 항상
경제적 약점으로 인해 타락한 부호, 색마들의 욕정에 노출되고 그들로
부터 누이를 지키는 것에 이 '하층민' 남성들이 가부장으로서 지게 되
는 사명이다.

이 남성들은 남성 공동체의 의리를 바탕으로 하여 이러한 성적 위기
에 처한 여성을 구원함으로써 능동적이고 강인한 남성으로 거듭나려
하지만, 이들은 패배한 영웅 혹은 한계에 부딪힌 영웅의 처지를 면치
못한다. 〈아리랑〉의 영진이 살인죄로 순사에게 끌려가는 것도 그러했
지만, 〈풍운아〉의 '니콜라이 박'이 자신이 지키려 했던 연인 '영자'가 결
국은 죽게 되자 낙심하여 다시 봉천奉天행 열차를 타게 된 것이라든지,
〈잘 있거라〉(1927)의 경호가 정송과 순녀의 사랑을 지켜 주려다가 누명

〈풍운아〉의 니콜라이 박(나운규)과 영
자(김정숙). 출처 : 『동아일보』, 1926
년 12월 10일자.

을 쓰고 감옥에 다녀온 뒤 이들의 원수
를 죽이고 자신도 죽는 모습들이 바로
패배한 남성 영웅들의 모습이다.

이러한 패배한 영웅으로서의 '하층민'
남성 캐릭터는 당시 관객들 중에서도
남성 관객들의 동일시를 불러일으킬 수
있는 인물이다. 나운규 영화는 이와 동
시에 돈에 팔려 가는 '누이'들을 묘사함
으로써 여성 관객들—실제로 이러한 사
연을 안고 팔려간 '기생'들이나 '소실'들

이 일부 포함된 여성 관객들에게 카타르시스를 안겨 주었음은 물론이
다. 관객으로서 이 '불행한 여성'들의 존재는 조선영화 변사들의 회고
담에서도 거의 매번 확인된다.[20] 나운규의 〈아리랑〉을 비롯한 일련의
영화들과 〈춘향전〉이나 〈심청전〉, 〈장화홍련전〉과 같은 영화들은 모
두 고난을 겪는 여성들의 이야기라는 점에서 여학생이나 신여성들과
달리 근대의 철저한 타자였던 이들을 적극적으로 끌어들일 수 있는 내
러티브를 담고 있다. 그러나 기생이나 소실들처럼 타자화된 여성들의
영화 체험은 종종 당대 영화인들에게 멸시와 조롱 혹은 가십의 대상이
되었고, 그들은 건전하고 진지한 관객으로 인정받지 못한 것도 사실이

....

20 당시의 무성영화 관객들 중에서 가장 적극적인 부류는 바로 이러한 '불행한 여자'들이었다. 무성영
    화 시대에 최고의 스타인 '변사'들의 회고담에 항상 기생과 부잣집 소실(첩)과의 연애가 등장하는
    것을 보아서 그들은 무성영화의 가장 적극적인 관객이었다고 할 수 있다. 이를 확인할 수 있는 대표
    적인 글로는 서상필, 성동호 등의 변사들이 참여한, 「活動寫眞辯士座談會」(『조광』, 1938년 4월)을
    들 수 있다.

다. 여성 관객에 대해서는 3장에서 더 자세하게 언급하기로 한다.

한편, 비평가들은 나운규 영화의 이러한 서사적 전략을 다른 방식으로 읽어 내었다. 특히 마르크스주의적 관점에서 나운규의 영화들을 바라보는 많은 비평가들은 '봉건적', '보수적'이라고 비난하거나, '검열' 때문에 전위적이며 정치적인 차원에 이르지 못하고 다만 범법 행위에 그치고 있다며 안타까워했다.[21] 이러한 비난과 우려는 특히 나운규 영화가 특유의 활극적인 요소를 잃어 가고 이전에는 부수적인 문제로 다뤘던 남녀의 애정 문제를 확대·부각시키면서 강하게 제기되었다. 〈옥녀〉(1928), 〈사나이〉(1928), 〈벙어리 삼룡〉(1929)이 바로 그것이다.

이 세 영화의 가장 두드러진 특징은 남녀 애정 문제가 부각됨과 동시에 남성 영웅이 실종되었다는 점이다. 〈옥녀〉는 한 여자를 사이에 둔 형제의 갈등을 그렸고, 〈사나이〉에서의 태식 역시 '갓자'라는 여성을 사이에 둔 삼각관계에 얽힌 평범한 인물로 그려진다. 〈벙어리 삼룡〉에서는 주인집 아들에게 일방적으로 학대당하는 삼룡이 등장한다. 이 남성 인물들은 모두 이전의 영화에 등장하던 영웅과는 거리가 멀다. 나운규 스스로도 1937년 회고(「名優 羅雲奎氏〈아리랑〉等 自作全部를 말함」, 『삼천리』, 1937년 1월)에서 〈옥녀〉와 〈사나이〉, 〈벙어리 삼룡〉 등을 실패한 작품이라고 언급하고 있다. 특히 〈옥녀〉가 단성사에서 개봉된 첫날, 관객 사이에서 이 영화를 보고는 낙망하여 두문불출 끝에 간도 이주를 다룬 〈두만강을 건너서(사랑을 찾아서)〉의 시나리오를 쓰게 되었다고 나운규는 밝히고 있다.

....

21 柳光烈, 「〈잘 있거라〉 一篇은 무엇을 보혀주는가?」, 『조선일보』, 1927년 11월 9일~11월 11일자 중 11일자.

이후에 나운규는 이 영화들의 '실패'에 나름대로 자성하고 대응했지만, 30년대 들어서 영화 산업의 환경이 급격히 바뀌면서 이러한 자성을 영화적 변신에 충분히 활용할 기회를 잃게 된다.

반근대성－'돈'에 대한 강한 혐오

〈풍운아〉의 '니콜라이 박'은 계급적 불평등의 문제를 본인의 빈곤을 통해 강하게 체험하고, '돈'으로 표상되는 자본주의에 강력하게 저항하는 인물이다. 영자의 시신을 끌어안고 울부짖으며 니콜라이 박은 다음과 같이 강렬한 대사를 내뱉는다.

이 돈에 목마른 인간들아! 이제는 나에게는 더럽고도 더러운 돈은 소용이 없다. 자 돈에 목마른 인간들아, 어서들 가져가거라![22]

'니콜라이 박'의 이러한 강렬한 외침은 '돈'으로 표상되는 자본주의와 왜곡된 근대성에 대한 강한 저항으로 읽힐 여지가 있다. 이 영화의 감성이 자본주의 사회에서 강한 박탈감을 느끼는 하층민의 그것에 기초하고 있다는 사실을 잘 보여 준다. 〈풍운아〉의 뒤를 이은 〈야서野鼠〉(1927) 역시 굶주리면서도 저항 의지를 가진 하층민을 '쥐'로 비유함으로써 강렬함을 획득한다.

....

22 김수남 편, 위의 책, 191쪽. 역시 이 책에 수록된 「풍운아」도 영화 대본이 아니라 〈아리랑〉과 마찬가지로 1930년 박문서관에서 나온 문일文一의 영화소설 「풍운아」이다.

나운규 영화의 서사는 '돈'으로 표상되는 자본주의와 근대에 대한 하층민들의 강한 저항을 보이지만, 이러한 저항은 카프 계열 비평가들의 기대처럼 정치적이고 의식적인 전복에 이르지는 못한다. 물론 '검열' 때문이기도 하지만, 영웅들의 등장과 패배는 하층민들의 분노를 표현함과 동시에 그들의 열패감을 위로하는 기능도 수행했기 때문이다. 이러한 측면에서 나운규 영화의 영웅은 일반적으로 대중소설에 등장하는 권력을 가진 '슈퍼맨'적인 영웅과는 다르다.

　움베르토 에코U. Eco에 따르면, 대중문화 속에서 사회적 모순을 해결하는 슈퍼맨은 민중 계급에 속해 있지 않다. 사회적 모순의 해결은 기존의 사회와 법률에 반하는 것이므로 권력을 갖지 않은 민중보다는 헤게모니 계급에 속해 있는 자들이 떠맡게 된다. 다만, 헤게모니 계급 중에서도 더 큰 차원의 정의를 예상하는 심판자들이 맡게 된다. 이들은 겉보기에 파괴적인 결정을 정당화시킬 수 있을 정도로 특별한 힘과 카리스마적인 힘을 가져야 한다. 바로 이들이 대중소설에 등장하는 '슈퍼맨'의 존재이다.[23]

　그러나 나운규 영화의 영웅들은 권력과는 거리가 멀다. 오히려 그들은 피지배 계층 안에 속한 평범한 영웅이다. 용감하고 대범하지만, 그들의 행위는 스스로를 파멸시키거나 스스로의 무

영화 〈야서(들쥐)〉의 한 장면. 출처 : 『동아일보』, 1927년 4월 9일자.

23　움베르토 에코, 『대중의 슈퍼맨』, 김운찬 옮김, 열린책들, 1994, 122~123쪽.

능함을 확인하는 계기가 되는 것이 특징적이다. 〈아리랑〉의 영진이 순사에게 끌려갔다면, 〈풍운아〉의 '니콜라이 박'은 한계에 부딪쳐 다시 만주로 떠나고, 〈잘 있거라〉의 경호는 격투 끝에 죽고 만다. 이들은 실제 하층민 남성들이 심리적으로 충분히 동일시할 수 있는 수준의 영웅으로, 이들이 저항에 나서는 계기조차 대의명분에 의한 것이 아니라 여성을 지키고 다른 남성과의 의리를 지킨다는 매우 평범한 수준의 것이다. 바로 평범함에 기초한 비범성, 그리고 패배가 이 영웅들에 대한 남성 관객들의 동일시를 강화시킨다.

이러한 의미에서 '돈'에 대한 거부감 혹은 반근대성은 이러한 남성 나르시시즘의 효과적인 전략을 구사한다. 그 전략이란 스스로를 약자, 타자로 만든 자본주의에 대한 강렬한 혐오를 인격적인 증오로 바꾸어 내는 것이다. '돈'은 더러운 것이므로 그 돈을 소유한 많은 부호들은 도덕적으로 부당하다. 그 부당함의 증거는 돈 없는 하층계급의 누

영화 〈야서(들쥐)〉의 나운규. 출처 : 『조선일보』, 1927년 3월 12일자.

이와 딸들을 성적性的으로 약탈하려는 시도이다. 이들에 맞서 승리하게 될 가능성은 희박하다. 그들은 처음부터 부의 불균등함이라는 부당한 상황에서 출발했기 때문이다. 만약 이 영웅들이 승리하게 된다면, 평범한 남성 관객들은 이들에게 심리적 괴리를 느낄 것이다. 떠나거나 죽음으로써 이 인물들에 대한 평범한 남성들의 동일시가 가능해진다.

나운규가 〈아리랑〉에서 표현하려고 했던 민족 정서를 두고 '우리의 고유한 기상은 남

성적이었다'[24]고 말한 것은 우연이 아니었던 것이다. 나운규 영화의 반근대성은 공권력에 제압당하는 남성을 묘사함으로써 검열을 통과함은 물론, 평범한 혹은 중간계급 이하 남성의 나르시시즘 강화라는 심리적 쾌락을 주었다. 그러나 이러한 내러티브 전략은 다른 방식으로 의미화될 운명에 처한다.

'고급' 취향의 득세와 무성영화 관객의 타자화

나운규 영화에 대한 영화 평자들 혹은 세간의 혹평은 주로 1928년경부터 1930년에 걸쳐 있다. 앞서 언급했듯이 초기 영화에서의 저항적이며 활극적인 요소들이 점차 퇴색하고 애정과 치정 사건을 중심으로 영화의 서사가 꾸려지는 것에 그 이유가 있기도 했지만, 한편으로는 〈잘 있거라〉에서부터 〈벙어리 삼룡〉까지를 제작한 '나운규 프로덕션'의 운영 방식과 나운규의 사생활에서 기인한 변화이기도 했다. 특히 연인이 된 기생 출신의 여배우 유신방(유방향)과의 관계가 문제가 되면서 그녀의 사치가 나운규 프로덕션의 재정 상태를 악화시킨다는 소문이 돌아, 아예 유신방을 모든 문제의 근원으로 치부하는 악의적인 평가로 이어지기도 했다.[25]

그러나 나운규 영화가 초기의 활력을 잃게 된 것은 나운규의 사적私

<hr>

24 羅雲奎, 「〈아리랑〉과 社會와 나」, 『삼천리』, 1930년 7월, 53쪽.

25 安夕影, 「妖花 柳芳香의 出現으로 難航을 시작한 朝鮮映畵」, 『조선일보』, 1940년 2월 16일자.

的인 이유 외에도 1929부터 시작된 영화계의 불황이 주된 원인이었다. 이 즈음부터 상설관 하등석은 최하 10원으로 영화를 볼 수 있었지만 관객이 늘기는커녕 상설관의 의자는 텅 비고 있었다. 이에 단성사, 조선극장, 우미관 등의 상설관들은 고육지책으로 영화가 아닌 연극을 상연하여 눈앞의 적자를 면해 보려고 했다.

조선 영화계의 압길—그야말로 캄캄하다. 고양이 눈알과 가틔 표현되는 그 압길을 누가 안다고 하랴. 단성사, 우미관, 조선극장 어느 극장에서 일류 상설관다운 고급팬의 신임을 밧을만한 경영을 해보앗는지 생각하면 기가 막힐 일이다. 〔중략〕 상설관에서는 연극을 넛는다 이것은 연극을 위하야서도 답답한 일이고 영화를 위해서도 답답한 일이다. 십분이나 이십분 벼혀서 중간에 유모한 〈레뷰〉를 보힌다는 것은 별 문제이다. 연극 반, 사진 반의 비빔밥을 맨든다든지 활동사진 이십일 연극 이십일의 절둑바리를 맨든다는 것은 양자의 권위와 성장과 존재를 위시하야 아울러 조상할 일이다.[26]

흥행계의 문제—순회극단의 경성방문이 언제나 한산한 상설관의 의자를 휘청거리게 할 뿐 그러나 압흐로 각 상설관이 솔선하야 외국 영화를 중심으로 흥행전이 개시될 터이니 1931년의 흥행계 역시 한 장관을 이룰 모양갓다.[27]

....
26 李瑞求, 「興行界漫談-1929年과 1930年」, 『조선일보』, 1930년 1월 1일자.
27 미상, 「1932年의 朝鮮 映畵界 밋 興行界는 어듸로 가나」, 『조선일보』, 1931년 1월 1일자.

영화 상영 중간에 '레뷰'나 '무대극' 등을 올림으로써 관객 수용의 폭을 넓히려는 시도가 눈에 띄지만, 이 역시 잠깐의 시도였던 듯 보인다. 오히려 상설관들은 순회극단의 방문으로 빼앗긴 '저급한' 관객 대신 외국 영화를 적극적으로 상영함으로써 고급 취향의 관객을 타켓으로 삼게 되었다. 이러한 관객 이동과 프로그램의 재편 그리고 극장의 고급화 전략은 갑작스런 현상이었다. 영화인 심훈이 '병신 자식에게다 큰 기대와 희망을 부치는 가엾은 어미의 마음처럼'[28] 수준 낮은 조선영화를 두고 황금시대라 자찬하는 영화계에 일갈을 했던 때가 불과 2년 전인 1928년경이었다.

〈야서〉, 〈잘 있거라〉 등에 출연했던 윤봉춘에 따르면, 나운규가 자신의 독립 프로덕션 '나운규 프로덕션'을 해체하고(1929년 4월) 흥행업자 임수호의 제안으로 지방 순회공연을 떠난 것이 바로 이 즈음인 1929년 12월부터였고, 그렇게 시작한 지방 순회공연은 대단한 성공을 거두었다.[29] 〈잘 있거라〉, 〈사랑을 찾아서(두만강 건너서)〉, 〈야서〉 등의 작품을 들고 약 5개월의 순회공연을 한 결과, 경성에서의 부진을 만회할 정도로 지방에서는 아직 그의 인기가 식지 않았음을 확인할 수 있었다. 그러나 이 결과는 역으로 나운규 식의 무성영화가 경성과 같은 대도시에서는 이미 매력을 잃고 있음을 방증하는 것이기도 했다. 비록 1936년경의 발언이지만, 나운규 스스로도 이 시기를 회고하면서 두 층위의 관객─'변화한' 관객과 '변화하지 않은' 관객이 공존하고 있으며

....

28 沈勳, 「朝鮮映畵界의 現在와 將來」, 『조선일보』, 1928년 1월 1일자.

29 尹逢春, 「羅雲奎 一代記」, 『영화연극』, 1939년 11월, 12쪽.

이 다른 층위의 관객 취향 사이에서 영화제작자들이 난관에 봉착해 있음을 언급하고 있다.[30]

　나운규의 이 발언은 토키영화인 〈아리랑 제3편〉(1936)을 개봉한 직후에 '아리랑' 시리즈에 대한 나름의 자평自評 차원에서 이루어진 것이다. 변화한 관객과 변화하지 않은 관객 사이에서 나운규 영화는 '변화하지 않은 관객'을 선택한 것처럼 보이지만, 이미 관객들은 빠르게 '변화하고'있었다. 나운규 스스로도 재기하기 위해 자신의 특기를 살린 활극을 중심으로 끊임없이 영화를 만들었고 투자자도 지속적으로 확보했지만, 반짝 성공만 가능했을 뿐 〈아리랑〉의 영광을 재현할 수는 없었다. 그를 더욱 위축시킨 것은 〈아리랑 후편〉(1930)에 쏟아진 카프계 비평가들의 혹독한 공격이다. '아리랑 속편 논쟁'은 〈아리랑 후편〉의 촬영기사 이필우와 비평가 서광제가 『조선일보』와 『중외일보』를 넘나들며 벌인 논쟁으로, 이어 감독인 나운규와 비평가 윤기정이 『중외일보』를 통해 논쟁에 참여하면서 더 격렬하게 발전했다. 이필우와 서광제의 논쟁에서는 '무식한 광견', '××사의 주구'라는 인신 공격성 발언으로까지 격화되었다. 이 논쟁의 핵심은 누가 진정한 '민중'의 편인가 하는 것이었다. 다음은 서광제의 공격에 흥분한 이필우의 글 중 일부이다.

　우리들은 너희들보다 더 민중의 친우란 말이다. 너희들 앞에서 내가 지사라고 떠들 그런 어리석은 사람은 아니다만 이렇게 남을 잡아먹고 더구나 동족끼리 피를 빨아먹는 역사의 피를 받은 못된 버릇으로 남

30　羅雲奎 , 「아리랑을 만들 때―朝鮮映畵監督苦心談」, 『조선영화』 창간호, 1936년 1월.(김종욱 편, 『한국영화총서(上)』, 국학자료원, 2002, 333~336쪽에 전재되어 있는 글에서 인용하였다.)

을 죽여버리려고 악을 쓰는 너희들 자신의 피부터 시험해 보아라. 그 속에 누구에게든지 보여도 부끄럽지 아니할만한 피가 몇 방울이나 나겠느냐. 왜 팔을 걷고 나와서 작품을 만들지 못하느냐.

〔중략〕 우리들의 작품을 손꼽아 기다리는 많은 동지들에게 귀엽고 그리운 형제들에게 얼른 보이려고 제작한다. 무식한 광견아! 짖으려거든 많이 짖어라. 우리는 누구보다도 조선 영화계를 사랑하는 사람이요, 민중의 친우이다.[31]

이러한 논쟁이 시작된 계기를 보면 그 바탕에 거창한 차원의 민중 개념이나 유물사관, 혹은 계급 이론이 아니라 '영화'라는 대중 장르의 고급화 문제가 자리하고 있음이 문제적이다. 서광제가 문제 삼은 것은, 〈아리랑 후편〉이 상영되고 난 뒤 영사막을 올리고 기생 6,7인을 등장시켜 '아리랑'을 합창하며 춤을 추게 한 연출이었다. 이 장면은 영화 텍스트의 일부가 아니라 상영이 끝난 뒤 일종의 퍼포먼스를 보인 것인데, 나운규가 직접 등장하여 기생과 춤을 추며 '아리랑' 노래를 부른 것이 눈에 거슬렸던 것이다.

이러한 퍼포먼스는 나운규가 무대 위로 나와 '아리랑'을 부름으로서 관객에게 예전 영화 〈아리랑〉이 주었던 감격을 상기시키려고 했던 의도에서 나온 것으로 보인다. 실제로 그는 지방 순회공연을 다니며 지방 관객들에게 보였던 방식을 경성의 상영관에서도 선보였던 것이다. 이전에도 영화 〈금붕어〉에서 영화에 출현했던 배우들이 상영이 시작

---

31 李弼雨, 「映畵界를 論하는 妄想輩들에게－製作者로서의 一言」, 『중외일보』, 1930년 3월 23일~24일자 중 24일자.

촬영기사 이필우. 출처 : 『매일신보』, 1925년 10월 3일자.

되기 전 직접 무대에 나와 프롤로그를 실연實演함으로써 관객의 흥미를 끈 적이 있었지만,[32] 〈아리랑 후편〉의 에필로그는 나운규가 전작前作 〈아리랑〉의 성공에 아직도 도취되어 있는 것 같은 태도를 그대로 보여 주었기 때문에 문제가 되었다. 또 다른 측면으로는, 배우이자 감독이 다른 사람도 아닌 '기생'과 엉덩춤, 어깨춤을 춘 것이 매우 질 낮게 보였고 영화 자체에 자신 없음을 드러내는 것으로 비춰졌다. 이 점에 대해서는 서광제뿐만 아니라 윤기정도 동시에 신랄하게 지적한 바가 있다.[33] 이에 대해 나운규는 그들은 배우로서 무대에 선 것이며 그들의 신분을 들먹이는 것은 부당하다고 점잖게 응수하면서, 결국 '대중'이 자기 영화의 심판관이 될 것이라고 장담했다.[34]

〈아리랑〉 속편을 두고 벌인 이 언쟁에서 감지되는 것은, 나운규가 여전히 자신의 영화를 지지해 주는 '대중'의 존재를 믿고 있지만 그 기반이 예전에 비해 매우 취약해졌음을 스스로도 어느 정도 인정하고 있다는 점이다. 카프계 비평가들이 이 '대중'을 아무리 '프롤레타리아'라고 호명해 내어도 진정한 '민중' 혹은 '대중'은 자신(나운규)의 편이며, 자신이 여전히 그들의 감수성을 대변하고 있다고 나운규는 주장하지만, 이와 동

32 「映畫界 最初의 實驗―금붕어의 '프로-로그' 演出」, 『중외일보』, 1927년 7월 3일자.

33 윤기정, 「조선영화의 제작경향-일반 제작자에게 告함」, 『중외일보』, 1930년 5월 6일~12일자 중 7일자.

34 나운규, 「현실을 망각한 영화평자들에게 답함」, 『중외일보』, 1930년 5월 13일, 14일, 16일, 18일, 19일 중 14일자.

시에 자기 영화에 대한 확신이 점차 줄어듦을 내보이고 있기 때문이다.

그렇다면 30년대 초, 나운규 영화가 점차 대중적 설득력을 잃어 갔던 것은 무엇 때문인가. 그것은 영화의 고급화라는 미학 상의, 감성 상의, 취향 상의 시대적 요청에, 그의 무성영화가 직면해 있었다는 데서 그 원인을 찾을 수 있다. 처음 〈아리랑〉(1926)이 나왔을 때 '쇠퇴해가는 농촌 배경으로 논밭 팔아 자식을 공부시켰지만 그 아

영화 〈아리랑 후편〉(1930)에 출현한 나운규와 그의 연인 유신방(위 사진의 우편, 아래 사진의 좌편). 출처 : 『동아일보』, 1930년 2월 9일자.

들이 광인이 돌아온 현실'[35]을 그리는 것만으로도 그 어떠한 설명이 필요 없는 감동을 주었지만, 이러한 하층민을 다룬 소재들은 불과 몇 년 사이에 긴장감이 떨어지게 되었다. 이러한 변화에는 근대 교육을 받은 다수의 도시 청년들이 영화 팬이 된 데에도 그 이유가 있었다. 다음의 인용문은 바로 그러한 저간의 사정을 말해 주고 있다.

아마 그 시절에 「아리랑」을 못본 사람은 별로 업서슬 것이다. 보지 못한 사람이라도 「아리랑」의 내용은 다 알고 잇섯다. 그 만큼 「아리랑」은 일반 대중에게 알여젓고 또 일반 대중은 「아리랑」으로 하야 활동사진이란 것이 어떠한 것인 것을 알게 되엿다.

35 抱氷, 「新映畵 〈아리랑〉을 보고」, 『매일신보』, 1926년 10월 10일자.

그 후도 나운규를 중심으로 하야 한동안 영화운동이 활발히 전개되엇고 이 기운에 승 하야 한동안 동서에서 「명화」들이 성히 수입되엿스나 그러나 일반 대중은 그다지 영화를 보지 안엇다. 영화팬이란 특수한 일부대가 잇섯슬 뿐이다.

그런데 불과 십년 남짓한 사히에 젊은 사람의 거의 전부가 『영화청년』, 『영화소녀』가 되여잇다. 이가튼 사실은 조선의 사회문화 현상으로서 매우 흥미잇는 일이라고 생각한다.[36]

1939년경에 쓰여진 이 글은 나운규의 〈아리랑〉로 대표되는 10년 전의 상황과 현재를 구별하고 있다. 10년 전의 관객 구성은 소수의 마니아가 있었을 뿐 일반 대중은 그다지 영화를 보지 않았다. 오히려 〈아리랑〉의 관객 동원은 특별한 현상으로 취급될 정도였다.그러나 그로부터 10년 사이에 젊은이들 거의가 '영화청년' '영화소녀'라고 표현될 수 있을 정도로 영화 마니아들이 되었다는 것이다. 도시의 많은 젊은이들이 영화 팬이 되었을 때 이들의 취향은 어떠했을까. 이 젊은이들의 취향은 분명 이전과는 구별되었다. 젊은이들의 취향은 30년대부터 부각되기 시작했는데 'high and noble'을 지향점으로 한 이들은 '해설자(변사)'가 쓸데없는 말을 지껄일 때는 무섭게 그들을 노려보는 감시자이고, 영화감독과 배우의 이름을 외우고 신문이나 잡지에 실린 비평을 정독함으로써 영화 자체에 대한 앎을 과시하는 '현대의 모던 고급 팬'

36 安東洙, 「映畵隨感」, 『영화연극』, 창간호, 1939년 1월, 44~45쪽.

들이기도 했다.[37]

10년 전 영화 마니아가 소수에 머물던 당시인 20년대 중반, 〈아리랑〉과 같은 영화의 성공적인 관객 동원은 마니아들의 취향을 반영하는 것이 아니라 '일반 대중'의 취향에 근거해야 했

〈아리랑 제3편〉의 영진(나운규) 누이를 죽인 태준을 살해하는 장면. 출처 : 『동아일보』, 1936년 5월 14일자.

다. 당시 식자층이 두텁지 못한 식민지 조선 사회의 상황에서, 불특정한 다수로서 '일반 대중'을 동원할 수 있는 취향이란 일부 마니아들의 취향보다 훨씬 하향 조정되어야만 했다. 즉, 도시의 하층민들이나 여염집 아낙네들을 관객으로 동원할 수 있는 것이어야 했다. '안동수'라는 위 인용문의 필자도 보통학교 4,5학년 시절 〈아리랑〉을 어머니와 이모 그리고 이웃 부인들을 따라 영화관에서 본 체험을 이야기하고 있는데, 요즘 말로 표현하면 영화가 '입소문'을 탄 것이다.

이러한 '취향taste'의 문제는 곧 '수준level'의 문제였다. 무성영화의 경우 '수준'의 문제는 영화 자체의 문제이기도 했지만 곧잘 '변사'의 수준의 문제로 비화되곤 했다. 무성영화의 경우 변사의 연행에 따라 영화 감상이 크게 좌우되는 시스템이었기 때문이다. 변사들의 연행을 '고급한' 팬들이 본격적으로 문제 삼기 시작한 것은 20년대 후반부터이다.

....

37 스크린 빨쥐, 「高級 映畵 팬이 되는 秘訣十則」, 『별건곤』, 1930년 6월, 118-121쪽. 외국의 토키영화가 조선에 막 들어올 당시에 쓰인 이 글은 소위 '고급 팬'이라 하는 이들을 회화화하고 있는 글이다. 한편으로 이 글은 이러한 '고급 팬'들의 취향이 30년대에 점차 영화 생산과 소비의 '표준'이 되고 있음을 반어적으로 확인하게 한다.

좀 무리한 주문일지 모르나 관중의 대부분이 학생이요 학생들은 적어도 초등정도 이상의 영어지식은 가젓기 때문에 해설자도 간단한 회화자막 쯤은 알어 볼만큼 공부를 하여야 할 것이 아닌가? 제명(題名)이나 배우들의 일흠을 얼토당토 안케 불르는 것은 고사하고 〔중략〕 영화는 날로 완성의 시기로 들어간다. 그런데 조선의 해설자는 십 년 전(前)과 후(後)가 꼭 가티 아모 향상이 업는 것은 넘어나 섭섭한 일이다. 일개의 해설자로 나스량이면 남창적男娼的 인기에만 포니抱抳할 것이 아니라 문학적으로 영화를 감상할 눈이 생겨야 할 것은 물론이어니와 과학적으로 공부를 하여야 할 것이다.[38]

근대적 지식이 부족한 변사들에 대한 이러한 일갈은 변사들과 아울러 그들에게 열광하는 '무식하고 저급한' 관객들에 대한 비판과 맞물려 있다. 위의 글에서 심훈이 변사들에게 '남창적男娼的 인기'에 만족하지 말고 공부를 하라고 주문했을 때 염두에 둔 변사들의 팬은 기생이거나 혹은 하층민 여성이었음이 짐작된다. 변사들이 일정한 여성 팬을 몰고 다녔고 그 여성 팬들의 대부분이 기생이었다는 사실은 영화의 미학화, 예술화를 꿈꾸는 심훈 같은 '지식인 관객'에게는 척결해야 할 현상일 수 있다. 아울러 변사들의 근대적 지식이 턱없이 부족하다는 것도 영화를 단순한 대중적 오락거리에서 '예술'로 변모시키려는 이들에게는 비판의 대상이 되는 것도 자명하다. 변사들은 대중적 인기와 반비례하여 일간지상에서 종종 조롱의 대상이 되곤 했는데, 유명 변사 서

....
38 沈勳, 「觀衆의 한 사람으로 解說者諸君에게」, 『조선일보』 1928년 11월 18일자.

상호가 마약에 빠져 마침내 절도죄로 유치장에 구금되었다는 기사[39]나 변사들의 시험 문제에 포복절도할 답안이 나왔다는 기사[40]는 변사들의 퇴폐성과 무교양을 공공연한 웃음거리로 만드는 데 일조했다. 이러한 변사에 대한 조롱은 비단 변사들의 각성을 촉구하는 차원을 넘어서 변사의 도움을 받아 저급한 수준에서 관람하는 '관객'들을 타자화하는 것으로도 읽힌다.

이와 비슷한 현상이 바로 나운규의 〈아리랑 후편〉과 관련된 논쟁이다. 나운규가 〈아리랑 후편〉의 상영이 끝난 뒤 무대 위에 등장해서 기생들과 춤을 추며 '아리랑'을 불렀다는 사실이 비평가들에게 꼴불견으로 보인 것은 이러한 행위가 수준 낮은 무성영화 관객에게 어필하는 것임을 누구보다도 비평가들이 잘 간파했기 때문이다.

그렇다면 결과적으로 영화계가 불황을 겪은 30년대 초 이후 상설관들의 선택은 어떠했던가. 상설관들은 토키(발성영화)를 선택함으로써 변사들을 주변화시켰고, 그래서 도시 젊은이들의 감각을 일반적인 취향으로 받아들였다. 조선극장이 제일 먼저 발성영화 상영에 맞는 시설을 갖추고 적극적으로 수입 영화 위주의 프로그램을 짰으며, 뒤이어 단성사도 이에 자극을 받고 발성영화를 상영하기 시작했다. 이러한 변화는 모두 '관객의 취미가 맹렬하게 발성영화 방면으로 쏠리는 것을 간취하고'[41] 내린 결단으로 받아들여졌다.

---

39 미상, 「虛榮의 末路」, 『동아일보』, 1926년 10월 7일자.

40 미상, 「活寫 辯士 試驗에 기상천외 답안」, 『동아일보』, 1929년 4월 3일자.

41 「조선극장이냐, 단성사냐?—서울 장안의 수십만 관객을 쟁탈하는 극장의 쟁패전은?」, 『삼천리』 1932년 4월, 51쪽.

토키 시대의 변사를 풍자하는 삽화. 서구 영화의 소리를 줄이고 변사가 대신 대사를 읊고 있다. 출처 : 『조광』, 1937년 12월.

이렇듯 주요 상설관들이 발성영화를 지향하게 됨으로써 변사와 무성영화는 이제는 삼류적인 취향이 되어 버렸다. 상설관들이 발성영화 시설을 갖추기 시작하면서부터 무질서한 관객들이 악다구니하고 변사들이 그럴싸하게 둘러대며 설명하는 옛날 무성영화를 오히려 회고조로 그리워하는 시절이 오기까지는 불과 5,6년이 걸[42]렸을 뿐이다. 단성사 사주 박정현에 의하면 '이제는(1936년-인용자) 조무래 친구들은 그림자도 없고 대개 교양 있는 분들, 취미를 가진 분들, 중류 이상의 생활을 하시는 분들이 관객의 전부'[43]라는 언급은 다소 과장이 있기는 하지만 이러한 상설 영화관들의 고급화와 맞물려 있다.

나운규 영화도 이러한 발성영화라는 '대세' 속에서 변모하지 않으면 안 되는 상황에 놓이게 된다. 그것은 자본을 동원하여 발성영화를 찍기만 하면 되는 것이 아니라, 그의 영화가 기반하고 있는 하층민 감성을 완전히 다른 것으로 변모시켜야 하는 차원이었다. 그가 주연한 〈임자 없는 나룻배〉와 마지막으로 연출한 영화 〈오몽녀〉에서 그러한 변신이 당시에는 어느 정도 성공한 것으로 보인다. '농촌 하층민 서사'를 '고급 팬'의 욕망 속에서 전유하는 지식인 비평가들의 담론 속에서 이

42 하소, 「영화가 백면상白面像」, 『조광』, 1937년 12월.

43 「영화팬의 금석담-단성사주 박정현 氏 방문기」, 『중앙』, 1936년 4월, 173쪽.

영화들이 호평을 받았기 때문이다.

'고급 팬'에 의한 하층민 서사의 전유

발성영화 시대 나운규가 당면하고 있던 과제는 하층민적인 감성을 지식인이 이해 가능한 것으로 바꾸는 것이었다고 표현될 수 있다. 나운규 영화에 대한 지식인들의 비판은 나운규 프로덕션 시절에 만든 작품들에 대한 카프 계열 비평가들의 비판에서부터 시작되었지만, 30년대부터는 이러한 일부 비평가들의 비난과는 다른 차원의 생산과 소비 환경이 나운규 영화의 변신을 재촉했다.

30년대 중반, 조선 최초의 토키영화 〈춘향전〉(1935)이 제작된 이후 토키는 조선영화가 나아갈 시대적인 대세였다. 기술적이고 미학적인 수준에서 야기되는 영화의 완성도도 문제려니와, 최소 1만 원 이상 소요되는 토키 제작비는 지방에 상설관이 많지 않던 상황에서 흑자를 장담할 수 없는 모험이기도 했다. 단성사 사주 박정현에 따르면, 토키 제작에는 최소 1만 원이 들었다. 박정현은 단성사에서 1935년에 개봉한 조선 최초의 토키 〈춘향전〉의 경우 5일 동안 4천 원의 흑자를 냈지만 지방의 상설관이 많지 않은 관계로 토키의 제작 자체는 모험일 수밖에 없다고 말하고 있다.[44] 즉, 무성영화 시절부터 만성적인 자본 부족에 시달린 조선 영화계는 토키 시대를 맞아 더욱 돈 문제에 시달릴 수밖에

44 「映畵팬의 今昔談－團成社主 朴晶鉉 氏 訪問記」, 『중앙』, 1936년 4월, 173쪽.

없었다. 영화감독 이규환은 조선 영화계에서 가장 시급한 문제로 '자본가의 출현'을 꼽으며 이 다급한 문제가 해결되어야만 비로소 영화의 기술적이고 미학적인 문제를 해결할 수 있다고 말한 바 있기도 하다.[45] 다른 한편으로는 이미 만들어진 영화에서도 미숙한 녹음기술, 배우들의 익숙하지 않은 대사 처리, 토키에 맞는 전문적인 음악가의 부재, 감독의 연출 등의 문제도 있었다.

그러나 이러한 문제들에도 불구하고 발성영화라는 대세를 거스를 수는 없었다. 무성영화가 제작되기 시작한 것도 10여 년 정도밖에 되지 않은 상황에서 조선의 무성영화는 이미 시대에 뒤처진 것이 되어 버렸고, 개봉관들은 문화 소비에 돈을 쓸 수 있는 '고급 팬'들을 끌기 위해 토키영화 상영에 맞는 고급화 전략을 구사했다. 이러한 상황에서 '저급 팬'들은 '알기 쉬운 연극에로 가 버리고 고급 팬들은 외국 토키'로 가 버리는 관객의 이원화 현상이 심각해지고 있었다.

재래의 무성영화 시대의 변사의 열변에 도취당하던 일반 저급 대중 팬은 보고 듣기에 알기 쉬운 연극에로 가 버리고 고급팬은 외국 토-키에 침식되어 조선영화의 무성판 같은 것은 눈도 떠보지 않고 토-키로 나오면 가보고들 한다. 조선의 영화인의 완전한 싸이렌트의 수업도 맛치기 전에 경제적 문제 때문에 토키라는 거물에 막다들었을 때 누구나 낙망을 안이하였을 리가 없다.[46]

....

45 李圭煥, 「朝鮮映畵界의 新記錄」, 『신동아』, 1933년 1월, 26쪽.

46 徐光霽, 「映畵의 原作問題-映畵小說 其他에 關하야」, 『조광』, 1937년 7월, 322쪽.

이러한 총체적인 문제에 시달렸던 조선영화계로서는 가장 시급하고 도 단시일 내에 해결할 수 있다고 믿어지는 취향의 고급화란 바로 영화 내러티브를 바꾸는 것이었다. 30년대 초부터 이러한 반성이 행해지고 있음을 알 수 있는데, 소작인의 딸과 악덕 지주의 아들 그리고 소작인 딸의 애인이라는 농촌을 배경으로 한, 구태의연한 농촌 배경의 내러티브를 비판하면서 조선영화 발전을 위해서 '원작과 각색'에 주력할 것이 비평가에 의해 제안되기도 했다.[47] '여성'을 가운데 두고 선량한 농촌 사람들과 악덕한 도시인들 사이의 갈등을 만들어 내는 구도는 스스로를 근대화되지 않은 농촌 사람들과 동일시하는 하층민 관객들의 정서에는 부합했겠지만 도시의 고급한 관객들의 그것에는 진부한 단순 논리에 지나지 않았던 것이다.

영화의 내러티브에 대한 반성이 비단 토키 시대에 들어서 처음 제기된 것은 아니지만, 토키 시대에 더욱 절박한 문제로 부각되었다. 영화의 내러티브를 수준 있게 만드는 구체적인 방안으로 '문학성'은 매우 의미 있게 부각되었다. 저급한 스토리 대신 문학성 있는 영화 시나리오를 써야 한다든지,[48] 전문적인 시나리오 라이터writer가 없는 현실에서 조선영화가 취할 길은 문학작품의 영화화라든지,[49] 일본 내지에서 순문학의 영화화가 번성하고 있듯이 조선에서도 영화만의 표현 기법을 살려 문학이 가지는 심리를 충분히 묘사해야 한다든지 하는 방법[50] 등

....

47 河淸, 「朝鮮映畵의 發展」, 『매일신보』, 1930년 11월 26일~12월 2일자 중 11월 29일자.

48 李雲谷, 「씨나리오論」, 『조광』, 1937년 11월.

49 全庸吉, 「文學에 있어 映畵의 獨立性」, 『사해공론』, 1938년 7월.

50 申敬均, 「最近映畵界의 新傾向」, 『조광』, 1936년 9월, 271쪽.

이 제기되기도 했다. 이러한 제안들은 모두 영화 고유의 형식을 잘 살려 문학적인 요소를 영화의 내러티브로 받아들여야 한다는 것으로 요약될 수 있다. 이러한 주장들은 영화가 문학을 무작정 따라하는 것이 아니라 영화가 문학에서 가져올 수 있는 '문학적인 것'을 취함으로써 조선영화의 수준을 향상시킬 수 있다는 생각이다.

이 주장들에서 실제로 그 '문학적인 것'이 무엇인지는 명확하게 밝혀져 있지 않다. 다만 '심리'라는 말 정도로 표현되고 있는데, 이는 문맥상 정적인 것 혹은 인물의 행위와는 대비되는 내면을 의미하기도 했다. '나운규 영화'가 빠른 사건 전개와 강렬한 액션을 바탕으로 하는 '활극'을 기본 장르로 삼고 있다는 점에서 보면 분명 '나운규 영화'는 '문학적인 것'과는 배치되는 지점에 있었다. 물론 나운규는 자신도 문학의 영향을 많이 받았다고 이야기한 바 있지만, 적어도 '문학적인 것(심리)'을 영화가 닮아야 한다고 주장하는 입장에서 보면 나운규의 무성영화들은 문학적이라고 보기는 어려웠다.

이러한 상황에서 이규환의 〈임자 없는 나룻배〉는 나운규가 이전에 보였던 연기 스타일을 바꾸어 이러한 '문학적인 것'에 가깝게 다가감으로써 변신을 꾀한 영화이다. '심리'를 바탕으로 한 '문학적인 요소'는 이규환이 감독하고 나운규가 주연한 〈임자 없는 나룻배〉의 스타일에 영향을 주었다. 〈임자 없는 나룻배〉는 나운규가 재기를 노린 영화 중에서 가장 성공작으로 평가되었는데, 이는 동적動的이었던 나운규의 연기가 '정적靜的'으로 바뀐 덕분이기도 했다. '감독 이규환의 통제를 받아' '이규환의 감독술이 재래의 나운규의 모선을 바꾸어'[51] 버렸다는 평가나 '일편의 서정시와도 같은 감을 주는 〈임자 없는 나루-ㅅ배〉라는 제목 그대로 이 작품은 최후의 씬〔살인과 화재〕을 제외하고는 전부가 정적靜的으로 되어 있다'[52]라는 평가들은 〈임자 없는 나룻배〉가 하층민의 삶을, 활극적인 요소를 최소화하면서 내향적이고 정적인 분위기로 묘사하고 있음을 고평하고 있다.

필름이 존재하지 않는 상황에서 영화에 대한 평만으로 그 영화를 의미화하는 것은 분명 오류가 있을 수 있지만, 위의 평들은 당시의 관객들(특히 고급한 관객)에게 〈임자 없는 나룻배〉가 어떤 인상으로 다가왔는지를 알 수 있게 한다. 결국 나운규의 변신은 이전 영화의 스타일을 버릴 때 가능한 것이었다. 이전의 영화가 거칠고 남성적이며 때로는 저항적이기까지 했다면, 주연으로서 참여한 이 영화에서는 이러한 특성들이 사라졌고 그 변화는 '고급화'라는 시대적 요청에서 비롯된 것으로 정당화되었던 것이다.

〈임자 없는 나룻배〉에 대한 이상의 평들은 30년대 후반으로 가면, 〈나그네〉(1937)[53]와 1926년의 〈아리랑〉과 함께 조선영화의 계보를 마련하는 것으로 확대된다. 조선영화의 계보는 한편으로는 '조선적인 것' 혹은 '향토색'의 발견이라는 기획 아래에서 '농촌'을 곧 민족적인 공간

....

51 金幽影, 「朝鮮映畵評−〈임자 없는 나룻배〉」, 『조선일보』, 1932년 10월 6일자.

52 松岳山人, 「〈임자 없는 나룻배〉−試寫를 보고」, 『매일신보』, 1931년 9월 14일자(上)~15일자(下) 중 15일자.

53 〈임자 없는 나룻배〉의 감독 이규환이 1937년 연출한 영화. 〈임자 없는 나룻배〉와 유사한 스토리를 가진 이 영화에는 나운규가 출연하지 않았다.

영화 〈임자 없는 나룻배〉의 나운규와 김연실. 출처 : 『동아일보』, 1932년 8월 19일자.

으로 의미화하려는 욕망과,[54] 또 다른 한편으로는 만성적인 자본 부족을 면치 못하던 상황에서 '조선의 향토색'을 해외로 수출함으로써 대안을 마련하려 했던 시대적 요청에서 구성되었다.[55] 1926년의 〈아리랑〉이 조선적인 것과 조선의 향토색이 만나는 영화로 30년대에 의미화되면서 〈아리랑〉-〈임자 없는 나룻배〉-〈나그네〉라는 계보는 완성된다. 이러한 계보가 완성되면서 억눌린 하층민들의 이야기였던 〈아리랑〉은 지식인들의 요청과 욕망 속에서 전유되었다. 이러한 전유는 비평가들이 〈임자 없는 나룻배〉의 정적인 연기를 비평적으로 호평하면서 이전의 〈아리랑〉을 새롭게 바라본 결과이다.

〈임자 없는 나룻배〉 이후 나운규는 〈종로〉(1933)나 〈7번통 사건〉(1934)과 같은 도시 뒷골목을 배경으로 한 활극을 주연 및 감독하지만 별다른 주목을 받지 못했다. 그가 지식인 평자들의 주목을 받은 것은 최후의 영화 〈오몽녀〉(1937)이다. 당시의 평들은 분명 호평이지만, 자

54 이화진,「식민지 영화의 내셔널리티와 '향토색'-1930년대 후반 조선영화 담론 연구」,『상허학보』, 2004년 8월 참조. 이화진은 이 논문에서 30년대 후반의 영화 담론을 대상으로 '농촌'이 어떻게 민족 공동체의 본원적 공간으로 상상되었는가를 밝히고 있다. 그 과정에서 〈아리랑〉에서 〈임자 없는 나룻배〉 그리고 〈나그네〉를 잇는 정전의 설정이 '조선적인 것'을 '농촌'이라는 로컬에서 발견함으로써 후진적인 조선영화의 미학에 나름의 의미를 부여하려는 욕망에서 비롯되었다고 설명하고 있다.

55 강성률,「1930년대 로칼 칼라 담론 연구」,『영화연구』32호, 2007. 이 논문은 30년대 후반 재정적으로 열악한 조선영화계의 상황 속에서 조선적인 것 혹은 조선 정서가 '로칼 칼라'로서 어떻게 해외 수출 전략이 되었는가를 추적하고 있다. 이 과정 속에서 한국영화의 정체성이 조선적 로칼 칼라를 바탕으로 한 〈아리랑〉, 〈임자 없는 나룻배〉, 〈나그네〉의 계보를 잇고 있음을 밝히고 있다.

세히 보면 이전 나운규 영화
들에 대한 폄하를 동시에 전
제하고 있다. "저급한 취미의
팬—나씨가 흥행중심으로 삼
던 그 대상들을 버리고 조금

영화 〈임자없는 나룻배〉에서의 살인 장면. 출처 :
『동아일보』, 1932년 9월 14일자.

앞선 영화제작자로서의 용단을 보였다."[56] "과거 수다한 나 씨의 영화
중에서 볼 수 없는 (영화로 그가) 감독만의 길에 들어서다."[57]

　이 평가들은 분명 호평이지만, 이러한 호평은 〈아리랑〉을 제외한 이
전의 모든 영화를 '저급하고', '무모하고', '야만적인' 것으로 치부하는 평
가와 맞바꾼 것이다. 나운규의 무성영화 시절은 '조선 정세가 불리하
고 문화적으로 뒤지어' 그저 '저급에서 저급으로 흘러간 상태에서 '밥을
어더 먹기 위해 활동사진을 만든' 시절로 평가되고,[58] '과장이 심하고 무
모하고 야만하기까지 하던' 그가 '기적에 가깝게' 〈오몽녀〉에서 '맬쑥한
시네아스트'로 변신했다는 평가를 받기도 한다.[59]

　1936년 나운규가 그의 마지막 영화인 〈오몽녀〉를 찍기 전에 쓰인
남궁춘南宮春의 글에서, 나운규가 30년대 들어 관객들에게 실망을 주고
이기적인 성격 탓에 자주 제작사와 불화를 일으켰고 그럴 때마다 피
난처처럼 극단에 들어가서 연쇄극을 만들거나 공연을 하며 지낸 것으
로 기술되었다. 남궁춘의 기술에 따르면, 나운규는 〈금강한〉에서 색

....

56　安夕影,「映畵批評-羅雲奎의 作品 五夢女(上)」,『조선일보』, 1937년 1월 20일자.

57　安夕影,「映畵批評-羅雲奎의 作品 五夢女(下)」,『조선일보』, 1937년 1월 22일자.

58　徐光霽,「故 羅雲奎氏의 生涯와 藝術」,『조광』, 1937년 10월, 314쪽.

59　林鬱川,「朝鮮映畵監督素描」,『조광』, 1937년 5월, 316쪽.

마 역으로 나와 관객의 욕을 먹고 난 직후, 그리고 〈종로〉를 찍어 관객의 염증을 사게 된 후, 〈아리랑 제3편〉을 제작한 한양영화사와 불화

나운규 최후의 영화 〈오몽녀〉를 소개하는 글. 출처 : 『조선일보』, 1937년 1월 20일자.

를 겪은 후 모두 영화를 잠시 접고 극단에 들어갔다.[60] 이 글은 당시 반복되었던 나운규의 재기 노력과 실패 그리고 나운규가 처한 곤궁한 상황을 잘 묘사하고 있다. 이 글이 쓰일 당시 혹은 〈오몽녀〉를 찍을 무렵, 나운규는 건강마저 악화되어 비운의 스타로 기억될 위기에 처해 있었다. 이러한 위기 상황에서 근대소설을 원작으로 한 〈오몽녀〉는 분명 훌륭한 변신이라면 변신이었다. 물론 이러한 평가도 비평가들의 감식안에 의한 평가라는 점은 특기할 만하다.

그가 피난처럼 극단에 들어가 공연을 하거나 연쇄극을 제작하게 된데에는 영화 평자들의 혹독한 평 외에도 저급한 취향을 가진 것으로 타자화된 관객들의 존재가 있었다. 나운규가 관객으로부터 마음 편하게 그의 존재감을 확인할 수 있었던 곳은 영화관이 아니라 '극단'이었다. 그가 혹평을 받을 때마다 극단으로 도피하듯 들어간 것도 이러한 이유 때문이었던 듯하다. 극단의 관객은 수준에 대한 강박과 편견 없이 나운규의 연기를 감상해 줄 수 있는 이들이었다. 그러나 이른바 무성영화의 주요 감성을 구성하고 있는 이들의 취향은 어디까지나 '고급

....

60 南宮春, 「羅雲奎君의 걸어온 길―그는 장차 어대로 가려는가?」, 『영화조선』, 1936년 9월, 101~104쪽.

스러운' 혹은 '예술적인' 것은 아니었다. 비슷한 시기에 무성영화의 감성이 완전히 주변화되었음을 상징적으로 보여 주는 사건이 바로 당대 최고의 변사 서상호의 죽음이다.

1938년 8월, 몰핀 중독자였던 서상호가 우미관 한구석에서 죽은 채로 발견되었다. 그가 죽기 전 서상호의 일생을 다룬 『조광』 1938년 1월호의 「인기변사 서상호 사건의 전말」은, 짐작대로 '토키'가 생기고 관객들의 '의식이 높아지면서' 실직을 하게 되자 아편 값을 대기 위해 지방으로 가 고용계약을 하고 그도 여의치 않아 전당질과 구걸을 하게 된 서상호의 몰락 과정을 자세히 그리고 있다. 그 과정에서 그의 행적은 우스꽝스럽게 그려졌다. 이 기사에 의하면, 서상호는 몰핀 중독뿐 아니라 전성기에는 안하무인의 태도로 장안의 기생들과 강렬한 애욕 생활을 즐기며 무수한 여성 팬들을 몰고 다닌 전력만으로도 세간의 손가락질을 받을 만했다. 서상호에 대한 이러한 희화는 분명 변사로 표상되는 무성영화적 감성에 대한 조롱과 멸시이기도 하다.

분명 30년대에 들어서 관객의 수준이 일정 부분 높아진 것은 사실인 듯하다. 그러나 그 '수준level'은 나운규의 〈아리랑〉에 열광하던 관객들의 하층민적 감성을 포기한 대가였다. 또한, 아직 '토키'에 익숙하지 않은 지방관에서는 관객 동원에 한계가 있어 토키영화 자체의 수익성이 불분명했다는 점에서 매

당대 최고의 인기 변사 서상호의 전성기 시절 사진. 출처 : 『조선일보』, 1920년 7월 23일자.

우 불안한 변화이기도 했다.[61] 이러한 상황에서 〈오몽녀〉는 영화계 인사들 눈에는 퇴물이 될 뻔한 나운규의 성공적인 재기작으로 여겨졌지만, 나운규 본인은 자신의 변신을 지속시킬 수 없었던 것인지 이 영화를 끝으로 불귀의 몸이 되고 말았다.

식민지인들의 결여감과 판타지 공간

모든 문화적 소통 구조가 그러하지만, 특히 영화는 생산과 소비에서 '관객'의 존재가 큰 영향력을 행사하는 산업이자 예술이며 오락이기도 하다. 식민지 조선의 '조선영화' 제작은 이 '관객'과의 소통이라는 측면에서 몇 가지 특수한 상황에 처해 있었다.

첫째는 이미 서구 영화의 체험이 20년 이상 계속된 상황, 그리고 서구의 영화들이 약간의 시차는 있지만 동시기에 조선에 들어와 있는 상황에서 단시일 내에 서구 영화를 능가하거나 필적할 만한 조선영화를 만들어야 하는 상황이 그것이다. 그러나 당장 높은 수준의 영화를 만들기란 불가능했다. 조선영화를 만들더라도 가급적 기술적이고 미학적인 문제는 묻거나 따지지 말고 '봐주어야 하는' 상황에서 조선영화는 '저급'이라는 꼬리표를 달고 다닐 운명이었다. 관객들 중에서도 주로 '고급한' 심미안을 가진 집단들이 이 문제를 제기하면서, 조선영화는 이들에게 무시되거나 외면당하는 처지가 되었다.

....

61 姜弘植, 金幽影, 金寅圭 外「映畵人座談會」, 『영화조선』, 1936년 9월, 52쪽.

따라서 조선영화의 잠재적 관객을 실제 관객으로 끌어들이려는 영화들은 주로 '하층민'의 정서를 반영했다. 실질적으로 초기 조선영화의 감성은 '하층민lower class'를 중심으로 구성되었고, 조선영화는 이 잠재적인 관객의 성향을 의식적·무의식적으로 반영할 수밖에 없었다. 여기서 '하층민'이란, 최소한의 생계마저 어려운 세궁민細窮民이라기보다는 경제자본의 측면보다는 문화자본의 측면에서 새로운 근대 문화와 교육에서 상대적으로 소외되었거나 어두운 이들을 가리킨다. 20년대 중반에 문화 소비의 저변이 넓어진 데에는 계층적으로 중류층 이하의 소비자의 역할이 컸고, 나운규 영화로 대표되는 무성영화는 이러한 감성을 잘 활용했다.

　30년대에 들어서 본격적으로 시작된 발성영화(토키)는 영화의 생산과 소비에 상대적으로 높은 비용을 필요로 했고, 이와 함께 외지(일본, 독일 등)에서 영화를 배우고 온 신세대 감독의 등장 그리고 영화계 내부의 높아진 지적 인프라로 인해 영화 비평이 활성화됨에 따라 영화를 단순한 오락거리 이상의 예술로서 위치시키려는 시도가 활발해졌다. '예술로서의 영화'라는 시각에 기준이 된 것은 도시의 젊은 영화 마니아들의 취향이었고, 그 결과 20년대 중후반부터 30년대 초반까지 무성영화 황금시대를 이끌던 하층민의 감성은 저급한 것으로 주변화되었다. 20년대에도 '고급한' 영화 마니아는 존재했지만, 이들의 취향taste이 조선영화의 표준으로 일반화되기 시작한 것은 30년대 중반에 이르러서이다.

　'지식인' 집단 그리고 근대적 교육을 받은 도시 젊은이들은 무성영화의 주요 감성을 이루는 하층민 의식과는 거리가 멀었다. 또한, 지식인들의 영화 관람은 시끌벅적한 집단적이고 대중적인 축제로서의 영화 관람과 달랐다. 그들은 비록 관객들 틈에서 영화를 보지만 내면에 자신들만의 성채를 쌓고 그 안에서 영화를 보는 것에 익숙했다. 당연히 지식인들의 영화 보기와 당시 극장 풍경 사이에는 꽤 큰 거리가 있었다. 변사의 연행에 대한 불만이나 영화 내용에 대한 품평, 고함과 욕설, 박수 소리로 장내는 조용한 몰입을 허락하지 않았다. 변사에 의한 무성영화 상연은 다양한 소음들로 가득 차 있는 시끄러운 공간이었고, 그 소음의 많은 부분들은 영화에 대한 관객의 감상을 표현하는 비명, 박수 등이 차지하고 있었다.[62] 30년대 변사가 차츰 변두리 영화관으로 밀려 나가고 관객들이 고급화되면서 영화관의 소음은 많이 줄어들었지만, '모든' 영화관이 조용한 분위기를 낼 수는 없었다.

지식인 관객, 근대적 교육을 받은 학생 관객층의 영화 보기는 '취향'으로서, 하층민 관객이나 기생과 같은 소외된 관객들의 그것과 구별된다. 하층민적인 정서를 지닌 관객 혹은 비지식층 관객들이 희극적인 영화를 선호했다면, 지식인들은 진지하고 비극적인 영화를 좋아했고 지적인 자극이 있는 영화를 원했다. 이러한 영화들은 시끄럽고 소란스러운 분위기가 아니라, 조용한 분위에서 개인적인 몰입을 통해 '진지하게' 봐야 하는 것들이었다.

「챠플린」을 보아도 「로이드」를 보아도 「키이튼」을 보아도 소리내

....

62 초기 무성영화관의 풍경에서 대해서는 최근에 발표된 두 편의 논문(주창규, 「버나큘러 모더니즘의 스타로서 무성영화 변사의 변형에 대한 연구」, 『영화연구』 32호, 2007 ; 김승구, 「식민지 조선에서의 영화관 체험」, 『정신문화연구』, 한국학중앙연구원, 2008년 3월)을 참조할 수 있다.

어 웃은 기억이 내게는 별로 없다. 그러나 천성이 감상적인지 비극을 보면 곧잘 운다. [중략] 20년 전의 나는 그렇게 울 수 있는 것이 내심 무한히 기뻐서 울리는 영화라면 기를 쓰고 쫓아다녔다. 우미관으로 단성사로 조선극장으로 황금구락부로. 추위도 더위도 무릅쓰고 [중략] 지금도 내가 꼭 보고 싶은 영화가—보면 환멸을 느낄지 몰라도—꼭 셋이 있다. 첫째가 「아벨 깡스」의 「나폴레옹」, 둘째가 「킬사아노프」의 「메닐몽탕」, 셋째가 「슈탄벅」의 「살베이·헌터어즈」 내가 영화에 미쳤을 때 실로 꿈에까지 본 영화들이다. 그러나 드디어 경성서는 상영될 기회가 없었다.[63]

1940년경, 지나간 무성영화 시대를 회고하는 작가 정인택의 말이다. 영화 마니아였던 그는 희극보다는 비극을 좋아하며 〈나폴레옹Napoleon〉(1927), 〈메닐몽탕Menilmontant〉(1926), 〈살베이션 헌터어즈Salvation Hunters〉(1925)과 같은 영화들을 경성에서 볼 수 없다는 사실을 안타까워하고 있다.

서구 영화 관람은 개인의 취향과 그가 속한 계층의 문화적 수준을 '과시하는' 행위이기도 했다. 식민지 시기에 취향과 문화적 정체성은 주로 조선영화를 보는가 아니면 서구 영화를 주로 보는가에 따라 각기 다르게 구현되기도 했다. 1936년 조선에도 방문한 적이 있는 영화감독 스턴벅Sternberg[64]의 데뷔작으로 채플린의 격찬을 받은 바 있는 〈살베이션 헌터즈〉나 멜로영화로서 파격적인 비주얼을 보인 〈메닐몽탕〉, 와

---

63 정인택, 「映畵的 散步」, 『박문』, 1940년 4월, 226쪽.

64 1936년 9월 조선을 방문한 스턴벅은 〈모로코〉, 〈브론드 비너스〉 등으로 조선에서 인기 있는 서구의 감독이었다. 조선에 온 그는 여배우 문예봉을 보고 '조선의 마들렌 디트리히Marlene Dietrich'라 말하기도 했다.

이드 스크린 장면으로 유명한 〈나폴레옹〉 등 정인택이 언급한 영화들은 무엇보다도 영화에 대한 '지식'이 없으면 인지조차 하기 어려운 영화들이었다. 반면 정인택이 본인의 취향과 구별짓고자 한 코미디들, 채플린이나 로이드, 키이튼의 코미디들은 무성영화 시기에 보편적으로 대다수 관객들에게 가장 인기 있는 영화들이었다. 과장된 슬랩스틱 코미디는 당시 만화를 영화로 만든 이필우가 〈멍텅구리〉(1926)라는 제목의 코미디물을 연출할 정도로 인기가 높았다.

식민 도시 경성의 문화 소비자들은, 조금 거친 분류이기는 하지만 근대적 교육 정도가 낮거나 하위 계층에 속해 있는 조선인들과 근대 교육의 수혜로 한글은 물론 일어와 영어의 문해력literacy이 있는 조선의 지식인들과 상위 계층, 그리고 조선에 들어와 주로 상업을 하며 살고 있던 일본인들도 나눌 수 있다. 이 가운데에서 1923년부터 제작되기 시작한 조선영화는 문화자본과 상징자본이 취약한 계층을 주된 관객으로 삼았다. 조선의 지식인들에게 '조선영화', 특히 토키영화 이전의 무성영화들은 진지한 감상의 대상이 아니라 무관심한 실험에 불과했다. 지식인들의 영화 체험에 관한 글은 곳곳에서 발견되지만 거의가 서구영화에 대한 글이다. 조선영화에 대한 지식인들의 무관심은 30년대에 들어서 조금 누그러졌다고 할 수 있지만, 그들이 선호하는 영화는 여전히 서구 영화였다.

여기서 당시 지식인들의 서구 영화 선호에는 하층민 관객들과 마찬가지로 일종의 '타자 의식'이 내포되어 있다는 점이 흥미롭다. 그 의식은 '비서구인'이라는 결여감이고, 그 결여는 서구에 대한 무한한 동경으로 표출되었다. 『조광』(1938년 9월)에는 '스크린의 여왕/왕자에게 보내는 편지'라는 제목으로 문인들이 서양의 배우에게 보내는 팬레터가 실려 있다. 이효석은 다니엘 다류Danielle Darrieux에게, 안석영은 마를렌 디트리히 Marlene Dietrich, 이헌구는 시몬느 시몽Simone Simon, 모윤숙은 샤를 보아이에 Charles Boyer, 이선희는 윌리엄 포웰William Powell에게 보내는 편지에서 당시 서구 영화가 그들에게 불러일으킨 이국적인 판타지를 엿볼 수 있다.

다류우! 나는 지금 할리웃 벨에어의 주택에서 자유로운 아메리카의 공기를 한껏 마시며 참새 같이 기쁘게 날뛰고 있을 그대의 자태를 생각하면서 이 글을 적는다. 깨끗한 주택 앞에는 나뭇가지가 있고 꽃밭이 있고 장미문이 섯고 나무그늘 아래에는 넓은 푸욱까지 설비되어 있을 그 속에서 생활이라는 것이 얼마나 즐겁고 명성이라는 것이 얼마나 화려한 것인가를 느끼면서 지내갈 그대를 공상해 본다. 밝은 캘리포니아 태양과 하늘과 공기와 초목 속에서 미국은 얼마나 명랑한 동산인가를 생각하면서 고국 구라파에 대한 노스탤자를—그대가 남편과 동행인지 어쩐지는 알바 없으나—적어도 당분간은 니저버리고 있을 그대를 상상해 본다.[65]

'미국이 아름다운 나라이고 부자라는 사실을 중학교 지리책에서 배웠고 다음으로는 수없는 영화에서 묘사된 배우들의 풍속과 표정을 통해'[66] 이해한 그들에게 영화 속 서구 배우들은 말 그대로 먼 곳, 특히 풍요로움과 아름다움, 세련미가 넘쳐 흐르는 한없이 그리운 공간을 환기

....
65 이효석, 「스크린의 여왕에게 보내는 편지—Miss 다니엘 다류우」, 『조광』, 1938년 9월, 170쪽.
66 이선희, 「스크린의 왕자에게 보내는 편지—Mr. 윌림 포웰」, 『조광』, 1938년 9월, 234쪽.

왼쪽부터 다니엘 다류, 보아이에, 마들렌 디트리히.
출처 : 『동아일보』, 1938년 8월 5일자 ; 1937년 5
월 14일자 ; 1936년 5월 6일자.

시켰다. 누군가는 그들을 향해
'시몽! NON? OUI? 한마디만
대답해 주세요. 그 대답이 오는
날까지 나는 나히도 먹지 아니
하고 요대로 살고'[67] 있겠노라
고 간절히 우정 혹은 애정을 요
구하기도 했다.

서구 영화로 통칭되기는 했지만, 미국 영화와 유럽 영화의 차이가 지
식인들에게 중요하게 부각되기도 했다. 지식인들은 대중성이 강한 미
국 영화보다 프랑스 영화에 더욱 열광했는데, 앞서 시몬느 시몽의 팬
이라고 밝힌 바 있는 이헌구는 미국 영화와 프랑스 영화를 구별 지으
면서 전자가 대중적인 상품성을 갖고 있는 반면 후자인 프랑스 영화가
예술적인 향취가 있다고 지적하며 뒤비비에Julien Duvivier와 클레르Rene Clair
를 통해 '프랑스 영화'의 가치를 언급한다.

「듀비에(Duvivier)」가 물질이 생활에 침윤해 드러와서 일으키는 허무를
「우리의 동지」에서 그리면서 약한 인간의 운명을 슬퍼했지만 「클레르」
는 그와는 반대로 물질을 떠나서 찾는 참다운 인간행복을 조사하는 것이
다. 이러한 세계는 일즉이 「촤플린」의 작품이 보여 준 것이어니와 「클레
르」는 현대를 풍자할 수 있는 높은 지성을 가져서 그의 두뇌는 진실로
불란서적인 「인텔리겐스」의 핵심을 파악하고 있다.[68]

....

67 이헌구, 「스크린의 여왕에게 보내는 편지-Miss 시몬느 시몽」, 『조광』, 1938년 9월, 189쪽.
68 이헌구, 「영화의 불란서적 성격」, 『인문평론』, 1939년 11월.

'불란서적인 인텔리겐스'로 표현되는 프랑스 영화에 대한 의미 부여
는 비단 불문학 전공자인 이헌구에게 국한된 것이 아니라 당시 '품격
있는' 지식인들의 일반적인 취향이었다. '프랑스 영화'가 '미국 영화'보
다 더 고상하고 수준 높은 취향을 드러낸다고 생각한 것이다. 김기림
도 1939년에 개봉한 프랑스 영화 '〈페페 르 모코Pépé Le Moko〉(望鄕)에 필
적하는 미국 영화가 없다'고 언급한 적이 있고,[69] 여성사女性社 주관으로
이화여전 졸업생들이 참석한 좌담회에서 여성 지식인들이 '아메리카
치는 남는 것이 없어' 프랑스 영화를 좋아한다고 언급한 장면에서도[70]
당대 지식인들의 프랑스 영화에 대한 가치 지향이 잘 발견된다.

식민지 조선에서의 프랑스 영화에 대한 의미 부여는 무엇보다 식
민 본국인 일본에서 1934년부터 1940년까지 '프랑스 영화의 황금기 혹은
르네상스'로 부를 수 있을 정도로 프랑스 영화가 인기가 높았던 것과 관
련이 있다. 1933년 조선총독부가 제정한, 조선에서 상영되는 모든 영화
는 먼저 일본으로 수입된 후에야 조선 배급이 가능하다는 법령[71]은 조
선 내 흥행이 일본 흥행과 연동될 수밖에 없는 조건이었다. 30년대 르
네 클레르Rene Clair, 자끄 페이데Jacques Feyder, 장 르느와르Jean Renoir, 줄리
앙 뒤비비에Julien Duvivier는 일본에서 가장 인기 있던 감독들이었고, 특
히 1933년경부터 자크 페이데의 〈외인부대Le Grand Jeu〉, 〈미모자관Pension
Mimosas〉이 상영되면서부터 일본에서는 프랑스 영화의 황금기가 시작

....

69 김기림, 「동양의 미덕」, 『문장』, 1939년 9월, 166쪽.

70 「이화여전 졸업생 좌담회」, 『여성』, 1939년 6월, 368쪽.

71 브라이언 이시즈, 「식민지 조선에서 좋은 사업이었던 영화검열」, 『한국문학연구』 30집, 동국대 한
    국문학연구, 2006년 6월, 222쪽.

되었다.[72]

  이와 유사하게 조선에서도 30년대 후반부터 프랑스 영화가 본격적으로 개봉되었는데, 특히 줄리앙 뒤비비에의 영화가 집중적으로 개봉된 1938년부터 40년대 초까지 절정의 인기를 누렸다. 장 르누와르의 〈밤주막Les Bas Fonds〉(1936)이 황금좌에서 개봉된 것은 1938년 1월, 카르네Marcel Carné의 〈제니의 집Jenny〉은 1938년 3월, 뒤비비에의 〈무도회의 수첩Un Carnet de Bal〉(1937)이 명치좌에서 개봉된 시기는 1938년 11월, 그리고 역시 뒤비비에의 〈페페 르 모코Pépé le Moko〉(1937)가 개봉된 것도 1938년 11월이었다. 르누와르, 페이데, 카루네, 뒤비비에들은 영화사적으로 시적 리얼리즘poetic realism으로 표상되는 30년대 프랑스 영화의 황금기를 대표하는 감독으로 프랑스 시적 리얼리즘 영화들 특유의 분위기를 자아내는 패배한 인생, 우수와 낭만 그리고 유머가 주로 조선의 관객들에게 어필하는 요소였다. 다시 이헌구의 언급을 빌리자면, 그가 자크 페이데의 선량한 인간미와 니힐리즘, 뒤비비에의 페시미즘을 높게 산 것[73]도 바로 이러한 맥락에 닿아 있다.

  프랑스 영화의 이러한 요소들은 할리우드 영화와는 다른 '예술성'을 상징하는 것으로 받아들여졌고, 이것이 때로는 '문학적인 것'으로 포장되기도 하였다. 프랑스 영화에 대한 지식인의 우호적인 반응은 '프랑스 영화'가 문인들에게 상대적으로 더 강한 이국적인 판타지를 강하게 불러일으켰거나 아니면 대중적인 할리우드 영화와는 다른 '문학적인 것'

....

72 山本喜久男, 『日本映畵における外國映畵の影響』, 早稻田大學出版部, 1990, 583쪽.

73 이헌구, 「불란서 영화감상 특히 삼대 예술가에 대한 단편적 메모로」, 『삼천리』 1941년 6월, 241쪽.

을 재현한다는 느낌을 주었기 때문이다. 프랑스 영화감독 중에서 조선에서 가장 인기 있는 감독은 뒤비비에였다. 문학비평가 백철은 뒤비비에의 성공 혹은 우수성을 '문학'과 관련지어 설명하기도 하는데, 그는 뒤비비에를 가리켜 '문예 작품을 영화화하는 데서 공적을 남기고 권위를 세웠다'고 말함으로써 뒤비비에의 인기를 '문학적인 것'의 영화화와 연결짓기도 했다.[74]

그러나 당시 지식인들에게 서구에 대한 동경과 열망을 불러일으켰다는 점에서 할리우드 영화도 프랑스 영화와 다를 바 없었고, 좋아하는 배우도 유럽의 배우뿐 아니라 할리우드 배우들을 동등하게 선호했다. 이러한 경향은 엘리트 지식인들뿐만 아니라 어느 정도 근대적인 교육을 받은 도시 젊은이들 사이에서 공유되고 있었다. 지식인들은 도시의 젊은 관객들과 취향을 공유하면서도 어느 순간에는 서구 영화에 대한 일반적이고 대중적인 취향과 자신들의 취향을 구분 짓고자 했다. 취향의 구별짓기는 분명히 존재했지만, 프랑스 영화와 할리우드 영화를 통해 지식인 관객과 도시의 젊은 관객 모두 서구 영화에서 이국적인 동경을 발견했다고 말할 수 있다.

이 같은 이국 열망은 '상품'에 대한 욕망과 연결되었다. 서구 영화의 주요 관객들은 또한 새로운 상품과 패션에 민감한 젊은 소비자들이었다. 로이드 안경, 채플린의 수염이 장안의 유행이 되었고, 당시의 유명 외국 배우 이름이 상품 광고에 적극 활용되는 일도 흔했다. 양복점 광고에 '로버트 테일러', 화장품엔 '캐롤 롬버드', 맥고모자에는 '슈발리에',

---

74 백철, 「문학과 영화―문학작품을 영화화하는 문제」, 『문장』, 1939년 3월.

영화 〈밤주막Les Bas Fonds〉(왼쪽)과 〈무도회의 수첩〉(오른쪽)의 개봉을 알리는 사진. 출처 : 『동아일보』, 1938년 1월 12일자 ; 1938년 11월 1일자.

햄소세지에는 '더글러스 패어뱅스'의 이름이 쓰였고, '게리 쿠퍼'의 외투, '로웰 샤만'의 모자[75] 등 서구의 영화배우의 이름이 과시적 소비[76]를 부추기는 광고에 효과적으로 이용되었다. 30년대 할리우드 영화들이 제품과 제품명을 의도적으로 노출시키는 일종의 '진열장' 역할을 했고, 제조업자들이 영화 속에 등장한 물건들을 적극 만듦으로써 영화와 공조적 관계에 있었다는 사실을 상기해 본다면,[77] 서구에 대한 동경과 열망에 가득 찬 조선의 젊은 관객들이 영화 속 패션과 소비재에 민감하게 반

75 하소, 「續 영화가 백면상」, 『조광』, 1938년 3월.

76 '과시적 소비'는 베블런T. Veblen에 의하면 유한계급leisure class이 자신들의 계급적 특권을 과시하고 하위 계급과 구별짓기 위해 하는 소비이다. 인간은 부와 권력을 단순히 소유하는 것만으로는 부족하고 그것을 증거로써 제시하려는 특성이 있다. 유한계급의 필요 이상의 소비는 이러한 의미에서 자신들의 부와 권력을 과시하는 효과가 있다. 즉, 타인에게 부자라는 증거를 제시해야만 타인들과는 다르게 품격있고 우아하게 생활하고 있다는 차별성을 과시할 수 있는데, 그 차별성은 '소비'를 통해 입증된다. 수제품, 애완견, 경주마 등에 대한 열광, 마른 여성에 대한 선호, 스포츠와 도박 그리고 기부 행위까지 과시적 소비는 단지 상품에 대한 선호뿐만 아니라 유한계급의 취향과 라이프스타일과도 밀접하게 관련된다. 원용찬, 『유한계급론-문화·소비·진화의 경제학』, 살림, 2007 참조.

77 소비주의 문화의 출현과 영화의 역사적 유사성에 대해, 에커트C. Eckert는 영화가 어떻게 소비주의 문화에 봉사했는지를 설명하면서 할리우드의 30년대 영화들부터 상품의 '살아 있는 진열장' 역할을 했다고 말하고 있다. 스크린은 특정 제품과 제품명을 노출시켰고, 제조업 전반이 스크린에 등장한 각종 옷과 가구들을 중심으로 설립되었다는 것이다. J. Mayne, 『사적 소설/공적 영화』, 강수영·류제홍 옮김, 시각과언어, 1994, 164~165쪽.

응한 것은 당연한 결과였다.

이러한 소비재들은 그것을 구매하는 소비자들과 영화 속 등장인물의 동일시를 가능하게 하고, 영화 속의 비일상적 삶과 판타지를 일상에서 재연하게 하는 매개물이 되기도 했다. 30년대 중반, 서구 배우의 패션을 완벽하게 모방하여 인기를 끈 한 평범한 남자가 화제가 되기도 했다. '깍두기'라는 별칭을 얻게 된 이 남자는 채플린

외국 영화 베스트 텐에서 1위에 오른 〈페페르 모코(망향)〉(위)와 2위에 오른 〈철창 없는 뇌옥牢獄〉(아래). 1, 2위에 오른 두 편의 영화는 모두 프랑스 영화이다. 출처 : 『동아일보』, 1940년 2월 27일자.

의 복장을 모방하여 '조선의 채플린'으로 불렸다. 법정학교 출신으로 YMCA 서무로 일한 그는, 야구를 잘하는 스포츠맨에 본정本町을 산보하고 활동사진을 구경하며 도서관 가는 것이 취미인 29세의 모던보이였다.[78] 그의 인기는 영화배우 못지않아 음악회에 초청되기도 하고 영화 출현을 제의받을 정도였다.[79] 그가 본정이나 백화점 앞을 지나가면 여성들은 그를 '히야가시(놀림)'하거나 그의 어깨를 툭 치고 지나갔다. 채플린 복장을 함으로써 스스로의 삶을 영화 속 인물의 삶처럼 만들어 버린 '고흥택'이라는 이름의 이 사내는, 서구 영화배우의 복장을 완벽하게 모방함으로써 일상을 무대로 만들어 버렸다. 그러한 그를 바라보

....

78　千眼居士, 「조선의 촤프링? 깍두기의 정체」, 『사해공론』, 1935년 9월.

79　千眼居士, 「怪男! 깍두기君 영화배우가 된다」, 『사해공론』, 1935년 12월.

고 다른 사람들이 즐거워했던 것도 그로 인해 일상이 비일상적인 축제의 공간, 즉 판타지로 탈바꿈했기 때문이다.

비슷한 사례로서 작가 김남천이 뒤비비에의 영화 〈페페 르 모코〉를 관람한 후 영화의 주요 무대가 된 카스바와 여러모로 유사한 경성의 슬럼 지대를 새로운 눈길로 보고 영화를 모방한 소설 「이리」를 쓴 것[80]도 영화 관람이 현실을 새롭게 보게 한, 다른 식으로 표현하자면 현실을 판타지로 만든 예로서 간주될 수 있을 것이다. 김남천의 「이리」 외에도 이효석의 단편소설 「여수旅愁」(1939)와 유진오의 장편소설 「화상보華想譜」(1940)에서 '페페 르 모코'가 현실을 비유하는 레토릭으로 사용된 것도 영화를 통해 현실을 이해했다는 점에서 동일한 현상이다.

영화 보기는 일종의 '일상적 축제'이다. '축제'가 위반과 전복의 체험을 가능하게 하는 것이라면, 그 반의어는 '일상'이 될 것이다. 이러한 의미에서 '일상적 축제'라는 말은 확실히 모순되지만, 현대 자본주의 사회에서의 축제가 대중들의 '소비' 행위와 결합되어 존재하는 현상에 비추어 보면 그리 모순된 말도 아니다. 본래적 의미에서의 축제가 종교적 제의, 관혼상제의 의례, 세시 풍속과 관련된 놀이 등으로서 일상의 질서를 떠난 것이라면, 현대사회에서의 축제는 일상의 일부로서 기능하기 때문이다.

식민지 조선은 경성과 같은 도시를 중심으로, 비록 제한적이기는 해도 축제가 소비사회의 일상적인 행위가 되어 가던 시기였다. 1929년의 조선박람회와 같은 떠들썩한 일회성 축제도 있었지만, 전全조선축구대

....

80 김외곤, 「김남천의 프랑스 시적 리얼리즘 영화 수용연구 : 〈페페 르 모코〉와 「이리」의 관련성을 중심으로」, 『한국문학이론과 비평』 36, 2007년 9월, 참조.

회나 경평京平 축구 대항전, 화신 백화점에서의 쇼핑, 무용발표회와 음악회, 전시회 참관, 단성사와 조선극장 등에서의 영화 관람 등과 같은 일상에서 수시로 즐길 수 있는 일상적이고 반복적인 축제도 가능해졌다. 이러한 축제들은 장 뒤비뇨Jean Duvignaud 가 말하는 규칙의 위반과 파괴로써 인간으로 하여금 두려움tremendum과 대면하게 하는 공간[81]으로서의 축제 개념과는 확실히 다르다. 그러나 서양 근대 사회의 '축제'가

장안의 화제였던 '깍두기'. 출처 : 『사해공론』, 1935년 9월.

시민 사회를 유지·통합하는 기능으로 일부 전화했다거나 혹은 베블런이 말하는 여가계급leisure class의 과시적 소비로서 남아 있다는 사실[82]을 비추어 보면, 위의 문화 소비 유형들을 굳이 '축제'로 보지 않을 이유는 없다.

그렇다면 위에서 언급한 일상화된 축제 중에서 영화 관람이 갖는 축제적 특징을 무엇이라 개념화할 수 있을까. 바로 '판타지 체험'이라고 할 수 있다. 축제가 배우와 관객이 있는 일종의 연극이라면, 축제 속에서는 배우가 관객이 되기도 하고 관객이 배우가 됨으로써 그 구별이 사라지기도 한다. 영화 관람은 관객이 스크린 속 배우에 대해 동일시를 이룸으로써 판타지에 빠져드는 축제라 규정할 수 있다. 이러한 동

81 장 뒤비뇨, 『축제와 문명Fêtes et Civilisations』, 류정아 옮김, 한길사, 1993, 75쪽.

82 전동열, 「축제와 일상」, 유럽사회문화연구소 편, 『축제와 문화적 본질―축제의 이론적 정립과 새로운 축제모형 창출을 위한 학제적 접근 1』, 연세대출판부, 2006, 137쪽.

일시는 영화 관람의 심리적 메커니즘과 관련되어 있는데, 식민지 시기에 발표된 임울천의 다음 글은 이에 대한 매우 뛰어난 통찰력을 보여주고 있어 참조할 만하다.

즉, 주체와 객체가 현실에 있어 이와 같이 구별이 되지 않고 객체까지도 내 것으로 되고 말기 때문에 꿈은 언제나 남이 당하는 일이라 하여도 내 것이 되는 것입니다. 그러한 꿈속에서 생기는 이상한 착각이 예술을 가령 소설을 읽는다든지 영화를 본다든지 할 때 그 소설이나 영화 가운데 잇는 주인공(人物)과 읽고 보는 나라는 인물과는 같은 사람인 것처럼 되여 버리는 것을 말하는 것입니다. 그러기에 우리가 영화를 보는 동안에 주인공과 함께 울고 웃고 즐거워하고 슬퍼하고 또는 안타까워하기도 하는 것은 말하자면 그런 환영(幻影)이라고 말할 것이겠습니다. 스크린 우에서 전개되는 특수한 생활을 우리가 들여다보고 그것이 우리들의 생활이라고 오인하는 동시에 또한 우리가 현재 살고 있는 생활을 영화의 생활에 근사토록 맬들려고 노력하는 것이 아닐까 하는 생각도 잇는 것입니다. 이런 일은 우리가 서양 영화를 볼 때 더욱 심한 것인 줄 압니다.[83]

영화를 보면서 주인공과 울고 웃고 즐거워하는 행위 속에서 타인과 구별되는 '나'란 존재하지 않는다. '주체와 객체가 구별되지 않고 객체까지도 내 것이 된다는' 영화 관람의 메커니즘을 이 글은 소설과 영화 등 서사 장르의 수용에서 공통된 것이라고 지적하면서도, 특히 영화에

83 林蔚川, 「映畵와 生活」, 『여성』, 1937년 6월, 55쪽.

서 더욱 강화된다고 말하고 있다. 객체와의 동일시를 통한 착각과 오인은 판타지라고 부를 수 있는 환상 효과를 만들어 낸다. 이러한 착각과 오인은 영화 관람처럼 집단적 감상인 경우 더욱 강하게 표출되는데, 영화를 보는 이들의 감정이 동일한 공간에 있는 다른 관객에게까지 전이되기 때문이다. 이러한 동일시의 체험, 감정의 전이 그리고 이를 통한 착각은 관객으로 하여금 스스로를 영화 속 상황에 참여하고 있다는 환각을 체험하게 하고, 이러한 환각의 체험은 단지 환상으로 끝나는 것이 아니라 일상생활에 영향을 주는 실천적 행위가 되기도 한다. 영화를 보고 등장하는 인물을 모방하고 그 인물이 된 듯한 착각을 가짐으로써 판타지가 허구를 넘어서 실제를 변화시키는 힘으로 작용하는 것이다. 즉, 관객은 스스로에게 어떤 가면을 씌우고 그 가면 아래에서 행동하면서 일상의 제한과 한계를 넘어서는 체험을 하게 된다.

그렇다면 관객은 왜 판타지를 원하는가. 판타지가 현실에서 이루지 못하는 혹은 이룰 수 없는 꿈이라면, 판타지를 원하는 관객들은 분명 현실 세계에서 타자들이다. 초기 조선영화 관객들과 서구 영화 관객들은 취향과 감성에서 많이 달라 보이지만 모두 스크린에서 판타지를 경험하고 있다는 측면에서 동일하다. 초기 조선영화에서 주를 이루는 관객들의 하층민(타자) 감성뿐만 아니라 현실 세계에서 얼핏 타자로 살 것 같지 않은 지식인 관객의 영화 관람 역시 비서구인으로서 느끼는 결여를 토대로 하고 있다. 이 결여감은 영화와 현실 간의 격차를 크게 만들면서 아울러 현실을 '영화처럼' 만들어 버린다. 앞서 인용한 임울천의 글은 이 점을 다음과 같이 날카롭게 지적하고 있다.

"스크린 위에서 전개되는 특수한 생활을 우리가 들여다보고 그것이 우리들의 생활이라고 오인하는 동시에 또한 우리가 현재 살고 있는 생활을 영화의 생활에 근사토록 만드려고 노력하는 것이 아닐까 하는 생각도 있는 것입니다. **이런 일은 우리가 서양 영화를 볼 때 더욱 심한 것인 줄 압니다.**"(강조−인용자)

이러한 판타지는 식민지 조선을 넘어서 해방 후 한국 사회에 이르기까지 지속되어 왔다. 현실 속에서 느끼는 박탈감과 결여가 강할수록 이런 효과도 강해진다. 따라서 식민지 조선의 영화관은 일상적으로 벌어지는 축제의 공간, 일상의 판타스마고리아phantasmagoria였다고 할 수 있다.

3

식민지 시기의 영화적인 것과 문학적인 것

예술이냐 관객이냐－식민지 조선영화의 딜레마

고전소설의 영화화는 확실히 조선영화에 대한 더 많은 관객들의 관심을 이끌어 내는 계기로 작용했지만, 이른바 '고상한' 식자층을 조선영화 관객으로 이끌어 내는 데는 분명 한계가 있었다. 문제는 무엇보다 이 식자층들이 조선영화 자체에 대해 갖는 관심이 적었다는 데 있다.

앞서 언급했듯이 고전소설은 특정한 작가의 것이 아니라 '모든 이'의 것이고, 따라서 지식인들의 권력이나 영향력에서 자유로운 텍스트이다. 그러나 어떤 텍스트이건 근대 지식 체계에 익숙한 식자층들은 텍스트에 대한 자신의 관점과 기준을 포기할 수 없으며, 그 관점과 기준에 '예술'이라는 포장을 씌워 이를 대중 계몽의 무기로 사용하곤 했다.

1920, 30년대 영화 비평 혹은 더 전문적인 수준의 영화 감상평을 일간지나 신문에 실을 수 있었던 사람들은 대체로 외국 영화에 익숙한 식자층이었다. 이들 중에는 이구영, 심훈, 안석영, 임화, 서광제처럼 감

독이나 배우나 작가로서 영화 생산에 직접 참여하는 이들도 있었다. 그러나 이들의 입장은 미묘하게 서로 달랐다. 이구

왼쪽부터 이구영, 심훈, 안석영. 출처 : 『동아일보』, 1937년 6월 19일자 ; 1935년 9월 5일자 ; 1937년 8월 20일자.

영, 심훈 등이 대중의 취향과 영화인들의 안목 사이에 분명한 낙차가 존재한다는 사실을 인정하면서 어떻게 하면 조선영화를 끌어 올릴 것인가를 고민한 축이라면, 임화나 서광제와 같은 카프 계열의 영화 비평가들은 조선영화의 수준 낮음을 한탄하면서 관객에 대해 계몽적 입장을 가지고 '훌륭한' 영화를 가르치려 한 이들이었다. 카프 계열의 비평가들은 때로는 관객뿐만 아니라 다른 영화인들도 계몽의 대상으로 바라보았기 때문에 종종 논쟁과 갈등을 유발했다. 문제는 수준 높은 영화를 만들기 위해 관객을 계몽할 것인가, 아니면 관객의 수준을 현실적으로 인정하면서 이와 타협하며 영화의 수준을 고민할 것인가 하는 딜레마에 있었다.

어떠한 문화적 텍스트이든지 '일반적인' 소비자의 선택 기준과 '고급한' 소비자인 비평가들의 안목 사이에는 낙차가 존재한다. 이러한 낙차는 예술성과 흥행 가운데서 하나를 택해야 하는 딜레마로 표현될 수도 있다. 조선영화에도 이러한 낙차가 있다는 것은 당연한 것일 수 있다. 그러나 그 낙차에도 조선의 특수한 양상이 존재했다. 그것은 다른 장르에 비해 영화 장르는 외래(서구) 영화 소비의 역사가 조선영화의 생산의 역사보다 훨씬 이전부터 시작되었고, 그로 인해 조선영화에 대한

지식인들의 요구 수준이 서구 영화를 기준으로 삼아 매우 높았다는 점이다. 당시 조선영화는 초보적인 단계에 있었지만, 이러한 특수한 상황을 감안하여 그 수준에 대한 기대가 보정되지 않은 채로 서구 영화보다 수준이 낮다는 이유로 늘 비판받고 있었다. 이 점은 문학과 영화가 매우 다른 평가의 지반에 서 있었음을 의미한다.

조선의 신문학의 경우, 서구나 일본의 근대문학을 모방의 대상으로 삼았지만 서구 문학이나 일본 근대문학과 수준 문제로 비교되는 적은 거의 없었다. 이에 반해 조선영화는 서구 영화가 모방의 텍스트가 되었던 점은 문학과 동일하지만, 수용과 소비의 측면에서 서로 경쟁 아닌 경쟁 관계에 있었다. 서구 문학과 일본 문학 그리고 조선 문학 사이에 놓인 언어 장벽이 오히려 조선의 신문학을 보호하는 역할을 했다. 그러나 시각 매체인 영화의 경우에는 이러한 언어가 장벽이 되지 못했던 측면이 있었다.

게오르크 루카치의 친구이기도 했던 영화이론가 벨라 발라즈Béla Balázs는 1925년 「가시적 인간」이라는 글에서, 무성영화가 초계급적·초국가적인 만국 공통의 육체적 언어를 창조하게 된다고 지적한 바 있다.[1] 무성영화가 육체적으로 서로에게 익숙해지는 것을 돕고 '국제적인 인간형'을 만드는 데 일조할 것이라는 것이 그의 생각이었다. 발라즈의 견해를 굳이 빌리지 않아도 무성영화에서 언어의 장벽이 그다지 크게 느껴지지 않을 것이라는 점은 충분히 추측할 수 있다. 더구나 무성영화의 인기 스타였던 변사辯士가 관객의 이해를 위해 적극적으로 영

----

1 Béla Balázs, 『영화의 이론』, 이형식 옮김, 동문선, 2003, 48~49쪽.

화를 해설하는 상황에서는 말할 것도 없다. 발성영화인 토키의 시대로 와서도, 언어 장벽의 문제는 조금 달라지기는 하지만 영화에서 언어 장벽이 상대적으로 (문학에 비교해서) 낮다는 사실은 그대로 유지된다.

이러한 조선의 영화 소비가 갖는 특수성은 오히려 '조선'영화의 존재 근거를 취약하게 하는 요건이었다. 말하자면 조선영화에 특별한 사명 감과 책임감이 없는 지식인들, 도시의 중간 계층들이 조선영화를 굳이 선택할 이유를 희박하게 만들었기 때문이다. 더구나 일주일마다 다른 프로그램으로 교체하던 조선극장, 단성사, 우미관 등 조선계 영화관들은 1년에 많아야 열 편 남짓 제작되던 조선영화보다 서구 영화를 위주로 상영하던 '양화관洋畵館'이었다. '조선'영화는 '민족'이라는 이념에 호소하지 않는다면 문화 상품으로서 외래 영화와 '관객'을 두고 벌이는 경쟁에서 참패할 운명에 놓였던 것이다.

이러한 조건들, 즉 영화에 대한 식자층의 요구 수준이 높았다는 점 그리고 1년에 열 편 안팎으로 제작되는 조선영화가 이 수준을 단기간 내에 따라잡기 어려웠다는 점 등의 상황은 곧 '수준'에 대한 영화인들 (영화제작자나 비평가들을 포함)의 강박으로 이어졌다. 더욱이 영화의 수준이 아무리 '높다' 해도 관객이 외면한 영화는 영화제작자를 경제적으로 곤궁하게 만들었다. 관객의 수준과 상관없이 관객의 선택은 영화 산업의 존립 자체를 좌우하는 중대한 사안이다. 영화는 오락이자 예술 이기도 하지만, 그전에 제작비의 회수를 요要하는 산업이기 때문이다. '관객'의 수는 분명 성공의 한 증거이다. 20년대에 '예술'로서의 지위보다, 오락이자 산업으로서의 의미가 더 강했던 조선영화로서는 '어떤 영화를 만들어야 하는가'는 문제에서 이러한 딜레마에 놓여 있었다.

이에 반해 프로파간다로서 영화를 직접 만들기도 했던 카프계 비평가들은 영화에 '신흥 예술'이라는 딱지를 붙임으로써 영화를 '오락'이 아닌 '예술'로 표나게 명명命名하려 했다. 이들은 소비자로서 '관객'에 대한 압박으로부터 비교적 자유로웠다. 나운규 같은 감독에게 몰려드는 관객은 성공의 강력한 징표였지만, 카프계 비평가들은 영화 산업 그 자체보다는 마르크스주의 이념의 대중적 전파 혹은 이를 통한 영화 장르의 예술화에 더 관심이 있었다. 조선영화계에서 영화 평론이 독립된 영역으로 분화된 것은 바로 카프 혹은 카프의 외곽 단체들에 속한 영화인들이 등장하면서부터이다. 그전에는 감독, 제작자, 영화 팬 등이 초기적 형태의 영화 비평을 남겼을 뿐이다. 그렇다면 이 신흥 비평가들은 다른 영화인들과 영화에 대한 관점에서 어떤 차이가 있을까.

다음의 인용문은 '만년설(한설야)'과의 논쟁 과정에서 영화인 심훈이 발표한 글의 일부이다. 당시 카프 비평가들과 영화인들이 벌인 대표적인 논쟁으로 1928년 7월 『중외일보』에서 벌어진 한설야·심훈·임화의 논쟁과, 1930년 나운규의 〈아리랑 후편〉과 관련하여 나운규·이필우와 카프계 비평가 서광제·윤기정이 『조선일보』와 『중외일보』를 넘나들며 벌인 논쟁을 꼽을 수 있다. 두 경우 모두 나운규, 심훈, 이필우 등 영화계에서 실제 영화제작에 참여하던 스탭들과 카프계 비평가들의 관점 차이가 쟁점이 되었다. 이 중에서 나운규·이필우가 서광제·윤기정과 벌였던 논쟁에 대해서는 다음 절에서 언급하기로 하고 일단 1928년의 논쟁부터 살펴보려 한다.

이 논쟁은 모두 『중외일보』 지면을 통해 1928년 7월에 이루어졌다. '만년설'이라는 필명을 쓴 한설야는 『중외일보』에 1928년 7월 1일부

왼쪽부터 한설야와 임화. 출처 : 『동아일보』,
1934년 11월 23일자 ; 1938년 2월 19일자.

터 9일자까지 「영화예술에 대한 관견」이라는 글을, 심훈은 「우리 민중은 어떠한 영화를 요구하는가?」라는 글을 1928년 7월 11일부터 27일까지 그리고 마지막으로 임화가 가세하여 1928년 7월 28일부터 8월 4일까지 「조선영화가 가진 반동적 소시민성의 말살抹殺」을 실었다. 1928년의 이 논쟁은 조선영화사에서 의미 있는 첫 번째 논쟁으로서 영화의 소비자라고 할 수 있는 '관객'과 관련되어 있다는 점에서 주목할 만하다. 임화와 한설야가 영화가 '프롤레타리아'의 예술이 되어야 한다는 계급 이론을 앞세운 반면, 영화의 실제 생산자로서 영화판의 면면을 파악하고 있던 심훈은 '만년설'의 계급주의적 입장이 얼마나 조선적 현실을 무시한 발상인가를 구체적으로 꼬집고 있다.

한설야는 먼저 〈농중조〉, 〈아리랑〉, 〈장한몽〉, 〈먼동이 틀 때〉 등 1926,7년경의 영화들을 하나하나 검토하면서 결론조로 "조선영화의 처지―검열과 재력의 장벽이 있다하지만 시대의 양심이 있는 자라면 결코 내놓을 수 없으며 조선민중을 해독害毒을 끼치는"[2] 영화들이라고 말함으로써 조선영화를 직설적으로 강하게 비판했다. 이에 〈먼동이 틀 때〉의 원작자이자 감독인 심훈은 영화의 수준과 관객 그리고 영화계의 손익 등을 모두 고려하면서 다음과 같이 반박했다. 이 면박을 통

2 萬年雪, 「영화예술에 대한 瞥見」, 『중외일보』, 1928년 7월 9일자, (八)회분.

해 당시 조선영화의 처지를 가장 잘 알고 있던 사람으로서 관객의 요구와 평단의 비판 사이에서 나름의 균형을 잡으려 했던 심훈의 고민을 엿볼 수 있다.

시내 각관으로 몰려 들어가는 학생들만 하더라도 고상한 취미를 기르고 무신 점잖은 정신의 양식을 얻고자 하면 교과서까지 팔아 가지고 다니는 것일까? 그것은 두말할 것 없이 그네들의 감상의 정도를 보아 알 수 있으니 10년 전이나 10년 후의 오늘이나 별로 진보되지 못한 것이다. 그 증거로는 '명금名金'[3]을 지금 상영하여도 옛날과 같아 갈채를 받고 김소랑 일파의 신파극이란 것이 옛날의 탈을 벗지 못한 채 상연을 한다는 데 조선극장이 연야 대만원의 성황을 이루는 것을 보면 알 수 있다. 조선의 영화팬은 서양 영화만 보고 자라왔고 우수한 작품도 많이 보아서 눈이 대단 높아진 것 같으나 기실은 '더글러스', '로이드', '키튼', '탈매치' 또는 '리리안 킷쉬'의 사진을 보는 정도에 머물러 있는 것이다.

아래층에 진을 치는 소시민이나 까까중들은 말할 것도 되지 못하려니와 이론으로 또는 실제를 연구하지 못하고 덮어놓기만 해온 까닭이다. 그러면 관중들은 무엇을 얻고자 무슨 감회를 받고자 구경을 다니는가? '아아, 가깝하다. 답답하다. 심심해 못 견디겠다. 구경이나 갈까?' 이것이 관극(觀劇)의 동기이다. 〔중략〕 허영과 위안! 헐벗고 굶주리는 백성일수록 오락을 갈구하고 고민과 억압에 부대끼는 민중이기 때문에 위안 문

3 1915년작. 원작은 〈The Broken Coin〉으로 식민지 시기 여주인공 키티 그레이는 흔히 '기지꾸레'로 불리며 남자 주인공 '프레데릭 백작'과 더불어 사랑받는 캐릭터였다. 특히 무성영화 〈명금〉은 변사 서상호의 명연기로 유명한 영화이기도 하다.

제를 무시하고 등한치 못하는 것이다. 그러므로 어느 시기까지는 한가지 주의의 선전도구로 이용할 공상으로 버리고 온전히 대중의 위로품으로써 영화의 제작 가치를 삼자는 말이다.[4]

심훈은 당시의 조선영화가 처한 곤경을 당국의 검열, 제작비 문제, 영화인의 전문성, 영화인의 생활 곤란으로 정리하면서 이 중에서 영화인의 생활 문제를 바로 '민중'이라고 그가 일컫는 '관객'과 직결되는 문제로 파악하고 있다. '영화인의 생활', 즉 영화 수익을 통해 얻게 되는 영화인들의 수입이 영화제작의 한 동기인데, 그렇다면 필연적으로 관객의 취향을 고려해서 영화를 제작해야 하는 것이다. 그러나 관객(민중)이 영화에서 원하는 것은 단순한 '구경'일 뿐 그다지 수준이 높지 않다. 또한 위의 인용문에서 언급하고 있듯이, 심훈이 볼 때 다른 관객은 차치하고서라도 근대적 교육을 받은 학생일지라도 영화의 이해 수준이 그다지 높지 않다는 것이 문제였다.

한설야와의 논쟁이 있기 전인 1928년 1월, 심훈은 다른 글에서 조선영화의 손익 문제에 대해 매우 구체적으로 타진하면서 관객과 예술성이라는 두 마리의 토끼를 잡을 방법을 다음과 같이 말하고 있다.

작품은 아직 팬의 정도를 상량(商量)해서 희활극, 통속물, 시대극을 중심으로 할 일 (촬영비 3천원 이내로). 고급 팬의 요구와 자체 권위를 보존키 위하여 춘추(春秋)로 특 작품 2편쯤을 전원 출동으로 제작할 일. 때

....

4 沈薰,「우리 民衆은 어떠한 映畵를 要求하는가?」,『중외일보』, 1928년 7월 11일~27일자. 인용은『심훈문학전집 3』, 탐구당, 1966, 540쪽.

로는 절대영화, 순수영화를 기준으로해서 4,5권짜리 두 편쯤 시작해 보는 것도 좋다.[5]

영화 〈먼동이 틀 때〉의 한 장면. 심훈은 이 영화의 원작자이자 감독이기도 했다. 출처 : 『조선일보』, 1927년 9월 3일자.

심훈은 이 글에서 비록 아직은 관객의 수준과 영화계의 손익 문제를 모두 고려하여 관객의 관심을 끌기 용이한 코미디물이나 통속물을 주로 하지만, 고급 팬을 위한 수준 있는 영화들을 점차 늘려 나가자고 제안하고 있다. 즉, 심훈은 당시 영화계가 처한 딜레마를 관객(흥행)이냐, 작품성이냐로 압축하면서 만년설이 주장하는 바, 프롤레타리아의 눈으로 영화를 보라는 계급론의 입장이 현실적으로 불가능한 것임을 말하고 있다. 그러면서도 심훈은 만년설이 '프롤레타리아'라고 지칭하는 그들을 '민중', '대중'으로 고쳐 부르며 부르주아지의 죄악을 폭로하여 그들의 투쟁의식을 고무하는 역할을 인정함으로써 구경거리로서 영화가 갖는 한계를 극복하려는 의식을 보이고 있다.

심훈의 글에 이어 『중외일보』에 실린 글「조선영화가 가진 반동적 소시민성의 말살抹殺」에서 임화는, "젊은 명名시네아티스트 심훈군은 알라."라고 심훈을 호명하면서 영화를 바라보는 심훈의 관점이 '소시민적'이라고 비판한다. 임화는 현재 조선영화에서 가장 간절한 일은 "작품의 내용이 누구를 위하여 즉 어떤 계급문화에 속하는 것이냐의

....
5 심훈, 「조선영화계의 현재와 장래」, 『조선일보』, 1928년 1월 6일자.

문제"라면서 심훈이 이에 대한 고민이 없음을 강하게 질타한다.

『중외일보』에 발표된 이 논쟁에서 의미 있게 읽히는 대목은, 심훈이 제기한 관객과 영화제작 그리고 영화인의 생계와 관련하여 언급한 문제들이다. 한설야나 임화와 달리 심훈의 고민은 매우 구체적이며 영화인으로서의 현장 감각을 담고 있다. 심훈의 생각에 따르면, 영화는 민중이 요구하는 '오락'적인 요소를 다루는 한편으로 민중이 읽어 주기를 바라는 사상적인 내용을 동시에 담아내야 한다. 그런데 이 두 방향은 각각 다른 '관객' 개념을 내포하고 있다. 전자의 관객은 흥행의 증거로서의 관객이다. 어떤 영화를 보러 온 관객의 수는 그 영화에 대한 대중적 평가를 나타냄과 동시에 영화의 수익을 가리키는 것이다. 심훈에게 '민중이 요구하는 것'이란 바로 관객 동원을 가능하게 하는 영화 텍스트 상의 자질을 의미한다.

다른 한편으로는 계몽의 대상으로서의 관객이 있다. 이 관객 개념은 마르크스주의, 계급 이론에 바탕을 둔 평자들의 글에서 잘 발견된다. 프로파간다로서의 영화는 관객을 계몽의 대상으로 볼 때 잘 구현될 수 있음은 물론, 영화의 수준 향상이라는 목표와도 관련되어 있다. 이 두 가지 개념의 관객을 모두 만족시킬 수 있어야 한다는 것이 무성영화 시기 영화제작자들의 고민이자 딜레마였다.

이 딜레마는 발성영화 시기에 이르러서는 오락으로서의 영화와 예술로서의 영화 사이에서의 고민으로 구체화된다. 그렇다면 영화의 예술성은 무엇인가. 물론 이 문제는 명확하게 정리하기 어렵다. 카프 비평가들은 계급성을 내세우며 이것이 영화의 나아갈 길이라면서 에둘러 제시하지만, 이 주장은 광범위한 공감을 이끌어 내기 어려울뿐더러 또한 30년대에 이르면 이와 같은 확신에 가득 찬 발언은 사라진다. 1920, 30년대 여러 담론 상의 문맥을 고려하면 영화의 작품성 혹은 예술성을 담보할 수 있는 답은 '문학'에 있는 것으로 결론지어진다. 그러면 과연 '문학적인 것' 혹은 영화의 수준을 높일 수 있는 문학적인 것이란 무엇인가.

무성영화 시대의 '문학적인 것' – 계급적 갈등과 단순한 스토리

영화가 오락이 아닌 예술로서의 존재 방식을 선택할 때 그 '예술'로서의 내용을 문학에서 가져와야 한다는 생각은 조선 극영화가 제작되기 시작한 시점인 1920년대 중반부터 제기되었다.

식민지 시기에 수십 편의 영화들이 고전소설을 원작으로 했지만 사실 문학이 영화에 영향을 준 바는 이보다 훨씬 광범위하며 본질적이기까지 하다. 식민지 시기 내내 문학(특히 근대소설)은 '영화'가 '예술'이 되기 위해 배워야 하고 때로는 경쟁하기 위해 차이를 보여야 하는 매우 의미 있는 상대였기 때문이다. 문학 중에서도 특히 서사narrative를 공유하는 소설이 가장 본질적으로 의미 있는 대상이었고, 이때 보다 의미 있는 소설은 고전소설이 아닌 신문학, 즉 근대소설을 의미했다. 〈춘향전〉, 〈심청전〉, 〈장화홍련전〉 등 고소설 원작 영화를 제외하고 근대소설을 원작으로 삼은 주요 영화로는 〈개척자〉(1925), 〈유랑〉(1928), 〈벙어리 삼룡〉(1929), 〈승방비곡〉(1930), 〈순정해협〉(1937), 〈오몽녀〉(1937), 〈무정〉(1939), 〈성황당〉(1939) 등을 들 수 있다.

이렇게 소설로부터 원작을 가져오면서 '근대소설'에서 무언가를 배워야 한다는 강박도 여전했지만, 1930년대 중반 이후 발성영화 시대가 도래하면서 영화계 인사들은 소설의 표현 기법과는 다른 독자적인 표현 방법을 영화가 구사해야 한다는 당위적 목표 역시 갖기 시작했다. 즉, 차이이건 닮음이건 근대문학은 오랫동안 영화의 준거로 작용했다. 그렇다면 무엇이 '문학적인 것'이고 무엇이 '영화적인 것'인가. 이 점은 1920, 30년대 영화 비평을 세밀히 들여다보면 짐작할 수 있다.

20년대부터 30년대는 예술로서의 영화 개념이 비약적으로 변화한 시기다. 특히 무성영화에서 발성영화로의 변화는 단지 소리의 유무만을 의미하는 것이 아니라, 생산 환경의 변화는 물론이고 음악과 대사를 사용하게 됨으로써 영화가 새로운 표현 양식을 갖게 된 획기적인 변화였다. 이전의 무성영화와는 완전히 다른 표현 기반 위에 서게 됨으로써 영화가 갖는 '예술성'이 다른 방식으로 정의되고, 이에 따라 영화에 담길 수 있는 '문학적인 것' 역시 다르게 인식되었다.

당시 영화의 원작으로 쓰인 원작소설로서 근대소설은 크게 세 가지 갈래로 나눌 수 있다. 조선의 순문예 소설, 조선의 대중소설, 일본 대중소설이 그것이다. 이 중에서 특히 신문에 연재된 장편소설들의 영화화는 신문 독자를 영화의 관객으로 끌어들일 수 있다는 점에서 매우 전략적인 선택이었다. 이 와중에 「쌍옥루雙玉淚」, 「장한몽長恨夢」, 「농중조籠中鳥」 같은 일본 대중소설의 영화화도 초기 영화의 분명한 흐름으로 존재한다.

이 당시 영화감독이자 배우였던 안종화는 조중환의 일본 번안소설 「쌍옥루」, 「장한몽」을 영화로 만들기로 한 시도를 두고, 관객의 흥미

를 끌 수 있는 매우 선구적인
시도라 평가한 바 있다.[6] 조중
환은 일본 소설인 기쿠치 유
호菊池幽芳의 「나의 죄己が罪」
와 오자키 고요尾崎紅葉의 「고
지키야샤金色夜叉」를 각각 번
안한 「쌍옥루」와 「장한몽」을

제작비 7천 원을 들인 영화 〈쌍옥루雙玉淚〉의 두 주연배우 김소진과 조천성. 출처 : 『동아일보』, 1925년 9월 15일자.

『매일신보』에 연재했는데, 「쌍옥루」는 1912년 7월에서 1913년 2월까지, 그리고 「장한몽」은 속편을 포함하여 1913년부터 1915년까지 연재되어 『매일신보』의 판매부수를 확장시키는 데 혁혁한 공을 세운 바 있다.[7] 그러므로 이 인기 일본 소설의 번안작의 영화화는 원작에 이미 익숙해진 관객들의 관심을 끌기에 용이했다.

그러나 이 번안작들은 '일본 소설'을 토대로 했다는 점에서 민족 감정을 건드린다는 부작용이 있었다. 앞서 언급한 원작소설들이 무대극, 즉 신파극으로 전환될 때 일본 원작에 충실할수록 관객의 호응을 얻지 못했던 것처럼[8] 영화도 비슷한 양상을 띠었다. 특히 민족적 반발을 불러일으킨 영화는 오자키 고요의 소설을 원작으로 한 이규설 감독의 〈농중조〉였는데, 이 영화에 대한 기명·익명의 평을 참조해 보면 이 점이 뚜렷하게 드러난다.

〈농중조〉는 당시 '엘리트' 여배우로 대접 받던 복혜숙이 대중의 시선

6 안종화, 『한국영화측면비사』, 현대미학사, 1998, 121쪽.

7 박진영, 「일재 조중환과 번안소설의 시대」, 『민족문학사연구』, 2004, 209쪽.

8 양승국, 『한국 신연극 연구』, 연극과인간, 2001, 94쪽.

사진은 〈농중조〉에서 화숙의 아버지가 딸의 행방을 안식에게 추궁하는 장면. 출처 : 『경향신문』, 1961년 3월 4일자.

을 끌고, 조연으로 출연한 나운규의 선 굵은 연기가 인상적이라는 평가를 받기도 했지만, 일본에서도 영화로 제작된 바 있어 '모작' 영화라는 평을 면치 못했다. 〈농중조〉는 부모가 미리 정해 놓은 혼처가 있어 사랑을 이루지 못하는 두 남녀 화숙과 안식의 사랑을 그린 작품이었다. 제목인 '농중조'는 '조롱에 갇힌 새'라는 의미로, 인습에 갇힌 여자 주인공 화숙을 비유한 단어로 사용되었다.

장한몽 이상의 모방 영화이다. **자본부터 일본인의 것이니까** 그런지 모르겠지만 번안이 아니라 거의 직역인 것이 적지 않은 유감이다. 다년 전에 일본제국키네마에서 제작한 거와 동일하고 다만 다른 것은 해수욕하는 장면 대신에 산록을 이용한 데 불과하다.[9](강조-인용자)

왜 하필 **그 따위의 저급한 테마**를 선택하였는지 알 수 없습니다. 이래 가지고 조선영화의 참된 향상 발달은 없을 것입니다. 영화 제작자들아, 결코 저속 취미로 대중을 최면에 씌우려 하지 말라.[10](강조-인용자)

조선 사람은 조선 사람의 생활을 묘사하지 않으면 아니 된다. 우리의

....

9 金乙漢, 「농중조-조선 키네마 작품평」, 『동아일보』, 1926년 6월 27일자.
10 WY生, 「영화인상」, 『조선일보』, 1926년 6월 12일자.

생활, 우리가 이상하는 바 새 생활을 상징하며 우리가 현재의 요구하는
바 그 시대를 표현 묘사하여야만 할 것이다.[11](강조-인용자)

〈쌍옥루〉, 〈농중조〉에 비해 관객의 호응과 평자들의 긍정적인 평을
받았던 영화는 〈장한몽〉으로서, 〈장한몽〉의 리메이크작을 제외하면
1926년 이후에 일본 소설을 원작으로 한 영화는 거의 제작되지 않는
다. 〈장한몽〉의 경우는 1931년 '수일과 순애'라는 제목으로 다시 리메
이크될 정도로 일본 소설을 원작으로 한 영화 중에서는 최고의 성공을
거두었다. 그러나 이는 일반적인 예라고 보기는 어려운, 즉 〈장한몽〉
만의 특수한 현상이라 할 수 있다. 일반적으로는 번안작이라 하더라도
일본 소설을 원작으로 한 〈쌍옥루〉, 〈장한몽〉, 〈농중조〉 등의 영화들
은 일본 소설을 원작으로 한 점에서도 긍정적인 평가를 받기 어려웠지
만, 이미 무대극으로서 잘 알려진 신파극 레퍼토리를 다시 영화로 재
생산했다는 점에서 조선영화계의 나아갈 길과는 거리가 멀다는 인식
이 부정적 평가에 한몫했다.

이에 비해 조선 근대소설의
영화화는 이러한 민족적인 부
담감에서 자유로운 선택이었
다. 근대소설의 영화화는 '흥행'
만을 위한 저급의 영화제작이
라는 혐의에서 비교적 자유로

1926년 〈장한몽〉의 주인공 리수일과 심순애. 출처
: 『동아일보』, 1926년 2월 28일자.

11 D.K生, 「롱에 든 새를 보고」, 『조선일보』, 1926년 7월 3일자.

이광수의 소설을 원작으로 한 최초의 근대소설 원작 영화 〈개척자〉. 출처 : 『동아일보』, 1925년 5월 10일자.

우면서도, 초창기 조선영화의 기술적 흠을 가리는 데도 제격이었다. 영화의 성패를 떠나 이 원작소설들의 '예술성'을 진지하게 고민하려고 했다는 사실 자체가 이미 화젯거리였기 때문이다.

근대소설이 처음 영화화된 것은 1925년 단성사에서 개봉한 백남 프로덕션 제작 〈개척자〉(이경손 감독)였고, 두 번째는 애초에 영화제작을 염두에 두고 발표된 이종명 원작의 〈유랑〉(1928, 김유영 감독)이었다. 이 밖에도 1929년 나도향 원작의 〈벙어리 삼룡〉(나운규 감독)과 1926년 『시대일보』에 연재된 김팔봉 원작의 〈약혼〉(1929)이 무성영화 시기의 대표적인 근대소설 원작 영화로 꼽힌다. 최독견의 동명 소설을 원작으로 한 〈승방비곡〉(1930)도 있지만, 이 소설은 애초에 1927년 『조선일보』에 연재될 때부터 나운규의 사진을 삽화로 게재하여 화제가 되었고, 단행본으로 출판될 당시에도 '영화소설'로 소개될 만큼 영화적인 수법을 사용하여 영화로 만드는 것이 오히려 당연할 정도였다.

이 소설들의 영화화는 영화계로 봐서는 의미 있는 시도였지만, 정작 원작자들은 그 제작 의도나 결과를 탐탁지 않게 여겼다. 자신의 소설을 바탕으로 만들어진 영화에 대한 '풍문'을 듣고 왠지 보기가 싫었고 자신의 작품을 안심하고 맡길 사람이 없다는 〈개척자〉의 원작자 이광수[12]나, 배우들의 미숙한 연기와 졸렬한 장면 묘사 등에 불만을 느꼈던 〈약혼〉의 원작자 김팔봉,[13] 그리고 돈이 있으면 영화의 판권을 사서 불질러 버리고 싶다는 〈유랑〉의 원작자 이종명[14] 등은 대개 영화가 자신의 원작에 미치지 못한다는 사실을 불만스럽게

신구서림에서 단행본으로 출간된 『승방비곡』의 신문광고. 출처 : 『동아일보』, 1929년 4월 9일자.

여겼다. 애초부터 영화소설이었던 「승방비곡」의 경우도 원작자의 비난은 아니지만 소설과 달리 흥행에만 신경 쓴 나머지 소설의 스토리를 단순한 구도의 복수극으로 만들어 버렸다는 비판[15]을 받기도 하였다.

즉, 원작자뿐만 아니라 대개의 평들이 영화를 원작소설의 미달태로 여겼다. 당시의 평들을 보면 소설의 '스토리'를 어떠한 방식으로 영화로 만들었는지가 소설의 영화화의 성패를 가르는 일반적인 기준이었는데, 원작의 스토리를 그대로 영화로 만들어도 비판을 받았고 원작의 일부를 변화시켜도 비판을 받았다. 원작의 스토리 그대로 영화를 만들 경우에는 원작을 깊이 있게 이해하지 못한 축자적逐字的 재생산에 그칠 위험이 있다고 비판받았고, 원작의 스토리를 변형하거나 원작에 없는 장면을 삽입할 경우에는 원작의 작품성을 훼손했다는 비판을 받

....

12 春園, 「開拓者의 映畵化와 '麻衣太子', '再生' 演出에 대하여—내 作品의 演劇 映畵化 所感」, 『삼천리』, 1933년 12월, 72쪽.

13 金八峰, 「'約婚' 作者의 辯—내 作品의 演劇 映畵化 所感」, 『삼천리』, 1933년 12월, 70쪽.

14 李鍾鳴, 「'流浪'의 原作者로서—내 作品의 演劇 映畵化 所感」, 『삼천리』, 1933년 12월, 75쪽.

15 金乙漢, 「승방비곡을 보고」, 『매일신보』, 1930년 6월 5일~6일자 중 6일자.

았기 때문이다. 〈벙어리 삼룡〉의 경우 감독 나운규가 나름의 실험정신을 발휘하여 영화 속에 감독 자신이 이미 사망한 원작자 나도향의 무덤에 찾아가는 장면을 삽입하기도 했는데, 이 장면이 진지하지 못하게 사뭇 장난스럽게 보인 점도 흠으로 지적되었다.

처음 혼인한 내외가 그다지 3일 안부터 싸움질만 하는 원인, 즉 각색상 인시덴트가 좀 더 분명하게 화면으로 표현되지 못한 것과 벙어리 삼룡이가 불에 뛰어들어가 자진까지 하는 동기라든지 또는 자기의 주인에게 그다지 애매하게 참을 수 없는 학대와 모진 매를 얻어맞기를 날마다 하면서도 계급적으로 또는 사람의 감정으로서도 반항하는 불길이 보여야할 것인데 화면으로는 몽롱하게 된 것은 원작을 읽지 못하였으나 스토리를 뚫고 흐르는 주인공의 성격과 사상이 스크린만 통해 가지고는 너무 무의미하다 아니할 수 없다. 〔중략〕 그 다음 도향씨의 무덤에 경의를 표하러 간 나운규 군이 웃고 돌아서며 달음질을 치는 것은 보기에 불쾌했다.[16]

이 영화는 원작을 어느 정도까지 살렸는가? 위에 말한 바와 같은 원작인 만큼 영화 제작자에게 행하여 고언을 드리기는 미안하다. 그러면 애써 만든다 할지라도 당연히 커트 당할 장면은 원작을 무시할 수밖에 없으니 결국 남은 것은 사랑타령에 지나지 않게 된 이제 원작이 살고 안 살았음을 물어 무엇하랴?[17]

....

16 S生, 「試寫室-故 稻香 羅彬 氏의 原作 '벙어리 三龍이'를 보고서」, 『조선일보』, 1929년 1월 20일자.
17 崔象德, 「八峰의 原作인 '約婚'을 보고」, 『조선일보』, 1929년 2월 22일자.

위의 인용문들에서는 영
화가 원작의 스토리를 어
떻게 다루어야 하는가에
대한 어떤 기준이 엿보인
다. 이 기준에 따르면, 원
작의 스토리는 원작의 정
신, 원작의 의도를 충분히

왼쪽부터 영화 〈약혼〉과 〈유랑〉. 출처 : 『조선일보』, 1929년
2월 22일자 ; 『중외일보』, 1928년 1월 19일자.

잘 살려서 영화에 반영되어야 한다. 〈벙어리 삼룡〉의 경우, 결과적으
로 원작에서 보여 주는 스토리 그대로 제작했기 때문에 반항적인 삼룡
의 정신세계를 잘 묘사하지 못했다는 지적이 나왔고, 〈약혼〉의 경우는
이와 반대로 검열 때문에 원작의 스토리에서 살려야 하는 부분을 다루
지 못해 아쉬웠다는 지적이 있었다. 즉, 소설의 영화화에서 가장 중요
시되는 부분은 '스토리'이지만, '스토리' 자체가 중요하다기보다는 원작
의 '정신'과 '사상' 혹은 주제를 잘 살려 낼 수 있도록 스토리를 다루는
것을 당시 비평가들은 무엇보다 중요하게 여긴 것이다. 즉, 원작의 주
제, 정신, 사상 등의 요소들은 모두 원작소설의 스토리에 녹아져 있는
것인데 스토리를 굳이 가감, 변형해야 한다면 이를 잘 살려야 한다는
것이다.

이러한 기준들은 다분히 원작소설을 영화보다 예술적으로 우위에
두고 원작소설을 잘 살려 내야 한다는 태도에서 나온 것으로, 원작자
들을 비롯한 문학인들의 시각에 가깝게 접근한 기준이라 할 수 있다.
그렇다면 당시 영화인들에게는 원작소설을 영화화하는 데 어떤 기준
이 있었던 것인가. 스토리 자체가 갖고 있는 '영화화하기'에 적당한 자

질은 이들에게 중요한 요소였다. 〈벙어리 삼룡〉을 연출한 나운규는 다음과 같이 말하고 있다.

어릴 때부터 문학을 좋아한 탓으로 틈만 있으면 여러 작가의 작품을 읽느라고 노력했지요. 그중에서 가장 인상 깊은 것이 '벙어리 삼룡'이었어요. 또 그 스토리 된 품이 영화화하기에 알맞고 주인공이 내 비위에 끌려요.[18]

나운규는 분명 〈벙어리 삼룡〉을 영화로 만들기로 한 이유가 소설이 가진 서사적 자질 때문이라고 밝히고 있지만, 그 자질이 무엇인지는 의식적으로 밝히지 않는다. 연출 및 제작 동기는 연출자나 제작자마다 다를 수 있다. 그러나 이는 단지 나운규 개인의 취향이라는 관점이 아니라, 당시 흥행성과 예술성을 동시에 만족시킬 수 있는 방안에 대한 일반적인 합의consensus가 무엇이었던가 하는 관점으로 볼 필요가 있다. 이러한 관점에서 관객의 취향(흥행성)과 영화의 수준 제고라는 두 가지 목표를 문예 작품의 영화화를 통해 어떻게 만족시킬 것인가에 대해 가장 의식적인 해답을 내리려고 했던 심훈의 다음 글을 보자.

우에 말한 것은 요컨데 일흠이 나고 내객(內客)이 좃타고 아모러한 원작이나 영화화할 수는 업는 것이요 **영화는 순수히 영화적인 「스토리-」를 요구한다는 것이다.** 그 영화적인 「스토리-」는 무엇보다도 먼저 단순

....
18 「名優 羅雲奎씨 '아리랑' 등 自作 전부를 말함」, 『삼천리』, 1937년 1월, 141쪽.

해야만 한다는 것을 중요한 조건
으로 삼는 것이다. 〔중략〕 요사이
문단인이나 영화 비평가(?)들이
해석하는 것과 가티 영화는 문학
에 종속한 것, 문학적 내용을 이야
기 해주는 한 가지의 문학적 표현
형식이라고 인정할 것 갓흐면 「최
후의 인」이나 「황금광 시대」가튼
영화를 원고지 우에다가 펜으로

영화 〈벙어리 삼룡〉의 한 장면. 출처 : 『조선
일보』, 1928년 12월 2일자.

그러볼 수 잇는가? 업는가?를 한번 시험해보라고 하고 십다. 다만 한 장
면이라도 영화와 꼭 가티 묘사를 해놋치 못할 것을 나는 단언한다.

　「스토리-」가 업는 영화, 문학적 요소로부터 독립한 순수영화가 잇다
고 할 것 갓트면 그것은 한낫 환상에 불과한다고 하는 사람도 잇고 영화
의 최초는 쏘 최후의 것은 「스토리-」다. 그리고 가장 중요한 것은 문학
적 해석을 가질 것이라고 하는 사람도 잇다. 그러나 이러한 결론을 맷기
전에 영화의 「스토리-」라는 것이 문학의 기식자(寄食者)가 아니요 문학
은 단순히 제팔예술의 일 구성 분자에 지나지 못하는 것이다.[19]

　심훈은 〈개척자〉·〈벙어리 삼룡〉·〈유랑〉·〈약혼〉 등을 언급하
면서 영화의 스토리가 분명 문학적 요소라고 인정하지만, 유명하고 관
객이 좋다고 여긴다는 이유로 영화화될 수 없으며, '영화적인' 스토리

....
19　沈薰, 「文藝作品의 映畵化 問題」, 『문예공론』, 1929년 5월. 인용은 『심훈전집』 3, 탐구당, 1966,
　　526~528쪽.

가 있음을 언급하고 있다. 심훈은 문예 작가들의 소설을 원작으로 하려는 계기를, 인기몰이에 용이하고 유명 작가의 이름을 상업적으로 이용할 수 있으며 내용에 대한 시비를 원작자에게 전가할 수 있다는 등의 극히 상업적인 동기에서 찾고 있다. 이렇게 소설을 원작으로 한 영화에 대해 부정적인 것은 소설과 영화의 표현 형식이 상이하기 때문이며, 소설의 복잡한 스토리를 시각적으로 전달하는 데 무리가 있다는 이유에서다. 심훈은 문학과 영화의 관련에 확실한 결론을 유보하고 있지만, 영화의 '스토리'가 문학적인 요소라는 점은 긍정하고 있다. 다만 '단순한 스토리'가 영화화하기 적합한 문학적 요소이며, 이를 영화 특유의 표현 형식과 예술성을 살려 표현하자는 결론에 이른다.

심훈의 논의는 '문학(소설)'을 영화의 한 구성 요소로 여김으로써 문학을 문학적인 것으로, 영화를 영화적인 것으로 이해한다는 점에서 1920년대 후반 문학과 영화의 상관성에서 가장 심도 있는 논의이다. 그런데 여기서 문제될 수 있는 바는 '단순한 스토리'이다. 스토리 자체가 문학적인 요소라고 하더라도 왜 '단순한' 스토리가 영화의 스토리로서 적절한가에 대한 의문이 남는다. 앞서 인용한 나운규의 회고담에서도 「벙어리 삼룡」의 '스토리'가 영화화되기에 적절하다는 언급이 눈에 띈다. 다시 심훈의 영화 및 당시 무성영화의 제작 흐름에서 그 해답을 찾아보자.

심훈은 영화 〈먼동이 틀 때〉(1927)를 감독한 후 최서해 소설 「홍염」을 이경손과 함께 영화화하려다 제작비 문제로 중단한 바가 있다. 「홍염」의 영화화는 최서해가 사망한 이후인 32년에 다시 추진하려고 했을 정도로 최서해 소설에 대한 애착과 함께 그의 소설을 영화화하지 못하는 데 대한 아쉬움이 컸다. 심훈이 최서해의 여러 소설 가운데서 영화화하기 적당한 소설로「홍염」을 선택한 이유로 방화와 살인이라는 극적인 요소를 들고 있다는 점은 흥미로운 점이다. 영화의 원작으로서 최서해 소설들에 대한 심훈의 평가를 인용해 보면 다음과 같다.

"「갈등」은 극적 갈등이 없고「저류」는 영화로서의 조건이 맞지 않고「호외시대」는 너무 복잡해서 손을 대기가 어렵다. 오직「홍염」일편이 그중의 백비로. 영화화하기에 모든 조건이 구비되어 있다.〔중략〕영화로서 제목도 좋거니와 그 내용이 재만 동포의 문제로 떠드는 이때라 시기에 적합하고 중국인 지주의 집에 불을 지르고 뛰어 나오는 놈을 도끼로 찍어 죽이는 클라이막스가 이르러서는 또스또에프스키의 '죄와 벌'을 생각하리 만치 처참하여 침통미가 있다. 더구나 원작대로 촬영한다 하더라도 최대 난관인 검열망을 무시하 통과할 수 있는 점이다."[20]

물론 소설「홍염」의 플롯이 심훈이 말하는 '단순한 스토리'의 전형을 보여 준다고 말하는 것은 논리 상 무리가 있다. 다만, 소설적인 특징이 '심리'에 있고 영화의 특징은 동작의 묘사에 있다는 윗글의 문맥을 고려해 보면, 그가 언급하고 있는 스토리의 단순성이란 극적인 사건을 가능하게 하는 인물들 간의 뚜렷한 갈등선을 갖춘 사건임을 알 수 있다. 이러한 인물 간의 갈등은 대체로 경제적인 약자와 강자들의 대립에 기초하고 있음도 알 수 있는데, 소설에서 보이는 극적인 요소가 경제적 약자들의 분노를 보여 준다는 점 또한 간과될 수 없다.

이러한 정서의 시각적인 표출이라 할 살인이나 방화, 격투 같은 강렬

....

20 심훈,「연예계 산보 '홍염' 영화화 기대」,『동광』38호, 1932년 10월.

「홍염」의 작가 최서해. 출처
:『동아일보』, 1968년 6월 8
일자.

한 행위들은 영화의 시각성을 잘 드러낼 수
있는 요소가 될 수 있다. 이러한 스토리적인
특성이야말로 대사가 직접 삽입될 수 없는
무성영화에서 요구되는 것이다. 영화가 단
순한 스토리가 아닌 다소 복잡한 플롯이 진
행되는 소설을 원작으로 삼을 경우 시각적인
요소가 무시된다는 심훈의 지적[21]은 바로 이
같은 무성영화의 특성을 염두에 둔 데서 나온 것이다. 나도향의 「벙어
리 삼룡」이나 이종명의 「유랑」 역시 이러한 경제적 갈등과 하층민적
인 감성을 토대로 하고 있다는 점에서 영화로 선택되었을 가능성이 높
음을 짐작해 볼 수 있다.

심훈은 여러 편의 글에서 스토리에도 '영화적인' 스토리가 있으며, 스
토리를 문학에서 가져오더라도 그것이 영화적인 표현 방식으로 바뀌
어야 함을 강조함으로써 영화의 표현적 독자성을 내세우는 영화인이
었다. 이러한 영화적 표현 방식에 대한 자각은 지금으로서는 당연한
인식이지만, 30년대 초반까지 이러한 인식을 뚜렷하게 갖고 있는 영화
인은 드물었다. 영화가 문학이나 연극과는 그 표현 방식이 다르며, 주
변 예술 장르들 사이에서 어떻게 차별성을 가질 것인가에 대한 이론적
논의는 30년대 후반에 이르러 더 전문적인 영화인들이 등장하면서 심
화 · 발전된다.

....

21 沈薰, 「文藝作品의 映畵化 問題」, 『문예공론』, 1929년 5월.

발성영화 시기의 '문학적인 것' - 개인, 내면, 심리

스토리의 단순성이라는 문학적 요소는 정확하게는 무성영화를 전제로 했을 때의 기준이다. 인물의 심경이 대사를 통해 직접 삽입되고, 음악이 인물의 감정을 간접적으로 표현하게 되는 발성영화(토키) 시대에 이르러서는 '문학적인 것'에 대한 새로운 정립이 필요하게 된 것은 물론이다.

조선에서 최초의 발성영화가 제작된 것은 1935년이다. 세계 최초의 발성영화인 〈재즈 싱어〉가 1927년 미국에서 제작된 이후, 이미 30년대 초부터 조선극장을 필두로 단성사 등의 양화 개봉관들이 관련 시설을 갖추고 발성영화를 상영하기 시작했다.[22] 따라서 1935년에 조선 관객들이 처음 발성영화를 보기 시작한 것은 아니다. 그러나 영화 비평 면에서 조선 최초의 발성영화 〈춘향전〉이 제작된 1935년 이후부터 조선영화계는 본격적으로 발성영화의 문법을 진지하게 고민하기 시작한다.

1935년 이후 발성영화 시기에 '문학(소설)' 혹은 '문학적인 것'과 영화와의 관련은 무성영화 시기보다 더욱 본질적으로 의식되기 시작한다. 무성영화에서는 자막을 통해 대사가 처리된 것과 달리, 발성영화에서는 인물들의 대사가 직접 화면에 삽입되기 때문이었다. 즉, '영화와 문학 사이에 새로운 기본적인 요소로서 언어가 나타나고 이 언어가 자막보다 더욱 유기적으로 필름의 형성에 들어가는'[23] 발성영화는 복잡한

---

22 「朝鮮劇場이냐, 團成社냐?-서울 長安의 수십만 觀客을 爭奪하는 劇場의 爭覇戰은?」, 『삼천리』, 1932년 4월, 51쪽.

23 朴基采, 「映畵의 文學的 考察, 씨나리오와 文學의 特殊性」, 『조선일보』, 1936년 5월 8일~12일자 중

스토리를 취급하기에 제약이 따르는 무성영화의 한계를 극복할 수 있었던 것이다. 또한 이 시기의 논의들은 분명 무성영화 시기의 논의보다 한층 더 심화된 미학적 차원에까지 확대되고 있다는 점에서 주목할 만하다.

1930년대 후반에 진행된 문학과 영화의 관련에 대한 논의는, 일견 문자 언어와 영상 언어의 차이를 인정하고 이를 구명하는 데 집중되어 있는 듯 보인다. 그러나 각각의 입장은 조금씩 달라도 이러한 '차이'를 기반하여 문학적인 요소를 어떻게 영화에 받아들일 것인가로 논의가 귀결된다는 점에서는 대체로 일치한다. 이 시기 들어 이태준 원작의 〈오몽녀〉(1937), 함대훈 원작의 〈순정해협〉(1937), 이광수 원작의 〈무정〉(1939), 정비석 원작의 〈성황당〉(1939) 등 무성영화 시기보다 문예 작품의 영화화가 더욱 본격적인 양상을 띠었다는 점도 그 이유일 것이다. 그렇다면 발성영화 시기에 무엇이 영화와 관련해서 '문학적인(소설적인) 것'으로 언급되며, 당대인들은 거기에 어떤 가치를 부여한 것인가.

(A) 원작 「인생극장」이나 「창맹」〔일본 문예영화〕이 객관적인 리얼리즘에 입각한 작품이기는 하나 가령 단순한 보고문학과 같은 내면성이 희박한 작품은 안이다. 그 작품에 내면성이 충만했다고는 할 수 없으나 역시 그 작품에는 내면적인 리얼리티—의 깊이 침전한 것이 포함되어 있었다. 그것을 영화의 리얼리즘으로서는 도저히 파악할 수가 없었든 까닭이다.

....
10일자.

이 문학이 가진 바 내면적인 리얼리티―야말로 문학으로 하여금 참된 문학을 만드는 것으로 객관적 리얼리즘에 입각한 작품이라고 일률적으로 말해도 실은 그것을 문학적으로 지지하고 있는 것은 그 내면적의 리얼리티―이다. 영화의 리얼리즘이 제아모리 기술적으로 고양된다고 해도 이 문학의 내면적인 리얼리티―에 육박할 수 있으리라고는 현재에 있어서 아모리 상상해 볼려고 해도 안될 일이다.

이 사실은 심리적 리얼리즘에 입각한 문학이 영화 될 때에 더욱 명백히 나타난다. 위에서 예시한「죄와 벌」같은 것도 그 일례인데 영화의 리얼리즘은 객관적 리얼리즘에 입각한 문학에 있어서뿐 그 객관성에 있어서 육박할 수는 있으나 심리적 리얼리즘 내면적 리얼리즘에 가면 그것을 제형상에 의해서 영화적으로 번역하지 않으면 안되는 고로 거기에 절대로 극복할 수 없는 일선이 가로 놓여있다. 문학이 그 객관성의 방면에서 영화에서의 육박을 받아서 그것이 신심리주의 문학이 대두된 한 동기로 된 것도 또한 자연의 추세라고 할 수 있을 것이다.[24]

(B) 문학에선 객관이나 주체나 자연이나 사건이나 인물임을 막론하고 또는 그것을 서술할 때나 묘사해 갈 때를 막론하고 언제나 그 표현이 주관적인데 반하여 영화의 표현법은 언제나 객관적이라는 것이다. 그것은 자연을 표현할 때나 인물의 성격과 심리를 표현할 때나 객관적인 것을 가지고 금일의 영화는 근대의 사실적인 문학작품은 물론 현대의 심리적인 작품에까지도 임하고 있는 것이다.〔중략〕다만 영화에서

24 李雲谷,「文學과 映畵」,『조광』, 1938년 2월, 336~337쪽.

청구영화사 제작, 신경균 연출의 〈순정 해협〉. 출처 : 『조선일보』, 1937년 4월 15일자.

는 같은 심리라도 그 표현법이 객관적이라는 점에서 문학작품의 심리장면과 접하는 감상과 다를 뿐이다. 또한 그 의미에서 문학과 영화가 대상으로 하는 세계에는 영화적 표현능력의 장래를 전제하면 질적인 차별을 상정할 것이 없다. 장래에는 현대의 자의식의 문학세계까지 영화의 세계로 될 것을 누구나 자담하고 부인할 수 없는 줄 안다. 〔중략〕 문학에 있어는 근대문학이나 현대문학임을 막론하고 언제나 사회에 대한 개인의 문제를 전형화하는 데 있다고 볼 수가 있는데 영화에서는 그것과 반대로 개인을 무시하는 것 개인에 대한 사회의 승리, 적어도 그 사회적인 것의 우월을 객관화하는 것이다. 현대의 모든 우수한 영화가 흔히 특수한 주인공을 정하지 않고 군중을 그려가는 것 또는 사회 앞에 개인의 패배를 결론으로 한 것은 간과할 수 없는 엄연한 사실이다.[25]

이상의 1930년대 후반의 문학과 영화의 차이와 관련에 대한 논의들은 최재서의 평론 「리얼리즘의 확대와 심화」(『조선일보』, 1936년 10월 31일~11월 7일자)을 연상시킨다. 박태원의 장편소설 「천변풍경」(1936)을 리얼리즘의 '확대'로 부른 최재서의 글과, 이상의 단편소설 「날개」(1936)를

....

25 白鐵, 「文學과 映畵―文藝作品을 映畵化하는 問題」, 『문장』, 1939년 3월, 143~147쪽.

리알리즘의 '심화'로 명명한 최서해의 비평은 임화의 '리알리즘' 용법 논쟁을 불러일으키기도 했다. 앞에서 인용한 두 개의 인용문들은 1936년 최재서가 사용한 '리알리

반도영화제작소 제작, 정비석 원작의 영화 〈성황당〉. 출처 : 『동아일보』, 1938년 12월 27일자.

즘'의 용법을 적극 수용하고 있는 듯한 인상을 준다.

앞에서 인용한 글 (A)는 이운곡의 「문학과 영화」의 일부분이고, (B)는 백철의 「문학과 영화」의 일부분이다. 이 두 편의 글 외에 30년대 후반의 문학과 영화에 관한 대표적인 글로는 오영진의 「영화와 문학에 관한 프라그멘트」(『조선일보』, 1939년 3월 2일~3월 11일자)를 들 수 있다.

이운곡은 '리얼리티'와 '리얼리즘'이란 어휘를 통해 문학은 '내면적(심리적) 리얼리티'와 관련짓고 영화는 '외면적 리얼리티'를 구현할 수 있다고 규정한 뒤, 문학의 심리적 리얼리즘은 영화가 도저히 재현할 수 없는 것이라고 말하고 있다. 이운곡은 이어 문학의 이러한 심리적 리얼리즘은 바로 문예 작품이기도 한 영화의 '시나리오'를 통해 감독에게 전달될 수 있다고 말한다. 이 글은 영화의 한계와 표현 영역을 동시에 인정하면서도 시나리오를 통해 영화와 문학이 접속할 수 있다는 결론에 도달하고 있다.

백철의 글 역시 문학의 서술이 '주관적'인 데 반해 영화의 표현은 '객관적'이라고 규정하면서, 같은 심리라도 영화에서 표현하게 되면 '객관적'인 방법으로 심리를 묘사하게 되는 것이라 말하고 있다. 심리묘사를 주체적인 내면적 심리묘사와 객체적이며 외면적인 심리묘사로 나눈

백철의 글은, 문학적인 주체적 심리묘사를 객체적으로 하는 데 영화의 본령이 있다고 말한 오영진의 설명(吳永鎭, 「映畵와 文學에 관한 프라그 멘트」, 『조선일보』, 1939년 3월 2일~3월 11일자)과도 닮아 있다. 백철은 여기에서 더 나아가 문학과 영화를 사회와 개인의 문제로 바꾸어 설명한다. 문학이 사회에 대한 개인의 문제를 제기한다면, 영화는 개인에 대한 사회의 우월을 객관화하는 것, 즉 사회 앞 개인의 패배를 그리는 것이라는 발언은 영화의 객관적 현실 묘사 능력에 대한 당시의 가장 적극적인 수준의 해석이다. 그러나 조선영화를 발전시키기 위해서는 반드시 '문학과의 친화와 협조'가 필요하다고 한 것으로 보아, 백철은 객관적 현실 묘사라는 영화적 특성에 다소 비판적이었던 것으로 보인다.[26]

이운곡이나 백철, 오영진 모두 현실을 객관적으로 보여 주는 매체로서 영화의 특성을 강조하고 있다. 이러한 영화의 시각적 사실성에 대한 강조는 임화에게서도 발견된다. 임화는 「영화映畵의 극성劇性과 기록성記錄性」(『춘추』, 1942년 2월)에서 만주를 배경으로 한 영화 〈복지만리〉가 영화의 기록성(시각적 사실성)이 유기적으로 결합되지 못했음을 비판하면서, 시각적 사실성이 영화의 중요한 표현 수단이라고 밝힌 바 있다.

이러한 구별들, 즉 주관적이며 내면적인 '문학적인 것'과 객관적이며 사실적인 '영화적인 것'에 대한 당시의 정의내림은 세 가지 측면에서 그 의의를 찾을 수 있다.

첫째는 영화가 객관적 사실을 표현한다는 언급은 어떻게 보면 매우 상식적인 언급처럼 보이지만, 실은 카메라를 중립적인 기구apparatus로

26 白鐵, 「映畵發展策 文學과의 親和論 – 文學人으로서의 一提言」, 『조광』, 1939년 1월, 105쪽.

보았다는 점에서 허점을 노정한 것이다. 그러나 이러한 허점에도 불구하고 이 같은 결론은 발성영화 시대에 문학과 다른, 영화의 표현 방법을 찾으려는 노력의 결과라고 할 수 있다. 무성영화 시대와는 다르게 언어와 음악을 표현 수단으로 삼게 되면서 영화가 일견 문학에 가까워진 듯한 발성영화 시대에, 카메라의 사실성을 강조함으로써 문학과 다른, 영화라는 장르에 대한 더 심화된 인식을 보이고 있기 때문이다.

둘째, 그럼으로 해서 당시 담론들은 영화가 문학과는 다른 상이한 표현 형식을 갖고 있지만 문학이 가질 수 있는 심리묘사를 영화적으로 표현해야 한다는 결론으로 귀결되고 있다. 영화가 문학에서 다루는 심리를 표현해야 하는 근거로 '예술'이 되기 위해서라는 당위를 제시하고 있다. 다음의 언급들을 참조해 보면 이러한 추측을 어렵지 않게 할 수 있다. "영화가 예술이 되자면 인간의 심리를 충분히 묘사하여야 한다."[27] "예술에 있어서의 내용이 될 현실의 사물을 여하한 시각으로 시찰하여 그것을 여하히 표현하는가의 방법을 우위에 섯는 문학을 통하야 배워야 한다."[28] 즉, 문학과 영화의 차이에 대한 논의는 문학적인 것을 영화의 표현 형식을 통해 변용시켜야 한다는 결론으로 귀결된다.

셋째, '문학적인 것'을 영화에 적용시키는 것이 흥행에 도움이 되는지, 즉 경제성을 가진 선택이었는가의 관점에서 보면 이것은 꽤 의미 있는 전략이다. 무성영화 시기 경제적 갈등을 다룬 문예 작품을 선택함으로써 하층민적 정서를 다루는 것이 무성영화 관객성을 고려한 것

....

27　申敬均, 「最近映畵界의 新傾向」, 『조광』, 1936년 9월, 271쪽.

28　全錙吉, 「文學에 있어 映畵의 獨立性」, 『사해공론』, 1938년 7월, 136쪽.

30년대 후반 문학과 영화의 관계에 대해 중요한 글을 남긴 평론가 백철과 오영진. 출처 : 『동아일보』, 1938년 2월 15일자 ; 『경향신문』, 1952년 11월 8일자.

이듯, 발성영화에서 개인의 심리와 내면을 보여 주는 것은 더 고급화된 발성영화 관객과 인텔리들의 취향에 부응하는 것이었다. 실제로 발성영화가 시작되면서 '수준 높은' 관객들을 끌어들이기 위해 영화관들이 노력했던 사실, 그리고 영화제를 개최할 정도로[29] 관객들의 관심 수준이 높아졌다는 사실에서도 1930년대 관객들이 무성영화 시대보다 더 '수준 높은 관객'이었음을 알 수 있다. 특히 '영화제'는 서구 영화뿐만 아니라 조선 영화도 대중들에게 과시할 만한 하나의 '지식'으로 자리 잡고 있었음을 보여 주는 현상이다.

지식인 특유의 내향성은 그동안 조선영화에 매우 부정적이었던 지식층이나 문예 작가들의 취향에도 잘 맞는 것이었다. 그 내면과 심리는 '문학'에서 익히 학습되고 훈련된 '내면'과 '심리'이기도 했고, 이러한 개인의 내면과 심리는 한편으로는 영화 내부에 문학이 내포할 수 있는 사상과 이념을 실어 나를 수 있는 장치로 여겨지기도 했다. 즉, 사상과 이념이야말로 단순한 오락과 진지한 예술을 구별하게 하는 문학의 고

....
29 1938년 11월 26일부터 28일까지 사흘 동안 조선일보사 주최로 국내 최초의 영화제인 '조선일보 영화제'가 개최되었다. 이 영화제에서는 그때까지 개봉된 영화 중 입수 가능한 조선영화(무성영화 33편, 발성영화 12편)를 관중들에게 공개 상영해 그중에서 '베스트 텐'을 선정했다. 물론 서구 영화의 베스트 텐과 조선영화 베스트 텐은 서로 구분되었다. 이러한 영화제 개최는 30년대 후반 당시 조선영화 관람이 입소문에 의한 일회적인 것이 아니라 일정한 기간 이상 지속 가능한 현상이 되었음을 암시한다.

유한 것이라고 생각한 것이다. 이러한 사상과
이념을 갖추었을 때 영화가 '예술'이 된다는 신
념은 비록 그 방법은 상이하지만 무성영화 시
기와 발성영화 시기에 걸쳐 유지되었다. 무성
영화 시기에는 경제적 갈등에 기반하여 경제적
약자들의 정서를 다룬 '스토리'를 통해 사상과
이념을 드러내었다면, 발성영화 시기에는 개인
을 드러낼 수 있는 '내면'과 '심리'가 이를 드러
내는 주된 방법이었다. 단적인 예로서 〈오몽
녀〉, 〈순정해협〉의 출연 배우 김일해를 "사색
의 배우", "가장 심리가 약한 인텔리 청년"의 연
기에 맞는 배우로 치켜세울 때[30] 그의 자질 중

1938년 '조선일보 영화제'
사진. 출처 : 『조선일보』,
1938년 11월 27일자.

에서 내면 연기를 가장 높게 평가한 것은 우연이 아니었다. 소위 '내면
연기'라는 자질을 인정받은 그는 1930년대 후반 최고의 인기를 누리게
된다.

'문학적인 것'을 닮고자 하는 욕망은 '오락'으로서 취급되었던 영화가
갖는 일종의 콤플렉스이자 강박이기도 했다. 그러나 이 콤플렉스와 강
박은 일반적인 관객의 것이라기보다는 영화감독, 제작자, 비평가 등 영
화의 장 내부에 속해 있는 생산자들의 것이었고, 이 생산자들은 무성영
화 시대보다 발성영화 시기에 이르러 당당히 인텔리로 취급받기 시작
했고 영화 생산 기준도 소위 수준 높은 관객에 고정되었다. 임화는 영

30 金幽影, 「영화인 언파ー레드(4)ー특이한 분장술을 소개한 사색의 배우 김일해씨」, 『동아일보』,
1937년 7월 31일자.

서양 배우처럼 분장한 배우 김일
해. 출처 : 『동아일보』, 1937년
7월 31일자.

화 생산이, 영화를 업으로 하거나 하려고 하는 '진지한 관객'을 기준으로 하여 이루어지고 있음을 다음과 같이 말하고 있다.

영화를 보러 가는 것이 시정의 한 풍습이 된 데는 물론 단순하지 않은 이유가 있을 것이다. 사람에 따라서는 친구를 만나는 장소로서 영화관을 택할 수도 있는 것이요, 어떤 경우엔 단순한 오락을 위해서 가벼운 기분으로 영화관으로 발을 옮기는 수도 있다. 〔중략〕 첫째는 영화라는 것을 극히 경시하는 사회의 사람들과 둘째는 영화의 「팬」이라고 하는 사람들이 그러한 관심으로부터 양극단에 서로 떨어져 있어서 전자는 영화와 너무 멀기 때문에 후자는 또한 너무 가깝기 때문에 그러한 의문을 일으키지 아니하는 것인지 모른다. 이 가운데 영화를 직업으로 하는 이 혹은 직업으로 하려는 이들, 즉 영화관을 자신의 일터 혹은 학교로 생각하는 소수의 진지한 관객이 들어있는 것은 사실이다. 그러니 영화관에 있어 중요한 의의를 갖는 관객은 역시 전기(前記)한 두 층의 사람들이다. 호불호간 그 사람들을 위해 영화는 맨들어지고 또 사람들에게 향수되어서 비로소 영화는 실제로 공중 앞에 나아가는 것이기 때문이다.[31]

정작 대다수의 소비자, 즉 일반적인 관객에게 '영화관'은 사교와 오락

....
31 林和,「映畵의 劇性과 記錄性」,『춘추』, 1942년 2월. 102~103쪽.

과 연애를 위해 찾아가는 여러 가지 근대적인 오락 기구apparatus 가운데 하나일 뿐이었다. 그러나 임화는 영화제작과 소비에 의미가 있는 이들은 영화를 단순한 오락장이나 사교장으로 여기는 사람들, 즉 평범한 관객이 아니라 영화를 진지한 예술로 향유하고자 하는 관객들, 즉 영화관을 일터나 학교로 생각하는 진지한 관객이라고 말하고 있다.

영화관을 밤에 가는 학교 즉, '야학'이라는 은어로 부르는 학생들. 출처 : 『조광』, 1937년 12월.

이 진지한 관객들은 영화가 단순한 오락이나 돈벌이가 아니라 당당하게 '예술'로 취급받을 만한 내용 요건을 갖추기를 바라는 생산자들이다. 그들은 '예술'의 내용 요건에 해당하는 내면, 사상, 이념을 문학을 통해 갖출 수 있다는 전제 하에 영화 속의 문학이라 할 수 있는 시나리오의 역할을 더욱 중요하게 여겼다. 즉, 영화생산자들은 친구를 만나기 위해 혹은 연애를 하기 위해 혹은 단순한 심심풀이 오락으로 영화관을 찾는 소비자들보다는, 비록 조선영화의 질낮음을 타박할지라도 인문적 교양으로 무장된 문학인들과 근대적 교육을 받은 고급 팬의 취향을 반영하는 것이 영화가 예술로 인정받는 길이라고 여겼던 것이다. 그리고 이러한 경향은 무성영화 시기보다는 발성영화 시기에 이르러 더욱 뚜렷해졌다.

4

영화관의 위험한 여자들과 여성적 쾌락

필사적으로desperately 여성 관객을 찾아서

이상과 같이 영화를 중심으로 한 대중 오락은 30년대 초를 고비로 하여 한편으로는 토키영화로 상징되는 질적인 '고급화'를, 다른 한쪽으로는 양적인 '증가'를 보인다.

비록 경성과 같은 도시에 한정된 현상이기는 했지만, 30년대 말 영화와 연극 관객으로 하루 저녁에 경성 시내에서만 1만 명이 움직인다는 언급[1]은 30년대 인구 30만 정도였던 경성 시민 중 30명 중 한 명이 매일 밤 영화나 연극을 보러 외출했음을 의미한다. 이러한 영화 열기는 총독부 통계를 통해서도 알 수 있다. 1938년 총독부 통계에 따르면, 1년간 영화관을 찾은 총 관객이 1,200만 명을 넘을 정도로 관객층이 확대

---

1 「영화와 연극 협의회」, 『삼천리』, 1938년 8월, 91쪽.

된다.[2] 그러나 이러한 관객의 양적인 증가에도 불구하고, 20년대에서 30년대에 이르는 식민지 시기에 조선영화의 제작 편수는 그다지 유의미한 증가를 보이지 않았다.

문제는 돈이었다. 수입된 서구 영화들이 늘어나는 관객 수요를 충당하고 있었고, 수익이 불분명했던 조선영화계는 늘 자본난에 시달렸다. 조선영화 제작에서 기술과 연기도 문제였지만, 더 고질적인 문제는 바로 '돈'이었던 것이다. 무성영화의 경우 최소한 1천 원에서 3천 원 가량의 자본금이 필요했고, 토키의 경우에는 최소 1만 원이 소요되었다. 이 정도의 자본금을 들여 영화를 제작해 놓고 1회작을 찍고 없어지는 영화사가 대부분이었다. 30년대 후반에 제기된 소위 '영화기업론'은 당시 영화계의 고질적인 자본 문제를 해결하려는 노력이었다.

저자본의 조선영화가 서구 영화와 비교해 높은 수준을 보이기 어려웠음은 자명하다. 당시 조선영화에 대한 관객들의 불만은 흔하게 발견된다. '조선에 연극이나 영화가 우리에게 그만한 느낌과 자극을 주느냐? 더구나 영화에 잇서서 보면 대개가 아니 전부라 하야도 과언이 아니다'[3]라는 불만은 서구 영화에 익숙해진 관객들에게 일상화된 것이었다.

이는 당시 영화 생산에서 소비자들이 행사한 영향력을 보여 주는 극히 부분적인 사례이다. 생산자들의 권위와 권력이 상대적으로 약한 '대중문화'의 경우, 생산에 대한 소비자의 영향력은 클 수밖에 없다. 관객의 선택은 곧 돈이며, 영화제작자의 입장에서 보면 자본의 회수이

---

2 「朝鮮文化 及 産業博覽會, 映畵篇」, 『삼천리』, 1940년 5월, 227쪽.

3 함흥 정재진, 「劇과 映畵 印象」, 『동아일보』, 1929년 10월 4일자.

다. 모든 문화가 그러하지만 상대적으로 제작에 돈이 많이 드는 영화는 많은 이들의 선택을 받아야만 투자금을 보전할 수 있다. 식민지 조선의 근대문학처럼 '문사文士'로서 작가의 권위가 보장되는 경우와 달리, 이러한 상징권력이 상대적으로 작은 영화계는 이러한 권위에 대한 강박보다는 관객의 선택을 받고 흥행해야 한다는 압박이 강할 수밖에 없었다.

숫자로 상징되는 관객의 영향력이 영화 텍스트의 내용 구성에도 강력한 영향력을 행사할 수밖에 없는 것은 이러한 이유에서다. 물론 소비자의 영향력은 모든 문화상품에 영향을 주지만, 특히 소비자가 직접 돈을 내고 관람하는 영화의 경우에는 티케팅 파워로서 직접적인 영향을 행사한다. 제작자는 의식 혹은 무의식중에 가상의 관객을 상정하고 텍스트를 기획하고 구성하게 되는 것이다.

식민지 조선의 관객은 여러 기준으로 분류될 수 있다. 학력, 지식 등의 상징자본에 따라 혹은 경제자본에 따라 혹은 남성이냐 여성이냐 하는 성별에 따라, 또한 조선에 살던 일본인들의 존재를 적극 고려한다면 민족에 따라 구별될 수도 있다. 이 가운데 식민지 조선에서 상징자본, 특히 서구문화와 근대 학문에 대한 습득이 영화 수용에 중요한 영향을 미쳤다는 사실은 이미 2장에서 언급한 바 있다. 상징자본이 없는 이들에게 서구 영화의 문턱은 꽤 높았다. 경제자본도 물론 영화 관람에 영향을 주지만, 변사의 '도움 없이' 서구 영화를 읽어 낼 만한 미디어 리터러시가 무엇보다도 서구 영화 관람에 영향을 주었던 것이다. 그렇다면 이러한 상징자본 이외에 어떤 요인들이 영화 감상에 영향을 주었을까.

지금도 그러하지만 '젠더gender'라는 변수는 영화 관람의 중요한 변수로 꼽힌다. 전통적으로 여성들은 남성들에 비해 내러티브의 향유에 매우 적극적이기 때문이다. 역사적으로 '여성' 관객이라는 사회적 현상이 영화제작과 소비에 활발하게 영향을 주기 시작한 시점은 50년대이다. 50년대 들어 미국 식 자유주의와 민주주의의 영향으로 사회 전반에서 여성의 권리에 대한 요구와 목소리가 조금씩 생겨나기 시작했다. 한국에서도 50년대 후반 한국영화가 1년에 약 100편씩 활발히 제작되면서 영화계 안에서 여성 관객의 존재감이 점차 증대되는 토양이 마련되었다. 이에 비해 식민지 시기에는 그 영향력 면에서 여성 관객의 존재가 그리 눈에 띌 정도는 아니었다.

여기에는 여러 가지 원인이 있다. 여성 관객의 양적 존재감에 비해 이들이 자신의 목소리로 그 존재감을 드러낼 기회가 거의 없었다는 것이 첫 번째 이유이다. 물론 여성 기자, 여성 작가 등 미디어에 글을 실을 수 있는 여성 문사文士들이 없었던 것은 아니다. 그러나 이 여성 문사들이 자신들의 '여성' 취향을 전면적으로 드러낼 수 있는 사회적 분위기가 아니었다. 식민지 시기에는 여성 문인들이 문단에서 차지하는 위상이 그리 높지 않았다. 따라서 기생, 여급, 여공, 가정주부, 여학생 등 여러 종류의 평범하고 광범위한 여성들로 이루어진 여성 관객의 목소리가 신문이나 잡지 등의 미디어에 드러날 기회는 거의 없었다고 해도 과언이 아니다.

그러나 직접적인 목소리가 없었다고 해서 여성 관객의 숫자가 적었다거나 그들의 존재감이 없었던 것은 아니다. 그러므로 당시 여성 관객의 흔적과 존재를 발견할 수 있는 다른 방법을 고안하는 것이 필요하다. 영화 보기에서 여성 관객이 누리는 쾌락을 언급한 재키 스테이시

단성사를 가득 메운 여성 관객들. 출
처 : 『동아일보』, 1927년 5월 5일자.

Jackie Stacey가 남성중심적 이성애적 쾌락
으로 축소될 수 없는 여성 쾌락의 차이
를 '필사적으로desperately' 찾았듯이,[4] 여성
관객의 흔적을 애타게 혹은 필사적으로
추적할 수 있는 대안을 찾을 수밖에 없
다. 이러한 대안은 공식적 말하기가 가
능하지 않는 하위주체, 서발턴subaltern의
흔적을 찾는 작업이라고도 할 수 있다.

결론적으로 말하자면, 식민지 조선영
화는 암묵적으로 여성 관객의 존재를 분명히 의식하고 있었다. 그 단
적인 증거로 불운한 여성의 이야기를 소재로 한 영화들은 식민지 시기
를 넘어서 한국영화의 전통이 되다시피 지속적으로 제작되어 왔다는
점을 들 수 있다. 물론 불운한 여성들의 이야기를 감상적으로 다루는
경향을 두고 비평가들은 '신파'로 부르며 지양해야 하는 요소로 오랫동
안 치부해 온 것도 사실이다. 그러나 영화의 완성도나 가치 평가를 괄
호로 쳐 둔다면, 이러한 신파의 뒤에는 여성 관객의 존재가 분명히 감
지된다. 이것이 반복적으로 출현하여 이른바 '전통'으로 불리게 되었다
면, 이 전통은 불행한 여성과 스스로를 동일시하는 관객의 존재를 거
꾸로 입증하는 셈이다. 이러한 의미에서 관객, 그중에서도 '여성' 관객
은 영화의 서사와 그 구성에 핵심적인 작인作因이 될 수 있는 가능성을

....

4 페미니스트 영화 비평가 재키 스테이시Jackie Stacey는 수잔 세이들러의 〈수잔을 찾아서Desperately
   Seeking Susan〉와 조셉 멘키에비츠의 〈이브의 모든 것All About Eve〉을 분석하면서 세이들러의 영
   화 제목을 패러디하여 1987년 '애타게 차이를 찾아서Desperately Seeking Difference'라는 제목으로
   글을 발표한 바 있다.

제공한다.

여성 관객은 식민지 시기에 그냥 '관객'으로 통칭되었거나, 혹은 가부장적인 통제의 대상이었던 탓에 담론의 장에서 주변적인 대상으로 치부되었다. 특히 영화 담론을 생산해 내는 비평가들에게 '관객'이란 존재가 계몽과 교화의 대상이었던 것을 떠올려 보면 이는 쉽게 예상될 수 있는 바이다. 영화가 예술적 지위에 걸맞게 생산되어야 한다고 생각하는 영화 생산자, 비평가들의 경우에 이러한 비판의식은 더욱 강화되어 나타났다. 지식인들 말고도 일반적인 공적 담론에서도 여성 관객은 부정적이거나 일방적으로 과장되게 묘사되기 일쑤였다. 따라서 이러한 여러 조각난 담론들을 토대로 여성 관객의 존재를 재구성할 경우, 과도한 상상이나 추측이 끼어들 우려가 있다.

그러나 이러한 난점들에도 불구하고, 식민지 시기 여성 관객의 존재는 분명 지나칠 수 없는 중요한 테마이다. 여성 관객의 의의는 우선, 근대에 들어서 상층 계급 남성의 전유물이던 문화 텍스트가 하위 계급에까지 확대 수용되면서 교육과 문화에서 배제되었던 여성의 문화적 실천이 가능해졌다는 데서 그 근거를 찾을 수 있다. 대중문화의 성립과 수용은 이러한 의미에서 태생부터 지배 이데올로기와 대립적 관계에 놓이는 하위문화subculture적 성격을 지녔다고 할 수 있다. 그러나 하위 계급에 속해 있던 사회적 타자들이 문화 수용의 주체가 되었다고 해서, 그들의 문화에 지배 이데올로기에 대한 저항이 내포되어 있다고 섣불리 단정지어서는 안 된다. 하위 계급의 문화 향유에는 지배 이데올로기에 대한 저항도 내포되어 있지만, 동시에 지배 이데올로기를 재생산하는 기능이 있음은 간과될 수 없기 때문이다.

대중문화 수용자들은 하위·종속문화 혹은 넓게는 대중문화 텍스트를 통해 자신들의 사회적 정체성과 체험을 의미화한 뒤 강한 사회적 행동을 보이기도 하지만, 보상적인 환상 수준에 만족하기도 한다.[5] 즉, 수용자들은 문화 텍스트를 통해 자신의 결여를 발견하고 지배 이데올로기에 강력한 항의를 나타내거나, 아니면 결여를 환상적으로 메움으로써 지배 이데올로기에 순응하는 양상을 보이기도 하는 것이다. 이는 필연적으로 문화의 수용이 지배 이데올로기에 대한 순응인가 저항인가, 아니면 이 양자 사이의 타협인가 하는 더 복잡한 문제를 제기하게 된다.[6]

여성의 영화관 출입과 가부장제적 통제

시대별로 정도의 차이는 있으나 공적 담론의 장에서 여성 관객은 사회적으로 부정적인 대접을 받아 왔다. 특히 10년대부터 20년대 후반까지 여성 관객의 모습은 공식적으로 매우 부정적으로 묘사되었다. 이러한 왜곡된 혹은 과장된 담론들 사이로 여성 관객의 영화적 체험을 조심스럽게 재구성하고, 더 나아가 그 체험이 지배·주류 이데올로기와

5 John Fiske, 「팬덤의 문화경제학」, 손병우 옮김, 『문화, 일상, 대중─문화에 관한 8개의 탐구』, 한나래, 1996, 193쪽.

6 스튜어트 홀이 설명한, 수용자들이 취할 수 있는 독해의 세 가지 위치는 이러한 의미에서 이 글에 아이디어를 제공하고 있다. 홀에 따르면, 재현과 관련하여 관객들이 취할 수 있는 세 가지 독해의 입장이 존재한다. 첫째, 지배 이데올로기가 약호화해 놓은 대로 이미지를 읽는 관점dominant-hegeminic position, 둘째, 관객이 이데올로기의 기본 틀은 받아들이지만 어떤 특별한 지점에서는 도전을 가하는 타협적 입장negotiated position이 있다. 셋째, 수용자가 재현의 가정에 도전하는 저항적 입장 oppositional point이 그것이다. S. Hall, "Encoding/decoding" in *Culture, Media, Language*, ed. by S. Hall, Hutchinson, 1980, pp. 136-138.

맺는 관련까지를 탐색하면서 식민지 시기 여성 관객이 갖는 의미를 추적할 필요가 있다.

성별로 좌석이 분리된 극장 안에서 연일 만원으로 가득 찬 부인석은 다른 쪽에 앉은 남성들에게 호기심과 궁금증을 불러일으켰다. 여성 관객의 구성도 '노부인, 주부 그리고 기생과 여학생' 등 연령별 · 직업별로 거의 모든 범주의 여성이 포괄되어 있었다. 양적으로는 여학생 관객이 반수 이상을 차지했다는 언급도 있고,[7] 30년대에 이르면 여성 관객이 전체 관객의 3분의 1 정도를 차지했던 것으로 추정되기도 한다.[8] 그러나 이러한 수적인 증가와 비율에도 불구하고 여성 관객의 존재감은 '공식적으로'는 미미했고, 20년대 후반까지도 영화관은 점잖은 여성들이 찾는 공간으로 인식되지 않았다. 10년대 문헌에서는 여성 관객을 다음과 같이 불량한 존재로 묘사했다.

요사이 각 연극장 부인석에 츌몰ᄒᆞᄂᆞᆫ 하이카라 너편네들은 엇지그리 치사ᄒᆞ고 츅ᄒᆞᆫ지 그럴뜻ᄒᆞᆫ 사니히가 눈짓만 슬젹ᄒᆞ야도 곧 줄줄 따라온다나. 서방을 삼대나 굴멋ᄂᆞᆫ지 그만ᄒᆞ고 좀 뎡조를 직히ᄂᆞᆫ 것이 엇대.[9]

마지막 흥행興行이 끝나는 시간이 대개 밤 11시가 넘었기 때문에, 일단 밤늦게 영화관을 출입하는 여성의 행동은 당시로서는 범상한 행동이 아니었을뿐더러, 특히 젊은 여학생들이 사랑과 연애를 주된 내용으

....

7 「劇場漫談」, 『별건곤』, 1927년 3월, 94쪽.

8 「婦人 講座 案內―3일간 映畵와 女性, 심훈 오후 2시」, 『조선일보』, 1933년 9월 14일자.

9 勤苦生, 「독쟈긔별」, 『매일신보』, 1919년 9월 18일자.

로 하는 서구 영화들을 본다는 것은 분명 사회적으로 문제가 될 만한 일이기도 했다. 키스하는 장면에서는 반드시 부인석에서 질식할 듯한 외마디 소리가 들린다든지 하는[10] 여성 관객에 대한 악의적인 묘사는 물론, '기생인가 뉘 집 소실인가' 하고 궁금증을 자아냈던 한 여성 관객이 실은 여학교 교사였다는 해프닝[11]도 여성의 영화관 출입에 대한 사회적 편견과 함께 당시 여성 관객에 대해 어떠한 담론이 양산되었는지를 잘 보여 준다.

이러한 악의적인 묘사는 분명 편견에서 비롯된 것이지만, 여성 관객을 묘사하는 당시의 글을 보면 영화는 보러 왔지만 영화 보는 것에는 관심이 없고 연애를 걸기 위해서 목을 뽑고 여자석이나 남자석을 주시하고 서로 관심을 보인 남녀들이 영화가 끝나자마자 입구에서 만나 수작을 거는 행위가 없지는 않았음을 알 수 있다.

우선 여자석부터 훑터보니 예상에 드러마저서 압이마어리를 풀고 분바르고 외투입은 여자가 기생들 틈에 석기여 두패 세패 느러앉저 남자석을 할끔할끔 연해 거믜줄을 느러놋는다. 〔중략〕 열한시이십분이나 되야 사진이 끈낫다. 사진이 끗나기도 전에 우덩우덩 니러나는 패는 여자석치고는 그 외투 입은 여학생패엿다. 이러버려서는 큰일이라!고 부즈런히 쪼차나아가닛가 이것보시오 벌써 문 어구에 미리 나와 기다리고 잇는 캠벙거지 남자가 두 사람이 나잇서 『조치요?』 하닛가 『무얼 싱거

10 「劇場漫談」, 『별건곤』, 1927년 3월, 94쪽.

11 「색상자」, 『신여성』, 1926년 6월, 47쪽.

위요』하고 여학생들이 받는다.[12]

좌석에 앉을 때부터 남자석과 여자석 사이에는 어떤 여성들이 혹은 어떤 남성들이 영화를 보러 왔는지 탐색전이 벌어진다. 『별건곤』에 게재된 만화는 활동사진관에 가서 연애 사진도 보랴, 여학생도 보랴, 기생도 보랴 매우 바쁜 남학생을 풍자하고 있다.[13] 그중에서도 여배우의 패션을 적극적으로 모방한 '모던 걸'들이 단연 주목의 대상이었다. '남이 신지 안는 구두, 입지 못하는 양복 모자 목도리를 하고 활동 사진관에 가면 수백 명의 시선이 쏠리고' 그러는 사이에 은행원, 기자, 시골 부자 등 별의별 남자와 교제를 해 보았노라 고백한 어느 모던 걸의 이야기[14]처럼, 영화관의 여성들은 뭇 남성의 시선을 받았고 여기에 드나드는 일부 여성들도 굳이 이러한 시선을 피하려 하지 않았다. 1930년대 들어 여성의 영화관 출입에 대한 비난의 강도는 눈에 띄게 줄었으나 여전히 영화관은 어둠을 틈타 청춘 남녀들이 밀회하는 장소로 치부되었고,[15] 은밀히 벌어지는 유녀遊女들의 성적 유혹도 영화관이 타락의 공간이라는 사회적 가십을 생산해 내기에 충분했다. 영화관 내 남녀석의 분리는 20년대 문헌까지 확인되지만, 30년대 후반에는 종종 남녀 좌석의 구별이 없어진 영화관이 일부 있었음이 확인된다. 1931년 일본 본국에서 남녀석 분리가 폐지되면서 이것이 조선의 일부 영화관에도

12 「戰慄할 大惡魔屈-女學生 誘引團 本屈 探査記」,『별건곤』, 1927년 2월, 78쪽.

13 「만화-現代學生의 눈」,『별건곤』, 1927년 1월, 109쪽.

14 李明淑,「모던걸 懺悔錄-其二, 三角戀愛로서 輾轉愛까지」,『별건곤』, 1928년 12월.

15 夏蘇,「續 映畵街 白面像」,『조광』, 1938년 3월.

영향을 미친 것으로 파악되는데,[16] 명치관明治館과 같이 남녀 좌석 구별이 없어진 영화관에서는 다음과 같은 현상이 벌어졌다.

시험공부도 영화관에서 하는 학생이 영화관에서 여학생, 기생 등을 보느라고 '눈'이 바쁜 상황을 풍자하고 있는 그림. 출처 : 『별건곤』, 1927년 1월.

영화는 「안해와 여비서」였다. 「클라라크·께이불」과 「마아인로이」의 물 샐 틈 없는 부부에 「찌인·하아로우」의 품행방정한 여비서다. 그런데 여기

M상설관에는 정히 방정치 못한 일이 생겼다. 모(某)군이 영화에 도취하고 있을 때 별안간 모군의 목이 따뜻한 촉감에 가슴을 찔렀다. 그것이 여자의 손이었다. 처음에는 놀랐으나 그다지 싫지 않아서 가만히 앉은 즉 이번에는 그 촉감이 전실을 휘감는다. 그래 다행히 장내는 어두었든지라 그는 손을 올려서 여자의 손을 꽉 쥐었다.[17]

영화관에서 모某 군은 은밀한 접촉을 해 온 여성과 깊은 관계를 맺게 되지만, 결국 그녀가 매음녀였다는 것이 밝혀진다. 영화관에서 접근해 온 여성에게 사기를 당했다는 이러한 이야기는 영화관에 출입하는 대부분의 여성들의 정체가 유녀遊女라는 식의 편견을 갖게 만들기도 한다. 위의 인용문과 같은 사건들은 식민지 시기에 많은 '모던 걸'들의 사

16 박영정, 『연극/영화 통제정책과 국가이데올로기』, 월인, 2007, 65쪽.

17 夏蘇, 「映畵街 白面像」, 『조광』, 1937년 12월.

치와 허영이 '영화 보기'와 관련되어 있고, 이들이 사치와 허영을 만족시키기 위해 돈 많은 남자와 연애하기 위해 영화관을 드나든다는 식으로 기술되어 있다. 모던 걸과 모던 보이들이 자주 출입하는 곳으로서의 '극장'은 '카페'와 '주막'처럼 이들의 퇴폐적이며 낭비적인 속성을 드러낸다는 시선[18]도 같은 맥락이다.

영화관에 나란히 앉은 남녀. 출처 : 『조광』, 1937년 12월.

　다른 한편으로는 서구 영화의 에로틱한 러브신들로 인해 여성들의 영화관 출입을 이러한 러브신들을 보고자 하는 욕망과 동일시하여 취급한 측면도 있다. 성교육이 소설책과 영화를 통해 이뤄지고 있다는 언급[19]은 이러한 러브신의 파급력을 가리키며, '활동사진을 보는 여학생은 도무지 속지 않는다'는 한 모던 보이의 푸념[20] 역시 영화의 '연애 교육'적 측면을 말해 준다. 풍기 문란의 진원지로 치부되었던 영화관에서 특히 키스와 같은 러브신들은 일차적인 검열의 대상으로[21] 많은 장면들이 잘려 나갔지만, 당시 조선의 공공장소에서 허용되지 않던 노골적인 러브신은 관객들을 몰입시키기에 충분했다.

....

18　朴英熙, 「有産者 社會의 所謂 近代女・近代男의 특징」, 『별건곤』 1927년 12월.

19　「性에 관한 문제의 토론(一), 성지식, 성교육, 남녀교제」, 『동광』, 1931년 12월, 35쪽.

20　버들, 「키네마와 女學生」, 『문예영화』, 1929년 5월, 38쪽.

21　1926년의 한 기사는 한 달에 상영된 영화 중 키스와 나체, 폭력적인 장면으로 인해 검열 과정에서 잘려 나간 영화들을 공개하고 있다. 「키스, 裸體 大禁物」, 『동아일보』, 1926년 2월 4일자.

S극장 안은 상하객석이 사람으로 두틈하게 옷을 입었다. 여러 사람들을 숨을 죽여가지고 무대편으로 눈을 모으고 있다. 〔중략〕 감격에 넘치는 변사의 해설이 귀에 울릴 때에 화면의 남녀는 벌서 포옹에 취하얏다. 입과 입이 다을듯할때에 화면은 어둡기 시작하얏다.『으훙, 웅』의 신음하는 소리가 관객석 한편에서 솟아낫다. 『망할 것들-』하는 크지 못한 소리가 이에 응하얏다.[22]

당시 조선에서 상영된 할리우드와 유럽 등 서구 영화들은 많은 경우가 멜로드라마이거나 멜로드라마적 요소를 갖고 있는 영화들이었는데, 이 영화들의 내용은 그 자체로 조선의 현실과 달랐고, 특히 조선의 경우보다 훨씬 대범하고 자유분방해 보이는 애정 표현과 연애가 그러했다. 당시 조선의 잡지들은 서양의 남녀 주인공들이 포옹하는 장면들을 스틸사진으로 싣고, 청춘 남녀 배우들의 얼굴을 클로즈업하여 보여 줌으로써 연애가 영화 서사의 주된 모티프임을 강조하곤 했다.

즉, 서구 영화는 조선의 젊은 남녀들에게는 일종의 과장된 연애 교과서였다. 특히 여성들에게 영화 속의 남자 배우는 가장 이상적인 남성상을 구현하는 인물이었다. 20년대의 한 신문 기사는, 한동안 여성들이 '발렌티노'로 대표되는 미남자를 좋아했으나, 어느새 경향이 바뀌어 조지 뱅그로프트G. Bancroft처럼 별로 잘생기지는 않았지만 무뚝뚝한 것 같으면서도 애교가 있고 야만적으로 생겼으면서 믿음직스러운 남성상을 좋아하게 되었다며 여성 영화 팬들의 남성 배우 취향을 분석하는

....
22 SK生,「러브씬과 관객」,『동아일보』, 1929년 4월 7일자.

글을 실기도 했다.[23]

이러한 노골적인 러브신과 변사의 음담패설 같은 점잖지 못한 언행 역시 여학생들에게 악영향을 주는 것으로 지적되었다. 영화를 보고 성과 범죄를 '모방한다'는, 예의 영화의 모방 효과는 예나 지금이나 가부장제적 권력이 영화와 같은 영상물을 통제하는 근거이다. 그래서 영화가 주는 폐해와 쌍을 이루는 것은 바로 계도이다. 여학생들에게 미치는 영화의 폐해를 의식하면서, 오히려 영화의 교육적 기능을 강조하여 무조건 금지하지 말고 영화에 대한 비판적인 의식을 갖게 하자는 주장[24] 역시 여학생들로 대표되는 여성의 영화관 출입에 대한 가부장제적 통제의 시선을 표현하고 있다.

여학생들의 책상에 '테일러'나 '다-빙'과 같은 남자 배우들의 브로마이드가 걸려 있고, 소학생들의 입에서 '샤리 템플'의 이름이 불리는 현실에서 여학생들의 영화관 출입을 금지시키는 것이 오히려 비현실적이며 차라리 영화를 '올바르게' 보는 교육을 하자는 것이다. 여성의 영화관 출입과 관련한 이러한 가부장적 통제는 여성과 학생처럼 '보살펴야 할' 사회적 약자에 대한 훈육을 통해 발휘된다.

30년대 후반에는 이러한 계도 주장 등으로 비교적 나이가 어린 '학생'들의 영화 보기 자체가 문제시되는 경우는 종종 있어도, 여성 관객에 대한 사회적 편견이나 통제가 비교적 약화되는 모습을 보인다. 그러나 앞서 인용한 사례들(『조광』에 실린 하소夏蘇의 글들)로 보건대, 여성

....

23 「新女性들의 異性에 對한 標準—영화계의 새로운 경향」, 『중외일보』, 1927년 5월 27일자.
24 朴魯春, 「映畵와 女學生」, 『영화연극』, 1939년 11월, 40쪽.

의 영화관 출입에 대한 사회적 편견이 완전히 사라지지는 않았음을 알 수 있다. 1930년대 중반 이후, 관객을 다루는 담론들은 여성과 남성이라는 성별을 직접적으로 문제 삼기보다는, 이러한 젠더적 차별을 고급과 저급이라는 '수준'의 문제로 치환하기 때문이라는 설명이 더 적절할 것이다.

여성 타자들과 조선영화의 전략

모든 여성 관객의 존재가 그러했지만, 특히 근대 이후 '기생'이나 '여급'들처럼 사회적으로 타자화된 여성들의 영화 체험은 공식적인 담론 속에서는 잘 드러나지 않는다. 그러나 기생들은 2층 객석 중간의 특등석에 앉아 영화를 볼 정도로 매우 적극적인 관객이었다. 50전이라는 특등석 입장 요금(보통석 15전)을 지불하는 기생들은 그들 자체가 영화관의 큰 고객이기도 했지만, 그들을 구경하기 위해 몰려드는 남성 관객들로 인해 영화관 측에서 적극 유치하려고 애쓴 특급 손님이었다. 영화관들이 기생조합인 권번이나 명월관 같은 요리집에 영화 광고지를 돌릴 정도로 기생은 가장 중요한 영화 관객 중 하나였다.

1923년부터 단성사의 영사기사로 일한 송명록은 '화류계' 관객들이 3할 정도는 되었고, 기생 관객 유치를 위해 영화 광고지를 주로 권번이나 요리집에 돌렸다고 회고하고 있다.[25] 물론 기생들을 보러 오는 남성

....

25 송명록, 「영사 오십년의 은막사정 — 무성영화시대부터 현대까지」, 『신동아』, 1971년 6월, 322쪽.

관객도 있었지만, 다른 한편으로는 이들 기생이 영화의 관객이 된다는
사실에 눈살을 찌푸리는 이들도 존재했다. '2층의 분내와 향수내가 너
무 싫어서 1층 맨 뒷자리에 앉는다는'[26] 남성 소설가 엄흥섭이 바로 그
런 경우였다. 이처럼 기생은 초기 조선영화의 큰 수요를 차지하는 관
객이기도 했지만, 다른 한편으로는 공식적으로 인정하기 싫은 그런 관
객이었던 것이다. 기생 관객들은 영화를 진지한 예술로 승격시키고자
하는 비평가들이나 지식인들에게는 언급할 가치가 없는 관객이었지
만, 기생 팬들을 몰고 다녔던 변사들의 추억담에서는 로맨스의 주인공
으로 등장한다.

함 : 엇떤 종류의 유혹이 제일 많습니까.

박 : 선배들의 말을 드르면 대개 남의 소실(小室) 간호부 기생 이러케
온다는군요.

함 : 그런 경험을 한 번 말슴해보시오.

서 : 그러면 성(成)군이 자리에서 제일 고참자이니까 성군이 먼저 말
하게.

성 : 무어라고 말합니까. 그런데 유혹을 당하는 것은 다 갓읍니다. 가
령 팬이 있다고 하면 그 팬들이 조하하는 해설자는 다 각각 다릅니다.
그것은 어떻게 아느냐하면 대개 한 프로가 일주일 막급식 박귀는데 보
통 해설자가 해설을 하면 한 번 와서 구경을 하고 가지마는 자기가 조화
하는 해설자가 하면 날마다 구경을 옵니다. 오는 데로 가만이 보면 드러

26 「나와 映畵」, 『동아일보』, 1939년 5월 7일자.

올 때나 나갈 때 눈치가 다르지요. 그때 그 눈치를 알어 채리고 손은 뻗치면 그만되는 것이고 그대로 가만이 두고 보면 나중에 편지를 하거나 사람을 중간에 너커나 해서 만나자고 하는 것입니다. 〔중략〕

박 : 그러면 내가 먼저 한 가지 이야기 하지. 한 십년 전입니다. 춘향전을 가지고 북선(北鮮)으로 가서 성진(成津)서 한 오일 간 상영을 했읍니다. 그런데 그 지방에서 상당히 지위있는 분의 소실이라는데 즉 첩 만나자고는 하지 않어도 여관 하인에게 드르면 그 여자가 내 말을 작고만 하드라고 그래요. 〔중략〕 오늘은 남편이 출장을 가고 없으니까 집으로 놀러와 달라고 하두군요. 그래 한 번 용기를 내여서 찾어갓더니마는 과연 그 남편은 없기에 하로밤 잘 놀다가 온 일이 있읍니다. 그렇고 보니까 춘향이 찾어간 이도령이 아니라 춘향의 초대바더 차저간 이도령이 된 셈이지요.(일동 웃음)[27]

변사들의 이러한 종류의 로맨스는 당시의 좌담회는 물론 해방 이후 영화계 인사의 증언을 통해 널리 알려졌다. 변사들뿐만 아니라 무성영화 감독들 역시 기생 관객들의 열렬한 숭배 대상이었다. 60년대에 방콕에서 살고 있던 감독 이경손도 이 시기를 추억하면서 자신을 적극적으로 따라다녔던 기생 팬을 먼저 떠올린 바 있다.[28]

좋아하는 변사에게 팬레터를 보내거나 그를 직접 찾아가는 기생 팬들의 태도는 당시의 일반적인 여성들의 태도에 비해 매우 적극적이었

27 함대훈 外,「活動寫眞 辯士 座談會」,『조광』, 1938년 4월, 293~294쪽.
28 이경손,「無聲映畵時代의 自傳」,『신동아』, 1964년 12월.

음을 알 수 있다. 그녀들에게 영화 관람은 빼놓을 수 없는 오락이었음은 물론이다. 기생잡지인『장한長恨』에서 영화는 거의 유일하게 다루는 오락거리로서『장한』1호와 2호에는 '여배우와 기생', '세계의 일미남자 빠렌티노의 死', '영화소설' 그리고 상영 중인 영화를 소개하는 '紙上映畵' 등이 실려 있다. 그러다 보니 당시 많은 여배우들이 기생 출신이었으며, 기생들은 자신들이 배우가 될 수 있다는 사실을 매우 의미있게 받아들였다.[29]

앞서 살펴본 인용문에서도 알 수 있듯이, 당시 기생들은 변사나 감독들에게 적극적으로 '유혹'의 팬레터를 보냈고 그녀들의 숭배 대상이었던 변사들은 이를 받아들였다. 변사들의 이러한 행위는 공식적인 담론에서 공공연하게 성적性的 타락으로 그려졌다. 관객으로서 기생의 존재가 긍정적인 존재가 아니었던 것과 마찬가지로, 이 기생들과 자주 어울렸던 변사들 역시 종종 '타락'과 '퇴폐'의 혐의를 받았던 것이다. 관객들에게 최고의 인기를 구가했던 최고의 변사 서상호도 '기생이 보통 노름자리에 나가면 이래저래 부자유하고 조심되는 일도 많으나 변사들과 같이 놀면 서로 터놓고 영화에 나오는 장면 같은 〈러브씬〉을 연출하여 야욕에 굶주린 창자를 마음껏 채울 수 있다'[30]라는 식으로, 성적性的으로 타락한 인물로 언급되기도 했다.

따라서 영화의 흥행 측면에서 기생은 주요한 고객이었지만, 영화의 예술화를 지향하는 이들에게는 조선영화가 버려야 할 관객이었다. 기

---

29 KO生,「妓生과 女俳優」,『장한』1, 1927년 1월, 32쪽.

30 유흥태,「인기변사 서상호 사건의 전말」,『조광』, 1938년 10월.

생이 일등석 표를 사는 문화적 소비 행위가 가능했다는 점도 조선영화 제고提高를 위해서는 그다지 권장할 만한 일이 아니었다. 초기 여배우의 교양이나 자질을 항상 문제 삼으며, 여배우들의 다수가 한때는 관객석에 앉아 있던 기생이라는 점을 들먹이면서 그들을 폄하하기도 했다. 앞서 살펴본, 나운규가 〈아리랑 후편〉(1930)의 상영이 끝난 뒤 무대에 등장해서 기생들과 춤을 추며 '아리랑'을 부른 사건도 같은 맥락에서 비판받았다. 이때 서광제, 윤기정 등이 나운규를 공격한 이유가 다음 아닌 '기생'과 함께 춤을 추었다는 것이다. 나운규는 그들은 '기생'으로서 춤을 춘 것이 아니라 '배우'로서 춤을 춘 것이라고 항변했으나, 이 사건은 여러모로 영화 〈아리랑 후편〉의 질적 수준 문제를 야기하면서 매우 감정적인 인신공격으로 번졌다.

토키가 영화계의 대세가 된 1930년대 이후 여전히 기생 관객들은 영화관을 찾았지만 20년대에 비해 특유의 활력을 잃어 갔고, 관객으로서 그들의 존재가 사회적 가십거리 이상의 별다른 의미를 부여받지 못했다. 이는 토키라는 대세에 밀려 서상호 같은 유명 변사가 변두리 극장으로 전락했듯이, 그들의 팬이었던 그녀들의 일부가 영화가 아닌 대중연극으로 몰려갔던 현상과 관련되어 있다. '영화를 볼 경제력은 있으나 토키를 볼 재주가 없는 화류계 여성들과 그 수하들'이 연극을 보러 가게[31] 되었다는 언급이나, '무성영화 시대의 변사의 열변에 도취 당하던 일반 저급 대중 팬은 보고 듣기에 알기 쉬운 演劇에로 가버렸다는'[32] 언

....

31 「엇더케 하면 半島 藝術을 發興키 할가」, 『삼천리』, 1938년 8월, 87쪽.

32 徐光霽, 「映畵의 原作問題-映畵小說 其他에 關하야」, 『조광』, 1937년 7월, 322쪽.

급들이 실제로 '모든' 기생 팬들이 영화를 보지 않게 되었다는 것을 의미한다고 보기는 어렵다. 오히려 기생으로 대표되는 '저급 팬'들을 비하하거나 인정하고 싶지 않은 의식에서 나온 발언들이다. 이러한 발언들은 사실 여부보다도 고급/저급이라는 관객의 이분법이 30년대 말의 영화 담론에서 유의미하게 가동되고 있었음을 알게 한다.

> 남어배우끼리 연애를 하고 남배우는 기생이나 카페 여급이나 유한마담에게 총애를 받고 싶다든가 여배우는 굴직한 실업가나 무엇 무엇의 애첩노릇을 하고 싶다거나 기생이 되어도 돈버릴 잘할 기생이 되고자 해서 배우 노릇을 하랴면 벌써 시대가 늦은 것을 깨다러야 하고 그런 사람이 있으면 정당한 영화 기술에서는 축출을 당할 것이니 이런 사람은 죄를 짓지 않는 것이 배우 되지 않는 것이 옳겠고[33]

이 인용문은 기생이나 카페 여급, 유한마담 등 적극적인 여성 영화 팬들의 총애를 받기 위해서 배우가 되고자 하는 남성 그리고 돈 많은 남자의 애첩이 될 생각으로 여배우가 되겠다는 여성을 싸잡아 비난하면서, 그러한 사람이 있다면 그것은 '시대'에 뒤떨어진 행위라고 일갈하고 있다. 이러한 일갈 속에 전제되어 있는 것은 조선영화의 주요 팬이기도 했던 기생과 여급 등의 여성 타자들을 '저급 관객'으로 환원하려는 의도이다. 이처럼 영화를 '수준 높게' 감상하고자 하는 비평가들은 기생, 여급 등 사회적으로 대접받지 못하는 여성 타자들뿐 아니라

....
33 安碩柱, 「映畵俳優가 되랴는 사람에게」, 『조광』, 1939년 5월, 305쪽.

일반적인 여성 팬들에게 줄곧 비난의 태도를 보인다.

　육의 방향을, 거리에 룸펜의 성의 기온을 유인하는 모던걸 그녀들은
아미리가(아메리카─인용자) 영화에서 화장법과 연애기술 이상에 무엇
을 배우는가? 한 개의 영화를 비판하여 가며 관찰을 하여 보아라. 얼마
나 부르조아 사회에서 여성이라는 것을 모욕을 주며 인간적 취급을 안
이 하는가를 명백히 아러질 것이다. 여성과 영화? 을마나 여성들을 映畵
라는 것을 한 개의 오락물로만 간과하엿는가. 영화는 날카로운 예술이
며 또한 부르조아 사회에 잇서서는 가장 효과적인 선전물인 것을 아려
한다. 어리석은 여성아! 한개의 부르주아적 비극영화를 보고 갑싼 눈물
을 흘리지 말라!³⁴

　서광제의 여성 관객 비판에 따르면, 여성 관객들은 서구(아메리카) 영
화에서 연애 기교나 화장법만을 배우고 '여성해방'과는 배치되는 삼각
관계 연애나 현모양처상을 강조하는 영화에 값싼 눈물을 흘리는 어리
석은 존재들이다. 서광제는 아메리카 영화에 대한 부정적 인식을 내보
이며, 영화가 자신들의 이해利害에 배치되는 줄도 모르는 어리석은 여
성 관객들을 일갈하고 이들을 계도하려 한다. 당시에 마르크스주의적
입장에 서 있던 서광제가 여성 관객들의 취향을 '부르주아적'으로 몰아
붙이며 그들에 대한 '계몽적'인 태도를 드러내 보이고 있는 것이다.

　당시 남성 지식인들의 일갈이나 계몽주의적 가르침, 여성 관객을 부

....
34　徐光齊, 「女性과 映畵」, 『조선일보』, 1931년 6월 22일자.

정적으로 묘사하는 공적 담론은 그 이념적·이론적 근거는 조금씩 다를지라도 모두 여성을 미성숙한 존재로 보는 가부장적 태도로 여성 관객을 공격한다는 점에서

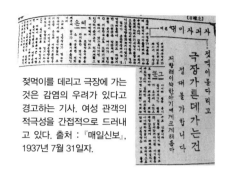

젖먹이를 데리고 극장에 가는 것은 감염의 우려가 있다고 경고하는 기사. 여성 관객의 적극성을 간접적으로 드러내고 있다. 출처 : 『매일신보』, 1937년 7월 31일자.

는 동일하다. 영화관 출입의 불량성은 물론이거니와, 기본적으로 여성 관객이 영화를 감상하는 태도를 못마땅하게 여기는 것이다. 조선영화 〈해海의 비곡悲曲〉(1924)[35]을 본 관객들의 반응을 두고 '유치한 영화이나 부인 관객을 많이 끌어서 부인들이 눈물을 흘렸다'고 한 언급[36]은 이러한 태도를 단적으로 드러낸다.

여성 관객의 판타지 체험 – 위안과 보상

당시 조선 여성들이 기생과 같은 주인공의 불행에 공감할 수 있었던 것은 동일시라는 심리적 메커니즘 때문이다. 고난 받는 여성들의 서사에 눈물을 흘리는 여성 관객은 영화 속의 여성을 자신과 동일시함으로써 스크린에 비친 배우들과 자신을 동일시하는 일종의 판타지 체험을

---

35 부산 소재의 조선키네마주식회사 시작품試作品으로, 일본인 감독 다카사 간조高佐貫長(한국명 왕필렬)의 영화이다. 이복 남매 간의 이루어질 수 없는 사랑을 다룬 〈해의 비곡〉은 제주도 로케이션에, 각본 집필과 검토에만 넉 달이 소요된, 당시로서는 꽤 공을 들인 영화이다. 〈해의 비곡〉에 대해서는 안종화, 『한국영화 측면비사』, 현대미학사, 1998, 60~68쪽 참조.

36 白夜生,「朝鮮映畵十五年史–初創期에서 現在까지」②, 『조선일보』, 1936년 2월 22일자.

하고 있는 것이다.

여성 관객이 일차적으로 동일시를 일으키는 인물은 대체로 성별이 같은 여주인공이다. 관객과 여주인공 간의 어떤 일치점이 인물에 대한 공감을 일으키고, 그 공감이 대리 체험을 가능하게 하는 것이다. 그러나 이 체험을 가능하게 하는 동일시는 매우 다층적인 측면이 있다. 앞서 언급했던 영화 〈무정〉(1939)의 경우에도 남성 작가들이 기생 영채가 눈물을 흘리는 장면을 보고 '좋았다'고 생각했듯이, 이 공감과 동일시가 반드시 성별이나 출신 배경 상의 공통점에서 나오는 것이 아니기 때문이다.

『이 넓은 서울에서 나를 위안해 주는 것은 저-서적들과 극장뿐이다. 나는 간혹 극장에를 갑니다. 먼첨, 춘향전의 영화를 보았는데 나는 춘향이라는 여자에게서 많은 흥미를 느끼었어요. 정말 자기의 사랑하는 사람을 위해서 그 목숨을 바치는 정열과 의지에는 존경하는 뜻을 가지지 않을 수가 없었습니다.』나는 그의 정조관의 한토막으로서 이말에 가만이 머리를 숙인채 귀를 기우리고 있다가 그의 말이 끝나자 이렇게 다저서 물었다. 『정말입니까? 누이의 입에서 그러한 봉건적인 여성을 존경한다는 말을 듣는 것이?』[37]

토키영화 〈춘향전春香傳〉(1935)을 보았다는 한 여성의 말이다. 그녀는 평소에 책 읽기와 영화 보기를 통해 '위안을 받는다'는 느낌을 받아 왔다. 이 여성은 모던한 사고방식을 가진 신여성이고, '춘향'이라는 인물

....
37 南萬珉,「새 人間과 새 情操觀－春香의 情操 재음미」,『여성』, 1936년 10월, 39쪽.

과는 별다른 공통점도 없다. 그런 그녀가 사랑을 위해 목숨을 버리는 춘향의 정열과 의지를 높게 사서 존경한다고 하는 말을 듣고 이 글의 지은이는 놀란다. 신여성이 공감하기에 '춘향'은 너무 봉건적인 인물이라 생각했기 때문이다. 이 언급에서도 알 수 있듯이 관객과 인물 간의 동일시는 그다지 공통점이 없어도 일어날 수 있었고, 이때는 인물의 내면 표현이 관객과의 동일시를 유도하는 매개가 됨을 알 수 있다.

특히 〈춘향전〉의 '춘향'은 기생들은 물론 신여성들 혹은 남성 지식인들도 지지하고 동조할 수 있는 인물이라는 점에서 관객 동원에 유리한 점이 있었다. 기생 관객들은 춘향이 기생의 딸이라는 점에서 동일시가 가능하고, 자유연애 관념을 가진 신여성은 목숨을 바쳐 사랑을 지켜 내려는 춘향의 사랑 제일주의를 높게 샀을 것이며, 추측컨대 남성들의 경우에는 여성의 '절개'라는 보수적인 테마를 지지했을 듯하다. 이러한 점에서 이 책의 1장에서 언급했다시피, 많은 남성 지식인들이 영화관으로 발걸음을 하여 처음으로 보게 된 조선영화가 〈춘향전〉이었고 영화를 보고 나서 대체로 호평한 것도 무리는 아니다.

'춘향'과 마찬가지로 그레타 가르보가 주연한 〈춘희椿姬〉의 여주인공 '마그리트'도 매춘부이면서 사랑을 이루지 못하는 인물로서 춘희의 가련함에 여성 지식인이 눈이 붓도록 울고,[38] 코를 훌쩍거린 여급, 기생, 여학생은 물론, 삼십이 넘은 지식인 남성도 눈물을 머금을 정도로[39] 여주인공에 대한 광범위한 동일시는 비교적 여러 층위의 관객들에 걸쳐

38 崔貞熙, 「'明日은 안 온다'의 悲哀」, 『삼천리』, 1938년 8월, 143쪽.
39 兪鎭午, 「'椿姬'와 갈보의 名技」, 『삼천리』, 1938년 8월, 138쪽.

1926년 그레타 가르보 주연의
〈육체와 악마Flesh and Devil〉.

있었음을 알 수 있다.

그러나 성적으로 보수적인 '춘향'이나 매춘부지만 순정적인 '춘희'에 비해 방종한 여성이나 육감적인 여성은 이러한 동일시를 일으키기 힘들었던 것으로 보인다. 다음은 역시 그레타 가르보가 주연한 영화 〈육체肉體와 악마惡魔〉를 본 한 관객의 감상이다. 이 영화는 두 남자를 동시에 유혹함으로써 남성들의 우정을 망가뜨린 한 요부의 이야기다.

흔이 보는 방탕한 계집의 잘막한 이야기다. 그러나 자본주의 사회에서는 끗끗내 방탕한 계집을 비인간시하야 노핫다. 남편이 잇으면서 다른 남자를 유혹한다. 또다른 남자를-그들은 단순이 모도가 계집의 죄라고 밀어맛기여버린다. 종교적으로 죄를 지은 계집은 그만 찬 얼음땅 속으로 빠지여 죽고 만다. 인간성에 있어서 사랑은 가지각색이다. 아름답게 태여난 것을 어찌할 수 없는 일이나 여기에 취하야 자긔의 무엇을 망케한다는 남자의 마음은 어떠케 할 수 있을까.[40]

이 리뷰를 쓴 관객이 남성인지 여성인지는 알 수 없으나, 그는 서로 충돌을 일으키는 두 가지 모순적인 차원에서 거부감을 느끼고 있다. 하나는 유혹적이고 위험한 팜므 파탈에 대한 거부감이고, 다른 하나

....
40 原涉, 「肉體와 惡魔를 보고서」, 『동아일보』, 1929년 10월 9일자.

는 그러한 여성의 행위를 일방적으로 부
정적으로 묘사하는 것에 대한 거부감이
다. 전자의 거부감이 남성들 간의 우정
을 망친 방종한 여성을 부정적으로 바라
보는 가부장제의 시선과 동일하다면, 후
자의 거부감은 이러한 시선에 대한 저항
에 가깝다. 그러한 여성을 일방적으로
매도하고 남성들에게 면죄부를 주는 영
화의 내러티브에 강한 반감을 표하기 때
문이다.

조선에서 가장 육감적인 서구 여배우
로 꼽혔던 그레타 가르보, 출처 : 『조
선일보』, 1938년 9월 18일자.

　당시에 수입되었던 서구 영화에 대한 (여성) 관객들의 리뷰가 많이
남아 있지 않기 때문에, 영화에 대한 관객들의 심층적인 감상이 어떠
했는지 일반화하기는 어렵다. 더구나 일간지나 잡지에 글을 실을 수
있는 (여성) 관객도 한정되어 있으며, 이러한 공적인 담론의 장에서의
발화 역시 그 진정성을 믿기 어려운 지점도 존재한다. 다만 분명한 점
은, 당시 조선에서 개봉된 적지 않은 서구 영화들 중에도 조선 관객들,
특히 여성 관객들의 정서에 맞지 않는 영화가 있고 반대로 정서에 밀
착된 영화가 있었다는 점이다. 이 점은 당연히 신新영화 광고에도 반영
되었다. 당시의 신新영화 광고는 많은 경우에 일종의 리뷰적 성격을 띠
었는데, 이미 상영 중인 영화를 보고 작성한 것이 대부분이었기 때문
이다. 다음의 신新영화 소개도 여성 관객을 겨냥해 영화의 해피엔드보
다는 불행과 고난을 더욱 강조하고 있다.

이 이야기의 주인공이 순정을 가지고 운명에게 지면서 싸우면서 필경은 이기어가는 것에 감동과 흥미를 느끼게 된다. 그러나 **'해피엔드'가 아니드면 더 참된 인생을 볼뻔 하였다.**[41] (강조-인용자)

외국 영화가 조선 일반 영화팬의 심금을 울리는 영화가 그 몇 편이나 되엿스랴만은 〔중략〕 이 영화를 보고 마음에 파동을 일으키고 눈물을 흘리지 않을 녀성이 잇슬가.[42] (강조-인용자)

눈물을 흘리도록 마음의 감흥을 느끼는 서사는 대체로 불행과 관련되어 있고, 이러한 정서는 특히 여성 관객에게 밀착되어 있다. 반면에 '팜므 파탈'은 여성 관객들이 동일시하기 어려웠고, 팜므 파탈에 대한 처벌은 가혹한 운명에 의한 불행이라기보다는 개인적 '죄값'을 치르는 것이라는 느낌 때문에 감흥을 줄 수 없었다. 불행을 겪는 여주인공 중에서도 관객에게 최소한의 동일시를 일으킬 수 있는 여성은 성적 방종으로 인한 파멸보다는 성적 방종을 저지른 여성이라도 참회를 하거나 혹은 사랑의 실패로 내면의 상처를 입게 되는 여성들이었다. 그레타 가르보가 팜므 파탈로 등장한 또 다른 영화 〈마타하리〉 광고에서도 그녀가 '가련한 한 여성'이라는 점을 강조하며, 사랑을 통해 감정이 순화되는 팜므 파탈의 이야기라고 언급하고 있다.

『마타 하리』는 어엽브고 민활하고 수완잇는 품이 국제무대에 나타나

....
41 「新映畵-'女子의 一生' 가르보 主演」, 『동아일보』, 1933년 4월 15일자.
42 「女性에게 밧치는 映畵 '永遠의 微笑'의 魅力」, 『조선일보』, 1933년 12월 21일자.

고관대작들을 상대로 외국의 비밀을 알내기에는 아무 부족이 업서 그의 활동은 상당한 성적을 내엇섯다. 그러나 그도 일생에 처음으로 순수한 사랑을 알고나서는 한낫 가련한 녀성으로 사형장으로 향한다. 상당히 긴장미를 가지고 보게 하는 영화이다. 그리고 동긔의 여하를 불문하고 사람이 사랑할 줄을 알게 되면 그 감정이 스스로 순화되는 것을 보여 준다.[43]

이러한 신영화 기사들은 당시 서구 영화의 여러 서사적 요소 중에서 특히 어떤 점이 여성 관객의 관심을 자극했는지를 간접적으로 알게 해준다. 팜므 파탈이라 할지라도 당시의 관객들에게 최소한의 동일시를 일으키기 위해서는 인물의 내면적 고통이 부각되어야 했고, 순수한 사랑이라는 요소로 부정적인 요인을 제거해야 했던 것이다.

조선영화의 악녀 스토리는 '참회'를 더욱 강조한다는 점에서 서구 영화의 팜므 파탈과 차이를 보인다. 조선 토키영화 〈미몽〉(1936)의 여성 주인공 '애순'은 허영심 많은 주부로서 유혹에 빠져 정부情夫와 호텔에서 동거하는 전형적인 악녀이다. 그렇지만 부정적으로 그려지던 그녀는 자신이 탄 택시에 딸이 치인 후에는 잘못을 뉘우치고 음독飮毒 자살한다. 비록 악독한 여성이지만 '모성母性'이라는 공통점은 여성 관객들이 동일시를 가질 수 있도록 강조된 대목이라 할 수 있다.

모성을 다룬 서사 중에서도 엔딩이 불행한 서사일수록 주인공에 대한 동일시와 동정은 증폭되었다. 다음의 인용문도 분명 여성 관객을 대상으로 영화의 내용을 소개하고 있는 기사의 일부분이다. 미국 메

....
43 「新映畵 마타하리 그레타 갈보 主演」, 『동아일보』, 1933년 3월 17일자.

영화 〈미몽〉(1936)의 한 장면. '애순'(문예
봉 분)이 참회의 눈물을 흘리며 자살을 결
심하고 있다.

트로사社가 제작한 비극적인 내용의 영화 〈사랑의 배반자背反者〉(원제, Emma)를 소개하고 있다. 역시 비록 유모이지만 자신이 키운 아이들로부터 누명을 쓴 한 여성의 비극을 다룬 영화이다. 이 기사는 직접적으로 '여성'이 볼 영화로 이 영화를 소개하면서 여성 관객을 직접 호출하고 있다.

여기에 사랑이란 것은 드문 어머니 아닌 어머니의 사랑이다. 그럼으로 해서 더욱 귀하여 느끼울 게 보인다. 발명가 스미스씨 댁의 어멈「엠마」는 스미스 부인이 넷째 아이「로니」를 낳고 산후가 좋지 못하여 도라간 후에 어머니 없는 아이들을 제 자식 같이 길러가면서 삼십년을 하로와 같이 진심으로 가사를 보살펴 갓지마는 결국 스미스 씨를 독살하엿다는 애매한 죄로 손수 길른 아이들에게 고소를 당한다. 〔중략〕**이 영화는 일반 가정주부에게 보이고 싶다. 그리고 어떤 주부든지 이것만은 어멈과 함께 볼 필요가 있다.**[44] (강조—인용자)

비록 유모이지만 친자식과 다름 없이 기른 아이들로부터 살인 혐의로 고소당하는 불행한 상황을 두고 여성 관객, 그중에서도 가정주부와 '어멈'이라 불리던 가사도우미가 이 영화를 함께 보아야 한다고 이

....
[44] 「新映畵—사랑의 背反者」, 『동아일보』, 1933년 4월 6일자.

기사는 말하고 있다. 돈에 팔려 가는 기생 이야기도 그렇고, 여성 관객들은 왜 같은 여성이 불행하게 되는 혹은 괴로움을 겪는 영화들을 좋아하는 것일까. 이에 대해 단정적인 결론은 내리기 어렵지만, 고난과 불행의 서사를 보면서

친자식처럼 기른 아이들에 의해 살인 혐의를 의심받는 한 유모 이야기 〈사랑의 배반자(Emma)〉, 출처 : 『동아일보』, 1933년 4월 6일자.

얻는 쾌락은 고통과 상실의 체험을 통제함으로써 얻는 쾌락과 관련되어 있다고 할 수 있다.

타니아 모들스키T. Modleski는 개인이 고통과 상실 속에서 쾌락을 얻는다는, 카자 실버만K. Silverman의 이론을 근거로 마조히즘적 태도가 오히려 서사의 주체를 구성한다고 말한다.[45] 서구의 영화 이론에서 '관객'의 위치는 주로 남성적인 위치로서 설명되어 왔다. 멀비L. Murvey의 잘 알려진 논문 「Visual Pleasure and Narrative Cinema」가 그 대표 격이다. 멀비의 이러한 논의가 여성 관객의 영화 보기 체험을 설명해 줄 수 없다는 한계를 노정하고 있다는 사실은 이후의 많은 이론가들이 지적한 바이며, 타니아 모들스키의 이론도 그 비판들 중 하나이다. 모들스키 이론은 이러한 마조히즘의 태도가 가부장제 사회에서 타자로 사는 여성들뿐만 아니라 남성에게도 일어난 점을 말함으로써 여성 관객을 설명하는 이론이면서 동시에 남성 관객을 설명하는 이론이 되기도 한

45 Tania Modleski, 『너무 많이 알았던 히치콕(*The Women who Knew Too Much*)』, 임옥희 옮김, 여이연, 2007, 서론 히치콕, 여성주의, 가부장제적 무의식 참조.

다. 모들스키는 히치콕 영화를 분석하면서 여성성과의 동일시와 여성성에 대한 강한 매혹이 남성 관객들에게도 있다는 점을 말한다. 즉 남성 관객의 경우, 억압받는 여성 인물과 자신을 동일시하면서도 이러한 동일시에 강한 거부감과 두려움을 느끼게 된다는 것이다. 이러한 논의에 근거한다면 남성이든 여성이든 가부장제 사회에서 타자로 취급받는 이들, 즉 기생은 물론 욕망을 통제당하는 여학생과 가정주부, 때로는 남성 관객들까지도 '상실'의 내러티브를 통해 역설적으로 쾌락을 얻고 있다고 말할 수 있다.

한편, 이러한 역설적인 쾌락은 고통과 상실을 통제하려는 욕망이라고도 할 수 있다. 프로이트는 아이들의 포르트 다fort-da 놀이를 언급하며 어린아이가 실패를 던지면서 받는 놀이를 통해 어머니가 사라지는 고통스러운 경험을 어머니가 돌아올 것에 대한 기대로 바꾼다고 설명한다. 프로이트는 아이들이 이 놀이에서 경험을 수동성에서 능동성의 상태로 변화시킴으로써 쾌락을 얻는다고 언급하면서, 이러한 원리가 고통스러운 경험을 고도의 즐거움으로 받아들이도록 하는 '비극' 같은 어른들의 예술적 놀이에도 적용된다고 주장한다.[46] 비극적인 내러티브의 멜로 영화들이 여성 관객들에게 지속적으로 인기를 얻는 것은, 바로 이러한 어린아이들의 포르트 다 놀이에서 드러나는 통제의 욕망과 유사한 측면이 있다. 즉, 가부장제 사회에서 느끼는 상실감을 관객은

....

46 프로이트는 한 살 난 손자가 실을 묶은 패를 던지며 실패가 사라지면 '없다fort'를 외치고 실패가 돌아오면 '있다da'고 외치며 노는 것을 보게 된다. 이 놀이에 대해 프로이트는 어린아이가 이 놀이에서 자신을 수동적 위치에서 능동적인 위치로 바꿈으로써 엄마와 분리되는 불쾌한 상황을 심리적으로 극복하는 것으로 분석한다. 어린아이의 포르트 다fort-da 놀이에 대해서는 프로이트의 「쾌락원칙을 넘어서」에 설명되어 있다. S. Freud, 박찬부 옮김, 「쾌락원칙을 넘어서」, 『쾌락원칙을 넘어서』, 열린책들, 1997.

영화 보기와 같은 놀이 혹은 유희를 통해 적절하게 통제하고 있다고 할 수 있다. 이 상실감 혹은 결여는 남녀에게 모두 해당될 수 있겠지만, 가부장제 내에서 타자로 살아갈 가능성이 더 높은 여성이 강하게 느낄 수밖에 없다. 따라서 여성들의 영화 보기를 통한 판타자 체험은 남성들보다 더욱 강화되는 것은 이러한 이유에서이다.

소설과 영화, 여성을 타락하게 하는 것들

영화나 소설 속 인물과 자신을 동일하게 취급하는 동일시의 판타지는 종종 여성들에게 현실감을 앗아가 그들을 타락시키는 주범으로 지목되기도 한다. 수도원에서 연애소설을 읽고 사랑에 대한 환상을 품게 된 '보바리 부인'의 사례처럼, 연애소설을 읽고 자신을 소설 속 인물과 착각하여 소설처럼 연애를 하다가 '몸을 더럽힌' 여학생의 참회[47]는 바로 이러한 현실과 판타지의 혼동에서 나온 것이다. 한편 영화 보기의 판타지 체험이 종종 '배우'가 되고자 하는 욕망으로 이어지는 것도 이같은 판타지 체험이 표출되는 또 다른 양상이다.

보통학교 때에 영화에 정신을 빼앗긴 후로 정의여학교에 드러갔었으나 삼학년에 그만 두고 지금은 쓸쓸한 촌구석에 박혀 있습니다마는 아즉도 영화를 동경하는 마음은 한 시도 떠나지 않았어요. 〔중략〕 언니의

....
47 혜란, 「일즉이 첩 되얏든 몸으로」, 『신여성』, 1925년 5월.

프로마이드와 레코드로서 저는 언제나 언니와 얼골을 마조대고 저를 데려가 달라고 졸는답니다. 〔중략〕 하로밧비 아름다운 화면 속에서 언니들과 같이 뛰놀수가 있을가 하는 생각에 이렇게 처녀로서 부끄러움도 잊어버리고 붓을 들었사오니 반가히 불러 주세요 언니![48]

이 인용문은 황해도 봉산에 사는, '조봉순'이라는 한 여성이 여배우 김연실에게 보낸 팬레터의 일부이다. 보통학교 때부터 영화에 정신이 팔려 여학교 3학년을 중퇴했다는 이 19세 처녀는, 비록 쓸쓸하게 시골에 살고 있지만 사리원에 김연실이 나오는 영화가 들어오면 반드시 달려가 본다는 영화 마니아이다. 그가 여학교를 중퇴한 이유는 언급되어 있지 않으나 그녀가 잦은 영화관 출입을 하는 불량 여학생이라는 점을 통해 중퇴의 이유도 어렵지 않게 짐작할 수 있다. 그는 영화배우가 되어 자신이 좋아하는 배우 김연실과 함께 아름다운 화면에서 같이 '뛰놀수 있기'를 간절히 바라고 있다. 이 처녀가 영화를 보면서 갖는 판타지 체험은 본인도 배우가 되고 싶다는 욕망으로 이어진다. 여학교를 중퇴한 뒤 시골에서 쓸쓸하게 살아가는 이 19세 처녀에게 영화를 보는 것과 배우가 되고자 하는 것은 곧 현실로부터의 탈출을 의미했고, 그 출발점은 영화라는 판타지를 현실에 실현시키고 싶

배우 지망생 소녀들을 작부로 팔 아넘겼다는 기사. 출처 : 『매일신보』, 1939년 2월 28일자.

....

48 「팬의 便紙-김연실 언니에게」, 『여성』, 1936년 4월, 20~21쪽.

은 욕구에서 비롯되었을 것이다.

당시 인텔리 여성들보다는 하위 계층의 젊은 여성들에게 여배우 지망생들이 많았던 것은 여배우에 대한 사회적 편견도 작용했을 테지만, 한편으로는 하위 계층 여성의 현실적인 결여가 상위 계층보다 컸기 때문이라고도 할 수 있다. 사회적으로 이러한 여배우 지망생들이 품행이 불건전한 가출 소녀로 취급되거나, 여배우가 되려는 소녀들이 술집에 팔려갔다는 식의 기사는 그녀들에 대한 편견을 잘 보여 준다. 이런 식의 기사는 여성들을 가정 안에 통제하려는 가부장제의 권력, 즉 '집'을 나오는 즉시 여성은 성적性的인 위협에 빠질 것이라는 경고를 확실히 표현하고 있다. 이는 역으로 '집'을 나온 여성들은 보호할 가치가 없으며 어떻게 취급해도 된다는 가부장제의 이중적 태도를 보여 주는 것이기도 하다.

엄흥섭의 소설 「여배우 지망생」(『광업조선』, 1938년 8월)은 픽션이기는 하지만 당시 여성들의 영화 체험과 그 쾌락의 성격을 잘 보여 준다. 이 소설 속 등장인물인 K영화사의 감독 '박용철'은 주연 여배우가 되고자 찾아온 스무 명의 여성들을 인터뷰하게 된다. 이 소설은 제목이 가리키듯 여성 관객이 아니라 여배우를 지망하는 여성들의 이야기이지만, 그녀들이 배우 지망생이 되기 전에 대부분 영화 팬이었고 '영화'를 통해 어떤 체험을 기대하며 왜 배우 지망생이 되었는가를 아울러 서술하고 있다.

「웨 영화배우가 되려고 하십니까」
박감독이 먼저 질문하자 여자는 어물어물하면서 얼른 대답을 하지

안트니 이윽고 얼골이 약간 밝애지면서

「영화에 취미가 있어서요.」

〔중략〕

「웨 영화배우가 되시려하십니까」

「좀 변화 있는 생활이 하고 싶어서요」

「영화배우가 되시면 생활에 변화가 있을 줄 아섯습니까?」

「말하자면 좀 로맨틱한 생활이 그리워저서요.」

〔중략〕

그 다음 네 번째에는 어느 보통학교 여훈도를 단이다가 남교원과 연애 문제가 생겨 면직을 당하고 서울로 올라와 구직을 햇스나 학교방면은 부치지 않으니까 여배우가 되려고 결심했다는 이십삼세의 호리호리한 평안도 여자였고 다섯째번은 현직이 기생으로 요염한 화장술과 전아한 동양적 미모를 가지고 박에게 윙크를 보내면서 기생생활을 떠나 좀 더 자기 개성을 살리기 위해 배우가 되고 싶다는 순정을 가진 여자엿고 〔중략〕 모전문학교까지 마춘 이력까지 있는 문학소녀 혹은 상해 남경 천진 등지로 도라단이면서 땐서 생활을 햇다는 여자…[49]

소설에서 묘사되는 바, 여배우를 지망한 이들은 대체로 '가출 여성', 즉 가부장제로부터 어떤 보호도 받지 못하는 여성들이다. 가정에서 버림받은 이들이 여배우 지망생이 된 것은 여배우에 대한 여러 편견이 존재했던 당시 조선 사회의 상황에서 필연적인 결과이자 원인일 수도

....

49 엄흥섭, 「여배우 지망생」, 『광업조선』, 1938년 8월, 85~88쪽.

있다. 즉, 가정으로부터 보호받지 못했기 때문에 여배우가 되는 경우도 있었지만, 집안의 반대를 무릅쓰고 여배우로 나서고자 가출한 경우도 있었기 때문이다.

한편으로 이 여성들이 여배우를 지망하게 된 데에는 이러한 '취급'에 대한 순응이거나 현실과 판타지 사이의 착각이라거나 하는 부정적인 의미 이외에 적극적인 '보상'의 의미도 있었다. 그녀들은 이미 스스로의 불행한 삶을 허구적인 서사물로 만들고 있었고, 이런 의미에서 그들은 이미 자기 삶이라는 서사물의 '배우'들이었다. 즉, 자신의 삶을 하나의 내러티브로 만들고 자신들을 그 내러티브를 연행演行하는 배우로 인식하고 있었다는 점에서 그러하다. 이들이 여배우가 되고자 한 것은 사회적으로 흔히 언급되는 바대로 여성의 허영과 타락 때문이었다기보다는, 현실을 하나의 판타지처럼, 혹은 판타지로 현실을 대체하려는 노력이라고 볼 수 있다. 현실을 판타지로 이해하는 것은 역으로 영화의 판타지를 현실로 이해하는 것이며,

마찬가지로 영화 속 인물을 자기 자신으로 이해하듯 자신을 영화배우로 인식했다고 볼 수 있는 것이다. 자신을 대상화하여 나르시시즘적 구성물로 만든다는 점에서 '영화 보기'와 '연기하기'는 같은 심리적 메커니즘에 놓여 있다고 할 수 있다.

배우가 되고 싶다는 욕망은 비단 여성에게만 국한된 것이 아니었다. 처자를

한 처녀가 여배우 생활을 동경하여 가출하고 이에 부모가 실종 신고를 했다는 기사. 출처 : 『매일신보』, 1933년 2월 24일자.

두고 배우가 되고 싶다고 상담을 요청하는 젊은 남성[50]도 있었다. 소설을 좋아하는 사람이 소설가가 되고 싶다는 욕망을 갖는 것보다 영화 팬이 영화배우가 되고 싶다고 욕망을 느끼게 되는 빈도가 더 잦은 것은 아닐까. '글'이라는 매체의 생산과 수용이 교육이라는 상징자본을 강하게 요구하는 것이라면, '몸'을 매체로 하는 연기나 영화 보기는 이러한 상징자본 없이 바로 자신의 삶과 체험을 재료로 하기 때문에 얼마든지 '실현 가능하다'고 인식될 수 있기 때문이다.

그렇다면 가부장제에서 여성의 영화 보기가 문제인 것은 영화가 채택하는 서사들이 대체로 사랑과 성性에 관련되어 있고, 다른 한편으로 영화 관람은 여성의 가정 밖 '외출'을 의미하기 때문에 여성의 영화 보기는 오랫동안 가부장적인 통제의 대상이 되어 왔다. 당시로서는 '영화관에 가는 것' 자체가 오락을 위한 여성의 외출, 즉 가정에서 여성이 벗어남을 의미했다. 그러나 여성이 일방적인 표상의 대상으로 담론화되었던 식민지 시기에는 이 일탈과 저항의 수위가 그리 높지 않았다. 여성 대중문화가 갖는 저항적인 요소는 50년대에 이르러 비로소 사회적으로 의미화되기 시작한 것으로 보인다.

50년대에 이르러서야 '영화'가 여성들의 적극적인 자기표현 기능을 수행하고, 영화계를 비롯한 대중문화의 장에서 '여성' 소비자의 존재가 적극적으로 승인받기 시작한다. 식민지 시기 여성 관객은 50년대처럼 당당한 영화의 소비자로 승인받지는 못했지만, 조선영화의 텍스트 구성에 영향력을 행사하는 관객이었다는 점에서 그 존재감은 무시될

....

50 「家庭顧問欄－편모와 처자를 두고 영화배우가 되고 싶어」, 『동아일보』, 1939년 12월 5일자.

수 없다. 여성 관객은 조선영화, 해방 후 한국영화의 제작에서도 중요한 가상적 관객 모델이 되었다. 다음 장에서 후술하게 될, 식민지 시기 영화 〈무정〉의 각색도 그러하지만, 해방 후에도 일관되게 소설을 원작으로 한 많은 영화들이 서사 중심을 남성에서 여성으로 이동시키거나 이야기의 구조를 여성 관객이 더 동일시할 수 있는 방식으로 변형시켰다. 또한 해방 후 흥행에 크게 성공한 문예영화들이 대체로 그러했다. 50년대 〈자유부인〉도 그러했고, 70년대 〈영자의 전성시대〉도 그러했으며, 〈사랑방 손님과 어머니〉·〈메밀꽃 필 무렵〉·〈감자〉등 60년대에 근대소설을 원작으로 한 영화들도 원작에 비해 여성들의 수난사를 더 강조하여 각색됨으로써 여성 관객의 감성에 표나게 밀착한 영화들이었다. 특히 불행한 기생의 이야기는 많은 여성들이 동일시하고 공감할 수 있는 구조의 이야기였다. 여성을 포함해 많은 이들이 왜 불행한 여자의 삶에 공감하게 되는 것일까? 그것은 자본주의가 초래한 트라우마가 관객 혹은 독자에게 공유되었기 때문이고 자본주의의 가장 큰 희생양인 '불행한 여자'가 바로 그러한 트라우마를 표상하는 인물이기 때문이다. 이 점에 대해서는 다음 장에서 더 자세히 다루기로 하겠다.

5

근대성의 스펙터클과 트라우마
: 기생 서사는 어떻게 만들어지고 소비되었나

기생 표상의 생성과 유통

사회적 실체로서의 기생은 이제 사라졌지만, 기생 서사narrative가 지금까지도 활발하게 생성되고 있다는 사실은 매우 흥미롭다. 미디어가 일상의 모든 부분을 차지하고 있는 현대에, 기생 서사는 대중에게 매우 매력적인 콘텐츠이다. 소설·영화·텔레비전이 이 서사를 주요하게 생성 및 유통시키는 매체인 것은 물론이고, 전문 연구자들의 기생 연구 역시 기생 서사를 생성·유통시키는 데 일조하고 있다.

이러한 지속적인 생산의 원동력은 무엇인가. 단순하게 말하자면, 재미있기 때문이다. 일반적으로 매춘부의 삶 자체가 풍부한 이야깃거리임은 동서양의 보편적인 사실이다.[1] 이러한 생산의 동기는 바로 기생 이야기를 해석하고 수용하게 하는 동기이기도 하다. 낭만적 사랑romantic

----

1 P. Brooks, 『육체와 예술』, 이봉지·한애경 옮김, 문학과지성사, 2000, 145쪽.

love을 꿈꾸는 사람들은 기생 서사에서 그들의 정열적인 사랑을 읽어 내고, 기생이 보유했던 전통 춤과 음악에 관심 있는 사람들은 그들의 서사에서 기생이 어떤 춤과 노래를 연행했는가를 읽어 낸다. 이 밖에 읽는 사람에 따라 기생의 사생활을 들여다보고 싶은 관음증적인 욕망도 있을 수 있고, 기생이 생산한 문학 텍스트에 주목하여 그들의 문학적 성취를 읽을 수도 있다. 이러한 '읽기'의 동기들은 텍스트를 생산하는 동기가 되기도 하다.

따라서 기생의 서사를 해석·생산하는 방식들은 누가 어떻게 생산하는가 혹은 누가 어떻게 읽어 내는가에 따라 '당연히' 그리고 '매우' 이데올로기적이다. 이는 식민지 시기, 기생을 상품화했던 이벤트들은 물론이고, 사진첩이나 그림엽서 속에서 기생이 일본과 제국의 남성이 매혹적으로 여길 만한 대상으로 묘사된 상황이나[2] 기생들의 남성 편력을 집중적으로 다루었던 서사물들을 떠올려 보면 남성 중심의 그리고 제국주의적 시각이 기생 서사를 만들어 내는 주요 이데올로기라는 점을 알 수 있다. 이와 유사하게 조선시대 기생 서사에서 기생이 주로 잔꾀가 많고 신의가 없는 인물로 등장하거나, 반대로 사랑하는 남자를 위해 절개를 지키는 인물로 그려지는 것[3]도 기생의 주요 고객이었던 남성 양반의 시각을 반영하고 있다. 근대 이전 기생 서사의 생산과 수용에 남성 양반이라는 지배계급의 이데올로기가 오랫동안 작용했다.

....

2 이경민, 『기생은 어떻게 만들어졌는가─근대 기생의 탄생과 표상공간』, 아카이브북스, 2005 ; 국립민속박물관, 『엽서 속의 기생읽기』, 민속원, 2009. 이 두 권의 책에 실린 기생 사진과 엽서는 대부분 이러한 시각을 잘 반영하고 있다.

3 황충기 편, 『기생일화집』(푸른사상, 2008)에 실린 조선조의 기생 서사는 대부분 이러한 유형에 속한다.

거창하게 말하면 확실히 기생은 가부장제와 지배계급의 이데올로기, 더 가볍게 말하자면 남성 중심의 성적 호기심을 통해 묘사되었다. 그러나 남성중심주의와 제국주의 등 주류 이데올로기가 기생 서사의 생산에 많은 영향력을 행사한 것은 맞지만, 주류 이데올로기가 기생서사의 '모든' 것을 생산하는 유일한 동력은 아니었다. 식민지 시기의 미디어 역시 지식인 남성과 제국 남성의 시각을 동일하게 재생산했지만 기생 이야기는 이러한 일방적인 주류 이데올로기와는 다른, '또 다른' 방식의 즐김을 가능하게 했다. 실제로 기생 서사에는 남성 중심의 지배 이데올로기만으로는 설명되지 않는 다중적인 측면이 있다.

기생이 등장하는 `이야기는 기생의 것만은 아니었으며, 남성과 여성이라는 젠더 구별 그리고 계층을 뛰어넘어 광범위하게 소비되어 왔던 것으로 보인다. 따라서 기생 서사가 기생이라는 집단의 주체성이나 저항성을 담고 있는가 혹은 그렇지 않는가는 이 글에서 중요한 포인트가 아니다. 중요한 점은 기생이 아닌 여타의 수용자들이 기생과 자신을 동일시하거나 기생의 비극적 삶을 동정하거나 기생의 심정에 공감했다는 데 있다. 기생 이야기에 대한 집단적인 공감은 기생 서사를 재생산하고 유통시키는 역할을 했다. 기생 캐릭터에 대한 집단적 공감의 요소는 특정한 개인의 이름이 새겨진 고급 문학작품에서보다는 더 저급한 것으로 취급되었던 대중적인 하위 장르들, 즉 연극과 영화, 딱지본 소설이나 신문 기사, 잡지의 실린 야담들에서 더 뚜렷하게 나타난다. 특정한 개인이 '작가'라는 이름으로 새겨진 문학의 경우에도 이러한 기생 서사를 포함하고 있는 경우가 있다. 그러나 이 '작품'들은 고급한 문학이 유통되는 특별한 문학 장의 구조적 조건으로 인해, 대중들에게 익숙한 비극적인 기생 이야기를 반복하기보다는 친숙한 유형에서 벗어나 '창조적'이거나 혹은 '다를 것'을 주문 받았다. 작가들 역시 대중들 사이에 자주 회자되는 구태의연한 이야기와는 거리를 두었고, 따라서 독자들의 풍성한 정서적 반응을 불러일으키는 데에는 다소 미흡한 점이 있다. 독자 대중의 정서가 풍성하게 일어나려면 대체로 이야기에 대해 독자가 어떤 반응을 표출할 준비가 되어 있어야 한다. 독자들의 예상을 뛰어넘는 이야기들보다 친숙하고 익숙한 패턴의 이야기는 미리 독자로 하여금 어떤 정서를 표출할지를 예고하기 있기 때문에 그만큼 독자들의 정서적 반응을 풍부하게 일으킬 수 있다.

이광수의 「무정」(『매일신보』, 1917), 김동인의 「겨우 눈을 뜰 때」(『개벽』, 1923년 7월), 「적막한 저녁」(『삼천리』, 1932), 「여인」(『별건곤』, 1930년 8~12월), 나도향의 「춘성」(『개벽』, 1923년 7월), 현진건의 「타락자」(『개벽』, 1922년 1~4월), 「새빨간 웃음」(『개벽』, 1925년 11월), 염상섭의 「전화」(『조선문단』, 1925년 2월), 이태준의 「기생 산월이」(『별건곤』, 1931년 1월), 이상의 「날개」(『조광』, 1936년 9월), 박태원의 「성탄제」(『여성』, 1937년 11월), 「비량」(『중앙』, 1936년 3월) 등 기생을 다룬 '작가'들의 작품은 일일이 셀 수 없는 정도이고, 10년대에서 40년대까지 광범위하게 걸쳐져 있다. 그러나 이 작품들은 독자들이 기생과 동일시를 이룰 만한 요소들이 없지는 않지만, 그러한 동일시가 부분적이거나 때로는 동일시에 실패할 정도로 기생을 적대적으로 묘사하기도 한다. 이에 비해 대중적인 서사들은 기생에 대한 동일시와 동정을 훨씬 더 직접적으로 표출하는 구조를 취한다.

그렇다면 기생 서사를 통해 충족되는 대중들의 감성은 무엇이며, 이러한 감성은 어떤 물적 토대에서 오는 것인가. 기생은 근대 이전부터 존재해 왔지만, 기생을 둘러싼 물적 토대는 근대에 들어서 새롭게 변화했다. 물적 토대의 변화에서 비롯된 변화된 기생 서사는 새로운 감성을 매개로 독자들을 호명할 요소를 갖추게 된다.

기생이라는 직업의 사회경제적 조건

무엇을, 어떻게 이야기 속에서 표상representation할 것인가는 상황에 따라 끊임없이 변화한다. 그 변화는 무엇보다도 물적 토대, 즉 사회경제적 변화에서 기인한다고 볼 수 있다. 식민지의 기생 서사는 조선 후기와 개화기를 겪으며 크게 변화했다. 조선 후기에서 식민지로 오면서 기생제도는 여러 변화를 겪었고, 이 '변화'가 바로 기생 표상의 변화를 가능하게 한 '진앙지'였다.

식민지 시대가 시작되기 이전인 조선조의 기생제도 역시 500여 년 동안 지속되어 왔던 만큼 조선 전기와 후기 사이에도 변화와 굴절이 존재한다. 기생제도와 기생들의 의식 변화 면에서 특히 조선 후기는 변화의 시기였다. 여기서 주목되는 것은 조선 후기 기생들의 기생담과 기생 등장 소설에 나타나는 기생의 정조관과 애정 희구 의식, 신분 상승 의식이다. 이 같은 의식은 중세적 질서의 붕괴와 근대 지향적인 흐름과 연결되어 있다.[4] 기생이 애정을 내세워 자신의 정절을 강조한다

....

4 조광국,『기녀담 기녀등장소설 연구』, 월인, 2000, 362쪽.

는 것은 남성들의 권력에 대한 부정이며, 결혼을 통해 신분 상승을 도모하려는 태도는 신분제에 대한 적극적인 부정은 아닐지라도 적어도 자신의 신분을 숙명으로만 받아들이지 않겠다는 기생들의 근대적 자아각성을 전제로 한다는 것이다.

개화기를 지나 기생을 소유·관리하던 국가권력이 일본에 의해 붕괴된 1900년대 이후의 근대 기생 집단은 조선 후기 기생의 처지와 비슷하면서도 매우 다르다. 기생제도가 근대적 유흥 시스템에 편입되면서[5] 기생은 더 이상 신분이 아니라 직업으로 인식되었다는 점이 이전 조선시대의 기생과 가장 큰 차이다.[6]

조선시대의 기생은 기적妓籍에 이름을 올린 관기로서 관청의 요청을 받아 유흥을 제공했지만, 나라에서 급료를 받는 것은 아니었기 때문에 개인적으로 유흥객을 받아서 생계에 필요한 수입을 조달해야 했다. 그런데 국권 상실 이후의 기생은 공무에 동원될 의무가 없이 '권번券番'라는 일본식 기생조합에 소속되어 기생 수업을 받고, 주로 요릿집에서 남성 고객에게 유흥을 제공하는 일을 하게 된다.[7] 기생을 관리하던 국

....

5 기생제도의 변화 과정을 추적한 서지영의 연구에 따르면, 관기 제도가 해체된 이후 전환기를 통과한 근대의 기생은 1908년 이후 총독부의 '기생단속령'으로 일괄적으로 기생조합에 소속되어 근대적 유흥 산업 시스템 속에 편입된다.(서지영, 「상실과 부재의 시공간 : 1930년대 요리점과 기생」, 『정신문화연구』, 2009년 가을호, 109쪽.)

6 관기제도와 신분제가 없어졌지만, 여전히 모친이 기생인 경우 그 딸이 기생이 되는 관습은 이후에도 지속되었던 듯하다. 1894년생으로 관기제도가 폐지된 후 모계를 따라 기생이 된 이봉선李鳳仙의 사례가 그 예이다. 기생 이봉선의 구체적인 삶에 대해서는 박영민, 「이봉선, 관기제도 해체기 기생의 재생산과 사회적 정체성」(『고전문학연구』 34집, 2008)을 참조할 수 있다.

7 근대 기생의 제도적 변화 양상은 이미 많은 연구에서 축적되어 있기 때문에 여기에서는 상세하게 설명하지는 않겠다. 이 글은 그 제도적인 변화가 아니라 근대의 기생 서사가 근대성의 어떤 체험적 부분을 반영하고 있는가에 초점을 맞추기 때문이다. 근대 기생제도에 대해서는 다음의 글들을 참조할 수 있다. 장유정, 「20세기 초 기생제도 연구」, 『한국고전여성문학연구』, 2004년 6월 ; 서지영, 「식민지 기생연구 (1) : 기생집단의 근대적 재편양상을 중심으로」, 『정신문화연구』, 2005년 여름호 ; 서

가가 붕괴되고 일본식으로 변형된 서구적 제도와 외래 문물들, 자본주의 경제 시스템 등이 점차 사회를 지배하게 된 이후 기생은 신분이 아니라 '직업'이 되었다.

물론 기생은 결코 떳떳한 직업은 아니었다. 공적 영역에서 여성들의 활동이 조금씩 늘어나던 식민지 시기에 기생이 간혹 새로운 혹은 당당한 여성 직업임을 스스로 주장하거나 경제력 있는 기생의 경우 잠시 독립적으로 살아갈 수 있는 여성 주체로 취급되기도 했지만, 기본적으로 매춘부라는 도덕적 비난을 피할 수 없었기 때문이다. 더구나 개항 이후 기생의 숫자가 늘어나, 별다른 기예도 없이 매춘으로 생계를 꾸려 가는 하급 기생인 '삼패三牌'가 많이 늘어나는 등 기생 집단의 전반적인 질적 저하를 피할 길이 없었고, 일본식 유곽문화가 들어온 이후에는 매춘업을 하는 '창기娼妓'와 변별 없이 취급되기도 했다. 이러한 상황에서 지식인들을 중심으로 윤리상·위생상의 이유를 들어 지속적으로 기생제도 철폐 주장이 나온 것도 기생을 유녀 혹은 매춘 여성의 범주에서 이해했기 때문이다.

식민지 시기 기생의 정체성 형성에 영향을 준 또 다른 요인은, 기생이라는 신분 혹은 직업에 내포된 조선적 전통이다. 기생은 카페에서 일하는 여급과는 그 헤어스타일이나 패션에서 확연히 차별되었다. 전통적 문화 맥락에서 오랜 기간 존재했던 기생이라는 직업적 특성상 조선적 복색을 갖추어야 했기 때문에, 기생은 누구보다도 '조선적'이지

....

지영, 「식민지 시기 기생연구(II) : 기생조합의 성격을 중심으로」, 『한국고전여성문학연구』 10집, 2005 ; 서지영, 「식민지 시대 기생 연구III －기생잡지 『長恨』을 중심으로」, 『대동문화연구』 제53집, 2006 ; 서지영, 「상실과 부재의 시공간 : 1930년대 요리점과 기생」, 『정신문화연구』, 2009년 가을호.

않으면 안 되었다. 식민지 시기에 기생과 비슷한 역할을 했던 카페 여급은 서구식 혹은 일본식 이름과 복장으로 일을 했던 반면, 기생은 최소한의 조선적 전통성을 갖고 있어야 했다.[8]

그러나 국권이 일본에 넘어간 뒤로 기생의 복장과 화장도 일본식 유흥문화의 영향에서 피해 갈 수 없었다. '권번券番'이라는 일본식 기생조합제도도 그러했지만, 기생들의 표정과 화장이 신여성 혹은 일본 여성의 것을 닮아 갔다. 무릎을 꿇고 앉아 사미센[일본 전통 현악]을 연주하거나 일본 가요를 부르는 일도 그러한 사례 가운데 하나였다. 1930년경의 총독부 통계에 따르면, 당시 조선에는 조선인 기생뿐만 아니라 일본인 기생도 비슷한 수효로 들어와 있었고, 그렇다 보니 조선인 기생이 일본인 기생의 유흥문화를 모방하거나 영향을 받을 수밖에 없는 상황이었다. 1930년경 『매일신보』에서 언급한 총독부 통계에 따르면, 단순히 매춘업을 하는 유녀를 제외하고 당시 조선 내에 예능적 자질을 갖춘 조선인 예기藝妓는 2,263명, 일본인 예기도 2,049명이나 되었다.[9] 1927년 『조선해어화사』를 쓴 이능화가 매춘업이 확장되면서 기생이 일본식 창기가 되었다고 한탄한 것도 일본식 기생 문화가 조선에 들어와 있음을 간접적으로 드러내고 있다고 할 수 있다.[10] 즉, '기생' 집단 자

....

8 기생, 여급 등의 유흥 서비스를 제공하는 여성들의 범주와 그 표상에 대해서는 노지승, 『유혹자와 희생양 : 한국근대소설의 여성 표상』, 예옥, 2009, 제2부 「'여성' 범주의 역사적 성립」 중 3절 '매춘부 또는 메타포로서의 여성 타자'와 4절 '함량 미달의 여성들, 기생과 여배우', 5절 '직업여성의 등장—숍프걸, 여급, 마담' 참조.

9 「全 朝鮮 藝·娼妓 점차로 증가」, 『매일신보』, 1930년 9월 1일자.

10 이능화의 『조선해어화사』(동문선, 1992)에는 식민 통치 이후의 달라진 기생의 모습에 대한 한탄이 나온다. 이러한 한탄은 '기생'의 근대적 변형이 재래의 기생 특유의 '문화'를 잃고 단순한 창부의 모습으로 전락한 데 따른 것이다. 1916년에 만들어진 경무 총감 부령에 따르면, 예기/기생/창기의 개념은 원래 엄격하게 구분이 되어 있었다. 기예를 업으로 하는 여성 중 일본인을 '예기藝妓'라 부르

기생양성소 수업 장면.

체는 분명 전래의 풍습에서 비롯되었지만, 근대 이후 일본적으로 변용되는 것을 피할 수 없었던 것이다.

자본주의 하에서 기생의 신체를 이용한 노동은 화폐를 매개로 한 교환의 대상이다. 주로 양반 등 지배계급을 상대했던 전근대 시대와는 달리, 완전히 자본주의화한 도시의 유락문화 속에서 기생은 '누구든' 돈만 있는 고객이면 그 남성에게 유흥을 제공해야 했던 것이다. 1922년 백정들과 함께 야유회를 나간 9명의 기생을 기생조합에서 만장일치로 폐업시킨 사례[11]는 백정을 상대할 수 없다는 기생 집단의 마지막 자존심의 표현이었지만, 거꾸로 돈만 있으면 그 누구에게라도 기생이 유흥을 제공해야 하는 변화된 시대적 환경을 암시한다.

조선시대의 경우, 기생은 신분이었기 때문에 '돈'보다도 '권력'이 더 우선해 그들의 삶을 지배했다. 물론 조선시대 기생들은 생계를 위해 개인적인 영업을 했지만, '돈' 자체보다도 권력을 가진 관리들, 양반들의 요구와 폭력에 더욱 직접적으로 노출되어 있었기 때문이다. 조선왕조실록에 등장하는 기생에 가해진 여러 폭력적인 사건들은 대개 지배

고 조선인을 '기생妓生'으로 정하고 있는 반면, '창기娼妓'는 성을 제공하고 대가를 받는 여성으로 규정된다. 그러나 이러한 구분은 매춘업이 확장됨에 따라 구분 자체가 의미가 없어지고 일반적으로 기생이 '창기'로 편입되었다고 이능화는 평가한다.(손정목, 『일제강점기 도시사회상연구』, 일지사, 1996, 7장 「매춘업—사창과 공장」 참조)

11 「대구 기생 풍파」, 『매일신보』, 1922년 5월 11일자.

계급이 피지배계급인 천민 집단에 가한 폭력이었다.[12] 조선조 기생들이 겪은 강요된 성관계와 비인간적 모욕은 지배계급 남성의 요구에 거절할 수 없는 천민계급의 한계에서 비롯되었다.

이와 달리 근대의 기생은 자본주의 하에서 일종의 '상품'으로 존재하면서 계약이라는 자발적 형식의 유흥 제공자였다. 1류와 3류라는 기생의 등급은 분명히 존재했지만 돈을 받고 신체와 그것을 이용한 연행을 '판다'라는 점에서 '매춘'과 다를 바 없었다. '매춘'이라는 교환 행위에 철저하게 인격적인 요소가 배제되어 있듯이,[13] 기생 역시 비록 남성 고객에게 정서적 위안을 제공할지라도 그러한 정서적 위안은 돈을 지불하고 파는 상품이었을 뿐이다.

따라서 기생은 인간의 신체, 그중에서도 여성의 성性을 상품화하는 자본주의의 가장 폭력적인 모습을 표상한다. 이러한 폭력적인 모습은 자본주의를 살아가는 대중들에게 하나의 트라우마를 남기게 된다. 즉, 기생이라는 표상에는 조선시대와 달리 자본주의 사회 특유의 인간성을 배제한 철저한 교환관계, 그리고 자본주의의 물신주의가 초래한 트라우마가 내재되어 있는 것이다. 식민지 조선의 대중들이 기생들의 이야기에 누구보다 공감한 것은, 기생들이야말로 근대 이후 자본주의가 초래한 트라우마를 최초로 체험하고 가장 뼈 아프게 각인한 집단이었기 때문으로 추측된다.

....

12 정병설, 『나는 기생이다』, 문학동네, 2007, 379쪽.

13 G. Simmel, 『돈의 철학』, 안준섭 · 장영배 · 조희연 옮김, 한길사, 1983. 472~477쪽.

기회로서의 자본주의와 변신의 스펙터클

근대의 기생 서사는 조선 후기의 기생 서사와 상통하는 면이 분명 있지만, 다른 한편으로는 개화기 이후 빠른 속도로 진행된 근대적 변동 속에서 이전과는 '다른' 특징적인 면모를 보인다. 그전보다 훨씬 더 동질감과 공감을 불어일으키는 서사적 구조를 갖고 있다는 점이 그것이다. 즉, 근대의 기생 서사는 기생이 자본주의 사회에서 겪는 트라우마를 자신의 것으로 받아들이는 대중들의 존재를 암시하고 있다. 식민지 시기 기생 서사 속에 나타난 동일시와 공감의 전략은 조선시대 기생 서사에서는 찾기 어려운 것이다.

기생과 동일시를 일으키게 하는 가장 직접적인 서사 전략은, 기생의 목소리를 통해 '기생도 사람이다'라고 주장하는 것이다.[14] '감정노동'으로 시달리는 그들도 한 인간으로서 보편 감정을 가지고 있음을 타인들에게 열어 보임으로써, 독자들과 동등한 인격체임을 주장하고 독자의 이해와 동정을 구한다.

한 예로 기생잡지 『장한』[15]에 실린 '내가 만일 손님이라면'이라는 제목의 글에는 '差別(차별)없이 對(대)하겠다', '普通人間(보통인간)으로 대하야 주엇스면', '同情(동정)으로써 대하겠다'는 기생들의 요구가 실려

....

14 『장한』에 실린 기생의 글들은 대부분 이러한 유형에 속한다.

15 1927년 1월호와 2월호 단 두 호가 간행되고 중단된 기생잡지이다. 기생들의 글이 실려 있는 이 잡지의 독자들에는 기생 집단과 아울러 그들의 고객인 남성들도 포함되어 있을 것으로 추정된다. 기생들이 이 잡지의 독자였을 것은 자명하지만, 이 밖에 이 잡지의 독자로 기생의 삶에 호기심을 느끼는 일부 남성들이 포함되었을 듯하다. 이 잡지에 실린 기생들의 사진은 각도와 분위기로 보아 그 기생을 '광고'하는 듯한 인상을 주기 때문이다. 이러한 두 종류의 독자층을 『장한』은 의식하고 있었던 것으로 보인다.

있다.[16] 또한 다음과 같은 예에서 나타난 기생의 목소리는, 자신이 타락한 것이 아니라 명문가의 처녀로서 이 직업을 자발적으로 선택한 것임을 강조함으로써 자신이 독자들과 동등하거나 혹은 오히려 정신적으로 우월하다는 점을 드러내고 있다.

저 ○○여자고등보통학교를 오년 전에 마치고 졸업하던 해 다음다음 해 봄, 열아홉 살 먹던 해부터 대동권번에 입적해 가지고 지금은 저 혼자서 관철동에서 영업을 하고 있습니다. **그것을 제가 결코 타락하여 매음부가 된 것이 아니오라 각오한 바가 있어서 그리한 것이올시다. 말하고 보면 제게는 이적**異蹟**이라 할만 하지요. 〔중략〕 저로 말하면 이 위에 말한 것과 같이 남부럽지 않은 양반이올시다.** 제 맏종형은 ○○은행 이사로 몇 만을 가진 큰 실업가이고 둘째종형 우리 어머니 상속인인 이는 ○○○사문관으로 게시고 외숙은 ○○도 참여관으로 게시고. 그러하니 선생님 제가 인습의 포로가 되고, 관례의 표본 노릇을 하여 그들의 말대로 시집이라도 갔더라면 어떤 집 귀부인의 탈을 쓴 활인형活人形이 되고 말 것이 아니오니까.[17] (강조-인용자)

이 진술에서 중요한 것은 내용의 진위眞僞보다 이 진술이 사용하고 있는 전략이다. 기생도 평범한 인간임을 직접적으로 주장하거나 동등하게 대해 줄 것을 요구하는 이 글의 전략은 기생에 대한 동질감이나

....

16 홍도 외, 「내가만일손님이라면」, 『장한』, 1927년 1월, 61~64쪽.
17 花中仙, 「기생생활도 신성하다면 신성합니다.」, 『시사평론』, 1923년 3월.

1927년 간행된 기생잡지 『장한長恨』. 조롱(새장) 속에 갇힌 기생의 모습이 표지를 장식하고 있다. '농중조'는 기생의 처지를 비유적으로 표현하는 데 사용되는 말이었다.

공감을 불러일으키지만 그 한계 역시 분명하다. 기생들의 이러한 '당당한' 요구를 직접 듣는 것에 대해 독자가 불쾌감을 가질 수도 있고, 이러한 종류의 호소가 무엇보다도 기생이라는 인물과 독자 사이에 명확한 선을 긋고 있기 때문이다. 이보다는 독자를 호명해 내고 그럼으로써 독자가 그들의 이야기에 공감하고 그들에게 동일시를 느끼게 함으로써 어떤 쾌락 pleasure을 주는 구조가 더 지속적이며 본질적인 기생의 서사 전략이라 할 수 있다. 그 지속적인 서사 전략은 무엇일까. 이 점을 고려하여 다음의 서사를 살펴보자. 다음은 경성에 사는 김영식이 기생 현계옥의 근황을 궁금해 하면서 신문사에 보낸 질문으로 시작된다.

일시 경성 화류계에 이름 있던 현계옥은 남다른 뜻으로 상해(上海)에 갔다더니 그 뒤에 어떻게 되었는지요?(선착 과제 경성 김영식(金英植))

―물어 주신 인물이 현재 해외에 있고 겸하여 애쓰고 있는 일이 남보다 달라서 그에 대한 조사가 특별히 곤란하였을 뿐 아니라 간신히 조사하여 얻은 자료에도 자유롭게 발표하지 못할 것과 거침없이 쓸 수 없는 사실이 여간 많지가 않습니다. 독자 여러분이 이 점에 대하여 깊이 양해하여 주시기 바라고 아울러 당자에게 당자의 정성을 그대로 소개하지 못하여

미안한 마음이 또한 적지 않다는 것을 전제 삼
아 말하여 둡니다.[18]

현계옥의 사진. 출처 : 『동아
일보』 1925년 11월 1일자.

김영식이란 이름의 독자가 실제로 이러한 요
청을 한 것인지 확인할 수는 없지만, 그는 경성
에 이름난 기생 현계옥玄桂玉의 근황을 신문사
측에 묻고 신문사가 이 요구에 응하기 위해 현
계옥의 라이프 스토리를 게재(『동아일보』 1925년 11월 1일~11월 7일자)한
다며 연재 의도를 밝힌 부분이다. 그렇다면 김영식이라는 이름의 독자
는 기생 현계옥 삶의 '어떤' 구조와 요인에 궁금증를 품었던 것일까.

실존 기생 현계옥의 삶은 말 그대로 드라마틱한 사건의 연속으로, 신
문은 그녀의 삶을 서사로서 자세히 서술하고 있다. 원래 대구 기생이
었던 현계옥은 현어풍(가명)과 사랑에 빠진다. 기생과의 교제를 반대
하는 현어풍 집안과 가난한 남자라는 이유로 둘의 사랑을 반대하는 현
계옥 모친 등 이들 사이에 장벽이 없지 않았지만, 두 사람은 정열적인
사랑을 이어 간다. 현계옥은 이후 경성으로 올라와 다동권번에서 가장
유명한 기생이 되고, 곧 한남 기생조합을 창설하게 된다. 그 사이 애인
인 현어풍은 '시국'에 불만을 품고 중국, 러시아, 일본으로 유랑을 떠난
다. 현어풍이 떠난 뒤 경성에 남은 현계옥은 중국과 만주 등지를 다니
던 혁명가 청년들과 교류하며 역시 기생 출신으로 여자혁명결사대를
통솔하던 정추진의 이야기를 듣고 그녀를 롤 모델로 삼아 황금정黃金町

18 「기미춘에 변장출경, 석일은 화류명성」, 『동아일보』, 1925년 11월 1일자.

'현어풍'이란 가명으로 소개된 현계옥의 애인은 독립운동가 현정건(1887~1932)이다. 소설가 현진건의 친형이기도 한 그는 1932년 출옥 후 병사했다. 현진건의 소설 「적도」는 바로 현정건을 모델로 했다고 알려져 있다. 출처 : 『동아일보』, 1933년 1월 1일자.

승마구락부에서 말을 타며 혁명가의 꿈을 불태운다. 현계옥이 실제로 승마를 즐겼던 사실은 신문에 소개되기도 했을 정도로 이미 장안의 화제였다.[19]

중국 등지를 떠돌던 애인 현어풍은 모종의 계획을 가지고 국내에 들어오지만 곧 체포되고, 그가 감옥을 나올 무렵 3·1운동이 일어난다. 3·1운동 후 현계옥은 현어풍과 월경하여 만주를 거쳐 상해로 가서 의열단 일원으로서 폭탄을 운반하는 일을 하기도 하고 영어 공부와 사격 연습을 하며 지내게 된다. 현계옥이나 그녀가 롤 모델로 삼은 정추진이 이렇게 여성 혁명가가 될 수 있었던 것은 다름 아닌 그녀들이 '기생'이었기 때문이다.

가정의 울타리 밖에서 생활한 기생들은 다른 여성들에 비해 가부장제의 통제 혹은 보호라는 구속에서 상대적으로 자유로웠다. 현계옥이 혁명가 남성들과의 교류하고 만주와 상해로 월경하고, 승마와 사격 등을 거리낌 없이 할 수 있었던 것도 그녀가 일반 여성들에 비해 사회의 시선을 덜 의식할 수 있는 처지였기 때문이다. 동시대를 살았던 20년대 여학생들이 눈에 띄는 행동이나 유별난 패션으로 끊임없이 구설수에 올랐던 것과는 대조적이다. 여학생들에게는 그만큼 사회가 요구하는 정숙함의 까다로운 기준이 적용되고 있었다. 그러나 기생의 경우,

....

19 「화류계의 기마열—말 잘 타는 기생」, 『매일신보』, 1918년 3월 5일자. 이 기사에서 소개된 승마를 즐기는 두 명의 기생은 현계옥과 후일 사회주의자가 된 정금죽丁琴竹이다.

여학생들에게 요구되는 정숙함이라는 덕목에서 상대적으로 자유로웠고, 따라서 경제력을 갖추고만 있다면 훨씬 더 자유분방한 행동을 할 수 있었다. 그들이 자선과 구제에 일부 기여할 수 있었던 것도[20] 바로 경제력 덕이었다.

현계옥의 변신과 비슷할 설정을 30년대 소설에서도 찾아볼 수 있다. 기생들의 이러한 사회적 각성과 변신을 다룬 30년대 대중적인 장편소설로는 김말봉의 『밀림密林』과 한설야의 『마음의 등불』을 들 수 있다. 김말봉의 『밀림』(1935)에는 기생은 아니지만 댄스홀의 여주인으로서 비밀결사 조직과 연루되어 있는 '오쿠마'란 여성이 등장하며, 한설야의 『마음의 등불』(1939)은 '초향'이란 이름의 기생이 상해로 떠나 어떤 조직에 가담하게 된다는 내용이다.

현계옥의 경우, 기생이기 때문에 갖게 된 피해의식과 경성에서 가장 유명한 기생으로서 당시의 여성들이 자력으로는 쉽게 갖출 수 없었던 경제력이 이러한 변신의 밑바탕이 될 수 있었던 것으로 보인다. 자본주의에서 돈의 위력이 이들에게 새로운 기회를 준 셈이다. 또한, 기생들은 다양한 계층과 직업의 남성들과 자유롭게 만나면서 세상 물정을 잘 알게 되고 지적 자극을 받게 되어, 의식 있는 삶을 살고자 사회문제에 관심을 갖게 되는 경우도 있었다. "이 세상의 부녀자 중 제일 사람 냄새를 많이 맡고 지내는 여자는 아마 기생일 것이다. 만나 보는 사

....

20 기생들의 구제 활동은 특히 수해와 같은 자연재해가 일어났을 때 두드러졌다. 그 방식은 기부를 하거나 의연금을 모으거나 자선 콘서트를 여는 것이었다. 다음은 1934년 여름 수해가 났을 때의 기사들이다. 「인천권번 기생들도 의연금 모집 활동」, 『매일신보』, 1934년 8월 ; 「전주기생, 災民 동정 50여 원 갹출」, 『매일신보』, 1934년 9월 14일자 ; 「평양 기생들의 600원 기부」, 『조선중앙일보』, 1935년 2월 1일자 ; 「평양 기생들의 꽃다운 동정금」, 『조선중앙일보』, 1934년 8월 30일자.

왼쪽부터 사상기생 주산월, 사회주의자 정칠성, 여배우 강향란. 출처 : 『동아일보』, 1920년 5월 14일자, 『동아일보』, 1930년 1월 2일자, 『동아일보』 1926년 10월 8일자.

나이로 보아도 같은 자가 아니라 신분, 직업, 경우, 성격이 다른 자라, 나날이 만나보고 지내며 다달이 사귀어 지내는 터인즉 기생에게 주는 영향이야말로 막대하다고 하겠다"라는 기사는 기생에게 사회적 '변신'의 기회가 있었음을 말하고 있다.[21]

실제로 이 시대의 여러 기생들은 매우 드라마틱한 변신의 삶을 살았고, 자본주의가 가져다준 이러한 '변신'은 이 기생들의 서사에 매우 특별한 요소가 되었다. 손병희의 소실로서 이른바 '사상기생思想妓生'의 반열에 오른 주산월朱山月의 이야기[22]와, 기생 출신이었다가 사회주의자가 된 정칠성(기명은 정금죽)의 행적 역시 당시의 일간지에 소개되었다. 또한 기생들이 1919년의 만세 운동에 대규모로 참여한 사실을 소개한 신문 기사[23] 역시 기생들의 사상적·민족적 각성과 변신의 서사라고 할 수 있다. 기생 출신으로 여배우가 된 강향란의 이야기 역시 현계옥의 이야기와 비슷한 서사 구조를 하고 있다.

강향란은 인기 기생이었지만 모 청년의 도움을 받아 기생 일을 그만

---

21 「정신적으로 覺醒하는 기생 사회의 신경향」, 『매일신보』, 1920년 4월 6일자.

22 「옥중공궤에 여념 업난 孫의 愛人」, 『동아일보』, 1920년 5월 14일자 ; 「기미년 운동과 조선의 사십칠인－최근 소식의 편편」, 『동아일보』, 1925년 9월 30일자.

23 3·1운동 당시의 기생들이 참여한 소요 사건은 해주, 통영, 전주 등 전국에 걸쳐 있었고, 『매일신보』는 이들의 만세운동 참여와 공판을 기사화했다. 『매일신보』 1919년 3월 17일자 ; 1919년 4월 5일자 ; 1919년 4월 24일자 ; 1919년 6월 20일자 ; 1919년 7월 1일자.

두고 배화학교에 입학한 뒤 실연을 당하고 후에 사회주의 영향을 받아 머리를 자르고 삶에 대한 의욕을 찾지만, 다시 음독자살을 시도하게 되고, 깨어난 뒤 상해와 일본을 방랑하다가 여배우가 된다.[24] 강향란의 이야기나 현계옥의 이야기에서 잘 드러나는 '각성'은 기생 서사에서 두드러진 모티프로서 변신의 직접적인 계기이다. 기생 출신으로 돈을 크게 모아 60만 원짜리 호텔을 짓는다고 기사화된 1930년대 김옥교의 이야기[25]도 각성과 변신의 모티프를 공유하고 있음은 물론이다.

『매일신보』 1924년 2월 2일부터 2월 6일까지 '平壤一記者'에 의해 쓰여진 기생 '채금홍蔡錦紅'의 경우는, 학문을 깨우쳐 의식은 각성되었지만 사랑에 실패하여 절로 들어가기로 결심한 사례이다. 채금홍도 가난한 집안의 딸로 부모와 동생을 부양하기 위해 14세에 기생이 되었다. 평양에서 가장 유명한 기생이었던 그녀는 경성에까지 이름을 떨칠 만큼 명기名妓의 반열에 오르게 되었다. 그러던 중 17세경부터 독선생을 들여 공부를 시작한다. 주변에서 '문학 중독자'라고 부를 만큼 그녀는 책에 빠져 있었고 아울러 신문과 잡지를 탐독했다. 이러한 영향으로 자연스럽게 그녀는 기생으로서 '노래와 고기 덩어리를 파는' 자신의 삶에 대해 깊이 회의하게 되어 구제 사업과 자선 연주회를 열어 적극적인 사회활동을 하게 된다. 채금홍이 기생 일을 그만두게 된 결정적인 계기는 연인의 오해 때문이었다. 그런데 채금홍의 모친은 딸의 수입에 의존해 살고 있었기 때문에 딸이 기생 일을 그만 두는 것을 원치 않았

....

24 「강향란」, 『동아일보』, 1926년 10월 8일자.

25 「60만원 던저 호텔을 짓는다는 金玉嬌란 엇든 女性인가」, 『삼천리』, 1936년 1월.

妓生이 又復斷髮

『동아일보』 1924년 2월 2일에 실린 채금홍의 기사. '기생이 또다시 단발'이라는 헤드라인이 눈에 띈다. 유명 기생의 일거수 일투족이 기사화되는 현실을 잘 드러내고 있다.

다. 이러한 상황에서 절망에 빠진 채 금홍이 단발斷髮하게 된다. 기생이기 때문에 사랑하는 남자와 결별해야 하거나 죽을 수밖에 없다는 것, 즉 사회적 장벽에 부딪혀 희생될 수밖에 없는 기생의 모습은 현계옥의 것보다 훨씬 더 보편화된 유형의 기생 서사이다.

현계옥, 강향란, 채금홍 등이 실존했던 인물들인 만큼 그들의 이야기는 이미 경성과 같은 도시에 소문으로 잘 알려진 이야기일 가능성이 높다. 그들은 그만큼 장안의 화젯거리였던 것이다. 현계옥이나 강향란의 라이프 스토리는 드라마틱한 사건의 연속으로 사건의 많은 부분이 극적인 효과를 위해 과장되었을 수는 있지만, 이 이야기가 일간지에 기사의 형태로 등장했고 당시의 유명 기생을 소재로 삼은 만큼, 실명으로 등장하는 현계옥, 강향란 등이 겪은 중요한 사건들 자체가 허구라고 보기는 어렵다. 더욱이 앞서 인용된 기생의 서사는 일간지에 실리면서 대중들이 이미 어느 정도 그들에 대해 알고 있다는 맥락 하에서 소개된다. 대중들은 이미 풍문으로 들은 이야기에 상상을 덧붙여 그것을 다른 이들에게 전파시키고, 일간지와 같은 근대적 미디어는 이러한 풍문을 하나로 완결된 이야기로 정리하여 대중들의 호기심과 궁금증을 해소해 준다.

이러한 기생 표상들은 바로 '자본주의'와 관련된 근대적 체험과 관련되어 있는 것으로 보인다. 신분제 사회와는 달리 자본주의 사회는 무엇보다도 변신의 기회를 부여하는 사회이기도 하다. 조선시대에 천민으로 취급받았던 기생들이 '돈'의 힘으로 사상적인 각성 및 변신을 이루는 모습은 가장 자본주의적인 스펙터클로 취급될 수 있다. 여성이면서 하층민이라는 젠더적·계층적 불리함 속에서 스스로 경제적 주체가 되어 다른 무언가로 변신한다는 사실이 무엇보다도 이러한 드라마에 대한 흥미를 배가시킨다.

특히 위에서 언급한 기생 서사에서 변신을 이룬 기생들을 완전히 제도 안으로 들어온 사업가나 사상가라고 보기는 어렵다. 대신 이들은 보통 사람들이 할 수 없거나 탄압이 두려워 선뜻 할 수 없는, 일종의 비非제도권적 변신을 이루었다는 점이 주목할 만하다. 그들의 각성이 당시 식민 권력에 탄압받던 사회주의적 혹은 민족적 각성에 기반하고 있기 때문이다. 사회주의자가 되거나 독립운동을 하거나 혹은 3·1운동과 같은 시위대에 참여하거나 각종 모금 운동에 참여하는 행동 등이 그것이다. 무엇보다도 이러한 실존 기생들의 삶이 '서사'의 형태로 일간지나 잡지에 실렸다는 점이 중요하다. 그만큼 기생의 변신은 독자들이 좋아할 만한 신기한 변신의 스펙터클이었던 것이다.

자본주의의 폭력성과 희생양 서사

기생의 실화를 다룬 이러한 유형의 기사는 요즘의 신문에서는 찾아볼 수 없는 유형이다. 그러나 이러한 유형의 이야기에 대한 대중적 요구가 사라졌다기보다는, 이 같은 이야기들이 이제는 소설이나 영화 혹은 인터넷 기사를 통해 유통되고 있다고 보아야 한다.

현계옥의 이야기도 소설보다는 그 서사 구조상 영화로 제작되기에 알맞다. 소설이 되기에는 이야기의 내용이 너무 극적이어서 비현실적으로 보이고, 이미 도시에 떠도는 루머로서 대중에게 익숙한 내용이었기 때문이다. 더구나 당시에는 소위 일급 (남성) 작가들이 기생을 전면에 내세워 그녀들의 변화무쌍한 삶을 긍정적으로 묘사하거나 그녀들의 정서에 밀착해서 소설을 쓴다는 것이 부자연스러운 일이었다. 바로 이러한 점에서 소위 일급 작가들의 문학이 줄 수 없었던 쾌락적 요인이 저급의 서사들에게 요구되었던 것으로 보인다. 다만, '여성지'에 게재된 '소설'의 경우는 이와 다른 양상을 보인다. 여성지에 게재된 소설들은 일반적인 (남성) 지식인 작가들의 소설에서보다 훨씬 더 기생의 정서에 밀착되어 있기 때문이다.

30년대 대표적인 여성지인 『여성女性』의 창간호(1936년 4월)부터 연재되었던 함대훈의 「빈사瀕死의 백조白鳥」는 기생인 란심이가 5년간 학비를 보조했던 남성으로부터 하루아침에 절교를 통보받는 장면에서 시작하여 그 비애를 이기지 못해 자살하는 것으로 끝난다. 이선희의 「매소부」(『여성』, 1938년 1월) 속 여주인공 채금 역시 가족의 생계를 책임지게 되어 기생이 되지만 그 누구에게도 동정 받지 못한다. 그녀는 자살하지는 않지만 역시 늘 죽음을 생각하며 사는 것으로 설정되어 있다. 엄흥섭의 「구원초」도 사랑에 빠진 기생의 이야기로, 1936년 7월 『부인공론婦人公論』에 연재를 시작했다.[26]

....

26 『여성』지 게재 소설에 대한 연구는 노지승, 「여성지 독자와 서사읽기의 즐거움 : 『여성』(1936~1940)을 중심으로」, 『현대소설연구』, 2009년 12월을 참조하였다.

지식인 작가의 소설보다는 오히려 이 이야기들은 '영화'로 제작되어 소비되기에 알맞다. 현계옥의 이야기는 '활극活劇'으로 불리던 액션영화로 제작되기에 알맞고, 강향란과 채금홍의 이야기는 '인정비극人情悲劇'으로 불리던 최루성 멜로드라마로 제작되기에 알맞다. 소설보다는 변사의 서술로 사건의 세세한 부분을 설명해 줌으로써 사건 전개의 비약을 메울 수 있는 당시의 무성영화 정도가 이러한 이야기가 선택할 수 있는 최선의 장르였던 것으로 보인다.

실제로 세상을 떠들썩하게 한 기생 강명화와 장병천의 이야기를 영화로 만든 〈비련悲戀의 곡曲〉(1924)이나 기생과 화가의 사랑을 다룬 〈낙화유수洛花流水〉(1927) 등 불운한 기생들의 이야기가 영화로 제작되기도 했지만, 조선의 열악한 영화제작 환경 탓에 이 서사들이 영화로 활발하게 제작되지는 못했다. 즉, 실제로 '영화'로 만들어진 경우는 드물었지만 이러한 기생 서사에 대한 사회적 수요가 부족하거나 없었던 것은 결코 아니다. 오히려 기생 서사는 연극과 영화, 딱지본 소설, 신문과 잡지 속에서 지속적으로 재생산되면서 수요를 창출했다. 식민지 시기 가장 인기 있었던 기생의 이야기는 바로 강명화의 이야기였고, 그녀의 이야기는 신문과 잡지 그리고 단행본 소설과 영화, 가요로 재구성되기도 했다.[27]

기생 서사는 앞에서 언급했듯이 형상화에 주력하는 고급문학의 형

....

27 강명화의 이야기가 신문과 잡지, 단행본 소설 가요와 영화로 제작된 사례에 대해서는 황지영의 연구를 참조할 수 있다. 황지영이 파악한 강명화를 소재로 한 여덟 권의 소설은 1920년대에서 1970년대에 걸쳐 간행되었다.(황지영, 「근대 연애 담론의 양식적 변용과 정치적 재생산－강명화 소재 텍스트 양식을 중심으로」, 『한국문예비평연구』 36집, 2011년 12월.) 황지영의 꼼꼼한 서지 자료 정리는 매우 의미 있는 연구로, 강명화를 소재로 한 서사들이 훨씬 많은 만큼 추후에 보강이 이루어질 수 있을 것으로 보인다.

연인과의 정사情死로 세상을 떠들썩하게 한 기생 강명화. 출처 : 『동아일보』, 1923년 6월 16일자.

태이거나 그 자체로 완결된 장르로 존재한 것이 아닌, 다른 장르의 재료가 될 수 있는 '도시 민담民譚'이라고 할 수 있다. 기생 서사는 20년대 전반과 후반에 일종의 전성기를 누리며 일간지에까지 등장하지만, 30년대에도 대중잡지에는 여전히 등장한다. 당시 신문에 등장한 사건·사고 기사 역시 축소된 형태의 기생 서사라고 할 수 있다. 실제로 있었던 사실을 바탕으로 구성되는 신문의 사건·사고 기사에도 나름의 서사가 포함되어 있기 때문이다. 예를 들어 '기생된 신세를 비관코 투신'이라는 헤드라인은 그 자체로 기생이 된 여성이 자신의 신세를 비관하여 물에 빠졌다는 서사를 응축하고 있다.

이 기생 서사의 특징은, '기생'이라는 소재를 통하여 여러 가지 극적인 모티프들을 결합시켜 보여 준다는 것이다. 각성과 변신이라는 비약적 변화를 일으키는 모티프는 이미 앞서 언급한 바이다. 이 밖에 과잉된 '우울'은 기생 서사에 거의 늘 수반되는 감성이다. 과잉된 우울은 곧잘 자살이나 연인과의 정사라는 결말로 이어진다. 1920년대 이후 식민지 조선에서 벌어진 '정사情死'에 대한 기사는 그다지 드물지 않게 찾을 수 있다. 정사에 관한 사건 소식은 특히 1920년대 초중반에 매우 흔하게 신문 기사로 등장하여, 주요 일간지였던 『조선일보』와 『동아일보』에 자살과 정사 사건이 며칠에 한 번 꼴로 등장한다. 이 자살 사건들에서 가장 많은 유형은 기생을 동반한 정사였다. 20년대 초, 『개벽』에도 기생들의 '정사' 문제를 진지한 사회문제로 취급하면서 그들의 비참함을 동정할 만큼[28] 그들의 정사는 사회적 문젯거리이기도 했다.

엇더한 남녀가 서로히 사랑하였다. 남자도 처자가 잇는 몸이요. 여자는 기생이엇다. 남자도 세상을 비판하게 되었다. 그래서 두 사람은 독약을 먹고 자살할 것을 결심하엿다. 두 곱부(cup—인용자)에 독약을 부엇다. 두 남녀는 제각기 독약이 든 곱부를 드러마시엇다.[29]

『장한』에 실린 기생 엄산월의 글 「斷髮(단발)과 自殺(자살)」의 일부이다. '자살'과 '단발'은 세상에 대한 기생들의 비통한 심정을 표현한 기호였다. 일간지 사건 기사만 놓고 보면 기생을 동반한 정사 사건은 20년대에 가장 많이 일어났다. 20년대에 '정사'는 당사자들의 절박함, 사랑의 진정성, 사회적 편견에 대한 절망을 상징하는 기호였다. 물론 30년대에도 '정사'는 그 사건의 빈도와 관련 없이 대중에게 가장 흥미로운 가십거리로 소비되었고, 여전히 낭만적인 것으로 이해되었지만, 20년대와 차이가 있다면, 30년대의 사회적 담론에서는 '정사'의 낭만성이 더욱 강화되었다는 점이다.

30년대 '정사'가 더욱 낭만적인 코드를 얻게 된 것은, 상대적으로 20년대에 비해 30년대에 들어서서 더욱 활발해진 신세대 남녀들의 연애, 이를 30년대 식으로 표현하자면 모던 걸 · 모던 보이들의 연애에도 그 이유가 있어 보인다. 이른바 모던 걸, 모던 보이의 연애는 '정사'처럼 목

....

28 「學生論壇 (上)」, 『개벽』, 1922년 4월, 94쪽.

29 嚴山月, 「斷髮과 自殺」, 『장한』, 1927년 1월, 66쪽.

숨을 건 사랑이 아니라 쉽게 타오르고 쉽게 꺼지는 일시적인 사랑으로 여겨졌다. 이러한 모던 걸과 모던 보이의 연애에 대비되어 '죽음을 무릅쓴 사랑'은 매우 숭고한 사랑으로 받아들여진 측면이 있다. [30]

당시에 단발이 실연失戀의 한 표현으로 세상과의 절연을 의미하는 것이라면, 동반 자살은 인정받지 못하는 사랑으로 괴로워하거나 경제적 궁핍에 몰린 이들의 막다른 선택지였다. 특히 기생들의 경우, 사랑하는 남성들과 맺어질 수 없다는 점이 정사의 주된 이유였다. 상대 남성의 집안은 물론이고 기생의 부모들 역시 딸이 한 남자와 결혼하는 것을 원치 않는 경우가 대부분이었다. 즉, 기생들은 대개 가난한 집안 출신의 딸들로서 가족을 위해 희생하여 원치 않는 길을 가게 되고, 그로 인해 '사랑'을 할 수 없거나 인간다운 대접을 받지 못한다는 점이 거의 모든 서사에서 우울의 근원적 원인으로 제시된다. 거의 모든 기생 서사에는 다음과 같은 과잉된 감정이 토로되어 있다.

사랑을 떼어서 팔고 있는 화류계에도 마음은 있다. 이 기생은 경성에서 유명하던 기생이었다. 그의 마지막 소원은 오직 따뜻한 가정살이이다. "밤이나 낮이나 아무도 모르게 눈물로 세월을 보내는 나의 몸을 사랑하시면 구해주세요."[31]

"그렇다 차라리 죽어 버리자! 죽엄으로서 모든 문제는 깨끄시 해결을 짓자!"

....

30 노지승, 「이상(李箱)의 글쓰기와 정사」, 『겨레어문학』, 2010년 6월. 참조.
31 「기생들이 꿈꾸는 따스한 가정생활」, 『매일신보』, 1925년 12월 6일자.

비가 나리다가 끈친 뒤에 난화는 괴롭고 뒤숭숭해진 생각을 그냥 부딩켜 안고서 푸른 물결이 늠실거리며 바다로 바다로 흘너가고 잇는 재령강까지 뛰여나갓다.

그러나 난화가 죽엄의 길을 밟기에는 아즉도 약하엿던가? 강변에 안저서 울다가 울다가 실음없이 둘니여 놋는 그 발길 앞에는 아무 것도 뵈이는 것이 없엇다.[32]

張鶴仙〔기생〕 : 생각하면 기가 막하지요. 평양서 살다가 긔미년란에 저의 집에서 싀골로 이사갓섯는대 열 두 살 적에 평양게신 고모가 공부식혀 줄테니 올나 오라고 하겟지요. 그래서 반가워 뛰여 갓드니 학교는 안니고 긔생학교에다가 집어너어버린 담니다. 그래서 어린때라 할 수 업시 긔생학교를 열 다섯 살 때에 맛추고 그 길로 긔생이 되엿습니다. 〔중략〕 제가 긔생의 몸이니 바라는 것도 여러분들과는 다릅니다. 저의 희망은 하류게에 단이는 일반 남성들이 우리들을 상품시하지 말엇으면 하는 것과 또 한가지는 세상에서 긔생이라는 그 물건을 리해해주엇으면 하는 것임니다. 긔생이라면 덥허 놋코 천하고 더러운 줄만 안는 것이 세상사람들이지요. 그러나 남몰은 비애의 눈물은 긔생에게 제일 맛습니다.[33]

내가 왜 창루(娼樓)로 팔리워 왔느냐구요? 하윤명(河允明)이라는 놈 때문이죠. 세상에 그렇게도 괴악한 놈이 다시 둘이나 있겠습니까? 그런 말을 묻지 말아 주세요. 생각만 하여도 눈물이 자꾸만 용솟음을 칩니다.

....
32 李鳳姬, 「妓生哀話, 蘭花는 가엽슨 女子」, 『삼천리』, 1933년 10월, 112쪽.
33 「女俳優 座談會」, 『삼천리』, 1932년 5월, 12쪽.

왜 이리 대라고 성화입니까 그것을 알아서는 무엇을 합니까. 저야 이제 이러다 죽고 말을 몸인데 이 몸을 무엇에다 씁니까?[34]

위의 인용문들은 대개 허구적인 서사물의 일부이지만, 마지막 인용문은 1939년 3월 세상을 떠들썩하게 했던 대규모 인신매매 사건인 '하윤명 사건'과 관련되어 있다. 유곽 주인 '하윤명'은 시골을 돌며 가난한 부모들에게 딸을 수양딸 삼아 공부시키고 좋은 집으로 시집보내겠다고 꾀어 기생으로 만든 이로서 희대의 '처녀 유인마'로 불렸다. 엄청난 사회적 반향을 불러일으킨 이 사건을 실제로 팔려간 처녀의 목소리로 재구성한 마지막 인용문은, 흉흉한 불신 풍조가 조장된 당시 대도시의 분위기를 잘 전달해 주고 있다. 기생이 된 사연이 이렇듯 처녀들의 가난과 불운 그리고 타인들의 비도덕성과 악덕이 빚어낸 합작품으로 제시되면서 기생 서사 특유의 감성을 만들어 냈다.

대중의 근대 체험에서 멜로드라마의 특징적 요소들을 분석한 벤 싱어Ben Singer는 멜로드라마를 자본주의 이익사회와 근대사회의 선험적 실향에 대한 보상의 알레고리로 파악하고 있다.[35] 그가 말하는 '멜로드라마'는 1880년부터 1920년 사이에 출현한 역사적 장르를 지칭한다. 도시 노동계급의 대중 오락물로서 출현한 멜로드라마의 속성은 현대의 문화적 텍스트들인 문학, 연극, 영화, 텔레비전 프로그램에 승계되었다. 벤 싱어는 멜로드라마를 다섯 개의 핵심적 개념을 가진 플롯으로 파악

....

34 金英順, 「娼樓의 달─誘拐의 魔手를 怨望하는 눈물의 신세타령」, 『여성』, 1939년 5월, 46쪽.
35 Ben Singer, 『멜로드라마와 모더니티(Melodrama and Modernity)』, 이위정 옮김, 문학동네, 2009, 59쪽.

하는데, 파토스, 과도한 감정, 도덕적 양극화, 비고전적 내러티브, 선정주의가 그것이다.[36] 벤 싱어는 멜로드라마의 이러한 특징이 근대의 알레고리, 즉 자본주의가 바꾸어 놓은 변화에 대한 미학적 반응물, 특히 경쟁적 개인주의와 자본주의 대도시의 감각 과잉 등에 대한 미학적 대응물이라고 본다.

하윤명이 인신매매한 소녀들. 출처 : 『동아일보』, 1939년 3월 28일자.

　기생 서사는 벤 싱어가 제시한 자본주의의 변화에 대응하는 미학적 반응으로서의 멜로드라마 개념에 합치되는 면이 있다. 물론 기생 서사는 벤 싱어가 주요하게 분석 대상으로 삼는 영화 장르는 아니지만, 고급한 문학이 되기는 부족한 '저급의' 싸구려 서사로서 벤 싱어가 말하는 멜로드라마적인 요소를 갖춘 서사라고 볼 수 있다. 특히 거의 모든 기생 서사에 드러는 과잉된 우울은 자신의 신체를 돈을 받고 제공해야 하는 자본주의의 폭력성에서 기인한다는 측면에서 주목해 볼 수 있다.

　『매일신보』 1914년 1월 18일자부터 6월 11일자까지 '藝壇一百人(예단일백인)'[37]이라는 제목 하에 연재된 사례에서 '거의 모든' 기생들이 고아이거나 가난한 집안의 딸로서 가족을 부양하고자 기생이 되었음을 언급하고 있다. 이러한 사연은 당시 식민지 조선이 처한 경제적 현실에 미루어 보았을 때 사회경제적 팩트에 기반한 것이다. 가난한 집안

....

36　위의 책, 74~96쪽.

37　『매일신보』의 이 연재물은 말 그대로 '藝人(예인)'을 대상으로 한 것이기 때문에 90여 명의 기생과 함께 배우, 음악가, 변사 등이 일부 포함되어 있다.

에서 '딸'은 돈을 벌 수 있는 최후이자 유일한 수단이라고 할 수 있기 때문이다.

'희생양'이 자신의 억울함을 토로하는 이러한 언술의 의미는 무엇일까. 첫째 이러한 고백적 언술 주체인 기생의 측면에서 보면 가부장제의 엄숙주의에 대한 기생 본인의 방어막을 만들기에 유리하다. 가부장제 이데올로기는 '기생'에 대해 이중적인 입장을 만들어 낸다. 일부일처제라는 근대적 가부장제 하에서 남성에게 위안을 주는 '기생'은 부정적인 존재로 비난받지만, 남성의 권력에 굴복한다는 점에서 또한 가부장제의 이데올로기에 포섭되어 설명될 수 있다. 이러한 가부장제의 이중성에 대해 기생들은 가족의 부양을 위해 혹은 고아로서 먹고 살기 위해 어쩔 수 없이 기생이 되었다고 말함으로써 사회적으로 비난보다는 동정을 받을 여지를 만들게 된다.

두 번째는 이러한 언술에 공감하는, 즉 이러한 언술에 호명되는 대상이 있다는 것이다. 기생의 이러한 희생양 처지에 공감하는 사람이란 누구일까. 무엇보다도 기생이 처한 아픔을 공유할 수 있음으로 해서 기생과 동일시할 수 있는 이들이다. 물론 기생들도 이러한 유형의 독자들에 포함되지만, 이 독자들은 젠더적으로 그리고 계층적으로 고정된 실체로 입증될 수 없다. 젠더적으로 남성보다는 여성이 그리고 상위 계층보다는 하위 계층일 가능성이 높지만, 이는 가능성의 차원으로 높을 뿐이다.

서사 속의 '기생'들은 타인(가족)을 위해 희생당했기 때문에 내적으로는 도덕적 우월함을 갖고 있으나, 실제로 기생 주변의 적대적인 인물들은 매춘부인 기생의 도덕적 우월함을 인정하지 않는다. 이러한 서사의 특징은 선인先人과 악인惡人이 명확하게 구별된다는 점에 있다. 기생을 동정하거나 기생을 사랑하는 인물은 선인이고, 그녀를 배반하거나 멸시하거나 매춘을 강요하는 인물은 악인이다. 이러한 도덕적 양극화가 다름 아닌 '기생'을 기준으로 나누어지며, 선인과 악인을 만드는 것은 바로 '돈'에 대한 태도이다. 기생 주인공의 과잉된 우울은 매춘을 강요하는 부모, 그녀를 매춘부로만 취급하는 세상, 그녀를 인격체로 취급하지 않는 고객들에게서 비롯된다. 기생의 내면적 우월함은 바로 '돈'으로 인해 모멸 받고 희생되었다는 점에서 비롯된다. 여기에 연인에 대한 기생의 '사랑'은 모든 인격적 요소의 총체로서 '돈'과 대비되어 내면의 순수함을 입증한다.

따라서 그녀를 매춘부로 멸시하는 세상, 그리고 그녀에게 희생을 강요하는 부모와 가족으로 인해 '밤이나 낮이나 눈물로 세월을 보내는' 기생의 우울함은 자본주의에 대한 정서적 대응 방식이라 할 수 있다. '돈' 때문에 몸을 팔아야 하고 그로 인해 인격이 훼손되었기 때문이다. 이러한 정서는 돈으로 표상되는 자본주의 내부의 하층계급 혹은 자본주의적 삶에 방식에 트라우마를 가진 집단을 호명할 수 있게 된다. 여기에 서사의 '완성도' 혹은 '예술성'만 갖춰진다면 지식인들이나 남성들, 상위 계층도 호명이 가능할 만큼 그 트라우마는 광범위하게 걸쳐져 있었던 것으로 보인다. 식민지 시기 '카추샤', '춘희', '영채'와 같은 매춘부 혹은 기생들이 대중들의 동정과 사랑을 받았던 것이 그 증거라 할 수 있다.

카츄샤, 춘희, 영채의 전성시대

현계옥처럼 기생이 활극活劇의 세계로 직접 뛰어드는 이야기가 자본주의 사회에서 가능한 변신의 스펙터클을 전형적으로 드러내고 있다는 점은 이미 앞서 언급했다. 기생들의 사상적 각성 혹은 계층 상의 비약적이며 극적인 변신 역시 자본주의 사회에서 벌어지는 비약과 자본주의의 선정적 모습을 잘 드러낸다. 이러한 비약적이고 극적인 변신 서사에 대해 독자들은 일종의 대리만족을 경험했을 것으로 짐작된다. 한편 가난한 집안의 딸로서 기생으로 팔려 가고[38] 사랑을 이룰 수 없어 우울해하는 기생의 모습은 다른 서사 속의 유사한 캐릭터로 확장된다.

독자들이 서사 속의 어떤 특정한 인물에게 갖는 애착은 서사 속의 인물에 자신을 대입시킬 때 생성된다. 서사 속의 인물에 대한 동일시의 메커니즘을 통해 감정이입이 가능해짐으로써 서사 속 인물에 대한 선호preference가 발생하는 것이다. 식민지 시기에 가장 인기 있었던 캐릭터로는 톨스토이L.Tolstoy의 「부활」에 등장하는 '카츄샤Katyusa'와 알렉산더 뒤마Alexandre Dumas fils의 「춘희La Dame aux camélias」의 '마르그리트 고티에Marguerite Gautier'를 들 수 있다. 당시 이 캐릭터들은 그 이름만 들으면 누구인지 알 수 있을 정도의 대중적 인지도가 있었다. 카츄샤(「부활」)와 마르그리트 고티에(「춘희」)는 매춘부들이지만 헌신적인 사랑의 수호자

....

38 이러한 모티프가 1930년대 연극의 중요한 소재가 되었음은 주목할 만하다. 양승국에 따르면, 1930년대 농민극에 많이 등장하던 기생으로 딸을 파는 모티프는 당대의 현실뿐 아니라 대중의 흥미를 반영한 것이다. 또한, 이러한 모티프는 당대의 '소설'에는 자주 나타나지 않는 모티프였다. 양승국, 1930년대 농민극의 딸 팔기 모티프의 구조와 의미」, 『한국근대극의 존재형식과 사유구조』, 연극과 인간, 2009 참조.

들이다. 이들은 비록 기생이 아니지만 이들을 다룬 서사들은 일종의 확장된 기생 서사라 할 수 있다.

카츄사와 래원덕〔네흘로도르프〕
강명화와 장병천
래원덕은 서쪽 나라 노서아의 공작이요 장병천은 동쪽 반도의 백만장자 장길상의 외아들이다.
둘이 다 사랑 때문에 죽엇다. 사랑 때문에 불나비 모양으로 짤짤 끓는 등불 속에 제 몸을 부듸처 까마케 타 죽은 것이다.
실로 강명화의 죽엄가치 색벽빛 소사 오르락말낙한 그 당시 조선사회에 놀냄을 준 일이 업섯다. 강명화는 돈보다 사랑! 목숨보다 사랑!이란 「러브 이스 쩨스트」를 대담하게 실천한 처음의 녀성이엿다.[39]

정사로 삶을 마감한 강명화가 죽은 지 10년이 훨씬 지난 뒤 서사로 재창작된 글의 일부이다. 이 글에서 강명화는 톨스토이의 「부활」에 등장하는 카츄샤와, 그의 연인인 장병천은 카츄샤의 연인 래원덕(네흘로도르프)와 동일시되고 있다. 이 글에서 기생 강명화와 비교되는 카츄샤는 역시 귀족의 자제에게 버림받고 매춘부가 되는 비운의 여성으로 식민지 시기를 통틀어 대중에게 가장 인기 있는 캐릭터였다.

카츄샤에 대한 대중의 동정은 이미 연극 〈카츄샤〉의 인기에서 잘 확인된다. 러시아 문학인 톨스토이의 「부활」이 좀 더 대중에게 접근 가

39 青衣居士, 「美人薄命哀史, 사랑은 길고, 人生은 짧다는 康明花」, 『삼천리』, 1935년 8월, 115쪽.

능한 연극 〈캬츄샤〉로 바뀌면서, 이야기의 진짜 주인공은 지식인 네흘로도르프에서 매춘부 '캬츄샤'로 완전히 바뀌게 된다.

『가츄샤 내사랑아 리별하기 서러워』

의 애닯은 『멜로듸』-

이것은 北歐의 거인 『레오, 톨쓰토이』翁이 늙은이답지도 못하게 꾸며 노혼 『에로』味 100『퍼-센트』의 장면이다. 〔중략〕 한적한 촌락의 늙은 과부의 집에 어린 몸을 부첫다가 『시베리아』의 싸이고 싸인 찬눈속에서 流刑囚들과 함께 일생을 마치는 『가츄-샤』의 가엽슨 비극은 이 밤에 시작하는 것이다.

『가츄-샤』는 10년 전의 우리를 어떠케도 울렷는지 모른다. 『롯드라룩크』의 『네프류-드』와 『텔, 리오』의 『가츄-샤』가 나오는 映畵復活을 보앗슬 때 그리고 土月會의 무대우에서 卜惠淑의 『가츄-샤』를 보앗슬 때 우리들의 눈물은 다시금 새롭다.[40]

연극 〈캬츄샤〉는 1923년 토월회土月會에 의해 상연되어 여배우 복혜숙와 석금성을 스타덤에 오르게 한 최대의 히트작이었고, 이후에 여러 극단에서도 상연되어 지속적인 인기를 끈 레퍼토리였기 때문에 당시 여배우라면 카츄샤 역을 꼭 맡고 싶어 할 정도였다.

카츄샤의 이야기는 '카츄샤 내 사랑'이라는 제목의 노래로 콜럼비아 레코드로 제작되기도 했으며, 원작과 비슷한 모티프를 취하여 『캬츄

....
40 「우리들의 『가츄샤』 卜惠淑孃」, 『삼천리』, 1933년 1월, 71~72쪽.

샤의 哀話(애화)』라는 소설이 재창
작되기도 했다.[41] 또한, 1925년에는
서구 영화 〈부활〉이 '카츄샤'로 제
명이 바뀌어 개봉되었다.

왼쪽부터 여배우 복혜숙과 석금성. 출처 :
『동아일보』 1931년 8월 9일자 ; 『동아일
보』 1931년 6월 17일자.

　대중들에게 더욱 친숙한 형식
인 영화와 연극으로서 〈카츄샤〉와
〈춘희〉가 20~30년대 조선에서 상
연 혹은 상영된 목록을 『조선일보』와 『동아일보』 기사를 참조로 만들
어 보면 다음과 같다. 연극의 경우 초연을 중심으로 작성된 것이고, 영
화의 경우에는 개봉된 시기를 기준으로 작성하였다. 연극 〈카츄샤〉
의 경우, 1910년 취성좌의 신파극 공연이 있었던 만큼 초연 시기는 더
이전으로 소급될 수 있겠지만, 여기에서는 대중문화가 훨씬 번성한
20,30년대만을 정리했다. '카츄샤'의 경우 '카주샤', '갓츄샤', '카주사',
'카츄사' 등 표기 상의 이형태異形態들이 있지만, 가장 빈도가 높은 '카츄
샤'로 표기를 통일하여 정리하였다.

〈카츄샤〉 상연/상영 목록

상영/상연 시기	제목	극단/감독	주연	극장	비고
1923. 9	〈카츄샤〉	토월회	복혜숙	조선극장	연극
1925.12	〈카츄샤〉	에드워드 쏜 Edward José	포렌 프레드딕 Pauline Frederick	단성사	서구 영화
1937.4	〈카츄샤〉	극예술연구회	김영옥, 김동혁	부민관	서항석 연출
1937.11	〈카츄사〉	중앙무대		부민관	연극

....

41 「카츄샤의 哀話 著者 고병교 正價 50전」, 『동아일보』, 1929년 8월 17일자.

| 1938.7 | 〈카츄샤〉 | 청춘좌 | | 부민관 | 연극 |

〈춘희〉 상연/상영 목록

상영/상연 시기	제목	극단/감독	주연	극장	비고
1925.7	〈춘희〉	스몰우드 Ray C. Smallwood	나치모바 Alla Nazimova	조선극장	1921년 제작
1928.6	〈춘희〉	이경손	김일송	조선극장	조선영화
1937.10	〈춘희〉	조지 쿠커 George Cukor	그레타 가르보Greta Garbo, 클라크 케이블 Clark Gable	명치좌	1936년작
1938.7	〈춘희〉	청춘좌		부민관	최독견 각색

　　영화와 연극 이외에도 '주부생활에 들어간 캬츄샤가 음독'이라는 기사처럼,[42] 캬츄샤는 불행한 기생(매춘부)의 대명사처럼 쓰이기도 했다. 이러한 비유가 기사의 헤드라인에 쓰일 수 있었던 것은 춘희나 카츄샤가 대중들에게 널리 알려진 캐릭터이면서 전달력이 강한 비유였기 때문이다. 즉, '카츄샤'는 동정할 만한 비운의 매춘부, 특히 기생에게 붙는 일종의 닉네임이었다. 이와 유사하게 '춘희' 역시 기생을 일컫는 비유로 사용되었음을 더불어 발견할 수 있다.[43] 식민지 시기 남녀 독자, 관객의 기억에 남는 주인공들 속에 뒤마의 소설 「춘희」와 이를 원작으로 한 영화 〈춘희〉 속의 '마르그리트 고티에'가 자주 언급되었던 맥락도 당시

....

42 「主婦生活에 들어간 카츄샤가 飮毒」, 『조선중앙일보』, 1934년 10월 29일자. 같은 날짜에 같은 사건으로 『조선일보』에 게재된 기사(「실연음독한 "거리의 카츄샤" 남자의 사랑이 식어졌다고 생명이 위독한 상태」, 『조선일보』, 1934년 10월 29일자)도 비슷하게 매춘부를 '카츄샤'로 비유하고 있다는 점이 흥미롭다.

43 「自稱 "춘희" 童妓」, 『조선일보』, 1936년 11월 15일자. 이 기사문에서 기생을 "황금의 쇠사슬에 억매인 조선의 '나나'(에밀 졸라의 소설 「나나」의 매춘부 여주인공), '춘희'"로 비유하고 있는 점이 눈길을 끈다.

대중이 불운한 기생들에게 느끼던 감성과 크게 다르지 않다.

　어데나 한군데 빈틈업는 정화(情話)는 누구에게나 이 椿姬를 읽는 독
자로서는 감격치 안을 수 업다. 이것은 그야말노 아모 보잘 것 업는 한
편의 순비애소설이지만 어데까지나 인생(人生)이 그 열정적이며 애정
적이며 인간으로써의 그 본능적(本能的)인 범위를 고대로 조곰 탈선(脫
線)업시 긔묘하게 그러노혼 매소부(賣笑婦)의 그 구슯혼 정회(情懷) 구
절구절마다 읽어 내려갈 때 작자의 수완을 칭송치 안을 수 업다.[44] (강조
-인용자)

　30이 벌서 넘은 나로서 눈물을 흘니는 일이 있다면 그것은 극히 드문
일이기는커녕 현대의 기적의 하나일 것이다. 그런데 **이번 나는 춘희를
보면서 두 서너 번이나 기적을 경험하였다. 눈물을 흘니기까지는 안햇
으나 먹음었던 것은 사실이다.** 혹은 나의 이 고백을 긋고 나의 속된 심정
을 憫笑할 사람이 있을지도 몰으나 憫笑를 당해도 수차 눈물이 핑 도랐
든 것은-비록 짧은 시간일지라도-사실이다. 나의 주위에 진치고 있든
숙녀씨, 여급孃 기생 여학생 등 諸氏는 물론 코를 훌적어려가며 안타까운
마-그리트의 운명에 동정의 紅淚를 퍼붓는 것이었다.[45] (강조-인용자)

　이보다 먼저 멧츨 전에 「춘희」를 보고 춘희의 가련함이 가슴 압어서
눈이 붓도록 울고 (그러나 춘희의 슬픔이 즐겁기도 해서 나는 도라오는 길

44　鄭又香, 「小說에 나타난 情話 - 쮸-마의 椿姬」, 『별건곤』, 1933년 4월, 11쪽.
45　兪鎭午, 「춘희와 갈보의 名技」 『삼천리』, 1938년 8월, 138쪽.

에 동무에게 자동차에 치여 죽어도 좋겠다고 말한 일이 있었다) 씨원치 않
었든데[46] (강조-인용자)

위의 인용문은 여러 버전의 〈춘희〉 가운데서 알렉산더 뒤마의 소설
「춘희」와 조지 쿠커George Cukor 감독의 영화 〈춘희〉(1936)에 대한 지식
인들의 반응이다. 1937년 9월에 일본 동경에서 상연된 지 한 달여 만인
37년 10월부터 조선에 상영되기 시작한 영화 〈춘희〉는 일본에서와 마
찬가지로 조선에서도 상당한 인기를 끌었다. 당시 서울의 젊은 여성들
사이에서 〈춘희〉의 인기는 이태준의 소설 「딸 삼형제」나 박태원의 소
설 「여인성장」에서도 확인된다.

위의 인용문 중 두 번째 것은, 남성의 소감으로 '운다는 것' 자체가
드문 일이었을 남성 작가 유진오가 젊은 여성들 틈에서 〈춘희〉를 보면
서 눈물을 머금었다고 말한 것이다.

마지막 인용문은 여성 작가 최정희의 것으로, 여성인 그의 체험은 좀
더 복합적이다. 여주인공 '춘희'의 슬픔에 마음이 아프기는 했으나 한
편으로 '즐거운 것, 즉 눈물은 흘리지만 분명 여기에는 '자동차에 치어
죽어도 좋을 정도'의 쾌락이 동반되어 있음을 서술하고 있다. 마음이
아프지만 황홀한 것, 그래서 '죽어도 좋을 만큼'이라고 표현된 쾌락은
'춘희'에 대한 단순한 동정을 넘어서 그 캐릭터에 대한 완전한 동일시
와 나르시시즘을 전제로 하고 있다. 자신이 춘희가 되어 춘희의 사랑
과 아픔을 동시에 느끼면서 자신의 이러한 대리체험이 실제 자신의 것

....
46 崔貞熙, 「明日은 안온다」, 『삼천리』, 1938년 8월, 143쪽.

인 것처럼 즐거워하고 이렇게 동일화된 자신을 다시 거리를 두고 바라보며 이에 도취되고 있기 때문이다.

'자동차에 치어 죽어도 좋을 정도'의 감흥이란 텍스트를 자신의 경험에 깊숙이 끌어들일 때 발생한다. 즉, 이러한 공감은 텍스트를 자신의 현실 세계로 끌어들여 그것을 가지고 자신과 타인의 경험을 해석하는 것으로도 이어질 수 있다. 다음의 인용문은 실연당한 친구가 죽을 생각을 하자, 편지로 그를 위로하려고 하다가 머릿속에 '카츄샤, 춘희, 테쓰'가 떠오르면서 그녀가 편지를 받기 전에 죽을지 모른다는 생각에 날이 밝으면 찾아가겠노라고 결심하는 내용이다.

저녁에 도라와 梅蓮에게 편지를 썻다. 그러나 **이 편지가 닷기도 전에 그는 쥴을넌지 모른다. 카주사, 춘희, 데쓰, 가련한 운명에 죽는 여성들이 머리를 휙휙 지나간다.** 梅蓮은 걸코 약한 여자가 아니다. 그러나 무엇 때문에 그러케 긔운차든 梅蓮이 죽엄으로 이거슬 이기려는가? 사랑은 괴로운가? 청춘은 허무한 슬픔인가? 웨 좀더 살아서 네의 모든 재질을 다-하여 더 발휘를 못하고 그만이야 죽단말가?

편지 쓰든 거슬 찢고 내일 아츰 梅蓮에게로 찾아가기로 결심하고 누엇다.[47]

연극, 영화 '카츄샤'와 '춘희'를 인기 있는 캐릭터로 만든 감성은 일반적인 기생 서사가 내포하고 있는 감성과 크게 달라 보이지 않는다. 서

47 毛允波, 「作家日記」, 『삼천리』, 1933년 4월, 109쪽.

그레타 가르보, 로버트 테일러 주연의
〈춘희〉의 원 포스터.

당시 조선의 일간지에 소개된 영화 〈춘
희〉의 스틸. 출처 : 『동아일보』. 1937년
10월 24일자.

사 속에 등장하는 불운한 여성들은 많
지만, 자본주의와 가부장제라는 제도
가 동시에 작용하는 '기생'의 불행은 그
비극성과 폭력성을 극대화시킨다. 물
론 이러한 대중적 인기에도 불구하고,
남성 지식인들에게 기생 서사는 흥행
외에는 그다지 의미를 갖지 못하는 저
급한 취향으로 치부되기도 했다.

기자 : 세 작품 모두 기생을 주역으로
한 것은 우연일 일치인가요? 또는 무슨?
　서항석 : 흥행을 겨눈 기획이기도 하
지오. 조선에는 지금 바로 '춘희' 시대로
보고.

　김유영 : 무정은 그러치는 안 켓지오. 기획부에서 이걸 택한 건 춘원
의 유명한 작품이고 또 만히 읽히웟으니까 택핫겟지오.
　서항석 : 무정을 택한 건 의의가 깊은데 朝映(조선영화주식회사―인
용자) 창립 기념 작품이라면 무정 중에서도 다른 면을 취할만한 데가 만
흔데 어째 기생면을 택햇을까 하는데 문단 측등에서 불만이 만트군요.
　김유영 : 나는 무정을 영화화한 다 할 제 반대의견이엇습니다. 특히
기생을 주제로 한데는. 다른 조흔 면이 만헛는데…[48]

....
48 서항석 외, 「봄날의 영화방담―귀착지, 무정, 사랑에 속고 돈에 울고」, 『동아일보』, 1939년 3월 30일자.

1939년은 가히 '기생 서사'의 대중적 인기가 절정에 다다른 해라고 평가할 수 있다. 그것은 바로 '영화'를 통해서였다. 1937년과 1938년 영화 〈춘희〉가 흥행을 하고, 1938년 청춘좌의 연극 〈사랑에 속고 돈에 울고〉가 관객을 모은 그 다음 해(1939)에 '기생'을 소재로 한 세 편의 조선 영화가 개봉된다. 위 대담에서 김유영과 서항석은 모두 영화·연극계에 참여하고 있던 인물들로 연극과 영화의 주요 관객이 되는 대중들의 감성을 누구보다도 잘 파악하고 있던 이들이다.

서항석은 지금 이 '춘희의 시대'로서 이 작품들이 타깃이 되는 관객의 감성을 충분히 고려한 결과임을 인지하고 있다. 김유영은 서항석보다는 이러한 현상에 대해 다소 냉소적인데, 〈무정〉을 예로 들어 이광수의 소설이 단지 기생의 이야기로 축소되는 것에 불만을 표출하고 있다. 흥행의 측면에서 기생 서사를 영화화하는 것이 여타의 '춘희'계 영화로 확인된 대중의 감성에 호소하는 매우 안전한 방법이었겠지만, 〈무정〉이 기생의 이야기로 바뀌면서 그 문학적 위상이 절하되는 것에 대한 우려가 김유영에게는 있었던 것이다. 김유영의 이러한 언급을 통해 지식인들이 대중적 장르가 어필하는 대중의 감성에 대해 어떤 불만을 느끼고 있었는가를 간접적으로 알 수 있다.

결론적으로 〈무정〉, 〈춘희〉, 〈카츄샤〉와 같은 영화들은 이 영화의 원작들이 어떤 이유에서 변형되는지를 알 수 있게 한다. 〈카츄샤〉는 물론이고, 이광수의 「무정」도 영화로 만들어질 때 원작과는 달리 중심 인물이 형식에서 영채로 바뀌면서 영채의 비극적 삶에 공감할 수 있는 구조로 바뀌었다. 이광수의 소설 「무정」은 박기채의 영화로 거듭나면서 '영채'와 '계향'이 완전히 서사의 주인공이 된다. 영화 〈무정〉은 애초

에 소설 「무정」이 갖고 있던 희생양으로서의 '기생'의 모습을 확대하는
방법을 취하고 있다.

광호 : '흥. 너희들이 요즘 연설 마디나 하고 글주리나 쓰는 놈이 아니
문 사람으로 알지 않는대지? 개 같은…'

비슬거리는 광호, 월화를 또 다시 억지로 껴안는다.

월화 : '아이구, 노라우요, 왜 자꾸 이럽네까'

월화 : (귀찮다는 듯이 뿌리친다.)

광호 한 편에 쓰러진다. 분하다.

벌떡 일어나 월화의 뺨을 때린다.

쓰러질 듯한 월화

월향이 얼른 쫓아와서 부축한다.

광호(통쾌하다. 그러나 다소 미안스런 헛 기세이다.) : 그래 기생년이 기
생년 같이 못 굴구 명사, 지사? 명사, 지사가 너일 맥여 살리는 줄 아니?
사람년이문 공을 알아야디.

월화 : 누구레 당신보고 내 몸값 츠레서섰소?

광호 : 네 오마니가 츠래서 쳤다. 이년, 망한 거지 같으니.

월화 몹시 느껴 울 뿐이다.[49]

이 장면은 원작에는 없던 장면이다. 월화, 월향 등의 기생들이 남성
고객의 멸시를 당하고 맞는 장면은 그들의 처지에 대한 동정을 내포하

....
49 박기채, 「무정」(시나리오), 김수남 편, 『조선시나리오 전집』 3, 집문당, 2003, 77~78쪽

고 있다. 애초에 원작에 그러한 요소가 전혀 없다면 이러한 새로운 장면의 삽입은 불가능하다. 즉, 원작에서 인상 깊었던 것, 공감했던 요소들을 장면화시켜 삽입한 것이라 할 수 있다.

영화의 소재로서 기생 이야기는 박기채 감독의 토키 영화 〈무정無情〉(1939)에서 정점을 이루었다. 영화 〈무정〉은 여러모로 원작과는 완전히 다르게 기생인 '영채'를 중심에 놓은 서사였다. 당시 작가 김동인은 영화 〈무정〉을 보고 이광수의 〈무정〉이 아니라 박기채의 〈무정〉이라고 시니컬하게 말한 것은 이러한 각색 상의 차이 때문이었다. 다음은 영화 〈무정〉을 소재로 연 좌담회에서 주연배우인 한은진 및 문인 이무영 등이 각각 잘되었다고 생각하는 장면에 대한 언급들이다.

한은진〔〈무정〉의 주연배우〕 : 네. 계월향 언니의 시체를 차저 새벽에 대동강가를 헤매일 때 그 장면을 박는 로케슌 때에는 눈물이 저절로 흘넛고 또 한번은 형식이 선형이와 결혼식하는 광경을 교회당 문깐에서 바라보든 그 장면을 박힐 때 또 한번 울었어요. 〔중략〕

이무영 : 첫째는〔가장 좋은 대목의 첫째〕 평양 패성학교 학도들이 외양에 부벽루, 을밀대를 넘어가면서 노래 부르든 그를 바타서 계월향이 영채를 꼭 껴안으며 「얘 저 속에 시인이 있구나. 저 속에 시인이 있구나」 하고 저 혼자 슬퍼하며 애타든 그 장면과 둘재는 계월향이 새벽에 이러나 영채의 손까락에 끼였든 반지를 끼여놓고 강변으로 내다라 자살하든 곳. 〔중략〕

이헌구 : 아마 가장 산 것은 계월향을 맡은 현순영씨일걸요. 새벽 대동강을 행해 가는 그 장면은 음악의 효과를 겸하여 가장 생동하였으니

까요. 〔중략〕

석영 : 소녀 영채가 도망해 나올 때 동구밧 돌부처의 그 유모어한 장면이라든지 신우선 박영채가 相愛하려는 그 때 저 멀니 배후로 결혼식 행렬이 지나가는 데라든지[50]

이들이 인상 깊었거나 잘되었다고 지적한 대목은 거의 대부분 기생인 영채와 계월향에 관한 장면들이다. 특히 배우 한은진이 스스로 완벽하게 동일시되었다고 하는 계월향의 시신을 찾는 장면, 선형과 형식의 결혼식을 지켜보면서 영채가 눈물을 흘리는 장면은 원작 「무정」에는 없다. 원작에서는 일방적으로 영채를 좋아하던 신우선을 영화에서는 영채도 그리 싫어하지 않는 인물로 그린 것도 영채를 중심으로 원작의 서사가 재배치된 결과였다. 원작 「무정」이 지식인 형식의 이야기였다면, 영화 〈무정〉은 기생으로 팔려갔다가 결국은 사랑을 잃고 죽음을 결심하게 되는 불운한 여인 영채의 이야기였다.[51]

기생이 되는 불행을 겪고 비극적인 사랑의 주인공이 되는 영화 〈무정〉의 서사는 전체적으로 보면 당시 사회적으로 소비된 '불행한 여자' 이야기의 한 종류이다. 20년대의 『신여성』과 『별건곤』, 30년대에 『여성』 등에 실린 '실화'를 자처하는 많은 서사물들은 많은 부분 '기생'이 된 불운한 여성들의 자기고백이었다.[52] 기생은 사회적으로 관음증적

....

50 박기채 외, 「座談會─映畫 '무정'의 밤」, 『삼천리』, 1939년 6월.

51 영화 〈무정〉의 필름은 전하지 않지만 시나리오는 남아 있다. 이 글에서는 김수남의 『조선시나리오 선집』 3(집문당, 2003)에 수록된 박기채 각본의 〈무정〉 시나리오를 참조했다.

52 기생이 된 기구한 사연은 당시의 거의 모든 대중지에 실릴 정도로 보편적인 서사의 패턴이다.

욕망을 일으키는 존재였지만, 한편으로는 '불운한' 여성의 대표 격으로서 '동일시'하거나 '동정'할 수 있는 가장 낮고 가장 만만한 존재들이었던 것이다. 식민지 시기에 제작된 많은 조선영화들이 기생 등과 같은 타자들을 중심인물로 설정하고 있는 것에는 웃는 것보다 '우는 것을 더 좋아하는'[53] 조선영화 관객들의 집단 감성이 작용한 결과였다. 따라서 가난으로 인해 팔려 가는 여성 주인공은 매우 유용한 소재였다. 사회적으로 타자이기는 하지만, 다른 한편으로 적어도 서사물에서는 '기생'에 대한 호기심과 동일시가 광범위하게 일어나고 있었음을 알 수 있다.

　이처럼 '기생'은 그 자체로 매우 역설적인 존재이다. 기생은 가난한 집안의 딸로서 그들의 신체는 가장 비천한 자본주의의 화폐경제를 표상하지만, 그와 동시에 자본주의에 희생되고 유린된 그리고 침묵해야 했던 모든 서발턴subaltern을 대표하기도 한다. 소위 고급문학에서 기생은 좀처럼 말을 할 수 없었으며, 말을 하더라도 그들의 내면이 확대되어 표출되는 것을 보기란 어려웠다. 그러나 위에서 인용한 이른바 저급의 서사들, 되풀이되다시피 하는 유형화된 싸구려 서사 속에서 그들은 과도할 정도로 자신을 드러냄으로써 독자와의 동일시와 공감을 요구한다. 이러한 의미에서 기

영화 〈무정〉의 신문광고, 출처 : 『동아일보』, 1939년 3월 20일자.

53 「映畵와 演劇 協議會」, 『삼천리』, 1938년 8월, 85쪽. 이구영과 이창용의 말 참조.

생 서사는 가장 자본주의적인 삶의 드라마를 보여 주는 스펙터클이면서 동시에 자본주의가 남긴 상흔과 그에 대한 반응을 표상하는 하나의 알레고리이며, 또한 기생 서사에 대한 대중들의 공감 반응은 자본주의의 트라우마에 대한 미학적 반응이었다.

'기생'이 특별한 이유

식민지 시기, 기생을 제외하고도 카페와 바에서 일하는 여급이나 작부 등 유흥업소에서 일하는 다른 유형의 여성들이 있었다. 기생 집단이 이러한 집단에 비해 상대적으로 대중의 공감을 살 수 있었던 것은 무엇인가. 그것은 무엇보다도 '기생'이 패망한 조선의 것, 즉 일본에 점령되어 사라진 옛 조선의 정취를 갖고 있었기 때문일 것이다.

바로 그러한 이유 때문에 정복자 일본의 시선이 조선적인 것의 표상으로서 기생을 적극적으로 이미지화한 것도 사실이다. 기생 집단에 대한 집단적 동정은 바로 이러한 조선적인 것의 표상으로서 갖는 '기생'의 의미와도 무관하지 않을 것이다. 외래적인 것이 밀려오면서 새로 생겨난 카페 여급과는 달리, 기생들은 비록 변화와 굴절의 과정을 거치기는 했지만 '어쨌든' 조선적인 것이었다.

'창조된 전통'처럼 조선적인 것에 대한 인식은 본래부터 주어진 것이 아니라 외래적인 것에 의해 발견된 만큼, 기생의 모습 속에서 훼손된 조선적인 것 혹은 근대 이전의 모습을 발견하는 것 그 자체가 이미 근대적인 시각이다. 조선 옷을 입은 기생의 모습은 상실한 전근대에 대한 강한 향수를 동반했다. 기생에 대해 강한 동정이 표출될 수 있었던 데에는 바로 이처럼 근대에 들어서 생성된 민족의식도 작용했을 것으로 추측된다. 이러한 이유로 '여급'이 등장하는 서사가 '기생'이 등장하는 서사만큼 양적으로 풍부하지 않았고, 그나마 있던 여급이 등장하는 서사에서도 기생 서사에서 보이는 동일시 같은 구조적 전략들이 보이지 않는 것이 아닐까.

다른 한편으로, 낭만적 사랑과 '스위트 홈'이라는 이상이 강조될수록 사랑에 실패하고 가정의 보호를 받을 수 없었던 기생은 이러한 근대적 이상에 도달하지 못하는 불가능성을 확인하면서 동시에 이를 갈망하는 근대인들의 모습을 표상하기도 했다. 당시의 수많은 서사에 불행한 여성들이 등장하지만, 기생처럼 비극적 요소가 극대화된 인물은 좀처럼 찾기 어렵다. 기생은 겉은 화려하지만 가장 만만하고 멸시받는 대상이었고, 그녀가 인격체로서 사랑받기란 좀처럼 어려운 일로 인식되었다. 또한, 기생들의 실연失戀은 당연하면서도 스스로 기생이 될 것을 선택하거나 한 것은 아니기 때문에 가장 억울한 일로서 그 비극성이 증폭될 수 있었다.

매춘부의 이야기를 다루는 서사문학의 보편성과 아울러, 이러한 보편성 위에 자본주의의 트라우마를 기생 서사 위에 실을 수 있었던 조선적 특수성이 기생 서사에는 엿보인다. 즉, 근대 이전의 것을 간직하면서도 자본주의 시대에 새롭게 변화되고 더불어 자본주의의 비약과 단절의 드라마를 온몸으로 체현하는 복합성이 기생 서사에는 존재했고, 이러한 이유로 대중들은 기생의 정서에 공감할 수 있었던 것으로 보인다.

이 기생 서사가 식민지 시기를 넘어 시대별로 다른 유형의 서사로 옮겨 가고 변형되면서 이어지고 있다는 사실은 매우 흥미로운 점이 아닐 수 없다. 그 예로서 70년대 유행했던 이른바 '호스티스 멜로드라마'를 들 수 있다. 〈별들의 고향〉(1974), 〈영자의 전성시대〉(1975)는 식민지 시기 기생 서사가 갖고 있던 공감의 구조를 그대로 물려받고 있다. 식민지 시기에 이어 70년대에 자본주의와 산업화의 트라우마가 다시 재현되었기 때문일까. 기생 서사가 70년대를 지나 현재에도 다른 방식으로 재생산되고 있다는 사실은 자본주의와 산업화의 트라우마에 대한 흥미로운 시사점을 우리에게 제공한다.

2부

한국 영화와
대중 욕망의 스펙트럼

1

전후戰後의 출발점, '춘향전' 소설들과 영화

해방 이전의 '춘향전'들

이해조의 「옥중화」(1912) 이래로 「춘향전」은 현재까지 많은 예술 장르로 제작되어 왔다. 그 내용이 비슷하면서도 다른 「춘향전」의 이본異本은 지금도 계속 만들어지고 있다고 해도 과언이 아니다. 소설, 만화, 영화, 극예술, 시 등 서사성을 담고 있는 장르라면 거기에는 반드시 춘향의 이야기가 있다.

근대 이전에 계승되어 온 고소설 「춘향전」은 130여 종의 많은 이본이 있고 그 세부적인 플롯이나 디테일에 차이가 있지만 기본적인 서사 구조는 비슷하고, 따라서 독자 대중들의 머릿속에 각인된 「춘향전」의 기본적인 서사 구조 역시 대동소이하다.[1] 근대 이후의 여러 장르에서

....

1 황혜진은 B.H. 스미스의 글(「서술의 판본과 서술 이론」, 『현대 서술 이론의 흐름』, 솔, 1997)을 인용하여 춘향전의 근원 설화나 기본 줄거리는 플라톤의 이데아와 매우 흡사하다고 말한다. 「춘향전」의 기본 스토리는 형체도 없고 그림이나 글로 표현되지 않았으며 그 '원형'이나 '기원'은 일종의 빈 공간으로 확정된 적은 없지만 누구나의 머릿속에 있는, 바로 플라톤의 이데아와 같은 것이다. 황혜진,

재생산된 「춘향전」은, 한국 대중들의 머릿속에 담겨져 있는 「춘향전」의 기본 줄거리를 토대로 만들어졌다. 그러나 근대 이후의 「춘향전」들은 처음에는 대중들이 이미 알고 있는 「춘향전」의 스토리를 그대로 가지고 왔지만, 어느 순간부터 대중들이 알고 있는 스토리를 배반하기 시작했다. 그럼으로써 새로 만들어진 텍스트가 이미 알고 있는 스토리에서 얼마나 달라졌는가 하는 점은 「춘향전」 수용의 또 다른 미학을 발생시켰다.

이 책의 1부 1장에서 이미 「춘향전」을 비롯한 고소설들이 어떻게 조선영화 초기에 영화로 재생산되어 왔는지를 언급한 바 있다. 「춘향전」을 비롯하여 식민지 시절에 제작된 영화들은 대중들의 머릿속에 담긴 고소설을 배반하지 않았다. 오히려 그들의 상상과 기억 속의 고소설들을 시각적으로 보여 주어야 하는 강박이 있었다. 즉, 무성영화든 토키든 새로운 「춘향전」 혹은 「심청전」이 만들어질 때마다 관객들은 얼마나 충실하게 춘향과 심청을 재현했는가에 관심을 기울였다. 영화뿐만 아니라 일간지, 문예지, 대중지 등의 근대적 미디어가 완성되는 20년대에 「춘향전」은 온 민족에게 공유되는 서사로서 대중문화의 장에서 활발하게 재생산되었고, 대체로 일반적으로 알려진 「춘향전」에서 크게 벗어나지 않았다.

이를 달리 설명하자면, 그 일반적인 「춘향전」 스토리라는 것, 혹은 대중의 머릿속에 공통으로 존재하는 「춘향전」 스토리란 미디어의 재생산 이전에 존재한다기보다는 미디어에 의한 재생산과 더불어 표준

....

『춘향전의 수용문화』, 월인, 2007, 27쪽.

화되었다고 할 수 있다. 스크린에 시각적으로 재현되는 춘향의 얼굴은 설사 자신이 상상하던 춘향과 다르더라도 일단 최초의 춘향은 처음으로 재현된 춘향으로서 기준점을 제공했다. 식민지 시기의 영화 〈춘향전〉 텍스트들은 적어도 새로운 〈춘향전〉이라는 느낌이 들지 않도록 하는 데 주안점을 두었지만, 대중들의 머릿속의 그것과 설령 다르더라도 '최초'가 됨으로써 대중들의 기억과 상상을 조정하여 표준화된 〈춘향전〉을 대중에게 제공했다.

다음은 1925년 9월 이광수가 『동아일보』에 「일설 춘향전」 연재를 시작하면서 언급한 작가의 변이다. 이광수는 「심청전」과 더불어 '조선 국민문학'의 대표 격인 「춘향전」을 근대소설의 문체로 다시 써야 할 필요가 있어 집필을 시작했다고 말하고 있다.

춘향전은 심청전과 더불어 **조선 국민문학의 대표**를 이룬 것이다. 심청전은 효도를 중심으로 춘향전은 정절을 중심으로 한 것으로 **귀족 계급으로부터 초동 목수에 니르기까지 이 니야기를 모르는 이가 업고 이 니야기 중에 한 두 구절을 부르지 안는 사람이업다.** 진실로 우리 조선 사람이 부르는 노래의 대부분이 이 두가지 니야기를 재료로 한것이라고 할 수 있다. 그러나 불행히 춘향전 심청전은 아직도 민요의 시대를 벗지 못하야 부르는 광대를 따라 사설이 다르고 심지어 여인들의 성격조차 다르고 더구나 시속의 나즌 취미에 맞게 하으라고 야미한 재담과 음담 패설을 만히 석거 금보다 모래가 만하지게 되엿다. 〔중략〕 한번 **춘향전 심청전은 우리 시인의 손을 거치어 알리고 씻기고 정리되어서 참된 국**

민문학이 되어야할 운명을 가진 것이다.[2](강조
─인용자)

1925년 『동아일보』에 연재된 이광수의
「일설 춘향전」이 원전에 담긴 재담과 음담
패설을 지우고 '참된 국민문학'이 되고자 근
대적인 소설의 문체로 거듭난 「춘향전」이
듯이, 이와 비슷하게 1925년 9월 10일에 첫
공연을 시작한 토월회의 〈춘향전〉 역시 신극新劇으로 거듭난 〈춘향전〉
이었다. 1920년대 「춘향전」 개작이 가지는 역사적 의미를 암시하는 대
목이라 할 수 있다. 이광수의 말을 빌자면 「춘향전」의 개작은 곧 누구
나 알고 있는 서사를 근대소설로 바꿈으로써 '국민문학'을 발견 혹은
성립하게 하는 일이었다.

그렇다면 이광수의 소설 「일설 춘향전」과 토월회의 연극 〈춘향전〉
그리고 이 책의 1부 1장에서 언급한 무성영화 〈춘향전〉까지 왜 모두
1920년대에 만들어졌는가. 1920년대가 식민지 조선에서 근대 미디어
가 본격적으로 시작된 시점이며, 대중문화가 시작된 시점 그리고 근대
문학이 완성된 시기이기도 하기 때문이다. 이 시점에 일단 근대적 미
디어로서 「춘향전」을 한 번은 정리할 필요가 있었던 셈이다. 그리고
가능한 모두 동의할 수 있는 「춘향전」을 만드는 것이 이러한 20년대의
상황에 어울리는 일이었다.

....

2 「소설예고, 春香改作 春香─춘원작」, 『동아일보』, 1925년 9월 24일자.

그러나 30년대부터 「춘향전」에 대한 미디어의 접근은 조금 다른 양상을 띠기 시작한다. 20년대의 「춘향전」들과 달리 30년대 「춘향전」은 무언가 변화되기 시작한다. 물론 최초의 토키영화 〈춘향전〉은 그 스토리의 각

『조광』 1935년 11월호(창간호)에 실린 「모던 심청전」 1회와 역시 『조광』 1941년 2월에 실린 「억지 춘향」 1회.

색에서 그다지 새롭지 않았다. 변화의 양상은 만문만화漫文漫畵에서 일어나기 시작했는데 '모던'이라는 세태와 「춘향전」이 결합하면서부터였다.

이러한 종류의 「춘향전」 재창작은 웅초熊超 김규택의 「모던 춘향전」에서 그 기원을 찾을 수 있다. 만문만화로 『제일선第一線』에 연재되었던 「모던 춘향전」은 1941년 『조광』에 소설 「억지 춘향전」으로 다시 연재되기도 하였다. 김규택은 춘향전 이외에도 「모던 심청전」(1936), 「만화 흥보전」(1940)의 작자로서 당시 고전소설 패러디의 개척자적 위치에 있었다. 김규택의 「모던 춘향전」의 경우, 30년대에 유행한 '에로 · 그로 · 넌센스'를 형상화하면서 독자의 흥미를 자극하기 위한 웃음 그 자체에 목적을 두고, 변화하는 풍속을 풍자하면서 새로운 풍속에 대한 독자들의 낯섦을 완충시키는 효과를 발휘했다.[3]

김규택의 「모던 춘향전」은 이후의 「춘향전」 패러디와 개작에 하나

....

3 김규택의 〈漫畵 모던 춘향전〉에 대해서는 고은지, 「1930년대 대중문화 속의 '춘향전'의 모던화 양상과 그 의미」(『민족문학사연구』 30, 2007)의 연구를 참조하였다.

의 스타일을 제공했다. 김규택의 「모던 춘향전」이 창작된 이후부터 60년대 초까지, 근대 작가에 의해 소설로 재창작된 주요한 「춘향전」을 살펴보면 이 점이 잘 드러난다.

저자	장르	제목	발표 매체/연도	비고
김규택	만문만화	모던 춘향전	『제일선』, 1932~1933	
김규택	소설	억지 춘향전	『조광』, 1941	장편소설
장혁주	소설	춘향전	동경 新潮社, 1938	일문(日文)으로 창작
안고홍, 강제환		그림 춘향전	문화촌출판사, 1949	
이주홍	소설	탈선 춘향전	남광문화사, 1951	「탈선 춘향전」을 희곡으로 1949년 『대중신문』 연재 시작. 1950년 『부산일보』 희곡 연재 재개. 소설로는 1951년 완성, 장편소설
조풍연	소설	나이론 춘향전	『한국일보』 일요판, 1954년 연재	1955년 진문사 단행본 1955년 『한국일보』에 續 「나이론 춘향전」 연재, 장편소설
조택원	소설	新稿 춘향전	현암사, 1956	무용가 조택원의 현대소설, 장편소설
조흔파	소설	성춘향	『여원』, 1956~1957	장편소설
안수길	소설	이런 춘향	『자유문학』, 1958.11.	미군과 동거하고 버림받는 춘향. 단편소설
박계주	소설	寫眞 춘향전	삼중당, 1961	홍성기 감독의 영화 〈춘향전〉(1961)의 스틸 수록, 장편소설

「모던 춘향전」처럼 '춘향전'이라는 고전소설을 당대의 유행어나 세태와 결합시켜 웃음을 유발시키는 패러디물은 50년대, 정확히는 한국전쟁 전후前後에 다시 등장하게 된다. 전쟁 직전(1949)에 희곡으로 연재하기 시작하여 전쟁 후 소설로 탈고한 이주홍의 「탈선 춘향전脫線 春香傳」이나 조풍연의 「나이론 春香傳」이 그것이다. 이주홍과 조풍연의 「춘향전」은 분명 30년대 김규택의 「모던 춘향전」이 개척한 세태 풍자

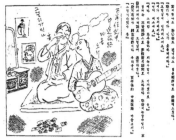

맥주를 마시는 월매, 몽룡, 춘향(왼쪽)과 기타를 치는 춘향. 「모던 춘향전」 1회 『제일선』, 1932년 11월.

양식의 뒤를 잇고 있었다. 이 작가들에 의한 1930년대와 1950년대의 「춘향전」이 '모던'이나 '나이론'과 같은 새로운 유행어와 결합하게 되는 것은 우연이 아니다. 30년대가 경성을 중심으로 하여 새로운 서구적 소비 풍속과 문화 변동이 뿌리내리게 된 시기라면, 50년대 한국은 30년대와는 다른 방식의 문화 변동이 일어나게 된 시기다. 이는 김규택의 「모던 춘향전」의 양식이 다시 재등장할 수 있게 된 사회적·문화적 조건을 30년대와 50년대가 서로 일부 공유하고 있음을 의미하는 것이라 볼 수 있다.

한편 1955년에 상영된 영화 〈춘향전〉은 위에서 언급한 소설 패러디물들과 거의 동 시기에 만들어졌음에도 패러디 소설들과는 전혀 다른 기능과 모습을 보이고 있어 주목된다. 1955년 영화 〈춘향전〉은 주지하다시피 놀라운 관객 동원으로 전후 한국영화 붐의 신호탄을 알린 영화였다. 50년대 초중반 「춘향전」이 소설과 영화로 재창작되고 있다는 사실은, 이 시기에 영화 〈춘향전〉이 소설 「춘향전」과 시대적 맥락을 공유하면서 소설 패러디로서의 「춘향전」과는 유사하면서도 다른 기능을 갖고 있었음을 말해 준다.

전후의 패러디 춘향전들, 「나이론 춘향전」과 「탈선 춘향전」

　이주홍의 「탈선 춘향전」은 원래 1949년 『대중일보』와 1950년 『부산일보』에 연재된 희곡 「탈선 춘향전」에 뿌리를 두고 있다. 이 희곡은 1막과 2막으로 구성된 미완성이었지만 이주홍은 이를 1951년 소설로 완성하여 남광문화사에서 단행본으로 간행하였다. 작가 이주홍은 1949년 동래중학교에서 부산 『대중신문』에 실었던 희곡 「탈선 춘향전」을 연극으로 공연한 바 있다.[4] 이후에 이 작품은 이주홍이 직접 각색에 참여하여 이경춘 감독의 영화 〈탈선 춘향전〉(1960)으로 제작되기도 했다. 한편 희곡에서 출발하여 전작全作 소설로 탈고한 「탈선 춘향전」은 기본 플롯은 원작 「춘향전」과 비슷하지만 30년대 김규택의 「모던 춘향전」, 「억지 춘향전」과 마찬가지로 패러디물로서 당시의 유행하는 문화적 코드를 반영하고 있었다.

　당대의 문화적 코드의 반영은 1954년부터 1955년까지 『한국일보』에 연재된 조풍연의 「나이론 춘향전」에서 더욱 과도한 형태로 드러난다. 조풍연 스스로도 30년대 김규택의 만문만화 「억지 춘향전」이 소설의 모델이 되었다고 언급하기도 했다.[5] 50년대 비슷한 시기에 씌인 두 개의 패러디물로서 이주홍의 「탈선 춘향전」이 원작대로 조선 후기의 남원을 배경으로 하고 있는 반면, 조풍연의 「나이론 춘향전」은 서울 명동 일대의 달러 암시장을 배경으로 하고 있다.

4　김인환 · 정호웅 외, 『주변에서 글쓰기─상처와 선택』, 민음사, 2006, 101쪽 이주홍 생애 연보 참조.
5　조풍연, 『나이론 春香傳』, 진문사, 1955, 서문 참조.

「나이론 춘향전」에는 '이몽'과 '이몽룡' 2인이
등장한다. '이몽'이 명동(소설에서는 '숙종로'로 칭
함) 일대의 건달패 두목이라면, '이몽룡'은 신
극단 '호동好童'의 단장으로 전후의 문화 재건을
위해 애쓰는 건실한 젊은이다. 월매는 다방 마
담이자 '딸라 장수'로, 향단은 다방 '광한루'의
레지로, 방자는 장안의 건달 '이몽'의 부하로 등
장한다. 딸라 장수 월매의 딸 춘향은 바로 극단
호동의 여배우가 된다. 정도의 차이는 있지만
「탈선 춘향전」에도 일부 공유되어 있는 당대
의 대유행했던 문화적 코드들을 「나이론 춘향
전」은 다음과 같은 방식으로 드러낸다.

이주홍.

조풍연(1959년경).

① 얼굴에 도랑칠을 하고 눈섶을 굵게 그렸는데 암만해도 '타이론 파
워'만큼은 생기지 못했다.(「나이론 춘향전」, 38쪽)

"그 엉뎅이 젓는 거 보라는 것이면 아까 다 보았어. 마리린 · 몬로가
부럽지 않거든."(「나이론 춘향전」, 48쪽)

이몽룡과 성춘향이 마주 앉은 이 광경이 만약에 영화 장면이라 할 것
같으면 「카메라」는 양인의 앞으로 닥가서면서 춘향의 얼굴이 「클로즈
업」(大寫)되어야 할 것이다. 〔중략〕 「카메라」는 판하여 몽룡에게로 옮
긴다. 이때에 음악은 「샹송 · 드 · 파리」의 멜로디를 연주하고.(「나이론
춘향전」, 59쪽)

이몽룡군을 가운데 앉히고 영옆에 바로 아까 그 불손한 청년이 바싹

붙어 앉아서 마치 '햄 · 샌위치'처럼 밀접하다. 그리고 운전대 옆에는 「소프트 · 햇」을 깊게 눌러쓰고 검정 안경을 쓴 청년이 앉았는데(「나이론 춘향전」, 92쪽)

사람들은 건대구처럼 굳어진 변학도를 들어 차 안에다 옮겼다. 핏기 하나 없이 된 변학도의 얼굴은 고요히 잠이 든 것만 같았다. 그 서부활 극에 나오는 밉잖은 악한같은 얼굴이(「나이론 춘향전」, 190쪽)

몽룡이 와락 달려들면서 춘향을 껴안았다.(예술성 높은 미국 영화의 장면을 연상하라.)(「나이론 춘향전」, 147쪽)

②"미국에서도 유명한 '갓든' 회사의 제품, 메리야쓰의 희생적 판매올 시다. … 아무리 대포 같은 방구를 뀌어도 터지거나 찢어지지 않는 것이 특징. 보통 '피엑스'에서 나온 '양키' 물건과는 종류가 달라요. 미국에서 도 본바닥 물건을 정식으로 무역해 드려온 '진짜 미국' 물건입니다. …" 〔중략〕 신바람이 나서 중얼거리며 돈 뭉치를 세는데 방자 한패들이 가 만히 보고 섰다. 그 가운데서 몇백환이 이 패들에게 배당되는 것이다. 이러한 자들의 선동에 끌려들어 '가짜 양키 물건'을 산 군중이야말로 선 량한 '민주어족'들이었다. (「나이론 춘향전」, 24쪽)

"엉터리가 아닙니다. '데후레' 땜에 모두 그렇게 장살 안하면 수지가 안 맞거든요." 〔중략〕

"떼프레가 아니라 "데후레"얘요. 아저씬 그럼 "고오히"를 "코피"라고 그러십니까?'

"이눔아 고오히는 다 다 뭐구 코피는 다 뭐야. 커어퓌이지."(「나이론 춘향전」, 75쪽)

미인이란 아름다운 사람이기보다는 미국 사람으로 통하는 것이 오늘의 상식. 「미인 월경」 하면 여인네들의 위생적 용어가 아니고 미국 사람이 국경을 넘는 것이다. 「미인 거래」, 「미인 시장」이 다 전에 쓰던 뜻과는 달라졌다. (「나이론 춘향전」, 87쪽)

③"그러고 보니까 그 눈이 어디서 본 것 같은데 암만 생각해도 기억이 안나"

"여자대학생 두름으로 페어 집어세인 바로 그 가짜 헌병대위 같지?"

"옳지. 바로 기다. 저 눈이 심상치 않다."(「나이론 춘향전」, 109쪽)

남이 한번 건드렸던 과부, 소박두기, 안잠자기, 제2호, 그 밖의 안전이 보장될 자유부인층이 전문이다.(「나이론 춘향전」, 120쪽)

변학도는 신여성을 더욱 즐긴다는 소문이 그들의 조직망을 통해서 좍-퍼진 때문이었다.(「나이론 춘향전」, 177쪽)

④ 부인 남(南)씨와 예수 앞에 맹세한지 팔순이 되도록 일점혈육이 없어 일로 한이 되었더니, 남씨부인이 가군 한림의 눈을 기어 뒷산 약문터에 새벽마다 올라가서 석달 구십일 정성을 드린 뒤에 한 꿈을 얻으매 반공서기에 무지개 뜨더니만, 난데없는 일진 광풍 하늘을 뒤덮으며, 먹장 같이 끼얹은 듯 우르를 광! 〔중략〕 "하나님이 도우사 예수 자손 배었나보" 한림이 깜짝 놀라 "아니 그게 정말요?" "정말이 아니요? 교인이 거짓말 합디까?"(「나이론 춘향전」, 17쪽)

①의 인용문들은 「나이론 춘향전」의 지배적인 문화적 코드인 '영화'

에 관련된다. 모든 등장인물들의 얼굴과 행동은 50년대 유명한 서구의 영화배우들에 비유되는데, 50년대 대중들의 인기를 한몸에 받던 타이론 파워, 마릴린 먼로 등[6]이 그들이다. 서술자는 연출자처럼 나서서 '팬 pan' '클로즈 업close up' 등 카메라 워킹을 지시하는 용어들을 사용하면서 그 장면에서 어떤 음악을 사용해야 하는가도 지시하고 있다. 「나이론 춘향전」의 서술자는 인물과 상황에 대한 서술자적 논평을 자유롭게 구사하면서 스토리 전체에 연출자와 같은 지위를 행사하고 있는 셈이다.

50년대 가장 대중적인 오락물로서 영화에 대한 수요가 급격히 늘어났고, 이러한 수요에 부응하여 서구 영화 수입은 물론이고 한국영화의 제작 편수도 기하급수적으로 늘어 50년대 말에는 1년에 약 100여 편의 한국영화가 제작되기도 하였다. 이러한 영화 코드를 활용하여 「나이론 춘향전」은 소설 독자들로 하여금 소설이 아니라 마치 영화를 보는 듯한 효과를 갖게 하는 서술을 했다. 「나이론 춘향전」은 물론 「탈선 춘향전」의 서술자 역시 현대소설의 서술자라기보다는 판소리에서 서술자 기능을 하는 '아니리'나 무성영화 시대의 변사辯士처럼 상황에 대한 논평을 자유롭게 구사하면서 장면들이 독자에게 '영화'처럼 보이도록 서술하고 있다.

②의 인용문들은 미국 코드를 보여 준다. 이 인용문에서 '미국'은 '진짜'를 상징한다. 시장의 군중들은 미국 코튼의 메리야스로 표상되는 미제에 열광하고 영어 단어 '커어퓌coffee', '테후레deflation'의 /f/ 발음을 정확

----

6 50년대 한국의 영화 관객들에게 가장 인기 있었던 남녀 배우들 가운데 하나이다. 50년대 대표적인 섹스 심볼인 마릴린 먼로는 물론, 윌리암 홀덴, 몽고메리 클리프트, 타이론 파워 등은 50년대 한국의 여성들 사이에 고정 팬이 있을 정도로 인기 있었던 서구의 배우들이다.

하게 구사하고자 노력함으로써 '진짜' 영어에 대한 욕망을 드러내 보인다. 미국이 '원전'이라면, 한국인들은 이 원전을 모방하는 '가짜'들이거나 '가짜' 상품을 진짜로 착각하고 덤벼드는 이들이다. 그러나 「나이론 춘향전」에서 '미국'은 한편으로는 가짜 원조자, 구원자로 등장하기도 한다. 이몽룡이 이끌던 극단 '호동'이 경영난으로 인해 극단의 물품을 '옥션'에 내놓을 때도 한국 풍속과 문학에 조예가 깊은 무역상 '쁘라운'이 등장하여 극단의 물품 중에서 '문화재'를 열심히 찾는 모습을 보인다. 그러나 결국 그는 구원자나 원조자가 아닌, 한국문화재에 관심이 많은 장사꾼에 불과한 것으로 밝혀진다. 「나이론 춘향전」은 '미국'으로 표상되는 외래적인 것에 대한 대중들의 모방 욕망과 선망을 희화하고 있는 한편, 대중들이 생각하는 '미국'이 허상이거나 미화된 것임을 폭로하고 있다.

③의 인용문들은 50년대 전후 사회적으로 이슈화된 성 풍속에 대한 풍자이다. '여자 대학생을 두름으로 꿰어 집어세인 바로 그 가짜 헌병 대위'는 1955년 6월에 많은 여성들을 농락하여 세상을 떠들썩하게 했던 박인수 사건을 가리킨다. 박인수 사건은 댄스홀을 드나들며 처녀들을 유혹하여 사기간음죄로 실형을 산 희대의 카사노바 사건이다. 50년대 변화된 성풍속을 상징하는 박인수 사건을 언급하듯이, 「춘향전」의 호색한 변학도를 묘사할 때도 원작 「춘향전」에서 변학도가 권력을 이용해 선량한 여성들을 괴롭히는 권력형 호색한

1955년 일간지에 실린 박인수의 사진(당시 26세). 출처 : 『경향신문』, 1955년 6월 18일자.

이었던 것과는 달리, 「나이론 춘향전」의 변학도는 당시의 사회적 문제가 되었던 '자유부인'들처럼 성모럴이 희박한 여성들을 상대로 하고 있다고 묘사된다. 후술하겠지만 전후의 성도덕 변화는 50년대의 여성 문제와 맞물려 핵심 인물인 '춘향'의 묘사와 그 존재 의의에도 영향을 주고 있는 요소이다. 성도덕과 여성상의 변화는 원전 「춘향전」의 주제인 '사랑'이나 '절개'의 형상화에도 영향을 줄 수 있기 때문이다.

④의 인용문은 기독교 코드이다. 이 소설이 창작된 이승만 정권 시기에 기독교는 교세가 크게 확장되었는데, 특히 1949년부터 1959년 사이에 교회와 신도 수가 가히 폭발적으로 늘어났다. 장로교의 경우 1949년에서 1959년 사이 교회 수는 5배 교인 수는 2.3배가 증가했고, 감리교의 경우는 교회 수 2.5배 교인 수는 6배가 증가했다.[7] 이승만 정권 시기, 기독교에 특혜가 집중되어 개신교가 사실상의 국가종교로서 성장할 정도였다.[8]

이러한 교세 확장이 독자들에게 '기독교'와 '성경'에 대한 공유된 코드를 가능하게 했다고 볼 수 있다. 「나이론 춘향전」은 이몽룡의 탄생을 아브라함의 아들 이삭의 탄생 이야기로 변용했다. 이몽룡의 선조 이풍원 대에 와서 '느닷없이' 예수를 믿게 되어, 이몽룡의 아버지 이한림은 집사가 되었다. 그는 팔순이 되도록 아이가 없었으나 그의 아내 남씨 부인이 백일치성을 들여 얻게 된 것이 바로 '이몽룡'이었다. 한편 이몽룡의 아버지 이한림은 자신의 아내가 아닌 장씨 부인에게도 아들

7 현대기독교역사연구소 편, 「제1공화국과 한국전쟁 그리고 한국교회」, 『현대기독교총서』, 2009, 287쪽.
8 강인철, 『한국 기독교회와 국가 · 시민사회, 1945~1950』, 한국기독교역사연구소, 1996, 162쪽.

을 동시에 얻게 되는데 그의 이름은 '이몽'이다. 팔순이 되어 얻은 이몽룡과 이몽은 구약에 등장하는 아브라함의 두 아들 이삭과 이스마엘에 비견될 수 있다. 둘은 이복형제이기는 하나 얼굴은 같으며 장성할 때까지 서로의 존재를 알지 못했다. 명동에서 건달패 두목으로 살던 이몽은, 극단 '호동'의 단장으로 전후 문화사업을 벌이던 이몽룡에게 감화되어 그의 적극적인 조력자로 나서게 된다. 기독교 코드는 「탈선 춘향전」에도 등장한다. 「탈선 춘향전」의 기독교는 다른 토착 종교처럼 기복 신앙의 형태를 띠고 있다. 기독교 신자인 월매가 이몽룡의 출세를 위해 십자가를 팔에 걸고 합장을 하는 모습이 그 전형적인 예이다.

　이상으로 두 편의 패러디 소설은 낯설거나 새로운 것, 즉 전후의 문화 변동을 상징하면서도 이미 독자들에게 공유된 문화적 코드를 '춘향 이야기'라는 낯익고 친숙한 서사에 결합시켰다는 공통점이 있다. 「나이론 춘향전」이 「춘향전」의 기본 서사를 50년대적인 배경과 사건으로 완전히 변모시켰다면, 「탈선 춘향전」은 「춘향전」의 배경과 사건을 그대로 유지한 채 현대적 사물들을 낯설게 등장시킴으로써 웃음을 유발하고 있다. '떨어진 외관에다 미제 검정 안경'과 같은 부조화한 우스꽝스러운 패션이나 '동짓달 기나긴 밤에 한허리를 열둘로 내어/춘풍 이불 아래 빵까루 넣었다가/이튿날 아츰이 오드란 동까쓰나 붙이리라'는 언어유희 등이 바로 웃음을 유발하는 방식이다. 두 소설은 여러 차이에도 불구하고, 기본적으로 새롭고 낯선 문화적 코드를 친숙한 서사에 부착시키는 방식에서는 동일한 패러디 방식을 취하고 있다.

　이러한 맥락에서 두 소설에 공통적으로 드러나는 변신變身 혹은 분신分身 모티프는 이러한 문화적 변동과 관련되어 있다. 「나이론 춘향전」

에서는 이몽룡과 이몽이라는 이복형제가 그 분신 역할을 하고 있다. 극단 '호동'의 공연작이 〈지킬 박사와 하이드〉였고, 이몽룡과 이몽이 각각 지킬과 하이드 역을 맡아 하게 된다. 이몽룡이 건전한 인물로서 연극 연출가에 큰 뜻을 가지고 이를 실천해 나가려는 인물이라면, 이몽은 명동 뒷골목에서 건달로 살아가는 인물이다. 이몽룡이 완전한 인물형이라면, 이몽은 그의 미완성 이름처럼 얼굴은 이몽룡과 같지만 불완전한 미달형未達形의 분신이다.

「탈선 춘향전」에서는 이몽룡이 암행어사가 되어 잠행하다가 '오해'를 사서 옥에 갇히게 된다. 누군가가 '이몽룡'의 행세를 하고 돌아다니기 때문이다. 마치 '루팡'처럼 신출귀몰하면서 양가집 처녀들을 농락하고 다니는 가짜 이몽룡은 진짜 이몽룡의 꿈에서 다음과 같이 도플 갱어로 등장한다.

아니 이도령이라고 사칭하고 다니면서 남의 집 양가처녀를 유혹한다는 그 꼭같이 생겼다는 몸이 분명하다.

감쪽 같이는 생겼다.

거울을 들여다 보는 것과 조곰도 다름이 없다.

으을, 이놈이 같은 얼굴임을 기화로 삼아 나 없는 새를 틈타 어리석은 춘향을 속이러 왔고나 생각하니 참을 새 없다.(「탈선 춘향전」, 144쪽)

원전(진짜)이 완벽하고 정상적이라면, 모방한 것(가짜)은 외형만 같을 뿐 비도덕적이고 비정상적인 행동을 벌인다. 변신과 분신으로 인해 '진짜'와 '가짜' 사이의 진실 게임이 시작된다. 「나이론 춘향전」의 이몽룡은 어느 날 빨갱이라는 이유로 체포된다. 신극 운동을 '가장'하여 모종의 음모를 벌였다는 혐의이다. 진본 이몽룡의 정체가 의심되면서 이몽룡은 체포된 후 행방이 묘연해진다. 그 사이 금광 브로커였던 변학도가 여배우 춘향에게 빚을 청산해 주겠다며 유혹 오면서 춘향은 위기에 처하게 된다. 이몽룡은 그 사이에 '태갑민'이란 이름으로 변신하여 북에 잠입하여 평양방송국을 교란시키는 역할을 하는 또 다른 변신 게임을 벌인다. 다방 레지였던 향단 역시 여성동맹 소속의 '최 아그니아'로 변신하여 북한으로 잠입해 북한 사회의 불합리성을 조롱한다. 당원으로 둔갑한 이몽룡은 북한 사회의 '자아비판' 문화를, 향단은 불합리한 '배급'문화를 비판한다. 이들이 일종의 공작원으로 북파되는 것에는 어떠한 인과관계도 없으며, 그 과정 역시 논리적 비약이 있다. 소설은 「나이론 춘향전」의 이몽룡이 북한에서 암행 유격대로서 공산주의에 맞서 암약을 벌이다 초인적인 힘을 발휘하여 무사히 남한에 귀환한 후 원전대로 춘향을 구하면서 변신과 분신으로 인한 혼란은 마무리된다.

이러한 분열적 아이덴티티는 전반적으로 사회적 불신과 권위주의가 팽배한 50년대 사회상의 반영이기도 하다. 가짜 이몽룡이 사또의 자제임을 사칭하여 규수들을 농락하고 돈을 갈취했듯, 이 소설이 발표된 후인 1957년 8월 대통령 아들을 사칭한 '가짜 이강석 사건'도 이러한 분열적 증상이 실제 사회적 해프닝으로서 일어난 것으로 볼 수 있다.

다른 한편으로는 미국과 영화 그리고 성 풍속, 기독교로 표상되는 문화적 변동 역시 이러한 분열의 한 원인이었다. 여기에는 모방해야 할 원전으로서의 '미국'과 '미국적인 것'이 있지만, 50년대의 한국은 이러한 원전을 완벽히 모방할 수 없을뿐더러 오히려 가짜만 양산될 수밖에 없다는 문화적 자의식이 바탕에 깔려 있다. 선글라스를 쓴 이도령, 맘보 춤을 추는 향단, 십자가를 쥐고 기도하는 월매의 모습 등 전통적인 것과 외래적인 것의 혼종이 묘사된다. 이러한 분열이 다름 아닌 「춘향전」 속에서 봉합되고 있다는 점은 의미심장하다. 「춘향전」과 같은 낯익은 서사와 몽룡, 춘향, 월매, 향단 등의 친숙한 캐릭터는 이러한 혼종을 반영하면서 동시에 이러한 급작스런 변화에 대한 완충적인 기능을 하기 때문이다.

정절을 지키는 춘향과 50년대 여성

풍속과 문화의 변화를 항상 외래문화의 영향으로 환원시키면서 '외래적인 것'에 대한 선망과 불쾌감이라는 이중적인 태도를 동시에 보이는 대중들의 모습은 시대마다 반복되는 현상이다. 이를 '젠더'로서 표현하자면, 변화를 온몸으로 체현하는 주체들은 대개 남성이 아닌 여성이다. 소설을 포함한 대부분의 담론에서 남성이 외래적인 것과 변화된 것에 보수적이고 비판적이라면, 여성 인물들은 변화에 민감하여 이를 적극적으로 실천하려는 경향이 강한 것으로 묘사된다.

근대소설들 역시 변화를 몸으로써 체현하는 여성 인물들은 위험하고 유혹적인 여성으로 그려져 왔다. 50년대 대중소설에 등장하는 소위 '아프레 걸'들은 물론이거니와, 새로운 풍속을 실천하고 체현하려는 여성 캐릭터들이 '위험한 여성'으로서 부정적으로 그려지는 사례들은 식민지 시기 근대소설에서 그 기원을 찾을 수 있다. 개방적이면서도 유혹적인 여성 캐릭터들과 달리, 많은 소설에서 이러한 개방적인 여성 캐릭터들과 대조되는 성적으로 보수적이거나 변화에 굴하지 않는 여성들은 긍정적인 캐릭터로 그려졌다.

이러한 소설적 묘사의 전통에 비추어 보았을 때, 앞서 언급했던 50년대에 발표된 두 편의 패러디물 속의 춘향은 성적으로 보수적이면서 새로운 문물에 덜 민감한 여성 인물로 그려진 편이었다. 변학도의 권력과 협박에 굴하지 않았던 원전 속의 춘향이 이미 성적으로 보수적인 캐릭터인 데다, 50년대의 변형된 '춘향'은 이러한 원전의 성격을 일부분 유지하면서 50년대라는 변화하는 시대적 맥락 안에서 위치됨으로써 새로운 의미의 보수성을 부여받았다.

「탈선 춘향전」과 「나이론 춘향전」의 '춘향'은 주인공임에도 불구하고 전체 이야기에서 차지하는 비중은 크지 않다. 딸라 장수 월매의 딸이자 극단의 여배우인 「나이론 춘향전」의 '춘향'은, 맘보나 탱고 등의 댄스를 즐길 줄 아는 비교적 개방적인 인물 유형이다. 원전의 '춘향'이 굳은 의지와 절개 그리고 자신의 생명을 걸 정도의 강한 정신력으로 정절을 지켰다면, 이 패러디 소설 속의 '춘향'은 소극적이지만 변학도의 유혹을 거부할 수 있다. 그것은 '민주주의' 시대를 외치는 50년대에 변학도가 전근대 사회의 권력형 호색한이 될 수 없었고, 그럼으로써 춘향에게 동침을 강요할 수 없었던 까닭이다.

『춘향을 보자마자 변학도가 침을 생켜 어여쁘다 어여쁘다 보던 중에 처음이다.』-한 것까지는 이설(異說) 「열녀춘향수절가」와 다름이 없으나 「의복단장 고이하고 오날부터 방수들라」는 말은 아무리 호색한이라도 감히 못한다. **때는 바야흐로 「민주주의」시대며 「원자력」시대며, 「나이론」시대인데 느무는 방법이 훨씬 다르다.**(강조—인용자) (「나이론 춘향전」, 118쪽)

금광 브로커로 돈을 모은 변학도가 의지하는 유일한 권력의 원천은 바로 '돈'이다. 변학도는 춘향을 유혹하기 위해 자신이 아는 '뭇마담'들과 춘향 그리고 극단의 단원들을 초청하여 댄스 파티를 벌인다. 이 댄스 파티에서 춘향은 '댄스'와 '칵테일'을 거부하지는 않지만 종국에 가서는 이몽룡이 운영하던 극단을 넘기라는 변학도의 계약 요구를 거절한다. 춘향은 비록 원전의 춘향과 같이 강하고 적극적인 의지는 없지만, '돈'의 유혹을 뿌리칠 줄 아는 정도의 의식을 갖추고 있다.

한편 「탈선 춘향전」의 춘향은 「나이론 춘향전」의 춘향보다 강인하며 보수적이다. 시대적 배경이 조선시대이며 변학도가 '사또'라는 권력을 갖고 있었기 때문에 그렇기도 하지만, 그녀의 어머니인 월매나 몸종인 향단이 댄스를 즐기는 모습은 춘향의 의지를 더욱 돋보이게 하는 요인이 된다. 「탈선 춘향전」에서 월매와 향단은 '울화가 치밀으면 댄스를 하는'(213쪽) 습관이 있다. 월매와 향단의 모습은 '댄스'를 여성의 허영과 매춘의 기호로 취급하며 여성을 재현하는 다음과 같은 50년대의 담론에 비추어 보면 당연히 비판의 대상이 된다.

그들은 남편을 속이고 아버지, 어머니를 속이고 어린 자식들을 속이고 그래가면서 말못할 그의 허영을 즐기고 있는 것이다. 이들은 돈을 요구하는 것도 아니다. 다만 화제가 되어있는 허영이니 포옹이니 하는 그

와 같은 환상에 사로잡혀 『나도
한번...』하고 무던히 동경하는 것
이다. 이와 같은 여인들의 숨은
모습들은 비밀 『땐스 홀』에서도
발견할 수 있지만 그보다도 외국
인 부대의 막사속에서 벌어지는
득 특수『땐스 홀』에서 허다한 수
자를 발견할 수 있다.[9]

남편과 아이를 집에 두고 댄스홀로 향하는 아
내를 풍자하는 삽화. 『신태양』, 1954년 10월.

전쟁 직후에 '댄스'는 위의 인용문처럼 매춘이거나 개인적인 허영의
기호로 묘사되기도 했지만, 50년대 후반으로 가면 '댄스'를 하는 여성
에 대한 공격의 수위가 점차 낮아지거나 댄스에 대한 비난은 약간 희
석된다. 그 근거로 중산층 이상의 여성들에게 '댄스'는 술과 다른 여자
에 정신을 팔린 남편으로 인한 외로움의 탈출구이기도 하다는 점을 들
기도 하고,[10] 탈선한 기혼녀를 의미하는 '자유부인' 스캔들은 여성에게
도 책임이 있지만 남편이 밤마다 술을 마시고 책임을 다하지 못했기
때문이기도 하다는 식으로[11] 남편의 책임을 묻는 쌍방 과실형의 문제
로 취급하거나, 댄스를 상업주의에 이용되는 부르주아 여성들의 전유
물이 아니라 보편적인 대중오락으로서 수준을 높여야 한다는 주장도

....

9 「特殊 땐스 홀 探査記」, 『신태양』, 1954년 10월, 61쪽.

10 박수복, 「가정주부와 땐스의 효용가—다시 생각해 보아야 할 오늘의 문제」, 『여성생활』, 1959년 12
월, 152~153쪽.

11 조경희, 「자유부인은 남편이 만든다」, 『여원』, 1958년 9월.

생겨난다.[12] 이처럼 50년대 후반으로 가면 비교적 비난의 강도와 수위가 낮아지기는 하지만, 매춘 여성의 댄스에서부터 부르주아 여성들의 댄스까지 '댄스'가 일탈을 상징했다는 점에는 변함이 없다.

양단 저고리에다 비로도 치마를 장닭꼬리처럼 지르르 끌고 핸드백을 끼고 사교댄스를 배우러 가는 향단은 퍼머넌트를 하고, 국산 화장품은 쓰지 않는다. 남편 방자를 경제적으로 착취하는 향단의 이러한 모습은 역시 1950년대 가장 사회적으로 '비난받았던' 사치스럽고 허영심 많은 여성의 전형적인 외형과 일치한다.

하여튼 우리나라 여성은 그들의 사치를 위하여 막대한 돈을 외국산에 낭비하고 적지 않은 국내 경제를 좀먹고 말았다. 옷은 여성의 날개이며 아름답게 보이려는 욕망은 국내 경제를 좀먹고 말았다. 〔중략〕 이승만 정권 12년의 폭정의 그늘에서 우리 여성들은 사치와 외국산 숭배로 스스로 타락시키고 국가를 좀먹어 왔다.[13]

50년대 여성들에게 유행한 치마 소재가 일제시대의 벨벳에서 한국전쟁 직후인 50년대 중반에 미제 나이론으로, 그리고 후반에 가서는 다시 홍콩 양단 등 주로 외국산 옷감으로 바뀌면서, '국내 경제를 좀먹었다'며 여성들의 사치에 대한 사회적 비난이 일기도 했다. 국내산 옷감들도 개발이 되었지만, 상류층 여성들의 외제 선호는 그치지 않았고

....

12 장경학, 「댄스 是非」, 『신태양』, 1956년 4월.

13 高元逸, 「치마저고리의 流行 15年」, 『여원』, 1960년 9월, 235쪽.

일부 여성들의 패션도 과감하게 변해 갔다. 실제로 50년대는 여성 패션의 변화가 가장 큰 폭으로 진행된 시기로, 현대적 패션의 기원을 이룬 시기이기도 했다.

50년대 최신의 여성 헤어스타일과 패션.
『여원』의 표지 모델.

「탈선 춘향전」은 전쟁 직후에 변화하는 여성들의 패션을 다음과 같이 희화하여 부정적으로 평가한다. '머리를 빨갛게 볶아가지고 다니는 년, 목발 타듯 비뚤비뚤 뒷굽 높은 신에 얹혀 다니는 년, 팔다리 벌렁 내놓구서 짤막한 잠뱅이만 꿰고 다니는 년'(138쪽) 등 향단을 비롯하여 이러한 변화된 패션을 받아들인 여성들과 완고한 '춘향'은 대조를 이룬다. '신여성'을 유독 좋아한다는 호색한 변학도 역시 위에서 부정적으로 묘사한 여성들과 짝을 이루는 부정적인 남성상이다.

50년대의 여성 패션에 관한 사회적 비난이 당시 여성의 부도덕과 허영만을 반영하고 있다고 보기는 어렵다. 여성들이 패션으로든 아니면 댄스와 같은 여가 활동으로든 자기표현을 할 수 있었던 50년대의 사회적 변화가 수반됐음을 반증하고 있기 때문이다. 그 사회적 변화는 '민주주의'로 표상될 수 있는 50년대 특유의 사회적 의제와 관련되어 있다. 물론 50년대에는 민주주의가 현실 속에서 실현되었다기보다는 이상적 구호로만 존재했지만, 한편으로 사회적 평등의식으로서의 '민주주의'는 남성은 물론 여성의 권리를 각성시키는 효과를 낳았다. 젠더에 관련한 당시의 사회적 의제들은 미혼 여성보다는 기혼 여성들의 이슈가 주축을 이루었다. 주로 가정 내에서의 주부들의 권익 신장이 이 시기의 중요한 그리고 눈에 띄는 변화이다.

1956년 8월 한국 가정 법률 상담소의 개소[14]나 1958년의 민법 개정은 그러한 변화 가운데 하나였다. 법률 상담소를 찾은 여성 내담자의 사연은 사실혼 해소 상담이나 남성 배우자들의 외도가 다수를 차지했다. 이 시기에 많은 여성들이 혼인신고라는 법적 형식에 익숙하지 않았고, 더구나 '외도'에 대해 남성들의 죄의식이 상대적으로 희박했기 때문이다. 여성 변호사인 이태영의 글에 따르면, 당시 가정법률 상담소를 찾은 여성들의 많은 경우가 법률에 무지했으며 대부분은 남편이 외도를 하면서 무책임하게 가정을 방기한 상황에 처해 있었다.[15]

민법의 개정 과정에서 '남녀평등론' 옹호자들의 주장은 '전통 옹호론'자들과 충돌을 피할 수 없었지만, 결과적으로는 1958년에 개정된 민법은 이혼 규정이 다소 완화되었고 여성의 재산상속권, 법률적 행위 능력권 등이 인정됨으로써 평등의 요건을 부분적으로나마 이루어 냈다.[16] 이러한 법률 상의 변동 중에서 여성들에게 가장 의미 있는 변화 중 하나는 남성의 '축첩'에 대한 처벌이 가능해졌다는 점이다.[17] 이렇듯

....

14 한국가정법률상담소 편, 『통계로 본 현대 한국 가족의 제문제 II − 한국가정법률상담소 50년 상담통계집』, 2008, 7쪽.

15 李兌榮, 「女性은 누구를 위하여 우는가」, 『신태양』, 1957년 1월.

16 이 시기의 '전통 옹호론'은 부계 혈통주의적 가족제도를 근본으로 여겨 민주주의적 가족질서를 윤리와 도덕의 문제로 연결시켜 사고했고, 남녀평등도 사회적인 의미가 있을 뿐 가정의 윤리와는 구분지어 존재하는 것으로 여기기도 했다. 신민법을 제정하는 과정에서 사법부, 국회의원, 여론에서 벌어진 논쟁과 대립 그리고 민법 개정의 결과에 대해서는 김은경, 「1950년대 가족론과 여성」, 숙명여대 박사, 2008 중에서 제4장 '가족법의 제정과정에 나타난 가족론과 여성의 지위'를 참조하였다.

17 이임하, 『여성, 전쟁을 넘어 일어서다』, 서해문집, 2004, 297쪽. 축첩에 대해서 상대 여성뿐만 아니라 남성도 형사처벌을 받을 수 있게 된 이 법안은 하나의 혁명과도 같은 사건이었는데, 중간 계층 이상의 기혼 여성들을 가장 괴롭히던 문제가 바로 남편의 외도 혹은 축첩이었기 때문이었다. 그러한 이유로 간통 쌍벌제의 법제화가 완료되기 이전부터도 '축첩'에 관련된 재판장에는 40세를 전후

남녀의 평등의식이 비록 완전하지는
않았던 시기이지만 50년대의 여성 권
리 신장은 의미 있는 성과를 얻었고,
여기에는 '남녀 동권同權'이라는 인식
상의 변화가 내재되어 있었다.

50년대 종합지 『신태양』 1954년 4월
호에 실린 삽화. 남편과 아내가 모두
'개성의 자유'를 '동등하게' 부르짖고
있다. 출처 : 『신태양』, 1954년 4월.

　50년대와 60년대를 걸쳐 많은 여성
단체들이 생겨나 이들을 주축으로 여
성의 지위 향상에 대한 노력이 이어졌
다는 점은 주목된다. 1959년 한국여성
단체협의회(여협)이 발족되어 여성운

동을 주도했고, 대한 YWCA, 대한부인회, 대한여성교육동지회, 한국
부인상조회, 새여성회 등의 여성단체들이 여협과 함께 활동했다. 그러
나 이 시기의 여성단체들은 가족법 개정, 소비자로서의 여성 역할, 국
가정책에 대한 여성 참여 등에 관심을 가졌지만, 현모양처를 강조하는
전통적인 여성상에서 벗어나지 못했다는 한계도 있다.[18]

　이러한 변화에도 불구하고, 다른 한편으로 50년대는 미혼 여성, 미
망인, 양공주의 정조와 성 그리고 가부장제에서 어긋난 주부들의 여가
생활(댄스와 계)에 대해 결코 관대한 사회가 아니었고, 여성운동 자체
를 바라보는 시선도 곱지 않았다. "남녀동권을 자주 내세우고 여권 운
동에 바삐 돌아다니는 소위 남성에 가까운 여성의 대부분은 이성의 사

．．．．．．．．．．．．．．．．．．．．．
　로 한 여성들의 몰려와 유리창이 깨지는 등의 소동이 일어나기도 했다.

18　박채복, 「한국의 여성운동」, 강경희 외, 『여성 정치학 입문』, 들녘, 2005, 219쪽.

랑에 굶주린 여성들이 많으며", "남성과 동등하게 향락하고 동등한 치정과 방종과 동등한 무책임과 태만과 이기심을 동등히 발휘하자는 남녀동권"일 뿐이라는[19] 식의 강한 비판도 존재했다. 그렇다면 이러한 맥락에서 「탈선 춘향전」의 춘향은 어떠한 의미를 새롭게 생성했을까.

난데 없는 부녀자 수십명이 데모를 지어 가지고 디밀어 왔다.

『춘향이 사형 반대!』

『여성을 노예로부터 해방하라!』

『정치의 민주화 만세!』

각종 표어를 쓴 브랑카-트도 어마어마하다.

뒷이어 일반 구경군 부인네들이 꾸역꾸역 모여든다.

어린애를 업은 향단이도 담밑에 붙어 서서 눈물을 짓고 있다.

〔중략〕

『지금 명재기각 중에 있사오니, 명찰하신 사또각하께옵서는 특히 열녀 춘향을 무죄석방하여 주심을 바라나이다. 전라 남원 과부 동맹 대표 안 얌전』(「탈선 춘향전」, 247~249쪽)

춘향을 위기에서 구원한 것은 어사가 된 이몽룡이지만, 변학도가 춘향의 사형을 집행하려는 장소에는 춘향의 사건과 관련하여 이미 '여성해방'이라는 정치적 구호를 외치는 여성들이 몰려와 있었고, 구경꾼으로 몰려든 많은 여성들이 이러한 구호에 관심을 보이고 있는 것으로

....

19 表文台, 「男女 同權의 意義」, 『주부생활』, 1959년 1월, 259쪽.

묘사된다. '과부 동맹'이라는 여성단체는 춘향의 석방을 호소하는 탄원서를 제출한 바 있었던 것으로 그려진다. 이들은 '열녀'인 춘향이 무죄인 이유로 한 여자가 두 남자를 섬길 수 없음을 들고 있다. 이들의 주장은 남녀동권이나 여성해방과 같은 남녀평등이라는 의제보다는 유교적 가부장제를 강화시키는 논리에 더 가깝다. 이러한 여성단체의 존재와 여성해방이란 의제를 엄연한 사회적 현상으로 인정하면서도, 다른 한편으로는 춘향의 열녀됨이 미화됨으로써 유교적 가부장제를 동시에 강화하는 이중적 모습이 이들의 데모에 담겨 있다.

특히 「탈선 춘향전」은 변화된 여성상보다는 '춘향'의 '의지'를 강조하고, '향단'처럼 퍼머넌트에 양단 저고리를 입고 댄스를 즐기는 여성을 부정적으로 묘사함으로써 결과적으로 보수적 가부장제의 논리 쪽에 기울어져 있다. 향단과 같은 여성과 대조되어 춘향이 더욱 돋보이는 여성 인물이 됨은 물론이다. 결과적으로 이몽룡을 구원자로 그리며 춘향의 절개를 미화하고 변학도를 악한으로 그리는 원전 「춘향전」의 기본 스토리는 그대로 유지하면서 '과부동맹'과 같은 단체를 등장시켜 새로운 사회적 현상으로서의 '남녀평등'의 문제를 우스꽝스럽게 다루며 슬쩍 삽입시켰다고 볼 수 있다. 「나이론 춘향전」이 그러하듯, 「탈선 춘향전」 역시 낯선 것과 익숙한 것이 기묘하게 동거하면서 낯선 것들(50년대 변화된 여성의 모습)에 대한 익숙한 것의 승리를 보여 주고 있음을 알 수 있다.

'춘향전', 전통의 확인과 분열의 봉합

50년대 초반에 이러한 패러디 「춘향전」이 있었다면, 50년대 중반에는 영화 〈춘향전〉이 제작된다. 「춘향전」 패러디 소설과 〈춘향전〉 영화는 50년대 서로 다른 '춘향전' 버전으로, 제작 시간 상의 격차는 존재하지만 거시적인 관점에서는 동시기에 대중문화 안에서 서로 경합을 벌인 '춘향전'의 서로 다른 이본異本들이라고 할 수 있다. 이러한 이본들 사이에서 결과적으로 영화 버전이 소설 버전에 승리했다고 볼 수 있다. 그것은 관객 동원이라는 문화적 소비 현상을 두고 볼 때 그러하다.

물론 당시의 문화 소비에서 영화와 소설을 비교하는 것은 오류가 있을 수 있다. 대중 동원의 측면에서 영화는 그 수용에서 더 고급한 문해력을 요하는 소설보다 우위를 점하기 쉽기 때문이다. 그러나 이러한 수용의 양적인 측면을 차치하고서라도, 원작을 변형한 패러디 「춘향전」과 원전을 시각적으로 충실하게 재현한 영화 〈춘향전〉 중에서 결과적으로 영화 〈춘향전〉이 대중들에게 더욱 어필했다는 것은 주목할 점이다.

연극 〈춘향전〉의 경우는 1900년대 협률사와 원각사의 공연을 시작으로 구극 혹은 신극의 형태로 공연되었다. 특히 토월회, 극예술연구회, 동양극장, 고협, 동양악극단에서 20~30년대 내내 꾸준히 공연되었다. 영화도 1923년 하야가와의 〈춘향전〉, 1935년 조선 최초의 토키 영화 〈춘향전〉으로 제작된 바 있다. 특히 영화는 해방 이후에 더욱 활발하게 제작되어 2000년대까지 20편에 가까운 영화로 제작되었다. 식민지 시절부터 1950년까지 극예술로 공연된 주요 〈춘향전〉의 목록은 다음과 같다. 다음의 표는 1920년대부터 해방 이전까지 『동아일보』

에 게재된 공연 알림 기사 및 유민영의 『한국근대극장변천사』(태학사, 1998)을 토대로 작성하였다.

연도	공연 단체	장르	제목	비고
1922	취성좌(김소랑)	연쇄극	춘향전	단성사 상연
1925	토월회	연극(신극)	춘향전	
1936	극예술연구회	연극	춘향전	유치진 각색
1936	동양극장	신창극	춘향전	최독견 극본
1936	청춘좌	연극	춘향전	
1937	경성오페라좌	오페라	춘향전	부민관 공연
1937	조선성악연구회	창극	춘향전	
1938	극단 신협	연극	춘향전	
1940	극단 고협	연극	춘향전	유치진 각색
1940	조선악극단	악극	1961년 삼중당	
1940	조택원	무용	춘향전	

〈춘향전〉 공연의 이러한 목록을 통해 알 수 있듯이, 경성과 같은 대도시를 중심으로 대중들의 극장 및 영화관 출입이 20년대 이후 점차 친숙한 오락으로 자리 잡아 가면서 연극 〈춘향전〉이 흥행 면에서 매우 안전한 소재였음은 분명하다. 특히 해방 이전 공연물로서의 〈춘향전〉은 근대적 실험이었다기보다는 작품 자체의 대중적 인기에 의지하며 새로운 양식과 무난히 조화를 이루는 공연이었다고 평가될 정도[20]로 대중들이 기억하는 「춘향전」에 밀착해 있었다.

....

20 이미원, 「현대극의 〈춘향전〉 수용」, 『고전희곡연구』 제6집, 2003년 2월.

50년대에는 1955년의 〈춘향전〉(이규환 감독), 1957년 〈춘향전〉(김향 감독), 1958년의 〈춘향전〉(안종화 감독) 등의 '춘향전' 영화가 선보였다. 이들 50년대 〈춘향전〉 영화들의 필름이나 각본은 남아 있지 않아서 텍스트를 추측해 볼 수밖에 없지만, 당대의 신문과 잡지들에 실린 〈춘향전〉 기사를 통해 50년대 〈춘향전〉 영화가 어떠했고 관객들의 반응이 어떠했는지는 짐작해 볼 수 있다. 여기에서 주목하고자 하는 〈춘향전〉은, 1955년 이규환이 연출한 〈춘향전〉이다. 주지하다시피 이 영화는 해방 이후 한국영화 최초의 흥행작으로, 이후 한국영화의 붐을 알리는 신호탄이었다.

민족문화를 대표할 작품의 하나인 『춘향전』은 그 시대의 의상·건축 등 화려한 생활 색채를 살려서 천연색으로 촬영한다면 〔중략〕 **하는 것은 누구나 희망하는 것이겠지만** 현재의 한국영화계 실정에 비추어 불가능한 사실이다.

이번에 동명영화사가 전례 없는 거액의 제작비를 들여 흑백으로『춘향전』 영화 제작을 기획했음은 뜻깊은 일이다. 〔중략〕『춘향전』은 해외 진출을 목표로 제작되고 있다. 적어도 명년 싱가폴에서 개최된 제2회 동남아세아 영화제에서 꼭 출품하리라는 계획 밑에 불철주야 촬영이 계속되고 있다.[21](강조—인용자)

1955년 〈춘향전〉 제작자의 말에서 알 수 있듯이, 그 시대의 의상과 건축 등을 재현하고자 하는 것이 이 영화의 희망 사항이자 〈춘향전〉 영화

....

21 이철혁(춘향전 제작자),「春香傳 製作餘談」,『신태양』, 1954년 10월, 92쪽.

의 목표임을 알 수 있다. 또
한, 〈춘향전〉을 통해 해외
영화제에 출품하고자 하는
제작자의 의도는 외국인들
의 눈에 〈춘향전〉이 '한국
적인 것'으로 보여야 한다

〈춘향전〉의 신문광고. 출처 : 『동아일보』, 1955년 1월 1일자.

는 강박을 갖기에 충분하다. 이 당시 감독인 이규환도 '외국인들에게
한국인의 참다운 모습을 계시할' 영화를 만들고 싶다는 언급[22]을 한 바
있다.

결과적으로 1955년 〈춘향전〉의 성공은 한국영화의 나아갈 길을 제
시한 것으로 여겨졌다. 외국인의 눈에 한국적인 것을 만들자는 주장
은 이규환 감독뿐만 아니라 여러 영화계 인사의 발언에서도 확인되며,
이 같은 생각은 서구인의 기준과 시각을 만족시켜야 된다는 강박으로
이어진다. 당시 문교부가 주도한 국제영화제 출품작을 둘러싼 시비와
해프닝에서 당시의 영화인들이 서구인의 시선을 상상하여 한국영화를
응시하고 있음을 알 수 있다.

〈백치 아다다〉(1956)처럼 해외 영화제 출품용으로 기획된 영화[23]의
경우 주한 외국 사절단의 시사회를 거칠 정도로 이 영화가 외국인들의
눈에 어떻게 보일지를 주시한다거나, 1958년 〈초설初雪〉을 제작사가
베를린 영화제에 출품하려도 했을 때 "불량배가 등장하여 한국의 위신

....

22 이규환, 「영화를 통해 문화 향상」, 『서울신문』, 1954년 4월 22일자.

23 「외국사절관람—백치 아다다 시사」, 『동아일보』, 1956년 11월 20일자.

이 추락한다는" 이유를 들어 문교부가 출품을 막은 사건이나,[24] 1958년 아시아영화제에 출품작을 바꿔치기까지 하면서 〈청춘쌍곡선〉을 출품하여 논란을 빚은 사건 등은 서구인들의 시선을 상상하고 이를 내면화한 한국영화계의 단면을 잘 드러낸다.

그리고 한국적인 것에 대한 이 같은 의도와 강박이 있었지만, 완성된 이규환의 영화 〈춘향전〉은 '재현'의 측면에서 비평가들을 비롯하여 한국인 관객으로부터도 그리 나쁜 평을 받지 않았다. '당대의 인물, 풍속을 비롯해서 그 시대적 배경의 구성 및 그것이 오늘에 미치는 시대성의 올바른 파악에 있어서 감독, 각색 등 많은 애로를 극복'했다는[25] 점이나 영화에 '국악만으로 음향효과를 내어' 고전으로서의 효과를 내었다는 점[26] 등이 높게 평가되었기 때문이다. 이러한 재현의 정확성, 더욱 정확히는 전근대의 풍물에 대한 재현물로서의 영화 〈춘향전〉은 앞서 언급했던 「탈선 춘향전」, 「나이론 춘향전」과 같은 패러디 소설들과 결정적으로 다른 점이다. 역사적 배경의 정확한 재현은 시각적 재현물인 영화가 훨씬 강화할 수 있는 특징이 있다는 점은 분명하다. 관객들도 〈춘향전〉의 재현적 측면을 높게 샀음은 관객 수와 그들의 반응을 통해 알 수 있다.

영화 〈춘향전〉은 1955년 1월 16일 서울의 국도극장과 부산의 동아극장에서 개봉했다. 원래는 일주일 상영이 예정이었지만 반응이 좋아 연장 상영에 돌입하여 열흘 만에 18만 관객에 육박했다. 개봉관의 관객

....

24 「백림 영화제 불참」, 『한국일보』, 1958년 5월 17일자.
25 「'춘향전' 드디어 완성―동영 제1회 작품으로」, 『한국일보』, 1954년 11월 14일자.
26 「새로 나올 우리의 두 영화」, 『동아일보』, 1954년 12월 14일자.

수만 집계되던 당시의 기준
으로는 획기적인 관객 동원
이었다. 〈춘향전〉의 이러
한 놀라운 성공을 두고 다
음과 같이 그 요인을 분석
한 기사는 눈여겨볼 만하
다. 영화 〈춘향전〉의 성공
요인으로 이 기사는 기생,

〈춘향전〉을 보기 위해 몰려든 관객들의 모습. 〈춘향전〉
은 1955년 1월 1일에 개봉했고, 이 사진은 개봉된 지 약
8개월 후에 촬영되었다. 〈춘향전〉의 대중적 인기가 아직
식지 않았음을 알 수 있다. 출처 : 『동아일보』, 1955년 8
월 22일자.

구두 고치는 할아버지, 빈대떡집 아주머니, 슈샤인 보이에서 모더니스
트 청년까지 이질적인 집단을 아우를 수 있는 흡입력을 들고 있다.

어떤 술좌석에서 기생과 기생이 이런 말을 주고 받았다.

「춘향전? 가봤니?」

「참 재밌다지?」

「재밌구 잘 됐대. 꼭 한번 가봐야겠어」

어떤 길가에서 구두 고치는 할아버지와 구두를 고쳐 달라고 한 신사
와의 사이에 이런 대화가 있었다. 〔중략〕「춘향전 꼭 한번 가보세요. 아
마 할아버지 구미에 맞을 겁니다.」

「춘향이가 역시 잘 하나요?」

「잘하고 예쁘죠.」

어떤 빈대떡집 아주머니두 말했다.

「거 참 춘향전이 잘 됐다죠?」

「아주머니도 가보시겠어요?」

「가 봐야죠.」〔중략〕

외국 영화 중 명화라면 빠짐없이 보는 어떤 '모더니스트' 청년이 말했다.

「이상하단 말야. 역시 동작이 느리고, 녹음도 어색해두, 그래두 가슴에 파고드는 것이 있단 말야. 누가 볼만 하더냐고 물을 때 나는 나두 모르는 사이에 가보라구 권했단 말야.」[27]

이러한 흡입력은 일단 춘향전이 잘 알려진 '고전'으로서 거의 모든 한국인들이 알고 있는 스토리라는 점에서 유래된다. 이질적인 집단들이 잘 알고 있다고 가정하는 원전 「춘향전」은 분명 서로 다를 수 있다. 시각적으로 구현된 이규환의 〈춘향전〉과 이러한 관객들의 상상 속에 존재하는 이야기로서의 〈춘향전〉은 서로 충돌을 일으킬 수 있기 때문이다. 그러나 당시의 여러 기사를 참조해 보건대 이러한 충돌은 일어나지 않은 듯하다.

그것은 관객들의 기억 속에 존재하는 「춘향전」을 완벽히 '재현'했기 때문이라기보다는 관객들이 영화 〈춘향전〉에서 일종의 기시감(데자뷰)을 느꼈기 때문일 것이다. 조선조의 의상과 배경을 한 영화 〈춘향전〉을 보았을 때, 익숙하게 들어 본 스토리에다 머릿속으로 상상했던 「춘향전」과 시각적으로 비슷하다고 느끼게 되는 것이다. 관객들의 머릿속에 영화 이전에 먼저 시각적으로 저장되어 있던 「춘향전」이 있었다기보다는, 영화 〈춘향전〉이 머릿속에 있던 원전을 재현해 준 것 같은 '느낌'을 받았다고 해야 할 것이다.

....
27 「화제의 영화 · 춘향전 한국영화사상 초유의 히트」, 『한국일보』, 1955년 1월 26일자.

이러한 기시감은 앞서 언급했던 패러디 소설들이 줄 수 없었던 것이다. 물론 애초에 패러디 소설들과 영화 〈춘향전〉은 소설과 영화라는 서로 다른 범주에 놓여 있기도 하지만, 이러한 범주상의 차

1955년 영화 〈춘향전〉의 스틸.

이를 무시한다면 무엇보다도 영화 〈춘향전〉에는 「탈선 춘향전」이나 「나이론 춘향전」에서 보이는 '낯선 것', '미국적인 것', '변화한 것' 등이 삽입되어 있지 않다는 점이 두드러진다. 물론 「춘향전」 패러디 소설들에도 '춘향'과 '이몽룡', '월매' 등의 친숙한 캐릭터들이 등장하기는 하지만, 이러한 친숙함에 '변화된 것'들이 개입하면서 거기에 몰입할 수 없는 구조를 하고 있다. 이미 분석했듯이 그 '낯선 것'들은 '기독교', '영어', '영화' 등 당시의 대중문화 속에서 공유되고 있던 문화적 코드들이기는 하지만, 이것들이 춘향 이야기 속에 위치하는 순간 원전 「춘향전」의 스토리와 충돌을 일으키는 이물질이 되는 것은 어쩔 수 없었다. 이에 비해 영화 〈춘향전〉은 '알고 있다고' 믿는 그 세계를 그려 내고 있으며, 이러한 익숙함은 당시 현실과의 관계에 있어서 일종의 '도피' 같은 것이었다고 할 수 있다.

영화 〈춘향전〉의 성공을 두고 한 외국의 평론가는 관객들이 '전쟁이 끝난 직후 리얼리티의 세계를 빠져나가려는 경향'으로 분석한 바 있다. 신·구 양 세계의 충돌이 과장되게 그려진 것이 〈자유부인〉(1956)과 같은 계열의 영화라면, 〈춘향전〉(1955) 같은 영화는 현실 세계와 유

리된 영화라는 것이다.[28] 이러한 외국 평론가의 평가가 한국영화에 대한 깊은 이해를 바탕으로 내려졌다고 보기는 어렵지만, 적어도 외국인의 눈에조차 〈춘향전〉이 그리고 있는 세계가 현재 변화된 한국의 상황과는 완전히 다른 '옛'세계를 창출하고 있는 것으로 비춰졌음을 알 수 있다. 〈자유부인〉이 문화 변동을 지나치게 과장하는 영화로서 한국 현실을 드러내기는 하지만, 〈춘향전〉도 옛것으로 도피한 영화로서 현실로부터 도피하고 있다는 것이다. 외국 평론가의 이러한 언급은 확실히 〈춘향전〉의 한계, 즉 익숙한 것(옛것이라고 표현한)으로의 도피를 한계로 지적하면서도 한국인에게 〈춘향전〉이 갖는 의미를 에둘러 간파하고 있다.

식민지 시기에 무성영화와 발성영화로 각각 제작된 〈춘향전〉이 그러했듯, 1955년의 〈춘향전〉 역시 대중들이 알고 있다고 가정하는 〈춘향전〉을 그려 내는 데 열중했다. 그 결과, 관객들로부터는 물론이고 비평가들에게도 매우 좋은 평가를 받았다. 1955년의 〈춘향전〉에 문제가 없었던 것은 아니지만 당시의 영화계 인사들의 눈엔 한국영화 산업의 매우 좋은 신호로 비춰졌기 때문이다. "「춘향전」이 수도 서울의 일번관에서 거센 외화의 도량을 봉쇄하고 속영, 당당 2주간 동원된 관객 8만이란 우리 영화사상 공전의 대혁명을 일으켰던 사실"라고 찬사를 보낸 평론가의 흥분은 이러한 기대감을 반영하고 있다.[29]

1955년의 영화 〈춘향전〉과 1951년의 소설 「탈선 춘향전」, 1954년의

....
28 존 W 밀러, 「外國人이 본 한국영화」, 『여원』, 1956년 10월, 32쪽.
29 이청기, 「병든 시나리오의 영역」, 『조선일보』, 1955년 2월 9일자.

「나이론 춘향전」은 50년대 초중반에 일어난 새로운 것과 익숙한 것 사이의 충돌과 봉합 방식을 보여 준다. 이러한 충돌과 봉합은 이미 식민지 시기인 30년대에도 특징적으로 있었던 현상이다. 근대화가 시작된 이래로 한국적인 것으로 불리는 '전통'은 시대마다 다르게 재창조될 운명이었으며, 실제로 시대마다 전통은 새롭게 발견되고 창조된다. 다만 50년대는 30년대에 비해 변화의 강도가 더욱 컸으며, 그로 인해 대중들이 받는 충격 역시 강했던 것으로 보인다.

패러디 「춘향전」 소설들이 이질적인 것들과의 충돌에 더욱 초점을 맞췄다면, 영화 〈춘향전〉은 이러한 이질적인 것들과는 유리된 세계를 창조했다고 볼 수 있다. 여기서 강조되어야 할 것은, 익숙한 것은 이질적인 것 없이는 발견되거나 의식되지 않는다는 점이다. 영화 〈춘향전〉이 서구화 이전의 전근대적인 풍경을 복구하려고 할 때, 이러한 행위의 이면에는 근대화가 시작되면서 근대와 대비되는 한국적인 관습이나 풍경 등이 근대의 시각 혹은 서구적 시각으로 타자화되었다는 사실이 자리하고 있다. 이러한 의미에서 1950년대 초반과 중반은, 적어도 소설과 영화 〈춘향전〉을 놓고 보았을 때 변화와의 충돌 및 그로 인해 과거의 것, 익숙한 것으로서의 '전통'의 발견 혹은 창조가 이룩되던 시기였던 것이다.

익숙한 것과 낯선 것의 동거는 50년대의 패러디 소설에서뿐만 아니라 〈춘향전〉 영화들에서도 동일하게 반복된다. 그러나 〈춘향전〉 영화들이 「춘향전」 패러디 소설들과 다른 점은, 새롭고 낯선 '기술'과 친숙한 서사의 동거라는 점이다. 〈춘향전〉은 최신 테크놀로지가 도입될 때마다 맨 처음 선택되어 만들어지는 영화였다. 1923년의 〈춘향전〉은 최초의 장편 극영화였고, 1935년의 〈춘향전〉은 최초의 토키영화였으며, 1961년 두 편의 〈춘향전〉은 최초의 컬러시네마스코프 영화였다. 1970년의 〈춘향전〉도 최초의 70mm 영화였다.[30] 모두 당시로서는 첨단의 테크놀로지를 이용하여 제작되는 첫 영화가 바로 〈춘향전〉이었던 것이다. 〈춘향전〉 영화들은 사회적 변화를 콘텐츠로 담고 있다기보다는 테크놀로지라는 기술적 새로움을 담고 있다는 점에서 「춘향전」 패러디 소설들과 다르다. 즉 내용 상, 스토리 상 실험적인 새로움은 최대한 절제하고 첨단의 기술을 가져다 원작 「춘향전」을 시각적으로 재현하는 데 초점이 맞추어져 있었다. 다시 말해, 〈춘향전〉 영화의 전통은 알고 있는 내용의 '재현성'이었다. 50년대 춘향전 영화들도 이러한 재현의 전통을 그대로 따랐던 것으로 보인다.

1955년 영화 〈춘향전〉 이후 「춘향전」을 원작으로 한 또 다른 대중소설 「춘향전」들이 등장했다. 영화 〈춘향전〉 이후의 대중소설 「춘향전」은 이전의 패러디 소설들과는 달리, 영화 〈춘향전〉처럼 관객 혹은 독자들의 기시감을 부각시키려고 노력하게 된다. 이러한 「춘향전」 소설의 변화가 1955년 영화 〈춘향전〉과 어떤 직접적인 인과관계를 갖는다고 보는 것은 무리겠으나, 아무런 관련이 없는 우연이라고 보기도 어려운 것이 사실이다.

영화 〈춘향전〉이 흥행한 이후 『여원』에 연재된 조흔파의 「춘향전」(1956)은 문체만을 현대적 서술로 고쳤을 뿐 이 소설에서 50년대적인 새로운 변화상을 찾기란 어렵다. 이 소설은 마치 영화 〈춘향전〉처럼,

....
30 김려실, 『투사하는 제국, 투영하는 식민지』, 삼인, 2006, 137쪽.

한국인의 기억 속에 존재한다고 가정되는 「춘향전」을 소설로 재현하려 했다는 인상이 강하다.

박계주의 『寫眞 춘향전』은 1961년 홍성기 감독의 영화 〈춘향전〉의 스틸사진 60여 장을 앞부분에 실었다. 출처 : 박계주, 『사진 춘향전』, 삼중당, 1961.

1961년 1월에 발간된 박계주의 『사진 춘향전』(삼중당)은 바로 이 책의 출간과 같은 시점에 개봉된 홍성기 감독의 〈춘향전〉의 스틸을 소설책 속 화보로 싣고 있다. 이 책은 이몽룡과 춘향, 월매, 향단, 방자, 변학도의 클로즈업된 사진은 물론, 주요 사건을 다룬 60여 개의 컷을 실어 소설의 내용을 시각적으로 전달해 주고 있다는 점에서 영화의 시각적 재현성을 소설 독해에 적극 끌어들였다고 할 수 있다. 결국 당시 대중에게 승인받은 버전은 패러디 소설의 버전이 아니라 영화적 버전임을 알 수 있게 하는 대목이다.

1955년 영화 〈춘향전〉 이후에 벌어진 이러한 「춘향전」 소설의 변화를 어떻게 볼 수 있을까. 비판적 기능을 강화한 패러디 소설이 50년대 초반에만 유의미했던 것일까. 아니면 영화 〈춘향전〉에서 발견된 '전통'이란 것이 50년대 후반에야 자리를 잡은 것일 수도 있다. 또한, '전통'이 과거를 준거로 하고 있으면서도 반복적인 상징과 의례로서 강화되듯,[31] 1955년 〈춘향전〉 이후 또 다른 〈춘향전〉 영화들의 반복된 제작과 관람은 '춘향전'으로 표상되는 '전통'을 재삼 확인하기 위한 상징적 의

31 E. Hobsbawm, 『창조된 전통』, 박지향 · 장문석 옮김, 휴머니스트, 2004, 25쪽.

레였을 수 있다. 낯선 것이 주는 충격을 강조한 패러디 「춘향전」 소설들은 독자들에게 웃음을 주기는 해도 독자들을 불편하게 하는 텍스트였다면, 1955년 영화 〈춘향전〉은 그와 '반대로' 익숙한 것을 보여 줌으로써 '전통'이라는 것을 각인시켰다고 볼 수 있다.

패러디 「춘향전」이 줄 수 없는 익숙함을 영화 〈춘향전〉은 관객들에게 제공했고, 그 성공 덕에 시각적 재현성이 특화된 〈춘향전〉 영화들이 계속 제작될 수 있었으며, 이러한 시각적 재현성이 주는 편안함과 익숙함을 가리켜 우리는 '전통'이라는 기표를 부여해 왔던 것은 아닐까.

50년대 창작된 영화와 소설 「춘향전」의 이본異本들은 변화하는 전후戰後의 풍속을 배경으로 하여 이러한 기표 생성의 기능을 담당했다. 이는 패러디 소설도 일부 갖고 있는 기능이었다. 춘향의 저항과 몽룡의 귀환이라는 스토리를 그대로 유지하는 한, 문화 변동이 초래한 불안감과 불편함 그리고 정체성의 분열은 성공적으로 봉합될 수 있었다. 다만, 패러디 소설에 비해 영화 〈춘향전〉의 봉합 기능은 훨씬 더 근본적인 것이었다고 할 수 있을 것이다.

2

'자유부인'의 반란과 여성들의 문화 소비

유한마담들 혹은 중간 계층 여성들의 문화 소비

1955년 한국영화의 가능성을 보여 주며 〈춘향전〉이 크게 흥행한 것은 사실이지만, 대중적인 파급력의 측면에서 보면 50년대 후반은 '자유부인'의 시대이다. 〈춘향전〉의 흥행은 변하지 않는 것 혹은 전통을 확인하는 계기였다면, '자유부인'의 흥행은 그 자체로 50년대의 변화와 변동 그리고 혼란을 표상하는 것이었다.

정비석의 신문 연재소설 「자유부인」(1954)과 한형모가 연출한 동명의 영화(1956)의 '자유부인'은 50년대뿐만 아니라 그 후에도 여성의 일탈과 해방, 라이프스타일과 소비 문화의 미국화Americanization, 성 풍속의 변화, 전통적인 가치관의 붕괴와 윤리 의식의 혼란 등을 표상하는 기표가 되어 왔다. 소설 혹은 영화 〈자유부인〉은 확실히 표면적으로 보면 50년대의 공적인 담론에서 비난의 대상이었다. 그 대표 격인 '자유부인 논쟁'은 '논쟁'이라는 표현에 걸맞지 않게 진지하고 지적인 논쟁이라기보다는 하나의 해프닝처럼 보이지만, 소설 「자유부인」이 지식인 남성들의 자존심에 어떤 상처를 남겼는지를 잘 보여 준다. 여기에는 반공주의적·민족주의적 수사까지 결합되어 '자유부인'은 '중공군 50만 명보다 무서운' 해독을 끼치는 존재,[1] 아메니카니즘으로 인한 윤리의 붕괴를 의미하는 것[2]으로 규정되기도 하였다. 이러한 반응은 거시적으로 보면 여성을 통제함으로써 윤리적 혼란을 딛고 전후 국가를 재건하려는 가부장적 욕망과도 결부되어 있고,[3] 미국식 제국주의 프로젝트에 대한 민족주의자 남성들의 거부감과도 관련되어 있다.[4]

그러나 영화 〈자유부인〉의 대유행은 이러한 남성들의 거부감이나 50년대식 자유주의에 대한 보수적인 반동 현상만으로는 설명되지 않는 측면이 있다. 50년대 대표적인 종합지 『신태양』 1954년 7월호에 아직 연재가 끝나지 않은 단행본 『자유부인』 상권上卷 광고가 실려 있다. 신문소설 「자유부인」이 8월 6일까지 연재된 것을 감안한다면, 이때 발간된 단행본 상권은 결말이 아직 결정되지 않은 상황에서 팔리기 시작한 것이다. 아직 결말을 알지 못한 채 팔리기 시작한 이 정음사판 단행본은 14만 부가 팔려 나갔다. 이 열기는 2년 뒤 영화 관객 동원으로까지 이어져 개봉관 기준으로 당시로는 최대 수준의 관객인 18만 명을 동원하게 된다.

이러한 사회적 반향은 소설과 영화 〈자유부인〉 텍스트를 본 독자 혹

1 황산덕, 「다시 〈자유부인〉 작가에게―항의에 대한 답변」, 『서울신문』, 1954년 3월 14일자.
2 백철 외, 「사상계사 좌담회―한국문학의 현재와 장래」, 『사상계』, 1955년 2월. '아메리카니즘으로 인한 윤리 붕괴'는 이 좌담회에서 '자유부인 논쟁'에 참여하기도 했던 백철이 언급하고 있다.
3 이시은, 「전후 국가 재건 윤리와 자유의 문제」, 『현대문학의 연구』 26집, 2005.
4 김복순, 「대중소설의 젠더정치학―'자유부인'을 중심으로」, 『대중서사연구』 9호, 2003.

은 관객의 성향과 의식에 의문을 품게 한다. 즉, 이들은 누구이고 왜 〈자유부인〉을 읽고 보았으며 무엇을 느꼈는가.

일반적으로 '전쟁'과 결부되어 생각되어 왔던 50년대에, 문화의 소비 측면에서 비록 일부분이지만 절대 궁핍에 시달리던 당시의 시대 상황 과는 어울리지 않는 양상이 목격되는 점은 흥미롭다.

이 점은 당시를 살아간 사람들의 모습 속에서도 여실히 드러난다. 일부 여성들 사이에서 전혀 실용적이지 않은 고가의 비로도 치마[5]와 나이롱 양장이 선풍적 인기를 끌고,[6] 쌀 한 말 값인 250환이라는 입장 요금에도 불구하고 구정일이면 극장가가 아수라장이 될 정도로 외화 는 물론이고 국산 영화도 놀라운 수의 관객을 동원하기 시작한 시기이 다. 쌀 한 말 값이라는 250원도 1954년경의 입장료이다. 1955년에 개봉 관에서 시네마스코프 영화를 보려면 600원을 지불해야 했다. 일류 개 봉관이 아니더라도 입장료는 지속적으로 올라 50년대 중반에는 영화 를 보려면 적어도 300원 안팎의 비용이 들어갔다.[7]

이 시기 문화 소비의 견인차였던 대중지는 물론이고, 시각적 재현을 보여 주는 영화에서조차 '전쟁'의 흔적은 거의 찾을 수 없다. 식민지 시 기와는 달리 50년대의 멜로드라마들은 의식적·무의식적으로 도시적 인 것에 매달렸고, 전쟁 후 처참한 폐허보다는 건강한 활기와 생동감 으로써 도시를 묘사했다.[8] 이는 한편으로는 국민으로 하여금 전쟁의

---

5 박완서, 「1950년대 - '미제문화'와 '비로도'가 판치던 거리」, 『역사비평』, 1991년 여름호 참조.

6 신동헌, 「나이롱 旋風時代」, 『신태양』, 1954년 8월.

7 「또 오른 극장 요금」, 『서울신문』, 1954년 6월 18일자 ; 「뻐스·극장요금 인상 운동 - 저물가 정책에 반기」, 『조선일보』, 1955년 11월 29일자.

8 오영숙, 『1950년대, 한국영화와 문화담론』, 소명출판, 2007, 169쪽.

기억에서 벗어나 '명랑해지기를' 바라는 이승만 정부 차원의 정책에 부응한 결과이기도 하겠지만, 다른 한편으로는 이 시기 최고의 화두였던 미국적인 라이프스타일에 대한 욕망이 대중들을 상대로 번져 나간 것에서도 그 이유를 찾을 수 있다.[9]

이러한 사회적 분위기와 조건 속에서 소설 「자유부인」과 영화 〈자유부인〉 텍스트의 수용 양상은 서로 다른 가치관을 가진 집단의 충돌과 부각을 드러내고 있다. 소설 「자유부인」에 대한 지식인 남성의 불쾌감은 앞서 언급된 바이다. 여전히 문학의 계몽성을 신뢰했던 그들은, 신문소설이 상업적으로 변질되어 윤리적 타락을 그대로 재현하는 차원을 넘어 독자들을 오염시키고 있다고 생각하는 일군의 집단이었다. 그들은 문단의 세대 교체와 문학의 상업성이 새로운 패러다임으로 떠오르던 50년대에 아직 식민지 시기 '문학'이 누린 지위를 기억하고, 이 기억을 문학성의 기준으로 삼았던 기성세대로 표현될 수 있다. 물론 소설 「자유부인」을 본 모든 사람 가운데서 소설 「자유부인」에 대해 공공연히 부정적인 의견을 드러낼 수 있었던 이들은 대개가 이러한 집단 속에 속해 있었다.

소설 「자유부인」과 달리 영화로 만들어진 〈자유부인〉은 신문소설 「자유부인」에게 쏟아졌던 우려와 비난에서 비교적 자유로웠는데, 이는 사회적으로 남성 지식인과 '주체됨'에서 경합을 벌인 중간 계층 이상 여성들의 지위 변화와 본질적으로 연결되어 있다. 문학의 장에서 소설 「자유부인」이 중간 계층 남성들의 위기를 알리는 신호로 취급되

9 이동연, 「식민지 내면화와 냉전기 청년 주체의 형성」, 성공회대 동아시아연구소 편, 『냉전 아시아의 문화 풍경 : 1940~1950년대』, 현실문화, 2008, 397쪽.

었다면, 영화의 장 혹은 대중문화의 장에서 영화 〈자유부인〉은 새로운 문화적 소비 주체로서 중간 계층 여성들이 본격적으로 등장함을 알리는 신호탄이라는 점에서 대조적이다.

여기에서 주목할 점은, 위기감을 느끼던 남성 독자와 새로운 주체로 떠오르던 여성 관객들의 사회적 지위에 관한 것이다. 이들은 모두 중간 계층middle class 이상으로 엘리트 지식인 남성과 그들의 배우자 혹은 상대였던 중간 계층 이상의 여성들이다. 이 여성들의 경우 공적인 담론 상에서 종종 '유한有閑마담'이라는 이름으로 비난과 조롱의 대상이 되곤 했지만, 이러한 비난은 거꾸로 이 여성들이 당시 문화 소비 면에서 의미 있는 존재가 되었으며 이에 엘리트 남성들의 위기의식이 가중되었음을 반영하고 있다고 할 수 있다.

지식인 남성들의 소설 「자유부인」 독법과 위기의식

소설 「자유부인」에 대한 대중들의 반응은 당시 일간지들의 상업성과 이에 결부된 신문소설의 변화된 위상과 밀접한 관련이 있다. 50년대 신문소설은 곧잘 '윤리'와 결부되어 비판될 정도로 그 선정성이 문제가 되곤 했다. 50년대에 신문들은 광고보다는 신문 판매 수입에 더 의존했고, 판매 부수를 늘이는 전략으로 신문소설을 이용하였다. 따라서 신문사는 작가들에게 오락적 요소를 가미한 신문소설을 요구했고, 이러한 상업성을 충족시키지 못한 작가들은 아무리 '명성이 높던 작가'라도 퇴출당하곤 했다.

김팔봉은 『서울신문』에 역사소설 「군상群雄」을 집필하다 거부당해 신문사와 공방을 벌였고, 염상섭도 '신문사의 조치'로 소설 「젊은 세대」의 연재를 중단당할 정도였다.[10] 이러한 상황으로 인해 '문학'이 차지하는 재래의 위상이 신문소설로 인해 변질되고 있다는 위기의식이 가중되었고, 식민지 시절 신문소설이 가졌던 계몽성이나 사상성이 50년대의 신문소설에서는 사라졌다는 문제의식이 신문소설의 '윤리'를 운운하는 담론으로 이어졌다. 비평가 정태용은 당대의 신문소설이 식민지 시기의 신문소설인 춘원의 소설이나 김말봉의 「찔레꽃」과 비교하여 사회적 책임감이나 윤리의식이 희박해졌음을 우려하기도 했다.[11]

이러한 걱정을 끼칠 만큼 확실히 당시 신문소설의 사회적 파급력은 위력적이었다. 오늘날의 TV 일일 드라마처럼 전날의 석간신문 연재분을 읽고, 바로 다음 날 사람들이 모여 논평을 교환하는 것이 도시의 일상적인 모습이었다. 특히 중산층 이상의 여성들과 대학생들에게 미친 신문소설의 파급력[12]은 평론가와 지식인으로 대표되는 '고급한' 독자들을 걱정스럽게 만들기에 충분했다. 작가, 평론가 등의 기성 문인들과 서울의 주요 대학생들이 모여 '문학'에 대한 여러 생각을 공유하는 자리에서도 '신문소설'은 여지없이 비판을 받았고, 이러한 생각에 자신들의 '모범적인' 독서를 자랑하는 대학생들은 적극 동조하였다.[13]

....

10 김동윤, 「1950년대 신문소설의 위상」, 『대중서사연구』 17호, 2007년 6월.

11 정태용, 「신문소설의 새로운 영역―〈자유부인〉, 〈실락원의 별〉, 〈비극은 없다〉, 〈일식〉을 主로」, 『사상계』, 1960년 6월.

12 김동윤, 『신문소설의 재조명』, 예림기획, 2001, 48쪽. 김동윤은 이 책에서 당대의 문헌들을 검토하여 50년대 신문소설의 주요 독자가 대학생과 중산층 이상의 가정주부였음을 밝히면서 신문소설의 파급력이 매우 컸다고 말하고 있다.

13 「문인·학생 문학좌담회」, 『자유문학』, 1956년 8월.

이처럼 '신문소설'이 문제가 된 것은, 신문소설의 주요 독자층이 상대적으로 나이가 '어린' 학생이었고 '여성'도 있었기 때문이었다. 즉, 어린 학생들과 여성들이 신문소설을 읽는 것은 무엇보다도 가장 우려할 만한 상황이었다. '子女들이 新聞을 볼까봐 新聞이 오자마자 감추어야 한다'는[14] 종류의 주장에는 바로 이러한 우려가 잘 반영되어 있다. 특히 신문소설을 즐겨 읽는 여대생과 같은 젊은 여성들의 타락이 가장 경계되는 상황이었다.

'신문소설新聞小說과 윤리倫理'라는 제목의 글은 신문소설의 윤리가 퇴보하고 있음을 언급하면서, 이화여대생들을 대상으로 한 설문조사 결과를 보여 주고 있다. 여대생을 대상으로 한 이러한 설문조사는 그 자체로 여대생을 계도와 통제의 대상으로 여기는 의도를 적나라하게 드러낸다. 설문조사 결과, 설문에 응한 이화여대생들의 95퍼센트가 최근 6개월 동안 신문소설을 본 경험이 있음을 밝혔다.[15] 이러한 설문조사와 더불어 여대생들이 대중잡지나 읽고 신문을 보더라도 1,2면이 아니라 광고에 먼저 눈을 주고 일본에서 「챠타레―夫人의 戀人」을 반입시켜 읽는다는 사실을 비난하는 것[16]도 이와 같은 종류의 우려를 내포하고 있다.

세대와 젠더의 문제를 바탕에 깔고 보면 1954년에 벌어진 '자유부인' 논쟁은 '구세대' 지식인 남성의 독법讀法을 특징적으로 보여 주는 사례가 될 수 있다. 앞서 언급한 바 있는 '자유부인' 논쟁은 서울대 법대 황산덕 교수의 공격으로 시작되어, 이에 대한 작가 정비석의 반론과 황

---

14 이무영, 「장편 소설이 서 있는 위치」, 『대학신문』, 1957년 6월 3일자.

15 김영덕, 「신문소설과 윤리」, 『자유문학』, 1957년 7월, 141쪽.

16 이삼술, 「현대여자대학생의 생활편모」, 『신태양』, 1954년 8월, 84쪽.

교수의 재반론으로 이루어져 있다. 서울대 『대학신문』에 실린 황산덕의 글은 소설 「자유부인」을 읽지 않고 주변 교수들 사이에서 오가는 말을 듣고 흥분해서 쓴 것인데, 특히 대학교수와 그 부인을 묘사한 방식에 강한 불만을 표출하고 있다. "대학교수를 洋公主 앞에 굴복시키고 대학교수 부인을 대학생의 희생물로 삼으려고 하고 있습니다."[17] 이 문장에서 그는 '양공주'와 '대학생'을 부정적으로 보면서 소설 속에서 교수 부인이 그들로부터 부정적인 영향을 받는 데 대한 불만을 표현하고 있다.

황산덕 교수가 '양공주洋公主'로 오해한 인물은 소설에 등장하는 미군부대 타이피스트인 '박은미'이다. 그의 이러한 오해를 통해서 세간의 시선에는 그녀가 '양공주'로 비춰졌다는 사실, 그리고 기성세대 혹은 사회적 지위를 이미 확보한 엘리트 남성들이 전후戰後 풍속 변화의 주체들(젊은 여성과 대학생)을 매우 못마땅하게 여겼음을 알 수 있다. 이러한 불만은 젊은/어린 '독자'들이 이 소설을 읽을까 봐 두려워하는 것으로도 표현된다. '개인의 자제子弟의 장래의 교육'과 '수십만의 중학생의 장차 진학進學을 위해서라도' 대학교수를 사회적으로 모욕하는 무의미한 소설만을 쓰지 말길 바란다는 황 교수 글 말미의 당부가 이를 말해 주고 있다.

'자유부인' 논쟁은 작가 정비석에게 유명세를 안겨 주었지만, 이 유명세는 때로 시련으로 변하기도 했다. 연재가 더 진행된 6월경에는 공무원을 비판하는 소설의 내용으로 인해 연재를 중단하라는 압박을 받기도

....

17 황산덕, 「〈자유부인〉 작가에게 드리는 말」, 『대학신문』, 1954년 3월 1일자.

했고, 실제로 치안국·서울시청·특무대에 불려 다니면서 조사를 받았다. 또, 일부 독자들에게는 남한의 퇴폐상을 고발하는 '이적利敵 행위'로 비난 받고, 여성 독자들에게서는 '여성 모독'이라는 공격을 듣는가 하면, 일본 소설 「무사시노 부인武藏野夫人」을 모방했다는 시비를

시사지와 학술지를 버리고 오락지와 대중잡지를 읽는 여대생을 묘사한 삽화. 출처 : 『신태양』 1954년 8월호.

겪는 등 작가에게 쏟아진 세간의 공격은 다방면이었다. 작가 정비석에게는 하루에도 수십통의 독자 편지가 날아들었다. 군인, 교원, 농민, 실업가, 상인, 공무원, 가정주부, 남녀 대학생들 등 각층으로 이루어진 독자들은 작가에게 격려의 말도 건넸지만, 협박과 욕설로 이루어진 말을 쏟아 냈다. 이 투서 중 일부가 다음과 같이 전해진다.

'장 교수로 하여금 박은미와 열렬히 연애하게 해서 오 여사와 이혼 소송하게 하라'(중동부 전선 병사 전하림), '경종을 울리시는 듯한 짐작은 가지만 묘사 방법에 재고려하라'(아현동 최 여사), '냉정한 태도로 깊이 반성하고 화제를 건전한 방향으로 전화시키심이 모든 불행을 구축하는 근원을 배제하는 현명한 태도'(사대 교수 이범초), '소설의 내용이 현실 사회의 실정과 어긋남이 없다면 정 선생의 작품이야말로 사회의 거울로서 높이 찬양되어야'(장로교 최 목사)[18] 등 그들은 이러저러한 이유로 연재를 계속하라고 촉구하거나 연재 중단을 요구했다.

....

18 「소설 '자유부인' 문제화」, 『해방이십년사』, 희망출판사, 1965, 678쪽.

서울신문사 측에서도 논란의 대상이 된 이 소설의 연재를 중단할 것인가 아니면 그대로 계속할 것인가를 결정하기 위해 설문조사를 벌였다. 그 결과, 서울신문사는 연재 계속이 70퍼센트로 많았다는 것을 근거로 연재를 중단하지 않았다. 정비석 본인은 계속 연재를 주장하는 이들은 주로 지식층들이고 중단을 요구하는 층은 비교적 비지식층이 많았다고 말하고 있지만,[19] 정비석의 이 주장도 객관적이라고 보기 어렵다. 서울신문사도 여론에 밀려 설문조사를 했지만, 판매 부수를 올리는 데 혁혁한 공을 세우는 「자유부인」의 연재 중단을 애초에 염두에 두지 않았을 수도 있다.

연재 중단을 원하든 계속 연재를 원하든지 간에 독자들이 모두 유한마담 '오선영'의 일탈을 부정적으로 여겼다는 데에는 의견이 일치했다. 그 이유가 달랐을 뿐이다. 전후戰後의 '유한마담'이라는 사회적 현상을 비판하려는 작가의 의도를 짐작한 이들은 연재에 동의했고, 연재 중단을 요구한 축은 '유한마담'의 부정적인 행태를 그림으로써 다른 이들을 오염시키고 여성의 위신을 떨어뜨린다는 이유로 공격했던 듯하다. 실제로 「자유부인」이 사회를 오염시킨다는 생각은 꽤 광범위하게 퍼져 있었던 듯하다. 평론가 곽종원은 이러한 소설이 사회를 오염시킨다는 생각에 대해 다음과 같이 우려를 표명했다. '선량하던 가정부인이나 순진한 소녀들이 그 악의 면을 모방한다'는 생각이나 '시아버지나 며느리가 한 자리에서 읽어도 얼굴이 붉어지지 않는 소설'을 요구하는 논리는 이유야 상이하지만 결국은 소설의 사회 비판적 기능을 부정하는 동일

....

19 정비석,「〈자유부인〉의 생활과 그 의의─정비석이 유명하냐 자유부인이 유명하냐」,『신태양』, 1957년 1월.

한 언급이라는 것이다.[20]

이러한 세간의 비판과 관심 속에서 소설 「자유부인」이 연재되던 중에 벌어진 황산덕과 작가 정비석의 논쟁은 이후 소설의 흐름을 바꾸는 데 중대한 영향을 미쳤던 것으로

작가 정비석(1911~1991)과 서울대학교 법대 교수 황산덕.

보인다. 논쟁이 처음 시작되던 1954년 3월 초, 소설 「자유부인」은 '魚心·水心'이라는 제목의 절이 연재되고 있었다. 바로 앞 절은 '幻想交響曲'이라는 제목으로 오선영이 대학생 춘호에게 '댄스'를 배우면서 그에게 강한 유혹을 느끼고, 그녀의 남편 장태연 교수 역시 타이피스트 은미와 함께 영화관에 가서 미국 영화 〈미녀 엠마〉를 보면서 이상한 감흥을 느낀 뒤 이들 부부의 '탈선'이 본격화될 조짐을 묘사하고 있었다. 세간의 관심과 주목을 끌게 된 정비석은 이 부부의 탈선이 진행되고 있을 즈음 논쟁을 겪고 인물들, 특히 남편인 장태연의 성격을 급격히 바꾼다. 정비석은 장태연과 은미의 사랑을 매우 플라토닉한 사랑으로 그리면서 장태연의 타락을 막고 그를 지사志士로 만든다. 그리고 그의 계몽적 연설에 가출했던 오선영이 감화되어 안전하게 가정으로 돌아오는 결말을 택하게 된다.

장태연 교수의 이야기는 끊일 줄 모르고 계속 되었다. 어디까지나 이로(理路)가 정연하고도 함축성 있는 이론이었다. 진리를 주장하는데 있

....

20 곽종원, 「신문소설과 모랄문제」, 『현대공론』, 1954년 9월, 157쪽.

어서는 권력조차 초개시하는 장교수의 숭엄한 모습이 비장해 보이기도 하였다. 청중들도 이에 탄복하는 모양이지만 누구보다도 놀란 사람이 오선영 여사였다.

(저렇게 훌륭한 남편을 몰라 보았구나!) 뼈가 저리도록 뉘우쳐졌다.[21]

자신의 외도, 정확하게는 외도 시도를 알게 된 남편과 다툰 뒤 오선영은 가출을 하여 양장점 직원인 미쓰 윤의 건넌방에서 지내게 된다. 며칠이 지나 남편의 소식이 궁금해진 오선영은 '한글 간소화' 문제[22] 공청회에 국어학자인 남편이 연사로 나온다는 말을 듣고 공청회장으로 향한다. 그곳에서 오선영은 한글 표기가 간소화될 수 없는 이론적 견해에 대해 남편이 열변을 토하고 청중들의 열렬한 지지를 받는 모습에 감동하게 되고, 장태연 역시 아내가 공청회에 온 것을 보고 그녀의 개심을 느껴 집으로 데리고 들어간다.

무엇보다도 지식인 남성에게 중요한 것은 '앎'의 과시를 통한 권력의 확인이다. 지식인 장태연에게는 가출한 아내가 그저 '가장'이라는 권위에 굴복하는 것만으로는 자존심이 회복되지 않는다. 무엇보다도 '앎'이 승복의 근거됨으로써 지식인 남성으로서의 자존심을 회복해야 하는 것이다. 장태연의 연설 모습이 50년대 '이형식'(이광수 소설 「무정」의 주

....

21 정비석, 《자유부인》, 대일출판사, 1980, 435쪽.

22 한글 간소화 논쟁은 1950년대 초·중반에 실제로 존재했다. 대통령 이승만이 한글 표기법에 대한 불만을 토로하여, 정부 주도로 어원을 밝혀 적는 기존의 표기법이 아닌 발음되는 그대로 적는 표기의 간소화 원칙을 제시하게 되었다. 그러나 이는 국어학자들과 여론의 반발에 부딪쳐 결국 철회되고 말았다. 소설의 연재가 끝날 즈음인 7월은 한글 간소화 문제를 둘러싸고 정부와 여론 간의 갈등이 첨예하게 대립되던 시기다. 한국역사연구회 고대사분과 편, 『논쟁으로 본 한국 사회 100년』, 역사비평사, 2000, '이승만과 한글 간소화 파동' 참조.

인공)이라고 할 만큼 비분강개에 가득 차 있는 것은 바로 남성 지식인의 오랜 욕망과 위기감을 그대로 반영한 결과라 할 수 있다. 승리하는 사람은 타이피스트 박은미도, 대학생 신춘호도 아니고 댄스에 눈을 뜬 오선영도 아닌 지식인 남성 장태연이다. 그는 오선영의 퇴폐성과 어리석음을 다스릴 수 있는 '멋지고 훌륭한' 지식인 남편으로 묘사된다.

소설 「자유부인」의 독자들은 이유는 조금씩 달랐지만 '남성' 혹은 '남성적' 입장의 대리자들로서 이 소설을 지지 혹은 부정했다고 할 수 있다. 오선영이라는 등장인물이 사회를 오염시킬 수 있는 위험한 캐릭터이므로 소설 속에 등장시켜서는 안 된다고 생각하는 독자나, 오선영을 사회를 비판하기 위해 만든 정당한 캐릭터라고 생각하는 독자들은 공히 오선영이 바람직하지 못한 인물임을 전제로 하고 있다. '자유부인'이라는 캐릭터 자체를 긍정적으로 바라보는 독자들은 전혀 없었다고 해도 과언이 아니다.

정비석에게 편지를 쓰는 적극적인 독자에서부터 공론장에 글을 쓴 평론가나 지식인들까지 모두 '오선영'에 대한 자신의 비판적 입장을 입 밖으로 '발설'할 수 있는 사람들이었다. 이들의 생각은 가부장의 입장에서 가부장제를 위협하는 전후의 위험한 여성들—'유한마담', '아프레 걸',[23] '양공주' 들을 단죄하고 계도해야 한다는 '모범적인' 생각이었고, 이러한 생각은 비판적인 계몽 담론에 기반하고 있다. 이러한 담론의 대리자agent는 문학의 전통으로 여겨지는 '계몽'과 '사회 비판'이라는 덕

....

23 '전후파戰後派'라는 의미의 '아프레 게르apres guerre'는 원래 전후의 반항적인 젊은이를 가리키는 말이지만, 종종 과감하게 일탈적인 행동을 보이는 젊은 여성들을 특화하여 부르는 별칭이 되기도 했다. 그래서 '전후파'라는 말이 쓰이기도 했지만, 많은 경우 아프레 게르를 '아프레 걸(girl)'로 바꿔 부르곤 했다.

목을 내면화하였던 이들이기도 하다. 그렇다면 이러한 독자들이 소설 「자유부인」을 읽은 '모든' 독자들이었던 것일까?

소설 「자유부인」에 완전히 다른 생각을 가졌던 이들은 당시의 분위기상 침묵할 수밖에 없지 않았을까. 적어도 '문학'이란 장 안에서는 말이다. 침묵할 수밖에 없던 이들의 판타지와 욕망은 영화 〈자유부인〉 텍스트에 드러난 것으로 보인다. 영화 〈자유부인〉은 소설을 다르게 각색adaptation함으로써 소설을 '다르게' 읽고자 했던 이들의 판타지를 드러내고, 결과적으로는 침묵해야만 이들에게 발언의 기회를 주게 된다.

「자유부인」의 각색과 중간 계층 기혼 여성의 욕망

한글 공청회 장면은 소설 「자유부인」이 영화로 만들어지면서 없어진다. 영화 〈자유부인〉의 제작이 시작된 1955년은 이미 한글 간소화 시비가 일단락 지어진 이후이기 때문이다. 그 필연적인 결과인지 장태연 교수의 지사적인 비분강개도 더불어 사라졌다.

영화사적으로 〈자유부인〉은 한국영화 전성기의 출발점이 되는 영화이기도 하다. 물론 한 해 전인 1955년 〈춘향전〉(이규환)이 개봉한 지 20일이 못 되어 관객 수 18만 명을 동원한 전력이 있는 만큼 한국영화 붐은 〈자유부인〉 이전부터 예견된 것이었다. 하지만 현대물로서 〈자유부인〉은 최초의 흥행작이었고, 이후의 영화 경향을 주도한 영화로 평가될 수 있다. 「자유부인」 이후 김래성의 「실락원의 별」, 「인생화보」, 김광주의 「나는 너를 싫어한다」, 정비석의 「여성전선」 그리고 30년대

신문소설인 김말봉의 「찔레꽃」, 박계주의 「순애보」, 이광수의 「애욕의 피안」 등도 영화로 제작되는 등 신문소설이 영화의 원작을 제공하게 된다. 특히 〈실락원의 별〉 등을 감독한 홍성기 감독의 50년대 후반의 멜로드라마들은 교육 받은 관객들을 한국영화의 관객으로 일정 부분 흡수한 경우로 평가되기도 한다.[24]

영화 〈자유부인〉은 이미 논란을 일으켰던 소설 「자유부인」을 원작으로 함으로써 신문소설의 독자층을 관객으로 적극 흡수했다. 「자유부인」은 영화뿐만 아니라 연극으로도 제작되었는데, 작가 정비석은 신문 연재본과 단행본을 읽은 독자를 20만, 연극을 본 관객을 10만 명, 재개봉관 관객을 합하여 영화 관객을 150만으로 추산하여 모두 180만 명의 사람들이 〈자유부인〉의 내용을 알고 있을 것으로 추정하고 있다.[25] 이렇게 다른 장르로 재생산된 텍스트 중에서 영화 〈자유부인〉은 가장 많은 관객들에게 수용된 텍스트이다. 이 관객들의 〈자유부인〉 텍스트 수용은 소설의 공적이고 집단적인 소비의 한 양상이며, 영화 텍스트 자체는 소설에 대한 대중적이고 적극적인 읽기와 해석이다.

영화 〈자유부인〉의 각색 결과를 정리하자면, 허영심 강한 교수 부인의 일탈과 가정으로의 귀환이라는 소설의 기본 골격은 그대로 유지되었다. 그러면서 몇 가지 부분에서 차이를 보인다. 첫째, 소설에서는 오선영의 남편 장태연이 미군 부대 타이피스트인 박은미에게 강렬한 유

....

24 이길성, 「1950년대 후반기 신문소설의 각색과 멜로드라마의 분화」, 『영화연구』 30, 2006.

25 정비석, 앞의 글, 99쪽. 영화 〈자유부인〉의 관객은 18만 명으로 알려져 있다. 그러나 이는 서울의 개봉관을 기준으로 한 수치이다. 정비석은 그 외의 극장에서 상영한 것을 포함시켜 150만으로 추산하였다.

혹을 느끼고 그녀의 약혼자이자 자신의 제자인 원효삼을 질투하는 모습을 보이지만, 영화에서 박은미와 장태연은 한글 강습을 매개로 한 순수한 사제 관계이면서도 매우 로맨틱하게 그려져 있다. 영화 속 박은미 역시 소설과는 달리 외양적으로는 서구적인 패션을 하고 있지만 내적으로는 차분하고 조신하며, 유부남인 장 교수와의 관계에서도 매우 절제되어 있다.

둘째, 영화 〈자유부인〉의 오선영은 소설에서와 달리 경제적인 몰락의 위험을 비껴 나갔다. 오선영의 타락은 본인의 사치스러운 성향과 관련된 내발적인 것이기도 하지만, 주변 인물들의 유혹이 결정적인 역할을 했다고 할 수 있다. 최윤주, 한태석 그리고 백광진이 그 주변 인물들이다. 최윤주와 백광진이 주로 경제적 측면에서 오선영을 위기에 빠뜨린다면, 양품점 사장인 한태석은 오선영을 성적인 타락에 빠지게 한다. 오선영의 성적인 타락은 소설에서는 물론 영화에서도 불발로 그친다. 그러나 오선영의 경제적 타락과 위기는 소설과 달리 영화에서는 매우 약화되어 그려진다. 최윤주와 계를 꾸리기 위해 소설 속 오선영은 자신이 일하는 매장인 '파리양행'의 공금을 빼돌려 매장에 막대한 손해를 끼치고,[26] 사기꾼인 백광진에게 20만 원을 갈취당한다. 백광진은 오선영에게 파리양행의 핸드백을 사면서 20만 원의 수표를 내고 현금 14만 원을 거슬러 받는다. 그러나 이 수표는 곧 부도수표로 판명되고 이에 책임을 지게 된 오선영은 자신의 여성성을 활용하여 파리양행 사장 한태석에게 돈을 빌림으로써 빚을 지게 된다. 소설에서 오선영이

....
26 정비석, 『자유부인』, 대일출판사, 1980, 253쪽.

처한 이러한 경제적 위기는 영화에서 매우 약화되어 있다. 최윤주에게 백만 원의 매장 공금을 빌려 주고 백광진에게 핸드백 외상값을 뜯기기는 했지만, 이러한 행위에서 오선영은 최윤주, 백광진에게 소극적으로 이용당하는 차원에 그칠 뿐 소설에서처럼 적극적인 횡령으로 묘사되지 않는다.

세 번째, 오선영의 타락을 가장 상징적으로 보여 주는 '댄스홀' 장면은 영화에서 가장 화려한 스펙터클로 묘사되고 있다. 소설에서 댄스홀이 다음과 같이 간략하게 처리되는 것과는 대조적이다. 댄스홀 묘사의 차이는 영화 각색에서 가장 본질적인 차이를 제공한다.

오여사는 문안에 썩 들어서자, 너무나 화려한 눈앞의 광경에 정신을 차리기가 어렵도록 황홀하게 놀랐다. 저마치 악대 위에서 파도처럼 웅장한 음악이 유량하게 흘러나오는 것도 놀라운 일이거니와 삼십평이 훨씬 넘을 듯 싶게 넓으나 넓은 홀에서 호화찬란하게 채린 칠팔십명의 남녀들이 제각기 짝을 지어 만들어진 스텝을 밟고 돌아가는 것을 눈으로 보기만 해도 흥겨움기 짝이 없었다. 천정에서 휘황찬란하게 비치는 오색전등은 문자 그대로 불야성을 이루었고 바깥은 상당히 추운 날씨건만 홀 안의 공기는 훈훈하고 향기로웠다.[27]

소설 속 댄스홀에 대한 간단한 묘사와는 달리 영화는 스펙터클로서의 댄스홀 묘사에 주력하고 있다. 오선영이 옆집 대학생 춘호와 함께

....

27 정비석, 『자유부인』, 158쪽.

댄스홀에 등장하고 선영과 춘호가 첫 댄스를 하기까지, 카메라는 댄스홀의 전경(사진1)과 그곳의 입장객들(사진2), 무희의 춤(사진3), 이를 넋을 잃고 바라보는 오선영 표정의 클로즈업(사진4)에 이르기까지 당대의 댄스홀 모습을 생생하게 그려 내고 있다. 영화에서 그려지는 댄스홀은 음침한 타락의 장소가 아니라 매우 밝고 생기 넘치는 매혹의 공간이다. 1955년 당시에 미국에서 크게 유행한, 맘보 킹 페레즈 프라도 Perez Prado의 'Cherry pink & apple blossom white'의 연주곡[28]을 삽입함으로써 이 영화가 당시 1955년 미국의 유행 코드에 기민하게 맞추고 있음도 잘 보여 준다. 소설 「자유부인」이 댄스와 댄스홀을 매우 부정적으로 묘사하고 있는 데 비해, 영화 〈자유부인〉의 댄스홀은 하나의 환상적인 볼거리이자 별천지로 묘사되고 있는 것이다. 백광진과의 간통으로 사회적으로 망신당하고 빚더미에 올라앉은 최윤주가 화려한 이브닝 드레스를 입고 댄스홀에서 춤을 추다 음독자살하는 광경에서도 '댄스홀'은 치명적인 매혹을 간직한 곳으로 그려진다.

이러한 각생 상의 차이가 소설 「자유부인」과 영화 사이의 모든 스토리 상의 차이를 포괄할 수는 없지만, 소설에 비해 영화가 어떤 집단의 욕망을 어떻게 직조하고 있는가를 보여 준다. 첫째, 서구적인 패션을 한 그러나 성적性的으로 보수적인 박은미의 모습은 지식인 남성의 욕망을 충분히 반영한 것이다. 실제로 남성 관객들은 소설과는 달리 조신하게 묘사된 박은미의 모습을 좋아했던 것으로 보인다. 박은미로 분扮한 여배우 양미희의 모습을 두고 '단연한 아름다움과 신선한 감각'이

....
28 심영보, 『월드 뮤직 : 세계로 열린 창』, 해토, 2005, 428쪽.

사진 1. 영화 속 댄스홀의 전경.

사진 2. 댄스홀의 입장객들.

사진 3. 무희의 춤.

사진 4. 댄스홀 광경을 보는 오선영.

돌보인다고 말하고, 장태연과 박은미의 데이트 장면을 격조 있다고 평하는 견해[29]가 그것이다. 이렇게 애초에 소설에서 논란이 되었던 유부남 교수와 미혼의 타이피스트와의 관계를 매우 낭만적으로 그림으로써 비난을 피해 갈 뿐만 아니라 남성들의 판타지를 충족시켜 줄 수 있었던 것이다.

이와 반대로 두 번째와 세 번째의 변용은 남성의 쾌락이라기보다는 여성들의 판타지와 관련되어 있다. 영화는 도덕적 엄숙주의에만 머물지 않고 댄스홀 장면과 이를 세련되고 여유 있는 태도로 즐기는 도시 남녀들의 모습을 그려 내고 있다. 즉, 영화는 댄스홀에 매혹된 그들의

....
29 허백년, 「최근에 상연된 한국영화평」, 『여원』, 1956년 10월, 255쪽.

시선으로 댄스홀을 재현하고 있는 것이다. 더불어 오선영을 최윤주와는 달리 경제적 파탄에 완전히 밀어 넣지 않음으로써 그녀가 다시 '무사히' 일상적인 생활로 돌아올 수 있게 하고 있다.

이러한 각색 상의 변화는 남성과 여성 관객 모두에게 만족감을 주는 전략이다. 세련된 서구식 패션을 하고 있지만 매우 보수적인 윤리의식을 가진 '박은미'와 '장태연'의 로맨틱한 관계는 남성 지식인들의 판타지에 일조하고 있으며, 형식적으로는 남편 장태연의 용서로 오선영의 귀가가 허락되는 만큼 바람난 여성을 적절히 통제하고 있다는 만족을 줄 수 있다. 반면, 여성 관객에게는 댄스홀에 가기도 하고 직업여성으로 일도 하면서 타락의 위험이 없었던 것은 아니지만 다시 가정으로 돌아올 수 있다는 '안전한' 쾌락을 제공한다.[30]

영화가 주는 이러한 쾌락은 모두 계층적으로는 '중간 계층 이상의 기혼 남녀'들을 대상으로 한 것으로 보인다. 유부남 남성에게는 미혼 여성과의 연애 판타지를 그리고, 기혼 여성에게는 댄스홀 대리 체험을 주고 있기 때문이다. 그중에서도 기혼 여성의 쾌락이 훨씬 더 강화되어 있다. 오선영이 가정으로 귀가하지 못하고 버림받게 되는 것은 가정에 소속되어 있음으로 해서 많은 것을 누릴 수 있는 중간 계층 이상의 여성들에게는 불쾌감을 주는 것이다. 따라서 원작소설처럼 오선영의 가출로까지 이어지는 것은 이들에게 매우 큰 위기감을 줄 수 있다.

이 밖에 영화에서 오선영의 귀가는 소설 텍스트에서처럼 지식인 남

----

30 김복순, 「반공주의의 젠더 전유 양상과 '젠더화된 읽기' : 『자유부인』을 중심으로」, 『문학과 영상』, 2004년 봄여름, 49쪽. 김복순은 오선영의 귀가는 여성 관객과 남성 관객 모두에게 심리적 안정감을 준다고 분석하고 있다. 이 글은 이 논문의 이러한 결말에 동의하는 한편, 여기에 '중간 계층' 기혼 여성의 욕망이라는 계층적 특징을 부여함으로써 논의를 심화시키고자 한다.

편의 영웅다움과 지성에
감격하는 것이 아니라 '아
이'가 매개가 되어 남편의
용서받는 것으로 설정되
어 있는 것도 아이를 둔 기

영화 〈자유부인〉 포스터.

혼 여성들의 입장과 관련되어 있는 것으로 보인다. 영화에서 오선영의
경제적 타격이 그다지 의미 없게 처리된 것, 그리고 오선영보다 더욱 타
락한 여성으로서 '최윤주'를 설정하고 그녀의 몰락(자살)이 오히려 소설에
서보다 강화되어 있는 것도 결과적으로 오선영의 일탈을 최윤주에 비해
약한 것으로 희석시키기 위한 장치가 되었다.

　　중간 계층 기혼 여성의 욕망은 영화 텍스트 내부에서 남성들, 특히
이 여성들의 배우자가 되는 남성 지식인의 욕망과 적절히 혼융되어 있
다. 이와 달리 소설 텍스트는 오선영을 일방적으로 요부로 그려 내고,
가부장적 윤리와 도덕적 계몽을 관념적이며 공격적인 서사로 펼쳐 보
이고 있다는 점[31]에서 일방적인 가치관과 단일한 욕망으로 그려져 있
다. 소설 「자유부인」에 대한 독자들의 반응은 소설을 긍정하든 거부하
든 간에, 대부분 이러한 남성 욕망에서 비롯된 판단을 내리고 있다. 모
든 독자들이 그러한 것은 아니겠지만, 적어도 '발설할 수 있는' 혹은 '사
회적으로 허용되는' '건전한' 생각을 가진 사람들은 그러했던 것이다.
다음은 좌담회의 일부로 이 좌담회에 참여한 이봉래의 다음 언급은 주
목할 만하다.

....

31　강진호, 「전후 세태와 소설의 존재방식―정비석의 〈자유부인〉을 중심으로」, 『현대문학이론연구』
　　13권, 2000.

이봉래 : 〈자유부인〉이 상영되고 있는 동안에 극장 앞에 가보면 자유부인과 비슷한데… 물론 관객들이 자유부인이라는 말이 아닙니다마는 어땠든지 요즘의 여성들이 자유부인에 대해 공감을 느낄 수 있어요. 그러한 점에서 많이 모여든 것도 하나의 원인이 아닐까 생각합니다. 관객들이 들으면 불쾌할 수 있겠지만….[32]

이봉래는 영화 〈자유부인〉의 오선영 캐릭터에 투사된 여성 관객의 욕망을 읽어 내면서도, 영화 속 캐릭터와 관객의 유사성을 지적하는 것에 심적인 부담감을 느낀다. 그도 그럴 것도 당시에 오선영이라는 캐릭터를 예찬하거나 두둔하는 사람은 없었기 때문이다. 오선영에 실린 여성들의 욕망 역시 드러내 놓고 충족시키기보다는 캐릭터와 거리를 두고 위장하는 방식으로 충족시키는 것이 필요했다. 그래서 소설에 드러나 있던 남성 지식인의 욕망 구조를 기본 골격으로 하여 여성들의 쾌락을 적절히 균형감 있게 삽입시켜 놓는 것이다. 이것이 가능했던 것은 '문학'의 장에서는 허용되지 않는 욕망과 쾌락이 '영화'의 장에서는 제한적으로 허용되고 있었기 때문인 듯하다. '제한적'이라는 것은 가부장제의 기본 틀을 무너뜨리지 않는 선에서 가능했다는 얘기다. 이러한 적절한 타협은 '여성'이 가부장제와 가질 수 있었던 50년대적인 타협을 그대로 반복하고 있는 것이면서, 한편으로는 경제력 있는 중간 계층 여성들의 한계를 보여 주는 것이기도 하다.

....
32 「좌담회─금년에 본 잊을 수 없는 영화」, 『여원』, 1956년 12월, 138쪽.

중간 계층 여성의 남녀평등과 영화관 가기

영화 〈자유부인〉에 드러난 욕망의 주체인 '중간 계층 이상의 기혼 여성'들은 50년대에 가정이 주는 안락함을 누리기도 했지만, 동시에 가정 내부의 불평등 문제를 거론하면서 기혼 여성의 '외출'을 정당한 권리로 주장하기 시작한 집단이다. 50년대에 이르러 여성들의 이러한 권리가 문제시되기 시작한 것은 예의 '민주주의'에 대한 사회적 당위가 '남녀평등'에 대한 인식을 부분적으로 가져왔기 때문이다. 바로 전후 미국문화의 영향력이 '민주주의', '남녀평등'이라는 모토로서 표현되었던 것이다.

앞 장에서 이미 이 시기에 이룩된 여성의 법률적 지위 변화에 대해 언급한 바 있듯이, 50년대 후반의 남녀평등이라는 사회적 어젠다는 일부 법률 변화의 전제이거나 결과이기도 했다. 법률과 같은 제도 내적 변화와 더불어 빼놓을 수 없는 것은 여성들의 일상적인 삶의 변화이다. 일상적인 삶의 변화는 가정이라는 사적 공간 내에서 여성의 자율성을 확보하는 것과 긴밀하게 관련되어 있다. 이는 법률의 문제가 아니지만, 여성들 삶에 관련된 더욱 실질적인 변화이다.

사적 영역에서의 자율성은 가사 노동에서 벗어나 여가를 즐기는 활동에서 여실히 확보될 수 있다. 그리고 당시 가사 노동에서 한시적으로 벗어난 중간 계층 여성들이 흔히 할 수 있는 여가 활용이 바로 미디어 접촉이었다. 최상위 계층에 한정되어 보급되었던 텔레비전만 빼놓고는 '신문', '라디오', '대중지', '단행본', '영화', '연극' 등이 이 시기 여성들이 주로 접했던 미디어이다. 이러한 미디어의 향유는 여성들의 연재 소설 보기와 함께 종종 세간의 힐난의 대상이 되기도 했다. "대학을 나온 여성이나 국민학교를 나온 여성이나 여성이 신문을 읽는 데는 똑같이 시사성에 관심을 보이기보다는 연재소설부터 읽는다"[33]는 언급에는 전통적으로 남성의 읽기 영역으로 여겨졌던 '신문'을 여성들이 읽는 데 대한 남성들의 이중적인 심리가 깔려 있다. 즉, 여성들이 신문을 읽는 것은 분명 남성의 읽기 영역에 도전하는 것이지만, 결국 정치사회면이 아닌 연재소설을 읽는 데 그친다는 또 다른 비난을 하고 있기 때문이다. '글 읽기'가 전통적으로 지식을 독점해 온 남성들의 영역임으로 해서 지식인 남성의 비난이나 훈시로부터 자유롭지 못했던 점이 이러한 비난에 주요한 원인을 제공했다.

이에 비해 '영화' 보기는 50년대 여성의 문화 수용에서 가장 특징적이며, 여성들의 문화적 요구를 상징적으로 보여 주는 행위였다. 일단, 독서와는 달리 집 안을 떠나 '외출'을 해야 했고, 그 외출은 아내와 어머니 역할로부터의 해방을 의미했다. 그러면서 '땐스'보다는 훨씬 건전한 취미 생활로 인식되었기 때문에 주류 담론에서도 강한 비난을 면할 수 있었다. 다음의 언급을 보자.

우리네 많은 여성들 중에는 어느 새에 그리 되었는지는 몰라도 영화 구경을 참 좋아하게 되었다. 물론 훌륭한 「레크리에이션」이다. 토요일 하오 혹은 일요일 낮에 남편과 같이 영화를 보았다는 것은 휴양 이상의 행복과 자랑을 간직하는 일이다. 그러나 이와 같은 아내들의 욕망과 무한한 즐거움을 많은 남편들은 응수할 수가 없다는 데 하나의 불평과 불

....

33 「특집─여성과 매스 코뮤니케이션」, 『여원』, 1962년 9월, 122쪽.

행이 있다. 그것은 영화를 한차례 보러 간다는 것이 너무 거치장스럽기 때문이다. 일류극장 그것도 개봉하는 첫날이나 다음날이 아니면 안되고 올 때 갈 때 합승이라도 차를 타야 되고 오다가 점심을 먹어야하고 다방에도 들어가봐야 하고 그래도 괜찮다. 어쩌다 구경갈 때 옷까지 새로 장만해야 된다니 허구한 날 어떻게 구경을 갈 수 있단 말인가. 부부가 영화를 보러 가는 것은 「데이트」도 아니고 「밀회」도 아니다.[34]

이 글은 남편이 아내와 시간을 보내기가 비교적 까다롭다고 말하면서 아내가 요구하는 '영화 구경'을 예로 들고 있다. 인용문의 필자는 영화관을 가는 것은 상영 프로그램과 개봉 날짜를 미리 알아야하는 수고는 물론이거니와 입장료, 외식비 등의 비용이 드는 매우 적극적인 여가 활동인 만큼 아내의 요구를 매번 들어줄 수 없다고 말하고 있다.

50년대 중반, 어느 서울 시민의 삶을 묘사하는 글에서는 세 아이들을 데리고 부부가 영화 구경을 하면 입장료와 차비, 외식비를 포함하여 가장의 한 달 월급의 10분의 1인 4,400환이 들었다는 사실을 소개하고 있다.[35] 이렇게 비용이 지불되는 영화 구경은 도시의 봉급생활자 이상의 수입이 있는 가정에서나 가능한 것이었다. 비용 문제뿐만이 아니었다. 여성의 영화 보기는 아래의 만화에서처럼 결과적으로 아내의 '외출'로 인한 가사 공백을 가져오기도 했다.

영화 관람은 가족 내에서 특히 아내와 아이들이 환호하는 오락이니

----

34 이덕근, 「각각 노는 家族들」, 『여원』, 1958년 9월, 55~56쪽.

35 오영진, 「시민생활과 영화」, 『조선일보』, 1955년 12월 9일자.

만치 이들과 함께 영화관에 가는 것은 '자상한' 가부장이 해야 할 오락이었다. '개봉하는 첫날 아니면 둘째날에, 올 때 갈 때 차를 타야 하고 오다가 점심을 먹어야 하고 다방에도 들어가야 하고 어쩌다가 구경 갈 때 옷이라도 사 입어야'[36] 하는 등 금전과 시간과 노력을 필요로 하는 영화 관람에 많은 남편들은 불만스러워 했다. 그러나 주로 남편들이 영화 관람을 적극 원하는 아내들에게 '서비스 데이'를 만들어 의무적으로 영화를 보거나,[37] 부부싸움을 한 후 아내와 화해하기 위한 제스처로서 영화 관람을 제안할 정도로[38] 영화 관람은 당시 사적 영역(가정)에서의 중간 계층 주부의 지위 향상 및 이에 대응되는 남편의 역할 변화를 암시하는 행위로 볼 수 있다.

여성들의 영화 관람 요구는 남편에게 전통적이며 상징적인 가부장의 역할이 아니라 아이들이나 아내와 여가를 함께 보내는 자상한 남편 역할을 기대하는 것이었다. 그러나 이러한 요구에 당시 남편들은 대체로 잘 부응하지 못했다. 아내들은 남편 역할과 상像에 대한 변화를 요구했지만, 남편들은 민주적인 남편 혹은 자상한 남편상을 받아들일 자세가 되어 있지 못했다.

50년대 대중지에서 술과 외도가 여성들로부터 남편을 빼앗아 가는 절대 적敵으로 그려지는 것은 이러한 남편의 '불성실함'에 대한 여성들의 강한 불만을 표현한 것이었다. 당시, 여성을 독자로 상정한 대중지

---

36 이덕근, 「각각 노는 가족들」, 『여원』, 1958년 9월, 56쪽.

37 이명온, 「영화와 여성」, 『신영화』, 1958년 5월, 62쪽.

38 『영화세계』 1955년 3월호 38쪽에 실린 '熱戰后(열전후)'라는 네 컷짜리 만화는 부부싸움을 한 후 남편이 아내에게 극장에 가자는 제안을 함으로써 화해하는 내용을 담고 있다.

만화 〈이쯤되면〉, 『영화세계』, 1955년 3월. 40쪽.

들을 보면 남편들이 가정에 소홀하다는 문제가 종종 제기된다. 〈자유
부인〉에서도 집필에만 몰두한 나머지 아내에게 무관심한 교수 남편이
묘사되고 있다. 이 경우는 교수 남편인 경우에 한정된 특별한 경우였
고, 일반적으로 가정으로부터 남편을 빼앗는 주범으로 늘 지목되는 것
은 '술'과 '여자'였다. 특히 음주는 남편들이 무엇보다도 가족들과 시간
을 보내지 않고 다른 남성 친구들과 어울려 다니게 하는 주범으로 지
목된다.

『신태양』 1954년 7월호에 실린 한 부부의 논쟁에서도 음주는 남편
이 가정을 도외시하고 가족과 시간을 보내지 않는 주요 원인으로 제시
된다.[39] 『주부생활』 1959년 3월호에 실린 신동헌의 '여성의 적敵'이라는
삽화에서도, '술'이 여성의 '적'으로 언급된다.[40] 술은 가정 폭력이나 금
전적인 낭비와 같은 문제도 불러일으킨다는 점에서 여러모로 '화목한'
가정을 해치는 것이었다.

가족과 시간을 보내는 것이 여의치 않을 때 영화 보기는 때로는 술과

39 金湖星, 「飮酒와 愛情은 竝行할 수 있다」, 『신태양』, 1954년 7월 ; 鄭慕任, 「생활의 변화도 있어야」,
    『신태양』, 1954년 7월.
40 신동헌, 「여성의 적」, 『주부생활』, 1959년 3월, 47쪽.

술 때문에 귀가가 늦은 남편을 술집 앞에서 기다리는 아내. 출처 : 『주부생활』, 1959년 6월.

외도로 가정과 자신에 소홀한 남편에 대한 응수로서, 현실과는 다른 환상을 체험하는 일이 되었다. 바로 이러한 이유에서 여성의 영화관 가기는 가볍게는 '가사의 공백'을 의미했지만, 다른 한편으로는 '섹슈얼한 러브 씬'을 시연해 보고 싶은 적극적인 욕구로 치부되기도 했다.

대부분 여성이 영화를 보는 그 심리는 가장 통속적인 연애소설을 무의미하게 탐독하는 그 심리와 다를 것이 없으며 무조건 자기 자신을 그 스크린에 나타나는 주인공에 세워놓고 갈증을 느끼는 흥분 상태에 빠짐으로써 만족하는 것이다. 이러한 자가도취가 아니면 어느 때 어느 곳에서 어느 남성과 書面에서 보고 느낀 그대로 「쎅슈얼」한 「러부 씬」을 試演하고 싶은 목적에서 영화관이 되어 버리는지도 모른다.[41]

이러한 비난이 가능했던 것은 당시 수입되던 서구 영화의 선정성 때문이었다. 영화관 가기는 곧 이러한 선정적인 서구 영화를 통한 연애의 간접 체험으로 여겨졌고, 더불어 성性의 대리 체험으로 인식되었다. 그러면서 여성의 영화 보기를 억압적인 가부장제로부터의 탈출구 혹은 여성의 권리로 보는 시각이 생겨났다. 가정 내 여성들이 영화 보기

41 이영일, 「영화와 여성」, 『신영화』, 1958년 5월, 62쪽.

를 통해 사회가 그들에게 허락하지 않는 '연애'를 대리 체험하는 것, 즉 영화를 보면서 윌리엄 홀든이나 몽고메리 클리프트와 같은 '외간 남자'들을 사모하는 것이 가능했기 때문이다.

이처럼 신문소설을 보고 대중지를 보는 여성들의 독서가 남성 지식인들의 빈축을 샀던 것과 마찬가지로, 여성의 영화관 출입은 나름의 문화생활로 인정받으면서도 비판을 받았다. '입센의 「인형의 집」'을 읽고 집을 나간 여자들이 있듯

『여원』 1956년 2월호에 실린 연재 만화 〈미쓰 꾀꼬리〉. 자신을 구해줄 백마 탄 남자를 꿈꾸지만, 이는 스크린 속의 환상일 뿐이라는 메시지를 전달하고 있다.

이 영화를 보고 딴 남자와 불의의 사랑을 맺고 가정을 파경으로 빠뜨리고 집을 나가는 수가 많다'[42]는 오염론이나 영화 체험을 여성들의 '성적 욕구'와 등치시켜 여성 관객을 불온하게 바라보는 담론과 연결하기도 했으며, 심지어 신파적인 한국영화를 즐기는 여성 관객을 일컬어 '고무신짝'[43]이라고 폄하하기도 했다. 반면 영화계 내부에서는 여성 관객을 문학의 장에서보다는 긍정적으로 바라보았다. 영화는 '문학'에 부

....

42 「특집—여성과 매스 코뮤니케이션」, 『여원』, 1962년 9월, 144쪽.

43 1950년대 당시 '한국영화'와 '서구 영화'는 분명 서로 다른 관객 집단을 갖고 있었다. 일반적으로 한국영화의 관객은 서구 영화의 관객보다 계층과 교육의 정도가 비교적 낮다고 할 수 있다. 서구 영화는 자막을 통해 보아야 했기 때문에 문해력literacy이 필요했고, 감상하는 데 서구에 대한 배경 지식이 필요했기 때문이다. '고무신짝'이라고 불리던 여성 관객은 바로 '한국영화'를 감상했던 비교적 낮은 계층의 중년 여성을 일컫는 말이다. 관객을 대상으로 한 이러한 취향의 구별짓기에 대해서는 변재란의 『한국영화사에서 여성 관객의 영화 관람 경험 연구—1950년대 중반에서 1960년대 초반을 중심으로』(중앙대 박사학위논문, 2000)중 3장 2절 '대중문화의 형성에 따른 구별짓기' 부분을 참조할 수 있다.

과되어 왔던 계몽이나 사회 비판의 압력에서 비교적 자유로웠기 때문인데, 애초부터 영화 보기 그 자체는 심각한 지적知的 행위라기보다는 '오락'이기 때문이다. 이러한 영화의 위치는 영화 보기에 대한 비판적 담론을 비교적 희석시켰고, 오히려 여성들의 욕구를 정당하게 표출하는 행위로까지 여겨지게 했다.

이러한 변화의 흐름에서 영화 〈자유부인〉은 그것이 '한국영화'라는 점에서 중요한 의미를 갖는다. 연애와 성애의 표현이 비교적 자유로운 서구 영화가 아닌, '한국영화'로서 동시대 기혼 여성의 쾌락과 욕망을 다루었기 때문이다. 서구의 배우들이 아닌 한국 배우들의 영화 속 연애와 이것을 보는 쾌락은 거꾸로 관객들에게 자신들이 처해 있는 현실을 직접적으로 가리켰고, 이로 인해 관객들이 한국영화에 대해 느끼는 자극의 주관적인 감도는 서구의 영화들보다 훨씬 컸을 가능성이 있다. 그러나 이러한 영화 보기의 은밀한 쾌락은 항상 감시받고 예의 주시되었기 때문에 명시적으로 드러나서는 안 되었다. 이처럼 여성의 쾌락이 텍스트 상에서 어떤 방식으로 존재하는가를 특징적으로 보여 준다는 데에 한국영화 〈자유부인〉의 이중성 혹은 양가성ambivalence이 있다. 영화는 타락한 '오선영'을 악녀로 그리고 있지만, 부분적으로는 그녀가 집 밖에서 얻는 쾌락을 관객이 동일시할 수 있게끔 하는 전략이 구사되고 있다. '댄스홀' 장면은 그 예가 될 수 있다.

이렇게 〈자유부인〉에는 일탈의 쾌락이 내재해 있지만, 여성 관객들이 정작 영화 속 '오선영'과 자신을 구별하려 했다는 사실도 놓칠 수 없는 대목이다. 그 구별짓기는 극중에서 '자유부인' 오선영을 연기한 자연인 여배우 '김정림'을 비난함으로써 자신의 건전함을 입증하는 방식으로 이루어졌다. 여성들은 그녀를 관음증적인 시선으로 바라보는 남성들과 마찬가지로 여배우 김정림을 두고 수군거리고(삽화 '自由夫人' 참조) 그녀를 루머를 통한 스캔들의 주인공으로 만들기도 했다.

여배우 김정림은 실제 다방 마담 출신으로 〈자유부인〉에 출연하여 스타가 되었으나 〈자유부인〉 이후에는 이렇다 할 흥행작을 내지 못했다. 1958년경 김정림은 〈자유부인〉의 감독 한형모와의 스캔들에 연루되는데, 한형모 감독 부부에게 김정림이 서울의 한 호텔에서 한 감독과 밀회를 자주 갖는다는 엽서가 날라든 사건에서 그 스캔들은 촉발되었다. 내용의 진위를 떠나 엽서를 누가 보냈는가 하는 점은 세간의 관심을 끌었다. 물론 이 투서를 보낸 사람은 밝혀지지 않았지만, '기혼 여성'이라는 점은 쉽게 짐작될 수 있다. 소설은 물론 영화 속에 '오선영'의 탈선을 그녀의 남편에게 알리는 '한태석'의 처 '이월선'의 편지가 삽입되어 있는데, 투서를 보낸 사람은 영화 속에서 남편을 오선영에게 빼앗긴 '이월선'과 자신을 동일시했을 가능성도 있다.[44] 이러한 여배우에 대한 비난과 만들어진 스캔들은 일탈의 욕구를 감추는 무의식적인 방어기제가 아닐까. 이 일화는 가부장제 내에서 여성의 쾌락을 공공연히 드러내 놓을 수 없다는 것과 관련되어 있을 것이다.

앞서 밝힌 바대로 소설과 영화 〈자유부인〉은 주로 중간 계급 이상의 독자와 관객에 의해 수용되었다. 소설 「자유부인」이 허영심 강한 '오선영'의 타락을 묘사함으로써 전후의 풍속 변화에 대한 보수적인 남성 독자들의 비판적 반응을 불러일으켰다면, 영화 〈자유부인〉은 기혼 여

....
44 박성, 「한감독에게 날아든 협박장」, 『신영화』, 1958년 5월 ; 한석훈, 「사라진 여우 김정림은 영화계에 복귀할 것인가?」, 『국제영화』, 1958년 3월.

☆自由夫人☆
「키쓰를 하다가 그만
향료를 말렸때…!」
「…………」
—新人女評家

삽화 〈自由夫人〉, 『신태양』, 1956년 8월호 148쪽.

성들의 쾌락적 측면을 더욱 강화시켜 당시 영화의 주요 관객인 여성 관객의 요구를 반영했다. 여기서 주목할 것은, '자유부인'으로 표상되는 전후의 풍속 변화는 경제적으로 비교적 여유 있는 중간 계층 이상의 여성들과 신세대들이 주체가 되어 주도했다는 점이다.

'미국화'로 부를 수 있는 50년대의 자유주의적 문화는 그 반작용으로서 풍기 단속과 도의道義 교육이라는 정부 차원의 대응은 물론, 하층민들에게 희생을 강요하는 전통 담론을 강화시켰다. 50년대 후반에 홍익인간·화랑도·충·효·신 등의 민족주의를 기반으로 한 정부 차원의 도의 교육이 강화되었는데, 이러한 교육에서는 민주주의와 서구문화에 대한 부정적 인식이 강조되었다. 정부 차원의 도의 교육은 서구의 민주주의와는 달리 전통적 순풍양속諄風良俗의 기반 위에 '한국적 민주주의'를 창건하는 것을 기본 목표로 삼았다.[45] 이러한 도의 교육은 전쟁으로 인해 삶의 뿌리가 뽑힌 이들을 효부·열녀·효녀·효자로 예찬함으로써 전쟁 중 남편을 잃고 생계 전선에 뛰어든 하층민 여성은 물론이고, 도시의 중간 계층 이상 여성과 젊은이들의 도덕적 해이까지 경계하려 했다.

....

45 이동헌, 「1950년대 국민화 담론 연구－道義교육을 중심으로」, 『한국학논총』 43, 한양대 한국학연구소, 2008년 5월.

영화 〈자유부인〉은 이러한 도의 교육자 혹은 보수주의자들의 시선
과 적절한 타협을 하고 있다. 남녀가 뺨을 부비고 얼싸안고 춤을 추는
씬scene들은 이러한 보수적 담론의 생산자들이 보기에 불편한 텍스트
였을 테지만, 외도남의 아내에게 뺨이 얼얼하도록 얻어맞고 집으로 돌
아온 오선영의 모습에서 그들은 어떤 안도감을 느꼈을 것이다. 그러나
분명 이러한 도덕적 징벌은 영화 〈자유부인〉의 일면적이고 부분적인
특징에 불과하다. 이 영화는 한편으로는 새로운 문화 변동에 대한 여
성들의 쾌락을 전달해 주었고, 이러한 이유에서 소설 「자유부인」을 읽
고 '침묵했던' 일군의 독자들은 영화 〈자유부인〉의 관객이 될 수 있었
던 것이다.

소비 주체로서의 여성, 개인, 주부: 차이를 찾는 여성들

영화는 관객들을 단지 관객으로서만 호명하지 않는다. 한국영화를
포함한 50년대 한국에서 상영된 영화들은 아름다운 여성들과 그들의
화려한 패션과 여가 생활을 묘사하고 있다. 특히 '현대적modern'이라는
이름으로 포장된 현대적인 소비재들은 여성들의 눈길을 끌기 충분했
다. 50년대의 영화잡지들은 여성 관객들이 주요 여성 소비자와 이어
질 수 있다는 사실을 정확하게 간파하고 있었다. 『여원』과 같은 여성지
는 말할 것도 없고, 『신영화』, 『국제영화』, 『영화세계』 등의 영화잡지
광고의 대부분은 '홀몬 미용 크림' 류의 화장품이나 어린이들을 위한
정장제, 소아마비 치료약, 과자점, 사진관 광고 등이었다. 한 잡지사는

영화 홍보와 화장품의 마케팅을 결합하여 영화 내용을 알아맞힌 소비자들에게 화장품을 증정하는 행사를 벌이기도 했다. 일례로『여성생활』1959년 9월호에 이벤트 공지가 실려 있고, 11월호에 당첨자를 발표했다. 백민영화공사가 제작한 영화〈三女性(삼여성)〉과 태평양화학공업사의 ABC 화장품의 합작 마케팅이었다.

이 시대 여성에게 소비를 통한 어떤 쾌락이 있다면, 그것은 분명 의의와 한계를 동시에 지니고 있는 것일 것이다. '절대적으로' 50년대 여성들은 소비에서 '자유로운' 선택을 구가할 수 없었다. 무엇보다도 소비에는 경제적인 제약이 따른다. 당시 하층민 여성들은 고가의 빌로드나 나이롱 양장을 입을 수도 퍼머넌트를 할 수도 화장품을 살 수도 없었다. 이 시대 여성들의 패션 변화는 분명 중간층 이상의 여성들—기존의 표상 체계를 따르자면 '유한마담'과 '여대생'을 중심으로 한 것이었다. 50년대 당시의 대다수는 궁핍했지만, 한편으로는 부르주아 계층의 과시적 소비가 상대적으로 이 절대 빈곤층의 상대적 박탈감을 증폭시킨 시기였다. 더욱이 전쟁 후 '사바사바'라는 말이 유행할 정도로 사회적으로 기회주의와 무원칙이 횡횡하고 계층 간의 역전이 일어나던 시기였기에 이러한 피해의식은 예상보다 훨씬 컸다.

이러한 박탈감과 피해의식은 중산층 이상의 여성들, 즉 유한마담과 여대생에 대한 비난으로 표출됨으로써 가부장제의 방어기제와 곧잘 결합된다. 〈자유부인〉에서도 남편 장 교수가 그러한 사치스러운 여성을 꾸짖는 가부장의 역할을 하기도 했지만, 한형모 감독의 또 다른 영화 〈청춘쌍곡선〉(1957)이나 〈여사장〉(1959)에는 '사치스러운' 상위 계층 여성을 도덕적으로 꾸짖고 계도하는 가난한 남성들이 등장한다. 여성 소비자들을 가부장의 이름으로 계도하려는 그들의 강력한 의지는 여성들을 효과적으로 통제하려는 사회적 욕망과도 맞닿아 있다.

1959년 영화 〈여사장〉의 스틸 컷. 여배우 조미령의 패션과 그녀가 들고 있는 주스 잔 그리고 해변가의 카페가 눈길을 끈다.

　이러한 남성들의 가부장적인 비난은 곧잘 민족주의와 반공 이데올로기와 결합한다. '반공'과 '민족'을 강조하던 50년대의 시대적 분위기에서 여성 소비자들의 행동은 주류 담론들이 강조하던 집단적 가치와는 달리 '개인'의 가치를 강조하는 것으로 비춰졌다. 이는 한국의 50년대적인 특성이었을 뿐만 아니라, '소비'라는 행위 자체가 갖는 특성이기도 하다. 보드리야르에 의하면, 소비의 행위에는 개인주의 이데올로기가 강하게 작용한다. '박탈에 의한 착취'는 사회적 노동이라는 집단적 영역에 관계되는 것이기 때문에 사람들을 연대하게 하지만, 소비 대상 및 소비재를 소유하는 것은 개인주의적이고 몰연대적인 경향을 지니게 한다.[46] 소비자인 한에서 사람들은 서로 고립되고 서로 무관심한 대중이 되는 셈이다. 같은 소비재를 공유하는 사람들이 있다 하더라도 그들은 어느 특정한 코드를 공유할 뿐 집단화되지는 않는 것이다. 소비자들은 코드의 공유를 통해 특정 집단의 소속감을 느끼지 못하며, 타인과 구별되는 '차이'를 갖고 싶어 한다.[47]

46 J. Baudrillard, 『소비의 사회—그 신화와 구조(La Société de Consommation)』, 이상률 옮김, 문예출판사, 1991, 124~125쪽.

47 위의 책, 130쪽.

한국영화 〈운명의 손〉(1954)의 스틸 컷. 이 영화의 카메라는 여주인공인 마가렛이 쇼핑하는 잡화점의 상품들을 관객들에게 보여 준다.

이러한 두 가지 측면들은 가능성이자 한계이다. '여성'이 새롭게 유행하는 옷을 입고 여성지와 신문 등을 읽고 영화를 봄으로써 민족과 국가의 문제로부터 벗어나 자기 자신의 문제에 집중할 수 있다는 점에서 분명 이러한 문화적 소비는 자율적인 선택을 하는 '개인'을 구성시킬 수도 있다. 그러나 이 '개인'은 결코 자율적이지 않다. 당시 미국적인 '문명화'의 코드가 이미 주어져 있었고, 여성 소비자들은 이 코드에 따라 상품을 구매하고 문화를 수용했기 때문이다. 이러한 소비 행위들이 유행과 광고로써 동기화되는 한에서 그러하다. 또한, 패션과 미용을 통해 여성들이 사회적으로 관음증적인 쾌락의 대상이 된다는 점에서도 소비 행위를 통한 자기표현은 분명 한계가 있다. 그러나 이러한 한계에도 불구하고, 50년대 상품 소비와 문화 수용을 통한 자기표현은 분명 '국산품 애용'과 같은 공동체적 가치와는 대척되는 지점에 있었다.

'개성적인 미에서 매력을 찾는 것이 현대인의 미에 대한 감각이다. 용모가 아름다워야 미인이라고 찬양하든 시대는 바뀌었다. 이마가 벗겨지고 광대뼈가 나오고 입이 쭉 째졌어도 당신은 훌륭한 미인이라 자처할 수 있다.'[48]라는 개성 예찬은 이 시대에 매우 흔하게 발견된다. 이

....
48 吳葉舟, 「美人이 되는 秘訣」, 『여성계』, 1957년 5월, 273쪽.

러한 개성에 대한 욕구 때문인
지 여성 소비자들은 매우 구체
적으로 자신이 원하는 바를 표
현하기도 하였다. 여성들은 특
히 외래품을 보거나 사용하면
서 얻어진 안목을 국산품에 적
용하는 까다로움을 보였다.

맥주를 마시는 〈운명의 손〉의 마가렛. 이 장면만 보면 이 영화가 맥주를 간접광고(PPL)하고 있다는 혐의를 피할 수 없다.

　'각종 치수로 데자인도 각양
각색이 있으니 선택하는 데도 취미를 살릴 수 있게 됨은 고마운 일이
나… 앞으로는 외국제품과 같은 기성품이 많이 만들어질 바라며 안감
이나 심지도 겉감에 쓰기 바란다'(종로구 김영심), '국산품을 애호해야할
입장에서는 그릇된 생각이겠으나 나아졌다는 국산품이… 도무지 허술
하기 짝이 없다'(인천 김태순), '국산품 부라저의 끈은 언제나 투박하며
거칠기 때문에 때가 쉬 탑니다. … 화스너도 좀 더 튼튼하게 달아주어
서 안심하고 쓸 수 있도록 해주시오'(성북구 길순옥)[49] 등의 상품에 대한
의견 표명은 비록 중간 계층 이상의 여성들이라는 한정된 집단의 것이
기는 하지만 식민지 시절에는 보기 힘든 것이다.

　비록 상품의 소비에 관한 한정된 의견 표명이지만, 여성 소비자들이
자신의 의견을 정확하게 전달하는 것 그 자체만으로도 '민주'나 '자유'
와 같은 정치적 이념의 일상적 실천이라는 의의를 찾을 수 있다. 이러
한 발언들은 비록 여성지와 같은 제한된 커뮤니케이션의 장을 빌려 표

....
49 「물건을 쓰는 사람의 메이커-에 對한 注文」, 『여원』, 1959년 6월, 239쪽.

명된 것이지만, 여성 스스로의 판단과 안목을 표출할 수 있는 계기였기 때문이다. 이러한 발언들은 남녀평등, 여성의 사회 참여 등 당시 여성과 관련한 사회적 어젠다들과 일정 부분 관련이 있다. 문화 소비가 가진 정치적 표현력은 화장품과 헤어스타일, 패션 등과 같이 외양과 몸 가꾸기는 물론이고, 특히 '영화 보기'와 같은 여가 즐기기에서 뚜렷하게 나타난다.

밀즈C. W. Milles는 과시적 소비를 무엇보다도 화이트칼라 계층으로 이루어진 신중간 계급의 특성으로 파악한 바 있다. 그에 따르면, 신중간 계급은 신분 서열상 위치 파악이 애매하기 때문에 다른 어느 계급보다도 지위 공포를 겪게 되는데, 그로 인해 소비나 여가에서 모방적 형태의 과시적 소비를 한다는 것이다.[50] 이러한 중간 계층의 자기 정체성 형성에서 자신보다 상위 계층에 있는 집단을 모방하려는 의식이 매우 강하기 때문에, 특히 소비와 같은 사적 영역은 이들에게 의미하는 바가 매우 크다. 이들은 소비재는 물론이거니와 일반적으로 여가를 통한 문화생활에 대한 욕구도 매우 강하다. 50년대는 물론 90년대까지도 한국 사회의 중간 계층이 가장 많이 선택한 문화생활이 바로 '영화 관람'이었다.[51]

특히 가족 동반 '영화 관람'은 화목한 가정의 증거였다. 물론 당시 가족 동반 영화 관람이 자주 눈에 띄는 새로운 현상이었지만 모든 남편들이 이러한 아내들의 요구에 응했던 것은 아니다. 여성이 홀로 혹은 다

....

50 함인희 · 이동원 · 박선웅, 『중산층의 정체성과 소비 문화』, 집문당, 2001, 45쪽.
51 위의 책, 120쪽.

른 여성들과 함께 영화관에 가는 현
상도 낯선 현상이 아니었다. 그렇지
만 이 모든 경우에서 영화 관람 등
모든 종류의 '외출'은 기혼 여성에게
가정으로부터의 일시적인 해방을 의
미했다. 서울과 같은 대도시에 한정
된 것이기는 하지만, 50년대 후반 서
울 시청 부녀과 주최로 금요일마다
열린 여성 교양 강좌에는 매회 100여

서울 시청 공보처 공보실에서 금요일마
다 열린 공개 교양 강좌에 참여한 주부
들. 출처 : 『주부생활』. 1958년 3월.

명이 넘는 여성들이 모여들었다. 이와 유사하게 독서 모임을 갖는 주부
들의 활동[52] 역시 일종의 사회 참여의 변형된 형태로 볼 수 있다.

　이처럼 50년대에 사적 영역 상에 변화가 일어났지만, 이는 중간 계
층 이상 기혼 여성들의 스위트홈을 위한 변화, 즉 지극히 한정된 집단
에서 일어난 변화라는 점은 강조되어야 한다. 50년대는 미혼 여성, 미
망인, 양공주의 정조와 성 그리고 가부장제에서 어긋난 주부들의 여가
생활에는 결코 관대한 사회가 아니었고, 여성운동 자체를 바라보는 시
선도 곱지 않았다. '남녀동권의 의의'란 제목으로『주부생활』에 게재된
다음의 글은 '남녀동권'이 결국 향락과 치정, 무책임, 태만과 이기심의
남녀 동권일 뿐이라고 지적하며, 여권 운동을 하는 여성들을 이성의
사랑에 굶주린 여성이라 매도하고 있다.

....

52 「좌담회─주부와 독서」,『주부생활』, 1958년 6월.

오늘의 우리 사회는 아직 여자 쪽이 불리하고 불편한 점이 많다.

그런데도 여권 옹호를 들고 남녀동권을 내세울 필요는 아니 느끼고 행복하게 사는 경우가 허다하다는 사실은 무엇을 말하는 것일까. 〔중략〕 미국의 어떤 작가도 여성들의 이런 현실을 들어 말하길―**남녀동권을 자주 내세우고 여권 운동에 바삐 돌아다니는 소위 남성에 가까운 여성의 대부분은 이성의 사랑에 굶주린 여성들이 많으며** 〔중략〕 해방 후 십여년 우리가 부르짖은 남녀동권에서 이 땅의 여자와 남자들이 얻은 이익이 무엇인지 알고 싶다는 것이다. 〔중략〕 **선남선녀가 동등한 입장에서 사내는 계집들의 계집은 사내들의 약점과 결점을 동등하게 이용하여 동등하게 향락하고 동등한 치정과 방종과 동등한 무책임과 태만과 이기심을 동등히 발휘하자는 남녀동권에서 한발 더 높이 올라간 무슨 남녀동권이 있었던가.**[53](강조―인용자)

이러한 오해는 사실상 다음과 같은 좌담회에서 드러나다시피 여성운동에 대한 노골적인 비하, 폄하와 같은 맥락에서 나온 것이었다. 이러한 노골적인 비하와 폄하의 표출은 50년대에 들어서 상대적으로 활성화된 여성운동에 대한 남성들의 심리적 위기의식의 표현이기도 했다.

李奉來(문예평론가) : **도대체 사회사업을 한다든지 무슨 전도부인 같은 여자를 보더라도 그 얼굴에 자비심이 나타나야 하는데 얼굴을 가만히 쳐다보면 질투 시기 등으로 꽉 찼어.**

....
53　표문태, 「남녀 동권同權의 의의意義」, 『주부생활』, 1959년 1월, 259쪽

李海浪(연출가) : 왜 그렇게 여자하고 못 사귀었어? 그럼 쓸개 빠진 여자만 거리에 찼단 말인데.

李奉來 : 그런 것은 도시 미관상 좋지 않아.

劉斗演(영화 평론가) : 이것 어떻게 법으로 할 수 없을까? 전차라든지 뻐-스가 다니는 길로는 다니지 말고 따루 도로를 만들어 사회사업을 하는 여성과 전도부인을 이리로 다녀라 하고 할 수 없을까? (웃음) **여자라는 것은 하나님이 내실 때 남자를 위해서 특수한 목적이 있어서 내신 것이 분명한데 그들은 본질적인 존재의 의의를 망각하고 있어.** 아무튼 요새는 여자들 좋게 보는 안경이 필요해.[54] (강조-인용자)

위 인용문은 문화예술계에 있는 세 명의 젊은 남성들이 벌인 '정담鼎談'의 일부이다. 이 기사의 기획 취지는 '우리 사회를 순화 개량하는 데 도움이 될' 것을 목적으로 하고 있다고 신태양사는 밝히고 있다. 세 사람의 독설을 들여다보면, 순화와 개량의 대상으로 여성의 어떤 점을 꼬집고 있는지를 알 수 있다. 사회사업하는 여성들을 부정적으로 묘사하면서 '여자라는 것은 하나님이 내실 때 남자를 위해 특수한 목적이 있어서 내신 것이' 분명하다는 이러한 언급은 농담의 뉘앙스를 띠고 있기는 하지만 50년대에 사회를 지배하던 성적性的 보수성을 감지하게 한다.

이러한 성적 보수성과 양면을 이루는 것은 바로 사회적 관음증이다. 50년대 미국은 '순진한 처녀'와 자는 것은 결혼으로 책임져야 하는 것이라고 생각할 정도로 보수적이었지만, 다른 한편으로는 53년에 『플

----

54 이봉래 · 이해랑 · 유두연, 「유쾌한 독설」, 『신태양』, 1956년 8월, 168쪽.

레이 보이』가 창간되고 마릴린 먼로, 엘비스 프레슬리, 마론 브란도, 제임스 딘 등이 섹스 심벌이 되는 등 성적 욕망이 일상화된 시기이도 하다.[55] 이와 유사하게 50년대 한국에서도 여성들의 외도와 몸매를 드러내는 패션은 종종 비난의 대상이었지만, 이러한 여성들의 탈선을 비판한다는 명목 하에 여성들의 행실과 패션을 관음증적으로 그려 내는 이중성이 있었다.

> 내가 아는 어느 자가용 자동차 운전수가 있다. 이 사람은 어느 날 밤 늦게 혜화동에서 종로 5가로 빠지는 길—서울대학교 앞길을 세단을 몰고 가려니까 어느 젊은 여성이 자동차를 세웠다. 〔중략〕 그 여자의 요청이 그냥 자동차 안에서 밤을 새자는 것이다. 이리하여 그날 밤 운전수는 그 여자를 제 숙소로 데리고 가서 함께 자고서 이튿날 아침 보냈다는 것인데 〔중략〕 운전수가 실없이 내게 조작해 말한 것이기를 바라는 사람이다.[56]

젊은 여성들의 엽기적인 성윤리 실종을 고발하는 듯하지만, 이러한 류의 글들은 여성들의 이상한 행동들을 지나치게 자세히 묘사함으로써 관음증적인 시각을 잘 보여 주고 있다. 이러한 시각은 1955년 세상을 떠들썩하게 했던 박인수 사건을 두고 많은 주류 담론들이 그와 관계한 여성들이 실은 사회적 지위가 있는 집안의 유부녀나 처녀성을 이미 잃은 방종한 처녀들이었다는 사실에 개탄하면서도, 동시에 이를 흥미

....
55 조은 · 조주현 · 김은실,『성 해방과 성 정치』, 서울대학교 출판부, 1996, 137쪽.
56 趙豊衍의 「아프레 · 게르 處女性」,『주부생활』, 1959년 4월, 227쪽.

로운 이야깃거리로 만들었던 사실에서도 잘 알 수 있다. 전쟁 직후 실제로 갈 곳이 없는 여성들이 많았음은 50년대를 묘사하는 많은 텍스트들이 입증하고 있다. 즉, 갈 곳 없는 여성들이 매춘으로 생존한다는 것은 사회적으로 혹은 정치적으로 그 시대의 가부장들이 그녀들을 보호할 능력을 상실했음을 의미하는 것이지만, 이 거리의 매춘녀들은 가부장들의 각성을 촉구하는 소재가 아닌 사회적 관음증을 충족시키는 소재로 소비되곤 했다.

이 같은 성적 보수성이 지배하는 상황에서 여성의 영화 관람은 사적 영역(가정) 내에서, 비교적 덜 비난 받는 '건전한' 방식을 한, 50년대식 '민주'의 실현으로 볼 수 있다. 여성들은 가정 밖의 영역에서 보호 받기 어려웠지만, 중간 계층 이상의 주부가 남편에게 '술' 대신 가족과 여가를 보낼 것을 요구할 수는 있었던 것이다. 남편이 이에 실제로 응했는가 하는 것보다 중요한 것은 그들의 요구 자체가 사회적으로 그다지 무리하지 않은 요구로 인정되었다는 것이다.

이러한 방식의 '민주화', '평등화'는 일본에 비해 충분히 경제력을 갖추지 못한 한국 사회가 선택할 수 있는 '나름의' 방식이었다. 50년대 중반 이후 일본에서 민주화라는 가치는 가정 내의 냉장고, 세탁기, 텔레비전과 같은 가전제품의 소유로 이해된 바 있다. 주부를 가사 노동에서 해방시킨다는 의미에서였다. 가전제품의 소유를 곧 가정 내의 민주화 이미지로서 광고에 슬쩍 끼워 넣은 마츠시타松下 광고는 그러한 이미지를 상업적으로 이용한 일례이다.[57]

....

57 吉見俊哉 , 『미디어 문화론』, 안미라 옮김, 커뮤니케이션북스, 2006, 157쪽.

이 시기 일본의 1천 명당 라디오 보유 대수는 146대였고 텔레비전은 1대였던 것에 비해, 한국에서는 가전제품이 대중적인 이미지를 가질 수 있을 만큼 보급되지 못했다. 1955년 인구 1천 명당 라디오 보급은 9대였고 텔레비전은 전무했고,[58] 1960년 통계에도 한국의 텔레비전 보급률은 0퍼센트에 가깝다. 일본의 1960년 텔레비전의 보급률이 1천 명당 73대였던 것과 비교해 보면, 가전제품의 소유가 주부를 해방시킨다는 논리는 한국에서는 너무나 요원한 것이었다. 이러한 상황에서 가전제품은 대중적인 소유의 평등이라기보다는 일부 계층의 과시적 소비로서만 의미가 있었다.

『주부생활』 1959년 2월호에 실린 「主婦 戰線 異狀 있음!!」이라는 만화는 남편의 월급을 자랑하던 두 주부가 가전제품 경쟁에 나서는 것을 풍자하고 있다. 이 만화에서는 두 주부가 실제로 라디오, 자가용, 텔레비전을 사들인 것이 아니라 남의 집 것을 빌려와 과시하거나 가짜 텔레비전 안테나를 달아 과시한다. 이들이 도시의 중간 계층이지만, 이들이 실제로는 이러한 가전제품이나 자가용을 소유하기에는 무리였다는 사실을 알 수 있다.

이에 비해 영화 관람은 문화 수용에서 중간 계층을 주축으로 하여 상대적으로 넓은 범위의 계층을 아우름으로써 나름의 '평등'을 이룩할 수 있는 길이었다. 영화 보기는 주부들의 자기표현이자 사회 참여이기도 했지만, 주부를 넘어서 더 많은 이들의 오락이기도 했기 때문이다. 300원에서 600원 정도가 드는 영화관 입장료가 부담스럽지 않은 것은 아

---

58 통계청, 『통계로 본 대한민국 50년의 경제사회상 변화』, 1998, 466쪽.

니었지만, 50년대 대중들은 이러한 관람료를 기꺼이 지불했다. 1958년 영화관 출입은 1인당 1년에 1.12회꼴이었고,[59] 1961년에는 2,3회로 대폭 늘어난다. 1955년 〈춘향전〉이나 1956년 〈자유부인〉은 그 출발점이었고, 특히 영화 관람이 갖는 여성의 자기표현적 의의는 TV 드라마가 영화를 대체하기 전까지 계속되었다.

주부들의 가전제품 과시 경쟁을 꼬집는 만화.

....
59 김영희, 「제1공화국 시기 수용자의 매체 접촉 경향」, 『한국언론학보』, 2003년 12월 참조.

3

1950년대 시네마 천국, 수입 영화와 번안의 시대

'국제'라는 상상된 관객 혹은 거울

해방 직후 일본인 소유의 '明治座(메이지좌)'가 미군정에 의해 접수되고 1946년 1월에 그 이름을 '국제극장'으로 바꾸었던 것[1]은 해방 이후 한국(남한) 사회의 매우 상징적인 개명改名으로 언급될 수 있다.

식민지 시기에도 서양 영화들이 비록 시차는 있지만 거의 동시기에 조선의 영화관에 들어와 상영되었던 만큼 서구 영화의 상영이 이 시기에 처음 시작된 것은 아니다. 그러나 해방 후 국제극장의 사례처럼 '국제'라는 이름을 극장의 이름으로 내건 것은 정확하게 시대적 트렌드를 반영한 것이다. 그 뒤를 이어 1950년의 한국전쟁은 한국을 진정 '국제적'으로 만들게 된다. 수많은 피난민들이 부산에 모여들고, 미군수품과 밀수품들이 거래되는 '국제시장'이 생기고, 세계 각지의 기자들이 몰려

....

1 「명치좌를 국제극장으로」, 『동아일보』, 1946년 1월 7일자.

들면서 '산업신보'라는 제명의
신문이 '국제신문'으로 이름이
바뀐 것 역시 '국제극장'의 개명
만큼 상징적인 사례이다. 50년
대 대표적인 영화잡지인 『국제
영화國際映畵』 역시 '국제'라는 단
어를 사용한 예가 될 수 있는 것
은 물론이다.

국제극장의 모습(1962년경). 출처 : 국가기록원

　이러한 예들을 종합해 보면 영어의 'international'을 의미하는 '국제國
際'라는 말의 용례에는 한정된 특정 지역이 아닌 전 세계를 상대하고 있
다는 자부심 그리고 바로 그 전 세계의 현재 트렌드를 놓치지 않고 따
라잡고 있다는 긍정적인 의미가 포함되어 있다. 물론 이때의 전소세계
란, 말 그대로 세계의 모든 나라의 대등한 합으로서의 세계가 아닌 서
구, 그 가운데서도 미국을 의식한 말이다.[2] '국제적'이라는 단어의 사용
은 제2차 세계대전 이후 미국으로 대표되는 서구 사회에 대한 열등감
과 세계를 지배하고 있는 냉전 논리를 긍정적인 흐름으로 내면화했던
당시 한국의 상황을 잘 보여 주고 있다. 현재에도 지속되고 있는 '국제
적'에 대한 한국적 강박과 집착은 해방 후 시작되고 한국전쟁을 거쳐
한국 사회에 널리 확산되었다고 해도 과언이 아니다.

....

2　장세진, 『상상된 아메리카―1945년 8월 이후 한국의 네이션 서사는 어떻게 만들어졌는가』, 푸른역
　사, 2012, 21쪽. 장세진은 이 책에서 한국이 근대국가를 형성하는 과정이 미국(아메리카)을 보편의
　자리에 두고 우리를 특수의 자리에 놓는 도식 속에서 출발하게 됨을 지적하고 있다. 장세진의 논의
　에 비추어 볼 때 50년대 '서구'라고 지칭되는 모든 것의 기준점은 실은 '미국'을 의미한다고 보아도 과
　언이 아니다.

이 시기에 상영된 수입 영화는 '국제적'인 것에 대한 당시 한국 사회의 강박에 두 가지 방식으로 영향을 주었다. 하나는 서구 사회를 대중들에게 시각적으로 보여 주고 이를 상상하게 하는 미디어로서의 역할이다. 이러한 기능은 영화가 1900년대 초부터 한국에서 상영되기 시작한 이래로 지속되어 왔다. 다른 하나는 한국영화가 따라잡을 국제적 수준을 보여 주는 교과서 혹은 거울의 역할이다. 이 역시 식민지 시기 서구 영화 관람에서부터 시작된 기능이기는 하지만 한국영화 산업이 급속도로 성장하게 되는 50년대 후반에 서구 영화의 이러한 교과서적 기능은 훨씬 더 강화되었다.

이러한 두 가지 기능은 서구와의 동일시와 차별이라는 이중의 목표와 관련되어 있다. 이 이중적 목표는 선행 연구를 통해서도 제기된 바 있는 수입 영화의 양면성이다. 즉, 50년대 서구 영화는 한편으로는 1950년대 청년 세대를 중심으로 한 미국화Americanization의 선봉장이자 강렬한 동화작용으로서 냉전문화로 흡수되는 식민지적 순응과 복종을 의미하면서,[3] 다른 한편으로는 거시적으로는 민족영화로서의 한국영화를 구성하게 하는 타자로 기능하기도 했다.[4]

이러한 서구 영화의 양면적 역할은 50년대부터 시작되는 한국영화의 '국제영화제' 수상이라는 과제에서 자연스럽게 합치되어 나타나기

....

3 이동연, 「식민지 내면화와 청년 주체의 형성」, 『냉전 아시아의 문화풍경1』, 현실문화, 2008, 394~396쪽 ; 이선미, 「'미국'을 소비하는 대도시와 미국 영화」, 『상허학보』 18집, 2006년 10월.

4 이순진, 「한국영화의 세계성과 지역성, 또는 민족영화의 좌표-1950년대 영화 비평담론을 중심으로」, 『한국어문학 연구』 59, 2012년 8월. 이순진의 최근 연구는 이러한 입장에서 매우 유의미한 시각을 제공하고 있다. 이 논문은 50년대 영화 담론을 중심으로 '한국영화'라는 민족영화가 식민지 시기의 영화를 유산으로 하고 세계 각국의 영화들의 수용 속에서 구성되는 과정을 서술하면서 이 영화 담론들이 네오 리얼리즘Neo Realism을 한국영화의 모델로 삼았음을 언급하고 있다.

도 한다. 전全 세계(로 가정된) 관객의 인정을 받는 한국영화를 만들어야 한다는 강박은 '세계적' 수준의 '한국적인' 영화로 국제영화제에서 상을 받아야 한다는 현실적 목표로 치환되었다. 실제로 〈백치 아다다〉(1956)처럼 해외 영화제 출품용으로 기획된 영화의 경우, 주한 외국 사절단의 시사회를 미리 거칠 정도로[5] 영화가 서구인들의 눈에 어떻게 보일까를 의식하기도 했다. 이와 비슷하게 1958년 영화 〈초설〉의 베를린 영화제 출품 여부를 두고 "불량배를 주제로 하여 한국의 위신이 추락하게 된다는" 이유로 출품을 포기하게 된 것도,[6] 상상으로 가정된 '국제적'인 청중을 의식한 해프닝이었다. 중요한 것은 한국영화에 적용된 '국제적'이라는 기준은 서구 영화(대상)를 보면서 품게 된 관객의 인정 욕망에서 비롯된다는 점이다.

이 관객은 어느 특정한 집단만을 지칭하지 않는다. 그 '관객'은 외국 영화 수입업자, 한국영화 제작자, 검열관, 정부, 관객, 저널리스트 등을 모두 포함한, 일반적으로 통용되던 어떤 입장과 시선 혹은 욕망을 가진 그리고 이러한 시각에서 영화를 생산할 수도 있는 사회적 시스템으로서의 '전체'이다. 이 전체는 돈을 주고 영화 티켓을 구매하여 영화를 관람하는 관객의 범위를 능가한다. 즉, 이 '관객'은 일반 관객뿐만 아니라 서구 영화를 어떤 방식으로든 '관람하는' 이들을 모두 포함한다. 서구 영화의 수입업자, 한국영화의 스탭, 비평 담론을 생산하는 지식인, 영화 검열기구, 그리고 다양한 취향을 지닌 일반 관객 등 각자의 위치

....
5 「외국사절관람―백치 아다다 시사」, 『동아일보』, 1956년 11월 20일자.
6 「백림 영화제 불참」, 『한국일보』, 1958년 5월 17일자.

는 상이하지만, 모두 영화를 '본다'는 층위에서는 동일 범주에 속해 있기 때문이다. 물론 영화를 '보는' 이들 관객이 동일한 시선과 목소리를 가진 것은 아니지만, 서구 영화를 보면서 서구를 선망하고 이를 모방하려고 하며 때로는 이를 넘어서고자 하는 욕망에서는 그다지 다르지 않았다.

이러한 욕망은 당시 수입된 서구 영화를 즐기던 한국의 대중들에게 공유된 현상이었던 것으로 보인다. 1959년에는 한국의 여배우 김지미가 할리우드 스타 몽고메리 클리프트와 영화를 찍기로 계약을 했고, 이 영화는 한국에서 로케이션될 예정으로 몽고메리 클리프트가 한국어를 공부하고 있는 중이라는 루머가 한국 관객들 사이에 돌기도 했다.[7] 이 루머는 곧 근거 없는 것으로 밝혀졌지만, 당시 한국의 관객들(대중들)에게 팽배해 있던 서구인(미국인)들의 인정과 응시가 얼마나 중요한 것이었는가를 드러내는 해프닝이라 할 수 있다. 스스로를 서구인들의 응시gaze의 대상으로 여기는 것을 자랑스러워하는 상황에서도 알 수 있듯이, 한국영화가 문화적 제국주의의 전략을 내면화하면서 빈번하게 서구 영화를 모방했던 것은 필연적인 귀결로 보인다.

50년대 다중적 관객의 욕망이 투사되어 대중들에게 서구 영화가 수용되는 순간 그리고 그 '서구적인 것'이 한국영화로 흡수되는 그 순간들은 어떻게 발견될 수 있을까. 전자를 일종의 문화적 텍스트의 번역translation으로 부를 수 있다면 후자는 번안adaptation이라고 부를 수 있을 것이다. 서구 영화 자체는 서구에서 생산된 것이지만, 그것이 한국에 수

....
7 「미국 영화 출현할 김지미 양」, 『동아일보』, 1959년 8월 2일자.

용되는 순간 그것은 본래의 맥락에서 이탈해서 새로운 맥락과 의미를 발생시킨다. 이 새로운 맥락과 의미는 서구의 것이 들어와 끊임없이 모더니티로 포장되었던 한국의 상황에서 보면 번역된 모더니티의 다른 이름이기도 하다. 그 예로서 광고 문구와 번역된 제목 등은 서구 영화 텍스트가 어떻게 한국으로 번역되어 들어오는가를 알 수 있게 한다. 영화 번역 제목, 영화 광고 문구들은 서구 영화의 어느 지점들이 한국의 관객들에게 감상의 포인트가 되는지 그리고 한국의 관객들이 이것을 어떤 독법으로 읽어 내고 있는지를 알게 함으로써 서구 영화의 특정한 콘텐츠로 하여금 한국적 맥락을 갖게 하는 중요한 텍스트들이다.

다른 한편으로 한국영화에 나타난 서구 영화의 모방과 변형은 서구 영화의 한국적 수용 방식을 알 수 있게 한다. 서구 영화는 처음 상영되기 시작한 20세기 초부터 한국에서 오랫동안 영화라는 미디어를 가르쳐온 중요한 교과서였지만, 평균 연 10편 내외로 영화를 제작했던 식민지 시기에는 기술, 자본, 연출, 연기 등의 수준에서 서구 영화의 모방은 요원한 일이었다. 그러나 1959년에 한 해 제작 편수가 100여 편에 이르게 되어 양적 수준으로는 서구 영화의 수입 편수와 자못 '대등하게' 된 한국영화는 서구 영화의 본질적인 모방이 가능하게 되었다.

50년대 후반 한국영화가 서구 영화의 내러티브narrative와 모티프 그리고 시각적 이미지들을 다양한 방식과 수위로 차용한 예는 많이 발견된다. 공개적으로 번안영화임을 자처한 영화들도 있고, 무의식적 차원에서 특정한 서구 영화를 연상시키는 장면이나 플롯을 넣기도 했다. 당시 중견 영화 비평가였던 오영진이 1958년의 상황에 대해 다음과 같이 못마땅하게 여기면서 언급한 것은 이러한 모방이 꽤 광범위하게 퍼져 있었음을 방증한다.

"안종화, 이규환, 윤봉춘, 전창근 등 노장급 감독이 한결같이 부진 상태였다. 그러나 그들은 선배답게 지조를 지켜 참아 외국 영화의 복제를 만들지는 않았다. 많은 신인과 중견들이 앞을 다투어 신파극 아니면 외국 영화의 한국판을 만드노라고 눈알이 밝게 돌아가는 꼴을 못마땅한 듯 말없이 그들은 앉아 있을 뿐이다."[8]

서구 영화에 대한 한국영화의 번안과 (무)의식적 모방은 1959년과 1960년에 정점에 이른다. 앞서 오영진의 언급처럼 모방에 대한 '중견' 영화 비평가의 일갈이나 표절 시비가 있었지만, 일본 시나리오를 표절한 사례들을 '왜색'이라는 말로 비난하는 경우를 제외하고는 모방 자체를 혐오스럽게 바라보는 시선은 비교적 적었다.

50년대 영화의 표절 시비가 있었던 경우는 두 가지로 나눌 수 있다. 하나는 소설 원작자의 동의를 받지 않은 저작권 시비이며, 다른 하나는 유두연 감독의 〈조춘早春〉처럼 일본 영화를 모방하여 벌어진 논란이다. 이 가운데 후자는 '일본' 작가 기노시타 케이스케(木下惠介)가 각본을 쓴 영화 〈진심眞心(Magokoro)〉[9]의 표절로 문제가 되었다. 공식적으로는 일본 영화의 수입이 금지된 상황이었지만, 많은 영화인들은 비공식적으로 일본 영화의 시나리오를 구해 보았고 이것이 모방으로 이어졌던 것이다.[10]

....

8 오영진, 「1958문화계 결산—풍년기근의 제작계」, 『동아일보』, 1958년 12월 29일자.

9 기노시타 게이스케가 각본을 쓰고, 고바야시 마사키(Masaki Kobayashi)가 연출한 쇼치쿠 사 제작의 1953년작.

10 「씨나리오 표절 소동—떠들썩해진 영화계」, 『동아일보』, 1959년 3월 11일자.

이는 역으로 보면, 사회적으로 일본 영화를 제외한 외국 영화에 대한 모방에는 관대한 시선이 있었던 셈인데, 이는 저작권 개념이 미약했던 시대적인 한계의 문제이기도 했지만 서구 영화의 모방을 수준의 제고로 착각했던 영화계의 인식도 한몫했다. 즉, 이러한 외국 영화의 소화되지 않은 모방 자체는 확실히 '창의적인' 발상의 부재로도 볼 수 있지만, 이러한 평가의 문제를 잠시 차치한다면 서구 영화를 모방한 한국 영화는 그 자체로 당시의 한국이 서구를 이해하는 방식과 그 방식 속에 내재된 욕망을 읽어 낼 수 있는 텍스트이다.

서구 영화의 한국적 소비 양상

50년대 서구 영화 상영 편수와 박스 오피스에서 크게 눈에 띄는 것은 미국 영화의 강세이다. 통계가 남아 있는 50년대 후반, 연간 150편 정도의 서구 영화가 들어왔는데, 이 중 3분의 2인 100여 편 정도가 미국 영화였다.

연간 150편이라는 영화 편수는 서구 영화에 대한 대중적 수요에서 나온 것이 아니라 서구 영화의 수입을 규제함으로써 국산영화(한국영화)의 제작을 유도하려는 당국의 의도가 만들어 낸 상한선이었다. 수입 영화 편수 제한과 국산영화 입장세 면세 조치는 한국의 영화 산업을 보호하려는 최후의 보루였다. 이러한 제도에 힘입어 한국영화의 제작 편수는 1958년에는 84편, 1959년에는 104편으로 수입된 서구 영화와 거의 대등한 양적인 생산이 가능해졌다. 한국영화의 생산이 점점 늘어난 1959년 말부터는 국산영화의 면세 특혜가 사라지고 입장 횟수별로 차등적으로 세금이 부과되는 정책이 시행된다.(5~6퍼센트) 이와 동시에 외국 영화의 입장세는 기존의 세율(57.5퍼센트)보다 낮아졌지만, 국산영화보다는 여전히 높은 24~32퍼센트가 적용되어 시행된다.[11]

국가를 넘어선 상품의 수출입이 국가 간의 문화적·기술적 위계관계에 의해 형성된다는 것을 고려한다면, 남한 사회에서 미국 영화는 미국 문화가 한국 사회에 권력을 행사하는 장이기도 하다. 이러한 현상은 미군정 시기에 시작되었다. 미군정 시기에 '중배'라는 약칭으로 불리던 '중앙영화배급소Central Motion Picture Exchange'는 사설기관에 불과했지만, 이 사설기관이 미군정의 비호 속에서 미국 영화를 고가에 독점 공급한 상황은 40년대 후반 미국 내 줄어드는 관객 수를 상쇄할 만한 해외시장 확보라는 미국 영화 산업의 이해관계와 일치하는 것이었다. 중앙영화배급소는 제2차 세계대전 이후 미 육군성, 국무성 그리고 미국영화수출협회MPEA가 협력하여 일본 동경에 설치한 미국 영화 배급회사로, 조선사무소는 1946년 4월부터 활동을 시작했다.[12]

식민지 시기부터 형성되어 온 서구 영화에 대한 인식적 특징 가운데 하나는 영화의 예술성과 오락성에 관한 구별이다. 완전히 일치하지는 않지만 지식인들 사이에서 서구 영화 중에서도 유럽 영화는 예술성을, 미국 영화는 오락성을 강하게 띤다고 여겨져 왔다. 50년대 영화 비평에서 눈에 띄는 현상은 식민지부터 형성되어 온 오락영화로서의 미국

---

11 「입장세율 등 조정」, 『동아일보』, 1959년 11월 27일자.

12 '중배'의 설립과 활동에 대해서는 조혜정의 「미군정기 영화정책에 관한 연구」(중앙대 박사학위논문, 1997)를 참조하였다.

영화'에 대한 편견이 크게 약화되었다는 점이다.

"미국 영화의 대중성을 억지로 집어넣은 불란서 영화계〔중략〕바야흐로 미국 영화들이 세계일류의 수준으로 밀고 올라간 것이 사실이다."라는 감탄[13]이나, 당시 유럽 영화의 대표 격인 프랑스 영화가 전후戰後에 장점이었던 인생 탐구를 멈추고 의식적으로 현실을 회피하면서 시적 판타지의 세계, 병적인 현실도피에 멈춰 있어 주춤하고 있다는 진단[14]은 지식인들에게 미국 영화의 위세가 유럽 영화의 그것을 이미 초월한 듯한 인상을 준다.

1956년 사망하기 전 영화 평론가로도 활동한 시인 박인환은 1955년 큰 인기를 누린 두 편의 미국 영화 〈로마의 휴일〉과 〈내가 마지막 본 파리〉의 성공에 대해 '미국'의 카메라로 본 구라파라는 점을 강조하면서 미국이 완벽하게 유럽의 전통을 배워 유럽의 전통을 능가하여 새로운 자기 예술의 길을 찾고 있다고 평가했다.[15] 즉, 미국 영화가 오락영화라는 편견을 넘어서 유럽의 예술영화를 대등하거나 어느 부분에서는 이를 능가하고 있다는 현상을 읽어 내고 있는 셈이다. 이전의 유럽 영화, 특히 프랑스 영화에서 보였던 인생과 사회에 대한 진지한 탐구가 결코 유럽 영화만의 특권이 아니라는 점 그리고 오히려 궁지에 몰린 유럽 영화가 미국 영화의 스펙터클을 모방하고 있는 현상을 지적하는 데[16]에서도 미국 영화가 질적으로도 매우 긍정적인 평가를 받고 있

13 방곤, 「미국 영화와 불란서 사람-우리들과 외국 영화」, 『영화세계』, 1957년 4월, 70쪽.

14 오영진, 「불란서영화의 수삐-젊은 팬을 위하여」, 『문학예술』, 1956년 1~2월호.

15 박인환, 「서구와 미국 영화」, 『조선일보』, 1955년 10월 9일~11일자.

16 「총천연색 와이드 스크린-카치아의 사랑」, 『영화세계』, 1960년 6월, 148쪽.

〈내가 마지막 본 파리〉의 신문광고. 출처 :
『동아일보』, 1955년 9월 21일자.

음을 알 수 있다.

　미국 영화와 유럽 영화 그리고 오
락적인 영화와 예술 영화 사이의 구
별이 약화되기는 했지만, 당시의 영
화 담론들은 여전히 유럽 영화를 표
준으로 한 소위 '예술영화'에 대한
기준을 놓지 않고 있었다. 영화 담
론을 생산하는 '지식인'들은 소위 예술영화에 대해, 식민지 시기부터
프랑스 영화의 팬이었다고 하는 오영진처럼 '인생의 페이소스'를, 혹은
박인환처럼 인간성과 사회성, 내향성 등을 기대했다. 유두연도 〈내가
마지막 본 파리〉를 고평하면서 '상당히 기품 있는 리리시즘'[17]을 고평의
이유로 들었다는 점에서 오영진, 박인환과 비슷한 기준을 갖고 있었던
셈이다. 즉, 표현은 조금씩 다르지만 이들은 모두 인생과 사회에 대한
진지함을 내보이는 내향적 태도들을 예술성의 중요한 척도로 보았다.

　이에 반해 미국 영화의 상업주의는 여전히 경계의 대상이었다. 다시
박인환을 언급하자면 그는 〈성의The Robe〉(1953)와 〈원탁의 기사Knights Of
The Round Table〉(1953) 등의 몇 개의 시네마스코프 영화들을 언급하면서
"광대한 서부의 원야, 스핑크스상, 그것은 단지 그림엽서의 가치에만
그치고 말 것"[18]이라면서, 미국 영화의 가능성을 읽어 내는 동시에 상업
적인 시네마스코프로 치우친 미국의 영화 산업에 대한 경계를 놓치지

....

17　유두연, 「명화감상―내가 마즈막 본 파리」, 『영화세계』, 1955년 12월, 46쪽.
18　박인환, 「시네마스코의 문제」, 『조선일보』, 1955년 7월 24일자.

않고 있다.

그렇다면 이러한 영화 담론의 평가와 실제 흥행 성적은 어떤 유사점과 차이점을 보였을까. 결과적으로 말한다면, 그리 큰 차이가 없다. 당시의 흥행작 목록에서도 발견되지만, 오락성보다는 인생, 사회성, 인간성 등의 진지한 주제를 갖춘 영화

1955년 한국에 개봉되어 큰 인기를 얻은 할리우드 시네마스코프 영화 〈성의The Robe〉의 신문광고. 출처 : 『동아일보』, 1955년 6월 24일자.

들이 흥행에서도 두드러졌다. 영화 담론에서의 평가와 실제 흥행의 유사함은 일단 한국에서 외국 영화를 보는 관객들의 수준이 상대적으로 높았다는 점에서 그 원인을 찾을 수 있다. 당시 여대생의 22퍼센트가 휴일의 여가 활동으로 영화를 본다고 답할 정도였고,[19] 프로가 바뀔 때마다 영화를 보는 학생이 전체의 4할이라는 언급[20]에서 알 수 있듯이, 영화 관람은 대학생들의 보편적인 여가 활동이었다. 또한 "우리 한국에 있어서 영화의 향락을 가질 수 있는 층은 도회지 사람인 동시에 또한 여기에 참례할 수 있는 사람들은 인텔리들이다."[21]라는 언급에서도 영화 관객을 '도회지 사람 혹은 인텔리'로 직접적 지시하고 있다.

이와 같은 지적을 고려할 때 당시 영화 관람이 완전히 대중적인 일은 아니었음을 알 수 있다. 당시의 영화관 숫자는 인구 25만 명당 한 개 꼴로, 인구에 비해 그다지 많지 않았던 상설영화관의 숫자(1956년에 79

19 「여대생의 교외 생활」, 『동아일보』, 1955년 10월 20일자.

20 「남녀대학생의 생활발견」, 『경향신문』, 1955년 7월 23일자.

21 정충량, 「왜 현대인은 영화에 매혹되나」, 『여원』, 1956년 4월, 196쪽.

개)[22]를 볼 때도 모든 사람들을 영화 팬으로 수용하기엔 벅찼다. 물론 1959년에 상설극장의 숫자가 144개로 늘어나고,[23] 1년간 1인당 영화관 출입 횟수가 1958년 1.12회에서 1961년에는 2.3회로 늘어날 정도로[24] 영화 관람은 폭발적인 증가세였지만, 기본적으로 영화 관람이 중간 계층 이상의 여가 활동이었음은 부정하기 어렵다.

당시 잡지와 일간지의 통계에 제시된 흥행 영화들이 모두 당해에 새로 개봉된 영화를 대상으로 했다는 점도 지식인들의 평가와 흥행 결과가 그다지 어긋나지 않았던 이유 가운데 하나이다. 영화의 흥행 여부는 '개봉관'의 관객 수를 중심으로 평가되었고, 재개봉관의 관객 수는 아예 통계로 잡히지 않았다. 개봉관의 영화 관람료는 재개봉관의 영화 관람료에 비해 비쌌으며, 개봉관의 영화들은 한국에서 처음으로 선을 보이는 영화이므로 아직 관객들로부터 충분한 '검증'이 되지 않은 영화들이었다. 이러한 상황에서 1958년경 기준으로, 입장료가 400원이었던 국산 영화에 비해 입장료가 600원 정도인 외국 영화를 선택하는 것은 일단 모험이었다. 영화의 완성도나 대중성 등 여러 면에서 아직 충분히 검증되지 않은 영화를 선택하는 것이었기 때문이다.

이렇게 볼 때 외국 영화를 개봉관에서 관람하는 관객들은 상대적으로 고가의 입장료가 '그다지' 부담스럽지 않으면서, 자신이 정한 기준과 판단에 따라 영화를 주저하지 않고 선택할 수 있는 식자층 혹은 중간 계층 이상의 도시 거주자라고 볼 수 있다. 따라서 외국 영화 개봉작

....

22 이봉래, 「영화와 극장」, 『여원』, 1956년 4월.

23 「하루 평균 16만여 명 전국극장 입장자 수」, 『경향신문』, 1959년 2월 8일자.

24 김영희, 「제1공화국 시기 수용자의 매체 접촉경향」, 『한국언론학보』 제47권 6호, 2003년 12월, 312쪽.

을 기준으로 한 흥행 순위는 이 중간 계층 이상의 도시 거주자의 취향을 적극 반영하는 결과를 낳았다. 따라서 구조적으로 개봉관을 중심으로 한 영화 흥행 통계는 자연히 영화 비평과 담론을 주도하는 지식인들의 취향과 근사近似한 것이 될 수밖에 없었다. 소위 1950년대의 서구 '흥행작' 영화에 대한 분석에 앞서, 당시 영화 관람의 통계 상의 이러한 특성 혹은 한계는 짚고 넘어가야 한다.

다음은 1954년부터 1960년까지 한국에서 인기를 끌었던 대강의 영화들을 목록화한 것이다. 1957년 이전의 영화 목록은 다소 엄밀한 통계에 기반한 것이 아니기 때문에 흥행에 성공한 영화 중에서 누락된 영화가 있을 수 있음을 밝혀 둔다. 그러나 부족한 대로 이 표에서 당시의 신문과 잡지에서 관객 동원에 성공했다고 평가된 영화들의 대강의 추이를 살펴볼 수 있다. 이 가운데에서 1959년의 통계가 누락되어 있다. 1959년은 외국 영화의 흥행에서 일종의 암흑기로 볼 수 있는 해이다. 그것은 수입 영화업자들의 탈세를 막기 위해 정부가 '입장권'을 발행하여 수입 영화의 수익률이 저조해진 해이기 때문이다. 이때까지 외국 영화에는 12퍼센트의 세금이 부과되어 왔는데, 관객 수가 정상적으로 통계에 잡히지 않아 극장주들의 탈세가 빈번하게 이루어지자 이를 방지하고자 정부가 1959년 4월부터 입장권을 발행하게 된 것이다. 이에 1959년은 서구 영화의 수입이 저조해지면서 상대적으로 면세를 받아온 국산 영화의 제작과 흥행이 수입 영화를 능가하게 되었다. 59년의 많은 잡지와 신문에서 흥행 외화에 대한 통계를 찾을 수 없는 것은 바로 이러한 이유에서 비롯된다.

연도	원제	한국어 제목	주연	감독	비고
1954[25]	Terminal Station	종착역	Montgomery Clift, Jennifer Jones	Vittorio De Sica	로마 배경
	The Third Man	제3의 사나이	Joseph Cotten Orson Welles	Carol Reed	1949년작
	Au-dela des Grilles	애상의 나그네	Jean Gabin	Rene Clement	
1955[26]	Last Time I Saw Paris	내가 마지막 본 파리	Elizabeth Taylor Van Johnson	Richard Brooks	파리 배경
	A Star Is Born	스타탄생	Judy Garland James Mason	George Cukor	
	Knights Of The Round Table	원탁의 기사	Robert Taylor Ava Gardner	Richard Thorpe	시네마스코프
	Roman Holiday	로마의 휴일	Gregory Peck Audrey Hepburn	William Wyler	로마 배경
	Niagara	나이아가라	Marilyn Monroe	Henry Hathaway	
	Mogambo	모감보	Clark Gable Ava Gardner Grace Kelly	John Ford	아프리카 배경
	The Robe	성의聖衣	Richard Burton Jean Simmons	Henry Koster	시네마스코프
1956[27]	Love is a many splendored thing	모정慕情	William Holden Jennifer Jones	Joseph L. Mankiewicz	홍콩 배경
	The Barefoot Contessa	맨발의 백작 부인	Humphrey Bogart Ava Gardner	David Lean	
	Summertime	여정旅情	Katharine Hepburn	Federico Fellini	베니스 배경
1957[28]	La Strada	길	Anthony Quinn Giulietta Masina	Federico Fellini	
	Jeux Interdits	금지된 장난	Georges Poujouly Brigitte Fossey	Rene Clement	
	East Of Eden	에덴의 동쪽	James Dean Julie Harris	Elia Kazan	
	The Desperate Hours	필사의 도망자	Humphrey Bogart Fredric March	William Wyler	
	From Here To Eternity	지상에서 영원으로	Burt Lancaster Montgomery Clift	Fred Zinnemann	
	For Whom The Bell Tolls	누구를 위하여 종을 울리나	Gary Cooper Ingrid Bergman	Sam Wood	헤밍웨이 원작
	Le Salaire De La Peur	공포의 보수報酬	Yves Montand	Henri-Georges Clouzot	
	A Streetcar Named Desire	욕망이라는 이름의 전차	Vivien Leigh Marlon Brando	Elia Kazan	테네시 윌리엄스 원작
	Friendly Persuasion	우정 있는 설복	Gary Cooper	William Wyler	

	Riso Amaro (Bitter Rice)	애정의 쌀	Silvana Mangano	Giuseppe De Santis	상영 취소 처분 시비
1958[29]	Gone With The Wind	바람과 함께 사라지다	Clark Gable Vivien Leigh	Victor Fleming	1939년작
	The Best Years Of Our Lives	우리 생애 최고의 해	Myrna Loy Frederic March	William Wyler	1946년작
	War And Peace	전쟁과 평화	Audrey Hepburn Henry Fonda	King Vidor	톨스토이 원작
	The Brave One	눈물어린 포옹	Michel Ray	Irving Rapper	어린이(청소년) 영화
	The Conqueror	징기스칸	John Wayne Susan Hayward	Dick Powell	백인 배우가 연기한 징기스칸
	Rebel Without A Cause	이유 없는 반항	James Dean	Nicholas Ray	
1959	외국 영화 수입 저조				
1960[30]	Une Parisienne	B.B 자유부인	Brigitte Bardot	Michel Boisrond	
	Les Amants	연인들	Jeanne Moreau	Louis Malle	검열 시비
	The Vikings	바이킹	Kirk Douglas	Richard Fleischer	
	L'Amant de lady Chatterley	차타레 부인의 사랑	Danielle Darrieux	Marc Allegret	검열 시비
	Die Letzte Brücke	사랑과 죽음의 마지막 다리	Maria Schell	Helmut Käutner	전쟁 소재, 오스트리아영화
	Beloved Infidel	비수悲愁	Gregory Peck Deborah Kerr	Henry King	
	The Hanging Tree	교수목絞首木	Gary Cooper Maria Schell	Delmer Daves Karl Malden	서부극
	The Bridges At Toko-Ri	원한의 도곡리 철교	William Holden Grace Kelly	Mark Robson	한국전쟁 소재

....

25 「가장 인상 깊었던 영화는 어떤 것인가」, 『한국일보』, 1954년 10월 4일자.

26 「좌담회―1955년도의 총결산과 신년전망」, 『영화세계』, 1956년 1월호.

27 개봉관과 재개봉관을 합쳐 짧게는 육 개월 길게는 일 년 동안 상영되었던 영화들로서 역시 일간지와 잡지에서 언급된 영화들이다.

28 「금년에 본 내·외 영화」, 『한국일보』, 1957년 12월 25일자.

29 「58년 관객동원수로 본 내외영화 베스트 텐」, 『동아일보』, 1958년 12월 24일자.

30 「관객 수로 본 올해의 베스트」, 『서울신문』, 1960년 12월 30일자.

이 시대에 인기를 끌었던 외화의 경향을 정리해 보면 다음과 같다.

첫째는 유럽이나 아시아, 아프리카 등 장소성이 강조된 영화들에 대한 관심이다. 로마를 배경으로 한 〈종착역Terminal Station〉과 〈로마의 휴일 Roman Holiday〉, 베니스를 배경으로 한 〈여정Summertime〉 그리고 파리를 배경으로 한 〈내가 마지막 본 파리Last Time I Saw Paris〉, 아프리카를 배경으로 한 〈모감보Mogambo〉 등이 이런 영화에 속한다. 이들 영화가 당시 해외여행이 거의 불가능했던 한국 관객들에게 이국적인 분위기를 전해줌으로써 체험의 판타지를 제공한 것은 분명하다. 그러나 이 영화들의 장소는 그 자체로 이국적 장소에 대한 호기심을 자극하기도 했지만, 이 영화들의 주요한 소재가 되는 남녀의 사랑을 뒷받침하는 배경으로서 더 의미가 있었음은 물론이다. 특히 〈종착역〉이나 〈내가 마지막 본 파리〉의 경우, 이 영화들의 매력은 로마와 파리라는 낯선 장소에서 남녀가 사랑에 빠진다는 설정에 있었다. 유럽에서 혹은 아프리카 같은 (미국의 입장에서 보았을 때) 이국적인 장소에서 남녀가 '우연히' 만나 사랑에 빠짐으로써 영화의 로맨틱한 분위기가 배가되었다.

둘째는 문학작품을 원작으로 하는 영화들의 인기이다. 문학작품을 원작으로 한 영화들은 당시의 관객들에게 매우 고급한 영화로서 취급받았는데, 관객으로 하여금 의미 있는 진지한 사고를 가능하게 하는 영화로 여겨졌기 때문이다. 이런 이유로 관객들은 소위 명작 소설을 원작으로 한 영화에 더 주목하는 경향이 있었다. 톨스토이 원작의 〈전쟁과 평화〉, 헤밍웨이 원작의 〈누구를 위하여 종을 울리나〉, 테네시 윌리엄스의 희곡을 영화로 만든 〈욕망이라는 이름의 전차〉 등 문학작품을 원작으로 한 영화들이 특별히 '좋아하는' 영화로 꼽힌 데에는 이러한

배경이 깔려 있다. 이 영화들의 광고에서
도 원작의 유명세를 강조한 것으로 보아
당시 서구 영화가 '문학' 지식과 교양을
위한 보조적 역할로서 소비되었음을 잘
보여 준다.

특히 헤밍웨이는 한국에서 오랫동안
지속적으로 가장 인기를 얻은 작가이다.
한국전쟁 후 작가 헤밍웨이가 한국에서
누린 인기는 비평가 유종호의 증언에서도
확인할 수 있다. 1935년생인 유종호는 50

로마를 배경으로 한 영화 〈종착역〉
신문광고, 제니퍼 존스, 몽고메리 클
리프트 주연. 출처 : 『경향신문』. 12
월 26일자.

년대 고서점에서 가장 비싸게 팔린 책이 헤밍웨이의 소설이었다고 회
상하면서, 50년대 헤밍웨이 소설을 원작으로 한 영화들을 회상하고 있
다.[31] 1954년 노벨 문학상을 받아 더욱 유명해진 헤밍웨이의 인기는 헤
밍웨이 소설을 원작으로 한 영화들, 〈누구를 위하여 종을 울리나〉, 〈무
기여 잘 있거라〉, 〈킬리만자로의 눈〉 등이 한국에서 흥행한 한 가지 이
유였다.[32] 또한, 대학생들의 책에 대한 관심이 거꾸로 영화로 제작된
서구 소설에서부터 비롯된다고 지적한 것[33]은 영화에 대한 관심과 문
학에 대한 관심이 서로 연동되어 있던 당시의 경향을 드러낸다.

셋째, 미국의 스타 시스템에 의존하는 영화들의 인기이다. 인기 영
화에는 늘 배우의 이름이 따라다녔다. 50년대 후반의 영화 광고들은

32 「헤밍웨이의 문학과 사상(上)」, 『경향신문』, 1961년 7월 5일자.
33 「고전에의 관심이 높아―문예영화에 자극을 받고」, 『조선일보』, 1960년 10월 22일자.

헤밍웨이 원작의 영화 〈누구를 위하여 종은 울리나〉의 신문광고. 출처 : 『경향신문』, 1957년 3월 14일자.

특별히 배우의 이름을 강조하면서 때로는 감독의 이름이나 아주 드물게 제작자의 이름을 영화 광고에 삽입시키기도 한다. 감독이나 배우가 아닌 인물 가운데 거의 유일하게 50년대 후반 한국 대중들이 알고 있었던 인물은, 미국 할리우드 영화 자본의 힘과 기획력을 가장 상징적으로 보여 주는 제작자 데이비드 셀즈닉David Selznick이었다. 데이비드 셀즈닉은 할리우드 최고의 제작자로서 영국 출신의 히치콕Alfred Hitchcock을 할리우드로 불러왔고, 제니퍼 존스Jennifer Jones와 잉그리드 버그만Ingrid Bergman을 스타로 만들었다. 히치콕의 작품은 물론, 〈바람과 함께 사라지다〉, 〈스타탄생〉, 〈종착역〉, 〈무기여 잘 있거라〉, 〈제3의 사나이〉 등 셀즈닉이 제작한 작품이 한국에서 흥행하지 않은 사례는 거의 없을 정도이다. 이러한 이유로 셀즈닉은 50년대 한국의 영화 광고에 제작자로서는 유일하게 이름이 오르는 인물이었고, 미국 할리우드의 자본력과 기획력을 가장 상징적으로 보여 주는 인물로 꼽혔다. 이외에 윌리엄 와일러William Wyler는 당시 한국에서 가장 잘 알려진 영화감독으로서 프랑스의 르네 클레망Rene Clement과 마찬가지로 흥행이 보증되는 감독이었다.

그러나 무엇보다도 관객을 유인하는 첫 번째 요인은 출연 배우였다. 50년대 한국에서 가장 인기 있었던 배우들은 흥행 영화를 통해 어렵지 않게 추측할 수 있다. 영화잡지 『영화세계』 1956년 1월호의 설문조사에는 클라크 게이블Clark Gable, 그레고리 펙Gregory Peck, 오손 웰즈Orson Welles, 마론 브란도Marlon Brando[34]가 언급되었다. 또한 1958년 『국제영화』 4월호 독자 대상 설문지 조사 결과 ·에 따르면, 인기 있는 상위 랭킹의 남자 배우들은 록 허드슨Rock Hudson, 몽고메리 클리프트Montgomery

할리우드 영화 제작자 데이비드 셀즈닉. 그는 한국영화 광고에 유일하게 이름이 오른 제작자였다. 1939년 셀즈닉이 제작한 〈바람과 함께 사라지다〉는 한국에서 1957년에야 개봉되었다. 출처: 『동아일보』, 1957년 3월 24일자.

Clift, 제임스 딘James Dean, 버트 랭카스터Burt Lancaster, 윌리엄 홀덴William Holden 이었고, 여자배우는 엘리자베스 테일러Elizabeth Taylor, 잉그리드 버그만Ingrid Bergman, 킴 노박Kim Novak, 오드리 헵번Audrey Hepburn, 데보라 카Deborah Kerr 등 이었다. 모두 미국인 배우이거나 할리우드에서 주로 활약하는 배우들임을 알 수 있다.

넷째는 멜로드라마의 인기이다. 멜로드라마의 인기는 당시 관객 비중에서 여성 관객의 비중이 컸기 때문에 비롯된 현상으로 보인다. 멜로드라마의 감상에는 인물과의 동일시를 토대로 한 정서적 밀착이 요구되고, 이러한 감상법에 익숙한 이들이 바로 여성 관객이기 때문이다. 위 흥행 영화들 중 〈종착역〉, 〈모정慕情(Love is a Many Splendored Thing)〉, 〈길La Strada〉 등 해피엔딩보다는 대체로 비극적이거나 안타까움을 남기는 멜로드라마가 인기를 끌었다. 이는 식민지 시기부터 누적되어 온

....

34 「설문조사」, 『영화세계』, 1956년 1월, 86~87쪽. 이 설문조사는 특별히 남녀 배우를 구별하지 않고 실시되었는데, 우연히 모든 이들이 '가장' 좋아하는 배우로 남성 배우들이 선정되었다. 설문에 응했던 이들이 대부분 여성들이 아니었을까 짐작된다.

한국전쟁을 소재로 한 〈원한의 도곡리 철교〉.
원제는 'The Bridges At Toko-Ri'이다. 출처:
『경향신문』, 1960년 8월 15일자.

취향으로 인해 많은 관객들이 주로 비극적인 사랑 이야기에 더 강하게 반응한 까닭이며, 실제로 한국전쟁 기간에 매우 강도 높은 비극을 경험한 직후였기 때문에 이러한 비극에 반응하는 감성이 그 어느 때보다 증폭되었을 것도 분명하다.

한국전쟁을 소재로 한 〈원한의 도곡리 철교The Bridges At Toko-Ri〉[35]와 마리아 쉘Maria Schell 주연의 오스트리아 영화 〈사랑과 죽음의 마지막 다리 Die Letzte Brücke〉와 같은 영화들은 전쟁과 멜로가 혼합된 비극적인 이야기들이었다. 원제들은 모두 다리橋 이름만으로 이루어져 있지만, 한국어 번역 제목에는 '원한', '사랑과 죽음' 등 영화에 투사된 감정과 비극적 사건들을 관객들에게 직접적으로 노출시키고 있다는 점도 주목할 만한 지점이다. '애수哀愁', '모정慕情', '비수悲愁'의 제목도 원제와는 달리 감정을 직접 노출시키고 있는 한국어 번역 제목이다.

섹슈얼리티sexuality 소비의 맥락과 특수성

이상의 경향들을 종합해 보면 서구 영화는 크게 지식과 교양으로서

....

35 실제 한국 지명은 '도곡리道谷里'이지만 할리우드 영화 원제에서는 도고리Toko-ri로 표기되어 있다. 한국에서 개봉될 당시에는 원제의 오류를 바로 잡아 '도곡리'로 표기되었다.

의 측면과 오락적 측면으로서 대중에게 소비되었음을 알 수 있다. 그러나 언급된 영화들은 '가장' 흥행에 성공한 영화들일 뿐, 당시 대중들이 소비하던 '모든' 영화라고는 할 수 없다. 다시 박인환의 언급을 인용하자면, 박인환은 당시의 저질 서구 영화들에 대해 심히 걱정하고 있었다.

"한국에서 서부활극이나 권총 난사극이 제일 인기가 좋고 너무 예술적인 손님이 없습니다. [중략] 나는 간혹 이렇게 생각할 때가 있습니다. 문명국가 중에서 우리나라가 제일 너절한 외국 영화를 가장 시일이 늦게 상영하는 것이 아닌가? 영화를 수입하려면 공보처의 추천이 필요한데 그것이 문자 그대로 무궤도적이고 비문화적인 까닭에 전에 상영된 〈카스바의 사랑Au Coeur de Ra Casba〉과 같은 것이 나타나게 됩니다."[36] 라며 박인환은 수입, 상영되는 서구 영화의 질을 깊이 우려한다.

서부극이 가장 인기 있으며, 〈카스바의 사랑〉과 같은 '반인륜적인' 영화를 수입한다는 박인환의 이러한 한탄 혹은 우려는 과장된 측면이 없지 않다. 1957년의 예를 들어보면 이 해에 가장 많은 관객을 동원한 영화는 〈바람과 함께 사라지다〉로 8만 6천 명이며, 2위는 〈누구를 위하여 종을 울리나〉(7만5천 명), 3위는 〈지상에서 영원으로〉(6만1천 명)이다. 그리고 이른바 'C급 이하'로 취급되었던 영화들, 페르시아를 무대로 한 판타지물 〈하지바바The Adventures of Hajji Baba〉(4,558명), 아프리카 기록영화 〈산사북Zanzabuku〉(5,050명), 버트 랭카스터Burt Langcaster가 인디안으로 분장한 서부극 〈아팟치Apache〉(6,460명) 등은 4천에서 6천 명 관

36 박인환, 「최근 외국 영화의 수준」, 『영화세계』, 1955년 3월.

객에 그치는 저조한 성적을 냈다.[37] 즉, 영화 비평가들이나 지식인들의 우려와는 다르게 그들(지식인들)이 '좋다고 생각하는' 영화들의 성적이 대체로 좋았음을 알 수 있다. 물론 재개봉관의 통계가 남아 있다면 다른 결과가 나올 수도 있지만, 당시 지식인들이 갖고 있던 상징권력과 미디어 장악력을 고려한다면 이들 '저질' 영화가 짧은 기간에 흥행했을 가능성은 적어 보인다. 박인환의 한탄은 지식인 특유의, 대중에 대한 계몽적 일갈에서 연유하는 측면이 강하다.

물론 실제로 연간 수입된 150여 편의 외국 영화 중에는 완성도나 구성과 상관 없이 단지 수입 단가가 싸다는 이유로 수입된 영화들도 있었다. 당시 수입 업자들은 일본에서의 흥행 결과를 참고하여 영화 수입 여부를 결정했다. 그래서 일본에서 크게 흥행한 〈바람과 함께 사라지다〉(1939)처럼 영화가 만들어진 지 꽤 오랜 시일이 지나 한국에 수입되어 들어오는 경우도 다반사였다. 또한 한국에서 통용되던 소위 거장 감독, 인기 배우 역시 정해져 있었기 때문에 흥행 가능성은 어느 정도 예측이 가능했다. 문제는 이러한 흥행 가능성이 높은 영화들은 그만큼 수입 단가가 높았고, 여기에 200분의 115에 달하는 높은 외국 영화 입장세까지 내야 했기 때문에 수입 업자는 물론이고 극장주들에게도 큰 부담이 되었다는 점이다. 수입 단가가 높은 외국 영화에는 상대적으로 높은 입장료가 매겨졌으므로 관객들 역시 제한될 우려가 있었다. 따라서 상대적으로 만만했던 수입 단가가 싼 서구 영화들이 수입되고, 이런 영화들은 흥행을 위해 섹스 코드를 적극적으로 광고에 활용했다는

....

37 「관객동원 수에서 본 국내외 영화」, 『서울신문』, 1957년 12월 29일자.

점이 박인환 같은 비평가에게는 우려스러운 점이었을 것이다.

　여기서 당시 서구 영화의 소비 경향에서 주목해야 할 하나의 특징이 도출된다. 바로 '섹슈얼리티'의 소비이다. 물론 '섹슈얼리티'의 향유가 서구 영화를 소비하는 유일한 동기였다고 보기는 어렵다. 서구 영화 관람이 시작된 이후로 서구 영화는 실제로 볼 수 없는 서구인의 얼굴, 서구인의 라이프스타일, 서구의 풍경과 풍속 등 총체적으로 '서구의 것'을 시각적으로 '생생하게' 실어 나르는 역할을 해 왔다. "현재 우리나라와 같은 후진국가에 있어서 선진문명의 소화가 무엇보다 필요하고 이는 또한 우리의 식생활 다음에 버금하는 문제임을 두말할 것조차 없다. 특히 영화만 우리의 시청각을 통해서 선진제국의 언어, 풍속 그리고 인간감정의 호흡 등을 가장 효과적으로 받아들일 문명의 이기가 되는 때문에 외국 영화가 주는 혜택이란 비교적 크다."[38]라는 당시의 주장도 이러한 맥락을 정확히 짚고 있는 셈이다.

　그러나 이러한 역할에도 불구하고, 섹슈얼리티가 50년대 서구 영화 수용의 오락적 측면에서 가장 특징적인 이슈였던 것은 사실이다. 영화 광고에서도 이러한 이슈를 적극 활용하여 사회적으로 문제시되기도 했다. 서울시교육위원회가 극장주들에게 여자의 어깨, 무릎 이상을 노출시키지 말고 키쓰와 포옹, 권총 겨누는 장면을 없애 달라는 흥행 광고에 대한 자숙을 요청한 사건은[39] 영화 광고의 선정성이 사회적으로 물의를 일으킨다는 사회적 시각을 반영하고 있다. 실제로 거의 모든

38　고재언, 「바로잡혀야 할 외화수입 ─ 검열진의 강화와 기준확립이 시급」, 『동아일보』, 1956년 7월 8일자.

39　「흥행선전광고 자숙 ─ 극장대표자들 수락」, 『조선일보』, 1958년 11월 7일자.

장르의 영화 광고가 내용과 장르를 불문하고 배우들의 선정적인 모습 그리고 남녀 배우의 키스와 포옹 장면을 넣고 있었을 정도로 서구 영화에서의 섹스 코드는 강하게 발현되고 있었다.

한 예로 1958년 개봉되었던 영화로 리타 헤이워드Rita Hayworth가 주연한 〈미스 사디 톰슨Miss Sadie Thompson〉은 '비에 젖은 욕정欲情'으로 제목이 번역되어 개봉되었는데, 원작은 소설가 서머싯 몸William Somerset Maugham의 〈비Rain〉였다. 이 영화의 광고는 리타 헤이워드의 섹슈얼함을 최대한 눈에 띄게 하면서, 동시에 원작이 서머싯 몸의 명작 소설이라는 점을 강조하고 있다. 원제와 원 포스터에서도 사디 톰슨이라는 매춘부의 섹스 코드가 강조되어 있다. 그러나 한국어 번역 제목인 '비에 젖은 욕정'은 섹스 코드가 훨씬 더 노골적으로 드러나 있으며, 광고에서도 누워 있는 리타 헤이워드의 모습을 보여 주고 있다. 즉, 진지한 문학적 요소를 갖추고 있으면서도 여배우의 섹슈얼한 이미지를 동시에 활용하고 있는 것이다. 이러한 현상은 앞서 언급했듯이 문학작품을 원작으로 한 서구 영화가 한국에서 대접받고 있으며, 이와 더불어 대중들의 시선을 사로잡는 섹스 코드가 서구 영화 수용의 대표적인 코드가 되었다는 이중성을 함께 내포하고 있다.

이는 당시의 서구 영화 자체가 갖고 있는 내재적 특성 때문이기도 했다. 50년대 세계 영화계는 텔레비전의 보급으로 위기에 처했고, 할리우드는 이에 대한 탈출구로서 고예산, 와이드 스크린, 블록버스터의 시대를 열었다.[40] 이와 함께 에로티시즘이라는 전략을 갖게 되면서 50

....

40 John Belton, 『미국 영화 미국 문학(American Cinem/American Culture)』, 이형식 옮김, 경문사, 2008, 377쪽.

리타 헤이워드 주연의 〈비에 젖은 욕정〉 신문광고.(왼쪽) 원제는 '미스 사디 톰슨 Miss Sadie Thompson'이다. 출처 : 『경향신문』, 1958년 6월 1일자.

년대 서구 영화들은 이전보다 훨씬 '야'해졌다. 영화 자체가 초국가적인 소비 구조를 갖고 있기 때문에 주요 영화 대부분을 세계가 공유하고 있는 상황에서 관객의 취향 역시 비슷해질 수밖에 없었다. 다만, 같은 영화를 전 세계의 관객들이 동일하게 관람하더라도 특정한 사회적 맥락 속에서 전유되는 과정에서 같은 영화라도 다른 의미를 발생시키게 된다. 50년대 후반 한국에서도 가장 민감하고도 첨예한 문제는 단순히 키스, 포옹, 무분별한 노출 등 성적인 행위나 농도 짙은 성애적 장면이 아니었다. 이러한 성애적 장면보다도 더 큰 반향을 불러일으킨 것은 바로 '혼외정사'로 통칭될 수 있는 가부장제를 위협하는 애정 행위였다.

영화 평론가 허백년은 다음과 같이 영화와 에로티즘에 대해 날카로운 통찰을 보였다. 그는 미국 영화의 에로티즘과 프랑스 영화의 에로티즘은 근본적으로 다른 요소가 있으며, 불란서인은 자국의 영화에서 에로티즘을 느끼지 않는다는 점을 지적한다.[41] 즉, 에로티즘의 요소는 사회적 맥락에 따라 결정됨을 언급하고 있는 셈이다. 또한, 프랑스

....

41 허백년, 「영화와 섹스―영화에 나타난 에로티즘」, 『영화세계』, 1957년 4월, 48쪽.

의 에로티즘이 영화의 기교를 통해서 발현된다면, 미국의 에로티즘은 배우가 발산하는 에로티즘이라는 그 차이를 읽어 낸 점도 매우 흥미롭다. 그러면서 허백년은 프랑스 영화 〈육체의 악마Le Diable Au Corps〉(1947)의 침실 장면이 미국의 검열에 걸렸을 때 이는 '미국 사회의 눈으로 보았을 때' 에로티즘이었던 것일 뿐이라고 했다.

허백년의 지적에서도 알 수 있듯이, 어떤 장면을 에로티즘으로 인식하는 것은 사회적 맥락에 따라 다르다. 50년대 한국의 에로티즘 논란은 미국 영화보다는 주로 프랑스 영화에 의해 촉발되었다. 즉, 미국적인 에로티즘보다는 프랑스적인 에로티즘이 더욱 논란을 일으켰던 것인데, 이는 검열의 즉각적인 반응으로 나타났다. 앞서 박인환이 저질 영화라 비난했던 〈카스바의 사랑Au Coeur de Ra Casba〉의 경우, 한 여성이 아이를 갖기 위해 자신의 의붓아들, 즉 남편의 전처 소생 아들을 유혹한다는 당시 한국인들로서는 납득하기 어려운 상황을 소재로 하고 있다. 이러한 이유로 원래 90분 영화가 70분 정도가 되었을 정도로 검열에서 잘려 나갔다.[42]

서구 영화에 실린 섹스 코드가 극대화된 것은 4·19 혁명이 일어난 1960년경이었다. 앞서 제시한 서구 영화 흥행작에서도 알 수 있듯이, 당시 섹스 심볼이었던 브리짓 바르도Brigitte Bardot가 주연한 〈BB 자유부인Une Parisienne〉, 다니엘 다류Danielle Darrieux의 〈차테레 부인의 사랑L'Amant de lady Chatterley〉, 잔 모로Jeanne Moreau가 주연한 〈연인들Les Amants〉이 이러한 경향을 가장 상징적으로 보여 주는 흥행작들이다. 1955년에 제작된 프

....
42 초 ㄹ 生, 「영화(映畵)」, 『동아일보』, 1955년 1월 15일자.

랑스 영화 〈차타레이 부인의 사랑〉은 1957
년 4월경에 영화잡지를 통해 한국에 소개
되기 시작했지만,[43] 1957년에는 상영 불
허 처분을 받았다가 1960년 4·19 이후에
야 상영 허가를 받았다. 이 영화는 미국에
서도 검열에 걸려 상영되지 못하였다가 검
열이 완화된 1959년에 상영될 정도로[44] 세
계적으로 물의를 빚은 바 있다. 역시 프랑
스 영화 〈연인들〉도 검열을 통과하지 못
한 채 보류 중이었다가 4·19 이후에 상영

〈연인들〉의 신문광고. 출처 : 『경
향신문』, 1960년 9월 22일자.

허가가 난 경우이다. 〈연인들〉의 경우 정사 장면이 전혀 등장하지 않
는, 그야말로 시각적으로 전혀 '야'하지 않은 영화였지만, 기혼녀 여성
이 집 안에서 남편과 정부의 방을 동시에 드나들면서 또 다른 젊은 남
성을 마음에 둔다는 내용이 시각적인 에로틱함보다 도덕적인 문제를
야기했다. 물의를 일으킨 영화들의 공통점은 모두 기혼 여성의 '혼외정
사'를 다루고 있다는 점이다.

원제가 'Une Parisienne(파리 여자)'인 브리짓 바르도 주연의 〈BB 자
유부인〉이 'BB 자유부인'이라는 제목으로 번역된 것은 한국영화 흥행
작인 1956년의 〈자유부인〉을 의도적으로 연상시킨다. 이 영화는 유
부녀의 일탈 자체가 주요한 소재는 아니었지만, 영화 속 실제 비중과

43 「차타레이 부인의 사랑」, 『영화세계』, 1957년 4월.

44 「도색영화의 한계」, 『동아일보』, 1959년 7월 31일자.

는 관련 없이 기혼녀의 일탈을 부각시켜 관객의 호기심을 끄는 '미끼'로 사용했다. 성불구자인 남편을 두고 산장지기와 애정 행각을 벌이는 〈차타레 부인의 사랑〉이나 남편과 정부情夫를 두고도 또 다시 우연히 만난 젊은 남자와 동침하여 한 집 안에서 한 명의 여자를 두고 모두 세 남자가 경합을 벌이게 되는 〈연인들〉은 모두 기혼녀들의 일탈이 드러나는 영화들이었다. 이는 사회적으로도 많은 거부감을 불러일으켰고, 민간 교육 단체인 전국 사친회師親會에서 〈연인들〉의 상영 금지를 요구하는 진정서를 제출하기도 했지만[45] 실제로 상영 금지가 이루어지지는 않았다.

역시 선정성으로 문제가 된 영국 영화 〈비트 걸Beat Girl〉도 '젊은 육체들'이란 노골적인 한국어 제목으로 상영했다가 물의를 빚어 극장 지배인이 신문광고로 사과하는 일도 있었다.[46] 그러나 이 광고문은 사과문의 형식이기는 했지만 실질적으로는 '젊은 육체들'이 '비트 걸'로 제목을 바꾸어 여전히 상영되고 있다는 사실을 대중에게 알리는 일종의 노이즈 마케팅이었다.

이처럼 사회적 담론으로서 섹스 코드에 대한 우려가 강했지만, 이를 통제하기는 좀처럼 쉽지 않았던 4·19 이후의 풍경을 단적으로 보여 주는 사례들이다.

4·19를 지나 5·16 쿠데타 이후에도 섹스 코드나 폭력성으로 잠시 보류되었던 영화들이 개봉되었다. 그러나 5·16 이후에 이러한 선정적

....

45 「〈연인들〉 상영금지 — 전국 사친회서 진정」, 『조선일보』, 1960년 10월 26일자.

46 『경향신문』, 1961년 2월 16일자 광고 참조.

인 영화들은 더 보수화되는 정치적·사
회적 상황을 고려하여 광고나 한국어 제
목을 통해 내재된 선정성을 애써 가리
거나 희석시키는 전략을 취했다. 1961
년 5·16 이전에 '폭력교실'이라는 한국
어 제목으로 개봉을 시도하다 보류된 바
있는 영화 ⟨Black Board Jungle⟩이 영어
원제를 그대로 발음한 '블랙 보드 쟝글'
로 1962년 7월에 개봉되었다. 원제를 번

영화 ⟨비트걸⟩의 극장 광고 간판.
출처 : 『경향신문』, 1961년 10월
21일자.

역하지 않은 채 그대로 두어, 이전에 물의를 빚었던 영화임을 가리면
서 동시에 제목만으로는 어떤 종류의 영화인지 알 수 없도록 하는 전
략을 사용한 것이다.

이와 유사한 예로 프랑스 영화 ⟨육체의 악마_Diavolo in corpo⟩를 들 수
있다. 미국에서도 검열에 걸린 프랑스 영화 ⟨육체의 악마⟩는 한국
에서는 5·16 이후인 1961년 11월에 개봉되었다. 이 영화의 신문광고
문은 '정감이 깃든 연애 영화', '사랑하는 사람끼리 알고 느끼는 良書(양
서)'라는 문구를 통해 이 영화가 '사랑'에 관한 영화이며, 작가 라디케
Ramond Radiguet 원작의 품격 있는 '문예영화'임을 선전하고 있다.[47] 5·16
이전이라면, 17세 소년과 기혼녀의 사랑을 소재로 한 이 영화의 선정
성을 적극적으로 광고하는 전략을 사용했을 터이지만, 1961년 11월 개
봉 시의 광고는 오히려 원제에서 풍기는 선정성을 선전 문구를 통해

....

47 『동아일보』, 1961년 11월 14일자 광고 참조.

애써 희석시키려는 전략을 사용하고 있는 것이다.

50년대 후반 외화의 섹슈얼리티는 서구 영화를 즐기는 쾌락의 원천이기도 하지만 동시에 그것을 경계하고 이물스럽게 보는 이유가 되기도 한다는 점에서 양가적이었다. 외래의 것이 들어올 때 필연적으로 문제가 되는 것은 바로 성 풍속 특히 섹슈얼리티에 관한 것이다. 50년대 후반에서 4·19 이후까지 한국에서 서구 영화의 섹슈얼리티는 공식적인 비난과 비공식적인 쾌락 사이를 오가고 있다. 즉, 검열로 금지되었던 영화들이 흥행에 성공했지만, 이 영화들이 가지고 있는 충격이나 파괴력에 대해서는 비난으로만 대했다. 4·19 혁명은 검열로 금지되었던 영화들을 대중에게 풀어 주었지만, 당시의 한국 사회는 이 영화들이 묘사하는 금지된 쾌락에 대해 진지한 담론으로 대응하지 않았다는 한계가 있었다.

쾌락과 금욕이라는 이항대립의 구도 속에서 1960년경에 노골적으로 드러나던 영화의 섹스 코드와 그리고 이를 통해 촉발되었던 훈육적인 계몽 담론들은 비록 그 내용은 정반대이지만 실은 같은 논리 위에 서 있다. 둘 다 서구 영화가 제기하는 성윤리적 문제를 그저 소비하거나 일갈하는 차원에 머물렀기 때문이다.

이러한 이중성은 인기 여배우 중에서 특별히 성적 매력이 있는 여배우들이 인기 있는 혹은 관객들이 좋아하는 여배우 순위에 오르지 못한 것과 비슷한 성격의 이중성이라 할 수 있다. 마릴린 먼로Marilyn Monroe가 바로 이러한 사례에 속한다. 마릴린 먼로의 영화 〈신사는 금발을 좋아한다Gentlemen Prefer Blondes〉와 〈나이아가라Niagara〉가 1955년에 개봉되어 적지 않은 관객을 끌고, 마릴린 먼로의 임신과 유산, 결혼 그리고 수술

등 사생활에 대해 한국
의 저널들은 지대한 관
심을 보였지만, 정작 마
릴린 먼로의 이름은 좋
아하는 배우 앙케이트
조사 결과에는 보이지는
않는다. 이러한 현상은
실제로 한국에서 마릴

한국에는 〈BB 자유부인〉이라는 제목으로 상영되었던 브리짓 바르도 주연의 〈파리여자Une Parisienne〉. 출처 : 『동아일보』, 1960년 12월 10일자.

린 먼로가 인기가 없었다기보다는, 그녀를 좋아하는 배우로 공식적으로 인정하고 답변하기에는 그녀가 미국식 섹슈얼리티를 지나치게 '노골적'으로 표현하는 섹스 심볼이었기 때문에 벌어진 결과로 추정된다. "몬로의 관능미가 발산하는 흥분과 로맨스(영화 〈돌아오지 않는 강River Of No Return〉의 광고)", "몬로의 절대적 매력(영화 〈나이아가라〉의 광고)"의 영화 광고 문구는 마릴린 먼로가 가진 섹슈얼한 이미지를 활용하고 있다. 이에 반해 영화 〈나이아가라〉를 본 한 관객의 마릴린 먼로에 대한 다음의 평은 당시 대중이 마릴린 먼로가 가진 섹슈얼한 이미지를 시각적으로 소비하면서도 막상 그 '팬'으로 자처하기는 어려웠던 시대적 한계를 짐작하게 한다.

세계적으로 물의를 일으킨 몬로의 워어크에 대해서 일언을 아니할 수 없는데 몬로 아니고는 흉내낼 수 없는 몸짓임에 틀림이 없다. 그러나 기상천외의 그 궁둥이 놀림은 혐잡을 때 없는 육체임을 말할 뿐이지 그것이

마릴린 먼로 주연의 〈나이
아가라〉의 신문광고. 출처 :
『동아일보』, 1955년 2월 4
일자.

곧 어떤 (헤이워즈와 같은) 난숙한 연기의 매력이
되지는 않는 것 같다.[48]

　마릴린 먼로가 가진 노골적인 섹스 코드는
킴 노박Kim Novak[49]이나 소피아 로렌Sophia Loren 그
리고 지나 롤로브리지다Gina Lollobrigida, 에바 가
드너Eva Gardner 등 여타의 소위 육체파 여배우들
과 마릴린 먼로를 구별짓는 요인이기도 했다.
그러나 무엇보다 이 육체파 여배우들보다 훨
씬 더 광범위한 팬을 형성한 축은 엘리자베스
테일러Elizabeth Taylor 나 잉그리드 버그만Ingrid Bergman 그리고 오드리 헵번
Audrey Hepburn처럼 섹슈얼한 이미지가 상대적으로 강하지 않은 여배우들
이다. 앞서 언급했듯이 당시 거의 모든 서구 영화 광고에 에로틱한 코
드를 넣은 현상과는 대조되는 이중적 측면이다.

　흥미로운 것은 1959년부터 나타나기 시작한 한국영화의 경향이다.
1960년 각종 광고를 통해 서구 영화의 섹스 코드가 증폭된 반면, 동 시
기에 제작된 한국영화는 서울에 거주하는 서민 가족의 리얼리티reality를
묘사하는 영화들이 흥행하게 된다. 한국영화 〈로맨스 빠빠〉, 〈마부〉,
〈박서방〉 등은 1960년 가장 많은 관객을 동원한 한국영화들이었다.

....

48　C生, 「나이아가라」, 『동아일보』, 1955년 2월 5일자.

49　킴 노박은 마릴린 먼로의 경쟁자이기도 할 만큼 섹스어필을 강조하던 여배우였지만, 50년대 킴 노
　　박이 출현한 영화들은 그다지 섹스 코드를 강조하지 않았다. 50년대 한국 관객들은 1957년의 〈피
　　크닉〉이나 1959년에 개봉한 히치콕의 〈환상Vertigo〉에서 킴 노박을 보았다. 킴 노박이 본격적으로
　　섹스어필한 여배우가 된 것은 1963년 나체 촬영이 이슈화되면서부터이다.

1960년경 서구 영화가 관객들에게 섹슈얼리티에 대한 판타지를 강화했다면, 한국영화는 서민들의 리얼리티를 그렸다는 점에서 좋은 대조를 이룬다.

이는 한국영화와 서구 영화의 관객이 계층적으로 나누어져 있었던 특수성에서 기인한 것이지만, 그보다도 애초에 섹슈얼리티의 표현과 묘사에 대한 한국영화와 서구 영화에 대한 기대지평Horizon of expectations이 달랐던 것에서 기인하는 것으로 추측된다. '친족'을 연상시키는 한국 여배우가 육체를 강조하거나 성적 매력을 노골적으로 표현하는 데 대한 한국 관객의 거부감도 강했다는 사실은 한국영화에서 성적 매력을 노골적으로 표출하는 여성 인물이 대개 '악녀'나 '무례하고 이기적인' 여자로 묘사된다는 점에서도 잘 확인된다.

번역 혹은 번안으로서 50년대 한국영화

서구 영화가 50년대 한국에서 상영된다는 것은, 애초에 그 텍스트가 생산된 맥락에서 벗어나 다른 맥락에서 소비된다는 것을 의미한다. 즉, 결과적으로 동일하게 관객 동원에 성공했다 하더라도 그 이유와 과정은 관객들의 경험과 사회적 맥락으로 결정된다. 이를 달리 표현하자면, 서구 영화 속에 내포되어 있는 많은 콘텐츠 중에서 50년대 한국 관객이 특별히 의미화하는 것들이 따로 있었다는 것이다. 그 특별한 의미화는 한국영화 속에 모방 혹은 변용된 특정한 모티프나 내러티브 그리고 이미지에서 찾을 수 있다. 서구 영화의 모방 혹은 변용은 아주 단순한 경우로 제목의 차용에서부터 모티프와 내러티브, 장면scene 과 이미지의 모방까지 다양한 층위가 있다.

반공영화인 〈나는 고발한다 accuse〉(1959)는 히치콕의 〈나는 고백한 다 confess〉의 제목을 변형하여 모방한 경우이다. 히치콕의 〈나는 고백 한다〉가 살인 사건을 소재로 누명을 쓴 주인공 신부의 심리적 압박을 잘 그려 낸 스릴러물인 반면, 〈나는 고발한다〉은 북한을 탈출하여 남 한으로 내려오는 과정을 그린 영화이다. 〈나는 고발한다〉 역시 〈나는 고백한다〉와 마찬가지로 스릴러적 요소를 포함하고 있다. 두 영화는 제목의 문장 구조의 유사성과 함께 고발과 고백이라는 음절 하나만의 차이를 갖고 있을 뿐이고, 내용은 전혀 다르지만 '장르'상의 유사함 때 문에 제목 상의 유사함이 단순한 제목의 모방을 넘어 장르와 스타일 상의 차용에서 나온 것이라는 심증을 갖게 한다. 〈로마의 휴일〉(1955) 의 제목을 모방한 〈서울의 휴일〉(1956)도 제목과 함께 서울의 구석구 석을 보여 주는 모티프의 측면에서 오드리 헵번 주연의 〈로마의 휴일〉 을 닮아 있다.

한국영화의 제작 편수가 109편에 이르던 1959년은 서구 영화의 많은 번안, 모방이 이루어진 해였다. 이러한 모방 경향은 1960년 4・19 혁 명 이후까지 이어졌다. 〈3인의 신부〉(1959)는 할리우드의 뮤지컬 영화 〈7인의 신부 Seven Brides For Seven Brothers〉의 내러티브를 그대로 가져온 번 안작이었다. 원작인 〈7인의 신부〉의 총각들이 아내를 얻으러 벽촌에 서 읍내로 나온 것이라면, 한국영화 〈3인의 신부〉(1959)는 시골에서 상 경한 김희갑, 박웅수, 구봉서 세 형제가 서울에서 신부를 찾는 것으로 상황이 바뀐다.

50년대 후반의 최고 스타 감독인 신상옥 연출의 영화로서 '번안'임을 명시한 〈그 여자의 죄罪가 아니다〉(1959)는 프랑스 영화 〈갈등Conflict〉을 번안한 경우이다. 프랑스 영화 〈갈등〉은 오스트리아 출신으로서 할리우드의 유명

1959년 김수용의 〈3인의 신부〉가 상영되던 당시 아카데미 극장 앞 풍경. 출처 : 『Seoul, Modern Times』(한영수 사진집).

시나리오 작가가 된 기나 카우스Gina Kaus(1893~1985)의 1933년도 소설 「클레가의 자매들Die Schwestern Kleh」을 원작으로 하고 있다. 그동안 〈그 여자의 죄가 아니다〉는 '기나 가우스'의 원작을 번안한 영화로만 알려져 있었는데, 사실은 기나 카우스의 원작에 레오니드 모기가 연출한 영화 〈갈등〉의 번안이다.

기나 카우스는 1955년 한국에서도 개봉된 시네마스코프 영화 〈성의 聖衣(The Robe)〉를 각색한 작가이기도 하다. 카우스의 원작을 영화화한 〈갈등〉은 1954년에 개봉되어 1955년까지 한국에서 인기를 끈 〈내일이면 늦으리Domani è troppo tardi〉(1950)의 감독 레오니드 모기Léonide Moguy가 1938년에 연출한 영화이다. 신상옥 프로덕션이 이 영화를 번안의 텍스트로 선택한 구체적인 이유는 아직 밝혀져 있지 않으나, 〈갈등〉의 각본을 쓴 기나 카우스의 작품인 〈성의〉와 레오니드 모기 연출의 〈내일이면 늦으리〉가 한국에서 성공한 데서 그 일부 이유를 추측할 수 있다. 특히 레오니드 모기는 식민 시기인 1939년 '창살 없는 뇌옥牢獄'이란 제목으로 번역되어 개봉되었고, 그해의 가장 인기 있는 서구 영화로 선정

프랑스 영화 〈춘희〉의 광고
(『영화세계』, 1955년 12월)
(위)와 신상옥의 번안영화 〈춘
희〉의 신문광고.

된 바 있는 영화 〈Prison sans barreaux〉의 감독으로서 이미 식민지 시기부터 서구 영화 관객들 사이에 널리 알려진 감독이었다.

또한, 신상옥 영화 〈그 여자의 죄가 아니다〉는 프랑스 영화 〈갈등〉뿐만 아니라 1955년에 한국에서 개봉된 프랑스와 이탈리아 합작 영화 〈Il mondo le condanna〉(1953)의 한국어 제목을 모방한 것이기도 하다. 이 영화는 여성 감독 지안니 프란시오리니Gianni Franciolini가 연출한, 50년대 중반 한국에서 〈제3의 사나이〉로 알려진 여배우 알리다 발리Alida Valli 주연의 1953년 영화로 한국에서는 1955년 7월경 수도극장에서 개봉되었다.

자살을 기도하던 매춘부 레나타는 기술자인 파울로에게 구출된다. 그러나 레나타는 파울로와 자신의 사이를 의심하던 파울로의 아내에게 심한 모욕을 받고 그 복수로서 파울로를 유혹한다는 내용이다. 이 영화의 이탈리아어 원제는 '세상은 그녀들을 비난한다'이다. 이 원제에 비해 한국어 제목인 '그 여성의 죄가 아니다'는 복수하는 여성 주인공을 이해하는 입장에서 그녀를 적극적으로 변호하는 듯한 제목이다. 즉, 매춘부 주인공을 적극적으로 변호하고 옹호하는 입장으로 영화 제목이 바뀌어 번역되어 있다. 결과적으로 레오니 모기가 각색한 〈갈등〉의 내러티브에 이탈리아 영화 〈그 여성의 죄는 아니다〉의 제목을 얹은 결과가 신상옥의 〈그

여자의 죄가 아니다〉이고, 이러한 번안과
번역 과정에서 여성 관객에게 더욱 어필하
는 전략이 사용되었음을 더불어 알 수 있다.

이외에도 신상옥은 1958, 1959년에 주로
번안 작품을 많이 제작했다. 프랑스 영화
〈배신〉과 일본 영화 〈여검사의 고백〉을 뒤
섞은 신상옥 연출의 〈어느 여대생의 고백〉
도 번안작이며, 1959년작 〈춘희春姬〉도 식
민지 시기부터 대중들에게 잘 알려져 온 알
렉산드르 뒤마의 소설을 원작으로 한 번안
작이었다. 역시 신상옥 연출의 〈자매의 화
원〉(1959)은 명시적인 번안은 아니지만 루
이자 메이 올콧Louisa May Alcott의 「작은 아씨들
Little Women」을 영화로 만든 〈푸른 화원〉(원제
는 Little Women)의 제목과 내러티브를 변형하
여 빌려온 경우이다.

신상옥의 1959년 〈그 여자의
죄가 아니다〉의 신문광고(위)와
프란시오리니의 영화 〈그 여성
의 죄는 아니다〉의 광고.

앞서 언급했다시피 1959년과 1960년은 '번안의 해'라고 불릴 만큼 많
은 번안작이 있었고, 특히 1960년에는 〈폭풍의 언덕〉[50], 1961년의 〈쟌
발쟌〉[51]과 같은 서구의 문학작품을 번안하는 경향도 한 흐름으로 존재

....

50 1960년 10월 명보극장 개봉작으로 최무룡과 김지미가 주연한 백호빈의 연출작. 영화의 포스터에서
    원작이 에밀리 브론테의 동명 소설임을 밝히고 있다.

51 1961년 1월에 개봉한 영화로 조긍하가 연출을 담당했고, 김승호가 장발장 역을 맡았다. 역시 빅토
    르 위고의 「레미제라블」을 원작으로 했음을 명시하고 있다.

했다. 서구의 문학작품 번안은 지식과 교양으로서의 서구 영화 소비의 기능을 한국영화에서도 모방하려는 시도였던 것으로 보인다. 그러나 신상옥의 번안작 등 일부를 제외하면 서구 문학작품을 표나게 내세운 번안물들은 흥행에 성공했다고 보기 어렵다.

신상옥의 번안영화는 우선 원작에서부터 이미 여성 관객들이 선호하는 모티프를 갖고 있었다. 〈그 여자의 죄가 아니다〉는 한 아이에 대한 두 어머니(생모와 양모)의 모성애와 여성들의 우정을 주제로 하고 있고, 〈자매의 화원〉은 가족의 위기를 극복해 나가는 여성의 이야기이다. 그러나 정서상 모방의 대상이 된 서구 영화의 어떤 요소들은 변형이 불가피했다. 〈그 여자의 죄가 아니다〉는 생모와 양모가 서로 자매간인 것으로 등장하는 원작과 달리 '자매처럼' 지내는 친구 사이로 변형되는데, 아이의 소유권을 두고 양모가 생모에게 권총을 겨누고 쏘는 원작의 스토리를 그대로 이어받자면 생모와 양모가 원작처럼 친자매지간인 것으로 설정하는 것이 한국의 정서상 맞지 않았기 때문으로 추측된다. 〈자매의 화원〉 경우는 미국 소설 「작은 아씨들」에 비해 아버지의 죽음으로 가장이 된 맏딸의 희생과 헌신이 '더욱' 부각되었다. 식민지 시기 이후 근대화 과정을 겪으면서 부모가 없거나 혹은 부모의 무능으로 가족이 생존의 위기에 처했을 때 으레 (맏)딸이 팔려 가고 희생되는 상황은 식민지 시기 이후의 많은 서사에서 확인된 바이다. 미국 소설 「작은 아씨들」에도 전쟁으로 가장이 부재한 상황에서 맏딸이 가정교사로 희생하는 플롯을 담고 있지만, 〈자매의 화원〉은 이러한 내러티브를 가져오면서도 식민지 시기부터 대중들에게 익숙한 맏딸의 '희생' 서사로 이어받고 있다.

모성애, 희생, 헌신 등의 요소는 여성
인물들의 감정을 과도하게 부각시켜 영
화를 '신파'의 늪에 빠뜨릴 위험이 있는
요소들이다. 식민지 시기에도 일부 제
기된 문제이지만, 50년대 한국영화 비평
에서 과도한 센티멘탈한 감정을 의미하
는 '신파'는 한국영화가 예술성 있는 장르
로 도약하기 위해 가장 없어져야 하는 요
소로 취급되었다. 과도하고 과장된 감정
이 서사적 개연성과 관련 없이 등장하는
이른바 신파적 요소는 식민지 시기의 대
중극에서 정점에 이른 극의 전개 방식이
다. 영화도 연극과 마찬가지의 극 형식의
장르이고, 특히 한국영화는 연극의 관객

미국 영화 〈푸른 화원〉(위)과 신상옥
의 영화 〈자매의 화원〉. 출처 : 『경향
신문』, 1954년 10월 25일자 ; 『동
아일보』, 1959년 12월 27일자.

을 일부 공유했기 때문에 대중극의 신파적 요소를 가져오기에 여러모
로 유리했다. 이처럼 '신파적 요소' 혹은 '신파성'이 부정적인 요소로 취
급되었음에도 불구하고, 이는 영화 인물에 대한 여성 관객의 동일시와
영화에 대한 여성 관객의 감정적 몰입을 가능하게 하는 특성으로 여성
관객을 소구하기에는 유리한 요소가 되었다.

신상옥의 번안 영화들의 장점은, 원작이 되는 외국 서사의 내러티브
적 요소가 이러한 신파가 될 수 있는 요소들을 적절히 제어하고 있다
는 점이다. 〈그 여자의 죄가 아니다〉는 한 아이를 둔 두 여성의 갈등에
'경찰'이라는 공적 기관이 개입함으로써 상황이 객관적으로 정리되고,

또한 갈등을 타개해 나가려는 여성들의 우정이 과도하게 표출될 수 있는 감정 표현을 적절히 차단해 나간다. 〈자매의 화원〉역시 맏딸이 가족을 위해 원치 않는 사업가와의 결혼을 결심하지만, 결국은 자신이 사랑하는 남자와 결혼하게 됨으로써 과도한 감상感傷으로부터 적절히 벗어난다. 역시 번안작인 〈어느 여대생의 고백〉도 부잣집 딸로 행세한 자신의 거짓을 솔직하면서도 당당하게 고백하는 여성 주인공의 목소리가 관객의 과도한 동정과 감상을 차단하는 효과를 가지고 있다. 즉, 비극적으로 희생되지'만은' 않는 여성의 자기 욕망의 실현과 여성의 목소리 내기가, 일방적인 희생양이 되는 데서 발생하는 과도한 감상에서 벗어나게 하는 요소임을 알 수 있다.

신상옥의 번안작을 통해 알 수 있듯이, 번안영화는 원작의 특정 요소를 적극적으로 변형시키지 않으면 안 되었고 그 요소는 주로 한국 관객의 정서와 욕망에 따라 결정되었다. 그 가운데서도 여성 관객을 고려하는 것이 무엇보다 중요했던 것으로 보인다. 결국 신상옥의 영화에서 알 수 있듯이, 성공적인 번안은 무엇이 타자의 것인지를 분리해 내는 시선 그리고 그 타자의 것과 자신의 것이 어떻게 다른지를 파악하는 시각이 있을 때 가능한 것임을 말해 준다. 신상옥은 이것을 분리해 내고, 그 위에 한국인들의 심성과 감성을 적극 고려한 작품들을 만들었다. 당시의 번안작들 대부분이 이러한 분리의 인식이 부족했던 것에 비춰 보면 신상옥의 대중적 감각은 탁월한 것이었다.

1958년의 한국영화 〈촌색시〉(감독 박영환)의 경우는 모방과 변형이라기보다는 동명의 미국 영화인 〈The Country Girl〉로부터 자극을 받아 리메이크된 경우이다. 원래 이 영화는 해방 이후 1946년에 공연된 신파극 〈촌색시(며느리의 죽음)〉에 그 뿌리를 두고 있다. 신파극 〈촌색시〉는 1949년 '청춘행로'라는 제목으로 영화화되었다가, 1958년 '촌색시'라는 제목으로 리메이크되었다. 신파극 〈촌색시〉가 1949년 〈청춘행로〉를 거쳐 1958년 영화 〈촌색시〉로 변화되는 과정에서 비극적 결말이 해피엔딩으로 바뀌고, 며느리의 '촌스러운' 모습은 '세련된' 촌색시의 비주얼로 바뀐다.

원작인 신파극은 시골 출신으로 좋은 집안에 시집간 '촌색시'가 시집의 학대를 극복하지 못하고 끝내 미쳐서 자살하는 결말인 반면, 1949년 황정순 주연의 영화 〈청춘행로〉는 쫓겨났던 촌색시가 미국 유학에서 돌아온 남편과 다시 가정을 이루는 결말로 바뀐다. 이에 비해 1958년 〈촌색시〉는 1949년 〈청춘행로〉의 기본 구도를 따르면서도 중간에 촌색시가 도시에 올라와 타이피스트로 변신하는 플롯을 삽입한다. 즉, 촌색시가 말 그대로 '촌스러운' 여성에 머물러 있는 것이 아니라 세련된 도시의 오피스 레이디로 변신하는 이 플롯은 1946년 신파극과 1949년 영화와도 결정적으로 다른 점이다.

이러한 변신의 플롯과 양장을 입은 촌스럽지 않은 촌색시의 비주얼은 어디에서 온 것일까. 이 출처를 명확하게 밝혀 내기는 사실상 불가능에 가깝다. 그러나 여러 가지 정황상 1958년의 시점에서 이 영화가 다시 리메이크가 된 것에는 그레이스 켈리Grace Kelly가 아카데미 여우주연상을 받은 영화 〈The Country Girl〉이 1957년 한국에서 상영된 것이 그 계기가 된 것으로 보인다. 그레이스 켈리의 〈The Country Girl〉은 한국어 제목으로는 '촌색시'가 아닌 '갈채喝采'로 번역되었는데, 이 영화가 개봉되기 이전에 한국의 영화잡지에 잠시 '시골 색시'라고 소개된 바

그레이스 켈리 주연의 〈The Country Girl〉은 한국어 제목으로는 〈갈채〉로 번역되었다. 출처 : 『경향신문』, 1957년 3월 21일자

가 있다. 이 영화는 한국 개봉 시 한국어 제목으로 결국 '갈채喝采'를 선택하는데, 이 제목을 통해 강조되는 것은 다른 남성을 사랑하게 되지만 끝내는 알콜중독자 남편(빙 크로스비)을 떠나지 않고 그의 재기를 돕는 아내의 끈질긴 노력이다. 또한 "내일의 갱생을 위해 과거의 비애를 버려라. 미묘한 인간심리를 추구한 감격편"[52]

이라는 광고 문구는 제목에서 암시된 이러한 영화의 감상 포인트를 적시하고 있다. 이러한 영화 광고는 번역 제목과 마찬가지로 여성 관객의 입장을 고려해 여성의 헌신을 영화의 중요한 주제로 내걸고 있다.

그레이스 켈리는 이 영화에서는 분명 시골 출신의 여자로 지칭되지만 아름답고 헌신적인 여성으로 등장한다. 그녀는 어린 아들을 불의의 사고로 잃고 불행해져 비좁은 아파트에서 초라하게 살기 이전에는 멋진 패션과 미모를 자랑하던 여성으로 그려진다. 이러한 정황상 이 영화는 원제인 'The Country Girl'을 직역하게 되면 영화 속에서 묘사되는 그레이스 켈리의 모습과 어울리지 않는 측면이 있다. 영화 속에서 그레이스 켈리는 역할상 시골 출신이라고는 하지만 한국적 의미의 '시골 색시'와는 달리 세련된 패션을 자랑하기 때문이다. 한국 관객의 눈에는 그레이스 켈리는 '시골 색시'로 지칭되기에는 여러모로 무리였던 것이다.

세련된 그레이스 켈리와 '시골 색시'라는 어울리지 않는 조합은 한국 영화 〈촌색시〉에서 시골 처녀가 도시의 오피스 레이디로 변신하는 플

'촌색시'의 변신 전 모습과 도시의 타이피스트로 변신한 모습.

롯으로 변형된다. 물론 〈The Country Girl〉이 한국영화 〈촌색시〉의 플롯에 일부 영향을 주었다는 것은 근거가 있는 논리라기보다는 심증에 가깝다. 그러나 원제대로 시골 여자로 지칭되지만 멋진 패션에 아름답고 의지가 강한 그레이스 켈리의 모습은, 시련을 이겨 내고 다시 가정으로 귀환하는 1958년 〈촌색시〉에 등장하는 여배우 최은희의 모습에 겹쳐지는 부분이 있다.

이러한 서구 영화의 모방, 번안, 변형은 대체로 당시 한국영화의 주요 관객인 여성들을 고려한 것이다. 무엇보다도 서구 영화의 부분적 모방과 번안은 이전의 한국영화에서 자주 반복된 '희생양'서사, 즉 가족에게 희생당하는 비극적 여성의 삶이라는 서사를 일부 약화시키는 역할을 했음을 알 수 있다. 〈촌색시〉에 대한 당대의 평가가 '신파의 지양止揚'[53]이었던 점도 이 대목에서 참조할 수 있는 부분이다. 그러나 이러한 서구 영화의 영향과 기능은 50년대 '후반'의 한국영화에서나 가능

....

53 「신파의 통속성 止揚」, 『경향신문』, 1958년 12월 21일자.

한 일이었다. 1960년경부터 발표된 서민 가족을 중심으로 한 영화들은 서구적인 문화에 밝은 여성들을 '악녀'로 그리며 (여성) 관객의 욕망을 삭제했기 때문이다. 앞서 언급했듯이 〈마부〉, 〈로맨스 빠빠〉, 〈박서방〉 등의 영화들은 도시의 서민 가족의 '일상'을 그림으로써 서구 영화의 비주얼과 스타일의 흔적을 점차 지워 나간다.

4

한국영화는 할리우드를 어떻게 모방했는가[1]
: 제국주의적 시선의 모방과 균열

식민지적 모방과 주체

　앞 장에서 밝힌 대로, 이미 50년대 후반 한국에서는 수입 영화에 대한 모방이 매우 다양한 층위에서 이루어지고 있었다. 신상옥의 성공적인 번안작에서부터 '표절'로 낙인찍힌 유두연의 〈조춘〉 그리고 등장인물의 수를 줄여 한눈에도 우스꽝스러워 보이는 김수용의 〈3인의 신부〉 외에도 관객으로 하여금 외국 영화의 분위기를 막연하게나마 느끼게 하거나 특정한 장면을 연상하게 하는 등의 무의식적인 모방의 층위도 있었다. "어딘지 외국 영화 냄새가 나는 멜로드라마"(유현목 〈그대와 영원히〉)[2]처럼 분위기가 외국 영화처럼 느껴지거나, "박암을 사모하

1　이 장은 원래 공동연구로 발표된 논문에 기반하고 있다. 공동연구 가운데서 저자의 생각이 주로 반영된 부분을 수록했고, 공동연구자가 수록에 동의해 주셨음을 밝힌다. 동의해 주신 공동연구자 인하대 육상효 교수님께 감사드린다.

2　「외국 영화 냄새나는 멜로드라마」, 『한국일보』, 1958년 11월 7일자.

며 기다리던 김지미가 시체가 되어 발견되어 박암이 〈길La Strada〉의 잠 파노처럼 흐느낀다."(김기영 영화 〈초설〉 평의 일부)[3]처럼 특정한 장면의 연출이 서구 영화를 연상하게 하는 경우가 바로 그러한 경우이다.

그렇다면 결국 50년대 한국영화는 수입 영화의 허술한 에피고넨 epigonen일 뿐인가. 모든 쓰기(생산)는 읽기(소비)에서 출발한다. 그리고 읽기는 독자 혹은 관객이 처한 시간과 공간 속에서 새로운 의미를 부 여하는 작업이다. 모든 텍스트는 생산자로부터 떠나는 순간 뭇 대중들 사이에서 유통되면서 오독과 오해의 운명에 처해지고, 그 오독과 오해 는 또 다른 새로운 텍스트 속에 새겨진다. 표절과 모방을 옹호하는 것 은 아니지만, 50년대 후반의 한국영화가 수입 영화의 매우 허술한 모 방작들을 양산했다 하더라도 그 모방들을 다른 각도로 읽어 낸다면 보 다 생산적인 논의가 가능하다.

허술한 모방작들은 그 사회에서 인기를 끈 수입된 텍스트를 그 원 原 텍스트로 갖고 있다. 어떤 텍스트가 특정한 사회에서 인기를 끈다 는 것은 그 사회와의 유관성을 가질 때 가능한 것이다. 텍스트 읽기에 는 그 텍스트와 사회와의 유관성이 전제되어야 하며, 그렇기 때문에 특정한 사회적 맥락 속에서 새롭게 해석되는 다의성과 상대성이 요구 된다.[4] 이러한 텍스트 읽기의 다의성과 상대성은 호미 바바Homi K. Bhabha 가 말하는 식민지적 모방의 양가성을 낳는 전제 조건이라 할 수 있다. 호미 바바에 의하면, 식민지적 모방은 '거의 동일하지만 아주 똑같지는

3 「금주의 영화, 피난민 생활을 박력 있게 묘사」, 『한국일보』, 1958년 6월 18일자.

4 존 피스크, 『대중문화의 이해Understanding Popular Culture』, 박만준 옮김, 경문사, 2002, 205쪽.

않은, 차이를 가진 주체', 즉 리폼된reformed 주체를 만드는[5] 양가적 모방이다. 이러한 호미 바바의 시선을 고려해 볼 때 모방작들은 당연히 원 텍스트들과 비슷하지만 차이가 있는 다른 텍스트이다. 이 비슷하지만 다른 것들은 원 텍스트의 어떤 요소들을 변형시킨 것으로 간접적으로 문화적 식민지인들의 정치적 무의식을 읽어 낼 수 있는 중요한 요소들이다.

그렇다면 한국영화는 주로 어느 나라의 영화를 모방한 것인가. 표절과 모방에 비교적 관대한 시대였음에도 일본 영화의 모방에는 상대적으로 평가가 가혹했고, 유럽 영화의 모방은 소위 '예술성'을 제고하거나 혹은 예술적 분위기를 내는 데 도움을 준 것으로 평가하는 경향이 있었다. 그럼에도 이 시기의 영화들 가운데서 가장 문제적인 것은 미국 영화, 즉 할리우드 영화이다. 미국 영화가 모방에서 가장 문제적인 측면을 가지는 것은 일단 양적으로 당시 수입 영화의 대다수를 차지하기도 했기 때문이지만, 무엇보다 50년대 할리우드 영화에 내재된 제국주의적 시선 때문이다. 50년대 할리우드 영화에는 제2차 세계대전 이후 팍스 아메리카의 정신이나 이에 전제되어 있는 제국주의적 감각이 내재되어 있다. 세계의 경찰 혹은 세계의 보호자로서 미국의 역할은 제2차 세계대전 이후 냉전 시대에 더욱 강화·확산되었고,[6] 당시 할

....

5 호미 바바, 『문화의 위치 : 탈식민주의 문화이론』, 나병철 옮김, 수정판, 소명출판, 2012, 197쪽.

6 미국의 제국주의는 이른바 '반反제국주의의 옷을 입은 제국주의'라 할 수 있다. 19세기 미국은 유럽의 권력에 대항하여 아메리카에서 유럽 식민주의에 대항했고, 제2차 세계대전 이후에는 소련의 권력에 대항하여 세계 전역의 나라들을 보호하는 위치를 자처했다. 이러한 미국의 제국주의는 건국 이후부터 키워진 것이며, 다른 제국주의에 대한 대항을 자처하고 이를 명분화하면서 착취 및 지배하는 제국주의라는 점에서 그 특수성을 가진다. 안토니오 네그리·마이클 하트, 윤수종 옮김, 『제국』, 이학사, 2001, 239~243쪽.

리우드 영화는 이러한 미국의 역할을 적극 반영한 것으로 보이기 때문이다.

앞 장에서 잠깐 언급한 바 있는 지적, 즉 미국 영화 〈로마의 휴일〉과 〈내가 마지막 본 파리〉의 성공에 대해 '미국'의 카메라로 본 유럽이라는 점을 강조한 박인환의 날카로운 언급은 이러한 측면에서 다시 언급될 필요가 있다. 이 두 편의 영화에서 그는 미국을 중심으로 유럽을 포함한 세계가 재편되어 나가는 것을 읽어 내고 있기 때문이다. 실제로 이 두 편의 영화 이외에도 당시 할리우드 영화는 전全 세계 로케이션 영화를 양산하고 있었는데, 그 영화들은 유럽·아시아·아프리카 등 이국적인 장소성이 강조된 영화들이었다. 앞 장에서도 이미 언급했다시피 로마를 배경으로 한 〈종착역Terminal Station〉과 〈로마의 휴일Roman Holiday〉, 베니스를 배경으로 한 〈여정Summertime〉, 파리를 배경으로 한 〈내가 마지막 본 파리Last Time I Saw Paris〉, 아프리카를 배경으로 한 〈모감보Mogambo〉, 홍콩을 배경으로 한 〈모정Love is a many splendored thing〉 등이 바로 그러한 영화들이었다. 이 영화들은 모두 1955~56년 한국에 들어와 흥행에 성공했다.

한국의 지식인들이 오랫동안 미국 영화가 오락영화라고 생각했던 이유는 미국 영화에 드러나 있는, 세상을 재현하는 낙관적이고 단순한 시선과 관련되어 있다. 미국 영화에 대해 식민지 시기부터 누적되어 온 한국 지식인들의 편견은 이미 이 책의 곳곳에서 확인한 바 있다. 50년대 들어서 미국 영화가 오락영화라는 편견은 할리우드 영화의 대약진 속에서 눈에 띄게 누그러졌지만, 진지한 유럽 영화와 단순한 할리우드 영화라는 도식은 한국 지식인 관객들 사이에서 오랫동안 유지되었다. 즉, 유럽 영화가 인생의 페이소스, 리리시즘 혹은 사회 비판적 요소와 관련되어 있다면, 미국 영화는 해결되지 않는 복잡한 삶의 양상을 명쾌하게 해결하고 정리하는 낙관성과 단순함을 보여 준다는 편견이다. 그리고 이 낙관성과 단순함은 전 세계의 문제를 해결하는 미국과 미국인의 문제 해결 혹은 미국식 제국주의와 관련 있으며, 고전 할리우드 영화에서 완성된 안정적인 내러티브 구성이라는 스타일을 통해 제시되었다.[7]

그렇다면 유럽은 물론 전 세계를 누비며 만들어 낸 미국의 카메라를 당시의 한국영화가 모방한다고 했을 때, 할리우드 영화에 내재되어 있는 제국주의적 시선, 즉 제국의 카메라로 본 세계상이 한국영화에 어떻게 변형되어 있는 것일까. 한국영화는 제국의 시선을 문화적 식민지인 한국의 것으로 등치시켜 그대로 받아들인 것일까. 50년대 후반 두 편의 한국영화 〈서울의 휴일〉과 〈비 오는 날의 오후 세 시〉에서 미국 영화에 내재된 제국주의의 시선과 전략을 내면화하면서도, 이러한 시선이 균열되고 리폼된 새로운 주체가 만들어지는 모습을 확인할 수 있다.

〈서울의 휴일〉과 〈비 오는 날의 오후 세시〉는 미국 할리우드 영화를 모방한 영화들이지만, 그 균열과 분리의 노력을 명확하게 확인할 수 있는 영화들이기도 하다. 이러한 균열과 분리가 의식적·무의식적으

----

7 이른바 '고전적 할리우드 영화'의 스타일은 1930~40년대를 거치면서 완성되어 1960년 즈음까지 할리우드 영화의 기본적인 스타일이 되었다. 구체적인 특징으로는 내러티브적으로 잘 구조화된, 인물 중심의 스토리 구성, 완결되고 닫힌 결말 구조이다. 편집, 음악, 컬러, 조명, 프레이밍도 그 자체로 관객의 눈을 끌어서는 안 되며 어디까지나 장면의 중심 사건에 복무해야 한다.(임재철, 「고전적 할리우드 영화」, 『세계 영화사 강의』, 임정택 외, 연세대출판부, 2001, 146~151쪽.) 영화의 내러티브의 안정적 구성을 강조하는 고전 할리우드 영화 스타일은 관객들에게 내러티브를 19세기 리얼리즘 소설처럼 분명하게 이해할 수 있도록 제시하는 것이었다.

로 일어나면서 결과적으로 한국영화계는 이상적 자아이자 시선의 주체로 상정해 왔던 미국과의 상상계적 동일시에서 벗어나게 된다. 호미 바바는 프란츠 파농Franz Fanon의 『검은 피부, 하얀 가면』을 언급하면서 식민지 유색인들이 백인들의 응시를 자신의 것으로 받아들이면서 그들의 시선으로 자기 인종을 부인하는 현상을 상상계적 나르시즘의 상태에서의 이상적 자아에 대한 동일시로 설명하고 있다. 이러한 이상적 자아에 대한 동일시를 당시 한국의 상황에 대입해 보면 곧 서구와 미국의 시선으로 한국영화계가 자국 영화를 응시하면서 이상적 자아인 서구의 시선에 맞춰 한국영화를 만들기 위해 서구 영화를 열심히 모방하는 단계로 설명할 수 있다. 그러나 또 한편으로 이러한 모방은 곧 균열을 일으킴으로써 상상적 동일시에서 벗어나 새로운 식민지적 주체를 만드는 과정으로도 설명할 수 있다.[8]

관광 혹은 제국주의적 시선과 현지인의 타자화

이청기가 시나리오를 쓰고 이용민이 연출한 〈서울의 휴일〉(1956)도 표절의 구설수에 오른 적이 있다. 영화가 개봉된 지 3년 후인 1959년의 일이다. 조두연의 〈조춘〉의 표절 시비를 계기로 한국영화들의 일본 영화 표절을 점검하는 『한국일보』 기사에서였는데, 〈서울의 휴일〉이 일본 영화 〈멋진 일요일素晴らしき日曜日〉의 20퍼센트 표절이라는 주장이

....

8 호미 바바, 앞의 책, 180쪽.

었다.[9] 이에 곧바로 각본을 쓴 이청기의 반박이 있었다. 이청기는 표절 의혹 기사를 보고 난 뒤 일본 영화 각본을 백방으로 찾아서 얻어 보았는데 우연한 일치점이라도 발견하지 못했고, 신문 기사가 자신을 모략한 것이라고 적극적으로 항변했다.[10] 실제로 이청기가 표절 시비가 있고 나서야 〈멋진 일요일〉의 시나리오를 보았다는 설명이 진정성 있는 것인지는 확인할 수 없으나, 적어도 표면적으로 〈서울의 휴일〉은 〈멋진 일요일〉과는 거리가 먼 영화로 확인된다.

표절의 시비가 붙었던 일본 영화 〈멋진 일요일素晴らしき日曜日〉은 구로자와 아키라黑澤明의 1947년작으로, 폐전 직후의 동경을 배경으로 가난한 연인들이 데이트 비용이 빠듯할 정도로 현실의 어려움을 느끼면서 일요일을 같이 보낸다는 내용이다.[11] '휴일'이라는 모티프 정도의 유사성만 있을 뿐 등장인물의 처지와 플롯, 영화의 분위기가 전혀 다르다는 것을 알 수 있다. 이 사건은 당시의 모방과 표절에 대한 감각을 보여 준다고 할 수 있다. 오로지 문제가 되었던 것은 '일본' 영화의 표절이나 모방이었으며, 미국 영화 같은 서구 영화의 모방은 그다지 문제가 되지 않았던 것이다. 〈로마의 휴일〉을 모방한 흔적이 분명 〈서울의 휴일〉에는 있었지만 이를 문제 삼지 않았고, 오직 일본 영화와의 관련성만을 의심했기 때문이다.

이청기의 적극적인 항변으로 이러한 표절 시비는 일단락된 것으로

....

9 「몰염치한 각본가군」, 『한국일보』, 1959년 3월 8일자.

10 「우연의 불일치도 불발견, 〈서울의 휴일〉과 〈스바라시끼 일요일〉, 이청기씨 본사에 항의」, 『한국일보』, 1959년 3월 21일자.

11 〈멋진 일요일〉의 스토리에 대해서는 재팬 위키피디아(https://ja.wikipedia.org)와 미국의 영화 데이터베이스(www.imdb.com) 참조.

일본 영화 〈멋진 일요일〉. 〈서울
의 휴일〉이 이 영화의 표절이라는
시비가 잠시 일기도 했다.

보인다. 〈서울의 휴일〉이 개봉된 시점인 1956년 10월은 〈로마의 휴일〉이 1955년 한국에 개봉된 지 1년 후였는데, 〈로마의 휴일〉은 대도시의 재개봉관에서 여전히 상영 중이었다.[12] 당시의 시각에서 〈로마의 휴일〉을 '본딴 것은 아닌' 영화로 여겨졌지만,[13] 이러한 특별한 부인否認 역시 당시의 관객들의 눈에 이 영화가 〈로마의 휴일〉과 엮여서 이해되었다는 점을 반증하고 있다. 그 유사한 제목은 물론, 남편이 아내가 계획한 스케줄을 듣고는 대꾸하는 "앤 공주의 일정보다 더 바쁜걸" 하는 대사 등은 이 영화의 아이디어가 〈로마의 휴일〉로부터 비롯되었을 것이라는 심증을 갖게 만든다. 〈로마의 휴일〉이 로마의 유적지를 보여 줌으로써 일종의 관광 영화가 되었던 것처럼, 이 영화도 서울 시내의 곳곳을 비추면서 서울이라는 장소가 갖는 상품성을 부각시켰다. 서울이라는 장소를 적극적으로 상품화한 탓에 〈서울의 휴일〉은 홍콩 수출이 시도되기도 했다.[14]

〈로마의 휴일〉은 도입부 크레디트에서 '이 영화는 로마에서 촬영되고 녹음되었다'는 사실을 강조하면서 영화가 로케이션 촬영되었음을 밝히고 있다. 실제로 이 영화는 로마의 유적지인 스페인 광장, 트레비

....

12 〈로마의 휴일Roman Holiday〉은 파라마운트 사에 의해 1953년 제작되었지만, 한국에서는 1955년 9월 국도극장에서 개봉되었다. 이 영화는 60년대까지 재개봉관에서 일상적으로 상영될 정도 롱런했다.

13 「신영화 소개—서울의 휴일」, 『경향신문』, 1956년 11월 30일자.

14 「영화 〈자유부인〉 등 대 향항 수출 추진」, 『조선일보』, 1957년 2월 10일자.

분수, 진실의 입Bocca della Verita, 트리니타 데이 몬티 성당, 판테온 신전, 콜로세움, 포로 로마노 등의 장소들을 딥 포커스deep focus로 담아 내고 있다. 딥 포커스 촬영은 앤 공주와 브래들리와 같은 인물을 포착하면서도 이 인물들이 대화를 나누고 사건이 벌어지는 장소에 대한 인상을 관객들에게 선명하게 남긴다. 즉, 이 영화의 주요 인물은 기

〈로마의 휴일〉에 등장하는 스페인 광장.

자인 존 브래들리와 앤 공주이지만, 실질적인 주인공은 바로 로마의 유적이라는 점을 알 수 있다.

이 영화의 스토리는 잘 알려져 있다시피 미국 언론사의 기자와 유럽의 한 왕국 공주가 서로의 신분을 숨긴 채 로마의 유쾌하고 로맨틱한 하루를 보낸다는 이야기다. 이러한 유쾌하고 로맨틱한 로마 시내 나들이에는 제국주의적 시선이 남녀의 권력관계 그리고 미국을 주체로 한 로마의 대상화를 통해 제시되어 있다. 남성 주인공인 조 브래들리는 '아메리칸 뉴스 서비스American News Service'라고 이름 붙여진 미국 언론사의 기자로 등장하며, 여성 주인공인 앤 공주는 '이름이 밝혀지지 않은' 유럽 어느 왕국의 왕위 계승 서열 1위의 공주이다. 남성의 신분과 국적이 명확한 반면, 여성의 국적은 모호한 이러한 비대칭성은 분명히 이 영화가 미국─남성을 주체로 삼고 있음을 단적으로 보여 준다. 이 미국인 남성 조는 평범한 계급이고 여성인 앤은 왕족으로, 그녀는 신분상 남성보다 우위를 점하고 있지만 이러한 권력관계는 앤이 신분을 숨

기고 로마 시내 나들이를 하면서 역전된다.

즉, 세상 물정 모르는 공주가 세속으로 내려오면서 세상살이와 로마라는 장소에 대한 지적 우위를 지닌 미국인 남성 조는 그녀의 보호자의 위치에 서게 된다. 백인 성인 남성을 내워서 그 주체의 입장position을 세운다는 방식은 제국주의의 잘 알려진 은유이기도 하다.[15] 공주의 순수함과 천진함이 어린아이 같은 속성이라면, 미국 남성인 조 브래들리는 그녀의 신변을 보호하고 세속의 세계로 이끌어 주는 역할을 하고 있다. 더욱이 그는 특종을 잡기 위해 몰래 찍은 공주의 사진들을 그녀의 '추억'을 위해 돌려줌으로써 마지막까지 그녀를 보호하고 지키는 성숙함을 지닌 인물로 묘사된다.

미국인 기자와, 국적은 알 수 없지만 영어를 모국어로 사용하는 공주를 중심인물로 두고 이들의 시각에서 현지 이탈리아인들이 타자화되는 장면들도 미국 중심주의적 발상이 들어 있는 부분이다. 아파트의 관리인과 로마의 택시 기사는 아주 서툰, 어법에도 맞지 않는 영어로 미국인들과 소통을 하고, 조 브래들리의 동료인 사진 기자는 로마의 여성들을 사진 찍고 그들과의 연애를 즐기며 소일하고 있다.

타자화된 이탈리아 사람들과 우월한 미국인들의 대조는 조 브래들리가 이탈리아 경찰에게 '아메리칸 뉴스 서비스'라는 소속이 찍힌 기자증을 보여 주고 위기를 모면하는 장면에서 절정에 이른다. 호기심에

....

15 제국주의의 담론들에서 제국주의의 주체인 백인−남성은 백인 여성과 식민지 남성, 식민지 여성과의 관계에서 나머지 세 집단을 타자로 상정하면서 자신의 통제력을 유지시켜 나갔다. 또한 식민지가 여성과 어린아이의 이미지로 그려지면서, 식민통치의 주체인 남성이 이들 여성과 어린아이의 이미지를 지닌 식민지를 '보호'해야 한다는 명분을 갖게 된다. 박지향, 『제국주의−신화와 현실』, 서울대출판부, 2000, 147쪽.

스쿠터를 타고 시장을 뒤엎은 공주는 화
가 난 상인들과 경찰서에 가고 정체가 밝
혀질 위기에 처하지만, 동행한 조가 미국
언론사의 기자증을 보여 주고 또 그녀와
결혼하러 가는 길이라 둘러대면서 위기를
모면하게 된다. 처음에는 공주의 스쿠터
에 항의했던 로마 시장의 상인들도 화를
누그러뜨리고 그들의 거짓말에 결혼을 축

〈로마의 휴일〉의 포스터.

하하는 장면은 미국인 조가 로마에서 누릴 수 있는 일종의 특권이 있
음을 암시하고 있다.

　앤 공주의 보호자로서 상징되는 이러한 미국 중심주의, 우월의식은
한국영화 〈서울의 휴일〉에 어떤 방식으로 모방되어 있는 것인가. 앤
공주의 시각에서 로마는 낯선 도시인 것처럼 카메라는 로마 시내의 유
적지를 낯선 시선으로 담아 낸다. 이러한 낯선 관광객의 시선이 비일
상적인 것이며, 앤 공주가 즐기는 로마에서의 휴일은 그야말로 그녀의
일상과는 전혀 다른 색다른 비일상적인 하루이다. 〈서울의 휴일〉도 형
식적으로는 관광의 시각을 가진 〈로마의 휴일〉처럼 딥 포커스로 촬영
함으로써 장소성을 강조한다. 딥 포커스를 통한 아차산과 남산, 중앙
청과 명동성당, 동대문과 덕수궁 석조전, 파고다 공원과 한국은행 등
의 강조는 〈로마의 휴일〉처럼 카메라를 관광객, 외지인의 시선과 일치
시킨 결과이다.

　〈서울의 휴일〉은 관광객의 시선으로 서울을 다루기는 하지만, 〈로마
의 휴일〉과 달리 카메라가 담는 내용은 서울에서 '일상적으로' 살아가

〈로마의 휴일〉의 딥 포커스와 〈서울의 휴일〉의 딥 포커스. 〈로마의 휴일〉의 딥 포커스가 인물 이외에도 배경이 되는 로마의 명소를 강조하는 것처럼, 〈서울의 휴일〉의 딥 포커스도 서울의 장소성을 강조한다. 맥주를 마시는 장면에서도 배경이 되는 중앙청의 모습이 정확하게 보이며, 여의사 의원 너머로 동대문의 모습이 정확하게 포착되어 있다.

는 이들의 현실적인 일요일 하루이다. 결과적으로 두 영화는 모두 관광지를 드러내는 같은 시각적 전략을 구사하지만, 〈로마의 휴일〉의 앤 공주의 욕망, 즉 틀에 박힌 왕족의 삶을 '잠시' 벗어나 세속의 삶을 체험해 보고자 했던 욕망은 실현되는 반면, 〈서울의 휴일〉 속 인물의 욕망은 모두 빗나간다는 면에서 대조적이다. 즉, 〈로마의 휴일〉의 앤 공주의 욕망과 관광지를 묘사하는 딥 포커스의 전략은 서로 조응하는 관계이다. 그러나 〈서울의 휴일〉에서의 시각적 전략과 내용은 서로 불일치한다. 〈서울의 휴일〉의 등장인물은 관광객이 아니라 서울의 현실 세계를 살아가는 인물들이기 때문이다. 결과적으로 〈로마의 휴일〉이 공주의 욕망을 실현시키는 판타지라면, 〈서울의 휴일〉은 인물들의 휴일이 방해받으면서 그들을 둘러싼 '현실'을 발견하는 이야기라 할 수 있다.

거짓말과 오인의 플롯, 로컬리티와 생활 세계의 발견

〈서울의 휴일〉은 〈로마의 휴일〉의 일종의 속편이라고 볼 수 있다. 〈로마의 휴일〉에서 공주와 미국인 기자의 사랑이 안타깝게도 이루어지지 못하고 끝난 반면, 〈서울의 휴일〉은 그들이 결혼한 이후의 삶, 즉 신혼 생활을 다루었다고 볼 수 있기 때문이다. 이러한 속편 격의 설정도 〈로마의 휴일〉에 대한 관객들의 요구, 특히 두 사람의 사랑이 이루어지길 바라는 여성 관객들의 요구가 암묵적으로 반영된 것으로 보인다. 남성 인물은 〈로마의 휴일〉과 마찬가지로 신문사 기사로 설정했지만, 앤 공주 캐릭터의 경우 왕족이 존재하지 않는(이미 몰락한) 한국의 상황에서 엘리트 여성인 산부인과 의사로 변형되어 있다. 이러한 설정으로 〈서울의 휴일〉의 여의사는 〈로마의 휴일〉의 앤 공주의 헤어스타일을 하고 있기도 하지만[16] 당당함과 우월함이라는 자질에서 앤 공주와 비슷한 캐릭터이다.

〈서울의 휴일〉과 〈로마의 휴일〉의 유사성은 이러한 캐릭터의 특성이나 장소를 강조하는 딥 포커스의 촬영에서도 발견되지만, 본질적으로는 거짓말과 오인의 플롯을 공유하고 있다는 데서 발견될 수 있다. 〈로마의 휴일〉의 두 인물은 서로의 신분에 대해 거짓말을 한다. 이러한 거짓말은 이 영화의 플롯을 이끌고 가는 매우 중요한 계기이다. 이 영화는 서로의 신분을 숨기고 행위에 담긴 의도를 숨김으로써 인물들이 자신들의 개인적 욕망을 충족시키고자 노력하는 구조이다. 조 브래들리는 기자임을 공주에게 숨기고 특종을 잡으려 하고, 공주 역시 평범한 여자로 자신의 신분을 숨기면서 로마를 즐기고 싶어 한다. 이러한 신분 숨기기라는 거짓말은 앤 공주의 외출과 휴일 즐기기를 가능하게 하는 중요한 조건으로 작용한다.

....

16 잘 알려져 있다시피 〈로마의 휴일〉의 오드리 헵번의 헤어스타일은 전 세계 여성들의 스타일을 변화시켰고, 한국의 여성에게도 대유행한 바 있다. 「헤어스타일」, 『경향신문』, 1956년 4월 30일자.

〈서울의 휴일〉 역시 거짓말이 사건에 중요한 플롯을 제공한다. 그러나 〈로마의 휴일〉과는 달리 거짓말과 오인은 여성 캐릭터의 외출을 유예시킨다. 신혼인 송 기자는 아내가 계획한 대로 휴일을 보내려 하지만, 후암동 살인 사건의 단서를 제보 받고 외출을 몇 시간 유예시킨다. 그러나 살인자가 지나간다는 시간과 장소에 대한 제보는 결혼 후 같이 시간을 보내 주지 않는다는 점에 불만을 느낀, 송 기자 동료들의 치기 어린 장난이었다. 송 기자는 제보 받은 장소와 시간에서 우연히 한 처녀가 납치되는 것을 목격하고 이것이 살인범과 관련되어 있다고 판단하여 택시로 그들을 뒤쫓는다. 그러나 그 처녀는 살인 사건과 관련 없이 남성에게 버림받고 정신이상이 된 상태였고, 송 기자가 본 장면은 저항하는 그녀를 가족들이 억지로 차에 태워 가는 상황이었다. 여배우 문정숙이 연기한 이 정신이상 여성은 '인수', '철' 등 자신을 버린 남성들의 이름을 부른다. 이 가운데 '인수'라는 이름은 1950년대 중반 한국을 떠들썩하게 만든 '박인수 사건'을 떠올리게 한다.

이 영화가 제작되고 개봉될 당시인 1956년 하반기는 박인수에 대한 기억이 아직도 대중의 기억에 생생하게 남아 있을 시점이다. 이러한 배경에서 남성들에게 버림당한 정신이상의 처녀가 '인수 씨'라는 이름을 부르는 장면은 박인수 사건을 떠올리게 했을 것이다. 정신이상이 된 처녀(문정숙)는 송 기자를 보고 자기의 연인이라 부르며 달려들고, 처녀의 모친은 그녀를 진정시키려 송 기자를 붙잡아 둔다.

이상과 같은 거짓말 그리고 오인으로 송 기자와 아내의 외출은 무산되고 만다. 거짓말과 오인은 송 기자뿐만 아니라 이 영화의 풍경이 되고 있는 거의 모든 등장인물의 동선을 결정하는 중요한 요인이다. 정신이상이 되어 송 기자를 자신의 연인이라 오인하는 정신이상의 처녀, 여직공 광고를 보고 취업하러 갔다가 공장 감독인 줄 안 남자(동대문 야바위꾼)에게 속아 아이를 임신한 처녀 옥이, 옥이와 실제 공장 감독과의 사이를 오해하여 옥이를 버렸던 동대문의 야바위꾼, 미장원에 간다고 거짓말로 남편을 속이고 다른 젊은 남성들과 휴일을 보낸 옆집 아내, 그 아내의 거짓말에 속아 하루 종일 아내를 기다린 옆집 남편 등, 인물들의 에피소드가 교차 편집되면서 서울을 살아가는 여러 인물들의 사연이 나열되는 가운데 거짓말과 오인은 그들 욕망의 실현을 지연시킨다.

거짓말 가운데서 최대의 위기를 초래하는 거짓말은, 살인 사건을 쫓기 위해 나간 송 기자가 실은 어떤 여자와 함께 극장에 들어갔다고 아내 희원에게 말한 신문사 동료들의 거짓말이다. 남편을 기다리다 지친 희원이 남편이 신문사에 출근하지 않았다는 사실을 전화로 확인한 터라 동료들의 말을 사실로 믿을 수밖에 없고, 거짓말로 인한 오해는 부부의 애정과 신뢰를 깨뜨리는 최대의 위기 순간을 제공한다.

이 모든 거짓말과 오인을 바로잡는 사람은 바로 남편 송 기자이다. 그는 택시를 타고 돌아오던 중 두 남자와 합승을 하게 된다. 그들은 자신들을 경찰로 소개하지만 실은 송 기자가 뒤쫓던 살인범들이었고, 택시 기사가 이들과 격투를 벌인 끝에 살인범들을 제압한다. 한편 남편을 기다리가 지친 아내 희원은 한 가난한 산모의 출산을 돕게 되는데 그 산모는 우연하게도 바로 후암동 살인범의 아내였다. 결국 살인범의 집에서 마주친 송 기자와 아내 희원은 모든 오해를 풀고 원래 남산 야외음악당에서 듣기로 계획했던 로스앤젤레스 교향악단의 연주를 라디오로 들으며 하루를 마감하게 된다.

〈로마의 휴일〉의 신문기자 조 브래들리처럼 〈서울의 휴일〉의 송 기자 역시 오해를 풀고 문제를 해결하는 역할을 하고 있다고 볼 수 있는데, 이러한 역할은 조 브래들리보다 더욱 강화되어 있다. 조 브래들리가 세속으로 내려온 앤 공주의 보호자·안내자였다면, 송 기자는 우연이기는 하지만 '후암동 살인 사건'이라는 사건을 해결하고자 노력하는 해결사이다. 문제 해결의 역할은 여의사 희원에게도 주어진다. 그녀는 앤 공주처럼 휴일을 즐길 여유가 없으며 임신한 앞집 처녀 옥이, 살인범의 아내 등 문제적 상황에 처한 이웃들을 돕는 일에 일요일 하루를 쓰게 된다. 물론 희원에게는 "신신백화점 쇼핑, 아서원 점심식사, 한강 수상스키, 덕수궁 산책, 극장 구경, 미장 클럽에서의 저녁식사, 로스앤젤레스 오케스트라 야외공연 관람"과 같은 스케줄이 있었고, 이에 남편은 "로마의 휴일의 앤 공주의 시찰여행보다 더 바쁘군 그래"라는 논평을 한 바가 있다. 그러나 이 '앤 공주' 못지않게 빡빡한 스케줄, 즉 쇼핑과 식사, 영화 관람, 산책, 음악회로 이루어진 희원의 스케줄은 이웃의 문제가 개입되면서 지연된다.

결국 〈서울의 휴일〉은 제목의 표면적 의미와 같은 휴일이 아니며, 이들의 일요일은 살인 사건을 해결하고, 미친 여자, 임신한 처녀, 난산에 처한 산모 등을 구함으로써 사회적인 문제를 해결하는 데 할애된다. 〈서울의 휴일〉의 주요 인물들, 송 기자와 여의사 희원의 이러한 역할은 일종의 계몽주의자의 역할이다. 기자와 의사라는, 50년대 한국 현실에서 지식인 엘리트층이라 할 수 있는 이들의 역할을 영화는 강조하고 있다. 거짓말과 그로 인한 오인, 오해는 이들의 휴일을 방해하고 지연시키면서 휴일의 즐거움을 불가능하게 만든다. 그렇다면 이들의 즐거움이나 행복은 무엇일까. 이 당시 한 잡지의 영화 소개에도 이들의 기쁨에 대해 "그들은 일을 끝마치고 서로 집으로 돌아오면서 적은 일이나마 사회에 봉사

이중노출double exposure 기법을 사용하여 찍은 〈서울의 휴일〉의 마지막 장면. 서울 혹은 지역공동체를 '책임져야 할' 혹은 '이끌고 나가야 할' 지식인 부부의 소명을 간접적으로 형상화하고 있다.

하였다는 기쁨과 감격에 가득 찬 행복의 순간을 맛보았다."[17]고 말하고 있다. 이 영화 소개에서도 일반적으로 '휴일'을 보내는 기쁨보다 엘리트로서 사회에 대해 봉사했다는 인물들의 계몽주의적 기쁨을 이 영화의 감상 포인트로 제시하고 있다.

〈로마의 휴일〉의 조 브래들리와 달리 송 기자와 같은 '한국'의 지식인은 휴일에도 자신의 특종을 찾아다니는 열의를 보인다. 송 기자와 여의사 회원에게 관광객의 시선이란 부재하다. 이 영화의 카메라는 〈로마의 휴일〉처럼 서울의 명소를 비추지만, 장소성에 강조를 둔 〈로마의 휴일〉의 카메라와는 달리 〈서울의 휴일〉은 현지인들이 중심이 되어 있기 때문이다. 이 영화의 신문광고에도 "서울! 서울은 곧 한국의 생리生理이다. 그리고 우리들의 거짓없는 생태生態이다"라는 문구로 한국의 현재 상황을 사실적으로 그려 내고 있음을 적시하고 있다. 즉, 〈로마의 휴일〉의 카메라가 제국주의의 시선을 표방하면서 이 시선을

....
17 「신영화지상봉절―서울의 휴일」, 『명랑』, 1956년 11월, 47쪽.

담지한 백인 남성 조 브래들리와 앤 공주가 그들의 휴일을 보내는 스토리라면, 〈서울의 휴일〉에서는 매우 일상적이고 문제적인 서울의 군중을 그려 내고 있는 것이다.

〈서울의 휴일〉에서는 멀리 보이는 안개 낀 중앙청의 모습, 명동성당과 수표교 쇼트들을 연속적으로 제시한 끝에 파고다 공원에 취한 채로 잠이 들어 있는 한 허름한 취객을 비추면서 내러티브가 시작된다. 이 영화의 이야기가 관광객이 아닌, 서울 현지인의 시선에 의해 구성된 것임을 암시하는 대목이다. 송 기자에게서 서구 제국주의적 시선의 흔적이 있다면, 그것은 그가 성인 남성-지식인으로서 사회의 문제에 대해 뭔가 해결 의지를 가지고 뛰어드는 계몽주의자, 즉 제국주의자의 아류가 될 수 있는 계몽주의자의 입장을 지니고 있다는 점이다. 이 의지는 여성인 희원에게도 동일하게 공유되고 있는 속성이다. 희원이라는 캐릭터는 영화의 초입부에서는 휴일의 '플랜'을 읊어 대는 다소 철없는 캐릭터였지만 영화가 진행되는 동안 그녀는 계몽주의자 지식인의 캐릭터로 변해 간다.

거짓말과 오인은 〈서울의 휴일〉의 플롯을 끌고 가지만, 이 오인이 해소되면서 서울을 살아가는 군중들의 실체를 발견하게 되는 구조를 하고 있다. 그러나 이에 비해 〈로마의 휴일〉의 조 브래들리와 앤 공주에게 거짓말과 오인은 이러한 실체를 폭로하는 힘을 예비하고 있다기보다는 공주의 휴일을 가능하게 하는, 즉 관광의 체험을 가능하게 하는 판타지의 기본적 조건일 뿐이다.

즉, 백인-남성의 시각 혹은 미국인의 시각과 일치된 〈로마의 휴일〉의 카메라가 〈서울의 휴일〉에서는 한국의 남녀 지식인의 시선으로

한국의 현재 모습과 일상을 포착하
는 것으로 변화되었음을 알 수 있
다. 이러한 시선은 서울의 장소성
을 강조하면서 그 현실 문제에 더
천착해 들어가려는 리얼리즘적 성
격을 지니고 있다. 〈로마의 휴일〉
이 여행자의 시선에서 상상된 판타
지 그리고 전 세계를 누비는 초국적

〈서울의 휴일〉의 신문광고. 출처 : 『경향신
문』, 1956년 12월 1일자.

transnational의 시선이라면, 〈서울의 휴

일〉은 이 시선을 일부 차용하여 화면을 구성하지만 화면에 담긴 장소
를 바탕으로 한 생활 세계Lebenswelt와 서울이라는 지역성, 즉 로컬리티
locality와 관련되어 있다고 할 수 있다. 일상적인 생활 세계는 반복적으
로 되풀이되는 구체적인 삶의 세계, 실천의 세계이다.[18] 이러한 일상적
인 삶의 세계에 대한 발견은, 그 자체로 관광화·대상화를 가능하게
하는 판타지적인 제국주의적 시선에 통합되지 않는 지역의 생활 세계
를 드러냄으로써 그 자체로 제국주의적 시선에 균열을 내는 효과를 지
닌다.[19]

....

18 김왕배, 『도시, 공간, 생활 세계 : 계급과 국가권력의 텍스트 해석』, 한울, 2000, 제3장 「일상생활 세
계와 생활정치」 참조.

19 제국주의적 시선에, 일부이지만 균열을 가하고 있는 〈서울의 휴일〉과 관련하여 언급할 만한 영
화로 일본 영화 〈동경의 휴일東京の休日〉(1958)을 들 수 있다. 서울의 휴일보다는 2년 뒤 만들어
져 58년 아시아 영화제에 출품된 이 영화는 〈로마의 휴일〉의 에피고넨 혹은 모방작이라고 단정 짓
기는 어렵지만 역시 〈로마의 휴일〉이 1953년 일본에서 크게 히트를 친 맥락을 고려해 볼 때 그리
고 의도와 정체를 숨기고 여성에게 한 남성이 접근한다는 플롯 상의 유사성으로 인해 부분적이지
만 〈로마의 휴일〉의 영향이 보인다. 할리우드의 〈로마의 휴일〉, 한국영화 〈서울의 휴일〉, 일본 영
화 〈동경의 휴일〉은 제목과 플롯 구조상의 유사성 때문이기도 하지만 무엇보다 '제국주의'와 '로컬

서구 인종주의의 영화적 재현과 〈모정〉

〈로마의 휴일〉에서도 알 수 있듯이 이 시기의 할리우드는 영화는 미국 사회의 정치적 · 사회적 어젠다와 이슈를 개인적이고 사적인 멜로드라마로 만드는 방식을 취하고 있다. 이러한 시각에서 보면 〈모정Love is a Many-Splendored Thing〉(1955)의 이면에도 미국적 제국주의의 시선이 멜로드라마라는 기본적인 스타일 속에 녹아 들어 있다.

〈로마의 휴일〉에 팍스 아메리카 시대의 제국주의적 시선이 '관광'의 형태로 드러나 있다면, 〈모정慕情〉에도 동일하게 '관광'의 시선이 내재되어 있다. 〈로마의 휴일〉이 로마를 관광지로 시각화한다면, 〈모정〉은 바로 홍콩을 시각화한다. 유럽인 로마가 아닌 아시아인 홍콩을 동일하게 관광객의 시선으로 포착한다면, 이러한 시선이 인종적racial 문제를 포함하여 동양에 대한 서구인의 오리엔탈리즘과 관련되어 있으리라는 혐의가 드는 것은 자연스럽다.

주제가로도 유명한 〈모정〉은 한국에는 1956년 10월에 개봉되었는데, 〈로마의 휴일〉과 마찬가지로 재개봉까지 합쳐 60년대 초까지 서울과 같은 대도시 극장에서 늘 볼 수 있는 영화였다. 이 영화는 한국 관객

리티'와 관련하여 서로 비교될 만하다. 여배우 이향란李香蘭(야마구치 요시코)의 은퇴를 기념하여 만든 〈동경의 휴일〉은 어린 시절 미국에 가서 뉴욕의 일류 디자이너가 된 가와구치 메리가 중심인물이다. 그녀는 부모님의 묘를 방문하기 위해 일본을 방문했는데 그녀의 '명성'을 이용해서 한몫을 보려는 사람들 속에서 혼란을 겪다가, 마침내 협력해서 귀국 기념 패션쇼를 성공리에 개최하고 다시 비행기를 타고 미국으로 돌아간다는 이야기이다. (영화의 스토리는 http://kinema-shashinkan.jp/cinema/detail/-/2_0039 참조.) 영화의 주요 인물인 가와구치 메리는 일본인이지만 미국인의 시선을 갖고 있는 인물이며, 영화는 그녀의 시선에 비친 일본을 그리고 있다. 이 영화의 이러한 시선과 장소 재현의 문제는 〈로마의 휴일〉 및 〈서울의 휴일〉과 비교될 만한 지점이 있다고 판단된다. 〈동경의 휴일〉의 스토리 및 기본적인 정보를 제공해 주신 인천대 일문과 남상욱 교수께 감사드린다.

들에게 어떻게 보였고, 막 제작 붐이 일기 시작한 한국영화에 어떤 영향을 주었을까. 특히 제국주의적 시선의 다른 표현인 오리엔탈리즘적 시선을 당시의 한국 관객들이 읽어 낼 수 있었을까. 일단 다음의 인용문은 할리우드 영화가 동양과 동양인을 재현하는 관점에 대한 문제를 제기하는 맥락에서 〈모정〉을 언급하고 있다.

> 문명한 서양인이 미개하고 후진적인 동양인의 생활 속에 뛰어들어 감정 접촉하는 것을 그린 영화로 〈비는 온다〉, 〈모정〉, 〈왕과 나〉 등이 있다. 서양인의 시각에서, 문명한 그들의 주체적인 견지에서 미개 후진한 종족 풍속 습관에 대한 호기심에서 재미있게 볼지 모르지만 우리 동양인의 눈에는 어색하고 납득이 가지 않는다.[20]

이 인용문의 필자가 한국인 관객을 대표한다고 볼 수는 없지만 확실히 아시아인의 눈에 〈모정〉은 '어색할 수 있는 요소들' 혹은 아시아를 대상화하는 서구인들의 시선을 일부 느낄 수 있었던 영화였던 듯하다. 중국의 혼혈 작가 한수인Han Suyin(韓素音 1917~2012)의 자전적 소설을 원작으로 한[21] 이 영화는, 당시 최고의 인기 배우였던 제니퍼 존스Jennifer Jones와 윌리엄 홀든William Holden이 주연을 맡고, 헨리 킹Henry King이 연출한 폭스 사의 영화였다. 한국에는 1953년 12월에 개봉된 〈종착역The Last Station〉이나 1955년 개봉된 〈황혼Carrie〉으로 잘 알려진 백인 여배우 제니

....

20 유동준, 「문학과 영화(下)」, 『경향신문』, 1957년 8월 17일자.
21 한수인의 자전적 소설인 『*A Many Splendored Thing*』(1952)을 원작으로 한 이 영화는 1955년 아카데미 주제가상을 받기도 했다.

퍼 존스는 '유라시안Eurasian', 즉 아시아인과 유럽의 혼혈인 역할을 맡았다. 물론 그녀는 영화에서 동양인처럼 보이는 분장을 하고 '치파오'로 불리는 차이니즈 드레스를 입고 있다.[22] 그러나 당시 최고의 할리우드 여배우였던 제니퍼 존스였던 만큼 이러한 분장은 어디까지나 분장일 뿐, 아시아 관객의 시선에 그녀가 혼혈아로 비춰지지는 못했을 것으로 추측된다.

당시의 할리우드 영화 속에서 아시아인의 역할을 백인들이 맡는 것은 드문 일은 아니었다. 펄 벅 원작의 〈대지The Good Earth〉(1937)[23]에서는 중국인 역을 유럽계 백인 배우들이 맡은 바 있고, 1954년의 한국에 개봉된 영화 〈아파치Apache〉에서는 버트 랭카스터Burt Lancaster가 인디언으로 등장하기도 했다. 이 밖에도 1957년 한국에 개봉된 〈왕과 나King and I〉에서는 태국 왕의 역할을 율 브리너Yul Brynner가, 한국에서는 〈징기스칸〉으로 번역되어 1958년 개봉된 〈The Conqueror〉도 존 웨인John Wayne이 징기스칸 역을 맡은 바 있다.

이렇게 백인 배우가 동양인 캐릭터를 맡은 것은 중심인물에 대한 서구 관

영화 〈모정〉 신문광고와 포스터. 출처 : 『경향신문』, 1956년 10월 11일자.

....

22 50년대 중반 〈모정〉에서 영향 받은 차이니즈 드레스는 〈로마의 휴일〉에서 오드리 헵번의 숏커트나 플레어 스커트처럼 당시 한국 여성들 사이에서 인기를 끌기도 했다. 신혜순, 『한국패션 100년』, 미술문화, 2008, 41쪽.

23 시드니 플랭클린Sidney Franklin 감독의 1937년 영화로 폴 무니Paul Muni와 루이즈 라이너Luise Rainer가 주연을 맡았다.

객들의 동일시를 위한 것으로 보인다. 태생적으로 영화는 동양과 같은 제3세계를 스펙터클화하면서 제1세계의 관음증적 응시에 복무하는 미디어로서 기능하는 측면을 내장하고 있다. 이러한 속성으로 인해 영화를 보는 관객들의 포지셔닝positioning은 자신도 모르게 제국주의자의 시각으로 봉합되곤 하는데, 이러한 봉합의 방법 중 하나는 관객들이 동일시할 만한 인물들을 유럽인으로 묘사하거나 혹은 반대로 유색인종들을 유럽인의 복장과 스타일을 갖게 함으로써 서구의 관객들을 그들과 동일시하게 만드는 것이다.[24] 〈모정〉에서도 백인 여배우 제니퍼 존스가 유라시아 혼혈인인 한수인 역을 맡음으로써 오랫동안 영화의 표상 속에 지속되어 왔던 서구의 인종주의적 편견을 이 영화가 그대로 재생산하고 있음을 알 수 있다.

이 영화는 서구의 인종주의를 기반으로 하고 있으면서, 또한 원작 소설을 각색하는 과정에서 원작이 갖고 있는 요소들을 미국 제국주의의 시각으로 변형시켰다. 그 대표적인 것이 바로 유라시아인인 한수인의 정체성과 그녀의 연인인 마크 엘리엇의 국적에 관한 것이다. 원작소설인 『A Many Splendored Thing』에서, 한수인의 연인이 되는 마크는 영국인이기는 하지만 특정 나라에 대한 귀속의식이 없고 대안적인 메트로폴리탄적 정체성을 가진 인물이다. 그러나 헨리 킹의 영화 〈모정〉에서의 마크는 자신만만한 '미국인 기자'로 등장한다. 이러한 각색 상의 변화는 마크라는 인물을 영국인에서 미국인으로 변화시킴으로써 영국을 대신하여 아시아를 인수하는 새로운 후계자 미국의 이미지를 반영한

....

24 영화와 인종주의 그리고 재현에 관해서는 R. Stam & L. Spence,"Colonialism, Racism and Representation", Screen, 1983. NO.24, pp. 12-17을 참조하였다.

영화 〈모정〉의 원작자인 한수인
(1917~2012).

다. 이 점은 영국에서 출간된 원작이 영국인 독자 혹은 국제적 배경을 가진 독자들을 대상으로 한 것이라면, 할리우드 영화가 미국 관객을 잠재적 관객으로 하여 제작되었다는 맥락적 차이에서 비롯된 것이기도 하다.

원작에서 한수인은 중국인 아버지와 벨기에인 어머니 사이에서 태어나 각 문화의 장점을 이어받은 문화적 다양함을 상징하고 있는 인물로서 작가의 '나르시시즘적인 이미지'가 투영된 인물이다. 이 영화의 배경이 되는 홍콩은 아시아와 유럽이 만나는 곳, 즉 동양과 서구의 혼혈을 은유하는 장소로서 원작 소설은 홍콩에 대한 매우 정확한 묘사로 다큐멘터리적 가치를 갖고 있다.[25]

그러나 헨리 킹의 영화는 인종주의적 관점에서 한수인이라는 캐릭터를 변화시켰다. 헨리 킹의 영화에서 한수인은 유라시안이라는 점에 대해 갈등과 혼란 그리고 종종 열등감을 느끼는 인물로 묘사된다. 한수인은 중국인 부계 친족들의 강한 영향력 아래에 있었고, 그래서 이들의 허락을 받아야만 마크와 결혼할 수 있었다. 또한 그녀는 자신이 '저질의 혼혈아cheap Eurasian'로 오해받지 않을까 걱정하며 마크의 사랑을

....

25 한수인의 원작소설과 헨리 킹의 영화 사이의 차이에 대해서는 G. Bickley, "The Images of Hong Kong Presented by Han Suyin's A many Splendored Thing and Henry King's Film, Adaptation: a Comparison and Contrast", *Before and After Suzie Wong: Hong Kong in Western Film and Literature*, ed. by Thomas Y.T. Luk and James P. Rice, The Chinese University of Hong Kong, 2002, pp. 52-60을 참조하였다.

거부하기도 한다. 비슷한 처지의 혼혈 친구인 수잔이 온전한 백인 여성의 행세를 하면서 백인 유부남과 연애를 하며 매춘부처럼 살아가거나, 외국인이 되고 싶던 여동생이 공산당을 피해 중국인 가족을 버리고 백인 가정으로 도피하는 사건들은 한수인을 고민하게 만든다. 원작에서처럼 영화 속의 한수인은 자신이 양쪽 민족의 좋은 점을 이어받은 인종차별의 대안이라고 말하지만, 이러한 언급은 오히려 그녀의 열등감과 '좁은' 홍콩에서 타인의 시선을 의식하는 데서 오는 변명으로 들린다. 더구나 의사인 그녀가 병원과 재계약이 되지 않은 데에는 유부남 마크와의 연애 사건이 주요한 이유로 작용하고 있었음이 암시된다.

그러나 헨리 킹 영화에서는 마크와 수인의 혼사가 어려움을 겪는 원인을 인종적인 문제에 연루시키는 것이 아니라 개인적 문제로 돌린다. 수인과 마크의 혼사 장애는 서구인들이 가진 인종적 편견의 문제가 아니라 마크가 유부남이라는 점, 수인의 중국인 친척들이 보여 준 바 있는 중국인들의 완고함, 그리고 병원 이사의 부인과 같은 유라시안 여성에 대한 백인 여성의 질투심과 히스테리 등의 문제로 그려진다. 이 영화에서 한수인이 일하는 병원 이사의 아내(백인 여성)는 한수인이 유부남과 교제한다는 사실을 운운하며 교제를 그만둘 것을 종용한다. 그러나 수인은 이러한 사생활에 대한 간섭을 거부하면서 그녀의 미움을 산다. 심층적으로 이사의 아내가 수인을 미워할 또 다른 이유는 자신의 남편이 또 다른 혼혈아인 수잔과 교제하는 사이라는 데 있기도 하다. 병원 이사인 그녀의 남편은 유라시안 혼혈인 수잔과 교제 중이며, 이러한 사실로 인해 그녀가 같은 혼혈아인 수인에게 일종의 복수심을 품고 있음도 암시된다. 그리고 이러한 이사 부인의 영향력으로 수인은 병원에서 해고되었음도 암시되어 있다.

이러한 방식으로 인종적인 문제를 혼혈아의 열등감 차원으로 다루거나 개인적 문제로 축소하면서 인종주의에 담긴 제국주의의 시선의 문제는 수인과 마크의 연애 사건이라는 사적인 사건 속에서 희석된다. 그 대신 영화의 크레디트가 올라가는 첫 장면이 홍콩의 해안과 항구 그리고 섬의 전경을 비추고 있듯이, 영화가 시네마시코프의 장점을 잘 살려 홍콩을 스펙터클화함으로써 리펄스 베이, 선상 레스토랑, 찻집, 홍콩의 거리, 홍콩 공항, 마카오의 장례 퍼레이드, 중국인 점쟁이 등은 그들의 연애 사건을 위한 하나의 배경이자 서구인들의 문화 체험으로 그치게 되었다. 원작에서와 달리 홍콩의 리얼리티는 사라지고, 〈로마의 휴일〉과 마찬가지로 영화는 관광객의 시선에서 새롭고 신기한 홍콩을 묘사하고 있다는 것이다.

그렇다면 1956년 이 영화가 한국에 개봉되었을 때 한국 관객은 이 영화에서 무엇을 읽어 낸 것일까. 앞서서 잠깐 인용했던 바와 같이 진귀한 아시아의 풍경과 풍속 묘사로서 홍콩이 묘사되고 있는 것에 대해 불만을 느끼는 코멘트가 있었다. 이러한 불만이 한국 관객에게 보편적이었다고는 보기 어렵지만, 서구 관객들을 위한 제3세계의 스펙터클이 한국 관객들에게 동일한 효과를 갖도록 기능했다고 보기도 어렵다. 〈모정〉에 드러난 서구인의 시선과 포지션이 한국인의 것으로 위치 바꿈되면서 새로운 포지셔닝을 위한 영화의 각색adaptation은 불가피했다.

이러한 각색의 모습을 1959년 11월에 개봉한 한국영화 〈비 오는 날의 오후 세시〉에서 확인해 볼 수 있다. 이 영화는 당시의 기사에서도 언급되었다시피 서구의 멜로영화 〈애수Waterloo Bridge〉의 영향을 강하게

홍콩의 장소성과 영화 〈모정〉.

받은 한국영화이다.[26] 그러나 이 책에서는 이 영화에 매우 본질적인 영향을 준 영화로 〈모정〉을 꼽고자 한다. 비 오는 날, 애인을 회상하는 첫 장면은 〈애수〉의 장면을 모방했음이 분명하다. 그러나 〈비 오는 날의 오후 세시〉는; 영화 〈모정〉에서 주요한 모티프로 등장하는 문화적 갈등과 충돌 그리고 인종주의의 문제의식을 모방하고 변형하고 있다는 점에서 〈모정〉에서 더 본질적인 영향을 받았다고 판단된다.[27] 특히 '혼혈'과 관련된 인종의 문제 혹은 문화적 충돌과 갈등 이와 관련된 아이덴티티의 문제가 바로 〈모정〉에서 연유되고 있기 때문이다.

〈모정〉은 두 가지 측면에서 한국과 관련을 갖고 있는 영화였다. 하나는 〈모정〉의 남자 주인공 마크가 다름 아닌 한국전쟁에 종군기자로 갔다가 죽는다는 설정이다. 이 영화는 일부이지만 한국전쟁을 묘사하고 있다는 점에서 당시 한국 관객들의 눈길을 끌기에 충분했다. 또

26 「전형적인 멜로드라마―비 오는 날의 오후 세시」, 『동아일보』, 1959년 11월 27일자.

27 〈비 오는 날의 오후 세시〉에 나타난 미국 영화의 영향에 대해서는 조영정의 「미국 영화에 대한 양가적 태도 : 〈비 오는 날의 오후 세시〉를 중심으로」(『매혹과 혼돈의 시대―50년대 한국영화』, 소도, 2003)에서 제기된 바 있다. 조영정은 〈비 오는 날의 오후 세시〉에 영향을 준 영화로 마빈 르로이Mervyn LeRoy의 〈애수Waterloo Bridge〉, 역시 마빈 르로이의 〈마음의 행로Random Harvest〉 그리고 마이클 커티즈 Michael Curtiz 의 〈카사블랑카Casablanca〉를 꼽고 있다. 〈비 오는 날의 오후 세시〉는 여러 서구 영화들의 혼합으로 보이는 만큼 이들 영화의 흔적이 분명하게 남아 있다. 그런데 이에 덧붙여 이 글은 이 영화에 〈모정慕情(Love is a Many Splendored Thing)〉의 영향이 본질적으로 중요하게 작용하고 있음을 주장하고자 한다.

다른 관련성은 이 영화에 출연했던 도산 안창호의 장남인 필립 안Philip Ahn(1905~1978)의 존재이다. 제1세대 한국계 할리우드 배우인 필립 안이 이 영화에 출연했다는 사실은, 1959년 필립 안이 서울에 오면서 알려졌다. 〈모정〉에서 한수인의 중국인 숙부로 잠깐 출현하는 배우가 바로 필립 안이었다. 〈모정〉이 개봉된 지 약 3년 후인 1959년 3월, 필립 안이 태어나 처음으로 모국인 한국을 방문하면서 이 사실이 새롭게 불거졌다.[28] 〈비 오는 날의 오후 세시〉가 촬영을 시작한 것은 1959년 8월 경이었고 개봉한 것은 같은 해 11월이었는데, 이러한 정황상 필립 안의 방한 자체가 영화 〈비 오는 날의 오후 세시〉의 제작에 어떤 영감을 주었을지도 모른다는 심증을 제공하기도 한다. 〈비 오는 날의 오후 세시〉의 재미 교포 '헨리 장'은 첫 장면에서 미국에서 마닐라로 가는 길에 서울에 잠깐 들르게 되는데, 이러한 설정과 비슷하게 1959년 3월에 한국에 온 필립 안 역시 홍콩을 들러 할리우드에 돌아가는 길에 한국에 온 것이었다.

이러한 한국과의 관련성은 사소하다고 할 수 있지만 다른 영화들과는 달리 한국관객들이 〈모정〉에 특별한 의미를 부여하기에 충분한 맥락을 부여한다. 50년대 한국인들은 그만큼 '한국'을 주목하는 서구와 미국의 응시에 목말라 있었기 때문이다. 다음의 기사는 응시의 대상이 되고자 하는 한국인의 욕망을 너무나 적나라하게 묘사하고 있다.

여직까지 외국에 나가본 일이 없는 우리 여우(女優)들은 기특할 정도

....

28 「놀라운 조국발전, 도산 선생 맏아들 入京」, 『동아일보』, 1959년 3월 14일자.

로 다른 나라 사람들과
잘 어울려서 지냈는데
그 태도나 매너 등 어
느 하나 나무랄 수 없
이 뻐젓하였습니다. 비

영화 〈모정〉과 한국전쟁. 주인공 마크는 한국전쟁에 종군기자
로 왔다가 사망하게 된다.

단 여우들뿐만 아니라 대표단 일행이 모두 절제 있는 행동을 하고 있었
습니다. 특히 미극동군사령관 '렘니처' 장군댁에서는 나애심 양이 '아리
랑'을 부르고 김삼화군이 산조(散調)의 춤을 추어서 여러 미군장교의 박
수갈채를 받았습니다.[29]

이 기사는 미 극동군 사령관 앞에서 배우들이 '아리랑'을 부르고 춤
을 추는 행동들이 '미국'으로 상징되는 전全 세계 앞에서 한국의 존재감
을 알리는 자랑스러운 행동이라고 말하고 있다. 이러한 사정을 고려해
본다면, 〈모정〉에서 잠깐이마나 등장하는 한국전쟁 장면과 이 영화에
출현하는 한국계 배우는 당시 한국인들의 인정받고 싶은 욕망을 아주
잠깐이나마 충족시킬 수 있었던 계기였다고 할 수 있다. 그리고 충족된
욕망은 새로운 텍스트를 생산할 상상력을 발동시키고 또 다른 욕망을
발생시킨다. 1959년 6월에 제작이 시작된 〈비 오는 날의 오후 세시〉에
서는 원 텍스트에 가미된, 한국인들의 새로운 욕망을 확인할 수 있다.

29 「우리 영화의 해외진출/아시아 영화제의 이모저모」, 『한국일보』, 1957년 6월 2일자.

정지된 '하얀 가면' 놀이와 남성적 주권의식

〈서울의 휴일〉이 〈로마의 휴일〉의 속편 격, 즉 그들의 결혼 생활로 읽을 수 있다면, 〈비 오는 날의 오후 세시〉는 한국전쟁을 취재하기 위해 한국에 온 마크의 후일담으로 읽을 수 있다. 물론 〈모정〉에서 종군기자가 되어 한국에 온 마크는 안타깝게 죽고 말지만, 〈비 오는 날의 오후 세시〉에서는 한국에 와 죽는 대신에 새로운 사랑을 한다는 점에서 〈서울의 휴일〉에서와 마찬가지로 일종의 관객들의 판타지가 반영되어 있다. 〈로마의 휴일〉과 〈모정〉이 모두 사랑이 성취되지 못한 반면, 한국적 버전들은 전편들의 아쉬운 결말을 다른 방식으로 보상받도록 구성되어 있기 때문이다.

종군기자로 한국에 온 한국계 미국인 헨리Henry는 파고다 공원, 덕수궁 등에서 사진을 찍다가 공원 벤치에서 울고 있던 한수미를 도와주면서 그녀와 사랑에 빠지게 된다. 〈비 오는 날의 오후 세시〉의 여주인공 이름인 '한수미'가 〈모정〉의 여주인공인 '한수인Han Suyin'과 유사한 것도 우연이 아닌 것으로 보인다. 〈모정〉의 주인공 한수인이 중국인 아버지와 백인 어머니를 둔 '유라시안'이었던 것과 유사하면서도 다르게 〈비 오는 날 오후 세시〉의 남성 주인공인 헨리는 혼혈은 아니지만 역시 다문화적 정체성을 지닌 한국계 미국인Korean-American으로 등장한다. 〈모정〉의 한수인의 연인인 마크가 기자였던 것과 마찬가지로 헨리도 기자라는 직업에서 일치하며, 한수인과 마크의 결혼이 싱가폴에 떨어져 있는 별거 중이었던 마크의 아내로 인해 무산되는 것처럼 헨리와 수미의 결혼은 수미의 전쟁에 나갔던 옛 약혼자가 돌아옴으로써 무산된다.

〈모정〉과 〈비 오는 날의 오후 세시〉의 유사성은 이외에도 수영장 장면 그리고 공항 장면, 담배를 피우는 여주인공의 모습, 헨리가 참전하는 한국전쟁의 묘사 그리고 여배우 제니퍼 존스의 패션을 모방한 여배우 김지미의 의상 등의 시각적인 요소에서도 그 유사성을 찾을 수 있다. 그러나 시네마스코프로 촬영되었고 그 덕에 홍콩의 여러 명소를 스펙터클

〈비 오는 날의 오후 세시〉의 신문광고. 출처 : 『동아일보』, 1959년 11월 29일자.

로 담을 수 있었던 〈모정〉에 비해, 시네마스코프 촬영이 아니었던 〈비 오늘 날의 오후 세시〉는 첫 장면에서 헨리가 사진 찍는 덕수궁이나 파고다공원을 제외하면 특별히 서울의 장소성을 강조하지는 않았다.[30] 기술상의 미흡함이 오히려 외국인의 시선, 타인의 시선으로 서울을 대상화할 수 없었던 이유가 된 셈이다. 따라서 이 영화의 모방은 기술력을 바탕으로 한 연출과 촬영의 모방이라기보다는 플롯이나 등장인물의 설정 그리고 의상 등의 시각적인 요소들을 모방하는 차원에 놓일 수밖에 없었다.

〈비 오는 날의 오후 세시〉의 헨리가 미국인이 아닌 한국계 미국인, 즉 재미 교포로 등장하는 설정은 일종의 한국식 인종주의가 적용된 결

....

30 한국영화 가운데서 최초의 시네마스코프 영화는 1958년 이강천 감독의 〈생명〉으로 꼽히지만, 〈비 오는 날의 오후 세시〉가 제작된 1959년경 시네마스코프 촬영은 한국에서 아직 일반적인 상황이 아니었다. 한국에서 시네마스코프 촬영이 본격화된 것은 60년대 중반 이후부터이다.

과이다. 〈모정〉에서 혼혈인 한수인 역을 백인 여배우인 제니퍼 존스가 맡음으로써 주인공에 대한 백인 관객들의 동일시를 일으킨 것처럼, 미국인이지만 한국인의 얼굴을 가진 한국계 미국인 캐릭터는 역시 한국 관객들의 동일시를 위한 것으로 보이기 때문이다. 물론 당시 한국영화계의 상황에서 미국인 배우를 한국영화에 주요 인물로 출현시키는 합작영화는 무리이기도 했지만, 한국 여성이 백인 남성과 사랑에 빠지는 영화적 설정은 사회적 맥락상 당시에 흔히 볼 수 있었던 '양공주'를 연상시키기 때문에 금기에 가까운 일이었다. 〈비 오는 날의 오후 세시〉의 한수미가 옛 약혼자의 여동생으로부터 '양갈보'라는 비난을 듣게 되는데, 백인은 아니지만 미국인과 어울려 다니는 한수미는 당시 한국 사회의 감각으로 충분히 이러한 오해를 불러일으킬 만했다. 따라서 만약 남성 인물이 백인으로 설정되었다면 영화는 사회적으로 심한 거부감을 일으켰을 가능성이 있다.

〈비 오는 날의 오후 세시〉의 남자 주인공이 백인에서 재미 교포로 변화되었지만, 〈모정〉에 나오는 권력관계의 측면에서는 동일한 구도를 갖고 있다. 백인 남성—혼혈(유라시안) 여성의 구도에서 한국계 미국인 남성—한국 여성으로 변화된 구도는 남성을 권력관계에서 우위에 둔 설정이라는 점에서 동일하다. 더구나 갈 곳 없는 공원에서 울고 있는 제3세계 여성 수인을 사심 없이 도와주는 헨리의 모습은 시혜자, 구원자로서의 미국을 형상화한다. 〈모정〉의 한수인이 여의사로서 유라시안이지만 당당한 사회적 지위에 있었던 것에 비해, 한국영화의 한수미는 고아 출신에 매춘을 하며 생존하는 여성으로 그녀에게 헨리의 구원은 더욱 절실한 것이 될 수밖에 없다. 스스로를 여성이라는 메타포

〈비 오는 날의 오후 세시〉의 한수미와 〈모정〉의 한수인.

〈모정〉의 장면과 〈비 오는 날의 오후 세시〉의 장면.

로 형상화하는 식민지인의 시각이 드러나는 대목이다.

   백인과 아시아인의 혼혈인 〈모정〉의 한수인이 끊임없이 두 문화 사이에서 정체성의 혼란을 겪는 것과는 달리, 〈비 오는 날 오후 세시〉의 한국계 미국인 헨리는 정체성의 혼란을 겪지 않는다. 헨리는 완벽한 한국어를 구사하는 미국인으로서 수미를 미국문화로 끌어들인다. 한국인 수미는 그가 이끄는 미국문화를 완벽히 소화해 내는데, 수미가 헨리와 댄스를 하면 그것을 바라보는 미국인들은 수미의 댄스 실력과 드레스를 입은 그녀의 아름다움에 대한 놀라움을 직접적으로 표현한다. 이러한 미국 백인들의 응시와 인정을 통해 영화는 미국문화에 한국인이 완벽하게 적응할 수 있다는 일종의 낙관주의를 보여 주고 있다. 이러한 낙관주의는 〈모정〉의 여주인공 한수인이 갖고 있던 혼란스러운 다문화적 정체성의 문제를 일견 해체하고 있는 것처럼 보인다.[31] 만족스러울 만큼 완벽한 미국화Americanization를 통해 문화적 장벽이란 존재하지 않는 것처럼 그려 내고 있기 때문이다. 미국교포인 헨리 장은 한국인의 누런 피부를 갖고 있지만 완벽한 미국인으로서 이러한 장벽이 존재하지 않음을 몸소 보여 주는 인물이며, 수미는 그가 이끄는 대로 부족함 없이 미국문화를 즐기는 그의 훌륭한 학생인 것이다.

영화의 이러한 낙관주의는 후반부에 실종되었던 수미의 옛 약혼자가 등장함으로써 균열되기 시작한다. 영화의 후반부는 헨리와 수미의 애정이, 미국문화와 한국문화라는 '문화'의 차원이 아닌 미국과 한국이라는 주권국가 차원으로 문제가 비화되면서 수미가 그 누구를 선택할 수 없는 상황을 맞는다. 수미의 옛 약혼자인 인규는 헨리를 찾아가 수미가 실질적으로 자신의 아내였음을 밝히면서 수미를 포기할 것을 권유한다. 그는 종군기자로 군복을 입은 헨리에게 "선생이나 저나 모두 멸공전선에서 싸운 동지들이 아닙니까."라고 말한다. 그는 한국인으로서 자유 세력의 우방 혹은 혈맹인 미국인에게 말을 걸면서, 수미로 인해 그들의 동맹 관계가 깨질 것을 우려한다. 즉, 수미를 사이에 둔 두 남자의 대결은 미국인과 한국인의 대결로 비화됨을 알 수 있는데, 이러한 대결 구도는 수미로 하여금 선택을 할 수 없게 만든다. 누구든 하나를 택하면 국가 동맹이 깨지게 되기 때문이다. 결국 수미가 누구도 선택하지 않고 갑작스레 병으로 죽게 되는 것은 이러한 딜레마의 서사

....

31 〈모정〉의 한수인이 갖고 있던 이러한 혼혈인으로서의 갈등은 한국의 관객에게 읽혀지지 않은 것으로 보인다. 〈모정〉을 소개한 한국의 『영화세계』의 기사에는 한수인과 마크와의 비극적인 사랑만이 부각되어 있을 뿐이다. 「〈모정〉 해설」, 『영화세계』, 1955년 12월, 26~27쪽.

적 표현이라 할 수 있다.

미국에 대한 한국의 열등감
은 이 영화의 숨겨진 주제를 작
동시키고 있다. 이 열등감은 여
성의 것이 아니라 남성의 것이
며, 나아가 남성을 표준적 주체
로 한 국가의 것이다. 인규는

수미와 헨리는 미국 독립기념일에 스카이 라운지
에서 춤을 추고, 미국인들은 수미와 헨리의 춤을
보고 "very beautiful"과 "very fine"을 연발한다.

미국인로부터 자국의 여성을 지켜 냄으로써 한국 남성으로서 최소한
의 자존감을 지켜 내려고 한다. 인규의 민족적 열등감과 상처는 그가
피아노를 두드리며(치는 것이 아니라 '두드리며') 난데없이 '고향의 봄'을
청승맞게 부르는 데 잘 드러나 있다. 이 장면은 그의 열등감과 상처에
'한국'이라는 국적을 부여하고 있다.

수미는 이러한 딜레마의 상황에서 인규의 여동생으로부터 '양갈보'
라는 말을 듣고 충격을 받아 갑작스럽게 죽게 된다. 그렇다면 결국 한
국인 인규와 미국인 헨리 간의 대결에서는 아무도 승리하지 않은 것인
가. 이 점에 대해서 영화는 매우 모호하게 처리되고 있다. 수미의 죽음
을 지켜보는 사람은 인규이며, 수미는 "수미는 아무런 잘못이 없어"라
는 간접적인 용서를 받으며 죽어 가고 공항에서 수미를 기다리던 헨리
는 수미의 죽음을 단지 '전해' 들으며, 역시 교포 출신인 지사장(남궁원
분)에게서 다음과 같이 서툰 한국말로[32] 위로의 말을 듣는다. "많은 미

....

32 이 영화에서 헨리가 속한 언론사의 한국 지사장으로 배우 '남궁원'이 등장한다. 그는 헨리보다 훨
    씬 더 미국인처럼 보이는데, 그 이유는 한국어가 매우 서툴기 때문이다. 이 영화에서 배우 남궁원은
    '한국인이 상상하는' 미국인의 한국어를 사용하고 있다.

국인들이 자네와 같이 아픈 가슴을 안고 떠났다네. 하지만 시간이 지나자 그들은 모든 것을 잊을 수 있었네." 이 장면만을 보면 헨리와 인규의 경쟁에서 실질적으로는 인규가 승리한 것으로 보인다. 인규가 나타나기 전, 수미는 헨리가 이끄는 대로 완벽하게 미국문화를 즐기고 이를 완벽하게 소화해 냄으로써 미국인의 감탄을 자아내게 하는, 프란츠 파농이 말하는 백인의 정체성을 가장한 일종의 '하얀 가면' 놀이를 하고 있었다.[33] 수미의 댄스를 보고 그 완벽함에 놀라는 스카이 라운지 안의 백인들의 시선은 수미의 서구적 매너를 인증하는 타자의 시선이다.

그러나 인규가 등장함으로써 이 '하얀 가면' 놀이는 중단되고 그녀는 누구에게도 갈 수 없는 처지가 되고 만다. 결국 그녀는 헨리와 결혼해 미국인이 되는 것을 포기하고 인규의 손을 잡고 죽어 감으로써 인규의 열등감을 조금이나 희석시킬 수 있었다. 이 영화의 모호성은 누가 최종적인 승리자인지를 모호하게 만드는 데 있다. 수미가 인규의 품에서 죽어 가지만 수미와의 추억을 최종적으로 정리하고 회고하는 인물은 헨리이다. 이 영화는 5년 만에 서울에 돌아온 헨리의 시선에서 플래시백flashback되기 때문이다. 이러한 구조적 특징에 주목하면 수미와 헨리의 사랑이 추억할 만한, 가장 의미 있는 사건이 되면서 실질적으로 헨리가 승리자가 되는 구도로도 해석할 수 있다.

결국 〈모정〉에 대한 〈비 오는 날 오후 세시〉의 모방과 변용은 일종

---

33 프란츠 파농, 『검은 피부, 하얀 가면』, 이석호 옮김, 인간사랑, 1998. '검은 피부'와 '하얀 가면'이란 파농의 유명한 비유는 잘 알려져 있다시피 식민지인들의 분열된 자아를 형상화하는 말이다. 실제로는 검은 피부를 가진 유색인종이지만 '하얀' 피부를 선망한 나머지 하얀 가면을 씀으로써 백인이 되고자 하는 욕망을 드러낸다. 50년대 한국에서 백인 선망은 곧 미국으로 대표되는 서구문화에 대한 선망이기도 하다. 〈비 오는 날의 오후 세시〉에 나타난 한수미의 문화적 향유는 바로 '하얀 가면 쓰기'에 해당한다.

의 정치적 무의식 속에서 발생한다고 할 수 있다. 이 무의식에는 두 가지의 서로 다른 결들이 상충하고 있다. 충분히 그리고 완벽하게 미국 문화를 수용할 수 있다는 판타지가 한 축이라면, 서구문화에 대한 열등감과 미국과 한국이 분명 다르다는 구별 의식이 또 다른 축이다. 미국을 중심으로 한 서구 문명을 한국인도 능히 소화해 낼 수 있다는 낙관적 판타지가 영화의 전반부를 이끌고 있다면, 후반부는 인규가 등장함으로써 '미국'에 대한 열등감을 표현해 낸다. 이 열등감은 이 영화에서는 아직 의식적인 민족주의적 주체로까지 이어지지는 않지만 적어도 미국화에 대한 반작용이 있음을 짐작하게 한다.

〈비 오는 날 오후 세시〉는 미국화라는 하얀 가면 놀이가 중지되는 지점이 무엇인지 잘 보여 준다. 그것은 바로 가부장으로서의 권리의식이 발휘될 때이다. 인규와 같은 한국 남성의 입장에서 '미국'이 감히 상대할 수 없는 강대국이 아니라 한 사람의 동등한 남성으로 은유되는 한, 한국과 대등한 위치에 놓인 존재다. 그녀가 누렸던 하얀 가면 놀이는 중지되지만, 그 대신 이 영화에서는 새로운 남성 주체 혹은 민족주의적 주체가 희미하게나마 만들어진다. 남성을 표준으로 한 이 민족주의적 주체는 제국의 주체와 '유사하지만 다른' 주체이다. 제국주의의 문화적 전략은 모방되지만, 부분적으로는 이러한 민족주의적 시선 속에서 균열을 일으킨다는 점을 알 수 있다.

해방 후 한국의 영화 산업이 본격적으로 성장하게 된 50년대 이후 한국영화계는 '불가피'하게 미국 영화를 모방할 수밖에 없었다. 다른 나라의 영화들에 비해 미국 영화의 모방이 이 시기에 본질적일 수밖에 없는 것은, 50년대 한국 사회가 미국 정치와 문화의 직접적인 영향권

수미가 자신의 여자임을 설득하는 한국 남자 인규(왼쪽)와 수미가 죽은 지 5년 만에 서울에 돌아와 비를 맞으며 옛일을 회상하는 재미 교포 헨리.

아래에 놓여 있었다는 현실적인 이유도 있지만 이 시기의 미국 영화가 대자본을 앞세워 전 세계 영화를 대표할 수 있을 정도의 영향력을 갖게 되었기 때문이기도 하다.

기술과 자본력의 제약을 받는 한국영화가 미국 영화를 모방하는 수준은 매우 제한적일 수밖에 없었고 이러한 모방 자체가 갖는 도덕적 문제도 무시할 수는 없다. 그러나 미국 영화의 모방은 호미 바바가 말하는 식민지적 모방의 양상을 띠는, 새로운 주체를 만드는 작용이기도 하다. 즉, 우월한 문화에 대한 선망으로 이 우월한 문화를 허술하게 모방할 수밖에 없는 상황이지만 식민지적 모방은 미국 영화에 내재되어 있는 제국주의의 시선을 내면화하면서도 이를 다르게 균열시킨다. 이 점에 대해 이 글은 〈로마의 휴일〉과 〈모정〉을 각각 모방한 한국영화 〈서울의 휴일〉과 〈비 오는 날의 오후 세시〉를 통해 확인할 수 있었다.

비슷하지만 다른 모방의 결과는 이후 60년대 한국영화 황금기에 어떤 새로운 원형을 제공했다. 〈서울의 휴일〉과 〈비 오는 날의 오후 세시〉에 등장하는 남성 인물들은 미국 영화의 남성 인물들을 모방하고 있으면서도 한국의 문제를 해결해 나가고자 하는 해결사의 이미지, 그리고 비록 상처 입었지만 한국 남성으로서의 자존심을 지닌 승부욕 있는 남성의 이미지를 만들어 내었다. 이 남성상은 50년대 이후인 60년대 한국영화에 자주 등장하는 남성 인물의 모습을 앞서 갖고 있다. 즉, 미국 영화의 모방을 통해 한국영화가 자국영화로서의 어떤 전범을 내적으로 만들어가고 있음을 이러한 남성 인물들을 통해 확인할 수 있다. 이러한 이미지의 남성 인물들은 방황하고 흔들리는 청년상이 한국영화에 등장하기 이전까지 확실히 60년대 내셔널리즘을 기반으로 한 자국 영화의 주체가 될 수 있었다. 그러나 이러한 남성 인물들이 여성이라는 내부 식민지를 설정하고 구축되었다는 점에서 이들 주체가 또다른 한계를 노정하고 있음은 자명하다.

5

혁명의 시대와 영화,
도시 중간 계층의 욕망과 1960년대 초 한국영화

관객의 선택 혹은 시각적 표상의 사회적 승인

사회적 담론으로서 영화는 단일한 생산자가 아니라 여러 층위의 '주
체'들의 집합체에 의해 생산된다. 영화 생산에는 자본, 제도, 검열, 감
독(연출), 배우, 시나리오(작가) 그리고 관객까지 다층적인 주체가 개입
하기 때문이다. 그런 이유로 영화를 특정한 감독에 의한 생산물로 가
정하는 작가주의는 문학, 미술, 음악 등 여타의 텍스트에서 가정된 주
체로서의 작가 개념보다 '훨씬' 허구적이다.

이러한 다층적 주체들을 구체적인 영화 텍스트 내부에서 각각 분리
해서 추출하는 것 또한 불가능하다. 검열을 피하기 위해 넣은 장면이
있다면 이 장면의 주체는 분명 검열이 되겠지만, 그 장면에 개입하는
배우와 감독의 역할을 배제할 수는 없다. 다른 한편으로 모든 문화적
생산물들이 그러하지만, 영화는 특히 소비자들의 선택에 가장 예민하
게 대응하는 산업적 성격을 갖고 있다. 어느 영화든 얼마나 관객의 선

택을 받았는가가 너무나 중요한 의미를 갖는다. 영화는 예술이기도 하지만 그 탄생부터 오락이자 산업이기 때문이다.

영화의 특수성을 언급하는 것은 1959년과 1960년경에 나타난 관객의 영화 선택이 갖는 의미를 강조하기 위해서이다. 60년대 초는 4·19와 5·16이 일어난 대변혁의 시기이다. 정치적으로 커다란 대변혁의 시기였던 이때, 관객의 영화 선택은 이러한 사건들보다 한 발 앞서 변화되기 시작했다. 이 시기에 50년대적인 것과의 결별과 함께 새로운 가치관 및 욕망과 연동된 시각적 표상들이 생겨나고, 관객들은 이러한 표상들을 지지하기 시작했다. 이들 영화에서 암시되는 가치관과 욕망은 특히 4·19가 내포하고 있는 가치들과 일부분 연결되어 있으며, 이는 5·16 이후까지 지속되었다.

이 장에서는 1959년부터 1961년까지 기획·제작·상영된 영화들을 대상으로 시각적 표상물들이 어떤 욕망과 가치관에 의거하고 있으며, 이러한 욕망과 가치관이 정치적 변혁과 어떻게 연루되어 있는가를 밝히고자 한다.[1] 이러한 욕망과 가치관이 무차별적인 대중의 것이 아니라 특정한 계층적 기반을 지니고 있음도 매우 중요하게 포착하게 될 점이다. 정치적 사건에 앞선 관객들의 변화가 있었기에 영화는 일종의

....

1 2011년 4·19 혁명 50주년을 전후로 혁명과 영화에 관한 글들이 다수 생산되었다. 가장 대표적인 단
   행본 성과로는 함충범 외, 『한국영화와 4·19』(한국영상자료원, 2010)를 들 수 있다. 이 책에 실린
   논문들은 두 가지의 경향으로 대별될 수 있다. 4·19 전후의 사회 변화 및 검열과 영화 관련 법이 영
   화 생산에 미친 영향을 다룬 함충범의 「제2공화국 시기의 한국영화계」와 김윤지의 「최초의 민간영
   화 심의기구, 영화윤리위원회 성립」, 그리고 4·19 전후에 제작된 영화의 변화 양상을 다룬 김대중
   의 「4·19와 순문학작품의 영화화 고찰」과 김승경의 「1960년대 초 조선 왕조 사극의 한 양상」이다.
   이 책의 대표 저자인 함충범은 4·19와 한국영화와의 관련성이 매우 중요하며, 이 관련성은 한국영
   화 연구에서 매우 오래된 관심사 중의 하나이지만 정작 본격적인 연구는 부족했다고 언급한다.

정치적 사건들의 '징후徵候'로 지칭될 수 있다. 4·19와 5·16이라는 정치적 사건과 이 사건의 이전과 이후에 퍼져 나간 새로운 시대성이 내포하고 있는 이데올로기들을 영화가 이러한 정치적 사건보다 한 발 앞서 예징豫徵하고 있기 때문이다.

60년대 이전, 즉 50년대 대중문화의 장은 매우 복잡다단한 여러 개의 역학들 아래에 놓여 있었다. 아메리카니즘, 자유주의, 민주주의, 전쟁의 상처, 반공, 그리고 기독교까지 이 모든 것이 50년대의 문화 속에 혼재했다. 비평가 김현은 1971년에 50년대의 문화적 특징을 외래문화와 관련하여 '폐쇄적 개방성'이라는 역설적 어구로 부른 바가 있다. 남북 분단으로 인한 사상의 일방통행을 강조하는 폐쇄성과 더불어, 사상 이외의 것은 무차별 수입되는 개방성을 동시에 갖고 있었다는 것이다. 김현은 외래의 문물이 쏟아지는 50년대의 상황을 가리켜 개화기가 다시 되돌아 온 듯하다고[2] 말하기도 했다.

50년대 대중문화가 이러한 여러 복합적 특질 속에서 생겨났듯이, 50년대 영화도 여러 외래적인 것들의 혼재 속에서 여러 경향을 배태시켰다. 그런 경향 중에서 50년대 영화들에서 특징적인 것 중의 하나는 서구식 라이프스타일을 즐기는 도시 남녀들에 대한 묘사이다. 당시 세계 최빈국 중의 하나인 전후 한국 사회에서 도시 남녀를 중심으로 영위되는 서구식(미국식) 라이프스타일은 한국 사회의 리얼리티를 기반으로 두었다기보다는, 최상위층의 삶에서나 가능했을 법한 삶을 묘사함으로써 영화의 판타지적 속성을 강화시켰다. 현실과 다소 유리된 것처럼

....

2 김현, 「테로리즘의 문학―1950년대 문학 소고」, 『문학과 지성』 여름호, 1971, 339쪽.

보이는 이러한 당시 한국영화의 특징에 대해 한 외국인 비평가는 '현재 민중의 생활을 진실하게 묘사하는 영화를 만듦으로써 영화의 사회적 책임을 다하라'[3]는 조언을 하기도 했다. 이러한 현상은 50년대 후반에 영화가 현실의 부조리함을 폭로하는 진지한 기능보다는 오락물로서의 기능을 더 우선시했다는 이유에서 비롯된 것이기도 하다. 영화의 스토리 역시 문단에서 고급한 소설로 인정받는 소설보다는 대중적인 신문소설에서부터 빌려 왔다는 사실 또한 당시 영화의 오락적 기능을 잘 드러내 준다.

50년대 후반, 영화 비평가들을 중심으로 예술로서의 영화, 진지한 사회적 담론으로서의 영화에 대한 요청이 없었던 것은 아니다. 그러나 50년대 후반의 영화는 이러한 요청에 부응하는 영화를 그다지 '많이' 만들지는 못했다. 무엇보다 자본의 회수가 요구되는 영화의 성격상 그것은 '장사가 되는' 영화가 아니었기 때문이다. 일례로 영화제작 100편을 넘어선 1958년과 1959년의 흥행작들은 신문소설 원작인 〈별아 내 가슴에〉, 코미디물인 〈사람 팔자 알 수 없다〉, 그리고 서구적인 라이프 스타일과 이국적인 세팅이 돋보이는 번안작 〈어느 여대생의 고백〉(이상 1958),[4] 그 밖에 〈청춘극장〉, 〈동심초〉, 〈육체의 길〉, 〈비극은 없다〉, 〈고종황제와 의사 안중근〉, 〈춘희〉(이상 1959)이었다.[5] 〈눈물〉, 〈눈 나리는 밤〉, 〈두 남매〉, 〈가거라 슬픔이여〉 등 이른바 '신파'로 취급되는

3 존 W. 밀러, 「외국인이 본 한국영화─제작자·배우·관중을 중심으로 그 발전을 위한 솔직한 비판」, 『여원』, 1956년 10월.

4 『동아일보』, 1958년 12월 24일자.

5 『한국일보』, 1959년 12월 21일자.

영화들도 역시 5만을 넘어서는 흥행 성적을 거둔다. 이에 비해 진지한 사회 고발적인 영화들, 즉 비참한 농민의 현실을 고발한 〈돈〉(김소동)이나 사회 풍자극 〈인생차압〉(유현목)은 당시의 손익분기점이라 할 수 있는 5만 관객의 벽을 넘지 못했다.

그렇지만 이러한 상황은 1959년경부터 변화의 조짐을 보인다. 앞서 언급했듯이 1959년경 여전히 멜로드라마가 강세이기는 했지만 시국물과 역사물 그리고 '홈드라마'가 조금씩 인기를 얻기 시작한다.[6] 신파조 멜로가 강세라는 1958년경의 진단과는 달라진 모습들이다. 이 중에서 특히 '홈드라마'라는 새로운 장르를 주목할 필요가 있다. '홈드라마'로 지칭된 영화들은 50년대 후반 라디오 드라마를 각색한 것으로서, 이전의 영화 계보와는 완전히 다른 취향과 감성을 반영했다. 화목한 가정, 건실한 가장, 학교를 다니는 자녀들 등 이 새로운 시각적 표상들이 영화 속에서 대중적인 힘을 얻어 가기 시작한다. 즉, 영화 속의 새로운 시각적 표상들이 사회적인 승인을 얻기 시작했다고 할 수 있는데, 이 영화들의 표상은 당시의 현실을 특정한 계층의 가치관과 욕망에 입각하여 그려 내고 있다는 특징이 있다. 그 특정 계층은 4·19의 핵심적 주체 혹은 이러한 정치적 사건을 지지하는 세력과 겹쳐 있기도 하다. 이당시에 인기를 얻기 시작했던 홈드라마 속의 금욕과 절제, 가족주의, 사회적 출세 등은 4·19와 5·16의 주체들에 의해 그대로 제안되거나 실행되기도 하였다. 바로 이러한 정서와 욕망이 50년대 말 새로운 트렌드로 등장하고 관객들이 이 영화들을 지지하기 시작했다는 점이 이

....
6 『한국일보』, 1959년 12월 21일자.

장의 주요한 착안점이다.

혁명의 주체 혹은 배후로서 중간 계층의 형상화

영화사적으로는 '가족 멜로드라마'로 불리는 '홈드라마'는 50년대 후반 방송극을 영화로 적극 리메이크하면서 생겨난 현상이다. 〈청실홍실〉, 〈로맨스 빠빠〉, 〈동심초〉가 대표적으로 라디오 드라마에서 영화로 리메이크된 것들로, 이 중에서 〈로맨스 빠빠〉가 홈드라마의 대표격이라 할 수 있다. 라디오 드라마가 영화로 눈에 띄게 리메이크되기 시작한 것은 1959년의 일이다.[7] 연애와 불륜 등을 주된 테마로 한 신문 소설을 영화화했던 1,2년 전의 경향에서 약간 변화되어, 1959년경부터 인기가 높아진 라디오 드라마에서 그 소스source를 구해 오기 시작한 것이다. 한운사韓雲史, 조남사趙南史 등 인기 있는 라디오 방송 작가들이 영화 각색에 참여하거나 아예 영화 촬영을 염두에 둔 오리지널 시나리오를 쓰기 시작한 것도 이 무렵부터였다.

'홈드라마'는 60년대를 넘어서 최근의 텔레비전 드라마에까지 승계되는 매우 강력한 대중적 장르이다. 이 장르는 연애 스토리를 배제하지는 않았지만, 결말에 있어서 닥쳐온 가정의 위기를 극복하는 스위트 홈의 모습을 강조한다는 특징을 갖고 있다. 50년대 후반의 라디오 드라마를 연구한 이영미에 따르면, 라디오 드라마는 전쟁미망인의 애환

....

7 『동아일보』, 1959년 9월 6일자.

이나 전쟁으로 성불구가 된 남성 등 당시 영화들도 즐겨 다루었던 신파적 요소를 다분히 갖추고 있음에도 불구하고 동 시기의 영화나 연극에 비해 그 신파성이 약화되어 있었고 가부장을 중심으로 한 가족의 화목과 통합을 강조했음을 지적한다. 그러면서 이러한 장르적 특성이 가능했던 것은 라디오의 소유가 주로 대도시의 비교적 높은 문화적 취향을 적극 드러냈기 때문이라 언급한다.[8]

이영미의 이러한 설명은 라디오의 보급률에 비추어 보아 타당하다. 라디오는 대도시를 중심으로 50년대 후반에 급속도로 번져 나간 가전제품이었다. 1955년 인구 1천 명당 라디오 보급률은 9대였지만,[9] 1959년경 1천 가구당 315대, 1961년에는 643대로[10] 약 2년 사이에 라디오의 보급률이 두 배 이상 높아지게 된다. 특히 1958년 서울의 라디오 보급률은 전체 세대의 52퍼센트까지 올라가게 된다.[11]

이러한 보급률은 대부분 도시를 중심으로 한 것이지만, 농촌에서도 정부 차원에서 마을에 앰프를 설치하여 농민들에게 라디오를 들을 수 있도록 조치하기도 한 점을 고려해 볼 때[12] 라디오의 보급률에 비해 실제 청취 가능성은 훨씬 높았다 하겠다.

라디오의 매체적 특징 중의 하나는 비자발적 청취가 가능하다는 점이다. 방송을 틀어 놓기만 하면 그것을 굳이 들을 의사가 없는 청취자들의 귀에도 꽂히게 되는 것이 라디오의 특성이다. 더구나 주간 연속

....
8 이영미, 「1950년대 방송극―연속극의 본격적 시작」, 『대중서사연구』 17, 2007, 141~142쪽.

9 통계청, 『통계로 본 대한민국 50년의 경제사회상 변화』, 1998, 466쪽.

10 통계청, 『통계로 본 광복 이후 한국인의 문화생활 변천』, 1995, 35쪽.

11 「52%가 가진 라디오 소유세대」, 『동아일보』, 1958년 10월 2일자.

12 『동아일보』, 1959년 4월 21일자.

극의 경우 저녁 8시 30분부터, 일일 연속극의 경우는 9시 5분부터 방송되어 온 가족이 들을 수 있는 골든아워에 배치되었던 만큼[13] 불륜이나 감정의 과잉을 보여

50년대 후반에 보급된 라디오의 모습.(출처 : 『동아일보』, 1958년 2월 1일자) 라디오와 피아노를 배경으로 한 50년대 후반 중상류층 가정의 모습.(출처 : 국가기록원)

주는 내용보다는 가족의 화목함이 강조된 것이 당연한 결과로 보인다. 이와 더불어 대학생 방송극 경연대회가 1955년부터 시작되어 60년대까지 이어질 정도로 [14] 당시 엘리트들로 대접받던 대학생들이 라디오 드라마에 대해 갖는 관심의 정도도 꽤 높았음을 알 수 있다.

〈로맨스 빠빠〉는 여러모로 이러한 라디오 드라마의 정수를 보여 주며 영화로 만들어져 관객 동원에도 성공한 사례이다. 회사원인 50대 아버지와 헌신적인 어머니 그리고 2남 3녀의 자녀로 이루어진 이 가정은 아버지의 실직과 같은 위기를 힘을 모아 극복해 내려는 진정한 스위트 홈을 형상화한다. 이 영화는 1959년에 기획·촬영되고 1960년 1월에 개봉되었는데,[15] 이 해에 개봉된 영화들 중 흥행 3위를 차지했다.[16]

물론 영화로 제작된 라디오 드라마는 이러한 홈드라마 장르에만 국한된 것은 아니었다. 비록 흥행에서 좋은 성적을 내지 못했으나 영화

---

13 라디오 드라마의 방영 시간에 대해서는 이영미, 앞의 글, 113~115쪽 참조.
14 1955년부터 시작된 대학생 방송극 경연대회는 서울방송국(KA)에 의해 개최되었는데 해를 거듭할수록 많은 대학 팀들이 참가했다.
15 『동아일보』 1960년 1월 28일자.
16 『서울신문』 1960년 12월 30일자.

〈청실홍실〉(1957)이나 1959년 한국영화 흥행 성적 2위에 랭크된 〈동심초〉 모두 조남사趙南史 원작의 라디오 드라마를 원작으로 한 것이었다. 이 두 편의 영화들은 전쟁미망인이 연루된 삼각관계를 다루고 있다는 점에서 전후戰後에 유행한 대중 서사의 기본 구도를 따르고 있다. 그러나 이들 영화에 비해 〈로맨스 빠빠〉의 경우 기존의 50년대 서사에서는 찾기 힘든 가족의 화목한 모습을 초점화하고 있다는 점, 그리고 이러한 서사가 라디오를 넘어 영화라는 시각적 표상을 얻었으며 현재에까지 강력한 계보를 이루고 있다는 점은 특별히 강조될 필요가 있다.

이봉래 감독의 〈삼등과장三等課長〉은 라디오 드라마를 원작으로 한 것은 아니지만 역시 샐러리맨 가장의 실직 위기를 유머러스하게 다루고 있다는 점에서 〈로맨스 빠빠〉의 기본 서사 구도와 대동소이하다. 〈삼등과장〉 역시 1960년에 기획되어 1961년 5월에 개봉되었다. 서울에 사는 중간 계층 가정의 유머러스하고 화목한 모습을 그린 이 영화들은 1959년에서 1960년 사이에 기획되어 1960년과 1961년 사이에 촬영이 완료된 후 개봉되었다. 이들 영화가 4·19와 맞물린 것은 우연처럼 보이지만, 다른 한편으로는 4·19의 또 다른 사회적 현상이었다. 이 영화들이 4·19 혁명과 관련 맺는 양상은 모두 주체로서의 '중간 계층'을 공유하고 있다는 사실 때문이다. 가족의 구성원은 샐러리맨 아버지, 대학생이거나 고등학생인 아들딸들과 헌신적인 전업주부로 되어 있으며, 경제적으로 자기 집을 소유한 이들은 넉넉하지는 않지만 어느 정도 삶의 여유를 지닌 서울의 중간 계층을 표상한다. 이들 가정에 학교에 다니는 자녀들은 필수적인 구성 인자이다.

알려져 있다시피 4·19 혁명은 고교생으로 출발하여 대학생들 그리

고 중간 계층과 도시 하
층민의 참여에 의한 것이
었다.[17] '학생'을 중심으로
한 이들은 도시의 중간
계층 출신이거나 '교육'을
통해 중간 계층 이상으로
편입하려는 이들이었다.
50년대 후반은 초등학교

〈로맨스 빠빠〉와 〈삼등과장〉의 신문광고. 출처 : 『동아일
보』, 1960년 2월 10일자 ; 『경향신문』, 1961년 4월 14
일자.

취학률이 90퍼센트에 달해 초등 수준의 대중 교육이 완성된 시기로 일
컬어진다.[18] 더불어 이 시기에 고등교육 수혜자 역시 대폭 늘어나게 된
다. 50년대 들어 대학생의 숫자는 폭발적인 증가를 보였는데, 1951년 2
월 대학생 징집연기 조치가 발표되고 대학생들의 입대가 유보되자 많
은 청년들이 대학으로 몰려들었던 것도 한 이유였다. 이러한 요인 등
으로 인해 1950년대 중반의 대학생 숫자는 9만여 명으로, 1952년의 3
만 명에 비해 세 배 이상 증가하게 되어 50년대 후반 고교 졸업 이상의
학력을 갖춘 이들은 60만 명 정도로 추정된다.[19] 이런 지식인 수효의
증가세에 힘입어 『사상계』, 『현대문학』과 같은 지식인 대상의 잡지는
물론 『뉴스위크』, 『타임』, 『라이프』와 같은 외국 시사 잡지들이 의미

17 4 · 19 혁명을 주도했던 학생 청년들 이외에 도시의 중산층이 시위에 적극 가담했고, 도시의 하층민
    들 역시 시위에 가담한 것으로 알려져 있다. 한상진, 「4 · 19혁명의 사회학적 분석」, 『계간 사상』 봄
    호, 1990 참조.

18 김기석 · 강일국, 「1950년대 한국 교육」, 문정인 · 김세중 편, 『1950년대 한국사의 재조명』, 선인,
    2004, 541쪽.

19 정진숙, 「검인정교과서 타격」, 『동아일보』, 1957년 12월 12일자.

있게 팔리기 시작했던 것도 이 즈음이었다.

물론 이러한 학생층 혹은 식자층을 중간 계층과 등가로 취급할 수는 없다. 교육 자체는 계층의 표지라기보다는 상위 계층으로 상승하려는 '의지'의 표현이기 때문이다. 또한 많은 학생층들이 이미 중간 계층 이상 출신이기는 했지만, 실제로 경제력을 갖춘 집안 출신이 아닌 경우도 있었고 경제력이 있다 해도 '도시' 중간 계층 가정 출신인 아닌 경우도 많았다. 4·19 혁명을 주도했던 대학생 중에서 많은 수가 농촌 출신이라는 지적[20]도 당시 중간 계층의 빈약한 퍼센티지와 맞물려 이해될 수 있다. 1960년의 통계에 의하면, 도시의 중간계급은 약 20퍼센트 남짓이었고 농업 계층이 64퍼센트로 대다수를 차지했다.[21]

따라서 이러한 고등교육 수혜자들을 모두 중간 계층 이상의 출신자로 볼 수는 없다. 중간 계층의 실질적 증가는 60년대 이후 경제성장 드라이브가 본격화되면서였고, 사회적으로 중산층이 근대화의 주체로서 담론상 호명되기 시작한 것은 60년대 중반부터였다.[22] 중요한 점은, 이러한 중산층의 실질적 증가 혹은 중산층에 관한 지식인 담론의 활성화 이전에 이미 이들 계층이 갖는 삶의 모습과 가치가 영화라는 표상을 통해 다른 계층에까지 널리 유포됨으로써 사회 전반의 욕망으로 떠오르기 시작했다는 것이다.

중간 계층의 삶을 표상하는 홈드라마들은 '학생'이라는 새로운 지식

20 한상진, 앞의 글, 239쪽.

21 홍두승, 「한국 사회의 계층구조와 그 변화」, 김광억·황익주 공편, 『광복 60년 우리는 어디에 와 있는가』, 서울대출판부, 2006, 135쪽.

22 김예림, 「1960년대 중후반 개발 내셔널리즘과 중산층 가정 판타지의 문화정치학」, 『현대문학의 연구』 32, 2007 참조.

계층의 모습을 자연스럽게 담게 된다. 〈로맨스 빠빠〉나 〈삼등과장〉의 아들딸이 바로 그들이다. 특히 4·19 혁명 전에 개봉한 〈로맨스 빠빠〉의 등장인물 중 둘째 아들인 고교생 바른이(신성

경찰과 대치 중인 4·19 시위대. 출처 : 『동아일보』, 1960년 4월 19일자.

일 분)는 반항아적 기질이 있으며 '자신에게도 인권이 있다'고 말한다거나 '아버지와 싸워서 이기고 싶다'는 등 합리적인 혹은 매우 도전적인 민주의식을 갖추고 있다는 점에서 영화가 개봉된 지 2~3개월 후 시위대에 설 그 '학생' 집단에 속해 있다.[23]

이러한 중간 계층의 삶에 대한 묘사는 영화가 형상화한 모습을 자신의 모습으로 인지하거나 이를 삶의 목표로 받아들이는 특정한 집단이 배후에 있음을 암시한다. 〈로맨스 빠빠〉에는 책임감이 있지만 전혀 권위적이지 않은 가장, 희생적이면서도 할 말을 하는 주부, 철은 없지만 민주의식을 지닌 자녀들이 잘 묘사되어 있다. 이 영화에 대한 대중적 지지에는 이들이 만들어 내는 일상을 흐뭇하게 바라보며 즐거워하는 사회적 주체로서의 '중간 계층' 혹은 '중간 계층'이 되고자 하는 이들의 존재가 암시되어 있다. 이러한 삶의 모습은 '민주'라는 가치를 평등한 부부와 가족의 화목함으로 이해했던 50년대 후반의 사회적 분위기와도 관련되어 있다.

....

23 '바른이'가 아버지와 팔씨름을 하여 이기자 '내가 이겼다. 우리 집안의 최대 권력자하고 싸워서 이겼다'를 외치는 부분이 이승만 정권 말기에 검열로 삭제되기도 했다. 『동아일보』, 1960년 5월 13일자.

결과적으로 50년대 후반 라디오 방송극에서 촉발된 홈드라마가 영화로 옮겨 오고 관객들의 지지를 받게 됐다는 사실에서 중간 계층의 삶의 모습이 보편적인 사회의 욕망으로 더 넓게 승인되기 시작했음을 알 수 있다. 라디오 드라마와는 달리 영화는 이들이 살아가는 소소한 일상을 '시각적으로' 형상화할 수 있는 이점이 있었다. 50년대 유행했던 서사들─아프레걸, 전쟁미망인, 양공주 등이 등장했던 많은 서사 유형들이 60년대 들어 생명력을 갖지 못한 데 비해, 앞에서 언급한 홈드라마의 스타일은 중간 계층이 여전히 사회의 중심 세력으로서 간주되고 있는 현재까지도 인기를 얻고 있다. 특히 이러한 홈드라마 장르는 가장 많은 수용자를 확보하고 있는 텔레비전 드라마로 승계됨으로써 훨씬 더 강력한 맹위를 떨치고 있다.

계몽의 부활과 계층 상승의 욕망

1961년의 〈삼등과장〉은 샐러리맨 가족의 일상을 유머러스하게 묘사한 영화이다.[24] 〈로맨스 빠빠〉와 마찬가지로 이 영화는 가장의 실직 위기와 이를 극복하는 구도를 한 홈드라마의 형식으로 기업인, 뇌물을 받는 집달리 등 부패한 권력과 제도를 풍자하는 한편, 4·19 이후의 민

----

24 영화 〈삼등과장〉은 1951~1952년까지 『선데이 마이니치』에 연재된 겐지 게이타源氏鶏太의 소설 「三等重役」과 이를 영화화한 동명의 영화와 많은 관련이 있는 것으로 보인다. 50년대는 물론 60년대까지 일본 영화의 모방은 한국 영화계에서 매우 비일비재한 것이었다. 이 글에서는 이러한 일본 소설과 영화가 끼친 영향 문제는 특별히 언급하지 않는다. 이 글은 이 영화가 갖는 독창성에 분석의 초점이 있는 것이 아니기 때문이다.

주화 바람을 그대로 전달하고 혁명의 주체였던 대학생을 풍자함으로써 혁명에 대한 실망감도 아울러 다루고 있다. '놀고먹는 것도 귀찮아지고 남은 건 계집애랑 노는 것밖에는 없다', '속 시원히 데모나 한판 하자는' 대

영화 〈로맨스 빠빠〉에 묘사된 샐러리맨 가족의 화목한 일상의 모습.

학생 남녀의 말이나 '4·19혁명도 별 수 없구나' 하는 대사들은 혁명 이후 찾아온 일상과 혁명에 대한 실망감을 동시에 묘사하고 있다.

〈삼등과장〉은 혁명 후 찾아온 일상을 묘사한 영화이기도 하지만, 동시에 혁명의 주체이기도 한 청년을 묘사하고 있다는 점에서 문제적이다. 〈삼등과장〉은 새로운 인물형을 통해 이를 암시하는데, 미스터 권으로 불리는 회사원 '권오철'이 그러한 인물이다. 원칙주의자인 이 인물은 매우 믿음직스럽고 진중하며 스포츠에도 놀라운 재능을 보이는 완벽에 가까운 인물로 영화 속 그의 역할은 '계도'이다. 사장의 첩으로 댄스 교습소를 차린 자신의 사촌 누이에게 퇴폐적인 인생을 정리하라고 조언하고 직장 동료인 미스 구의 경박함과 철없음을 교정한다. 이 인물은 똑같은 젊은 세대에 속해 있지만 퇴폐와 나태를 교정할 임무를 담당한다는 점에서, 여자 친구와 데이트로 소일하며 무료해 하는 대학생과도 뚜렷하게 대비된다.[25]

....

25 60년대 초 영화에 등장하는 이러한 역할을 하는 남성은 아버지의 부재와 무능을 바로잡을 민족국가 재건의 주체를 상징화한 인물로 평가된다. 김선아, 「근대의 시간, 국가의 시간—1960년대 한국

앞서 언급한 〈삼등과장〉의 권오철 같은 인물은 식민지 시기 특히 문학작품에서는 낯설지 않은 계몽주의자의 모습이다. 이광수의 「무정」이나 「흙」, 심훈의 「상록수」, 이기영의 「고향」 등 이념과 노선은 각 작품마다 다를지라도 지적인 우위를 가진 남성이 지적 열세에 있는 농민, 노동자, 여성을 일깨운다는 계몽의 모티프들이 식민지 시기 내내 지속적으로 출현해 왔다. 이러한 계몽의 모티프는 해방 후 1950년대로 접어들며 힘을 잃는다. 무엇보다 계몽의 힘이 특정한 가치관에 대한 무한한 신뢰를 통해 충전된다고 할 때, 전쟁으로 인해 기존의 가치관이 흔들리거나 재배치되기 시작했던 50년대에 이러한 계몽의 힘이 다소 무력화되는 것은 당연한 결과로 보인다. 전후의 문란해진 풍속에 대한 원색적인 비난만이 무력화된 계몽의 흔적으로 희미하게 남았을 뿐이다. 댄스와 계, 자유분방한 연애와 매춘, 선정적인 신문소설과 신파조의 영화 등에 관해 계몽은 '비난'으로 그 흔적을 남겼다.

이러한 50년대적인 상황을 간략하게 언급하면서 1960년의 상황으로 돌아가자. 결론적으로 1959년부터 지사형 남성 인물들이 눈에 띄게 등장하면서 '계몽주의'가 부활하기 시작한다. 이 계몽주의자들은 50년대의 서사 장르 속 남성 지식인들의 모습에 비해 훨씬 자각적이며 뚜렷한 이념적 지향성을 가지고 있다. 그 신호탄은 1959년 하반기에 기획되고 1959년 12월에 촬영이 시작된 권영순의 〈흙〉이다. 이광수의 소설

....

영화, 젠더 그리고 국가권력 담론」, 주유신 외, 『한국영화와 근대성』, 소도, 2001. 기존의 이러한 평가는 타당한 것이지만 더욱 섬세하게 설명되어 할 부분이 있다. 이 책에서는 이러한 기존의 평가에 덧붙여 이러한 인물의 형상화가 '어떤' 집단의 욕망과 판타지에서 비롯되었는가를 특별히 강조하고자 한다.

「흙」(1932)을 원작으로 삼은 이
영화는 1960년 최고의 흥행작이
었다.[26] 〈로맨스 빠빠〉와 동일한
시기인 1960년 1월에 개봉되어
'도시문명에 지친 시민들의 회고
주의'[27] '농촌 풍경이 고향상실의

〈삼등과장〉의 권오철. 그의 역할은 누군가를 계
도하는 것이다.

도시 관객에게 뭉클한 노스탤쟈'[28] 등 주로 도시 관객들에게 새롭게 재
인식된 농촌의 풍경으로서 읽혀졌다.

　1960년 국산 영화 중 관객 동원 1위를 기록할 정도로 영화 〈흙〉에 대
한 관객들의 지지[29]나 지식인들의 호감[30]은 〈흙〉처럼 영화 속에서 계몽
주의적 지사 유형의 인물을 지속적으로 창출해 내기에 충분했다. 〈흙〉
의 허숭이 농촌형 계몽주의자라면, 앞서 언급했던 〈삼등과장〉의 권오
철은 도시의 중간 계층 내부에 위치한 계몽적인 인물이다. 이러한 도
시형 계몽주의자의 모습은 1960년 크게 흥행했던 또 다른 영화 〈박서
방〉(1960년 9월 촬영 완료)에서는 듬직한 '큰아들'의 모습으로 변주된다.
역시 라디오 드라마를 원작으로 한 영화 〈박서방〉은 〈로맨스 빠빠〉나
〈삼등과장〉과 마찬가지로 가족의 화목을 추구하는 전형적인 홈드라
마의 형식을 취하고 있지만, 도시의 샐러리맨 가족을 소재로 한 〈로맨

26 『서울신문』, 1960년 12월 30일자.

27 『서울신문』, 1960년 2월 3일자.

28 『한국일보』, 1960년 2월 1일자.

29 『서울신문』, 1960년 12월 30일자. 1960년 관객 동원 순위는 1위 〈흙〉, 2위, 〈박서방〉 그리고 3위가
　〈로맨스 빠빠〉였다.

30 『동아일보』, 1960년 12월 18일자. 작가들을 대상으로 한 1960년 최고의 베스트 영화를 묻는 설문에
　〈로맨스 빠빠〉, 〈박서방〉, 〈흙〉이 자주 대답으로 등장했다.

스 빠빠〉나 〈삼등과장〉과는 달리 도시의 하층민 가족을 소재로 삼고 있다는 점에서 차이가 있다. 즉, 〈마부〉와 〈박서방〉은 하위 계층의 욕망과 결부되어 있다.

연탄 아궁이를 수리하는 도시 하층민 '박서방'에게 유일한 희망은 그의 큰아들 용범(김진규 분)이다. 용범은 비록 가난한 집안의 아들이지만 제약회사에 취직함으로써 화이트칼라로의 계층 상승을 몸소 보여준다. 온 집안의 기대를 한 몸에 받고 있으면서도 이러한 기대를 저버리지 않고 계층 상승의 꿈을 이룬 이러한 인물은 전쟁 이후에 새롭게 부각된 가족주의[31]의 모습을 잘 드러내고 있다. 〈로맨스 빠빠〉나 〈삼등과장〉에서처럼 비교적 여유 있는 도시의 중간 계층 가족의 경우, 모든 자녀들에게 교육의 혜택이 돌아가지만, '박서방'네처럼 가난한 집안의 경우에는 오로지 '큰아들'에게만 고등교육에 필요한 물질적 혜택이 집중되었다.

〈박서방〉이 〈로맨스 빠빠〉류의 영화들과 같은 홈드라마 장르에 속하면서도 본질적으로 다른 점은, 하층민 가족의 계층 상승 판타지를 보여 주고 있다는 점에 있다. 〈박서방〉과 1961년 2월에 개봉한 강대진 감독의 또 다른 영화 〈마부〉는 도시 서민들의 '가난'을 보여 주는 것은

....

31 여기에서의 '가족주의'는 공동체가 사라지고 난 후 개인이 아닌 가족이 그 자리를 대체한 현상을 가리키는 말이다. 가족주의는 극히 근대적인 산물이다. 일본의 경우 막부 말기에서 메이지 시대에 이르는 기간 동안 전통적인 공동체가 사라져 가고 이에家 제도가 점차 이를 대신하기 시작했는데, 공동체 해체를 촉진한 것은 '개인주의'가 아니라 바로 '이에家 에고이즘(가족이기주의)'이었다.(上野千鶴子, 『가부장제와 자본주의』, 이승희 옮김, 녹두, 1994, 187쪽. 참조) '가족'이 근대적 산물이라는 점은 서구 사회에서도 이미 지적된 바이다. 세상과 고립된 채 부모와 아이들로 구성되는 근대적 가족은 사회 관계의 중심이자 사회의 중심이 되었다. 이러한 근대적 가족의식의 근원은 귀족과 부르주아 계층에서 유래한 것이지만 점차 그 기원을 잊게 될 정도로 사회 전체로 확대된다.(P. Ariès, 『아동의 탄생』, 문지영 옮김, 새물결, 2003, 637~638쪽.)

물론, 큰아들의 성공으로 가족의 대표 성공을 이루는 '큰아들 콤플렉스'와 하층민들의 소원 성취 판타지가 드러나 있다. 가난한 집 장남으로서, 온 집안의 기대를 한 몸에 받고 물질적인 지원을 집중적으로 받음으로써 출세하게 된 이들은 최근까지도 한국 사회에서 낯설지 않은 캐릭터이다. 이들의 성공은 곧 가족의 성공이었기에 이들이 출세할 때 일어날 수 있는 부작용 또한 만만치 않다. 한국 사회에서 이러한 현상이 매우 지속적이고 드물지 않은 경우였기에 이를 '큰아들 콤플렉스'라 불러도 무방할 듯하다.

'큰아들'은 온 가족의 지지를 받음으로써 혜택을 입기도 했지만, 바로 그러한 이유 때문에 고통을 당하기도 했음은 물론이다. 〈박서방〉의 큰아들이 외국 지사로 발령받아 출국하고, 〈마부〉의 큰아들은 고등고시에 합격함으로써 둘 다 하층민 출신이라는 계층적 장벽을 뛰어넘어 상승의 꿈을 이루지만, 영화에서 다루지 않은 그 이후의 일들은 그다지 행복하지만은 않을 것임을 짐작할 수 있다.

〈마부〉나 〈박서방〉에서 드러나는 입신출세의 욕망은 김동춘이 지적한 바 있듯이, 50년대 이후 한국 사회에 자리 잡게 된 현실주의와 가족이기주의와 관련이 있다.[32] 50년대 말, 60년대 초의 '학생'들은 이러한 교육열의 최대 수혜자였다. 전후에 강하게 등장한 가족주의는 직접적으로 피를 나눈 핵가족이 배타적으로 강조되는 모습으로 나타났고, 가족의 성공은 곧 자녀를 좋은 학교에 보내는 것과 등치되었다.[33] 50년대 후

....

32 김동춘, 「한국의 근대성과 '과잉교육열'」, 『근대의 그늘』, 당대, 2000, 148~152쪽.

33 정승교 · 김영미, 「서울의 인구현상과 주민의 자기정체성」, 전우용 외, 『서울 20세기 생활 · 문화변천사』, 서울시정개발연구원, 2000, 112쪽.

반 일류 중고 및 일류대에 대한 열망은 당시 고등교육기관과 학생 수의 급속한 증가로 이어져서,[34] 1960년경 서울대를 비롯한 주요 일류대의 평균 입시 경쟁률은 4대 1에서 10대 1에 이르렀다.[35] 특히 50년대 전쟁으로 인해 계층 간의 극단적인 역전이 일어났기도 했다는 점을 고려해 볼 때[36] 계층 상승의 욕망이 더욱 강화된 것은 당연한 결과로 보인다.

〈박서방〉과 〈마부〉의 장남들은 이러한 가족의 욕망을 실현하는 대표 주자이면서, 다른 한편으로는 건실한 남성 계몽주의자(지식인)의 흔적도 갖고 있다. 그들은 근면함과 성실함으로 가족의 꿈을 이룰 뿐 아니라 타자들, 특히 여성들의 타락과 퇴폐를 교정하기도 한다. 영화는 이러한 계도와 교정을 통해 남성 인물들의 근면과 성실이 도시의 중간 계층 혹은 중간 계층 이상으로 상승하려는 하층민들에게 매우 강조되는 덕목임을 암시하고 있는 셈이다.

이러한 사실들로 보아 4·19 전후의 영화들이 중간 계층의 시각과 가치관을 통해 서사를 만들어 내고 있음을 알 수 있다. 이 시기의 영화들에는 과잉된 감정을 드러내는 신파적 요소가 여전히 잔재했고, 〈마부〉와 같은 경우에도 과잉된 슬픔이 영화 곳곳에 드러나 있지만, 〈마부〉에서도 인물이 처한 문제—특히 트럭이 늘어나면서 아버지 마부의 생업에 위협이 되는 상황—를 직시하고 이를 극복해 나가려는 현실적인

34 1945년을 기준으로 1967년까지 대학은 약 3.6배, 대학 교원 수는 4배, 대학생 수는 약 16배의 증가를 보이고 있다. 대학을 포함한 모든 교육기관의 증가율은 학교는 10배, 교원은 5배 학생 수는 20배이다. 김경동, 『한국 사회—60년대 70년대』, 범문사, 1982, 56쪽.

35 위의 책, 58쪽. 주요 대학 경쟁률 표 참조.

36 50년대 가장 유행했던 '사바사바'라는 말을 상기해보자. 전쟁 이후에 횡횡했던 기회주의를 풍자한 이 유행어는 중하위 계층들이 느꼈을 상대적 박탈감과 피해의식을 잘 드러내고 있다.

균형 감각이 과잉된 슬픔의 감정보다 훨씬 우선되어 있다. 이때 근면, 검소, 성실 등의 덕목은 인물이 처한 문제적 상황을 극복하게 하는 덕목으로 제시된다. 그리고 이러한 덕

장남의 성공을 통한 가족의 소원 성취. 〈박서방〉과 〈마부〉의 장남들은 각각 해외 지사로 발령받거나 고등고시에 합격함으로써 가족(부모)의 소원을 이루게 된다.

목들은 50년대식 자유주의와의 결별을 의미하는 것이기도 한데, 소비주의를 지양하고 가부장제의 코드를 강화시킨다는 점에서 그러하다.

강화되는 가부장제와 보수화된 여성상

앞서 언급된 영화에서 묘사되고 있는 중간 계층의 가치관은 건실하고 근면하며 원칙을 지키는 '젊은 남성'이라는 캐릭터로 집약된다. 이 남성들이 자신들의 존재 가치를 드러내는 방식은 주로 미성숙하거나 사치스러운 여성들을 계도하는 것이다. 영화나 소설 등 서사 장르에서 여성들의 미성숙과 사치의 표지는 바로 '패션'으로 외화되며, 여성들의 패션 변화는 그녀들의 심적 변화를 상징하는 코드이다.

50년대는 한국 현대 패션의 출발점으로 평가될 정도로[37] 50년대 대

....

37 신혜순, 『한국패션 100년』, 미술문화, 2008, 41쪽. 이 책에 의하면 1950년대와 1960년대는 '현대 의상 개화기'로 명명되고 있다. 그중 50년대는 현대 패션의 출발점으로 지칭된다. 이 시기에는 패션의

중문화에서 가장 변화의 폭이 큰 분야가 여성들의 패션이었다. 이러한 패션의 변화는 강력한 반발을 불러일으키기도 했지만 50년대를 휩쓴 전반적인 트렌드를 꺾지는 못했다. 그렇다면 4·19 이후의 담론은 어떠했을까. 1960년 9월에 여성지 『여원女苑』에 등장한 다음의 글을 보자.

> 으리으리하게 쇼윈도에 진열되어 있는 외래품의 홍수. 메이드 인 쟈팡을 위시로 해서 메이드 인 USA 메이드 인 홍콩 등등 이것은 누구를 위한 사치들인가. 해방 이후 이승만 정권 12년 그들에서 여성은 오직 사치에만 눈이 어두워 부패시켜왔다. 〔중략〕 4월 학생 혁명이 단순히 정권의 교체만을 요구하는 것이라고 생각해서는 안 된다. 학생이 부르짖은 것은 그보다는 부패해가는 기성세대의 인간개조가 아니었던가. 우리 여성한 사람 한사람이 모두 참다운 애국의 꽃으로 피어오를 적에 전후 독일의 부흥을 방불케 하는 漢江의 기적이 일어날 수도 있는 것이다.[38]

1960년 9월, 당시 최고 여성지 『여원』에 실린 글의 일부이다. 이 글의 필자는 50년대 여성들 사이에서 대유행했던 나이론, 비로드, 양단과 같은 치맛감의 역사를 정리하면서 그녀들의 이러한 소비 행위를 가리켜 사치, 부패라고 일갈하고 있다. 그러면서 필자는 이러한 사치가 이승만 정권의 사치임을 강조하면서, 글의 말미에 4월 혁명의 정신이 이러한 사치를 일소함으로써 '인간 개조', '애국', '한강의 기적' 등을 실

대중적인 변화 이외에도 56년부터 패션쇼가 열리기 시작했고, 57년에는 디자이너들의 친목단체인 대한복식연우회가 조직되는 등 패션계가 사회적으로 공식화되던 시점이었다.

38 고원일, 「치마 저고리 유행 15年」, 『여원』, 1960년 9월, 231~235쪽.

현시킬 수 있음을 말하고 있다. 다음의 글도 4·19 혁명이 정치적으로 정권의 부정부패에 대한 항거였듯이, 이승만 시기의 자유주의를 일소하는 사명 또한 동반하고 있음을 강조하면서 이승만 시기의 사

50년대 말 대학 입학고사장의 풍경. 출처 : 『동아일보』, 1959년 3월 6일자.

치와 허영, 그 반대편에 '근면'과 '검소'를 혁명 이후 새로운 시대의 덕목으로 제시하고 있다.

근면과 검소, 한 나라의 여반輿伴이 빈약하면 할수록 부강하기 위해서 더욱 절실히 요구되는 이 두 가지 덕성德性은 유감스럽게 우리 국민의 뼛속 깊이 깃든 품성稟性이 못된다. 국민성의 개량이라는 어림도 없는 힘든 문제를 그나마 솔선 시범하려는 인사들이 생기고 있는 요즘이지만 대체로 행정과 정책의 힘으로 해결할 수 있는 범위 내에서 사회적, 경제적인 폐단을 시정하는 일도 시급하다.[39]

4·19 혁명 이후 대학생들이 주도한 신생활 운동은 근면과 검소라는 가치관을 실천하고자 한 대표적인 사례였다. 4·19 이후의 담론들은 50년대 식의 사치와 허영의 자리 대신 근면과 검소를 내세우면서 '민족', '국가'라는 집단과 공동체를 내세우는데, 이러한 공동체적 자각은

....

39 조가경, 「혁명주체의 정신적 혼미」, 『사상계』, 1961년 4월, 73쪽.

4·19 혁명 2기에 더욱 강화되는 양상을 보인다. 물론 50년대에 국가와 국민에 대한 강조가 없었던 것은 분명 아니다. 50년대에도 국민과 국가라는 키워드를 중심으로 집단에 대한 강조가 있었지만, 그것은 여러 목소리 가운데 하나이거나 부분 중 하나로 취급되었다.[40]

유럽의 프랑스혁명도 이후 부르주아적 가치관이 보편화되어 성실한 가장과 모범적인 어머니의 모습을 예찬하고 귀족들의 화려하고 사치스러운 복장 대신 간소한 복장이 귀족들의 문란함과 사치스러움과 변별되는 부르주아 가치 확산을 합리화시키는 데 효과적인 전략이 되었다는 점[41]을 고려해 보면, 이러한 점에서 4·19는 18세기 프랑스혁명의 어느 부분과 닮아 있다. '정치만 혁명이냐 양담배 피지 말고 왜음곡을 없애고 생활도 혁명하자'는 4·19의 구호[42]는 5·16 직후 군인들에 의해서도 계승된다. 쿠데타 직후 군인들은 실제로 댄스홀에서 춤추던 타락한 남녀를 잡아들여 실형을 선고하고, 사치품을 압수하여 불태우는 등 못마땅한 풍속을 바로잡는 실천력을 보여 주었다.[43]

근면과 검소 그리고 이러한 가치들이 민족 혹은 국가라는 공동체의 이익으로 수렴된다는 이러한 이데올로기가 서사에서는 어떻게 발현되는가. 앞서 잠깐 언급했듯이 근면과 검소의 상대적인 개념이 사치와 허영이라면, 그것은 사치와 허영을 체현하는 여성들을 계도하는 방향으로 발현된다. 이러한 방향성은 이미 50년대 말부터 강화되기 시작한

....
40 김일영, 「4·19혁명의 정치사적 의미」, 『사회과학』 29, 성균관대학교 사회과학연구소, 1989. 참조.
41 M. Perrot ed., 『사생활의 역사』, 전수연 옮김, 새물결, 2002.
42 「학생 신생활 계몽대 행동 개시」, 『동아일보』, 1960년 7월 12일자.
43 『한국일보』, 1961년 5월 21일자 ; 『경향신문』, 1961년 5월 23일자.

다. 1959년 12월에 개봉된 〈여사장〉을 예로 들어 보자.

이 영화는 〈자유부인〉의 감독인 한형모의 영화적 변모를 드러내면서[44] 동시에 50년대 말의 분위기를 상징적으로 보여 주고 있다. 주인공 요안나는 잡지사의 여사장으로 최신 유행의

1961년 초반 서울대생들의 신생활운동 광경. 행인들을 대상으로 '허세 선물'을 자진신고하자는 캠페인을 벌이고 있다. 출처 : 사진 대한민국.

패션을 한, 부르주아 계층 출신에 안하무인의 태도를 갖고 있다. 그러했던 그녀가 자신의 미성숙과 오만함을 적극 교정하려던 말단의 신입사원과 결혼하게 되고, 갑자기 한복을 입고 남편의 이른 귀가를 종용하는 조신한 기혼 여성으로 변하면서 이 영화의 초반에 요안나가 경영하는 잡지사에 붙어 있던 '여존남비'라는 문구는 영화 말미에서 '남존여비'로 뒤바뀌게 된다. 이 영화의 이러한 결말에는 50년대 여성들을 풍자하는 보수적인 이데올로기가 작동하고 있음을 할 수 있다.

이러한 묘사의 방법이 사치스러운 여성을 단죄하는 심각한 방법이

....

44 〈여사장〉의 감독이었던 한형모 영화는 50년대에 후반에 변모하는 양상을 보인다. 〈자유부인〉의 감독이었던 한형모는 50년대 대표적인 흥행 영화 감독이었다. 그가 감독했던 영화들―〈운명의 손〉(1954), 〈자유부인〉(1956), 〈청춘쌍곡선〉(1957), 〈여사장〉(1959) 그리고 〈돼지꿈〉(1961)으로 가는 변화 과정에서 서구적인 소비재들을 향유하는 여성들은 대부분 불행해지거나(〈운명의 손〉) 훈계된다(〈자유부인〉, 〈청춘쌍곡선〉, 〈여사장〉). 각각의 서사는 비슷한 결말을 보이고 있기는 하지만, 초기 영화(〈운명의 손〉, 〈자유부인〉)에서는 비교적 서구적 소비재들에 대한 디스플레이와 이에 대한 향유가 주를 이루었다면, 50년대 후반 영화들(〈청춘쌍곡선〉, 〈여사장〉)은 서구적 소비재들의 스펙터클을 강조하기보다는 사치스럽고 철없는 여성들을 계도하는 젊은 남성 캐릭터가 더욱 부각된다는 점에서 초기 영화와 다르다. 즉, 50년대 중반의 영화보다 50년대 말의 영화로 갈수록 서구적 소비재들을 보여 주는 화려한 스펙터클보다는 '계도'를 더욱 강조하는 방식으로 변화되는 것이다. 이러한 한형모 영화의 변화는 50년대 중후반 영화들의 변화 흐름과 일부 맥이 닿아 있다.

아니라, 스크루볼 코미디처럼 유머러스하게 남녀 관계를 통해서거나 아니면 여성 개인의 깨달음을 통해서 그녀들을 공동체의 일원으로 순치시키는 방법임은 강조될 필요가 있다. 50년대 문화계의 아이콘이었던 〈자유부인〉(1956)의 경우처럼 춤바람 난 기혼 여성이 참회하며 집으로 돌아오는 과정에서는 계도와 순치보다는 그녀의 일탈을 일방적으로 준엄하게 꾸짖고 처벌하는 방식이 사용되었다. 이에 비해 〈로맨스 빠빠〉나 〈마부〉의 경우는 꾸짖고 체벌하기보다는 철없고 미성숙한 여성들을 점잖게 계도하는 데 서사의 초점이 더 놓여 있다. 〈흙〉에 등장하는 이화여전 출신의 속물 여학생, 〈로맨스 빠빠〉에서는 대학의 영문과를 다니는 둘째 딸 곱단이, 〈삼등과장〉의 딸 영희, 〈마부〉에서는 역시 둘째딸 옥희가 그러한 철없는 미성숙한 여성들이다. 〈로맨스 빠빠〉의 여대생 곱단이는 이렇게 말한다. "우리 학교 아이들치고 자가용이나 피아노 없는 아이들 없어요. 우리집은 가난뱅이에요. 아버지는 저보고 정신적 생활을 가져야 한다고 하지만 정신적 생활이란 결국 무능하고 궁상맞은 것뿐이에요." 곱단의 이러한 투덜거림은 아버지의 실직 앞에서 자취를 감추고 그녀는 영어 과외로 가계를 돕겠다며 철든 모습을 보이게 된다. 〈마부〉의 옥희가 가진 불만은 '곱단'에 비해 한층 더 강하다. 마부의 딸이라는 사실이 한恨이 되었던 그녀는 아프레 걸인 친구의 도움으로 양장에 하이힐을 신고 여대생 흉내를 내다 재벌 2세를 사칭하는 건달에게 몸을 망칠 뻔하지만, 역시 '성실한' 트럭 기사인 창수에 의해 구출되고 그의 권유로 과자공장에 취직하여 여공이 된다. 여공으로 변신한 그녀의 개심改心이 장남의 고등고시 패스와 더불어 가족의 해피엔딩의 중요한 한 축을 이루고 있음은 물론이다.

한편 〈박서방〉의 경우에는 미성숙을 넘어서 몰인정한 여성으로 중년의 상류층 여성이 등장한다. 이 여성의 경우는 꾸짖음의 대상도 아니고 계도의 대상도 아니다. 이러한 계도조차도 의미 없는 몰인정한 안하무인형의 인물로 영화 내부에서, 계층 간의 문화적 격차와 장벽을 일깨움으로써 하층민의 열등의식을 자극하는 역할을 한다. 박서방의 둘째딸과 '주식'의 결혼을 적

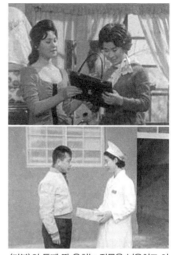

〈마부〉의 둘째 딸 옥희는 잘못을 뉘우치고 여공으로 '건실'해진다.

극 반대하는 주식의 고모가 그러한 인물이다. 박서방의 둘째딸 명순은 미국 항공회사에서 일하는 타이피스트로, 부잣집 아들인 '주식'과 사랑에 빠지지만 미국에 있는 주식의 부모를 대신하여 후견인 역할을 하는 고모의 반대에 부딪친다. 주식의 고모는 아버지 박서방을 자신의 집으로 불러 최상류층의 미국식 라이프스타일을 과시하면서 그를 비참하게 조롱한다. 박서방이 홍차를 마시는 방법을 몰라 홍차 티백을 찢어 찻잎을 찻잔에 넣는 모습을 보고 주식의 고모가 박장대소하는 장면에서 이러한 조롱은 절정에 이른다. 또한 그녀는 박서방에게 그의 둘째 딸이 중학교밖에 나오지 않았고 명문가 집안의 딸이 아니기 때문에 결혼을 허락할 수 없다고 노골적으로 멸시함으로써 박서방에게 무자비한 수모를 준다.

그녀에게서 심한 모욕감을 느낀 박서방은 돌아와 큰아들에게 '성공'

을 주문하면서 그간 반대해 왔던 아들의 해외 지사 파견을 허락한다. 이 영화는 최상류층 집안의 서구적인 라이프스타일과 매너, 미국 유학, 대학교육 등에 대해 느끼는 하층민 가족의 상대적 박탈감과 피해의식을 고스란히 반영하고 있다. 주식의 고모처럼 머리에서부터 발끝까지 미국적인 문화에 젖어 있는 상류층 부인을 무례하고 몰상식한 악녀로 묘사하고, 그녀에게 받은 모욕감을 계층 상승의 원동력으로 삼는다는 플롯은 최근의 TV 드라마에까지 자주 애용되는 것이다. 그리고 이러한 계층 상승의 욕망은 '큰아들'을 통해 대리로 성취된다.

이러한 플롯들은 실제로 당시의 하층민들이 상류 계층에게 현실적으로 받은 실제의 모욕과 수모를 반영한 것이라기보다는 그들의 내부에 존재한 일종의 피해의식을 표현한다. 하층민들의 피해의식을 자극하면서 성공에의 욕망을 불러일으키게 하는 인물들은 〈박서방〉에서 전형적으로 나타나듯, 대개가 화려한 패션의 여성들이고 〈마부〉에서도 이러한 역할을 하는 인물은 바로 기생 출신 마주馬主의 첩이다. 이러한 여성들의 반대편에는 희생적인 주부, 즉 궁색한 살림에도 헌신적으로 자녀와 남편을 돌보는 여성들이 위치하는데, 이러한 여성 역으로 60년대 영화에서부터 자주 등장했던 인물은 〈마부〉와 〈박서방〉에 출현하기도 했던 여배우 황정순(1925~2014)이었다. 검소한 옷차림의 이 여성들에게 개인적 욕망이란 삭제되어 있다. 이러한 여성의 표상은 빈곤의 타개, 육체노동에 대한 긍정, 금욕주의, 사치와 허영의 계도 등의 가치들을 서사에서 구현하기 위한 장치이며 이러한 가치들은 모두 강화된 가부장적 권력으로 귀결된다.

이러한 보수적인 표상으로의 회귀와 더불어 4·19 이후 신생활운동

은 물론, 5·16 직후 군부
에 의해 주도된 '신생활
복' 패션쇼도 1960년 이
후 강화된 가부장제가
여성의 패션 통제로 이
어지고 있는 맥락과 동
일선상에 있다. 1961년

1961년 5·16 직후 여배우들의 신생활복 패션쇼. 출처 :
『경향신문』, 1961년 6월 25일자.

6월 '사치에 병든 낡은 생활의 개선을 촉구하고 양장과 한복을 개선하
여 검소하고 활동적인 복장'을 선보인 이 패션쇼에는 여배우들이 동원
되어 시가행진을 벌였다.[45] 이러한 사건이 있은 직후에 제작된 〈사랑방
손님과 어머니〉(신상옥 연출)는 이러한 분위기에 민감하게 반응하여 연
출되고 있음을 알 수 있다. 그 일례가 바로 주인공인 옥희 모의 패션이
다. 시각적으로 옥희의 모친은 한복을 입고 쪽을 지고 비녀를 꽂고 있
다. 옥희 모친의 이러한 보수적인 헤어스타일과 패션에 대해 영화는
충분히 자각적으로 그 의미를 제시한다. 옥희의 모친이 미용실을 하는
친구를 방문하고 친구는 그녀에게 퍼머를 권한다. 옥희 모친이 그 제
의를 거절하자, 미용사는 '그런 구식 머리를 하는 사람도 드물 것'이라
며 옥희 모친에게 핀잔을 준다. 주요섭의 원작에는 존재하지 않는 이
장면은 50년대 여성 헤어스타일로 대유행했던 퍼머넌트에 대한 시대
적 맥락을 환기시키며 그녀가 보수적인 패션을 고수한다는 사실을 의
도적으로 강조한다.

....

45 『한국일보』, 1961년 6월 24일자.

1950년대 말, 4 · 19의 전야부터 그 이전보다 훨씬 '강화되기 시작한' 가부장제의 목소리는 무엇보다도 여성의 패션에 직접적인 영향을 주려는 노력을 통해 그 존재감을 드러낸다. 권력이 개인을 통제하는 가장 효과적인 방법 가운데 하나는 신체를 관리하는 것이다. 개인의 삶이 출발하는 장소인 신체에 어떤 규율을 가함으로써 그 개인은 자신에게 미치는 권력의 실체를 느끼게 되기 때문이다. 이러한 통제의 노력이 50년대에 없었던 것은 아니다. 50년대에도 공동체와 가부장제적 가치관의 균열을 예증하는 모든 껄끄러운 타자들은 예의 주시의 대상이었다. 특히 그 껄끄러운 타자들의 패션이나 행위들은 가혹한 비판을 받았다. 미망인과 양공주, 아프레걸의 과감한 패션, 성적 일탈은 물론, 여대생과 가정주부 등 중간 계층 여성들의 댄스와 계 열풍 역시 사회적 문젯거리로 취급되었다. 그러나 비록 많은 공개적 담론들이 이러한 현상들을 비난하기는 했어도, 이러한 대상들에 대한 완벽한 통제가 실현되기는 어려웠다.

우선 50년대 후반의 '민주'와 '자유'라는 깃발이 이들을 일정 부분 비호하고 있었다. 즉, 양공주나 아프레걸 같은 불량한 여성까지는 아니더라도 가정주부와 여대생의 여가 활동의 자유는 어느 부분 인정되었던 것은, 즉 민주가 한편으로는 '남녀동권男女同權'으로서 이해되면서 남녀의 관계에 변화를 가져온 것에 일부분 원인이 있다고 할 수 있다. '자유' 역시 개인의 권리에 대한 의식으로서 희미하게나마 이해되기 시작했는데, 특히 나이론, 비로드 등으로 상징되는 여성들의 소비 행위의 경우 50년대식 자유주의를 나타내는 가장 상징적인 행위였다.

50년대에도 물론이거니와 여성의 문화 수용과 여성들의 권리 주장

〈박서방〉에서 하층민의 피해의식을 자극하는 것은 화려한 패션의 상류층 여성이다. 이 여성들은 〈사랑방 손님과 어머니〉에서 보수적인 패션을 한 옥희 모와는 대조적이다. 옥희 엄마는 개인적인 욕망을 버리고 가족을 선택한다.

에 대한 사회적 거부감은 오랫동안 있어 왔지만 4·19를 전후로 해서는 이러한 근엄한 목소리─집단과 공동체를 강조하는 목소리가 확성기를 통해 울려 퍼졌다고 비유적으로 말할 수 있다. 민주와 자유는 50년대의 것과는 다른 시니피에signifié, 즉 민족 및 국가와 결부되기 시작했다. 그것은 무엇보다 4·19가 민주화 운동이기는 하지만 국가나 민족을 앞세운 민주화로서 서구의 경우와 달리 개인과 자유주의를 바탕으로 한 것이 아니라는 언급[46]을 참조해 보면, 사치와 허영을 공적公敵으로 치부하는 4·19 이후의 신생활 담론들이 민주주의라는 이념과 배치되지 않고 잘 어울릴 수 있었던 정황을 이해할 수 있다.

사치와 허영의 일소라는 기치는 다른 한편으로는 5·16 쿠데타의 이념으로 이어졌다. 영화 속 화려한 패션의 여성들이 몰지각하거나 미숙한 여성으로 의미화되고 보수적인 여성이 예찬된 맥락은 '가난'을 극복해 보자는 60년대 박정희 정권의 경제개발 논리와도 일맥상통하는 측면

46 김우창·최장집 대담, 「사람을 위한 민주주의에 대한 구체적 성찰」, 우찬제·이광호 엮음, 『4·19와 모더니티』, 문학과지성사, 2010, 143쪽.

이 있다. 5·16 쿠데타가 근면한 생활인으로 인간혁명을 기하고 사회 개혁을 통해 잘사는 '나라'로 만드는 길이라는[47] 박정희의 주장은 근면한 개인(아들)의 성공을 통한 가족의 행복 추구라는 영화의 서사와 매우 유사한 구조를 하고 있다. 개인의 성공과 가족의 성공 그리고 민족과 국가의 성공은 완전히 일치하지 않는다. 이 삼자는 얼마든지 혹은 거의 대부분 어긋날 수 있었지만, 한국 사회에서는 완전히 일치하는 것으로 받아들여졌다. 이러한 등식은 박정희의 통치가 본격화되면서 나라의 발전은 곧 개인의 발전이라는 등식으로 자연스럽게 확대된다.

계층 탈락의 무의식적 공포와 마조히즘 : 다르면서 비슷한 영화 〈하녀〉

〈로맨스 빠빠〉, 〈삼등과장〉, 〈박서방〉이 근면하고 검소한 도시의 중간 계층 혹은 하층민의 모습을 시각적 표상으로 재현하고 있으며, 이러한 근면하고 검소한 삶의 모습에 대한 긍정적인 의미화는 가난 등의 위기를 극복하고 단란한 가족을 이루는 것, 즉 공동체의 행복을 위한 가족의 각성과 희생이라는 이데올로기로써 뒷받침되었다. 이 영화들에 대한 관객들의 선택과 지지는 이러한 이데올로기가 사회적으로 인정받기 시작했음을 암시하는 것이기도 하다.

1960년 4·19 전후의 '모든' 영화들이 앞에서 언급한 도시의 중간 계층의 가족주의와 욕망 혹은 이를 표준으로 하여 생성된 하층계급의 성

---

47 박정희,『하면 된다! 떨쳐 일어나자』, 동서문화사, 2005, 1962년 서문 참조.

공 판타지를 의심 없이 반복만 하는 것은 물론 아니다. 60년대 초 영화는 이러한 계층적 욕망과 이념에 대한, 유사하지만 다른 방식의 묘사가 있을 만큼 풍요롭다. 이를 테면 계층 탈락의 공포를 묘사하고 있는 영화로서 김기영의 〈하녀〉(1960)를 들 수 있다. 김기영의 〈하녀〉는 〈박서방〉, 〈마부〉 등에서 성취한 계층 상승이란 것이 얼마나 허술한 것인지 역으로 말하고 있기 때문이다.

1960년 가을에 개봉한 이 영화는 하녀와 주인 부부가 연루된 치정 사건 기사를 읽은 주인 남자가 그 사건을 환상적으로 대리 체험하게 되는 구조를 하고 있다. 환상 체험 속에 등장하는 가족의 희망은 자기 소유의 집과 텔레비전을 갖는 것이다. 이러한 소망의 실현을 위해 남편은 여공들에게 음악을 가르쳐 주고 아내는 열심히 재봉질을 하여 마침내 이 가족은 2층집과 텔레비전을 소유하게 된다. 그러나 이러한 행복은 몹시 '취약'하다. 선생으로서 사회적 위신이 매우 중요했던 남편은 여공과 하녀에게 유혹을 받으면서 심한 정신적 압박을 겪는다. 다른 여성들과의 스캔들이 이러한 행복을 망가지게 할 수 있기 때문이다.

이러한 장면은 60년대 초반, 경제적으로 그다지 탄탄한 기반을 갖지 못한 한국 중간 계층의 강박적 모습을 반영한다. 남편과 그의 아내는 생계 유지에 급급한, 언제라도 탈락될지 모르는 '불안정한' 중간 계층이기 때문이다. 일부 연구들은 주요 여성 인물의 계급적 특징(여공과 하녀)에 주목하여 이 하층민 여성이 갖는 이상한 욕망의 의미를, 산업화 과정에서 소외된 하층계급의 욕망과 관련지어 설명한다. 이러한 설명은 본격적으로 산업화가 진행된 60년대 중반 이후 혹은 70년대의 텍스트에는 설득력이 있을 듯하지만 60년대 초의 상황에서는 다소 과장

영화 〈하녀〉의 광고. '이색 문제작'이
라는 소개 문구가 눈에 띈다. 출처 :
『동아일보』, 1960년 11월 20일자.

된 설명이 아닌가 한다. 특히 이 영화의 주요 인물인 '하녀'가 주인 남자와의 관계를 통해 중간 계층으로의 계층 상승을 꾀하고 있다든가 혹은 그 계층을 선망한다는 해석은 나름의 일리는 있지만 이 영화가 주는 '공포'의 정체를 정확하게 짚어 내지 못한다. 이 영화가 공포스러운 것은 오히려 경제적으로 취약한 중간 계층 남성과 그의 가족이 갖는 탈락의 공포 때문이다.

〈하녀〉는 상수도가 있는 이층집을 사고 텔레비전을 산, 그럼으로써 중산층이 된 한 가정이 '비천한' 식모와 여공에 의해 막 편입된 계층에서 탈락되는 이야기다. 그러나 〈하녀〉는 실제로 계층 탈락을 겪은 것이 아니라 '판타지'를 통해 탈락의 공포를 상상적으로 체험한다는 데 이 영화의 특별함이 있다. 〈하녀〉의 특이한 서사 상의 구조, 즉 틀 이야기frame narrative와 내부 이야기embedded narrative라는 액자식 구성 속에서 내부 이야기는 계층 탈락의 판타지다. 계층 상승을 이룬다는 판타지가 아니라 오히려 중산층에 막 편입한 가족이 그 계층에서 탈락된다는 불쾌한 종류의 판타지인 것이다. 인물의 성격도 틀 이야기와 내부 이야기에 정반대의 성향으로 설정되어 있다. 틀 이야기의 남성 주인공은 권위적이고 명령적이고 지나치게 가부장적인 남성인 데 비해, 삽입된 내부 이야기의 남성 주인공은 우유부단하고 여성의 결정을 그대로 따르거나 이끌려 다닌다.

아내와 하녀는 한 남자를 두고 서로 대결한다. 하녀에 대한 주인 여자의 공격은 첫 번째는 낙태이고, 두 번째는 밥을 가져다 주지 않음으로 육

〈하녀〉에 묘사된 중산층 가정의 모습. 그러나 이 화목함은 곧 하녀와 여공이라는 외부의 침입자에 의해 와해된다.

체적 고통에 시달리게 하고, 세 번째는 하녀의 식사에 쥐약을 넣는 것이다. 반대로 하녀는 아들인 창순을 죽게 만들고, 남편을 자신의 잠자리로 빼앗아 오며, 쥐약병에 설탕물을 넣음으로써 주인 여자를 함정에 빠뜨린다. 이러한 사건들에서 서로 쟁투를 벌이는 인물은 아내와 하녀이다. 이들의 대결에서 남편은 이 여성들의 결정에 수동적으로 따른다. 앞서 언급했듯이, 이러한 남성성의 약화는 틀 이야기인 현실 세계에서의 남편의 모습과 대조적이다. 내부 이야기가 신문 사건 속의 사건을 상상적으로 경험하는 판타지라면, 이 판타지가 남성성의 결여와 파탄을 다루고 있다는 점은 보통의 백일몽daydream과 대조적이다. 보통의 백일몽이 현실 속의 결여를 매우고 있다면, 이 영화의 판타지는 남성 인물의 상상적인 나약함과 처벌을 보여 주기 때문이다. 이 판타지에서 남자는 자신을 스스로 나약하고 처벌받고 있는 인물로 만듦으로써 마조히즘적 쾌락을 연극적으로 보여 주는데, 말하자면 가상의 판타지를 통해 현실 세계의 남성성과 남성 욕망을 조롱하고 있는 것이다.

〈하녀〉의 독특함은 매우 불쾌하고 두려운 상황을 판타지로 체험하는 데 있다. 판타지 속의 여성은 남성의 초자아super-ego 이며, 남성의 생

사여탈권을 쥐고 있는 어머니와도 같은 존재이다. 그에게 아내는 통제 자이자 사랑의 대상이라는 양가적 측면을 모두 갖고 있다. 남편은 하녀를 임신시킨 자신의 과오를 곧바로 아내에게 고백한다. 남편은 아내의 사랑을 잃을까 봐 두려워하는데 이러한 아내의 모습은 구순기 아이의 생사여탈의 권력을 쥐고 있는 어머니의 가면을 쓴 모습이다. 어머니의 권력은 식사를 담당하는 하녀에게도 무시무시한 형태로 일부 주어진다. 이 가정의 가장은 이러한 의미에서 형식적으로는 가부장이지만 권력자라고 보기는 어렵고, 어머니와 같은 아내에게 종속되어 있다. 이러한 가부장의 모습에서 마조히즘의 판타지를 읽어 내는 것은 어렵지 않다. 스터들러Gaylyn Studlar에 의하면, 마조히즘은 생사여탈권을 쥐고 있는 어머니의 사랑을 잃을 것을 두려워하는 구순기 아이의 공포와 관련되어 있다.[48] 아이에 대한 어머니 지배는 아버지의 지배 양상과는 달리 분리 불안이라는 심리적 상태로 발현된다.

이 영화의 세트인 집은 이러한 두려운 판타지에 최적화되어 있다. 이 영화에서 내밀함, 폐쇄성을 기본 속성으로 갖는 '집'이라는 공간은 곧 아이를 돌보고 기르는 모성maternity을 표현하는 공간적 배경이다. 〈하녀〉 속의 집은 아버지의 법이 지배하는 가부장적인 공간이 아니라 아이들에게 밥을 주는 어머니의 힘이 지배하는 세계이다. '하녀' 역시 밥을 해 주고 집을 가꾼다는 의미에서 어머니적인 속성을 공유하고 있다. 문제는 '하녀'가 진짜 어머니가 되려는 순간 이 집안이 파탄난다는데 있다. 〈하녀〉에서 자주 등장하는 사건과 공간은 '식사'와 '부엌'이다.

....

48 Gaylyn Studlar, "Masochism and The Perverse Pleasures of The Cinema", edited by Bill Nichols, *Movie and Method* II, University of California Press, 1985, p. 606.

김기영 〈하녀〉의 주제는 바로 어머니의 힘이 지배하는 집이라는 공간 속에 녹아 있다. 그리고 어머니의 힘은 바로 '밥'에서 나온다. 왼쪽 사진은 '하녀'를 독살할 목적으로 음식에 독을 타는 장면이고, 오른쪽 사진은 하녀가 지은 밥을 거부하는 아이에게 하녀가 억지로 음식을 먹이는 장면이다.

'식사'와 '부엌'은 환유적으로 어머니와 연결되어 있다. '먹을 것'은 구순적 쾌락의 충족이기 때문에 먹을 것을 아이에게 제공해 주는 어머니는 아이에게는 쾌락의 원천이다. 그러나 이 어머니는 밥으로 표현되는 사랑을 주기도 하지만 그 애정을 미끼로 아이를 통제하는 권력의 소유자이다.[49]

　〈하녀〉의 감독 김기영은 이후에도 〈화녀火女〉와 〈충녀蟲女〉 연작을 연출하는데, 이른바 '하녀 연작' 시리즈[50]가 제작되는 과정에서 아내 혹은 어머니의 모습이 점점 폭력화되는 양상을 띤다. '어머니'의 폭력적 양상의 수위가 가장 낮았던 작품이 〈하녀〉(1960)라면, 〈화녀〉(1971)를 거쳐 〈충녀〉(1972)에 이르러서는 극대화되고 있다. 리메이크된 〈화녀〉에서 아내는 자신이 친정에 간 사이에 작곡가 남편이 여가수와 동침할

49　마조히즘 안에서 어머니는 더 이상 남근을 결여lack한 대상이 아니라, 남성이 소유하지 못한 유방과 자궁을 소유함으로써 힘을 행사할 수 있는 지위를 갖는다. 위의 책, p. 608.

50　〈하녀〉의 연작 시리즈는 1960년작 〈하녀〉, 70년대적 배경으로 하여 리메이크한 〈화녀火女〉(1971)와 〈하녀〉의 속편이라 할 수 있는 〈충녀蟲女〉(1972) 그리고 〈충녀〉를 리메이크한 〈육식동물〉(1984)로 이루어져 있다.

까 봐 명자(하녀)에게 이를 감시하라고 말하면서 "두 년놈을 죽여도 좋아"라고 말한다. 명자가 자신을 협박하는 직업소개소 남자를 우발적으로 살해했을 때 시체를 닭의 사료로 갈아 버리겠다고 나선 사람도 바로 아내일 정도로 그녀는 대범하면서도 공포스럽게 묘사된다.

〈충녀〉에 등장하는 아내는 더욱 무자비하고 폭력적이며 모든 것을 통제할 정도의 힘을 갖고 있다. 그녀는 무능력한 남편의 생활을 통제함으로써 그를 사육하고 호스티스 명자와의 사이에서 아이를 갖지 못하도록 남편에게 불임수술을 시킨다. 또한, 그녀는 남편과 명자가 함께 데려다 기르던 아이를 죽여 냉장고에 넣어 둔 혐의를 받고 있다. 이렇듯 〈충녀〉의 '아내'는 명령하고 지배하며 폭력적인 방법으로 살인까지도 주저하지 않음으로써 자신의 의도를 관철시키는 인물이다. 비록 〈하녀〉에서 아내가 갖는 폭력적 모습의 수위는 이후의 시리즈들과 비교했을 때 상대적으로 몇 개의 쇼트에서만 보이지만 전조적 징조로서는 뚜렷하다.

판타지 속의 취약한 남성의 모습 그리고 그 집안을 지배하는 무서운 아내(어머니)와 쌍을 이루는 것은 가정이 이룬 모든 것, 이층집과 텔레비전 그리고 화목함을 모두 잃는 가족의 와해이며 계층적 탈락이다. 즉, 〈하녀〉에서 가족의 와해와 남성성의 와해는 서로 연동되어 있다고 할 수 있다. 〈마부〉나 〈박서방〉에서 아들의 성공이 아버지의 소원 성취이며, 무능한 아버지를 대신해서 유능하고 힘 있는 가장이 되는 상황과는 자못 대조적이다.

그러나 〈하녀〉에서 묘사된 도시 중간 계층 가족의 공포와 강박은 성공의 욕망과 관련되어 있다. 이러한 공포는 세속적인 성공과 안정에

대한 집착이 만든 무의식의 반
응이다. 화목한 가정, 풍요로
운 삶에 집착하여 이에 많은 가
치를 부여할수록 그것들을 잃
을까 봐 공포에 시달리게 되기
때문이다. 다만, 훈훈한 가족

남편과 첩을 모두 관리 지배하는 〈충녀〉의 아내.

애로 위기를 극복하는 〈로맨스 빠빠〉나 큰아들의 고등고시 패스로 온
가족이 행복해지는 〈마부〉 등에서 보이는 낙관적 희망을 대신하여 영
화 〈하녀〉에는 공포가 자리하고 있다는 점, 그리고 하녀나 여공과 같
은 팜므 파탈들을 계도하는 남성의 모습 대신, 이 여성들에 대한 공포
에 질린 유약한 남성의 모습을 그리고 있다는 점에서 차이가 있을 뿐
이다. 이 영화가 만들어진 1960년의 시점에서 이러한 내러티브는 당시
의 영화계에서는 매우 이질적인 것이었다.

　물론 1959년에서 1961년 초의 모든 영화를 중간 계층의 욕망으로 설
명할 수는 없지만, 이 시기 주요 영화들이 50년대 영화에 비해 더 현실
의 문제에 천착하면서 주된 관심사를 무엇보다도 도시 중간 계층 '가
족'에 두고 있다는 점은 다른 종류의 영화에서도 확인된다. 유현목의
〈오발탄〉(1961) 역시 도시 샐러리맨 가정의 이야기라는 점에서 같은
선상에서 언급될 수 있다. 이 영화는 우울한 도시의 군상들을 그려 내
면서 가난과 배고픔이라는 문제를 '가족'이라는 이름으로 전경화한다.
문제는 양공주, 정신이상자 실향민 노인, 상이군인, 영양실조에 걸린
만삭의 임산부 등 가장 문제적인 인간들이 모두 한 샐러리맨의 가족이
라는 점이다. 이 영화 역시 '가족', 특히 '도시'의 가족이 중요한 주제임

을 다른 방식으로 전달하고 있음을 알 수 있다.

이러한 유형의 가족주의가 50년대 후반의 영화에서 '시작'된 것은 아니다. 식민지 시기에도 도시 소가족의 라이프스타일은 선망의 대상이었다. 이른바 스위트 홈에 대한 환상은 근대인들이 추구하는 행복의 종착지로 제시되곤 했다. 그렇다면 50년대 말에서 60년대 초에 영화에서 새롭게 부각되기 시작한 가족주의는 식민지 시기의 그것과 어떤 차이가 있는가. 김동춘이 지적하듯, 식민지 시기를 넘어 전쟁을 겪은 이후, 가족은 궁핍한 사회에서의 기본적인 생존 단위가 되어 갔다. 이에 덧붙여 스위트 홈의 이상은 삶의 목표로서 더 '많은' 사람들의 것이 되었다. 식민지 시기에 '스위트 홈'은 신식 교육을 받은 엘리트 부부, 특히 신여성을 아내로 둔 가정의 '모던modern'한 목표였다. 그러나 해방 후 전쟁을 거치면서 스위트 홈은 가족의 단위로 생존해야 하는 많은 이들의 욕망을 미화하는 단어가 되었다. 안정적으로 가족이 생존할 수 있을 때, 그때가 바로 스위트 홈이 되는 셈이다. 그리고 많은 가족이 장남에게 투자하여 그를 생존의 발판으로 삼으려 했다.

소수의 엘리트나 중간 계층뿐만 아니라 하층민까지도 '장남'을 대학에 보내고 화이트칼라 계층에 편입시키고자 노력하는 삶의 모습을 이 시기 영화는 잘 드러내고 있는 셈이다. 대중적인 미디어인 영화는 이러한 가족주의의 이상理想과 그 이념을 시각적으로 잘 표상해 내었고, 그 표상들을 보고 즐거워하면서 관객은 가족주의의 욕망과 이상을 자신의 것으로 완전히 내면화할 수 있었다. 다중적인 주체들이 서로 맞물려 순환하는 영화 산업에서, 관객은 비록 영화제작에 관여하지는 않지만 그들의 욕망과 취향에 부응하는 영화를 선별해 내는 주체이다.

그렇다면 4·19와 5·16이라는 정치적 사건과 영화가 이 시기에 다루기 시작한 욕망들은 어떤 관련이 있는 것인가. 그 관련을 결정적으로 말하기는 매우 어렵다. 확실한 것은 이 당시 영화를 흥행작으로 선택하고 지지한 관객들의 취향 및 그 영화에 담긴 욕망이, 결과적으로 4·19나 5·16이라는 정치적 사건들이 내포한 이념들과 어긋나지 않고 잘 어울린다는 점이다. 4·19가 이승만의 독재와 고위층의 부정 축재에 대한 증오로부터 촉발되었고, 그것이 '민주주의'라는 이념적 명분을 바탕으로 한 것과 마찬가지로, 영화는 당시 대중들이 이해하는 방식의 '민주'의 모습을 화목한 가족의 일상을 통해 보여 주었다. 5·16이 부패와 무능에 대한 재건이라는 기치를 쿠데타의 명분으로 세웠던 것처럼, 영화에서는 사치스러운 여성들을 계도하거나 가족을 성공으로 이끄는 젊은 남성들이 등장하기 시작했다.

중요한 것은 이러한 영화와 정치적 사건들의 관계에서 영화가 그 정치적 사건이 함의하는 시대성을 그 사건 이전부터 한 발 앞서 징후적으로 보여 주었다는 데 있다. 교육을 통한 계층 상승, 상류층에 대한 피해의식, 가족을 중심에 둔 새로운 공동체주의 등은 60년대 경쟁의 논리가 사회적으로 확장되면서 보편화된 것들이다. 이러한 욕망과 이념은 경제개발이 본격화되면서 더욱 강화되거나, 이러한 경제개발의 정당성을 뒷받침하는 것으로 이용되기도 했다. 4·19 직전부터 새로운 트렌드로 등장한 '가족'을 다룬 영화들과 이 영화에 대한 대중들의 지지와 승인은 당시 중간 계층의 욕망이 사회적 망탈리테로서 진행되었음을 예증한다. 이러한 의미에서 60년대 초의 영화들은 50년대적인 것과 결별하고 60년대적인 새로운 시대성을 암시하는 징후이다.

6

한국적인 것과 반反 근대의 판타지
: 농촌의 시각화와 문예영화

1960년대 영화제작 환경과 '문예영화'

4·19과 5·16은 확실히 한국 사회의 많은 것을 변화시킨 정치적 사건이었다. 이승만의 부정과 하야, 혁명과 쿠데타가 1,2년 사이에 일어나면서, 영화는 사회와 관객에 기민하게 대응해야 했다. 1959년과 1960년 그리고 1961년을 경유하며 영화의 주된 스타일은 변화되기 시작한다. 라디오 드라마에서 시작된 홈드라마가 1960년 초부터 영화의 스타일로 자리 잡은 상황은 이미 5장에서 언급한 바 있다. 전쟁이 끝나고 사회가 점차 안정을 찾아감에 따라, 가정의 화목과 아들의 출세를 통한 계층 상승을 꿈꾸는 도시 서민들의 욕망이 가족 멜로드라마에 잘 드러났다. 한편, 욕망의 단위로서 '가족'을 내세운 이러한 홈드라마 혹은 가족 멜로드라마와는 다른 스타일의 영화도 비슷한 시기인 1960년 경부터 자리 잡기 시작한다. 1960년 초에 개봉한 〈흙〉과 같이 식민지 시기 발표된 근대소설을 원작으로 한 영화들이 그것이다.

근대소설을 원작으로 한 영화로 〈흙〉은 최초는 아니다. 그 시초가 된 영화는 아시아 영화제에 출품하기 위해 기획 제작된 〈백치 아다다〉였다. 1956년에 제작된 이강천의 〈백치 아다다〉는 당시 영화계의 기대를 한 몸에 받은 영화였다.

〈백치 아다다〉에 대한 다음의 언급을 살펴보자. '제작자가 갈린 것도 몇 번이요, 그때마다 스탭, 캐스트도 분간키 어려울 정도이다. 이 영화의 어데가 그렇게 제작자를 빈번히 갈게 하였을까. 〔중략〕 문예영화라는 점인 것 같다.'[1] '문예적인 요소를 살려낸 영화'[2] '난산의 문예영화, 특히 해방 전부터 기획되어 온 바 있던 단편소설의 영화화', '한국영화 최우수 작품의 하나로 꼽힐 만하다'[3] 등의 기사들은 당시 〈백치 아다다〉에 대한 세간의 기대가 매우 컸음을 말해 주고 있다.

그렇다면 〈백치 아다다〉의 어떤 요소가 이러한 기대를 품게 한 것일까. 첫째는 문학작품을 원작으로 하고 있는 점이다. 문학작품 중에서도 단편소설 「백치 아다다」는 1935년 『조선문단』에 발표된 비교적 오래된 근대문학이었다. 50년대 발표된 신문 연재소설들과는 달리, 당시로는 고전의 반열에 오를 만큼 문학적 가치가 큰 소설이었다. 고전의 반열에 오를 수 있는 당시의 근대소설의 범주에 월북 작가들의 작품이나 사회주의 사상과 관련을 갖는 작품들은 일단 선택에서 완전히 차단되었다. 남은 것은 사상을 언급하지 않는, 월남한 작가들 혹은 비非 이념형 작가들 그리고 해방이 되기 전에 요절한 모더니스트들의 작품이

1 「국산영화 수준 올라갔나」, 『한국일보』, 1956년 11월 13일자.
2 「이상 심리의 표현/백치 아아다의 예술성」, 『조선일보』, 1956년 11월 23일자.
3 「한국영화 최고작 영화제 입상권 내에 들 터」, 『동아일보』, 1956년 11월 22일자.

1957년 아시아 영화제에 출품하기 위해 기획된 영화 〈백치 아다다〉
의 한 장면과 신문광고. 출처 : 『경향신문』, 1956년 11월 18일자.

었다. 이러한 제한된 범위 내에서 문예영화의 소재가 선택되었다.

둘째, 〈백치 아다다〉는 서구의 오리엔탈리즘에 부응할 수 있는 소재
였다. 50년대 한국영화계의 주요 전략은 외국(서구)의 관객에게 어필
할 수 있는 '우수한' 영화를 만들자는 것이었는데, 아시아 영화제와 같
은 국제영화제는 한국영화에 대한 외국의 관객들의 평가를 확인할 수
있는 좋은 계기였고, 좋은 평가를 받으려면 외국 관객들의 기대에 부
응하는 것이어야 했다. 그러자면 한국만이 가질 수 있는 특별한 시각
적 요소들을 전면화해야 했다. 도시적인 것, 문명화된 비주얼보다는
외국인들이 한국에 대해 가질 수 있는 스테레오타입을 강조해야 했다.
그러자면 한국에서만 볼 수 있는 신기한 것, 낯선 것들을 시각화하는
것이 필요했다. 즉, 제1세계 관객을 위한 스펙터클로서 한국적인 것을
담아야 했던 것이다.

실제로 1990년대까지 해외 영화제에 출품되거나 영화제에서 상賞을
받는 영화들이 농촌과 전근대를 배경으로 했다는 사실은 한국영화 제
작에 서구인의 오리엔탈리즘에 호소하는 성향이 뿌리 깊게 이어졌음
을 단적으로 드러내는 예이다. 1956년의 〈백치 아다다〉는 물론, 1966

년 김동리의 〈무녀도〉를 원작으로 하여 영화를 제작하기로 하였을 때 제작자의 의도도 '한국적인 영화'를 만들어 보자는 것이었다.[4] 한국에서는 흥행에 성공했던 신상옥의 〈벙어리 삼룡〉(1964)을 샌프란시스코 영화제에 출품하였지만 혹평을 받았을 때 우리의 로컬 컬러가 외국인에게 아무런 의미가 없었다는 사실을 잠시 반성적으로 보기도 했지만,[5] 제1세계 관객에게 복무하는 영화를 해외 영화제에 출품해야 한다는 생각은 교정되지 않았다.

결국 '문예영화'라는 용어는 〈백치 아다다〉를 통해 알 수 있듯이 일반적으로 해방 이전의 근대 단편소설을 원작으로 하면서 그 공간적 배경으로서 농촌이나 비문명적 세계를 다룬 영화에 우선적으로 붙여졌다. 실제로 60년대 '문예영화'라는 용어는 문학작품을 원작으로 한 모든 영화에 붙을 수 있는 명칭이 아니라 다소 배타적인 기준을 적용해 부여되던 명칭이었다. '문예'라는 용어를 통해 영화가 가치를 부여받고 예술로서의 질적인 도약을 요구받았던 것은 영화가 최초로 산업적 호황을 맞이하던 50년대 후반부터이다. 50년대의 상업화 경향에 대한 반작용으로 영화 자체가 문예 혹은 예술로서 자리매김하려는 시도가 생겨났고, 이에 시나리오 작가들도 작가로서의 자질과 정체성을 요청받았다.[6] 더불어 신문에 연재된 대중적인 장편소설이 아닌 오래된 '단편'소설을 영화화하는 것 자체가 예술적으로 큰 의미가 있는 것으로 여겨지기도 했다.

....

4 「대담―한국적 원형의 추구, 무녀도를 이렇게 만들고 싶다」, 『영화예술』, 1966년 4월.

5 안병섭, 「밖에서 보는 한국영화 '벙어리 삼룡'에의 서평이 던진 문제점」, 『영화예술』, 1965년 12월, 90쪽.

6 백문임, 「1950년대 후반 '문예'로서의 시나리오의 의미」, 『매혹과 혼돈의 시대―50년대 한국영화』, 소도, 2003, 204~211쪽.

그러나 50년대 후반 영화계 내부의 이러한 요청은 큰 기대를 모았던 1956년 이강천 연출 〈백치 아다다〉가 아시아 영화제에서 탈락한 것을 계기로 '문예영화'라는 용어로 해당 영화를 무조건 상찬하는 태도는 줄어들었다. 1960년대 후반으로 갈수록 문예영화를 강요하는 정부 측의 압력으로 소위 문예영화에 대한 불신은 오히려 늘어 갔다. 급기야 영화계 전체가 불황에 빠져 저예산으로 제작을 해야 했던 70년대에는, 문예영화는 '우수 영화이지만 불량상품'[7]이라는 아이러니한 편견까지 낳기에 이르렀다.

60년대에 이러한 근대 단편소설들이 영화로 제작된 배경에는 60년대 영화 산업에 관련된 제작 환경도 빼놓을 수 없다. 60년대는 한국영화의 황금기라고 일반적으로 평가되지만, 여러 제작 환경의 악조건이나 열악함이 표면화되던 시기이도 했다. 이 시기의 영화제작에 가장 강한 영향력을 행사한 것은 군사정권이 만든 영화법이었다. 그중에서 쿼터제를 통한 외화 수입의 통제는 영화의 제작과 수입이 분리되지 않은 상황에서 영화제작에 직접적인 영향을 미쳤다. 당시의 영화제작사는 영화제작과 영화 수입업을 겸하고 있었는데, 수입 영화는 국산영화에 비해 매우 수익률이 좋았다. 그러나 국산영화를 장려하려는 당국의 정책으로 수입 영화의 편수는 제한되었고, 소위 얼마나 해당 영화사가 '우수한' 영화를 만드는가에 따라 외화 수입을 할당 받았다. 외국 영화의 수입 쿼터 배정 기준은 영화법이 제정된 뒤(1962) 1차 개정(1963)에서는 '국산영화 제작 편수, 국산영화 해외 수출 편수, 국제영화제 출품

----

7 이영일, 「문예영화의 재평가―영화와 문학의 기묘한 결혼은 과연 행복한가」, 『영화』, 1974년 9월, 14쪽.

과 수상실적, 우수 국산영화상 편수'였고, 2차 개정(1966)에서도 이러한 기준은 1차 개정 때와 거의 대동소이하게 유지되었다.[8]

정부가 제시하는 '우수' 영화의 기준은 어쩔 수 없는 영향력으로 인정되면서도 많은 영화인들의 반감을 샀다. 정부가 제시한 기준은 매우 불투명하고 영화제 수상 실적 위주이며, 더구나 1966년부터 정부가 직접 나서서 우수 영화를 선정하여 보상하기 시작하면서 내건 심사 부문들—문예영화, 계몽영화, 반공영화 등은 일반적으로 흥행이 저조할 수밖에 없었기 때문이다. 이에 자연스럽게 관 주도로 생산이 장려된 문예영화에 대한 불신이 60년대 중반에 이르러 가시화되면서 '문예영화'라는 용어 자체가 영화계에서 극복해야 할 대상으로 여겨지기에 이르렀다. '이른바 문예영화라는 괴이한 말이 한국에서처럼 높이 대접받고 있는 곳은 드물 것',[9] '상품이면서 상품이 아닌 척',[10] '요즘 감독들이 밤을 새면서 문학 선집을 숙독하는 모양'[11] 등의 문구들에는 단지 문예영화라는 이유로 대접받는 현실에 대한 반성과 정부 주도의 영화 정책에 대한 반감, 그리고 이러한 영화 정책에 적극 호응하는 제작 풍토에 대한 비판이 같이 뒤섞여 있다.

우수 영화로서의 문예영화에 대한 위상은 점점 추락했음에도 불구하고, 60년대를 넘어서 80년대에 이르기까지 '문예'영화 스타일은 한국적인 전통과 결부된 예술 작품으로서 충분히 '먹히는' 영화였다. 특히

....

8 김동호 외, 『한국영화 정책사』, 나남출판, 2005, 211쪽, 〈표 4-3〉 참조.

9 안병섭, 앞의 글, 92쪽.

10 임영, 「이른바 문예영화」, 『여원』, 1968년 2월, 271쪽.

11 「문예영화 시비」, 『신동아』, 1967년 6월, 397쪽.

1962년 '우수국산영화상'이라는 설명이 붙은 제1회 대종상 시상식. 최우수작품상은 신상옥 연출의 〈연산군〉이었고 감독상 역시 〈사랑방 손님과 어머니〉를 연출한 공로로 신상옥 감독이 받았다. 출처 : 국가기록원.

근대소설 중에서 일정하게 농촌을 무대로 한 소설들이 선택된 것은, 동시대 현실로서의 농촌이 아닌 과거의 농촌이 '한국적'인 어떤 것으로 포장될 수 있었기 때문이다. 즉, 문예영화 생산의 원동력이 단지 정부 측의 '우수 영화'라는 포상제도와 수입 영화 쿼터제에만 있었던 것이 아니라, 농촌을 배경으로 '전통'과 '순수하게 한국적인 것'을 발견하려는 집착에도 있었다는 사실을 70년대의 신세대 영화감독 하길종의 다음과 같은 글에서도 찾아 볼 수 있다.

섹스 영화를 만들더라도 **우리가 다루어야 할 「한국적」인 것**은 샤워를 하고 스타킹을 벗고 휘황한 네온을 받으며 베드에서 뒹구는 섹스 묘사는 아니어야 한다. 오랫동안 몸을 씻지 못해 때국물이 흐르는 여인의 몸매, 한겹 두겹 긴 치마를 들치고 또 속 잠방이를 들쳐가며 희미한 초롱불 밑에서 숨죽이며 유희하는 은근한 섹스가 한국적인 섹스가 아니겠느냐. 하루종일 밭일을 하고 돌아온 아낙네의 시커먼 버선 코에서 풍기는 한국적 성향기性香氣. 조심스러히 불을 붙이는 **과부와 머슴의 사랑.**[12](강조-인용자)

12 하길종, 「한국적인 특수성의 발견」, 『영화』, 1973년 12월, 23쪽.

이러한 언급들을 통해 60년대 영화적 흐름으로 볼 때 농촌을 배경으로 한 문예영화들이 '한국적'인 것으로 의미화되었음을 알 수 있다. 말하자면, 한국적인 것으로서의 영화적 클리쉐cliché 형성에 근대소설이 기원적인 역할을 한 것으로 볼 수 있다. 한국 사회가 점점 도시화, 산업화될수록 이러한 기원으로서의 농촌과 한국적인 것에 대한 판타지는 강화되었다. 이러한 의미에서 표상된represented 농촌의 등장은 반反모더니티를 가장한 모더니티적인 현상이라 부를 수 있을 것이다.

농촌의 발견과 표상의 고안

60년대 문예영화 속 표상들의 특징을 밝히기 위해서는 다소 멀지만 농촌 표상의 계보를 파악할 필요가 있다. 더구나 문예영화가 '문학'과 '영화'의 혼종으로 이루어진 장르인 만큼, 문학과 영화 각각의 표상 계보 속에서 60년대 문예영화의 특별함이 부각되어야 한다. 전통, 농촌, 반근대, 한국적인 것이라는 키워드들이 연결되는 양상은 표상들의 계보를 통해 확인될 수 있다.

'농민' 혹은 '농촌'이라는 표상은 근대 이전에도 있어 왔다. 그러나 근대사회가 도래하면서 농민과 농촌 표상의 변화는 가장 특징적인 징후가 되었다. 농경사회에서 도시와 자본주의, 산업화로 특징 지워지는 근대사회로서의 이행은 필연적으로 농촌과 농민의 표상을 변화시키기 때문이다. 표상representation을 표상하는 주체의 대상화 작업이라는 관점에서 보면, '농촌' 표상의 변화는 곧 그러한 농촌 표상을 새롭게 만드는 주체의 성립을 의미한다. 그 주체는 '농촌'을 낯선 시선으로 보고(발견하고) 특정한 이데올로기로서 그 표상의 의미를 채워 나감으로써 근대 이전의 '농촌'과 '농민' 표상이 갖는 의미를 변질시킨다. 즉, 이러한 '농촌' 혹은 '농민'이라는 표상의 생성과 변화는 곧 새로운 주체의 탄생을 의미하면서 동시에 근대사회로의 변동, 특히 물질적 변화 혹은 경제 구조와 긴밀한 관련을 갖춘 세계상을 그 표상 내부에 반영하고 있는 것이다.

그렇다면 '농촌'과 '농민' 표상은 언제부터 변화되기 시작한 것일까. 과거, 이상적 공간으로서의 한가로운 시골과 자연 속에서의 삶에 대한 예찬이 근대적 표상 체계 속에서 완전히 사라진 것은 아니지만, 그것이 20세기 들어와 이전과는 다른 체계와 문맥 속에 놓이게 된 것은 피할 수 없었다. 그 기원과 기점은 정확하게 단정짓기 어렵지만, 농촌이란 용어가 '도시'와 대비되어 등장하기 시작한 것은 1900년대부터인 것으로 보인다. 『대한흥학보』 1909년 7월에 김하구金河球가 쓴 논설 「농촌과 도시를 논論홈」을 일례로 들면, 도시는 '국민의 묘지', '대화사장大火事場', '죄악제조장'으로서 인간을 타락하게 하고 '국가의 생명을 위험케 하는 일대 질환'으로 지칭된다. 이와 달리 상대적으로 농촌은 '국가의 기초', '국가의 정화', '국가의 병원'으로 규정된다.[13] 이 글에서 '농촌'은 '도시'로 인한 폐해를 치유해 줄 수 있는 긍정적인 가치들의 집합소처럼 취급된다. 1900년대 당시 조선에서 '도시'가 얼마나 발달했는지에 대해서는 의문의 여지가 있지만, 개항이 되었던 항구들을 중심으로 급속히 사람들이 모여들고 있었다는 사실을 염두에 둔다면 도시를 묘지, 불

....

13 金河球, 「農村과 都市를 論홈」, 『大韓興學報』, 1909년 7월 20일자.

로 인한 재앙(화재), 질환으로 규정하는 이면에는 '도시'로 대표되는 새로운 변화에 대한 위기감이 깔려 있음을 알 수 있다. 1900년대에 위기감과 불안감으로 인해 표상으로서의 농촌과 도시가 모더니티에 대한 특별한 정서를 표현할 특별한 기표로 사용되었음을 짐작할 수 있다.

한편, 20년대 초부터 피해자로서의 농민과 피폐한 공간으로 농촌이 전면적으로 표상되기 시작한다. 3·1 운동이 끼친 전방위적인 정신적 각성이 '농촌'과 그곳에 사는 '농민'에 대한 새로운 인식을 불러일으키면서 농촌을 유토피아로서가 아니라 이전과는 다르게 표상해야 할 국면에 이르게 된 것이다.[14]

조선농촌은 엇지 그리 쓸쓸하고 적막한가. 봄春이 오고 꽃花이 피되 그 미美를 사랑하는 사람이 업고 녹음이 번하고 방포가 무茂하야 그 번영스러움이 사람으로 하야금 무한한 영감을 각覺케 하것만은 그것을 역시 찬讚하는 사람이 업도다. 과연 삼천리의 금수강산은 그 본색을 실失하엿도다. 〔중략〕 농부들은 언필칭 "우리 농사하는 사람이야 무엇 아오 우리는 땅을 파다가 사는날까지 살지오"하는 그러한 말은 분명한 아모 이상도 희망도 업는 극단으로 타락한 심리心理의 표징表徵이며 〔중략〕 우리 반도농촌의 퇴폐와 그 농자의 부패와 대소다종의 원인原因이 잇다 하리라도 그 주인主因은 정치는 물론 기차其次에는 지주의 횡포라 하노니 지주는 목전의 소리小利에 몰두하여….[15]

....

14 농민운동이 3·1 운동 이후 대두하기 시작했다는 것이 일반적인 평가이다. 3·1 운동 이후 민족운동이 다양하게 전개되는 상황 속에서 농민운동도 그 민족운동의 한 갈래로 생겨났다.

15 만오생, 「조선농촌의 현상과 장래」, 『동아일보』, 1921년 8월 14일자.

1900년대 조선의 도시들. 왼쪽은 개항지였던 인천의 모습. 오른쪽은 역시 1900년대 서울이다. 새로운 문물들이 들어와서 막 변화하고 있는 도시의 분위기를 느낄 수 있다.

1921년에 게재된 이 글은 농촌을 더 이상 이상적理想的인 공간으로 바라보는 시선이 유효하지 않음을 지적하고, 아울러 농촌 현실에서 가장 심각한 문제가 '지주의 횡포'임을 언급하고 있다. 더 이상 농촌이 목가적이고 한가로운 시골이 아닌 착취당하는 피폐한 공간이며, 그곳의 농민을 희생자로 묘사하는 표상의 방법은 20년대 초는 물론 이후의 농촌과 농민 표상에도 그대로 이어진다. 20년대경까지 농촌이 본래 긍정적이고 건강한 공간으로 표상되었지만 근대화가 본격적으로 시작되면서 파괴되고 피폐한 공간으로 바뀌어 묘사되기 시작했고, 텍스트 속의 농민도 이러한 농촌 표상에 연동되어 변화되기 시작한다.

이러한 농민과 농촌에 대한 표상 방식은 문학과 영화를 통해 재생산되면서 현재 한국 사회까지도 그대로 이어지고 있다. 특히 식민지 시기 창작된 근대소설과 이 근대소설을 영화로 재생산한 1960년대 문예영화는 현재에도 지배적인 농촌 표상을 대중들에게 유포시키는 데 결정적인 역할을 하였다. 그렇다면 20년대경까지 완성된 농촌 표상들이 식민지 시기 소설과 이를 원작으로 한 60년대 문예영화들 속에서 어떻게 되풀이되고 있는가.

문학–농촌 표상의 패턴들

신문이나 잡지에 실린 기사 이외에도 농촌, 농민 표상을 만들어 내고 유통시키는 중요한 텍스트는 바로 문학이었다. 문학 텍스트로는 시, 소설, 희곡, 수필 등의 하위 장르들을 떠올릴 수 있는데, 이 문학 장르들은 각각의 장르가 놓인 전통 혹은 관습의 영향력 안에 놓인다. 예컨대 고전문학에서 자연을 유토피아로 다루는 관습은 이후의 표상에 매우 중요한 영향력을 행사한다. 그러나 이러한 관습의 영향 하에서 재생산된 표상은 근대문학의 장field에서는 클리세로 불리는 상투적인 표현이 되고 만다.

문학에서의 모더니티는 바로 이러한 클리세에 대한 투쟁 혹은 선배 작가에 대한 부정과 차이들을 강조한다. 작가 이광수가 전대의 유교적 가치관을 강하게 부정할 때, 그리고 다시 이광수의 문학이 후배인 김동인에게 비판되고 부정될 때 이러한 문학적 모더니티의 징후는 충분히 발현된다. 20년대 중반의 계급주의 문학이나 30년대 모더니즘 문학도 바로 이러한 직전의 문학을 부정하면서 새로움을 강조한 문학이었다. 신소설, 신시, 신문학, 신극 등의 용례에서 알 수 있듯이, 개화기부터 1920년 전반까지 유행했던 '新'이라는 접사는 재래의 문학과의 단절혹은 혁신innovation을 의미하는 것이었다. 이러한 부정과 혁신에 대한 강박은, 끊임없이 새로운 상품을 출시하고자 하는 자본주의 사회의 특성과도 닮아 있었다.

그만큼 근대문학은 그 표상에서 재래의 것과 다른 새로운 표상을 끊임없이 개발해 보여 줄 필요가 있었다. 그러나 이러한 차이와 다름에

『동아일보』 500원 현상문예에 당선된 심훈의 「상록수」. 출처 : 『동아일보』,1935년 8월 13일자.

대한 모더니티적 강박과는 다르게, 표상이 등재되는 시점과 그 등재된 표상들이 재등장하고 혹은 인용되고 반복되면서 미묘하게 변형되는 데에는 '특별한' 시점들이 있다. 문학에서의 농촌 표상 역시 바로 이전의 표상과는 '다름'을 강조하지만, 이미 패턴화된 표상을 다시 인용하기도 한다. 또한 '농촌' 표상만큼은 새로운 혁신적 표상보다는 재래의 표상을 그대로 반복하는 경향이 강하다.

식민지 시기인 20년대와 30년대를 통해 농촌 표상 그리고 이와 연동된 농민 표상들은 몇 가지 패턴 속에서 구축되었다. 20,30년대에는 농촌을 피폐한 공간으로 그려 내는 일군의 소설들이 있었는데, 이 소설에서는 농민을 몰락한 농촌 현실을 깨닫고 적극적으로 문제를 해결해 나가는 주체로 그린다. 각성하는 농민 표상은 20년대 최서해의 소설 그리고 사회주의적 목표와 가치를 명확하게 의식했던 조명희, 이기영 등의 카프 작가들의 소설에서 지배계급에 대한 농민의 투쟁이라는 플롯을 통해 만들어졌다. 이 밖에도 각성과 의식적인 투쟁으로까지 발전하지는 않지만, 심훈의 「상록수」나 이광수의 「흙」처럼 '계몽'의 대상으로서 농민이 표상된 바가 있다. 농민 계몽이냐 지주와의 투쟁이냐 하는 농촌과 농민의 문제에 대한 해결 방법은 그 강조점이나 방향에 미묘한 차이가 있지만, 그 과정에서 '지식인'의 '계몽'에 의존한다는 공통점이 있다. 농촌에 헌신하는 지식인 캐릭터는 이광수의 소설에서부터 카프 계열의 작가에 이르기까지 비교적 넓은 스펙트럼의 소설에서 발견된다.

경제적 착취로 피폐해진 농촌, 변화하고 각성하는 농민이라는 농촌과 농민 표상의 주류적 흐름 이외에도 농민을 지속적으로 무지하거나 자연 상태에 가깝게 표상하는 흐름도 존재한다. 1925년을 전후로 발표된 김동인의 「감자」, 나도향의 「뽕」, 「물레방아」, 이태준의 「오몽녀」는 농촌의 빈곤을 그려 내면서 동시에 '농촌' 여성의 매춘이라는 표상을 만들어 내었다는 점은 주목할 만하다. 이러한 표상에서 농촌 여성의 매춘은 10여 년 뒤에 발표된 김유정의 「소낙비」(1936)에서도 동일하게 반복되는데, 이 소설들에서는 '농촌' 여성의 무지함과 정조 관념의 희박함, 이에 대응하는 농촌 남성의 무능함, 게으름 그리고 지주(지배자)들의 파렴치한 성욕이 그려진다.

30년대 여성 작가인 강경애의 「소금」(1934)이나 백신애의 「적빈」(1934)에서처럼 가난 속에서 억척스럽게 모든 것을 내던지며 살아가는 농촌 여성이 소설 속에 표상되기도 하지만, 이 경우에도 농촌 여성은 동일하게 지식인들의 시각을 통해 표상되고 그럼으로써 문명인과는 거리가 먼 타자로서 등장한다. 특히 두 편의 소설이 공유하고 있는 출산 모티프는 여성들이 겪는 가난을 '몸'의 체험으로써 생생하게 보여 준다.

애기를 죽이려다 죽이지 못하고 또 무서운 진통기를 벗어난 봉염 어머니는 이제는 극도로 배고픔을 느꼈다. 지금 따끈한 미역국 한 사발이면 그의 몸은 가뿐해질 것 같다. 지난날에는 남편이 미역국과 이밥을 해

심훈의 소설 「상록수」의 두 남녀 주인공 박동혁과 채영신. 청전(靑田) 이상범이 이 연재소설의 삽화를 그렸다. 출처 : 『동아일보』, 1935년 10월 3일자.

김유정의 소설 「소낙비」의 마지막 삽화. 매춘하러 가는 아내를 배웅하는 노름꾼 남편. 목일회(牧日會) 회원으로 활동하던 송병돈(宋秉敦)의 삽화이다. 왼쪽 「상록수」의 두 지식인 남녀 주인공들과 달리 훨씬 무지하게 보이도록 그려졌다. 출처 : 『조선일보』, 1935년 2월 8일자.

가지고 들어와서 손수 떠 넣어 주던 것을…하며 눈을 꾹 감았다. 비에 젖고 또 피에 젖은 헛간 바닥에서는 흙내에 피비린내를 품은 역한 냄새가 물큰물큰 올라왔다.[16]

몸의 감각을 통해 빈곤을 묘사하는 이러한 소설들은 식민지 시기 '빈곤'을 다루는 농촌 배경의 소설들 가운데서 가장 생생하게 빈곤을 전달한다. 몸의 감각은 지성과 가장 대척되는 지점이다. 몸의 감각이 출산처럼 여성의 몸을 통해 전달된다면, 몸의 감각과 대척되는 지점에는 계급적·민족적 각성과 같은 이성적이고 이데올로기적인 깨달음이 있고, 이 이성적이고 이데올로기적인 깨달음의 주체는 바로 남성이다. 즉, 심훈의 「상록수」나 이광수의 「흙」 그리고 이기영과 같은 카프 작가들이 쓴 농촌 소설들에서 빈곤의 의미화가 주로 남성 지식인들에 의

....

16 강경애, 「소금」, 이상경 편, 『강경애 전집』, 소명출판, 1999, 514쪽.

해 이루어진 것이라면, 이에 반해 빈곤 자체에 대한 생생한 묘사는 여성의 몸을 통해 전달된다. 강경애의 「소금」 속 농촌 여성은 물론 남성의 도움 없이 빈곤에 대해 희미하게나마 계급적으로 각성하고 있는 것으로 암시되고 있지만, 이러한 예외적인 경우를 제외하고는 남성 지식인 혹은 남성화된 여성 지식인의 도움 없는 완전한 계급적 각성은 식민지 시기 소설에서 드문 편이다.

여성의 몸을 통해 농촌의 빈곤을 전달하는 이러한 사례의 표상들은 반대항으로서 지식인 남성과 지성이라는 축을 상정하고 있다. 그만큼 여성의 몸이 생생한 감각을 실어 나르는 매개라는 의미도 있지만, 다른 한편으로는 출산을 통해 인지되는 여성의 몸과 그 자연성(동물성)을 문명이나 이성과는 대별되는 타자 세계의 일부로서 표상하고 있음을 알 수 있다. 30년대 후반 소설들에서 농촌 여성들의 성sexuality에 '자연적인 것(원시적인 것)'이라는 의미를 불어넣는 경우도, 여성의 몸에 문명이나 이성과는 반대되는 자연과 원시라는 의미를 새겨 넣는 작업이었다. 특히 한국 근대소설에서 농촌을 배경으로 펼쳐지는 매음 모티프는 20년대 중반부터 30년대 후반에 이르기까지 그 일정한 맥을 유지한다. 농촌을 배경으로 한 매음 모티프는 도시의 신여성들이나 여학생들의 자유분방한 성性이 단죄되는 것과 대조적이다. 이효석의 「들」, 「산」, 「분녀」 등은 물론, 그의 소설 중에서 대중적으로 가장 잘 알려진 「메밀꽃 필 무렵」 그리고 정비석의 「성황당」은 농촌을 문명과 격리된 진공의 공간으로 그려 내면서 더욱 직접적으로 여성을 성과 몸으로써 자연을 체현하는 인물로 묘사한다.

이 가운데 이효석의 소설들을 더 세밀히 들여다보자. 36년에서 37

화가 정현웅(鄭玄雄)이 그린 정비석의 「성황당」(1937)의 삽화. 여주인공 순이가 벌거벗은 채로 숲속에서 목욕하고 있다. 출처 : 『조선일보』, 1937년 11월 16일자.

년에 발표된 소설들―「분녀」(1936년 1월), 「들」(1936년 3월), 「고사리」(1936년 10월), 「개살구」(1937년10월), 「산협」(1941년 5월) 등은 대개가 아직 문명화되지 않은 시골을 배경으로 하고 있다. 이 비문명의 공간은 도덕의 진공 공간이다. 한 여자를 아무런 갈등 없이 공유하는 두 친구(「들」), 아버지의 첩과 관계를 맺는 아들(「개살구」), 숙모와 관계를 갖는 조카(「산협」) 등은 인간적 금기를 무시하는 동물적 욕망을 지닌 인물들이다. 이효석 소설에서는 부와 권력을 지닌 남성들 역시 매우 비도덕적 성욕을 지닌 인물들로 등장한다. 재력으로 첩을 두며 면장 자리를 얻으려는 형태(「개살구」), 아들을 얻기 위해 남의 아내를 돈으로 사서 데려오는 공재도(「산협」) 등 여자를 두고 벌어지는 남성들의 비도덕적 성욕은 이 소설들에서 이야기를 만들어 내는 주요한 요인이다.

이때 농촌은 이 비도덕적인 남성들의 성욕이 관철되기에 매우 용이한 공간이다. 이들의 성욕에 대해서 이효석의 소설은 비판적 시선을 보낸다. 권력과 부를 가진 이들 남성들에게는 도덕과 문명의 규율을 잣대로 적용하고, 그들의 비도덕성을 비판적으로 바라본다. 이러한 도덕률의 적용은 권력과 부를 가진 남성 혹은 문명화된 근대적 지식을 갖춘 '남성'에 대한 작가의 동일시가 적용된 결과이다. 이 남성들은 작가가 소유한 도덕률을 적용시킬 수 있는 인물들이다. 비록 그들은 비도덕적인 행태로 인해 비난받기는 하지만 문명인으로서 도덕률을 적용할 수 있는 이들이다.

그러나 이에 비해 이효석 소설은 분녀, 순자, 옥분 등의 이름을 가진 시골 처녀들의 자유분방한 성에 대해서는 매우 관대하다. 그것은 이들에게 문명 세계의 도덕률을 적용할 수 없다는 것이 소설의 기본적인 입장이기 때문이다. 즉, 그녀들을 문명이 아닌 자연의 일부분으로 보는 것이다. 이효석의 일부 소설에서 자연은 인간 세계의 갈등과는 거리가 먼 것이며, 이를 의인화하는 것이 곧 여성의 육체이다.

꽃다지, 질경이, 나생이, 딸장이, 민들레, 솔구장이, 쇠민장이, 길오장이, 달래, 무릇, 시금치, 씀바귀, 돌나무, 비름, 능쟁이. 들은 온통 초록 전에 덮여 벌써 한 조각의 흙빛도 찾아볼 수 없다. 초록의 바다. 초록은 흙빛보다 찬란하고 눈빛보다 복잡하다. 눈이 보얗게 깔렸을 때에는 흰빛과 능금나무의 자주빛과 그림자의 옥색빛밖에는 없어 단순하기는 옷 벗은 여인의 나체 같은 것이―봄은 옷 입고 치장한 여인이다.[17]

이러한 종류의 미화美化는 앞서 언급했듯이 비도덕적이지만 문명의 도덕률을 적용시킬 수 있는 교육받았거나 혹은 부과 권력을 지닌 남성

----

17 「들」, 『이효석전집 2』, 창미사, 1990, 7쪽.

들과 농촌 처녀들을 분명하게 가른다. 즉, 농촌 여성들의 몸은 자연이며 그녀들과의 섹스는 자연과의 합일이다. 자연과 일체가 된 상태는 「메밀꽃 필 무렵」(1936년 10월)의 허생원이 성처녀와 겪은 '무섭고도 기막힌' 하룻밤의 세계이다. 이효석의 소설을 기저에서 움직이고 생성시키는, 표상의 이원화된 대립쌍은 자연과 원시를 체현하는 타자화된 여성과 문명과 이성을 체현하는 주체로서의 남성이다. 생물학적으로 남성이지만 교육받지 못한 농민들은 여성과 비슷한 형태로 묘사된다. 그들이 아무리 비도덕적인 모습을 보이더라도 '비판 가능한', 즉 최소한의 동일시가 가능한 부와 권력을 지닌 남성과는 달리 비판의 대상조차되지 못한다. 강경애의 「소금」이나 백신애의 「적빈」처럼 여성의 몸의 감각을 통해 빈곤을 묘사하는 경우에도, 여성의 입장에서 느끼는 처절한 빈곤을 다룬다는 점에서 남성 작가의 소설들과 다르지만 앞서 언급했던 표상의 대립쌍의 구도를 크게 벗어나지는 않는다.

20~30년대 이룩된 모든 농촌, 농민 표상들을 일일이 열거하는 것이 이 장의 최종적인 목표는 아니다. 다만, 새로움과 혁신이라는 모더니티적 가치가 지배하던 근대문학에 '패턴'이라 부를 수 있는 농촌과 농민 표상들이 등재되고 있었고, 이것이 동 시대 다른 텍스트에서도 반복되고 있음을 언급하고자 한다. 20~30년대 식민지 시기의 근대소설은 이러한 표상들의 목록을 완성하는 시기였음을 강조할 필요가 있다. 새로움이라는 가치가 문학에서 매우 중요한 것이었지만, 식민지 시기에 완성된 농촌과 농민 표상은 해방 이후까지 지속적으로 영향력을 행사하는 일종의 관습이 되었던 것이다. 이러한 표상에 문명인, 지식인, 남성 주체의 시각이 담지되어 있음은 물론이다.

식민지 시기의 농촌 표상 목록은 60년대 문예영화의 표상에 강력한 영향력을 행사하는 한편, 문학의 기본적인 표상 방식에 '한국적'이라는 수식어를 부가시킨다. 그러나 일부 영화에서는 여성 관객의 취향을 영화의 각색adaptation에 반영시킴으로써 식민지 시기부터 지속되어 온 문명인, 지식인, 남성 주체라는 표상의 방식을 전복시키는 새로움도 발견된다. 이 점이 바로 60년대 문예영화의 흥미로운 지점이라 할 수 있다.

문예영화-농촌 표상의 패턴들 : 향수와 트라우마

이 글에서 문학과 영화 속 농촌과 농민 표상의 계보를 밝히는 것은 60년대 문예영화가 갖는 역사적 맥락을 설명하기 위해서다.[18] 60년대 문예영화, 특히 근대소설을 원작으로 한 문예영화는 식민지 시기의 문학적 표상을 '문예영화'라는 형식을 통해 인용하기 시작한다. 그러나 문예영화는 단순히 문학을 시각 매체로 재생산하는 것이 아니라, 문학에서 그 표상의 방법을 가져오되, 60년대의 사회적 맥락 속에서 농촌을 새롭게 재배치하는 방식으로 그것을 재생산하게 된다.

식민지 시기가 근대적 표상들을 성립해 가기 시작한 시기라면, 60년대는 급격한 산업화라는 사회적 배경 아래 이전부터 성립되어 왔던 농

---

18 60년대 '문예영화'에 대한 기존 연구로서 대표적인 것으로는 김남석의 「1960년대 문예영화 시나리오 각색과정과 영상미학 연구」(『민족문학연구』, 2002), 노지승의 「1960년대 근대소설의 영화적 재생산 양상과 그 의미」(『한국현대문학연구』 2006. 12.), 박유희의 「1960년대 문예영화에 나타난 매체 전환의 구조와 의미 : 〈오발탄〉과 〈사랑방 손님과 어머니를 중심으로〉」(『현대소설연구』, 2006. 12.) 이길성의 「문예영화에 나타난 전쟁의 기억 : 1960년대 후반기를 중심으로」(『대중서사연구』, 2010) 등이 있다.

촌 표상들이 재배치되는 시기로서 이 시기의 표상으로서의 농촌은 무엇보다도 도시와의 관련을 통해 재의미화된다. 식민지 시기의 표상들에서 서울과 지방 혹은 도시와 농촌 간의 긴장감은 그리 강하지 않았다. 그러나 60년대에 이르러 본격적으로 경제개발이 시작되면서 개발되는 도시와 대비되는 농촌은 정체된 공간으로서 자리하게 된다.

전쟁 후 서울은 지방에 비해 전후 복구에서 절대적인 특혜를 받았고, 이러한 차별적인 복구는 서울과 지방 간의 격차를 더욱 심화시켰다. 이러한 차별적 복구로 말미암아 '서울'에 대한 환상과 동경이 특히 농촌 청년들에게 유포되었고,[19] 젊은이들이 일자리와 교육 등의 이유로 도시로 급격히 유입되면서 서울(도시)은 단순히 성장과 개발의 공간만이 아니라 심리적으로 가고자 하는 공간, 즉 욕망의 공간으로 의미화된다. 서울(도시)과 대조적으로 정체停滯된 공간으로서 농촌이 의미화되기 시작했지만, 문예영화에서는 이러한 농촌의 궁핍과 정체와 같은 현실적 문제를 추궁해 들어가기보다는 향수와 트라우마라는 두 가지 동력에 의거해 농촌을 특별한 심리적 공간으로 만든다.

이러한 문예영화의 등장은 50년대 영화와는 달리, 60년대 영화들이 가족이나 농촌 공동체를 강조하는 내용으로 보수화되기 시작하고 도시의 소비 문화와는 대조적으로 건전함, 금욕주의, 공동체 논리를 강조했던 거시적인 흐름과도 일치한다. 물론 이러한 금욕주의와는 달리, 다른 한편으로는 이 시기의 '도시화'를 매우 자랑스러운 모더니티의 증거라고 여기고 이를 포착하려는 또 다른 영화계의 흐름도 존재한

....

19 정숭교·김영미, 「서울의 인구현상과 주민의 자기정체성」, 전우용 외, 『서울 20세기 생활·문화변천사』, 서울시정개발연구원, 2000, 112~114쪽.

다. 즉, 60년대 한국영화에는 도시를 둘러싼 서로 다른 두 가지의 시선이 내재되어 있다고 할 수 있다. 하나는 근대화 자체를 자랑스럽게 여기면서 '도시'를 묘사하려는 시선이며, 다른 하나는 근대화라는 사회적 변동을 반성적으로 바라보고 이러한 반성의 결과로 '농촌'이라는 공간을 새롭게 전유하는 시선이다.

60년대에는 20~30년대를 배경으로 한 근대소설들이 다음과 같이 영화로 제작되었다. 〈흙〉(권영순, 1960)[20], 〈사랑방 손님과 어머니〉(신상옥, 1961), 〈상록수〉(신상옥, 1961), 〈무정〉(이강천, 1962), 〈벙어리 삼룡〉(신상옥, 1964), 〈물레방아〉(이만희, 1966), 〈메밀꽃 필 무렵〉(이성구, 1967) 〈감자〉(김승옥, 1968) 등이 그것이다. 이 중에서 권영순 감독의 〈흙〉은 4·19 직전인 1959년 후반기에 제작되어 1960년 1월에 개봉된 영화로, 60년대적인 '문예영화'의 신호탄이라 할 수 있다. 50년대 영화에서 소재로서의 '농촌'은 상대적으로 드물었고, 거의 유일하게 농촌을 다룬 영화가 〈돈〉(1958)이라는 점을 상기해 보면, 60년대 농촌이 묘사된 일군의 영화제작은 50년대에 비해 매우 특징적이다.

1958년의 〈돈〉은 한 순박한 농민의 경제적 파탄을 그린 매우 현실 비판적인 영화였다. 50년대 후반의 영화들이 대체로 농촌을 소재로 다루지 않고 전후의 새로운 풍속을 주된 소재로 삼았던 반면, 영화 〈돈〉은 50년대 영화로는 드물게 당시 농촌 문제를 매우 사실적으로 드러냈다. 그러나 60년대 영화에서 농촌은 이러한 현실 지시의 기능보다는 관객으로 하여금 옛날에 대한 그리움, 즉 복고적인 향수를 자아내거나 근

....

20 이 영화는 60년대에 두 개의 버전이 있다. 하나는 1960년 권영순의 〈흙〉이고, 다른 하나는 1967년 장일호 감독이 리메이크한 〈흙〉이다.

대화의 트라우마를 되새김질하는 특별한 심리적 공간으로 제시되어 있다.

향수 : 공동체 공간으로서의 농촌

널리 알려진 근대소설 이광수의 「흙」(1932)과 심훈의 「상록수」(1935)를 영화화한 권영순의 〈흙〉(1960)과 신상옥의 〈상록수〉(1961)는 원작의 스토리나 캐릭터를 거의 변형시키지 않고 원작의 시대적 배경을 영화에 그대로 노출시키고 있다. 권영순의 〈흙〉은 자막으로 스토리의 시간적 배경이 1930년대라는 사실을 명시하고 있고, 신상옥의 〈상록수〉에는 일본 순사가 등장함으로써 스토리의 시간적 배경을 간접적으로 드러내고 있다.

1960년 1월에 개봉된 〈흙〉은 '도시문명에 지친 시민들의 회고주의',[21] '농촌풍경이 고향 상실의 도시 관객에게 뭉클한 노스탤쟈'[22] 등 주로 도시 관객들에게 새롭게 재인식된 농촌의 풍경으로서 평가되며, 1960년에 한국영화 흥행 1위를 차지할 정도로 관객의 지지를 받은 영화이다.[23] 이러한 평가와 인기가 가능했던 것은 이광수의 소설이라는 원작이 주는 권위와 인지도도 한몫했지만, 원작과는 다르게 영화가 내포하고 있던 도시와 농촌 간의 긴장감과 이러한 긴장감 속에서 인물들이

....

21 『서울신문』, 1960년 2월 3일자.

22 『한국일보』, 1960년 2월 1일자.

23 「관객수로 본 올해의 베스트」, 『서울신문』, 1960년 12월 30일자.

새롭게 재배치된 덕분이다.

영화 〈흙〉은 야학 교사였던 허숭이 유순에게 학교를 졸업하는 즉시 고향으로 돌아올 것을 약속하는 장면에서 시작한다. 이 장면에 이어져 있는 쇼트shot는 다음 날 들판을 가로지르는 기차를 언덕 위에서 바라보는 유순의 뒷모습을 롱 쇼트로 잡은 것이다. 이 쇼트는 영화에서 총 세 번 반복된다. 허숭이 학교를 졸업하고 동경에서 고등문관 시험에 합격하고 돌아와 윤 영감의 제의를 받아들여 그의 사위가 된 후 서양식으로 꾸며진 신혼집에서 사는 동안, 유순의 기다림을 의미하는 동일한 쇼트가 삽입되면서 공간은 시골로 이동한다. 마지막으로는 허숭이 변호를 마치고 다시 서울로 돌아갈 때 그를 태운 기차를 바라보는 유순의 뒷모습이 또 한 번 동일하게 비춰진다. 이 쇼트에는 서울로 가는 기차에 대한 아쉬움과 쓸쓸함이 담겨 있으며, 이 쇼트의 반복으로 마치 서울에서의 허숭의 삶에 유순의 시선이 지속적으로 영향력을 행사하는 듯한 느낌을 준다. 이러한 유순의 시선은 영화 전체에서 도시 공간을 비판적으로 바라보는 시선을 형상화한다.

기차를 통해 영화의 공간은 서울에서 농촌(살여울 마을)으로 혹은 농촌에서 서울로 이동하고 있는 셈인데, 서울과 농촌이라는 각각의 공간은 정선과 갑진으로 대표되는 도시의 쾌락주의와 유순과 마을 사람들로 대표되는 농촌의 궁핍함을 지시한다. 도시의 쾌락주의는 허숭이 한때 가졌던 입신주의와도 상통하는 것이며, 미국에서 박사 학위를 따온 이건영이나 이화여전 출신의 여학생들이 보이는 속물주의를 내포하고 있다.

이러한 대조 속에서 농민들은 지주의 횡포와 일본 순사의 탄압 속에 있기는 하지만 건전한 공동체 정신을 가지고 있는 것으로 그려진다.

〈흙〉의 포스터.

농민들의 공동체 정신은 일본 순사가 유순에게 술을 따를 것을 강권하자 이에 분개한 마을 사람들이 순사를 집단 구타하는 데에서 가장 강하게 드러난다. 이광수의 원작에는 황기수가 유순의 손목을 잡은 사건과 여기에 연루되어 그를 구타한 마을 사람들의 사건이 형상화되지 않은 채 허숭의 진술로만 요약적으로 처리된다.[24] 그러나 영화는 프레임 내에 새참을 먹는 7,8명의 마을 사람들을 그룹 쇼트group shot로 처리하여 순사가 유순을 희롱하는 장면을 직접적으로 시각화한다. 물론 식민지 시기에 발표된 원작에 비해 해방된 60년대에 일본 순사를 구타하는 장면을 더 쉽게 묘사할 수 있었던 것도 이러한 시각적 형상화가 가능했던 이유로 짐작된다.

결과적으로 이러한 원작의 변형을 통해 영화에서 도시의 개인주의나 쾌락주의와 대비되어 농촌 공동체의 건전함을 보여 준다. 허숭은 마을 사람들의 변호를 맡음으로써 개인적인 입신주의에서 벗어나 공동의 이익에 헌신하는 모습으로 변신하여 애초에 갖고 있던 신념을 회복하게 된다. 허숭의 아내인 정선 역시 자신의 과오를 뉘우친 후 양장을 벗고 한복으로 차려입은 뒤 살여울로 찾아오는 길에 마을 사람들과 함께 밭을 경작하고 있는 허숭과 마주치게 된다. 한국영화에서 여성 인물의 옷은 자주 그 인물에 대한 평가를 의미한다. 양장을 입은 여성

....
24 이광수, 『이광수 전집 6』, 삼중당, 1962, 117쪽.

은 도시 여성으로서 소비적이며 개인적인 태도를 가진 부정적인 인물로 묘사되었다. 양장을 입은 도회적인 여성이 긍정적인 인물이 될 수 있는 것은 드문 일에 속했기 때문이다.[25] 정선의 한복은 그녀의 삶의 태도가 바뀌었음을 의미하며 영화 내적으로도 그녀에 대한 평가가 긍정적으로 변화했음을 의미하는 것이었다.

농촌 공동체에 긍정적 가치를 부여하고 공동체의 노동을 신성한 것으로 그려 내는 이러한 영화적 장치들은 영화 내부의 '민족' 담론과 연계되어 있다. 허숭의 정신적 스승인 한민교는 졸업을 앞둔 남녀 학생들에게 "우리의 술맛에 민족의 술맛이 있듯이" 그들에게는 "잊혀져 가는 우리의 것을 살릴 의무가 있어", "학생들의 30퍼센트만이라도 농촌으로 돌아갈 것을" 권고하면서 농촌 사업의 필요성을 역설한다. 한민교가 말하는 농촌 사업은 영화의 내러티브 측면에서 보면 농촌의 변화가 아니라 도회인들이 농촌에 동화되는 것을 의미한다. 노동의 신성함이 있는 농촌은 근대성으로 훼손되지 않은 공간으로 그려지며, 정작 변화해야 할 존재는 정선으로 대표되는 퇴폐적인 도시인들이다. 이로써 삐뚤어진 근대성에 대한 계도가 이 영화의 진짜 주제가 된다.

60년대 후반 리메이크된[26] 〈흙〉(장일호, 1967)에는 농촌에 대한 가치 부여가 다음과 같이 더욱 강화된 형태로 드러난다.

한손으로 이마 위의 소나무 가지를 짚고 고뇌에 사로잡힌 눈길로 마

----

25 이영일, 『한국영화사 강의록』, 소도, 2003, 69쪽.

26 이광수 원작의 영화 〈흙〉은 60년대 후반에 리메이크되고, 1978년에 김기영 감독에 의해 다시 리메이크된다. 1967년작 〈흙〉은 역시 1960년작 〈흙〉의 각색을 맡았던 최금동이 각색했다.

을을 내려다 보며 생각에 잠긴다.

(마음의 소리) 내 고향 살여울-내 조상의 뼈가 묻힌 이 산천-보기에는 얼마나 아름답고 평화스러워 보이는 고장이냐? 그렇다! 저 시루봉! 달내 강, 모두 그 누구의 것도 아닌 이 고장 사람들의 것이 아니었던가. 뿐만이랴! 태양도, 별빛도. 바람도 하늘 나는 새소리까지도 이 고장 사람들의 것이 아니었던가?

(O.L.)

들녘

논을 매는 농군들

얼널널 상사뒤야

소리...

〔중략〕

그런데 지금은 어떤가? 하나, 둘 날이 가고 해가 거듭함에 따라 모두 빼앗기고 또 빼앗겨 가고 있다. 마을 사람들은 헐벗고 주리고 지치고 예 위만 갈 뿐이다.[27]

헐벗은 농촌 현실에 대한 강한 인식을 드러내고 있기는 하지만, 농촌의 미화와 노동의 신성함에 대한 강조는 리메이크된 〈흙〉에서 더욱 강화되어 있다. 건전한 힘으로서의 집단 노동에 부여된 긍정성은 1960년 〈흙〉 이후에 제작된 1961년작 신상옥 감독의 〈상록수〉에서 유감없이 드러난다. 서울에서 돌아온 도시 학생들인 동혁과 영신이 농촌 공동

....

27 시나리오 〈흙〉(1967년작), 한국영상자료원(KOFA) PDF, 3~4쪽.

체를 새롭게 결속시키는 과정은, 60년대 농촌과 도시라는 영화 외부의 현실적인 지시 대상을 떠올리게 하면서 농촌적 정서를 바탕으로 한 근대화의 정신을 외화하고 있다.

심훈 원작의 「상록수」가 이러한 60년대식 계몽의 원조 격이라는 사실은 신상옥의 다른 영화 〈쌀〉(1963)에서 드러난다. 전작인 〈상록수〉의 두 주연 배우(신영균과 최은희)를 그대로 등장시킨 〈쌀〉은 오프닝에 다음과 같은 자막을 넣어 '상록수'의 이야기가 아직도 현재 진행형임을 보여 준다. 〈쌀〉은 문예영화는 아니지만 신상옥 감독의 전작인 〈상록수〉에서 전유된 농촌 표상을 그대로 재생산한 영화라 할 수 있다.

이 영화는 충남 금산군 부리면 방우리의 정착농원이 태어나기까지의 실화에서 취재한 것이다. 그리고 거기에다가 **전국 각지에 있는 '살아 있는 상록수'**들의 이야기를 가미 윤색한 것이다. 그럼으로 결코 어느 특정한 개인이나 마을의 이야기가 아니라 전국의 어느 마을에서나 있을 수 있고 또 있어야 할 이야기이다. 우리는 우리나라의 모든 국민들이 이처럼 줄기차게 살아주기를 간절히 바라는 마음에서 이 영화를 만든 것이다.(강조―인용자)

1967년 장일호 감독의 〈흙〉의 포스터.

〈쌀〉 역시 〈흙〉에서 보이는 도시와 농촌 간의 공간적 긴장감이 그대로 유지된다. 다른 점이 있다면, 〈흙〉에서처럼 영화의 첫 장면이 농촌이 아니라 네온사인이 빛나는 서울의 밤 풍경과 데이트를 즐기며 담배를 피

〈상록수〉와 〈쌀〉의 감독 신상옥과 여배우 최은희. 이 부부는 60년대 문예영화 붐의 직접적인 주역이었다.

우는 남녀들을 포착하고 있다는 점이다. 상이군인들이 빠에서 술을 마시다가 그곳의 빠걸들이 자신을 괄시한다고 항의하는 것이 영화의 첫 장면이다. "니들이 누구 때문에 잘 살게 됐는데"라고 말함으로써 이들은 전쟁에 참여하여 체제를 수호한 자신들의 존재 가치를 외면하는 도시의 세태에 강하게 항의한다. 상이군인 중 하나인 용이(신영균 분)는 고향으로 돌아가 그곳에서 산에 터널을 뚫어 물길을 만듦으로써 황무지를 농토로 만드는 목표를 농민들에게 제시하고 농민들의 지도자가 됨으로써 도시에서 받은 열패감을 극복하게 된다.

영화 〈쌀〉에서는 도시의 소비 문화와 더불어 안일한 관료주의가 비판의 타깃이 된다. 영화의 스토리 타임은 이승만 정권 말기에서 4·19와 5·16을 경과하는데, 그동안 정권은 바뀌었지만 그럴 때마다 지원금을 배정해 달라는 용이의 요구를 반복적으로 묵살하는 관료들의 무사안일한 태도는 그대로 유지된다. 군사정권이 들어서고 나서야 용이의 탄원이 받아들여져 마을 사람들의 터널 뚫기 사업은 성공리에 마칠 수 있게 된다. 소설 「상록수」가 실화를 바탕으로 쓰였다는 점이 강한 현실적인 맥락을 갖듯이, 이 영화도 '실화'를 바탕으로 한 것임을 명시함으로써 실재감을 만들어 내고 있다.

30년대 농촌 운동을 모델로 한 농촌 운동의 60년대적인 맥락은 농촌을 계몽하고 개조하는 것뿐만 아니라, 공동체적 가치를 앞세움으로

영화 〈쌀〉의 장면들. 도시의 술집에서 거부당하던 제대군인 '용이'는 농촌으로 내려가 물길을 만들어 그들을 배고픔으로부터 구해 내는 영웅으로 거듭난다.

써 여기에 대응되는 도시의 향락적인 소비 문화와 잘못된 근대성을 계도한다는 이중성을 띠게 된다. 여기에 고향 그 자체의 훼손되지 않음을 은유하는 시골 처녀(〈흙〉의 유순)나 장애를 입은 연인에게 한결같은 애정을 보이는 여성(〈쌀〉의 정희) 혹은 일신을 아끼지 않는 희생적이고 열정적인 여성(〈상록수〉의 영신)들은 '농촌'이라는 공간이 표상하는 공동체적인 가치관을 육화하고 있다.

향수 : 한국적 여인상의 탄생

신상옥의 〈사랑방 손님과 어머니〉(1961)는 전후의 문제적인 여성 유형이었던 '미망인'의 재현이라는 맥락에서 독해할 필요가 있다. 50년대 후반부터 영화 속에는 '미망인'이 그려져 왔는데, 50년대 후반의 영화들이 주로 전쟁미망인을 그려 내었다면,[28] 60년대 이후에는 이유가 불분명하게 남편과 사별한 여성들이 등장한다. 이 영화들은 주로 미망인

....
28 50년대 후반 전쟁미망인을 다룬 영화들로는 〈미망인〉(박남옥, 1955), 〈유혹의 강〉(유두연, 1958), 〈동심초〉(신상옥, 1959), 〈행복의 조건〉(이봉래, 1959), 〈별은 창 너머로〉(홍성기, 1959) 등이 있다.

의 애정 문제를 다루고 있는데, 아이가 딸린 미망인과 젊은 남성과의 사랑이 사회적으로 용인되지 않음으로 해서 겪게 되는 남녀의 갈등이 서사의 주요 동력으로 등장한다.

〈사랑방 손님과 어머니〉 역시 과부인 옥희 모친와 사랑에 기거하는 손님 사이에서 오가는 은밀한 애정을 다루고 있다. 영화는 원작에서 몇 가지를 변형시켰는데, 옥희 가족이 외가에서 살고 있는 것을 친가로 바꾸고 미비한 계란 장수의 역할을 몇 개의 큰 시퀀스로 키웠으며, 그리고 원작에는 존재하지 않는 사랑 손님과 어머니와의 포옹 신이 있다는 점 등이 그것이다. 이러한 원작과의 차이들은 원작의 주제에 큰 영향을 미치지는 않지만, 원작의 디테일한 요소들을 다음과 같이 변형시킴으로써 60년대 초 미망인의 새로운 유형 창출에 기여한다고 할 수 있다.

첫째는 계란 장수(김희갑 분)와 식모(도금봉 분)의 천박하지만 솔직한 사랑을 다룬 것이 눈에 띈다. 당대 최고의 희극 연기를 보여 준 두 배우의 결합으로 이들의 사랑은 옥희 어머니(최은희 분)와 사랑 아저씨(김진규 분)의 은근하면서도 점잖은 연애 감정과 대조를 이룬다. 이러한 대조점이 텍스트의 주제와 관련해 사랑의 솔직한 표현이 중요하다는 것을 보여 주기도 하지만, 반대로 옥희 모친의 품위 있고 교양 있는 모습을 돋보이게도 하는 이중의 효과를 발휘한다. 만삭의 배를 안고 옥희네로 인사 온 식모 내외를 쓸쓸하면서도 부러워하는 듯한 시선으로 보는 어머니의 표정은 솔직한 사랑의 중요성을 보여 주지만, 입안에 상추쌈을 꾸역꾸역 밀어 넣고 퍼머넌트한 머리를 긁어 대며 혼전 관계로 임신을 한 식모의 모습은 거꾸로 옥희 모친의 조신한 태도와 말씨를 돋보이게 하는 것이다.

둘째는 주인공인 '어머니'의 캐릭터가 갖는 복합성이다. 시각적으로 옥희의 모친은 한복을 입고 쪽을 지고 비녀를 꽂고 있다. 이러한 복색은 당시의 60년대 초의 영화들에서 보면 다소 이질적일 수 있다. 당시의 패션 감각으로는 기혼녀들은 나이를 불문하고 대개 한복을 입고 있는데 그렇다 하더라도 비녀를 꽂고 있는 젊은 기혼녀는 거의 등장하지 않는다. 영화적으로 쪽을 지고 비녀는 꽂는 것은 옛날의 헤어스타일을 고수하는 비교적 나이 든 중년 이상 부인들의 헤어스타일이었다. '어머니'의 헤어스타일은 영화의 제작 시기인 60년대 초를 겨냥한 것이 아니라 원작의 발표 시기를 반영한 것으로 짐작해 볼 수 있지만, 영화의 내부에서 '어머니'의 헤어스타일은 30년대적 의미가 아니라 영화제작 시기인 60년대 초의 맥락을 획득한다. 옥희 모친의 이러한 보수적인 헤어스타일을 영화는 충분히 의식적으로 보여 주고 있기 때문이다. 옥희의 모친이 미용실을 하는 친구를 방문하고 친구의 퍼머넌트 제의를 거절하자, 미용사가 '그런 구식 머리를 하는 사람도 드물 것'이라며 옥희 모친을 은근히 비판조로 말한다.

이러한 '어머니'의 구시대적인 헤어스타일과 충돌하는 것은 피아노를 치는 그녀의 모습이다. 쇼팽의 야상곡을 연주하는 어머니의 모습에서 그녀가 충분히 교육을 받은 여성임을 잘 보여 준다. 근대적 교육과 보수적인 가치관과 구시대적인 헤어스타일이라는 옥희 모친이 갖는 캐릭터 상의 복합성은 이전의 미망인을 묘사하는 방식, 예컨대 동일한 여배우(최은희)가 역시 미망인으로 등장한 〈동심초同心草〉(신상옥, 1959)와 다른 지점이다.

〈동심초〉는 조남사 원작의 라디오 드라마를 1959년에 신상옥이 연출한 영화로, 배우 최은희가 양장점 운영에 실패한 30대 후반의 전쟁미망인으로 등장한다. 그녀의 연인으로 등장하는 김상규 역으로는 역시 〈사랑방 손님과 어머니〉의 히어로인 김진규가 등장한다. 영화 〈동심초〉에서의 '이 여사'는 양장점을 운영한 적이 있는 30대 후반의 전쟁미망인으로 화사한 한복과 잠옷 등의 의상과 화장, 악세서리 등을 통해 영화는 시각적으로 그녀가 미망인이지만 아직 젊은 도시 여성으로서의 매력을 가지고 있음을 드러낸다. 〈사랑방 손님과 어머니〉에서의 '어머니'가 농촌적 구식 여성의 이미지를 갖고 있는 것과는 사뭇 대조적이며, '이 여사'의 갈등 역시 옥희 어머니의 갈등과는 달리 사회적 시선 때문에 자신의 욕망을 포기해야 한다는 정확히 현실적인 이유에서 비롯된다. '이 여사'는 연인의 열렬한 구혼을 뿌리치는 이유로 '사람들은 전쟁미망인인 나를 동정하는 것 같으면서도 저를 감시하고 멸시해요'라는 사회적 시선에 대한 두려움을 직접 표현한다. 이러한 사회적 시선에 그녀는 때때로 반발하지만, 결국 그 시선에 자신의 욕망을 포기하고 굴복하게 된다. 이에 비해 〈사랑방 손님과 어머니〉의 주인공인 옥희 모친의 고민에는 이러한 사회적 시선이 결락되어 있거나 매우 약화되어 있다.

주로 전쟁미망인을 다루는 50년대 후반의 영화에서 미망인이 새로운 사랑에 빠질 수 있었던 것은 그녀가 남편을 잃음으로 해서 생계를 위해 공적인 사회로 나왔기 때문이다. 공적 사회, 즉 도시라는 공간에서 미망인들은 남성들의 시선과 유혹에 노출되어 있는데, 이러한 상황이 바로 미망인을 50년대적인 섹슈얼리티의 표상으로 만드는 시대적인 메커니즘이기도 하다. 이와 달리 옥희 모친의 경우는 미망인으로서 공적인 영역으로 나온 것이 아니라 처음부터 시골 소읍을 배경으로 사적 영역인 집 안에서 남성을 만나게 되었고, 시어머니의 영향권 내에 있었으며 스스로도 보수적인 삶의 태도를 내면화하고 있었다. 그러나 이 여성은 피아노를 칠 줄 아는 모습을 보여 줌으로써 스스로 '구여성'이 아님도 드러내고 있다. 즉, 나름 인텔리 여성이지만 그녀는 자신의 행복을 포기하고 시어머니와 딸을 기본 축으로 하는 가정 공동체를 선택하게 되는 것이다.

당시의 관객들은 〈사랑방 손님과 어머니〉나 〈동심초〉의 여성 캐릭터를 전통적인 여성상으로 여겼고, 배우 최은희가 빠걸이나 양공주로 등장하는 다른 영화들보다 이 영화들에 나오는 이러한 이미지를 더 선호했다.[29] 그만큼 당시의 관객들은 1959년작 〈동심초〉와 1961년작 〈사랑방 손님과 어머니〉의 캐릭터 상의 미묘한 차이를 잘 인지하지 못한 것으로 보인다. 이는 결말 상의 유사점, 즉 두 사람의 미망인이 모두 젊은 남성과의 사랑을 포기하는 결말의 유사점 때문이다. 그러나 이러한 결말 상의 유사점을 제외하면, 사랑을 포기하기까지 각각의 영화가 그려 내는 내적인 고민의 과정은 다르며, 각 영화의 미망인들의 모습도 다르게 묘사되어 있으며 두 편의 영화가 자리하고 있는 시대적 맥락에도 차이가 있다.

〈동심초〉의 미망인은 비록 장성한 딸이 있지만 양장점을 운영하며 남성들 틈에서 사회 활동을 하며, 여전히 성적 매력을 발산하는 여성

....

29 곽현자, 「미망인과 양공주—최은희를 통해 본 근대여성의 꿈과 짐」, 주유신 외 지음, 『한국영화와 근대성—〈자유부인〉에서 〈안개〉까지』, 소도, 2001 참조.

여배우 최은희는 당시 명실상부한 한국적 여인상이었고, 이러한 이미지는 주로 1960년 초의 문예영화들을 통해 만들어졌다. 사진은 마릴린 먼로가 1954년 한국에 왔을 때 최은희와 찍은 사진이다. 한복을 입은 최은희와 50년대 최고의 성적 매력을 자랑하는 마릴린 먼로 간의 대비가 흥미롭다.

이다. 그에 비해 줄곧 한복을 입고 등장하는 〈사랑방 손님과 어머니〉의 미망인은 자신을 잘 표현할 줄 모르며, 연모의 대상이 되는 사랑 손님과도 대화가 아닌 '편지'로 말을 건넬 정도로 수줍어한다. 관객들이 두 영화의 차이에 대해 의식하지 않았던 것은, 〈사랑방 손님과 어머니〉를 기본 축으로 하여 〈동심초〉를 부가적으로 기억했기 때문인 것으로 보인다. 말하자면 〈사랑방 손님과 어머니〉에서의 옥희 어머니 캐릭터가 매우 강력하게 대중의 머릿속에 각인되었고, 〈동심초〉의 미망인 캐릭터는 이와 비슷한 유형으로 인지됐을 가능성이 있다.

옥희 모친이라는 캐릭터는 이전의 전쟁미망인을 다룬 영화들과는 달리 미망인 묘사와 관련된 시대적인 혹은 현실적인 긴장감이 결여되어 있다. 무엇보다 이 영화의 배경이 소설 원작의 배경인 30년대인지 영화가 생산된 60년경인지 구체적으로 알 수 없다. 30년대라면 여성의 재혼이 상대적으로 부자유스럽고 남녀가 대화를 나누는 것이 여전히 부자연스러운 시기인 반면, 한국전쟁 이후 미망인이 대량으로 양산된 50년대라면 이런 부자연스러움이 어느 정도 약화된 때이다. 옥희 모는 원작의 배경인 30년대적인 특성과 영화 생산 시기인 60년경의 특징을 복합적으로 가지고 있다. 이러한 시대적 배경의 모호함이 이 영화를 특정한 역사적 맥락으로부터 해방시키는 역할을 했다. 그럼으로써 보수적인 가치관을 가진 옥희 어머니를 탈역사적인, 그러므로 범시대적 의미를 지닌 미망인상으로 의미화하는 데 일조하게 된다.

여기에 '한국적'이라는 수식어가 붙는다는 점은 흥미롭다. 거기에 '한국적'이라는 수식어가 붙는 뚜렷한 논리적 이유를 찾을 수는 없다. 단지 시대적인 긴장감이 결락된, 그녀의 탈시대적인 보수적인 가치를 가리켜 한국적인 스타일이라고 지칭하는 것이다. "한국영화사상 미망인이 나오는 영화는 많았지만 이 영화의 최 여사의 미망인 역 같이 청아하고 정말 한국적인 미망인상은 전에 또 후에 없을 것"[30]이라는 예찬은 이미 이 영화가 상영될 당시에도 발견된다.

주요섭의 사랑 손님은 어린애의 눈을 통해 어른들(어머니와 사랑손님)의 사랑을 그렸고, 신상옥의 사랑방 손님에서도 역시 어린애를 통해 어른의 사랑을 그리긴 했지만, 한국적인 여인상 즉 한국 여성이기 때문에 눈앞의 행복을 두고 자기 위치를 지키지 않으면 안 되는 여성의 비극을 강조하고 있는 것이다. 〔중략〕 더욱이 미용사는 친구 머리(쪽을 튼 것)를 파마하자고 권고하는 것—이것은 곧 봉건적인 인습을 타파하고 개가하여 새출발하라는 것이다. 그러나 이 어머니의 비극은 그 인습에서 빠져나오지 못하여(시어머니의 병이 이 영화에선 이유같이 돼 있지만) 형성되는 것이다. 이 인습을 타개치 못하는 것이 한국적인 부도였다. 〔중략〕 **새로운 한국적인 여인상을 발굴해 냈다는 것은, 한국영화가 지녀야**

....
30 박기채, 「추억의 명화—사랑방 손님과 어머니」, 『영화』, 1975년 7월, 76쪽.

영화 〈동심초〉(1959)의 한 장면. 이 영화의 미망인은 〈사랑방 손님과 어머니〉의 옥희 모친에 비해 훨씬 뚜렷하게 자신의 욕망을 표현한다.

만 했던 한국적인 스타일-코리안리즘-을 모색한 시도적인 작품으로 평가하지 않을 수 없다.[31](강조—인용자)

위의 인용문은 모두 〈사랑방 손님과 어머니〉가 눈 앞의 행복을 두고 자기 위치를 지킬 수밖에 없는 '한국적 여인상'을 발굴해 내고 있음을 지적하고 있다. 이 경우와 마찬가지로 문예영화로서 '한국적인 로컬 컬러'[32]를 드러낸 영화로 평가되었던 〈벙어리 삼룡〉(신상옥, 1964)[33] 역시 농촌을 배경으로 하여 이른바 전통적인 여성상을 창출해 내고 있다. 영화 〈벙어리 삼룡〉은 원작에 비해 아씨의 남편(박노식 분)의 정부(도금봉 분)가 아씨(최은희 분)를 모함한다는 새로운 플롯이 첨가돼 있다. 무엇보다 눈에 띄는 것은, 원작과는 달리 벙어리인 삼룡(김진규 분)과 아씨가 나누는 대화를 삼룡의 판타지로 제시한다는 점 그리고 그 판타지에서 삼룡의 플래시백flash back을 통해 그가 어릴 적 기아棄兒가 되었던 사실, 그리고 아씨에게서 어릴 적 상실한 '어머니'를 느낀다는 점이 새롭게 첨가된다.

....

31 노만, 「사랑방 손님과 어머니」, 『여원』, 1961년 10월, 234쪽.

32 안병섭, 「밖에서 보는 한국영화 '벙어리 삼룡'에의 서평이 던진 문제점」, 『영화예술』, 1965년 12월.

33 〈벙어리 삼룡〉은 모두 세 번 영화화되었다. 나운규의 무성영화(1929), 신상옥의 영화(1964), 변장호의 영화(1973)가 바로 그것이다.

삼룡 : 그리고 그날 아씨는 보는 저는 그저 황홀했습니다. 그래서 밤마다 생각나던 어머니를 생각지 않게 되었습니다. 그날부터 전 외롭지 않았습니다. 아침 저녁 아씨를 보는 것이 기쁘고 즐거웠습니다.

순덕 : 자 여기 와서 누워요. 그리고 모든 설움을 잊어버려요. 자 어서… 난 처음부터 삼룡이와 여기 오고 싶었어. 여긴 나만이 아는 선경이야. 어쩌면 삼룡이도 여길 알고 있었는지 모르지. 여긴 마음 착한 사람만이 아는 그런…[34]

아씨에 대한 삼룡의 사랑은 비성적인desexualized된 사랑이라는 점이 드러나 있다. 아씨가 만들어 준 주머니에 대한 페티시즘도 삼룡의 플래쉬백으로 역시 어릴 적 그가 어머니에게 버려졌다는 트라우마와 관련된 것으로 영화는 설명하고 있다. 삼룡과 아씨의 관계를 연인이나 성적인 관계가 아닌 모자간의 비성적인 관계로 설정하면서 이 영화는 삼룡의 판타지를 버드나무가 있는 강변과 옅은 안개가 낀 서정적 분위기에서 펼쳐 보인다. 이들의 관계는 특히 아씨의 남편(박노식 분)과 그 정부(도금봉 분)가 보이는 육욕과 대비되면서 영화의 공간인 '농촌'의 비非성적인 의미를 환유적으로 보여 주고 있다.

정리하자면, 〈사랑방 손님과 어머니〉와 〈벙어리 삼룡〉의 공간적 배경은 모두 개인적 욕망, 육욕의 차원과는 대조되는 탈성적인 모성성, 공동체적 가치라는 의미항과 연결되어 있다. 〈흙〉이 그러했듯이, 이러한 공간적 배경으로서의 '농촌'은 이 영화들이 제작·상영되던 60년대

....
34 삼룡과 아씨가 대화를 나누는 판타지는 영화와 한국영상자료원에 소장되어 있는 시나리오와 매우 심한 불일치를 보인다. 그래서 이 인용된 부분은 시나리오가 아니라 영화의 대사를 가져온 것이다.

〈벙어리 삼룡〉의 한 장면. '삼룡'에게 아씨는 연인이라기보다는 잃어버린 어머니이다.

에는 과거의 공간이며, 퇴폐와 소비·욕망을 표상하는 60년대 현재 '도시'와 긴장 관계에 놓여 있다. 원작소설들의 배경인 20,30년대 농촌은 이 영화들에서 보수적

가치관을 자연스럽게 가동시키고 이를 합리화시키는 공간이다. 개인적인 욕망을 삭제하고 다소 보수적인 가치들, 즉 금욕, 공동체, 모성 등의 가치를 영화에 불어넣는 데 1920,30년대 소설들이 호명되고 있는 것이다.

향수 : 한국적 섹슈얼리티와 '물레방아'라는 공간

나도향 소설을 원작으로 한 〈물레방아〉(이만희, 1966)는 개인적 성적 욕망을 거세하는 위의 영화들과는 반대로 어떤 조건과 장치를 통해 '농촌'에서의 섹슈얼리티가 표현되고 허용될 수 있는가를 잘 보여 주고 있다. 작가 백결이 시나리오를 쓰고 이만희가 연출한 영화 〈물레방아〉는 소설 원작인 나도향의 「물레방아」와는 거의 결별을 했다고 해도 과언이 아니다. 원작과 영화가 갖는 공통점은, 한 여자를 사이에 둔 지주와 머슴의 갈등과 밀회 장소로서 물레방앗간이 등장한다는 소재이다. 주인과 노예가 아닌 지주와 하인이라는 계약적인 관계이지만, 실질적

으로는 지주와 머슴 사이의 계급적 불평등과 아울러 식민지 농촌이라는 배경이 영화에 남겨진 흔적이다.

떠돌이 일꾼 방원(신영균 분)이 어느 마을을 지나가던 중 개울에 떠내려 오던 버선 한 짝을 발견하고 이를 주워 흐르는 땀을 닦는다. 그 마을은 마침 물레방앗간에서 죽은 여자의 원귀를 달래기 위한 굿이 벌어지고 그 축제의 틈에 이방인이 그가 끼어든다. 축제에서 한 여자를 알게 되지만, 마을 사람들은 해마다 굿이 벌어질 때 남자들이 그런 환상을 본다며 여자의 존재를 부정한다. 이후에 방원은 축제에서 만난 여자(금분)와 재회하여 그녀와 결혼 생활을 하고 영화는 그것이 환상인지 사실인지 불분명하게 처리되며 진행된다.

이 영화에서 금분(고은아 분)은 충족되지 않는 성욕을 공공연하게 그리고 비유적으로 표출하는 인물이다. 풀밭에 누운 그녀의 흐트러진 자세, 샘물이나 우물가에서 시선을 아랑곳하지 않고 목욕하는 나신을, 그리고 버선, 비녀, 고무신 등 그녀 육체를 환유하는 사물들은 금분에게서 다른 인간적인 요소를 뺀 채 그녀를 오직 육체와 성욕으로만 환원시키는 데 일조하고 있다. 금분은 영화에서 남편의 질투에도 아무런 인간적인 반응을 보이지 않으며, 매우 백치같이 행동한다. 그녀는 방 안의 고무신을 의심의 눈길로 보는 남편에게 아무렇지도 않게 주인이 사 주었다고 말하고, 방원이 액막이를 위해 다른 여자의 속옷을 훔치다 들키어 마을 사람들로부터 몰매를 맞는 순간에도 상황에 대한 판단이 서지 않는 듯 멍한 표정으로 "왜들 때려요"라고 말한다. 영화에서 그녀가 실제 존재하는 인물이 아니라 방원의 환각 속에서만 존재하는 귀신일지도 모른다는 암시를 지속적으로 주고 있는 만큼, 그녀의 비정상적인 행위들은 영화의 환상성을 강화시키고 있다.

성욕을 물씬 풍기는 아내가 지주와 통정을 하지 않을까 걱정하던 방원의 심리는 강박의 차원으로까지 가게 된다. 이러한 의심과 강박은 방원을 파멸하게 만든다. 그는 무당의 말을 듣고 액막이를 위해 다른 여자의 속옷을 훔치다가 도둑으로 몰려 마을 사람들의 몰매를 맞는다. 결국 피투성이가 된 채로 물레방앗간에서 주인과 아내가 나란히 누워 있는 모습을 본 그는 낫으로 주인을 찍고 아내를 구타한다. 이러한 활극이 끝난 뒤 마을 사람들이 몰려드는데, 피투성이 방원을 그대로 둔 채 그들이 아무 말 없이 쓰러진 금분만을 데리고 가는 것으로 이야기는 마무리된다.

이러한 사건 전개를 통해 영화 〈물레방아〉는 방원이라는 떠돌이 일꾼이 마을 공동체에 끝내 동화되지 못하고 축출되는 과정을 그리고 있으며, 금분을 비롯하여 마을 사람들은 물론 지주까지도 모두 이 공동체에 동일하게 속해 있는 인물들로 그려져 있다. 금분은 지주의 유혹에 그다지 거부감을 갖지 않는 듯 보이며, 마을 사람들은 금분이 지주와 통정할 것이라는 예측을 방원에게 불러일으킴으로써 그의 강박을 부추긴다. 그러나 영화의 마지막까지 그녀가 이승의 사람이 아니라 물레방앗간에서 죽은 원귀일지도 모른다는 암시가 방원의 강박과 방원이 벌이는 지주와의 쟁투를 덧없어 보이게까지 한다. 이는 방원을 마을 공동체로부터 고립된 인간으로 묘사하는 데 기여한다.

마을 사람들의 분열 없는 공동체적 의식은 바로 지주와의 관계를 거스르지 않고 거기에 순응함으로써 유지되는 것으로 보인다. 영화의 서두에서 굿판을 벌이는 마을 축제는 영화의 전체 분위기를 이끌어 가는 중요한 시퀀스이다. 실제로는 이 마을 공동체는 계급적 불평등이 존재하고 지주의 권력 아래에 놓여 있는 마을이지만, 이러한 민속적 이벤트로 현실적인 계급적 갈등이 무마된다. 지주의 횡포에 유일하게 저항적인 방원은 '원래부터 지주에게 복종해 왔던 그리고 그것이 당연시되는' 마을 공동체의 질서를 깨뜨리는 인물로 취급되는 것이다. 방원 스스로도 자신이 성姓을 알 수 없는 떠돌이라는 점을 반복해서 말함으로써 마을 사람들로부터 고립된 원인이 그가 이방인이라는 사실에 있음을 인지하고 있다. 즉, 방원은 폐쇄적인 마을 공동체에서 근원도 모르는 낯선 이방인일 뿐이다. 이 영화에서 방원은 비록 '액막이'이라는 무속적 방법으로 아내를 지키려 한다는 점에서 여전히 전근대적 유형의 인물이기는 하지만, 당연시되는 계급적 질서에 저항한다는 점에서 유일한 근대적 쟁투를 벌이는 인물이기도 하다. 그러나 영화는 방원의 투쟁이 어떻게 처참하게 무너지는지 잘 보여 주고 있다.

민속적 이벤트와 무속, 영화의 환상적 분위기는 영화의 내러티브에서 원작의 시간적 배경인 식민지 시기 혹은 그 이전부터 있어 왔을 계급적 갈등을 설화적인 무시간적인 것으로 만든다. 이 영화에서 표현되는 지주의 성욕은 이성異性에 대한 단순한 성적 욕망이 아니라 권력의 문제와 결부되어 있지만, 방원을 제외한 모든 사람들, 심지어 그 대상이 되는 금분마저도 지주의 성욕을 자연스럽게 받아들인다. 이 영화의 서두부터 분위기를 압도하는 환상적이고 무속적 분위기는 이 이야기를 구체적인 시간과 공간을 배경으로 한 것이 아니라, 언제인지 알 수 없는 무시간적인 사건으로 만든다. 따라서 방원과 금분 그리고 지주의 삼각관계는 식민지 시기의 농민 착취와 농촌경제의 피폐화와 관련 있

아내를 주인에게서 지켜 내려는 머슴 방원의 노력
은 좌절되고 만다.

는 이슈가 아닌 인간의 원초적
이며 근원적인 욕망에서 비롯되
는 것으로 처리된다.

굿과 무당 등의 무속적 이벤
트 이외에도 여주인공 금분의
성욕 그리고 나아가 남성 인물
들의 성욕이 영화 곳곳에서 은

유되는 사물들도 이러한 근원적이고 원초적인 욕망을 형상화하는 데
일조한다. 비녀, 고무신, 버선 등의 여성의 소지품들은 물론, 우물과 아
궁이와 같은 여성의 자궁을 은유하는 사물들, 그리고 무엇보다 제목이
기도 한 물레방앗간이라는 성적 비유로 가득 찬 공간, 절구질과 같은
섹스를 은유하는 행위 등이 그러하다. 즉, 이 영화는 인물들의 성적 욕
망을 도시적인 풍경과 사물이 아닌 농촌의 풍경과 사물들을 통해 비유
하는데, 그 비유들은 원형상징에 가깝다. 금분은 남성을 파멸로 몰고
가는 팜므 파탈femme fatale의 전형적인 인물이라 할 수 있지만, 도회적인
유형의 팜므 파탈은 아니다. 그녀가 내보이는 성욕은 과장스러운 몸짓
으로 표현되어 있지만, 도시의 소비적이고 퇴폐적인 종류의 것이 아니
다. 지주가 사 주는 고무신이나 방원이 주는 비녀 정도가 그녀가 누릴
수 있는 사치의 전부이다. 또한 영화의 민속적 · 무속적 분위기는 그녀
의 성욕을 문명 사회인 도시에서 볼 수 있는 부정한 여성의 그것이 아
닌, 원초적인 성욕으로 묘사하고 있기도 하다.

요컨대 이러한 시각적 장치 그리고 이야기의 장치를 통해 영화는 인
물들의 갈등을 탈脫정치화시킨다. 도시와 문명의 세계로부터 거리를

둠으로써 인물들의 갈등에 현실적이고 역사적인 혹은 사회 구조적인 맥락을 거세시키기 때문이다. 여기에 대해서 1968년『서울신문』신춘 문예 영화 평론 당선자인 변인식의 날카로운 지적을 인용해볼 수 있다. 변인식은 그의 당선작을 통해 이만희의 〈물레방아〉의 영상미를 칭찬하면서도 "원작이 당시 봉건 사회의 허점을 찌른 데 반하여 이만희는 그러한 사회적 모순의 고발보다도 오히려 백치적이거나 토속적 아름다움을 지닌 비극적 사랑에 역점을 두고 있음"[35]을 지적한다.

변인식이 지적한 이러한 각색 상의 한계는 '문예영화'가 갖는 장르 상의 한계와 밀접한 관련이 있다. 〈물레방아〉는 물론 많은 문예영화들이 근대화를 비판하고 근대 이전의 세계에 대한 막연한 향수를 드러내고 있기 때문이다. 당시의 문예영화들에서 도시와 도시의 남녀가 그다지 긍정적으로 그려지지 않았음은 이미 앞서 언급한 바 있다. 이에 비해 〈물레방아〉에서 농촌의 풍경과 소품들을 통해 묘사되는 섹스와 성욕은 긍정/부정의 이원적인 의미항을 초월한다. 그러면서 인간의 근원적인 성욕에 대해 긍정과 부정의 가치가 중지되고 오히려 이러한 성욕이 갖는 무시무시한 힘에 한 인물이 어떻게 파괴 되어가는가를 보여줌으로써 이 영화를 주인공hero의 패배라는 신화적 세계에 근접하게 만든다.

〈물레방아〉가 상영될 당시에 이 영화에 대한 평가에는 '본능'과 '향토색'이라는 키워드가 두드러진다. '본능에 사는 여주인공을 통해 인간의 원색 표출,'[36] '향토색 짙은 애욕의 비극'[37] 등의 평가들은 분명 시대성과

---

35 변인식,「한국 문예영화의 허점 그 표현의 예술성과 한계성」,『서울신문』, 1968년 2월 1일자.

36 『한국일보』, 1966년 11월 8일자.

37 『조선일보』, 1966년 11월 5일자.

인물들의 야합이 이루어지는 장소인 물레방앗간. 방원과 금분의 뒤로 디딜방아가 보인다. 물레방앗간은 인물들의 성욕을 비유적으로 표현하는 원형상징으로 비문명적이며 근원적인 성욕을 표현한다.

시의성을 기준에 둔 평가와는 거리가 멀다. 이러한 탈정치성의 효과는 다음과 같다.

우선, 성적 억압에 대한 일종의 탈출구로서의 역할이다. 비문명적이고 근원적 공간으로서의 농촌 혹은 무시간적 공간은 관객들에게 성적 억압으로부터의 탈출구를 허용한다. '농촌'이라는 공간은 이러한 탈정치적 코드에 호명되고 더불어 한국적이라는 수식어를 얻음으로써 성적 욕망에 부여된 부정적 의미를 희석시키는 데 일조한다. 더구나 〈물레방아〉처럼 원작이 농촌 사회의 계급적 갈등을 다루고 있는 경우, 이러한 탈정치성은 성욕의 리비도가 가질 수 있는 정치적 동력을 제거하면서도 관객의 성적 억압을 '부정적이지' 않은 것으로 포장해낼 수 있다. 더불어 〈물레방아〉의 탈정치적 에로티시즘은 부정적이지 않은 성욕을 어떤 원형상징과 시각적 장치들을 사용해 형상화하는지를 보여주고 있다. 앞서 인용한 바 70년대 하길종의 언급을 떠올려 볼 때 한국적인 에로티시즘의 시각적 장치들의 원조 격을 이만희의 〈물레방아〉에서 확인할 수 있는 것이다. 스타킹과 베드가 아닌 초롱불과 버선 그리고 땟국물이 흐르는 머슴과 시골 과부의 섹스가 바로 그것이다. 이러한 원시적 섹슈얼리티의 시각화는 원작소설의 힘을 빌려, 60년대 동시기적인 현실이 아니라 전근대와 현대의 중간 어디쯤에 위치한 과거, 그리고 문명화되지 않은 농촌을 불러내고 있다.

트라우마 : 훼손된 여성들과 자본주의에의 저항

〈흙〉, 〈상록수〉, 〈물레방아〉 등을 통해 알 수 있듯이 문예영화 속의 '여성'은 농촌을 지키는 구시대적 모랄을 상징하거나 아니면 한국적 에로티즘을 체현하고 있다. 양자의 경우에서 공통적인 것은 '농촌'이라는 공간이 모더니티에 의해 훼손되지 않은 공간을 의미한다는 점이며, 여성 인물의 형상화를 이러한 농촌 표상에 적극 활용하고 있다는 점이다.

이미 영화의 원작들인 20,30년대 소설들이 이러한 표상의 토대를 마련한 바 있지만, 60년대 한국영화 황금기에 등장한 식민지 농촌을 배경으로 한 문예영화들은 분명 동시대 도시를 배경으로 한 다른 영화들과는 분명한 대조를 보인다. 근대화가 진행될수록 과거에 대한 향수가 강하게 동기화되고 있음을 앞의 영화들을 통해 확인할 수 있다.

60년대 근대소설을 원작으로 한 문예영화들 중에는 농촌을 모더니티에 훼손되지 않는 공간이 아니라 모더니티에 의해 훼손이 '진행되고' 있는 공간으로 그려 내는 영화들도 존재한다. 이 영화들은 농촌에 대한 예찬보다는 모더니티에 의한 농촌의 타락과 훼손에 초점을 맞춘다. 진행 중인 훼손과 타락 역시 앞서 언급한 영화들과 마찬가지로 여성 인물을 통해 형상화되는데, 김승옥 연출의 〈감자〉와 이성구 연출의 〈메밀꽃 필 무렵〉이 그 대표적인 예가 될 수 있다. 이 영화들은 진행되고 있는 모더니티에 의해 여성의 삶이 얼마나 망가지는가를 보여 줌으로써 모더니티, 특히 자본주의와 돈에 의한 트라우마를 표현한다. 이러한 트라우마가 이미 이 책의 1부에서 나운규의 영화와 여타의 대중적 내러티브들에서 표현되었음을 밝힌 바 있다. 1960년대까지 계속된 이러한 트라우마는 경제성장이 본격화된 60년대에 더욱 각별한 의미를 부여하게 한다.

김동인의 「감자」(1925)를 영화로 만든 〈감자〉(1968)는 작가 김승옥의 감독 데뷔작이기도 하다. 이미 소설로 유명한 작가 김승옥의 연출작이라는 것 자체가 이 영화를 화젯거리로 만들었지만, 결과적으로 이 영화는 작가 김승옥의 유명세에 미치지 못했고 흥행에도 실패했다.[38] 이 영화 역시 여타의 문예영화와 마찬가지로 원작의 플롯을 기본적으로 유지하고 원작자의 김동인의 이름을 크게 넣음으로써 '문예영화'임을 표나게 내세우지만, 김동인의 원작과 달리 주인공인 '복녀'에 대한 동일시와 동정을 구조화한다. 김동인의 원작인 「감자」는 복녀의 삶에 대해 어떤 동정도 하지 않을 뿐만 아니라 그 삶을 매우 냉정하고 중립적인 시선으로 그리는 것으로 유명하다. 김승옥의 문예영화 〈감자〉는 이에 비해 관객으로 하여금 복녀와 동일시하고 그녀를 동정할 수 있는 방향으로 각색된다. 이러한 변형은 한국영화의 주요 관객인 여성 관객을 의식했기 때문이기도 하다. 1967년의 『경향신문』의 한 기사는 〈메밀꽃 필 무렵〉을 비롯한 당시의 몇 편의 문예영화들을 언급하면서 원작의 각색을 통해 "여성 이야기에 중점을 둔 여성영화"가 되었음을 지적하고 있다.[39]

소설을 원작으로 한 거의 대부분의 영화들이 주요 소비자층인 여성 관객의 취향과 성향을 고려하여 각색하는 것은 식민지 시기부터 60,70

....

38 『동아일보』, 1968년 12월 10일자.
39 『경향신문』, 1967년 12월 18일자.

년대에 이르기까지 일관된 경향이다. 이러한 예로는 많은 영화들을 들수 있지만 이 책의 앞 장들에서 예로 들고 있는 식민지 시기 이광수의 「무정」(1918)을 원작으로 한 박기채의 〈무정〉(1938) 그리고 해방 후 정비석의 「자유부인」(1954)을 각색한 영화 〈자유부인〉(1956)을 꼽을 수 있다. 이 영화들에서도 여성 관객의 취향을 고려한 흔적을 발견할 수 있다. 이와 유사하게 여성 관객의 취향을 고려한 각색의 결과 영화 〈감자〉는 복녀를 타락시키고 훼손시킨 '돈'을 강하게 비판하는 효과를 발휘한다.

'일부종사'라는 부모의 도덕관을 내면화한 복녀는 비록 애정 없이 결혼했지만 스무 살 연상의 남편을 지극정성으로 섬긴다. 송충이잡이를 나가면서 배급받은 감자와 급료를 모두 남편에게 주고 이후로는 매춘으로 남편을 먹여 살리지만, 하루종일 누워 있는 남편은 복녀의 정성을 알기는커녕 구타를 일삼는다. 급기야 복녀 남편은 그녀 몰래 왕서방에게 돈을 빌리고는 사라져 버린다. 왕서방의 빚 독촉에 복녀는 '제가 무슨 일이든 다하겠어요. 저는 지게도 질 줄 아는 농사꾼의 딸이에요'라며 읍소한다. 설상가상으로 왕서방의 결혼으로 왕서방에게도 버림을 받을 처지에 놓이자, 삶의 막다른 골목으로 몰린 복녀에게 과거에 들었던 그녀를 박해했거나 그녀를 동정했던 주변의 말들이 환청처럼 그녀의 귓가를 스쳐지나간다. 울분에 가득 찬 그녀는 낫을 들고 왕서방을 찾아가지만 결국 자신이 죽음을 당하는 비극을 겪게 된다.

복녀의 고난은 모두 남성들의 게으름과 무능으로 인한 것이다. 원작 소설에는 남편의 무능이 그다지 강조되지 않지만, 김승옥의 영화에서는 배우 허장강의 능청스러운 연기를 통해 복녀의 남편은 능히 여성 관객의 공분公憤을 살 정도로 얄밉고 뻔뻔한 인물로 거듭난다. 복녀가 애초에 그의 아내가 된 것도 아버지의 빚 때문이었고, 복녀의 삶은 아버지와 남편의 무능으로 인해 완전히 망가지게 된다. 복녀라는 캐릭터는 식민지 시기의 농촌 여성이지만 각색을 통해 60년대 여성 서민들이 동일시할 수 있는 요소를 갖추게 된다. 복녀가 가졌던 삶의 희망은, '한 푼 두 푼 모아 집사고 아들딸 길러서 우리가 못한 공부도 시키고'라는 그녀의 언급처럼 식민지 농촌 여성의 희망이라기보다는 시대적 배경과는 맞지 않게 완전히 60년대 소시민적인 희망이다. 이미 이 책에서 언급했다시피 이러한 중산층적인 욕망이 확산된 것은 적어도 영화의 표상의 측면에서는 1960년경이었다. 더구나 자신이 농민의 딸임을 애써 강조하는 복녀의 모습에, 자신들도 불과 얼마 전까지 농민의 딸로 살았거나 혹은 여전히 농민이었던 60년대 여성들의 모습이 겹쳐진다. 복녀가 표나게 '농민의 딸'임을 강조하는 것은 전 인구의 대부분이 농민인 식민지 시기에는 어울리지 않는 대사이기 때문이다. 이러한 대사는 적어도 농촌이라는 공간이 과거의 한 공간이거나 회상의 공간일 때 가능한 표현이다. 즉, 원작소설 「감자」에서와는 달리 영화 〈감자〉는 얼마 전까지 농촌에 살았던 60년대 도시 관객들에게 말을 걸고 특별히 그들의 동정을 구하고 있음을 알 수 있다.

이성구 감독의 〈메밀꽃 필 무렵〉(1967) 역시 이효석 원작의 낭만적이며 목가적인 전원의 풍경을 강조하는 원작과는 달리, '팔려다니는' 여성의 수난사로 새롭게 각색되었다. 원작소설에서는 장돌뱅이 허생원의 이야기가 주된 플롯을 구성하고 있다면, 영화에서는 여성 인물, 즉 허생원과 물레방앗간에서 인연을 맺은 성서방네 처녀가 그 후 어떤 삶

을 살게 되었는가를 자세히
묘사하고 있다. 허생원과 하
룻밤의 인연을 맺은 그녀는
아버지의 빚으로 팔려간 후에
도 뱃사공과 소장수, 술집 주
인 등 다른 남자들 사이에서

영화 〈감자〉의 복녀 남편은 원작보다 훨씬 더 뻔뻔한 무능력자로 묘사된다. 여성 관객의 공분과 공감을 살 수 있는 각색 상의 변화이다.

팔려 다닌다. 몸값도 처음에는 삼백냥이었지만 점점 불어나 오백냥이
된다. 〈메밀꽃 필 무렵〉의 성서방네 처녀는 〈감자〉의 복녀와 마찬가지
로 남성들에게 경제적·성적으로 착취당하고 학대당하는 인물로, 그
녀의 고난은 분명 돈, 자본주의 그리고 나아가 모더니티에 의한 것이
다. 영화 〈메밀꽃 필 무렵〉에서의 농촌은 원작과는 달리 경제적 욕망
으로 수난을 겪는 여성 인물을 전면에 내세움으로써 농촌이라는 공간
이 어떻게 '돈'에 의해 망가져 가는지를 보여 주고 있다고 할 수 있다.

그렇다면 식민지 시기의 농촌을 배경으로 한 근대소설이 왜 이러한
서사를 만드는 데 필요했던 것인가. 단지 '대종상'과 같은 관제 영화제
에서 상을 받고 수입 영화의 기회를 얻기 위해 '명작' 혹은 '정전'이라는
장식이 필요했던 것일까. 물론 이러한 이유를 배제할 수는 없다. 이미
문학사적으로 정리된 30여 년 전의 식민지 시기의 소설들 중에서 '명
작'과 '정전'으로 이름 붙여진 소설들을 영화로 만듦으로써 '우수한' 영
화라는 인상이 만들어지기 때문이다. 그러나 이러한 요인만으로 문예
영화들이 만들어졌다면, 60년대를 지나 80년대까지 리메이크 되거나
재생산되어 이어져 온 '문예영화'들을 설명할 수 없게 된다. 그렇다면
혹시 '식민지 시기'의 '농촌'이라는 시공간에 대한 사회적인 무의식이

영화 〈메밀꽃 필 무렵〉의 신문광고. 문학작품을 원작으로 한 수작임을 영화 광고에 적극 활용하고 있다. 출처 : 『동아일보』, 1967년 12월 14일자.

'문예영화'에 지속적으로 생명력을 불어넣어 준 것은 아닐까.

앞서 언급했던 〈감자〉와 〈메밀꽃 필 무렵〉을 떠올려 보자. 여성의 수난이라는 문제는 이 영화에서 '무능하고 탐욕스러운 남성'들의 문제이기도 하다. 복녀는 남편에게 비인간적 태도를 겪고 성서방네 처녀는 물건처럼 돈과 교환되어 이리저리 팔려 간다. 특히 그녀가 팔려 가는 모습은 성적인 수치심과 인간적 모멸감을 불러일으킬 정도로 노골적으로 묘사된다. 이러한 '팔려 가는' 여성들의 모습은 60년대 현재에도 벌어지는 사건일 수도 있지만, 이 사건이 특히 식민지 시기 농촌에서 벌어졌다는 점이 의미심장하다. 즉, 바로 농촌이 인신人身을 돈으로 사고 팔 수 있는, 즉 교환가치가 모든 것을 잠식해 가는 비극성이 '최초'로 극대화된 장소로 나오는 것이다.

60년대 상황에서 도시를 배경으로 하여 매춘과 인신매매를 다루는 것은 도시에서 일어날 수 있는 일상적인 세태의 풍경으로 사건들을 표면적으로 가볍게 다루거나 혹은 이러한 도시 세태를 지나치게 무겁게 비판하는 서사가 될 수 있다. 반면에 식민지 시기 농촌은 이러한 혐의나 위험으로부터 비교적 자유롭게 그러면서도 그 상흔을 심리적으로 반복하면서 체감할 수 있는 시공간이다. 식민지 시기 농촌은 최초로 훼손되기 시작한 공간, 즉 자본주의의 폭력성과 비극성이 남긴 트라우마가 최초로 새겨진 시공간이기 때문이다.

〈흙〉, 〈상록수〉, 〈사랑방 손님과 어머니〉, 〈물레방아〉 등의 영화들과 〈감자〉나 〈메밀꽃 필 무렵〉은 모두 모더니티라는 변화에 대해 사회적 무의식이 각각 어떻게 대처하고 있는가를 보여 주고 있다. 전자의 영화들이든 후자의 영화들이든 모두 모더니티에 대한 반응이라는 점에서는 동일하다. 전자의 영화들이 농촌을 향수의 공간, 원형의 공간으로 표상함으로써 모더니티라는 변화를 거부하는 반응을 보인다면 후자는 모더니티가 일으킨 트라우마를 농촌과 여성에 새겨 넣는 방법을 택하고 있다. 그러나 전자든 후자든 모더니티적 변화를 부정적인 것으로 보고 있다는 점에서 반反모더니티의 양상을 갖고 있다고 말할 수 있다.

한국 사회에서 모더니티가 가져온 변화는 매우 급작스럽고 그렇기 때문에 폭력적이다. 개화기에 많은 계층 상의 변동이 있었던 것처럼 '변화'는 거기에 잘 적응하는 사람을 승자로 만들지만 적응하지 못하는 사람을 루저로 만든다. '신분'이 지배하던 사회에서는 이러한 급작스러운 변동은 없다. 신분제가 철폐되고 명목 상의 '평등'이 이루어지지만 이러한 평등은 성공과 실패의 모든 원인을 경쟁에서 탈락한 '개인적' 능력의 문제로 돌리는 인식 구조를 갖게 된다. 이러한 측면에서 모더니티는 집단적 무의식에 하나의 깊은 충격과 상흔을 남겼다고 할 수 있다. 식민지 시기 농촌을 배경으로 한 근대소설들은 이러한 모더니티가 가져다준 충격과 상흔을 아프

〈메밀꽃 필 무렵〉에서 여성 주인공이 소장수에게 팔려 가는 장면. 이 영화는 원작에 문장 한 줄 정도로 처리되던 인신매매 모티프를 주요 스토리 라인으로 확장시킨다.

지만 반복적으로 음미할 수 있는 공간이다. 그것은 식민지 시기 농촌이 근대가 시작되고 있는, 즉 '모더니티가 처음 시작된 그때 그 시절'이라는 진정한 의미의 원형적 공간이기 때문이다.

'반反'모더니티의 환상

60년대 문예영화는 70,80년대에도 이어지는 하나의 스타일과 장르를 성립시켰다. 농촌에 대한 계몽주의적 열정에 가득 찬 귀농 지식인, 순종적이며 보수적인 여성, 농촌형 팜므 파탈, 남성들의 무능에 그저 수동적으로 팔려 갈 수밖에 없는 여성 등의 캐릭터들을 통해 농촌은 민족적 원형을 간직한 공간이자 원시적인 본능이 지배하는 비문명적 공간이자, 동시에 모더니티에 의해 훼손되기 '시작하는' 공간이 되었다.

이러한 공간에 대한 인식과 진단 그리고 비전에서 60년대 문예영화 속 농촌 표상은 몇 가지로 분화된다. 첫째는 낙후된 농촌을 지식인 주도로 '계몽'시키는 것, 그러나 이 방법은 농촌을 도시로 만드는 것이 절대 아니라 농촌과 농민의 건강성을 되살리는 것이다. 원작에서 보였던 식민지 시기의 지주와 소작민 간의 계급적 갈등이 문예영화에서 약화되면서 농촌의 근본적 문제는 구조적 모순을 없앰으로써 해결되는 것이 아니라 〈흙〉이나 〈상록수〉에서처럼 도시인들을 계도하고 농민을 계몽함으로써 이룩해야 하는 것이 된다.

둘째, 농촌이라는 비문명적 세계를 낭만적으로 예찬하거나 그 원시성을 즐기는 것, 즉 농촌이라는 공간을 신기하게 바라보면서 그 비문명성을 낯설게 즐기는 방식이 농촌 표상의 한 축을 이룬다. 수치심 없이 옷을 벗는 '꼬질꼬질한' 농촌 여성의 모습은 이러한 비문명성을 낯설게 즐기는 시선에 의해 그려진 것이다.

셋째, 농촌의 목가적 풍경과 농민의 인정 어린 습속에도 불구하고 '돈'으로 표상되는 모더니티의 논리가 농촌의 평화를 어떻게 망가뜨리는지를 보여 주는 표상의 방식이다. 이 영화들은 돈에 팔려 가는 여성들의 모습을 통해 모더니티의 폭력성을 보여 주면서 그 폭력성으로 인해 생성된 슬픔에 관객들이 심정적으로 동조하게 만드는 구조를 갖고 있다.

이러한 표상의 방식들은 아이러니하게도 모두 근대인, 도시인의 시선에 의해 만들어졌다는 점에서 일치하며, 또한 비문명적 공간, 비근대의 공간이라는 환상에 지속적으로 붙들려 있다는 점에서 일종의 '반反모더니티적인 환상과 향수'로 볼 수 있다. 이러한 환상과 향수는 이미 식민지 시기의 근대소설에 의해 완성된 것들이지만, 60년대 문예영화는 이러한 표상들을 더 많은 대중의 머릿속에 각인시키고 널리 유포시켰다. 현재까지 '농촌'에 대한 많은 스테레오타입의 표상들은 식민지 시기의 소설이 이룩해 놓은 표상들과 이 표상을 확대 재생산한 60년대 문예영화들에 의해 자리 잡은 것이다.

앞서 언급했듯이 '농촌'에 대한 환상과 향수가 근대인의 시선이라는 점은 다시 강조할 부분이다. 이러한 의미에서 문예영화에 대한, 시인 김수영의 다음 언급은 눈길을 끈다.

요즘의 20대의 비이트적인 지성의 부자연한 화장을 한 작가들의 작품에 비해서 얼마든지 좋게 볼 수 있는 데가 있다. 이렇게 지난날의 작품을 보는데 갑자기 관대해지고 감상적인 동정까지도 섞이게 되는 것은 어찌된 일인지 모르겠다. 나이가 먹어가는 탓인지, 요즘의 젊은 세대의 작품이 설익은 지성만을 내세우는 것에 대한 극단적인 반발의 현상인지, 이상한 쇼비니즘의 시대적 유행에 나도 모르게 휩쓸려 있는 탓인지 〔중략〕「벙어리 삼룡」이나「소복」같은 것을 보면 좋은 감독이나 배우가 없어서 좋은 영화가 못 나온다고 생각된다. **이 엇갈림을 바로 잡아주는 것이 참다운 문예영화의 임무다.**[40](강조−인용자)

이 글에서 김수영은 작가 김영수가 1939년에 발표한 단편「소복素服」을 원작으로 한 영화 〈소복〉과 당시의 또 다른 영화 〈기적汽笛〉을 비교 평가하면서 후자의 미국화 경향을 신랄하게 비판한다. 김수영은 식민지 시기의「소복」이나「벙어리 삼룡」등의 소설들이 서구를 흉내 낸 당대 젊은이들의 어설픈 소설과 견주어 뛰어난 소설이라고 말하면서, 이러한 원작에 바탕한 문예영화가 영화의 미국화를 바로잡을 수 있음을 암시하고 있다. 김수영이 예로 언급한 소설들이 모두 식민지 시기의 소설이며 모두 농촌을 배경으로 하고 있다는 점은 의미심장하다. 그의 머릿속에는 농촌을 배경으로 한 문예영화들이 60년대 도시와 모더니티

80년대 초 TV문학관 버전의 〈메밀꽃 필 무렵〉의 한 장면. 성서방네 처녀와 허생원의 하룻밤이 이루어지는 장소로서 역시 '물레방앗간'이 등장하고 있다.

40 김수영, 「〈문예영화〉 붐에 대해서」, 『창작과 비평』, 1967년 여름호, 276~280쪽.

(김수영의 표현을 빌리자면 '미국화')를 드러내는 영화들과 대별되어 있으며, 그는 전자의 영화들이 도시와 모더니티를 묘사하는 영화들의 문제를 바로잡을 수 있을 것이라 생각하고 있기 때문이다. 모더니스트 시인이었던 김수영의 언급으로서는 꽤 '보수적'이라 평가되는 부분도 없지 않아 있지만, 식민지 시기 소설을 원작으로 하는 문예영화에 대한 의미 부여가 꽤 폭넓게 공유되고 있다는 사실을 알 수 있다.

이렇게 지식인들과 대중에게 모두 공유된 반反모더니티적 환상은 80년대 초 문예영화의 텔레비전 드라마 버전인 'TV문학관', TV 드라마 〈전원일기〉 그리고 80년대 후반 에로영화로 리메이크된 문예영화들 속에서 또 한 차례 재생산을 거듭하면서 대중들의 머릿속에 농촌 표상을 하나의 스테레오타입으로 주입시키게 된다.

1960년대 청년들이 사는 법, 대학생과 건달 그리고 청춘영화

청년을 영화로 호명하기

〈육체의 고백〉(조긍하, 1964)에는 대학생 출신의 트럭 운전사이며 소설가 지망생인 한 젊은이가 등장한다. 이 인물은 〈육체의 고백〉의 주인공은 아니지만 이 영화에서 빼놓을 수 없는 주요한 사건인 4·19 혁명과 잘 융합되어 있는 인물이다. 그는 4·19 시위대의 제일선에서 앞장서서 나가다 총에 맞아 다리에 장애를 입는 불운을 겪지만, 종국에는 이러한 역경을 이겨 내고 문학성을 인정받는 작가로 성공하게 된다. 영화는 그에게 장애와 빈곤이라는 시련을 부여하지만, 궁극적으로는 이러한 역경을 이겨 내게 함으로써 매우 긍정적인 인물로 묘사하고 있는 것이다.

이 영화는 '대통령'으로 불리는 텍사스촌 양공주이자 세 자매의 어머니와 세 딸이 겪는 사건을 중심 스토리 라인으로 삼고 있다. 이 영화는 대학생인 세 딸을 중심으로 동대문 야구장에서 벌어지는 대학 간 야구 경기, 교외로 피크닉 가는 대학생 폭주족, 캠퍼스의 모습, 대학생들의 아지트인 음악다방 등을 묘사함으로써 60년대 대학생들의 모습을 그려 내

영화 〈육체의 고백〉(1964)에 묘사된 4·19 데모대의 모습.

고 있다. 대학생 출신으로 트럭 운전사로 생계를 이어 가는 소설가 지망생도 당시의 청년 군상 가운데 하나로 제시되어 있다.

이 영화가 그를 묘사하는 데에는 몇 가지 코드들이 결합되어 있음을 발견할 수 있다. 대학생과 빈곤, 문학과 4·19가 그것이다. 구체적으로는 문학에 대한 동경, 가난하고 불우한 지식인에 대한 낭만적 동일시, 혁명이라는 드라마틱한 사건, 그리고 성공의 신화까지, 조금은 약화되어 있지만 현재까지도 이어지고 있는 이러한 표상representation의 연원을 이 영화가 드러내고 있는 것이다.

확실히 '대학생'은 60년대를 넘어 오늘날까지 '청년'의 대명사가 되어 왔다. 한국 사회에 대학생이 급속하게 팽창해 가면서 청년=대학생이라는 등식이 암묵적으로 인정되어 온 것이다. 70년대 '통블생(통기타·블루진·생맥주)'을 청년의 상징으로 여기며 암울한 시대적 상황을 내면의 우울로 간직한 그들은 바로 '대학생'이었고, 그들의 모습은 곧 청년 일반의 모습으로 여겨지기도 했다. 이러한 청년문화의 확장에 미디어의 역할은 빼놓을 수 없다. 바로 60년대부터 본격적으로 팽창하기 시작했던 미디어들은 대학생 표상들을 대중들에게 실어 나르기 시작했고, 특히 영화나 소설 속 대학생들의 구체적인 모습은 대중들로 하

여금 가치관에서 라이프스타일과 패션까지 모든 '청년'다운 습속들을 익혀 나가게 함으로써 이른바 '청년'문화를 탄생시켰다고 할 수 있다.

해방 후 '청년' 집단의 부각은 제도 교육의 확대를 배경으로 한다. 제도 교육의 확대로 10대 후반 그리고 20대 초반까지 교육을 받음으로써 생물학적으로는 성인이지만 사회적으로 아직 성인의 질서에 완전히 편입되지 않은 유예의 기간을 사는 어떤 집단이 생성되고, 이 집단이 자신들의 정체성을 문화로서 표현하고자 하는 욕망을 발생시킨다. 특히 전쟁이 끝난 뒤 50년대의 높은 교육열 탓에 상대적으로 이전보다 교육 기간이 길어지면서 사회에 진입하기 전의 대기 시간도 이전보다 길어졌다. 1950년대에서 60년대 사이 서구 사회의 사회학에서 등장했던 '청년문화'란 용어는 다음과 같은 일정한 조건 하에서 등장했다. 첫째는 젊은이들이 큰 동기 집단을 형성할 때이며, 두 번째는 급속한 사회적 변화로 인해 젊은이들이 성인 세계로 들어가는 것이 중단될 때이다.[1] 한국의 1960년대는 특히 두 번째 요인에 의해 '청년문화'라는 말이 형성된 것으로 보인다. 한국에서의 해방 후 제도 교육의 확대로 많은 수의 젊은이들이 성인 세계로의 진입이 유예되었고, 이에 청년이라는 집단과 그 문화가 본격적으로 생성된 것으로 보이기 때문이다. 70년대에 이르러 전후의 베이비 부머들이 청년 집단에 포함되면서 그들의 '청년문화'는 그것이 긍정적인 의미이든 혹은 부정적인 의미이든 완전히 한국 사회에 안착된 현상이 되었다. 1974년에 일어난 이른바 청년문화

....

1 Andrew Edgar & Peter Sedgwick, 『문화이론사전』, 박명진 옮김, 한나래, 2003, 405쪽.

논쟁[2]은 그 현상을 잘 말해 주고 있다.

다른 한편으로 '청년'이라는 개념이 사회학적으로 형성되기 이전부터 청년 표상은 이미 여러 담론 속에 있어 왔다. 표상으로서의 '청년'은 대체로 두 층위의 담론으로 창출된다. 하나는 관제가 주도하는 담론 혹은 넓은 의미의 지배담론에 의해 생성되어 적극적으로 유포된 '청년'의 상像이다. 이러한 담론들은 '청년'에게 사회의 건전한 구성 인자로서의 '역할'을 부여하고 이러한 기대에 부응해 줄 것을 강제하는데, 그 역할은 대개 기존의 질서를 인정하게 함으로써 체제 내로 '청년'들을 편입시키는 기능을 가진다. 제도 내에 포섭이 용이한 젊은이들은 무엇보다도 이미 학교제도 안에 들어온 '학생'들이었고, 지배 이데올로기는 이 젊은이들을 체제 유지에 적극 활용했다.

1949년대부터 조직되어 1975년에 전全 고교와 대학에 설치한 '학도호국단'은 물론, 60년대 초 5·16 쿠데타로 권력을 잡은 군사정권은 '국가재건再建' 주체로서 학생을 호명해 낸 바 있다. 넓게는 개항 이후 근대화가 본격적으로 진행되면서 모든 이들을 젊은 '학생(학도)'으로 호출해 내었는데, 이러한 담론을 소리 높여 외친 것이 바로 젊은 계몽주의자들이었다. 이와 같이 지배담론에 의해 사회적으로 어떤 임무를 부여받고 동원되며 이러한 기대에 부응하는 '청년'의 존재는 내셔널리즘,

....

2 1968년 혁명을 계기로 젊은이들의 저항문화가 전 세계적인 관심사가 되었는데, 한국에서도 이러한 영향으로 청년들의 문화적 아이콘으로 청바지, 통기타, 생맥주, 장발 등이 유행으로 자리 잡게 되었다. 이른바 '통블생'이라고 일컬어지는 이러한 유행을 바탕으로 1974년 3월 『동아일보』에 '오늘날의 젊은 우상'이라는 기획기사가 실렸고, 이에 대학생들의 반박이 이어지면서 다른 언론 매체에도 74년 4월에서 8월 사이에 '청년문화'에 대한 특집기사가 실렸다. 청년문화 논쟁의 전개 과정에 대해서는 이상록, 「박정희 체제의 '사회정화' 담론과 청년문화」, 장문석·이상록 편, 『근대의 경계에서 독재를 읽다—대중독재와 박정희 체제』, 그린비, 2006, 358쪽 참조.

1976년 대학 학도호국단 하계 연합봉사단 결단식.
출처 : 국가기록원.

나아가 특히 전체주의의 유용한 도구가 될 수 있다는 사실은 역사적으로 그 예가 드물지 않다.

이러한 관제 담론 이외에, '청년'의 표상을 구축하는 다른 담론의 층위는 바로 미디어에서 유포하는 문화 담론이다. 문화 담론 속에서 표상되는 '청년'은 곧 그 표상에 자신을 동일시함으로써 '청년' 대중이 되는 수용자들의 존재를 함축하고 있다. 미디어들이 유포하는 문화적 담론들 역시 직간접적으로 검열의 대상이 된다는 점, 자본주의 체제 내에서 소비되는 상품의 형식을 띠고 있다는 점에서 지배 이데올로기와 자본의 영향 하에 놓여 있다고 할 수 있다. 그러나 문화 담론은 이러한 지배 이데올로기의 헤게모니 장치를 일방적으로 수용하여 반영하지는 않는다. 문화 담론의 생산과 유통과 소비는 한편으로는 지배 이데올로기를 일상의 경험에 맞게 수정되고 재조정함으로 해서 그리고 수용 과정에서 적극적인 쾌락을 찾음으로써 능동적이고 저항적인 측면을 갖게 되는 체험이기도 하다.[3]

해방 후 미디어에서는 '청년' 담론의 새로움이 언제 만들어지는 것일까. 생물학적으로 젊은이들은 언제든 있었지만, 미디어는 특정한 집

3 Andrew Edgar&Peter Sedgwick, 앞의 책, 494쪽.

단을 '청년'이라는 이름으로 일반화시키고 그 집단의 가치를 유포시켰다. 그 시기는 60년대였던 것으로 보인다. 한국의 60년대는 50년대에 비해 양적, 질적으로 대중문화가 팽창하던 시기였다. 영화는 '황금기'라고 표현할 수 있을 만큼 시각적 대중문화가 독점적 지위를 누리고 있었고, 대중음악 역시 미국 대중음악의 조류인 팝발라드, 컨츄리, 록, 소울, 재즈 등을 적극적으로 수용하여 일본식 엔카와는 다른 스타일의 대중음악이 한국 대중음악의 기본적인 성격으로 자리 잡는 르네상스기를 맞이했다.[4] 문학의 장에서는 전쟁 이후 팽창하는 학교교육이 문해력을 높여 더 많은 젊은이들을 독자로 편입시키고 있었다. 이러한 대중문화의 팽창은 한편으로는 청년 대중에 힘입은 바 크지만, 역으로 '청년'문화가 시작될 수 있는 좋은 토양이기도 했다.

이 시기의 대중음악 역시 청년들의 새로운 트렌드를 주도했지만, 특히 여러 문화적 담론 중에서 소설과 영화를 포함한 내러티브narrative 장르들은 60년대 '청년'을 묘사함으로써 '청년'의 모습을 표준화·일반화시킨다. 이 내러티브 장르들에서 표상된 '청년'은 그 수용자로 하여금 동일시와 반反동일시라는 이중적인 태도 속에서 스스로 '청년'의 정체성을 구축하게 한다는 점에서 '청년'을 (재)생산하는 장치다. 즉, 영화와 소설의 '청년' 표상은 대중으로 하여금 내러티브 속의 어떤 인물과 자신을 동일시하게 하거나 혹은 반反 동일시를 통해 스스로를 어떤 의미와 가치를 내포한 '청년'으로 인지하게 하는 기제들이다. 이는 많은 인기를 끌었던 문학과 영화의 팬fan들은 자신들의 경험과 정체성을 그

....

4 　김영주, 『한국의 청년 대중음악 문화』, 한국학술정보, 2006, 88~93쪽.

표상과 결부지어 이해하는 성향이 있다는 사실로도 설명될 수 있다. 팬들은 텍스트나 스타를 통해 자신들의 사회적 정체성과 사회적 체험들을 의미화할 기회를 갖는데, 특히 대중문화의 경우 이러한 기능성은 더욱 강해진다.

더욱이 역사적으로 차별되는 체험을 가진 이들일수록 이전의 다른 세대들과 분명히 구별되는 표상을 통해 자신들의 정체성을 표현하려는 욕구가 강해질 수밖에 없다. 한국 사회에서 해방 후 제도 교육을 받고 자라나 20대를 맞은 일군의 무리들은 확실히 경험적인 측면에서도 그 어느 때보다 이전 세대와 차별되는 집단이었으며, 그들 스스로도 이러한 차별적 요인들을 충분히 자각하고 있었다. 이러한 자각성은 이른바 스스로를 '4·19 세대'라고 일컫는 지식인 집단에서 가장 강하게 나타났다. 이들에게 60년대는 그들 세계상의 출발 지점이었다. 그리고 이러한 세대 의식에 대한 자각 정도는 일부 지식인 청년들, 즉 대학생에게서 가장 강하게 나타났다.

그러나 이 지식인 청년들이 60년대 모든 청년을 대표할 수 있는 존재가 아님은 물론이다. '대학생' 이외에도 대도시화되어 가는 서울에는 대학생과 비슷한 또래의 노동자들도 있었고, 미처 일자리를 구하지 못한 실업자 청년들 그리고 불량배로 살아야 했던 젊은이들도 있었다. 60년대 초반 대 홍행했던 청춘영화의 경향은 초반에는 대학생을 청년의 대표적인 집단으로 상정하여 묘사하다가 점차 제도에서 밀려난 건달들, 불량배 청년들을 다루기 시작한다. 청년문화의 가장 일탈적이고 저항적인 모습은 바로 60년대 청춘영화들 속의 하층계급의 '건달'에서 찾을 수 있다. 이 영화들 속의 '건달'들은 '대학생' 표상과는 달리 하위

1961년경 한 대학의 도서관(부산대) 풍경과 1963년의 졸업식(서울대)의 풍경. 이 사진 속 주인공들은 이른바 4 · 19 세대로 일컬을 수 있는 대학생들이다. 출처 : 국가기록원.

계급 젊은이들의 모습을 표상하면서, '대학생'과는 다른 청년상을 생산해 낸다. '대학생'이 성인의 사회에서 '유예된' 존재이며 중산층 이상으로 진입할 가능성이 많다면, '건달'은 제도 교육과 근대적 직업 및 노동 세계에서도 '배제된' 존재다. 이들 건달 캐릭터가 등장하는 영화들은 청춘영화의 가장 현실 비판적이고 저항적인 모습을 드러내지만, 이러한 저항도 매우 제한적이었고 그 자체로 한계를 내포하고 있었다.

신성일과 청년 관객, 빌려 온 청춘

신성일 주연의 청춘영화들은 각각 지식인 청년들과 하층계급에 의해 전유되는 청년상을 보여 줄 수 있는 60년대 대표적인 텍스트들이라 할 수 있다. 당시 '청년'을 호명해 내는 새로운 아이콘이 인기를 얻게 되는데, 그 아이콘이 바로 영화배우 신성일이었다. 신성일이 연기했던 캐릭터는 초기 청춘영화에서는 스포츠카를 몰고 여학생을 유혹하는 부르주아 대학생이었다가, 청춘영화 전성기 이르러서는 점차 반항적이면서도 계층 상승의 욕망에 시달리는 젊은이 혹은 '건달'로 바뀐다.

배우 신성일은 이전의 배우들과는 스타 시스템의 측면에서 차별적인 요소들을 가지고 있는 새로운 세대의 배우였다. 1959년 여름 국제극장 뒷거리에서 이형표 감독에 의해 배우 제의를 받고[5] 1960년 신상옥 감독의 〈로맨스 빠빠〉로 데뷔 기회를 갖게 된 신성일은, 극단에서 연기 수업과 배우 경험을 쌓고 영화계에 입문했던 이전의 배우들과는 다른 경로로 데뷔한 배우였다. 신성일도 배우 지망생이기는 했지만 연기 수업이나 극단 활동 경험이 전무했다는 점에서 50년대 후반의 흥행을 견인했던 김승호, 김진규, 최은희, 황정순, 조미령 등의 스타들과는 차이가 있었다. 바로 이 점이 데뷔 초기에 신성일이 연기력 부족으로 고전하게 된 이유이기도 했다. 데뷔 초기에 심한 경상도 사투리와 부자연스러운 연기로 고전했던 그가 결정적으로 스타덤에 오르게 된 것은 '청춘영화'라고 불리던 60년대 초에 유행하던 영화들에서이다. 신성일은 바로 청춘영화를 통해 젊고 반항적인 캐릭터로 대중의 인기를 모으게 되는데, 특히 1963년의 〈가정교사〉, 〈청춘교실〉, 〈성난 능금〉에서 큰 인기를 얻게 된다. 이때 그는 반항적이며 자유분방한 이미지로 '한국의 제임스 딘'이라는 별칭을 얻기도 하였다.[6]

교양 있고 자상한 매력의 김진규, 듬직하고 소탈한 이미지의 신영균과는 달리 청춘영화에서 기성세대에 반항하거나 신분 상승의 욕망에

....

5　이형표 감독 인터뷰, 「유쾌하면 그만, 한번 웃고 넘길 수 있으면 만족해」, 『씨네 21』, 2002년 10월.

6　『경향신문』, 1963년 11월 5일자.

시달리는 젊은이 역할을 맡은 신성일
은 이전 배우들과는 다른 종류의 이미
지로 젊은이(여성)들에게 인기를 끌게
된다.[7] 그리하여 신성일은 당대 최고
의 여배우로 아내가 된 엄앵란은 물론,
60년대 후반에서 70년대까지 '트로이

신성일 · 엄앵란 주연의 〈청춘교실〉(1963).

카'로 불리던 젊은 여배우들인 문희, 남정임, 윤정희와 짝을 이루어 영
화에 출현하게 된다. 그가 출연한 영화들은 그가 가진 스타성을 최대
한 홍보함으로써 홍행을 보장받으려 할 정도로 60년대 영화 산업은 배
우 신성일에게 절대적으로 의존적이었다. 신성일과 엄앵란 커플은 한
국영화사상 최초의 '스타 시스템'이라는 말을 만들어 냈으며, 1960년
대 지방의 홍행업자들은 신성일과 엄앵란 콤비의 이름이 찍힌 영화들
을 입도선매하기에 바빴다.[8] 당시 가장 세금을 많이 내는 배우였던 신
성일은 늘 출연작을 고르기에 바빴고, 20여 편의 영화에 늘 겹치기 출
연할 정도로 60년대 영화계의 홍행과 신성일은 서로 떼어서 생각할 수
없다.[9]

　신성일이라는 아이콘이 가능했던 것은 '청춘영화'와 그 관객을 이루
고 있는 일군의 젊은이들 때문이다. 영화사적으로도 이 젊은이들은 외
화가 아닌 방화를 보기 시작한 젊은이들이라는 데 의미가 있다. 60년

....

7　신성일이 스타덤에 오르게 된 과정과 그의 배우로서의 이미지에 대해서는 이호석, 「1960년대 청춘
　영화 형성 과정에 대한 연구」, 중앙대 석사학위논문, 2003, 44~48쪽을 참고하였다.

8　위의 글, 44쪽.

9　「주역을 통해서 본 스크린의 반세기—선성일 · 엄앵란 콤비」, 『조선일보』, 1966년 7월 3일자.

대의 영화계는 50년대 후반의 흥행을 이어 황금기를 구가하고 있었지만, 외화와 방화라는 이원적 소비 구조를 가지고 있었다. 서울 시내 10개 정도의 개봉관 역시 외화 개봉관과 방화 개봉관이 서로 분리되어 있었고, 외화外畫 팬과 방화邦畫 팬 역시 대체로 분리되어 있었다. 가족 멜로드라마와 사극史劇이 주를 이루는 한국영화의 관객들은 기혼녀들이 중심이 된 '여성 관객'들이었다. 이 여성 관객이 이른바 '고무신 관객'으로 불리면서 비하된 것은 이들의 대다수가 외화를 감상하는 데 필요한 문화자본을 갖추지 못한 중년 여성, 하층민 여성이라는 점 때문이다. 그러나 한편 이들과 대비되는 도시 젊은이들의 경우 외국 문화에 대한 배경 지식, 자막을 빠르게 독해할 수 있는 능력 등 외화 감상을 가능하게 하는 문화자본을 가지고 있었고 이러한 요인으로 방화보다는 외화를 즐겨보는 편이었다.[10]

외국 영화에서 묘사되는 서양인들의 윤리관과 방화에서 묘사되는 보수적인 윤리관 사이의 낙차 또한 매우 컸다는 점 또한 한국영화와 외국 영화의 관객이 서로 배타적일 수밖에 없는 조건으로 작용했다. 외화의 수입에서 60년대 한국 사회의 윤리 감각은 중요한 고려 사항이었다. 특히 국가 주도의 검열 기관이 외화 수입 여부를 판정한다는 것이 결정적인 요인이기도 했지만, 당시 한국 사회에는 검열 기관의 차원을 훨씬 넘어서는 당시의 보수적인 성모랄이 뿌리내리고 있었다. 〈차타레이 부인의 사랑〉, 〈연인들〉 등의 선정적인 영화들이 4·19 이후 잠깐 검열의 주도권이 민간으로 넘어와 개봉되었을 때도 지식인들

10 외화 팬과 방화 팬의 분리와 특징에 대해서는 김수미, 『1963년 전후 한국영화관객층의 변화』(중앙대 석사학위논문, 2003), 26~32쪽을 참조하였다.

을 중심으로 이에 윤리적 문제를 제기할 정도로 외화의 선정성은 사회적으로 윤리적인 문제를 불러일으켰다.[11] 상대적으로 개방된 연애관을 가졌지만 기성세대의 감시와 주의로부터 자유롭지 못한 젊은이들이 외화를 즐겨본 데에는 외화가 주는 이러한 심리적인 해방감이 한 이유가 된 것으로 보인다. 60년대 영화계에서 자주 발견되는 '외화팬', '방화팬'이라는 말은 외국 영화와 한국영화 사이의 여러 낙차는 물론, 각 관객들의 세대적 차이를 내포하고 있다고 할 수 있다.

60년대 초 이러한 상황에서 '청춘영화'는 일정 부분 외화 팬들의 관심을 한국영화로 돌리게 했다는 점에서 그 긍정성을 인정받는다.[12] 젊은이들을 '집단'의 모습으로 담기 시작한 방화로는 청춘영화가 거의 처음이었고, 이러한 이유에서 젊은이들이 외화에서 방화로 시선을 돌리기 시작한 것이다. 후일 '청춘영화'로 불릴 60년대 초반의 영화들은 처음에는 '대학생'을 중요 인물로 설정하고 대학생들의 문화—재즈와 음악다방, 음악감상실과 트위스트 그리고 자유분방한 언어 구사, 서구적 라이프스타일 등을 다루었다. 이 시기의 청춘영화는 대부분 음악다방이나 음악감상실을 공간적 배경으로 하고 트위스트와 같은 빠른 템포의 춤을 추는 남녀를 삽입하는 것이 필수적이었다. 영화 속에 등장하는 대학생들의 소비 문화에 대해 주류 언론은 대체로 비판적인 태도였다. 그것은 주로 청춘영화에 등장하는 성에 대한 자유분방함 때문이었다. 앞서 수입 영화가 관객에게 주는 쾌감이 심리적 해방감에 있다면, 청춘영화

....

11 「요즘 영화에서 본 윤리」, 『동아일보』, 1960년 11월 4일자 기사 참조.

12 김종원, 「왜색에 뿌리 박은 허울의 청춘상—한국 청춘영화의 배경과 현실」, 『영상시대의 우화』, 제삼기획, 1985, 85~89쪽.(원문은 1964년 『실버스크린』에 수록)

는 외화에서 흔히 볼 수 있었던 성적 표현의 자유로움과 자유분방함을 일부 반영함으로써 수입 영화의 관객들을 끌어 올 수 있었다.

60년대 중반까지 유행했던 '청춘영화'는 거의 대부분 혼외정사와 혼전 관계를 다루고 있다. 청춘물의 신호탄 격이었던 신필름 제작의 1962년 〈아름다운 수의壽衣〉는 약혼자가 있는 여대생이 친구의 약혼자와 관계를 맺는다. 물론 그녀는 죽음으로써 자신의 약혼자에게 사죄하고 스스로를 징벌하지만, 여대생의 이러한 일탈의 모습은 당시로서는 센세이션을 일으켰다. 이 영화의 원작은 서울신문사의 500만 환 현상소설 당선작 「아름다운 수의」였다. 신인 작가 신희수가 쓴 것이었는데, 그가 이화여대 재학 중인 여대생이라는 점에서 프랑스 작가 '프랑소와즈 사강'과 비교되기도 하였다. 당시의 맥락에서 「아름다운 수의」는 '사강'의 에피고넨이라 하여 그다지 긍정적인 평가는 받지 못했고, 여대생의 시각에서 대학생들의 풍속도를 발랄하게 그려 내었다는 점에서 다분히 논란의 여지가 있는 소설이었다.[13] 이 소설을 원작으로 한 영화 역시 논란의 여지가 있었다. "끽연하고 음주하고 트위스트에 광분하고 페팅하는 청춘풍속도"로서 "사상의 빈약함"을 보여 주는 영화이지만 "쾌적한 템포, 유려한 카메라, 재치 있는 커팅"이 돋보인다는 평가를 받기도 했다.[14]

화제가 된 이 영화의 시사회가 끝난 뒤 소설가 정비석, 박화성 그리고 실제 대학생들과 교수(이대생, 서울대생과 이대 교수) 역시 여대생 원

13 「젊은이들이 만든 젊은 영화」, 『서울신문』, 1962년 11월 1일자.
14 「병든 청춘의 풍속도」, 『한국일보』, 1962년 11월 18일자.

작자 신희수, 영화의 주연배우이자 당시 연극영화과 2학년인 태현실을 대상으로 인터뷰를 한 바 있다. 다음의 기사는 이 인터뷰의 결과인데, 인터뷰의 초점이 이 영화가 현실 속의 대학생을 어떻게 반영하고 있는가에 맞춰져 있다. 이들은 영화 속 '대학생'에 공감하면서도 그 모습이 과장되어 있음을 지적한다.

1962년의 〈아름다운 수의〉는 이형표 감독의 연출로 신필름이 제작한 영화였다.

서울신문 5백만환(구화) 현상 소설 당선작 「아름다운 수의」가 영화화되었다. 원작자(신희수 양)도 여대생, 거기 등장하는 여대생들을 드러낸 주역 연기진도 여대생인 이 영화는 과연 여대생의 생태와 애정 「모랄」을 「리얼」하게 그렸을까? 시사회 반응은 의외로 크다. 영화로선 훌륭하다는 전제 다음에 이 땅 여대생상에 대한 「디스커션」이 만만찮게 벌어진다. 〔중략〕

여대생들이 도덕관 연애관을 묘사한 것이 이해가 간다. 물론 실생활과는 거리가 있겠지만 전체적으로 보아 발랄한 화면이다. 대사도 짤막짤막한 것이 우리 젊은이들이 마음에 「어필」한다.…(고중영/이대대학원) 〔중략〕 다만 젊은이들의 생리를 좀 더 깊이 파고들지 못했다는 점, 말하자면 현실과의 틈바구니가 없지 않은가 생각이다.(유홍열/서울대생) 〔중략〕 여대생들의 「모랄」을 취급했는데 공감이 가는 데가 많았다. 이 영화를 보고 그것이 여대생의 생활 전부라고 믿는 관중이 없기를 바란다. 한 모퉁이를 묘사했다고 보았는데 은어의 사용 같은 것은 퍽 공감이 가는 데가 있다. 전체적으로 보아 「프레쉬」하다는 느낌이 들었으며 앞으로도 이런 종류의 새 영화가 많이 제작되었으면 한다.(원선옥/이대교수)[15]

소설가 정비석은 원작에 비해 영화가 '보수적'이라는 견해를 내었지만, 실제 젊은이들은 대체로 현실과의 괴리를 언급했다. 초기 청춘영화에 고질적으로 따라 붙는 '젊은이들의 현실을 왜곡했다'는 부정적인 평은 초기의 청춘영화들이 젊은이들, 그중에서도 대학생의 발랄한 모습과 성적 자유분방함을 묘사하는 데 기인한다. 특히 이 '발랄한' 대학생들이 경제적 고민이 없는 상류층 자제로 공부도 하지 않고 그저 '노는 데'만 정신이 팔린 족속들로 묘사된 것이 실제 대학생들에게 많은 반감을 불러일으켰다. 위의 인용문에서도 '진짜' 대학생들은 청춘영화에서 보이는 발랄함을 일면 긍정적으로 보면서도 '현실'과는 거리가 있다는 면을 지적한다.

이러한 문제점은 초기 청춘영화에서 흔히 보이던 특징이기도 했다. '스포츠카'로 드라이브를 즐기고 '댄스 홀'을 드나드는 대학생들의 모습(〈청춘교실〉), 비행기를 조종하고 말을 타는 여대생들(〈말띠여대생〉)의 모습은 주류 평단에서 '한국적' 대학생 혹은 '한국적' 현실과는 다른 '국적 불명'의 젊은이들로 평가받았다. 이러한 젊은이들의 소비 문화에 대해, 확실히 '학생 집단'에 대해 훈육적인 태도로 일관하는 주류 언론에서는 현실과는 동떨어진 '빌려 온 청춘'으로 비난한다.

....

15 「시사회의 반응/영화화된 서울 신문사 5백만환 소설 당선작/아름다운 수의를 이렇게 본다」, 『서울신문』, 1962년 11월 15일자.

김수용 감독의『청춘교실』이 23일간의「롱런」으로 크게「히트」하자 우리 영화계는 앞을 다투어 신성일·엄앵란「콤비」를 비롯한 젊은 배우를 써서「청춘물」이라는 일련의 작품들을 계속 찍어내어 하나의「붐」을 이룩해왔던 것인데 그 순한 한국의 청춘들이 대부분 현실과 동떨어진『빌려온 청춘』내지는『국적불명의 젊은이』들이라는 비판을 받는 수가 많다.「섹스」,「스피드」,「스릴」등의「캐치프레이즈」를 달고 판을 치는 청춘영화들-〔중략〕『청춘교실』의 이 주인공은 어엿한 대학생이다. 강의실에서 선생에게 한 달 용돈이『한 만 원 정도』라고 호통을 치는 그는 학교에 오고 가는데「스포츠·카」를 스스로 운전하는「부르조아」라, 공부와는 털끝만큼도 인연이 없고, 같은 또래 불량소녀들과「뮤직홀」등 유흥을 무대로 삼으면서 도색 유희로 나날을 보낸다.[16]

소비 문화와 연애 풍속에서 청춘영화들은 당시에는 쉽게 볼 수 없는 최상위 계층의 문화를 묘사하고, 남녀 관계에서도 서구의 젊은이들을 보는 듯 매우 대담한 장면을 보여 주었다. '한국적'이지 않은 '국적 불명'이라는 명칭이 붙은 것은 일부 초기 청춘영화가 일본 대중소설을 원작으로 한 것이라는 점에도 그 이유가 있다. 위의 기사에서도 문제가 되었던 김수용의 〈청춘교실〉은 이시사까 요지로石坂洋次郎 소설「그 놈과 나ぁぃつと私」를 원작으로 한 것이었는데, 이시사까 요지로의 소설은 1963년 젊은이들 사이에서 큰 인기를 끈 베스트셀러였다. 1963년 10월에 개봉한 〈청춘교실〉에 앞서서 1963년 2월에 개봉한 영화 〈가정교

....
16 「스크린'에 빌려온 청춘상」,『조선일보』, 1964년 8월 28일자.

사〉도 엄앵란과 신성일이 주연한 청춘영화였는데, 이 영화의 원작도 이시사까 요지로의 소설 「가정교사」였다.

〈가정교사〉와 〈청춘교실〉의 원작들, 젊은이들 사이에서 베스트셀러였던 이 두 편의 원작 소설은 배경이 일본이니만큼 그 소비 수준이나 도덕관념의 측면에서 한국의 사정과는 많은 차이가 있었다. 〈청춘교실〉의 주요 인물들은 그 부모가 각각 가전제품 대리점 사장, 최고의 헤어 디자이너라는 직업을 가지고 있었던 만큼 돈의 문제에 대해서는 전혀 구애받지 않고 사는 이들이었다. 위의 인용된 기사에서도 '스포츠카'가 지적되었다시피 영화에서 재현된, 무엇보다 경제력의 측면에서 한국보다 더욱 '잘 살았던' 일본 중산층의 모습이 한국 관객에게는 현실적으로 가능하지 않거나 혹은 최상위 계층의 모습으로 보였다.

무엇보다도 대학생들의 성적 자유로움은 물론 부모 세대의 성적 자유분방함은 1960년대 초의 한국영화의 맥락에서 볼 때 매우 충격적이었다. 〈청춘교실〉은 아내가 공공연하게 혼외정사를 즐기는 사실을 알면서도 크게 노여워하지 않고 속아 주는 남편, 불륜 관계에 있는 중년 남녀의 공개적인 데이트, 대학생 남녀의 피서지 혼숙 등을 일상적인 것처럼 다룬다는 점에서 충격적일 만했다. 다음의 기사도 이 점에 가장 분개하고 있음을 알 수 있다. "우리는 우리대로 현실이 있는데 섹스 또는 여대생들의 노골적인 감정표현까지 일본에서 따 올 필요는 없지 않은가."[17] "된장 냄새보다는 다꾸앙 냄새"[18] "국적 불명의 진경 〔중략〕

....

17 「빌려온 현실」, 『동아일보』, 1963년 8월 26일자.
18 「허위대만 멋진 영화」, 『경향신문』, 1963년 8월 28일자.

각본부터 이식의 본능
아니 번안의 노력조차
방기하고 있다."[19]

〈아름다운 수의〉나
〈청춘교실〉 등에 대한
당시 주류 언론의 비난
을 보면, 1956년 세간
을 떠들썩하게 했던 영

이시사까 요지로의 두 편의 소설 『청춘교실』과 『가정교
사』의 광고(출처 : 『동아일보』, 1963년 5월 10일자)와 실제
출간된 소설 『청춘교실』의 표지.

화 〈자유부인〉을 떠올리게 된다. 개인의 성적 욕망이 어디까지 허용되
고 영화는 그것을 어디까지 표현할 수 있는가에 대한 담론들을 불러일
으키기 때문이다. 그러나 〈자유부인〉의 경우에도 그러했지만, 이러한
영화들에 대해 주류를 이루는 것들은 개인의 성적 욕망의 자유를 인정
하지 않는 담론들이고, 그 근거는 '현실'과의 괴리와 이탈 그리고 무엇
보다 '결혼'이라는 제도 바깥의 섹스에 대한 도덕적 부적절함이었다.
기혼녀의 일탈이 주를 이루었던 〈자유부인〉에 비해 청춘영화들에 대
한 비난은 비교적 강도가 약했는데, '수업', '교실'이라는 청춘영화 제목
들은 대학생들이 인생 특히 성性에 대해 학습 중이고 시행착오가 있을
수 있다는, 따라서 교정의 여지도 있는 미성숙한 인물들이라는 점이
청춘영화들에 대한 충격을 완화시키는 장치였기 때문이다.

당시의 평가들은 청춘영화 속 젊은이들의 발랄한 언어 사용, 빠른 편
집, 감독의 연출력을 인정하기도 했는데, 이러한 특징들은 한국영화의

....

19 「국적 불명의 청춘진경」, 『한국일보』, 1963년 8월 31일자.

고질적인 허점으로 여겨져 왔던 '신파'적 특징과는 거리가 먼 것들이었다. 신파성이 과잉된 감정과 그 표현으로서의 눈물, 인물의 감정선을 살리는 느린 편집, 뚜렷한 선악의 이분법 등으로 이루어져 있다면, 이 시기의 청춘물들에는 이러한 속성들이 거의 등장하지 않는다. 청춘영화의 속성은 시간이 지남에 따라 일반적인 멜로드라마적인 특징과 거의 구별되지 않게 변질되기도 하지만, 적어도 1962,63년경의 청춘영화들은 낯설고 생경하리만치 혹은 인물들에 대한 동일시를 방해할 만큼, 이전 한국영화에서 보였던 감상성을 배제하고 있다.

그렇다면 당시의 젊은 관객들이 청춘영화에 열광한 것은 무엇 때문인가. 확실히 청춘물들은 이전의 한국영화와는 다른 스타일의 영화, 즉 빠른 속도의 장면 전환과 발랄한 젊은이들의 모습, 과감한 성적 표현과 언어 사용이 돋보였고, 이러한 특징들이 관객들에게 청춘과 젊음에 대한 일종의 판타지를 부여했다. 초기 청춘영화들은 거의 대부분 상류층 대학생들의 모습을 보여 주었는데, 이러한 젊은이들의 모습이 당시에는 흔하지 않은 인물들이거나 불가능한 인물로서 이른바 '현실'과는 다른 유형의 인물들이었다. 이러한 인물들이 주는 비현실성 혹은 탈현실성이 당대 젊은 관객들이 청춘영화에 열광했던 이유였던 것으로 짐작된다. 마치 〈자유부인〉의 관객들이 기혼녀 오선영의 일탈을 비난하면서도 그 일탈이 주는 쾌감을 즐겼듯이, 눈치 보지 않고 자신의 감정과 욕망을 솔직하게 표현하는 젊은 대학생들의 모습은 분명 반감의 여지는 있지만 동시에 통쾌함을 느낄 법하다.

이러한 통쾌함은 그것이 특정한 한정된 집단에만 공유되는 것일 때 배가된다. 청춘영화는 모든 관객을 소구하는 영화가 아니라 영화 속에

영화 〈초우〉에 묘사된 음악다방의 모습. 트위스트를 추고 이에 열광하는 남녀들.

묘사된 젊은이들의 모습을 좋아하고 공감할 만한 관객들을 소구하는 영화이다. 청춘물들이 주로 20대 초반의 젊은이들을 묘사하고 그 모습을 '청춘'의 모습으로 특권화시켰다시피, 청춘영화는 특정한 세대를 소구하는 전략을 구사했다. 특히 음악과 춤은 특정한 세대가 공유하는 문화적 코드로, 청춘영화는 이 문화적 코드를 청춘영화의 표지로 사용했다. 실제로 당시의 대학생을 중심으로 한 60년대 서울의 젊은이들은 음악다방, 음악감상실, 살롱, 비어홀 등에서 클래식, 재즈, 팝을 즐기거나 트위스트 춤을 추기도 했다. 이 장소들은 바로 외부의 현실 논리가 차단된 그들만의 탈현실의 공간이었다. 입장료 30원 정도의 비교적 저렴한 돈으로 입장할 수 있었던 음악감상실의 경우, 그곳에서 도시락을 먹으며 하루 종일 클래식 마니아로서의 문화적 취향을 과시하는 부류도 생겨났다. 1965년부터 음악다방의 DJ로 일했던 선성원이 당시에 주민등록증이 없음으로 해서 학생증이 이를 대신했다고 증언하고 있듯이,[20] 당시 음악다방은 학생증을 확인하여 고교생들의 입장을 막음으로써 20대들의 배타적인 공간으로 기능했다. 물론 고교생들도 학생

....

20 선성원, 『가십으로 읽는 한국 대중문화 101』, 미디어집, 2005, 19쪽.

증을 위조하거나 다른 방식으로 입장했을 가능성이 있지만, 출입증으로서의 학생증은 공식적으로 음악감상실이 20대 청년들이 공간, 그중에서도 대학생의 공간이었음을 인증하고 있는 셈이다.

이러한 공간이 일정한 나이와 문화자본을 소유한 사람들, 즉 대학생들을 중심으로 한 청년들의 아지트 역할을 했음을 짐작할 수 있다. 이러한 청년 집단의 아지트에 대한 집착은 공통의 문화를 집단적으로 향유할 수 있다는 이점에서, 또한 기성세대 혹은 지배 권력의 주의와 감시가 지배하는 현실로부터 도피하려는 심리에서 비롯된다. 이러한 탈출 심리 때문에 특히 청춘영화에서 판타지적인 요소가 극대화된 듯하다. 이러한 점에서 초기 청춘영화의 부르주아 '대학생'이라는 표상은 실제 대학생을 포함한 젊은이들의 심리적 해방구로 기능했다는 점에서 저항적 청년문화의 요소를 지니고 있다. 그러나 '대학생'들은 60년대의 기준으로 보면 사회가 인정하는 엘리트 계층이었고, 그들이 사회의 주류가 되는 것은 시간문제일 뿐이었다. 이들의 반항심 혹은 저항은 학생이라는 특수한 신분, 즉 신체는 이미 성인이지만 경제적으로는 부모에게 예속되어 있어 현실적으로 부모의 통제와 가치관에서 벗어나기 어렵다는 데서 기인하는 특수한 것이었기 때문에 그 한계 또한 자명하다.

영화 속 부르주아 대학생들의 예를 들자면, 이들은 부모의 경제력에서 오는 많은 것들을 누리고 살면서도 부모의 가치관에 대해서는 동의하는 않는 이중성을 보인다. 그들이 자신들이 누리는 계급적 특권에 대해서는 무감각하다는 점에서 그들은 이미 부모 세대와의 타협을 예비하고 있다. 일본 소설을 원작으로 하고 있기는 하지만 〈청춘교실〉의 주인공인 찬식은 유명 미용실을 운영하는 어머니 윤사라의 재력에 기대어 스포츠카로 통학하고 한 달 용돈이 만원이나 되는 대학생이지만, 어머니가 젊은 정부와 사귀고 아버지를 무시하며 자식에 대한 사랑을 돈으로 해결하려는 데 대한 강한 불만을 가지고 있다. 그는 복수를 위해 보트 사고가 나 바다에서 자신이 실종된 것처럼 꾸며 어머니를 충격으로 몰아넣는다. 그는 어머니의 조수와 몇 년간 육체관계를 맺고 새로운 여대생 연인 덕자와 관계를 가질 정도로 육체적으로는 완전한 성인이지만, 어머니를 괴롭힘으로써 복수하는, 즉 여전히 부모의 인정을 기대하고 부모로부터 정서적으로 독립하지 못한 인물인 것이다.

초기 청춘영화들은 부르주아 대학생들을 내세워 그들의 화려하고 자유분방한 삶을 '보여 주는' 데 치중하는 나머지, 부모 세대의 가치관에 대한 반발은 그다지 전면화되지 못한다. 그런데 1964년, 역시 일본 영화의 번안인 〈맨발의 청춘〉에 이르면 청춘영화의 새로운 인물 유형이 등장하며, 이 새로운 유형의 인물을 통해 이 영화는 사회와 기성세대에 대한 강한 불만을 표출하게 된다. 그 인물 유형이 바로 '건달'이다. 학교를 다니지도 뚜렷한 직장에 다니지도 않는 도시 젊은이들이 초기 청춘영화의 부르주아 대학생들이 겪을 수 없는 장애들을 몸소 체험하게 됨으로써 계층 상승의 문제를 청년들의 중요한 이슈로 부각시킨다.

계층 상승의 욕망과 폭력violence 길들이기

청춘영화는 1960년경부터 60년대 후반까지 제작되었는데, 초기 청춘영화로는 1960년의 〈젊은 표정〉(이성구 감독, 남양일 · 이대엽 · 엄앵란 주연), 1963년의 〈성난 능금〉(김묵 감독, 신성일 · 최지희 주연), 1963년의 〈가정교사〉(김기덕 감독, 신성일 · 엄앵란 주연), 〈청춘교실〉(김수용 감독, 신성일 · 엄앵란 주연)을 들 수 있다. 1964년 이후의 청춘영화로는 〈맨발의 청춘〉(김기덕 감독, 신성일 · 엄앵란 주연), 〈학사주점〉(박종호 감독, 신성일 · 엄앵란 · 이민자 주연), 1965년의 〈가짜 여대생〉(최훈 감독, 태현실 · 황정순 주연), 〈밀회〉(정진우 감독, 김지미 · 신성일 주연), 〈흑맥〉(이만희 감독, 신성일 · 문희 주연), 1966년의 〈말띠 신부〉(김기덕 감독, 신성일 · 엄앵란 주연), 〈불타는 청춘〉(김기덕 감독, 신성일 · 고은아 주연), 〈오인의 건달〉(이성구 감독, 신성일 · 고은아 주연), 〈초우〉(정진우 감독, 신성일 · 문희 주연), 〈초연〉(정진우 감독, 신성일 · 남정임 주연), 1967의 〈청춘대학〉(김응천 감독, 남석훈 · 트위스트 김 주연) 등을 들 수 있다.[21]

이상의 목록을 통해 알 수 있듯이 청춘영화는 1960년부터 시작하여 1964년부터 1966년까지의 시기에 전성기를 맞은 이후에는 점차 쇠퇴하는 양상을 보인다. 이른바 청춘영화라고 불린 영화들 중 초기의 영화들은 앞서 언급했듯이 대개가 현실성이 없고 일본 영화를 모방했다는 이유로 주류 언론의 훈육적인 비판을 받기 일쑤였다. 초기 청춘영화는 판타지적인 요소만을 강화한 나머지 작품의 구성에 소홀한 측면도 있었기 때문에 이러한 비판은 더욱 거셌다. 그런데 1964년 이후의 청춘영화들은 초기의 것보다 조금 더 안정된 구성을 갖게 됨과 동시에 내적으로도 강도 높은 저항의 요소들을 구축해 나가게 된다.

....

21 이상의 목록은 이영일의 『한국영화전사』(소도, 2004)에 소개된 청춘영화 목록을 바탕으로 하였다.

1964년 이후의 청춘영화에서는 철없는 부르주아 대학생들의 모습은 일단 사라지지만, 여전히 빠른 속도의 장면 전환과 함께 음악감상실 혹은 음악다방, 댄스홀에 대한 묘사는 유지되었다. 이 시기의 청춘물들은 거의 음악감상실과 음악다방을 배경으로 한 장면들을 삽입하고 있는데, 으레껏 묘사되는 음악다방과 댄스홀은 이 영화가 청춘물임을 표시하는 하나의 관습으로 기능하기도 했다. 청춘영화의 이러한 관습이 최소한으로 남게 되는 1964년경에 이르러 청춘영화들은 청년의 고민을 드러내는 내러티브들을 담게 된다. 이들 청춘영화에서 그려지는 청년의 고민은 주로 사회적 계층과 관련되어 발생하는데, '대학생'이면서 사회적 선발에서 탈락한 인물들이거나 혹은 '건달'이 청춘영화에 등장하게 된다.

이 시기의 대표적인 청춘영화인 〈맨발의 청춘〉(김기덕, 1964), 〈학사주점〉(박종호, 1964), 〈초우〉(정진우, 1966), 〈오인의 건달〉(이성구, 1966), 〈위험한 청춘〉(정창화, 1966)은 바로 그 인물 묘사에서 적절한 비교 지점을 가져다 준다. 이들 영화의 주인공은 건달이거나(〈맨발의 청춘〉, 〈오인의 건달〉) 대학생(〈초우〉, 〈학사주점〉)이다. 그러나 이 영화들에서 건달과 대학생을 구별하는 것은 거의 무의미하다. 그 대학생조차 대학이라는 제도 교육이 부여하는 기회를 제대로 갖지 못한 채 어떤 사회적 벽에 부딪쳐 '건달처럼' 살기 때문이다. 그 사회의 벽이란 바로 계층의 벽이다. 이 영화들은 계층이라는 벽에 부딪치는 청년들의 좌절을 보여 줌으로써 초기 청춘영화가 보여 주었던 상류층의 삶에 대한 판타지적인 요소들을 줄이면서 그 대신 하층계급 청년들의 '현실'을 그려내게 된다. 이 책의 2부 5장에서 언급했던 〈박서방〉이나 〈마부〉처럼

1960년을 전후로 한국영화의 주류로 자리 잡은 가족 멜로드라마가 '없는 집 아들들'도 계층 상승을 할 수 있는 낙관적인 전망을 그리고 있다면, 앞서 언급한 청춘영화들은 가족 멜로드라마가 가진 낙관적 전망이 '계층'이라는 측면에서 허구적이거나 적어도 현실적으로 녹록치 않음을 말하고 있다.

'대학생'이면서도 '건달' 같은 혹은 '대학생'과 '건달'의 외연이 차이나지 않는 청년의 모습이 바로 60년대 청춘영화에서 발견한 문제적 캐릭터이다. 도시에서 무위도식하는 이들은 대개 일탈과 폭력의 세계에 노출되어 있다. 김기덕의 〈맨발의 청춘〉(1964)이나 정창화 연출의 〈위험한 청춘〉(1966)처럼 청춘영화가 액션영화와 종종 결합되는 것도 바로 이러한 캐릭터 상의 특징 때문이다. 또한 〈오인의 건달〉의 주요 인물들은 협박과 살인, 강간을 저지르는 도시의 부랑아들이며, 〈학사주점〉이나 〈초우〉의 남성 인물들은 대학생이더라도 자신의 신분을 속이는 사기를 치기도 한다. 이들에게 계층의 벽은 모두 연애와 관련하여 발견되며, 이 가난한 청년들은 바로 그 연애를 통해 계층 상승을 도모하다 실패한다. 주로 건달 혹은 가난한 대학생이 의도적으로 혹은 우연히 사랑하게 되는 상류층 가정의 딸들은 그들이 속해 있는 사회경제적 계급을 그들로 하여금 깨닫게 한다.

영화는 이들 간의 계층적 차이를 시각적으로 제시함으로써 계층의 차이가 단지 돈의 문제뿐만이 아니라 라이프스타일 혹은 계급의 문화적 관행, 즉 아비투스Habitus의 문제이기도 하다는 점을 명시한다. 특히 〈맨발의 청춘〉는 깡패인 두수와(신성일)와 외교관 딸 요안나(엄앵란)의 연애 과정에서 발견되는 계급 간 문화적 차이를 교차 편집cross-editing을

계급의 문화들, 권투 경기와 클래식 음악회(《맨발의 청춘》).

통해 대비시킨다. 깡패가 트위스트와 재즈, 권투와 술을 즐긴다면, 외교관의 딸은 클래식 감상과 음악회, 불어 레슨으로 일상을 보낸다. 물론 이들은 서로의 문화에 대해 강한 호기심을 느끼지만, 상류층의 라이프스타일은 결과적으로 깡패 두수의 남성적 자존심을 훼손시킨다. 요안나의 집에 초대 받은 그는 스테이크 접시 앞에서 어쩔 줄 모르고, 요안나 어머니의 경멸에 가득 찬 시선은 그로 하여금 모멸감을 느끼게 한다. 계급적 아비투스의 차이라는 요소는 정창화 감독의 〈위험한 청춘〉에서도 동일하게 변주되는데, 이 영화에서도 건달인 덕태는 여대생 영아에게 이끌려 클래식 음악감상실에 가지만, 하품을 하고 조는 등 상위 계급의 문화에 위축되지 않는 모습을 '애써' 보이면서 자신의 계층적 아이덴티티에 대한 열등감을 희석시키려고 노력한다.

〈학사주점〉이나 〈초우〉의 남성 인물들은 자신들을 스스로 '삼류 대학생'으로 지칭한다. 그나마 그들은 학비가 없어 학교를 다니지도 않는다. 그들의 삶의 목표는 부잣집 딸과 결혼하여 상류층이 되는 것이다. 그들도 이러한 목표를 확실히 자각하고 있고 목표를 이루기 위한 구체적인 프로젝트를 도모한다. 〈학사주점〉의 대학생(신성일)은 재벌 집 앞 건물 2층에 하숙을 정하고, 재벌 딸(엄앵란)의 일거수 일투족을 감시하면서 그녀에게 접근할 기회를 노린다. 휴학한 대학생이자 자동차 정비공인 〈초우草雨〉의 주인공(신성일)은 프랑스 대사의 딸로 알려진 여자에게 자신이 재벌 2세라고 거짓말을 한다. 그러나 이들의 욕망은 빗나가고 계획은 실패로 끝난다. 엉뚱하게도 부잣집 딸이 아닌 하숙집 여주인인 미망인과 동거하게 되거나(〈학사주점〉), 외교관의 딸이라고 생각하고 열심히 공들인 여자가 실은 그 집의 식모였던 것이다(〈초우〉). 신분 상승 프로젝트가 실패로 끝나 절망한 인물이 심지어는 공사 중인 건물에서 추락하는 비극적인 죽음을 맞기도 한다(〈학사주점〉).

이 청춘영화들의 주인공들은 모두 노동의 세계, 교육의 세계에서 배제되어 있는 인물이라는 점이 주목할 만하다. 〈맨발의 청춘〉이나 〈오인의 건달들〉은 모두 일정한 직업이 없는 도시의 부랑아들이었고, 〈위험한 청춘〉의 '덕태'도 트럭 운전사였지만 사고로 쫓겨난 뒤 도시의 건달로 살다가 여대생 영아와 사랑에 빠진 경우다. 그러나 이들이 자신들의 처지에 대해 어떤 결여를 느끼고 제도 안으로 들어오고자 하는 열망을 품고 있다. 자신보다 계층이 높은 여성과의 연애는 이들로 하여금 계층 상승을 할 수 있는 유일한 기회이다. 〈초우〉나 〈학사주점〉의 남성 인물들 역시 대학생이기는 하지만 가정 형편으로 휴학을 하거나 스스로 돈을 벌어 학업을 해결하지 않으면 안 되는 인물들이다. 이러한 결여된 젊은이들의 모습을 통해 당시의 한국 사회가 완전히 자본주의화되어 사회적으로 주체가 되어 살아갈 수 있는 방법이란 합법적인 노동을 하는 것 이외에는 다른 방법이 없게 된 사회가 되었음을 역으로 알 수 있다. 깡패 혹은 건달이라는 캐릭터는 영화에서도 긍정적으로 묘사되지 않고 그 자체로 결여된 인물이면서 반反사회적인 성향을 지닌 폭력적인 인물로 묘사된다.
물론 이러한 결여와 일탈이
여성 인물들로 하여금 동정
과 연민 나아가 사랑을 느끼
게 하는 자질이 되기는 하지
만, 기성 사회에 대한 저항

강패와 여대생은 청춘영화에 자주 등장하는 남녀 조합
이다. 〈위험한 청춘〉 속의 영아와 덕태.

혹은 반항이면서도 분명히 교화되어야 하는 자질로 의미화된다.

실제로 해방 후 근대화가 본격화되면서 한국 사회의 20대들은 '노동
(산업화)'과 '전쟁(한국전쟁, 베트남전쟁)'이라는 두 가지 기능을 수행하도
록 호명되었고, 이러한 호명에 응답해야만 주체로 살아갈 수 있었다.[22]
여기에 제도 교육이 팽창하면서 '대학생'이라는 다른 청년 주체를 추가
할 수 있지만, 제도 내부로의 진입을 지연시킨 과도기적인 존재인 '대
학생'마저 부모의 계층적 배경이 있어야 주체가 될 수 있었다. 청춘영
화 속 주인공들은 이러한 주체 되기에 철저하게 실패하는 인물들이다.
그들은 화폐와 같은 경제자본은 물론, 문화자본도 없으며 인적 관계의
네트워크를 의미하는 사회자본도 갖추지 못한 인물들이다. 잘 알려진
바와 같이 부르디외는 자본의 형태를 경제자본, 문화자본, 그리고 사
회자본으로 나누었다. 경제자본은 화폐나 소유권과 같은 자본을 일컫
고, 문화자본은 문화 상품이나 정신과 신체의 성향으로 존재하는 문화
적 자산 이외에도 제도화된 교육을 포함한다. 사회자본은 특정한 집단

....
22 최형익, 「한국의 사회구조와 청년 주체의 위기」, 『문화과학』 37호, 2004년 3월, 71~75쪽.

의 구성원이 됨으로서 획득하는 자원의 총합을 가리킨다.[23] 대학생의 경우 제도화된 문화자본(학벌과 같은)이나 인맥이라는 사회자본을 가질 수 있지만, 이 역시 명문대생이 아닌 경우 자본 소유의 정도가 매우 미약하다. 청춘물의 주인공들은 무엇보다도 모든 것의 근원이 이러한 계급의 문제라는 사실을 깨닫고 일종의 출구로서 상류 계층과의 결혼과 연애를 시도하지만, 청춘영화들은 이러한 시도가 철저하게 실패하는 것으로 그림으로써 하층계급 청년들이 느끼는 심리적 박탈감을 드러낸다. 주인공들의 죽음이나 패배 그리고 그들의 죽음에 대한 애도는 사회적으로 떳떳한 주체가 되지 못하는 데 대한 일종의 저항과 항의를 표현하는 기능을 가지고 있다. 따라서 64년 이후의 청춘영화는 '건달'이라는 캐릭터를 통해 초기 청춘영화의 부르주아 대학생들의 모습보다 훨씬 저항적인 측면을 표현했다고 할 수 있다.

그러나 이러한 저항적인 측면이 체제 진입의 열망을 전제로 한다는 점은 간과될 수 없다. 체제 자체에 대한 비판이 아니라 그 내부에서 주체로 살고 싶다는 욕망이 이러한 저항의 근거가 되기 때문이다. 중요한 청춘영화인 〈오인의 건달〉(1966)은 고아 출신 다섯 명의 건달들이 스스로의 힘으로 노동 주체로서 안착하려는 시도를 통해 이러한 제도 내부에 편입하려는 그들의 욕망을 잘 보여 준다. 물론 그 과정에서 자본가들에 대한 협박과 강도 행위 등 자본금 마련을 위한 일탈적인 행위를 보여 주기는 하지만, 결과적으로 '한국 최초의 음악 불고기집'을 차림으로써 제도 내부로 진입하게 된다. 영화에는 개업식 날 초대

....

23 P. Bourdieu, 『사회 자본』, 유석춘 외 옮김, 도서출판 그린, 2003, 61~87쪽.

된 남성 중창단 '쟈니 브라더스'가 트위스트 리듬의 '5인의 건달'(이봉조 작곡)을 부르는 장면이 삽입되어 있는데, 이 노래의

〈오인의 건달〉에서 개업식 날 초대된 쟈니 브라더스.

가시는 '한밑천 잡기만' 한다면 언제든 노동의 주체로 설 수 있음을 호기 있게 강조하고 있다. '쟈니 브라더스'는 60년대 실제로 인기를 끈 4인조 중창단으로, 60년대 영화들은 종종 실제 대중가요 가수들을 영화에 등장시켜 노래하는 장면을 보여 줌으로써 영화와 대중가요 사이의 적극적인 공조 관계를 보여 준 바 있다. 다음은 그 노래의 일부이다.

우리를 건달로 보지 마라/속셈은 있단다 깔보지 말아라/언제든 한밑천 잡기만 해봐라…눈치는 보면서 살기는 싫단다.

'우리를 건달로 보지 마라'는 이러한 일갈은 건달들도 직업을 가질 수 있다면 그들의 불건전한 에너지를 건전한 에너지로 바꾸어 국가를 정점으로 하는 제도 내부로 편입하는 것이 가능함을 주장하고 있다. 실제로 〈오인의 건달들〉처럼 무위도식하는 도시의 건달들 혹은 도시의 하층민들이 4·19 혁명에서 국가권력을 상징하는 공화당사와 파출소와 세무서 그리고 부유층을 공격함으로써 그들의 분노를 폭발시킨 바가 있듯이, 그들은 빈곤과 박탈감으로 축적된 에너지를 파괴적인 곳에 쓸 수도 있다. 60년대보다 훨씬 뒤에 일어난 일이지만, 1979년의 부

마항쟁은 바로 건달들의 누적된 분노가 폭발한 사례라 할 수 있다. 이들의 분노가 내부에 축적된 것은, 4·19 이후에도 여전한 도시 하층민의 실업과 빈곤 때문이었다. 1960년대 초중반 1,260만 노동력 보유 인구 가운데 취업자는 50퍼센트밖에 되지 않는 678만 명에 불과했다.[24]

이러한 상황에서 노동의 주체로 서는 것 그 자체가 이 시기 청년들의 최대의 희망이면서 제도권 측면에서도 중요한 사회적 과제로 떠오르지 않을 수 없었다. 그러나 〈오인의 건달〉처럼 노동의 주체가 되는 경우는 드문 예에 속한다. 〈오인의 건달들〉의 주인공들조차도 불고기집을 차리기는 했지만 시행착오는 계속된다. 경쟁 관계에 있는 옆 식당이 이들이 차린 불고기집의 영업을 방해하고 브라질로 이민 가려던 '호일'이 자신에게 이민 사기를 친 브로커를 죽이려다 미수에 그치는 사고를 치고, '남석'은 강도와 살인을 저질러 경찰에 연행된다. 영화는 이들이 사회제도 내부에 무사히 안착하는 것이 결코 쉽지 않음을 말하고 있다. 부르주아 대학생의 방황과 고민을 그린 초기의 청춘영화가 상류층 대학생들의 화려한 삶을 시각적으로 보여 주는 데 치중되어 있다면, 이에 비해 비록 일탈과 폭력의 세계를 그리고 있지만 하층계급의 청년이 겪는 세상살이의 어려움을 드러내는 후기의 청춘영화들은 훨씬 현실적인 맥락을 갖고 있는 셈이다.

....

24 김원, 「박정희 시기 도시하층민—부마항쟁을 중심으로」, 장문석·이상록 엮음, 『근대의 경계에서 독재를 읽다—대중 독재와 박정희 체제』, 그린비, 2006, 320~329쪽. 김원의 이 논문은 70년대 말 부마항쟁이 일어난 원인을 60년대부터 하층민의 불만이 누적된 결과로 보고 있다. 인용된 부분은 60년대 4·19 혁명 시기의 노동 인력에 대한 통계이다.

위악僞惡과 자기기만, 여성에게 더욱 폭력적인 청춘영화

앞서 언급했던 청춘영화들에서 가진 것 없는 젊은이들의 신분 상승 프로젝트는 바로 자신보다 계층이 높은 여성들과 결혼하는 것이었다. 〈학사주점〉, 〈초우〉처럼 매우 의도적이고 의식적인 경우도 있지만, 〈맨발의 청춘〉과 같은 경우는 의도적으로 계층 상승을 위해 여성에게 접근한 것은 아니었다. 그러나 거의 대부분의 경우, 즉 대학생이든 건 달이든 가난한 젊은이들이 그 연애의 과정에서 자신의 처지를 더욱 정확하게 깨닫고 마음의 상처를 입게 된다. 그들은 영화 속에서 폭력적 사건에 휘말리면서 물리적으로도 피를 흘리지만, 무엇보다도 사회로 나갈 정당한 출구가 없음을 알고 아파하게 된다.

청춘영화라는 스타일이 갖고 있는 기본 시각은 이 청년들의 입장에 서 이들의 고통에 공감하는 것이다. 이들이 폭력을 사용하여 일탈적인 모습을 보이더라도, 이것이 이들의 자리가 사회에 제대로 마련되어 있지 않은 것에 대한 자연스러운 저항의 반응 그리고 혈기왕성한 청년들의 '계산할 줄 모르는' 순수함에서 비롯되는 것임을 강조한다. 즉, 청춘영화는 자연스럽게 이들의 반사회적 행위를 두둔하는 형식을 취하고 있는 것이다.

대부분의 청춘영화에서 이 젊은이들은 '남성'이다. 이 점은 청춘영화가 젠더적으로 매우 불평등한 시각을 갖고 있음을 암시하기도 한다. 애당초 '청춘靑春'이라는 단어로 젊은이들을 호명하고 의미를 규정할 때 이 젊은이들은 남성 젊은이를 의미하는 것이었고, 비슷한 또래 여성들의 문제와 입장은 삭제되었음을 암시한다. 청춘영화에 등장하는 상류층 여대생이나 혹은 댄스홀이나 바에서 일하는 젊은 여성들은 모두 이 문제적인 젊은 남성들에게 계층 상승의 도구 혹은 순수한 사랑을 일깨우는 위안의 대상일 뿐이다. 더구나 청춘영화의 남성 주인공은 때로는 여성을 굴복시키는 방법으로 종종 물리적인 폭력을 행사한다는 점에서 문제적이다.

청춘영화 가운데에서 남성의 물리적 폭력이 가장 충격적으로 드러난 영화는 〈초우〉(1966)이다. 〈초우〉는 드물게도 여성 내레이터가 등장하는, 여성 인물 시각의 청춘영화이다. 정진우 감독은 영화 〈초우〉이외에도 '초연初戀'이란 제목의 영화를 통해 가정교사로 들어간 여대생의 입장에서의 입사 체험을 그려 낸 바 있다. 앞서 잠깐 언급한 바 있는 조긍하 감독의 〈육체의 고백〉도 일종의 여성형 청춘영화라 할 수 있는데, 텍사스촌에서 양공주로 일하는 어머니의 대학생 세 딸들의 입사 체험을 그려 내고 있기 때문이다. 여대생이었던 딸들은 가난한 소설가의 아내가 되거나 남성들의 유혹에 빠져 빠걸이 되는 등 어머니의 기대에 어긋나는 삶을 산다. 막내딸만이 부유한 집안의 며느리가 되어 겨우 어머니의 기대에 맞는 삶을 살지만, 이 딸마저도 어머니가 양공주라는 사실을 알고 어머니를 만나길 거부한다. 〈육체의 고백〉 역시 〈초우〉와 마찬가지로 여성들의 입사 체험이 사회가 인정하는 정당한 결혼 여부에 따라 그 성공이 좌우된다는 점에서 동일하다. 그리고 연애에 실패하여 사회적으로 인정받는 결혼을 하지 못한 여성들은 〈육체의 고백〉의 둘째딸 동희가 그러했듯 여대생에서 양공주가 될 정도로 극단적인 지위 추락을 경험한다.

〈초우〉의 주인공 영희는 여학교를 중퇴한 뒤 외교관 저택에서 일하는 식모다. 그녀는 비록 식모이지만 스무 살 여성으로 미래에 대한 꿈에 부풀어 있다. 그녀는 파리에서 소포로 전해 온 레인코트를 입

〈육체의 고백〉의 여대생 '동희'는 재벌 아들과 사귀지만, 그에게 버림을 받고 양공주로 전락하게 된다.

고 외출한다. 이 레인코트는 병을 앓는 딸에게 파리 대사인 아버지가 선물로 보내 온 것이지만, 휠체어에 온종일 앉아 있는 장애인 딸이 레인코트가 필요할 리가 없어 식모에게 던져 주다시피 한 것이다. 파리에서 온 레인코트를 입고 부유한 여대생의 차림으로 서울 시내를 이리저리 산책하던 그녀는 한 음악다방에 들어가고 그곳에서 '상주하는' 건달들에게 봉변당할 위기에 처한다. 그녀를 구해 준 것이 바로 철수였고, 고급 자동차를 모는 그는 자신을 부유한 사업가의 아들로 소개한다. 철수가 그녀를 태워서 데려다 준 그녀의 집은 바로 유명한 외교관의 집이었고, 그는 고급 레인코트를 입은 영희를 대사의 딸로 착각하게 된다. 그들의 연애가 시작되지만 영희가 신분을 '본의 아니게' 위장한 것과 유사하게 실은 철수도 자동차 정비공이다. 더구나 철수의 경우는 훨씬 더 심각하게 고의적으로 자신의 출신을 속인 경우다. 철수는 그들의 관계가 무르익었다고 생각할 즈음 자신의 신분을 밝힌다. 자신의 신분을 속였다는 점에 늘 마음에 걸려 하던 영희도 철수의 고백을 반가워하며 자신도 실은 대사의 딸이 아닌 그 집의 식모일 뿐이라고 말한다.

그러나 철수는 영희의 고백에 매우 폭력적으로 돌변한다. 그는 영희

가 대사의 딸이라고 생각할 때에는 매우 예의 바르고 정중하게 그녀를 대했다. 그러나 그녀가 단지 식모라는 사실을 알게 된 철수는 분노하여 그녀의 머리채를 쥐고 끌고 가 성폭행한다. 영화의 제목이기도 한 초원 위에 내리는 비(초우) 속에서 끌려가는 영희의 모습은 한때 그녀에게 철수와의 만날 기회를 제공하여 영희에게 행복감을 주었던 '비'가 그녀에게 매우 처절한 폭력의 순간으로 돌변한다는 절망감을 전달한다. 이 충격적인 장면이 영화에서 기능하는 바는 매우 모호하다.

이 장면을 통해 이 영화는 '청춘'이라는 가치가 계층적 불평등과 아울러 젠더적 불평등을 내장하고 있음을 폭로하면서도, 다른 한편으로 폭력을 영희의 입장에서 '사랑'으로 처리함으로써 폭력과 사랑 사이의 모호한 해석을 내린다. "이 작은 상처쯤 언제쯤 그이가 와서 하얗게 지워 주실까요" 영희는 자신이 당한 일들을 전혀 '폭력'으로 인지하지 않고 여전히 그를 사랑하며 그가 돌아올 것을 기대하고 있다. 이러한 심리적 상태는 일종의 자기기만self-deception이다. 폭력을 당한 여성이 오히려 그 폭력을 사랑의 증거로 생각함으로써 자신이 받은 충격을 완화하기 때문이다. 장르 상으로 〈초우〉는 청춘영화의 스타일을 갖고 있지만, 여성의 입장과 감성이 고려된 한국영화의 일반적인 멜로드라마의 형식과 결합되어 영희의 입장에서 감지되는 사랑과 상실이 영화의 중요한 정서로 초점화되는 점도 이러한 자기기만 혹은 모호함과 관련되어 있다.

〈초우〉 같은 경우에는 이러한 남성의 폭력이 한 여성을 얼마나 파괴했는가가 비교적 잘 드러나 있지만, 그 이외의 다른 청춘영화에서 여성에 대한 남성의 폭력은 사랑의 한 과정으로 묘사된다. 〈맨발의 청

춘〉이나 〈학사주점〉 그
리고 〈오인의 건달〉에서
처럼 그 의도와 관련 없
이 사랑 혹은 사랑이라
고 일컬어지는 성적 폭

헛간에서 철수에게 성폭행당한 뒤의 영희의 모습.

력은 낮은 계층의 청년 남성들의 분노를 표현하는 한 방식이 되곤 한
다. 청춘영화에서 여성과의 관계 맺기는 주인공 청년이 성인으로 도약
하는 발판이다. 사회적으로 성인이 된다는 것, 특히 자본주의적 가부
장제 사회에서 남성은 연애와 결혼이라는 과정을 통해 가장이 되고 사
회적인 주체가 된다. 그러나 청춘영화는 지배담론이 제시하는 이러한
주체되기에 실패한다. 청춘영화의 '청년'들은 애초부터 거의 불가능한
프로젝트―여대생으로 표상되는 상류층 딸과의 결혼이라는 프로젝트
에 실패함으로써 그들이 사회의 주류가 되는 것은 가능하지 않음을 혹
은 그들이 위의 계급으로 올라갈 수 없음을 폭로하기 때문이다. 청년
들은 연애를 통해 자신의 사회경제적 처지를 직시하게 되고 좌절한다.
　이 지점, 즉 청년들의 계층 상승 프로젝트의 실패는 바로 청년문화로
서 이 텍스트들이 저항적인 측면을 갖게 하는 최대의 포인트이다. 그
들의 실패는 지배담론이 말하는 자본주의 사회의 성실한 가부장으로
살아가는 것은, 적어도 깡패나 평범한 집안의 청년들의 경우 인생을
화려하게 원하는 만큼 누리고 사는 것이 아니라 계급의 사다리에 '하
류'로 편입되는 것을 의미하는 것임을 그려낸다. 그러나 그 분노의 표
현이 종종 여성에 대한 폭력으로 이어진다는 점은 청춘영화가 젠더적
으로 매우 문제적인 스타일임을 암시한다.

따라서 〈초우〉에 나타난 여성 인물의 자기기만과 대응되는 남성 인물의 심리적 양태는 바로 위악偽惡이다. 남성 인물들은 자신들의 폭력이 자신의 '본질적인' 문제라기보다는 사회의 문제임을 혹은 사회가 자신들을 대접하는 대로의 역할을 할 뿐이라고 말한다. 즉, '나쁜 짓을 하는 사람은 나이지만 정말 나쁜 것은 나를 깡패로만 대접하는 사회'라는 식의 태도이다. "나는 주먹밖에 모르는 쓰레기야. 깔치〔애인을 가리키는 속어〕도 많이 건드려 봤고."라는 〈위험한 청춘〉 속 덕태의 대사에는 이러한 종류의 자기합리화가 포함되어 있다. 누이를 희롱한 사장에 대한 복수로 사장의 여동생을 강간하는 덕태는, 강자가 아닌 자신보다 약하고 만만한 대상에게 분노를 표출하면서도 이에 대한 책임을 자신을 '쓰레기'로 대우하는 세상에 돌림으로써 자신의 내적 순수함을 역설적으로 강조한다.

　결과적으로 60년대 '청년'이란 누구이고 어떤 욕망을 갖고 있었는가. 일단 60년대 소설과 영화에 그려진 '청년'은 남성의 모습을 하고 있음을 다시 한 번 강조할 수 있다. 〈말띠 여대생〉처럼 여대생을 모델로 한 청춘영화들도 있지만, 이러한 모델은 지속적이지 않았다. '청년'은 자본주의 가부장제 내에서 주어진 가장이 되는 남성을 표준형으로 놓고 생성된다. '청년'은 이러한 책무로부터 일정 정도 유예된 기간을 살고 있다고는 하지만, 곧 자신들에게 닥칠 책무가 의미한 바에 대해 부담감을 느낀다. 앞서 언급했듯이 그 책무라는 것은 화려하게 인생을 누리며 사는 것이 아니라, 정상적으로 노동의 세계에 편입되어 생업의 노예가 되는 것이다. 정상적으로 노동의 세계에 편입되어 사는 것은 일부 건달들에게는 그 자체가 욕망일 수 있다. 〈오인의 건달〉처럼 큰

욕심을 부리지 않고 깡
패가 아닌 세상으로부
터 인정받는 노동자로
서 사는 것도 현실적으
로 매우 어려운 일로 묘
사되기도 한다. 그러나
일반적으로는 청춘영
화 속의 청년들은 노동

요안나의 집에 초대되지만, 식사 방법을 몰라 실수를 저지르
는 두수(《맨발의 청춘》). 상류 계층의 여성과 연애하는 것은
이들의 결핍을 스스로 발견하는 것이기도 하다.

의 세계에 편입되어 사는 것을 매우 '쩨쩨하게' 혹은 '찌질하게' 노동자
로 사는 것에 불과하다고 여긴다. 그들이 유일하게 화려하게 삶을 사
는 방법은 상류층 여성들과 결혼하는 것이지만, 그녀들과의 연애는 그
들의 결핍을 일깨우고 강화시킬 뿐이다.

산업화가 본격적으로 진행되기 시작한 한국의 60년대에 '남성' 젊은
이들은 더욱 강도 높은 지배 이데올로기의 압력을 받게 된다. 이러한
사회적인 압력은 개개인에게 내면화되어 있는 만큼 쉽게 거부할 없는
것이다. 거기에 부응함으로써 떳떳한 사회적 주체가 되어야 한다는 목
표는 교육제도 내부에 있는 '대학생'이든 제도 밖의 '건달'이든 성취하
기가 쉽지 않다. 대학생들은 가족이라는 짐을 지고 중산층 이상의 삶
을 살아야 한다는 강박을 느끼고, 건달들 역시 제도 내부로 편입되기
를 바라게 되지만 이들의 이러한 차이에도 불구하고 모두 쉽게 성취
되지 못한다는 점에서는 동일하다. 맏아들의 성공을 그린 〈박서방〉과
〈마부〉가 가난한 부모들의 판타지라면, 청춘영화는 이 판타지를 충족
시킬 '자신이 없는' 젊은이들의 소극적인 반항인 셈이다.

말하자면 '대학생'과 '건달'은 사회적으로 요구되는 주체(남성) 되기를 거부하거나 이에 실패함으로써 지배담론에 대한 저항담론을 만들어 낸다는 측면에서 동일선상에 놓여 있다. 그러나 저항의 수위는 그다지 강하지 않다. 청춘영화의 폭력은 분명 저항적 담론의 차원에 놓여 있지만, 이 청년들의 저항은 지배담론이나 그들을 규제하는 제도를 '넘어서거나 극복하는' 차원의 비판은 아니기 때문이다. 이들의 좌절은 지배 권력에 의해 제시된 사회적 기준에 토대를 둔 욕망을 전제로 한 것이기 때문에 제도에 대한 본질적인 저항이 되지 못한다. 무엇보다도 젠더적으로 열세에 놓인 여성에 대한 폭력은 이들의 저항이 현실적인 권력관계 속에서 계산된 것임을, 그래서 생각보다 그들이 '순수하지 않음'을 단적으로 보여 주는 증거이다.

1970년대 이후를 준비하며

이 책은 청춘영화를 끝으로 하여, 1960년대 한국영화 황금기의 절정에서 마무리 짓는다. 황금기에 선보인 수많은 영화들을 이 책에서 풍성하게 다루기는 다소 역부족이 아니었나 싶다. 조선영화의 출발에서 한국영화 황금기까지 영화 보기의 중요 장면들을 다루고자 했던 것이 애초의 타협적인 목표이기도 했다.

식민지 시기부터 60년대까지 각 시대의 영화들은 그 나름의 매력을 갖추고 있지만, 확실히 문제적인 시기는 50년대 후반에서 60년대 초가 아닐까 싶다. 이승만 정권의 자유주의 시대에서 박정희 정권의 보수적인 색채로 사회가 변화하는 광경을 영화에서 가장 생생하게 발견할 수 있기 때문이다.

1966년 이후부터 하락세에 처한 한국영화는 1970년대에는 '텔레비전'이라는 매우 거센 도전을 받게 된다. 영화 왕국 신필름이 부도 난 것이 1970년이었고, 1975년에는 완전히 해체되었다. 마치 영화 〈시네마

천국〉에서 영화감독이 된 살바토레가 성인이 되어 돌아간 고향에서 옛 추억의 장소였던 영화관이 이미 문을 닫은 광경을 본 그러한 상황이 뒤늦게 한국에서도 벌어진 것이다. 물론 한국의 영화관은 문을 닫을 정도는 아니었지만 많은 관객들을 텔레비전에 빼앗기게 된다. 그러면서 텔레비전 키드들이 생겨나게 되었고, 영화와 대중문화는 새로운 국면에 접어들게 되었다.

그러나 다른 한편으로 영화 보기에 영향을 준 다른 변수들도 있었다. 박정희 정권기에 시작된 본격적인 산업화 드라이브는 많은 노동자들을 도시에 모여들게 했고, 영화 보기는 그들의 대표적인 여가 활동이 되었다. 도시의 노동자들이 휴일에 영화를 본 것은 물론 식민지 시기부터이다. 설날과 같은 명절 연휴에 화제작을 개봉하는 전통은 이미 1930년대에도 있었고, 이 시기에도 노동자들은 그들의 여가를 영화관에서 보냈다. 그러나 산업화가 본격화된 1960년대 중반 이후 대도시에 몰려든 노동자들을 위해 영화는 본격적으로 프로그램을 준비하지 않으면 안 되었다.

일견 1970년대 이후 한국영화는 고전을 면치 못했던 듯하고, 작품의 수준에 대한 비난도 많았던 것이 사실이다. 그러나 그전과는 다른 소비 환경에서 영화는 새로운 관람의 역사를 준비하고 있었다. 이 책의 다음 책은 바로 텔레비전 키드였던 필자의 삶이 시작된 70년대 이후 영화 보기의 역사를 다룰 예정이다. 후속 책을 기약하며 그동안 애타게 찾은 관객과 그들의 영화 보기의 역사를 일부이지만 일단은 여기에서 마무리할까 한다.

영화관의 타자들

2016년 2월 28일 초판 1쇄 발행

지은이 ㅣ 노지승
펴낸이 ㅣ 노경인 · 김주영

펴낸곳 ㅣ 도서출판 앨피
출판등록 ㅣ 2004년 11월 23일 제2011-000087호
주소 ㅣ 우)120-842 서울시 영등포구 영등포로 5길 19(37-1 동아프라임밸리) 1202-1호
전화 ㅣ 02-336-2776 팩스 ㅣ 0505-115-0525
전자우편 ㅣ lpbook12@naver.com
홈페이지 ㅣ www.lpbook.co.kr

ISBN 978-89-92151-96-2